Alexandra Potter

Lieber mit dem Kopf durch die Wand als gar kein Durchblick

Alexandra Potter

LIEBER MIT DEM *Kopf* DURCH DIE *Wand* ALS GAR KEIN DURCHBLICK

ROMAN

Aus dem Englischen von
Karolin Viseneber

PIPER

Mehr über unsere Autorinnen, Autoren und Bücher:
www.piper.de

Wenn Ihnen dieser Roman gefallen hat,
schreiben Sie uns unter Nennung des Titels
»Lieber mit dem Kopf durch die Wand als gar kein Durchblick«
an *empfehlungen@piper.de*, und wir empfehlen Ihnen
gerne vergleichbare Bücher.

Von Alexandra Potter liegen im Piper Verlag vor:
Je größer der Dachschaden, desto besser die Aussicht
Lieber mit dem Kopf durch die Wand als gar kein Durchblick

Für Elton.
Und alle anderen wunderbaren Tiere,
die unser Leben bereichern.

Unser Versprechen für mehr Nachhaltigkeit
• Klimaneutrales Produkt
• FSC®-zertifiziertes Papier
• Hergestellt in Europa

FSC www.fsc.org
MIX
Papier aus verantwortungsvollen Quellen
FSC® C083411

ISBN 978-3-492-06227-5

Titel der englischen Originalausgabe: »One Good Thing«
Macmillan, ein Imprint von Pan Macmillan,
Macmillan Publishers International Limited, London 2022

Redaktion: Susann Harring
Satz: Uhl + Massopust, Aalen
Gesetzt aus der Plantin
Druck und Bindung: CPI Books GmbH, Leck
Printed in the EU

Prolog

He du,

weißt du noch, wie wir als Kinder Dankesbriefe geschrieben haben? Meist in der Weihnachtszeit oder nach Geburtstagen in unserer schönsten Schrift. Diese E-Mail ist mein Dankeschön an dich.

Als alles auseinanderbrach, verlor ich die Zukunft aus dem Blick. Der Gedanke, mein altes Leben hinter mir zu lassen und ein neues zu beginnen, war wirklich Furcht einflößend. Du weißt ja, wie viel Angst ich immer davor hatte, etwas Neues auszuprobieren. So mutig wie du war ich noch nie. Was hast du immer gesagt? Das Leben beginnt, sobald man die Komfortzone verlässt.

Irgendwann habe ich dann doch deinen Rat befolgt. Und weißt du, warum? Weil der Gedanke, nie wieder glücklich zu sein, noch viel schlimmer ist. Es gibt so viele Menschen mit gebrochenen Herzen um uns herum, und trotzdem habe ich mich so furchtbar einsam gefühlt.

Hier habe ich endlich verstanden, dass manchmal erst etwas, das man liebt, verloren gehen muss, um herauszufinden, was wirklich wichtig ist. Und dabei habe ich noch ein Geheimnis entdeckt. Um sein Leben umzukrempeln, kann bereits ein Stück vom Glück ausreichen. Oder ein namenloser, struppiger Hund.

Dadurch kann sich alles verändern. Daraus kann man die Kraft ziehen, ein Herz zu heilen, Mut und Freude zu wecken und echte Freundschaften aufzubauen, die eine Gemeinschaft zusammenbringen können. Es kann sogar Leben retten.

Ich danke dir also für deinen Rat. Es ist weder Weihnachten noch mein Geburtstag, aber deine Worte haben mir genau das gegeben, was ich am meisten brauchte: Hoffnung.

x

Die sieben Phasen

Die sieben Phasen der Trauer basieren auf der berühmten Theorie der Psychiaterin Elisabeth Kübler-Ross und erklären unsere Reaktionen auf unterschiedliche Arten von Verlusterfahrungen. Verlust kann durch viele Situationen entstehen: den Tod eines geliebten Menschen, das Ende einer Beziehung oder irgendeine große Lebensveränderung. Scheidung etwa steht für den Tod einer Ehe mit all ihren Hoffnungen und Träumen und bedarf ebenfalls eines Heilungsprozesses.

Nach anfänglichem Schock und Unglauben beginnt eine Reise durch vielschichtige Gefühlslagen, bis es schließlich aufwärts in Richtung Akzeptanz, Hoffnung und sogar Freude geht. Im echten Leben verläuft Trauer jedoch niemals linear, Gefühle sind kompliziert, also ist es wichtig, die sieben Phasen als ungefähre Richtlinien zu verstehen. Sie sind ein Anhaltspunkt und können von Person zu Person unterschiedlich sein. Verlust ist universell, aber gleichzeitig sehr individuell, und jeder Weg ist unterschiedlich.

Phase 1

Was zum Teufel

Yorkshire

»Und? Was denken Sie?«

Nachdem ich mir das Erdgeschoss angesehen habe, öffnet der Makler im ersten Stock eine abgebeizte Kiefernholztür und zeigt mir das Schlafzimmer.

Eigentlich ist die Frage harmlos, trotzdem ist es vielleicht nicht gerade ratsam, sie einer frisch geschiedenen Frau zu stellen. Und noch dazu einer, die sich dafür entschieden hat, London und ihre Freunde zu verlassen, ihren Job als Lehrerin, in dem sie die letzten zehn Jahre gearbeitet hat, an den Nagel zu hängen und mehrere Hundert Meilen entfernt in die Yorkshire Dales zu ziehen, wo sie niemanden kennt.

Ich denke viel. Hauptsächlich, dass ich noch unter Schock stehe. Dass ich das Aus meiner Ehe immer noch nicht fassen kann. Dass ich mich ganz offensichtlich in einer Midlife-Crisis befinde. Dass ich seit Monaten nicht mehr richtig geschlafen habe. Dass ich gestern überall nach meinem Schlüsselbund gesucht und ihn dann im Kühlschrank gefunden habe. Dass ich fünf Pfund mehr auf die Waage bringe – ha, wer's glaubt, wird selig, wohl eher fünfzehn. Dass ich mich verloren und verwirrt fühle. Dass ich oft nachts allein im Dunkeln liege und mir alles wie ein schlechter Traum vorkommt. Dass alles mein Fehler ist.

Dass ich ihn liebe.

Dass ich ihn hasse.

Dass ich mir heimlich wünsche, die Art Frau zu sein, die

ihrem untreuen Ex verrückte, wütende und rachsüchtige Dinge antut, gefrorene Krabben und Sprühfarben inklusive, anstatt die Art Frau zu sein, die seine Hemden bügelt, sie ordentlich gefaltet in Müllsäcke verpackt und diese dann in die Garage stellt, für den Tag, an dem er seine restlichen Sachen abholt.

»Sehr hübsch«, sage ich höflich und sehe mich in dem schlecht beleuchteten Zimmer mit der altmodischen Blumentapete und dem verblichenen braunen Teppichboden um, der an den Stellen, wo einst Möbel standen, dunkler ist.

Ich muss vollkommen übergeschnappt sein. Das ist alles ein furchtbarer Fehler.

Den durchdringenden, muffigen Geruch von altem Haus in der Nase, verspüre ich plötzlich Heimweh.

Nur leider habe ich kein Heim mehr, nach dem ich mich sehnen kann. Es wurde wie vertraglich vereinbart mit der Scheidung verkauft. Die jetzigen Eigentümer, ein Paar mit zwei kleinen Kindern, werden im neuen Jahr einziehen. Mein Ex-Ehemann wohnt jetzt bei seiner Freundin. Sein Sohn Will, mein wunderbarer Stiefsohn, der immer an Wochenenden und in den Ferien bei uns war, hat sein Studium abgeschlossen und ist nun auf Reisen. Nur mein leeres Haus voller Erinnerungen und ich sind noch übrig.

Das ist der Grund dafür, warum ich wenige Wochen vor Weihnachten, während alle Welt Geschenke und Weihnachtsschmuck kauft, auf der Suche nach einem Ort bin, den ich mein Zuhause nennen kann.

»Ich bin mir natürlich bewusst, dass Sie laut Ihren Suchkriterien eine Wohnung bevorzugen, die am besten sofort bezugsfähig ist, aber ich dachte, als letztes Objekt könnte ich einen etwas abweichenden Vorschlag wagen.«

Es wird langsam spät. Das ist meine letzte Besichtigung, bevor ich zurück nach London muss. Der Tag war ganz schön lang. Im Morgengrauen bin ich am Bahnhof Kings Cross in den Schnellzug gestiegen, dann in Leeds in eine der regionalen Bahnen, die mich auf einer langsamen, aber dafür umso atemberaubenderen Reise durch die spektakuläre Landschaft gebracht hat, um mich schließlich an einem kleinen, vom Wind gepeitschten Bahnhof in den Yorkshire Dales abzusetzen.

Dort wartete Mr Hardcastle auf mich, ein Makler, mit dem ich bisher nur per E-Mail Kontakt gehabt hatte. Rotgesichtig und wuchtig in seiner Wachsjacke mit Cordkragen, wirkte er ganz anders als seine Londoner Pendants in ihren schicken Anzügen. Nachdem er mir mit seinem beherzten Händedruck fast die Finger zerquetscht hätte, führte er mich zum Beifahrersitz seines alten Toyota RAV4 und fuhr mit mir tief in die Dales hinein, vorbei an Feldern mit Kühen und Schafen. Er zeigte mir alles, was der Markt zu bieten hatte, während er in seinem für die Pennines typischen Dialekt vergnügt über das Wetter plauderte.

»Es sollte eigentlich regnen … ganz schön frisch heute … Sie haben Glück, gestern hat es wie aus Kübeln geschüttet … auf den Gipfeln soll bereits Schnee liegen … sieht aus, als würde es vorüberziehen, da ist schon ein Stück blauer Himmel … mit ein bisschen Glück wird das Wetter am Wochenende wieder großartig …«

Wenn man bedenkt, dass wir gerade Anfang Dezember haben, ist sein Optimismus in Sachen Wetter beachtlich. Genau wie seine Fähigkeit, irgendetwas Positives in diesem dreihundert Jahre alten Steinhäuschen zu sehen, das ursprünglich für Landarbeiter in dem kleinen, wenngleich überaus pittoresken Dörfchen Nettlewick erbaut wurde. Mit seinen winzigen dunklen Räumen, den morschen Fenstern und nikotingelben Wänden wirkt es einfach nur alt, müde und als bräuchte es dringend eine Veränderung.

Das Gefühl kenne ich.

»Es hat einen ganz eigenen Charme, finden Sie nicht?«

»Ich bin mir nicht sicher, ob ich Schimmelpilze so charmant finde.« Ich zeige auf ein gruselig aussehendes Exemplar an der Wand. »Oder Holzwürmer.« Misstrauisch betrachte ich die winzigen Löcher in den langen Deckenbalken.

»Der Verkäufer nimmt gern Angebote entgegen«, fährt er gut gelaunt fort und wiegt sich leicht vor und zurück. »Und der Blick nach Westen vom Garten aus ist wirklich hübsch. Nur ein paar Häuser und ansonsten ein freier Blick auf die Dales.«

»Und was sieht man hier?«

Ich gehe auf das Schiebefenster zu und ziehe die gräulich gefleckte Gardine beiseite.

»Oh, einen Friedhof.«

»Immerhin herrscht Totenstille.« Er schmunzelt über seinen Witz.

Jetzt muss ich an Tote denken, an Michael Jacksons *Thriller*-Video.

»Der Besitzer hat es wohl von seiner Großtante geerbt, aber er kann nichts damit anfangen, weil er im Ausland lebt.«

Es ist schon dunkel draußen, und ich spiegele mich in der Fensterscheibe. Müde sehe ich aus. Alt. Geisterhaft bleich.

Er kann nichts damit anfangen.

So muss sich unsere Ehe für meinen Mann angefühlt haben, als er sich entschied, sie zu beenden. Der Gedanke schnürt mir die Brust zu. Dem Makler noch immer den Rücken zugewandt, presse ich die Augen zusammen, drücke mit Daumen und Zeigefinger auf die Tränenkanäle. Ich darf jetzt nicht weinen. Nicht hier.

»Wie gesagt, es entspricht nicht ganz Ihren Kriterien, aber einen Versuch war es wert.«

Als er den Lichtschalter betätigt und die nackte Glühbirne über mir ausgeht, öffne ich die Augen und bleibe noch einen Augenblick am Fenster stehen. Mein Spiegelbild ist verschwunden, und ich kann über die hohe Steinmauer hinweg und durch die Astgerippe der Bäume bis in die dunkelsten

Winkel des Friedhofs sehen. Es ist gerade einmal sechzehn Uhr und trotzdem schon tiefschwarz dort draußen.

»Also, wenn ich noch einmal auf die umgebauten Fabrikgebäude zurückkommen darf, die ich Ihnen heute als Erstes gezeigt habe …«

Hinter mir kann ich das Klicken der Lichtschalter bei dem Versuch, den richtigen für die Treppe zu finden, hören. Vielleicht sollte ich mir die ganze Sache mit dem Umzug doch noch einmal überlegen. Einfach zugeben, dass ich einen Fehler gemacht und überstürzt gehandelt habe. Irgendetwas in London mieten und darum bitten, meinen alten Job zurückzubekommen. Das ist schließlich alles überhaupt nicht meine Art. Impulsiv bin ich doch sonst nicht. Ich bin vernünftig. Vorsichtig. Alles andere als risikofreudig, wenn man meinem Rentenberater Glauben schenken darf.

Außerdem raten alle Selbsthilfebücher, von denen mittlerweile ein ganzer Stapel auf meinem Nachttisch liegt, mindestens ein Jahr nach der Scheidung keine großen Entscheidungen zu treffen.

»Ich meine die Wohnung mit der Dachterrasse, zehn Meilen von hier, die Ihnen gut gefallen hat. Es gibt jede Menge Interessenten, kein Wunder, sie liegt ja auch in einer beliebten Stadt mit einem tollen Markt, in der Nähe von großen Geschäften, dem Bahnhof und vielen anderen Freizeiteinrichtungen …«

Der Makler setzt sein Verkaufsgespräch im Hintergrund fort.

»Wenn Sie die Wohnung ernsthaft in Betracht ziehen, sollten Sie nicht zu lange zögern …«

Während ich weiter aus dem Fenster starre, entdecke ich plötzlich etwas. Etwas Pinkes. Weiße Punkte. Ich gucke genauer hin. Es hat angefangen zu regnen, Tropfen prasseln gegen das Fenster, werden zu Rinnsalen, die an den Scheiben hinunterlaufen. Ein Regenschirm. Ein leuchtend pinker

Regenschirm mit weißen Punkten. Mein Blick folgt ihm, während er sich über den Friedhof bewegt, aber der Besitzer bleibt darunter verborgen. Irgendetwas daran stimmt mich fröhlich. Dieser Farbtupfer wirkt so unpassend, wie er so vergnügt durch die winterliche Kargheit und zwischen den Gräbern hin und her hüpft. Ein Licht der Hoffnung in der Dunkelheit.

»Ich würde gern ein Angebot abgeben.«

Ich drehe mich um, werfe dem Makler einen Blick zu, der auf dem Treppenabsatz auf mich wartet und dabei auf sein Smartphone schaut. Er sieht mich an wie meine Schüler, wenn ich sie bei einem Fehlverhalten ertappt habe.

»Weihnachtseinkäufe«, erklärt er mir verlegen. »Parfum. Für meine Frau. Ich kaufe ihr jedes Jahr dasselbe.« Er steckt schnell sein Telefon ein. »Entschuldigung, was haben Sie gesagt?«

»Ich möchte ein Angebot abgeben.«

»Oh! Fantastisch! Eine exzellente Entscheidung. Unsere umgebauten Fabrikgebäude sind bei Berufstätigen sehr beliebt...«

»Nein, ich möchte dieses Haus hier kaufen.«

»Dieses Haus hier?«, wiederholt er, als könnte er es selbst kaum fassen, dass seine Verkaufstaktik gewirkt hat.

Sein Staunen bestätigt mich nur noch mehr in meiner Entscheidung. Irgendetwas an diesem Haus, die Art, wie es vernachlässigt und nicht genug geliebt wurde, hat etwas in mir aufgewühlt. Jemand muss dem Haus neues Leben einhauchen. Langsam steige ich die steile, enge Treppe hinunter.

»Ich werde ein Angebot machen, das sehr nah an dem anberaumten Verkaufspreis liegt, wenn Sie es dafür schnell vom Markt nehmen und wir zum Jahreswechsel die Schlüsselübergabe machen können.«

»In Ordnung. Ja. Natürlich... Ich werde mich sofort mit dem Verkäufer in Singapur in Verbindung setzen.« Seine Schritte folgen mir eilig die Stufen hinunter. »Seien Sie unbesorgt, Ms Brooks, bei Hardcastle & Son sind Ihre Probleme unsere Lösungen.«

»Oh, und noch etwas, Mr Hardcastle …«

Als ich unten ankomme, drehe ich mich zu ihm um und bemerke, wie er sich den Kopf an den tief hängenden Balken stößt und zusammenzuckt.

»Kaufen Sie Ihrer Frau diese Weihnachten etwas anderes. Ich bin mir sicher, dass sie das verfluchte Parfum nicht mehr riechen kann.«

London

Sechs Wochen später.

»Ist das alles?«

Die Möbelpacker holen den letzten Umzugskarton aus dem Flur.

»Ja, ich denke schon …«

Der Tag des Umzugs ist endlich da. Nachdem ich wochenlang von Kreppband und Luftpolsterfolie umgeben war, ist das Haus nun seines Inhalts entleert.

Dort auf dem Treppenabsatz, bevor ich den Schlüssel im Schloss umdrehe, zögere ich.

»Also eigentlich, warten Sie«, rufe ich den Möbelpackern hinterher, die sich durch den Vorgarten entfernen, »lassen Sie mich noch einen letzten Rundgang machen.«

Schnell laufe ich durch die leeren Räume. Die Vorhänge habe ich alle hängen lassen, trotzdem höre ich das Echo meiner Schritte auf dem Holzboden und muss daran denken, wie wir vor zehn Jahren frisch verheiratet hier eingezogen sind. Damals waren die Zimmer noch neu und aufregend. Ich lief voller Vorfreude und Energie darin umher, jede Menge Farb- und Gestaltungsideen im Kopf …

Ich bleibe stehen.

Meinen gesamten Besitz habe ich eingepackt, doch meine Erinnerungen sind in das Haus eingeschrieben. Aber jetzt ist nicht die Zeit, in die Vergangenheit abzudriften. Da entdecke ich einen kleinen Bilderrahmen auf den eingebauten Regalbrettern im Wohnzimmer, ich nehme ihn an mich und fühle mich bestätigt.

Das Foto hat diesen typischen weißen Rand aus den Siebzigerjahren. Ich bin darauf mit meiner großen Schwester Josie zu sehen, wie wir auf der Mauer vor dem Haus unserer Großeltern in Yorkshire sitzen, in die Kamera grinsen und Eis am Stiel essen, das wie eine Rakete geformt ist. Unsere Mutter starb, als wir noch sehr klein waren, deshalb verbrachten wir meist unsere gesamten Ferien bei ihnen. Um irgendwie mit der Situation klarzukommen, vergrub sich unser alleinerziehender Vater in seine Arbeit, und unser Zuhause wirkte traurig und leer. Ganz im Gegensatz zum Haus unserer Großeltern in Nettlewick, das immer ein warmer, einladender Ort war. Das ist auch der Grund, warum ich gerade dieses Dorf für einen Neuanfang ausgewählt habe. Ich möchte von glücklichen Erinnerungen umgeben sein. An einem Ort aufwachen, der sich immer, egal, was sonst gerade passierte, als der einzige wirklich sichere Hafen angefühlt hat.

Ich stecke das Foto in meine Handtasche, setze meine Runde durch das leere Haus fort, schließe die Eingangstür ab und lasse den Schlüsselbund in den Briefkasten fallen. Der Makler hat bereits ein Exemplar, das hier kann für die neuen Eigentümer dableiben. Ich höre, wie er auf der Fußmatte landet, und dabei fällt mir auf, dass ich vergessen habe, den Schlüsselanhänger abzunehmen, ein albernes Andenken an ein Wochenende in Italien zu einem meiner Geburtstage vor ein paar Jahren.

Meine Gedanken schweifen ab, aber ich zwinge sie zurück ins Hier und Jetzt. Wer braucht schon einen bescheuerten Schlüsselanhänger in Form des Schiefen Turms von Pisa? Er war noch nicht einmal in die richtige Richtung geneigt.

Der Umzugswagen steht mit eingeschalteter Warnblinkanlage auf der Fahrbahn. Das Haus liegt an einer stark befahrenen Straße in London und hat keine eigene Auffahrt, weshalb der Wagen sich an die nächste Straßenecke direkt neben ein paar alte Weihnachtsbäume gequetscht hat. Obwohl bereits die dritte Januarwoche angebrochen ist, läuft die Abholung schleppend. Die Bäumchen harren dort als trauriger Haufen aus, ganz ohne Schmuck und Nadeln. Das Leben kann wirklich hart sein, selbst für Weihnachtsbäume.

»Olivia …«

Während ich den Möbelpackern dabei zuschaue, wie sie meine letzten Kisten einladen, höre ich hinter mir eine Stimme.

»Oh, hallo, Madeleine.«

Ich zwinge mich zu einem Lächeln und drehe mich zu meiner Nachbarin aus dem Eckhaus um. Madeleine weiß gern über alle in der Nachbarschaft Bescheid – sie ist die personifizierte Nachbarschaftswache –, und seitdem mein Ex-Mann ausgezogen ist, hat sie ihren Posten hinter den Holzlamellen bezogen, stets im Dienst. Glücklicherweise habe ich es durch eine Mischung aus List und frühmorgendlichem Arbeitsbeginn geschafft, mich nicht in ein Gespräch verwickeln zu lassen.

Bis jetzt.

»Ich habe schon lange gehofft, dich zu treffen. Roger und ich wollten dir doch sagen, wie schade wir das mit dir und David finden …« Sie wickelt ihre Wasserfall-Strickjacke fester um ihren Körper und verschränkt die Arme, um sich vor der Kälte zu schützen. Ganz offensichtlich ist sie gerade schnell hinter ihren Lamellen hervorgestürmt, wie an ihren peruanischen Hausschuhsocken unschwer zu erkennen ist. »Wie geht es dir?«

»Ach ja, du weißt schon …« Ich verstumme.

Aber natürlich weiß Madeleine nichts, überhaupt nichts. Sie hat nicht die leiseste Ahnung. Seit vierzig Jahren ist sie mit Roger verheiratet, einem ehemaligen Buchhalter, ihr Leben ist eine einzige Routine. Bestehend aus Treffen mit der Kirchengemeinde, Supermarktlieferungen von Ocado und dem Waschen von Rogers Hemden am Wochenende, die sie in immer gleichen Abständen an die Wäscheleine im Garten hängt. Ich bin mir sicher, dass sie ein Maßband dafür benutzt.

In ihrem Leben gibt es keine Scheidungsanwälte, kein Chaos und auch keinen Ehemann, der davonläuft, um sein Leben mit einer hübschen, jungen Amerikanerin zu verbringen, die er beim Bikram-Yoga kennengelernt hat.

Ehrlich gesagt, kann ich immer noch nicht glauben, dass *mein* Leben nun so ist. Ausgerechnet David! David, der so gern Golf spielt, Rotwein aus Neuseeland und die Abendessen mit dem Rotary Club schätzt. Ein Mann, der Segelschuhe und Button-down-Hemden trägt und mich immer damit aufgezogen hat, wie gern ich Vintage-Kleidung kaufe.

»Du bist und bleibst ein Hippie«, sagte er jedes Mal lachend, wenn ich ihm eins meiner neuen Charity-Shop-Fundstücke zeigte. Dennoch wirkte er immer erstaunt. »Du weißt ja, dass du einfach meine Kreditkarte nehmen kannst, wenn dein Gehalt nicht ausreichen sollte. Ich möchte nicht, dass unsere Freunde denken, meine Frau könne sich keine neuen Kleider leisten.«

Segelschuhe und Button-down-Hemden gehören jetzt der Vergangenheit an. Als er kam, um seine restlichen Sachen abzuholen, trug er den kompletten Peaky-Blinder-Style mit Tweed-Mütze, Weste und eng anliegenden 7/8-Hosen. Allerdings sah er darin nicht gerade wie Tommy Shelby aus, sondern eher wie ein fünfzigjähriger Zahnarzt mit Bluthochdruck. Was ursprünglich mal der Grund dafür war, dass ich ihn überhaupt dazu animiert hatte, mit Bikram-Yoga zu beginnen. Oh, welch Ironie! Wenn es nicht gerade mein Ehemann gewesen wäre, der da vor der Tür stand, hätte das Ganze durchaus komisch sein können.

Zumindest nehme ich an, dass es mein Mann war. Ich erkannte ihn kaum wieder. Und dabei meine ich nicht nur äußerlich.

»Du siehst müde aus.«

Madeleines Kommentar reißt mich aus meinen Gedanken, sie mustert mich eingehend.

»Ein Umzug macht müde«, antworte ich.

Warum benutzen Leute das Wort »müde«, wenn sie eigentlich »schrecklich« meinen?

»Roger und ich haben uns wirklich Sorgen um dich gemacht…«, fährt sie mit leicht zur Seite geneigtem Kopf fort.

Unangenehm berührt trete ich von einem Fuß auf den anderen. Da sind sie, die gefürchteten Mitleidsbekundungen. Seitdem die Nachricht unserer Scheidung die Runde gemacht hat, ernte ich jede Menge davon.

»Liv, altes Haus!«

Also, nicht von allen natürlich. Winkend rast jemand auf einem Roller über den Gehweg auf uns zu.

»Naomi!«, rufe ich überrascht. »Was um Himmels willen machst du denn hier?«

»Ich konnte dich doch nicht einfach so gehen lassen, ohne mich richtig zu verabschieden!«, antwortet sie grinsend, ihre dunklen Augen blitzen, während sie abspringt und mich umarmt, sodass ich von ihrem dicken Kuschelfellmantel umhüllt werde. »Gerade ist Mittagspause, da wird schon niemand bemerken, dass ich weg bin.«

Dankbarkeit steigt in mir auf. »Wirklich schön, dich zu sehen…«

Naomi ist nicht nur eine der Lehrerinnen an meiner alten Schule, sondern auch eine meiner engsten Freundinnen. Wir haben uns an meinem ersten Tag an der Carlton-Gesamtschule kennengelernt. Ich hatte dort als Elternzeitvertretung angefangen und war sehr nervös gewesen. Sie schaffte es jedoch augenblicklich, mich zu beruhigen, indem sie in ihrem Glasgower Dialekt alberne Witze riss.

»Ich kann es immer noch nicht glauben, dass du gehst und mich mit dem ganzen Chaos und Ungehorsam allein lässt«, rügt sie mich und löst die Umarmung. »Und damit meine ich nur die Lehrer«, fügt sie hinzu und lacht kehlig.

Es ist mir wirklich nicht leichtgefallen, zu kündigen, aber Naomi hat mich dabei auf ihre unvergleichliche Art unterstützt. Sie hat mir immer wieder gesagt, dass ich das Richtige tue, und Witze darüber gemacht, wie sehr sie mein Verhalten an *Gesprengte Ketten* erinnert. »Endlich kommst du hier raus, denk daran! Du musst nie wieder eine der fürchterlichen Veranstaltungen mit Godfrey über dich ergehen lassen.« Mr Godfrey war unser Schulleiter, und bei seinen berühmtberüchtigten Reden nickten regelmäßig alle, Lehrkräfte wie Schülerschaft, ein.

Aber Naomis Zuspruch und ihre Scherze konnten nicht darüber hinwegtäuschen, dass es nicht nur mir schwerfiel, Abschied zu nehmen.

»Wem gehört der Roller?«, frage ich sie.

»Keine Ahnung, den habe ich mitgehen lassen.«

»Von jemandem aus der Schule?«

Sie grinst verlegen und rückt die Pudelmütze auf ihren Zöpfen zurecht. »Roller stehlen und blaumachen, was bin ich bloß für eine?«

»Naomi, bist du verrückt geworden? Du riskierst Riesenärger, wenn Mr Godfrey Wind davon bekommt!«

»Da siehst du, was passiert, wenn du nicht mehr da bist! Ich habe niemanden mehr, der mich auf den Pfad der Tugend …«

»Du solltest schnell zurück, bevor du erwischt wirst …«

»Entschuldigen Sie, Frau Lehrerin.« Sie lässt nach meiner Standpauke betrübt den Kopf hängen.

Ich hingegen kann mir ein Lächeln nicht verkneifen. Naomi schafft es immer, mich zum Lachen zu bringen. Egal, wo. Die Schulkonferenzen, bei denen ich mein Gekicher hinter einem Ordner verbergen musste, kann ich kaum zählen.

»Wie fühlst du dich denn mittlerweile beim Gedanken an den Umzug?«

»Ich bin aufgeregt, neuer Anfang und all das.«

»Das ist gut.«

»Ein wenig nervös vielleicht…«

»Das ist normal.«

»Ich habe, ehrlich gesagt, echt Schiss.«

»Das liegt daran, dass Aufregung und Angst ganz nah beieinanderliegen, eigentlich sind sie sogar ein und dasselbe.«

»Ist das so?«

»Ja, das hat mit dem Hypothalamus zu tun. Beide Gefühle rufen dieselbe Reaktion im Gehirn hervor, es wird Cortisol ausgeschüttet, und Herzschlag und Atemfrequenz erhöhen sich, um die Kampf-oder-Flucht-Reaktion auszulösen.«

»Da sieht man mal wieder, warum du Biologie und ich Englisch unterrichte. Hüpo- was?«

Sie lacht. »Hast du dich schon für einen neuen Job beworben?«

»Nein, noch nicht. Mir bleibt durch den Hausverkauf noch ein wenig Geld. Keine Riesensumme, aber zumindest genug, um das Häuschen zu renovieren und mich eine Weile finanziell über Wasser zu halten. Vielleicht kann ich nebenbei als Nachhilfelehrerin ein paar Stunden geben.«

»Du Glückliche, was würde ich dafür geben, nicht ständig vor einer Klasse stehen zu müssen…«

»Wir sind dann jetzt fertig mit dem Einladen.«

Ich drehe mich um. Einer der Möbelpacker steht hinter mir.

»Super, danke.« Mein Blick fällt auf den Umzugswagen. Das ist mein ganzes Leben. Verpackt in Umzugskisten und eingewickelt in Packdecken. Erstaunlich, wie wenig davon übrig ist.

»Ich werde mit meinem Mietwagen hinter Ihnen herfahren«, sage ich zu ihm. »Sie haben ja die Adresse. Der Makler trifft uns vor Ort und übergibt uns die Schlüssel.«

»Alles klar, wir fahren dann los.« Er pfeift, und seine Kollegen schließen den Wagen. Es rattert laut. »Wir haben eine lange Fahrt vor uns.«

»Eine lange Fahrt?«

Madeleine hatte ich vollkommen vergessen, aber als ich mich jetzt umdrehe, sehe ich, dass sie immer noch am selben Fleck steht, nur wenige Schritte entfernt, und uns gespannt zuhört.

»Ziehst du denn weit weg? Roger und ich haben uns schon gefragt, wohin es dich wohl verschlägt, aber wir wollten natürlich nicht neugierig sein …«

Natürlich.

»In die Yorkshire Dales.«

Sie reißt die Augen auf. »Du verlässt London?«

Man könnte glatt meinen, ich hätte ihr erzählt, dass ich auf den Mars ziehe.

»Und was ist mit David? Geht er auch?«

»Nein, er wohnt jetzt mit seiner neuen Freundin in Hackney.«

Einen Augenblick lang bin ich mir nicht sicher, was sie schlimmer findet, die Sache mit der neuen Freundin oder dass er jetzt in Hackney lebt.

»Um Gottes willen, ich hatte ja keine Ahnung.«

»Da sind wir schon zu zweit.«

Plötzlich fällt mir auf, dass ich mehr mit Madeleine gemein habe, als ich dachte. Sie ist nicht die Einzige auf der Suche nach Antworten. Ich kann das alles schließlich selbst noch nicht fassen.

»Olivia, du armes Ding, das muss ja *furchtbar* für dich sein.«

»Danke, es geht schon …«

»Wirklich?«

Madeleines Kopf liegt nun so schief, dass er fast horizontal wirkt.

»Haben Sie nicht gehört, was sie gesagt hat? Alles in Ordnung«, fährt Naomi dazwischen und sieht meine Nachbarin an, als wäre sie eine ihrer aufsässigen Schülerinnen. »Sparen Sie sich Ihr Mitleid für die neue Freundin.« Damit tritt Naomi einen Schritt näher an Madeleine heran und lehnt sich vor, als wollte sie ihr ein Geheimnis verraten. »David hat einen winzigen Penis.«

Madeleine blinzelt verstört.

»Wirklich. *Winzig.*« Naomi presst Daumen und Zeigefinger aufeinander, um ihre Aussage zu unterstreichen. »Liv hat deutlich Größeres und Besseres vor…«

»Ach je, so spät ist es schon?« Madeleine klammert sich an ihre Armbanduhr, weicht zurück und gerät dabei aus dem Gleichgewicht. Sie stolpert in ihren Hausschuhsocken über die Bordsteinkante. »Also, ich muss dann los… Meine Enkel kommen. Gute Fahrt, Olivia…« Hastig läuft sie zurück zu ihrem Haus und verschwindet hinter der Eingangstür.

»Die wären wir los…«

»Warum zum Teufel hast du das gesagt?«, schnauze ich Naomi an.

»Ich weiß nicht«, gibt sie kleinlaut zu. »Aber was soll's, sie wird David doch eh nicht wiedersehen.«

»Er ist ihr Zahnarzt.«

Sie hält sich schuldbewusst die Hand vor den Mund.

»Oh-oh!«

Einen Moment lang sehen wir einander an, dann kichert sie los, und auch ich kann es nicht mehr unterdrücken. Lachen ist ansteckend.

»Ich bin manchmal ein echter Kindskopf, das kommt davon, wenn man Dreizehnjährige unterrichtet.« Sie hört auf zu lachen und verzieht besorgt das Gesicht. »Entschuldige, Liv. Ich fand es einfach zu schrecklich, wie sie unter dem Deckmantel des Mitgefühls ein wenig Klatsch und Tratsch aus dir herauslocken wollte…«

»Keine Sorge. Ich weiß gar nicht, wann ich das letzte Mal so gelacht habe.« Ich schüttle den Kopf, muss an den Gesichtsausdruck der armen Madeleine denken, dann schaue ich auf die Uhr. »Es ist spät, ich sollte langsam losfahren. Ich habe noch eine lange Reise vor mir.«

»Wenn ich Ostern nach Schottland fahre, um meine Familie zu besuchen, komme ich bei dir vorbei. Ellie hat ihre Großeltern schon eine Ewigkeit nicht mehr gesehen …«

»Das wäre schön …«

Ich weiß natürlich, wie unwahrscheinlich das ist. Naomis Beziehung zu ihren religiösen Eltern hat einen Knacks bekommen, als diese von ihrer Entscheidung erfuhren, durch eine Samenspende schwanger werden zu wollen. Mittlerweile sind sie ganz vernarrt in ihr Enkelkind, aber am Anfang hat die Sache einen Keil zwischen sie getrieben. In letzter Zeit hat die Ablehnung von Naomis Partner Danny, einem Musiker, der auf einem Hausboot lebt, die Gräben allerdings wieder vertieft.

»Versprich mir, dich zu melden.«

»Versprochen.«

Wir umarmen einander, dann steige ich ins Auto. Als ich gerade dabei bin, mich anzuschnallen, klopft sie ans Fenster. Ich lasse es herunter.

»Ich meinte das ernst, was ich eben gesagt habe. Du weißt schon, die andere Sache. Ich glaube wirklich, dass etwas viel Größeres und Besseres vor dir liegt.«

Dankbar lächle ich sie an. »Ja, ich auch.«

Dann winken wir einander zu. Ich sehe ihr nach, wie sie auf dem Roller die Straße hinunterfährt, bis sie irgendwann aus meinem Rückspiegel verschwindet.

Natürlich war das gelogen.

Ich stelle den Spiegel ein, löse ein Stück Paketband aus meinen Haaren, bevor ich sie wieder zu einem zerzausten Dutt zusammenbinde, dann starte ich das Auto. Der Motor läuft, und ich sehe noch einmal zu dem Haus mit dem »Verkauft«-Schild im Vorgarten hinüber. Mein Blick wandert hinauf zum Schlafzimmerfenster, ich muss daran denken, wie ich zehn Jahre lang jeden Morgen den Vorhang zur Seite geschoben und das Wetter kommentiert habe. Plötzlich überkommt mich eine Welle der Trauer, mein Körper schmerzt.

Gerade fühlt sich mein Leben nicht nach Größerem und Besserem an. Eher, als wäre es vorüber.

Ich schaue nach vorn, fahre aus der Parklücke heraus und die Straße hinunter.

Wie gewonnen, so zerronnen

Neu ist das sicher nicht.

Ehemann verlässt Frau wegen einer Jüngeren. Kann es ein übleres Klischee geben? Wir haben diese Geschichte schon so oft gehört, dass wir taub dafür geworden sind. Wie einer meiner Schüler, Kieran O'Conner, einmal gesagt hat, als ich ihn beim Spicken während einer Klausur erwischte: »Was ist so schlimm daran? Dieser Scheiß passiert doch ständig.«

Was, wenn ich darüber nachdenke, das Einzige war, womit Kieran jemals recht hatte. Das macht das Ganze allerdings nicht weniger beschissen. Und nur, weil man etwas schon viele Male gehört hat, ist es nicht weniger schmerzhaft, wenn es einem selbst passiert.

Die Sache ist nur, dass ich niemals gedacht hätte, dass *mir* so etwas passieren könnte. Schließlich gehöre ich nicht zu den Menschen, die sich an Skandalen und Dramen erfreuen, ein aufregendes Leben führen und alle Anekdoten und Gespräche atemlos mit: »Du ahnst nicht, was mir passiert ist!« beginnen. Ich war glücklich verheiratet, hatte einen unspektakulären Beruf, bezahlten Urlaub, ein schönes Zuhause und einen soliden Kredit. Geahnt habe ich nichts.

In meiner Jugend war ich »die Vernünftige«, meine Schwester Josie hingegen galt als wild und unbesonnen. Auch wenn ich zwei Jahre jünger war als sie, passte ich auf sie auf, kümmerte mich darum, dass sie keinen Ärger bekam, und half ihr, wenn es doch einmal geschah. Abgesehen von einem eher halbherzigen Versuch während des Studiums, Grufti zu sein, habe ich nie Grenzen ausgetestet. Zu ängstlich, um Risiken einzugehen und eine falsche Entscheidung zu treffen, blieb ich hartnäckig in meiner Komfortzone. Ich ging mit langweiligen Männern aus, hatte langweiligen Sex. Dann traf ich David, und alles änderte sich. Letztes Jahr haben wir unseren zehnten Hochzeitstag gefeiert.

Mit vierzig plus verlief mein Leben in geregelten Bahnen. Ich hatte gute Freunde, ein erfülltes Sozialleben, liebte meinen Mann, arbeitete hart und ging ins Fitnessstudio (Allerdings nicht annähernd so oft, wie es gut gewesen wäre, wenn man bedenkt, dass ich einmal den Mitgliedsbeitrag durch die Anzahl der absolvierten Kurse geteilt habe. Dabei musste ich feststellen, dass mich das letzte Mal Yoga vierzig Pfund gekostet hatte – das sind eine ganze Menge Namastes). In meiner Küche gab es ein Regalbrett mit Kochbüchern irgendwelcher Stars, die damit warben, mich schlanker zu machen, und einen Schrank voller Kleider und Absatzschuhe, in denen ich immer noch ganz passabel aussah, hatte ich auch. Und dazu noch genügend Haarpflegeprodukte, um einen Friseursalon eröffnen zu können. Von meiner Mutter habe ich die dichten, dunklen Locken geerbt, die zwar widerspenstig, aber gleichzeitig mein ganzer Stolz sind, wenn sie mich nicht gerade zur Verzweiflung bringen. Das tun sie meist, wenn es regnet.

Ich war eine ganz normale Frau, die ein ganz normales Leben führte. Manchmal, wenn ich in einer Zeitschrift Artikel über Menschen las, die irgendwelche Abenteuer erlebten und dafür ihr ganzes Leben auf den Kopf stellten, fragte ich mich heimlich: *War's das jetzt?* Wenn ich dann allerdings zu David sah, der neben mir auf dem Sofa saß, mit mir eine Flasche Wein und chinesisches Fast Food teilte, verlor sich dieses Gefühl genauso schnell wieder, wie es gekommen war. Ich war zufrieden. Sicher. Glücklich.

Nach den Erlebnissen in meiner Kindheit lebte ich ein

unaufgeregtes Leben, und genauso wollte ich es auch. Keine großen Überraschungen. Kein Chaos. Kein Liebeskummer. Mein Leben lief gemächlich vor sich hin.

Und dann plötzlich nicht mehr.

»Nach anfänglichem Schock und Unglauben beginnt eine Reise durch vielschichtige Gefühlslagen …«

Die unverwechselbare Stimme einer berühmten Oscar-Preisträgerin schallt mir aus der Anlage im Auto entgegen. Das Hörbuch läuft, um mich wach zu halten. Ich muss gähnen, also öffne ich das Fenster, und frische, kalte Luft strömt herein. Seit vier Stunden bin ich nun unterwegs. Es ist bereits dunkel, und die Scheinwerfer beleuchten die Katzenaugen-Reflektoren, die mich durch die engen Straßen der Yorkshire Dales leiten. Den lichtverschmutzten Himmel der Großstadt gewöhnt, ist auf einmal alles pechschwarz, und London scheint sehr weit weg. Baumgerippe tauchen drohend vor mir auf, während jenseits der Trockensteinmauern auf beiden Seiten der Straße Felder, wilde Heidelandschaften und weite Täler liegen. Meilenweit kann der Blick hier schweifen.

Wenn man denn über die Trockensteinmauern hinwegsehen könnte. Der gemietete Fiat 500, der mir im Hauptstadtverkehr schnell und irgendwie niedlich vorkam, wirkt hier in der Dunkelheit des offenen Landes auf einmal lächerlich klein und verletzlich. Ich schalte das Fernlicht ein, da die Straße immer kurviger und steiler wird, und beuge mich erschöpft und mit müden Augen noch weiter über das Lenkrad. Hoffentlich komme ich bald an. Es kann doch sicher nicht mehr weit sein.

Was ist das?

Etwas schießt vor mir über die Straße, und ich reiße das Lenkrad herum. Bevor ich es erkennen kann, ist es schon wieder weg. Sicher irgendein wildes Tier. Mein Herz pocht laut, und als die Autoreifen auf den Grünstreifen treffen, bremse ich scharf. Das Auto bleibt stehen. Angst überkommt mich.

Es ist lange her, dass ich zuletzt selbst irgendwohin gefahren bin. In London reichte der öffentliche Nahverkehr, und wenn wir mal ins Ausland wollten, hat immer David den Mietwagen gefahren. Ich atme mehrfach tief ein und aus. Früher war ich eine selbstbewusste Fahrerin. Ehrlich gesagt, war ich in jüngeren Jahren in vielerlei Hinsicht selbstbewusster.

Zitternd starte ich den Wagen. Der Motor springt an. Mit ihm auch die Anlage.

»*… Leugnen, Schmerz, Scham, Wut, Verzweiflung, Einsamkeit …*«

Na, das sind ja tolle Aussichten!

Schnell will ich es ausschalten. Mein Wagen steht quer über die Straße. Wenn jetzt jemand um die Kurve kommt, fährt er genau in mich rein. Ich muss mich konzentrieren. Da ich mich mit der Anlage nicht auskenne, drehe ich aus Versehen zuerst die Lautstärke höher.

»*… UND SCHLIESSLICH AKZEPTANZ …*«, dröhnt die unverwechselbare Stimme durchs Auto.

»*… HOFFNUNG UND SOGAR FREUDE.*«

Himmeldonnerwetter noch mal, die verfluchte Freude ist mir gerade wirklich scheißegal!

Jede Scheidung ist anders. Es soll Frauen geben, die ihre Ehe mit einem Gefühl der Freude und Erleichterung hinter sich lassen. Die neue Freiheit feiern sie mit Scheidungspartys, bei denen in ihren mit *All The Single Ladies*-Girlanden geschmückten Wohnzimmern *Piñatas* in Penisform zerschlagen werden.

Ich hingegen befinde mich gerade irgendwo mitten im Nichts, um mich herum herrscht tiefschwarze Nacht, und ein Mobilfunksignal gibt es auch nicht. Und jetzt hat auch noch Google Maps den Dienst quittiert. Ich schaue auf meinem Telefon nach dem Weg, aber es buffert nur. Mein Leben verlief so lange in geregelten Bahnen, jetzt weiß ich einfach nicht mehr, wohin. Wie komme ich von meinem alten Leben ins neue? Selbst Google weiß es nicht, dabei weiß Google doch sonst immer alles.

Auf Beyoncé-Level bin ich wohl noch nicht angelangt.

In Ermangelung von Straßenschildern biege ich irgendwann rechts ab. Auch jetzt, Monate später, kann ich noch nicht ganz glauben, dass es wirklich wahr ist. Ich komme mir vor, als würde ich das Leben von jemand anders leben, nicht mein eigenes, nicht das Leben von Liv Brooks: Ehefrau, Lehrerin, Stiefmutter. Nichts davon bin ich mehr. Weshalb sich die dringende Frage stellt: *Wer bin ich?*

Ich habe wirklich nicht die geringste Ahnung, immerhin bleibt mir mein Name. Den habe ich nach der Hochzeit nicht geändert. Das kam mir wie eine überholte Tradition vor, zumindest wenn man keine Kinder will, und David wollte keine. Da war er von Anfang an sehr entschieden. Er hatte ja schließlich auch schon seinen Sohn aus erster Ehe, Will, und die Privatschulgebühren für ein Kind waren mehr als genug, wie er bei einem unserer ersten Dates witzelte.

Worauf ich schlagfertig erwiderte, dass ich als Lehrerin an einer staatlichen Schule mein eigenes Kind selbstverständlich nur über meine Leiche auf eine Privatschule schicken würde. Aber Scherz beiseite, ihm war es ernst damit. Und ich war vollkommen verrückt nach ihm. Als er mir nach sechs Monaten einen Heiratsantrag machte, gab ich gern meinen Gedanken an ein Baby, von dem ich noch nicht einmal sicher war, dass ich es überhaupt wollte, für einen Mann auf, den ich ziemlich sicher wollte. In den Worten Jane Eyres: *Leser, ich habe ihn geheiratet.*

Es gab jedoch einen weiteren Grund, um Davids Namen nicht anzunehmen: Ich wollte den von Dad nicht aufgeben. Nur wenige Monate nachdem er mich durch den Gang des Standesamts geführt hatte, ging er von uns. Er war sein Leben lang ein starker Raucher gewesen. Meine Schwester Josie qualmte während seiner Beerdigung wütend eine Selbstgedrehte nach der anderen. »Na, warum auch nicht?«, fluchte sie. Sie hatte so viel Wut in sich, ich hingegen nur Trauer. Eine nah am Wasser gebaute Frischvermählte, die nun beide Elternteile verloren hatte. Wie dankbar war ich dafür, David an meiner Seite zu wissen.

Jetzt habe ich mich so richtig verirrt.

Ich fahre in eine Haltebucht. Zum Glück habe ich eine Straßenkarte dabei, ich schalte das Innenlicht ein und suche die entsprechende Seite heraus. David und ich haben uns so oft über den Weg gestritten. Er brauchte nie Richtungsangaben, ganz besonders nicht von mir. Zehn Minuten später entdecke ich die Schilder, die Nettlewick ankündigen, und verspüre heimliche Genugtuung. Nicht schlecht für jemanden, der anscheinend keine Karte lesen kann.

Mein Telefon piept, eine neue Nachricht. Ich habe wieder Netz. Sie ist von der Umzugsfirma, die mir mitteilt, bereits alles ausgeladen zu haben und sich nun wieder auf den Weg zurück zu machen. Als Nächstes kommt eine Nachricht von Mr Hardcastle, dem Makler, der bestätigt, dem Umzugsunternehmen den Schlüssel ausgehändigt zu haben, und mich darüber informiert, dass das Büro nun schließen wird.

»Aber keine Sorge«, fügt er noch hinzu. »Ich habe die Schlüssel sicher unter der Topfpflanze auf dem Fensterbrett verstaut.«

Ach so, na dann. Da würde bestimmt *niemals* jemand auf die Idee kommen nachzuschauen.

Während ich erst über eine steinerne Brücke und dann über einen Hügel fahre, versuche ich, mir nicht zu viele Sorgen darüber zu machen, dass sich mein kompletter Besitz in diesem Haus befindet. Seit den Ferien in meiner Kindheit scheint sich hier nicht viel verändert zu haben, denke ich, als ich die Hauptstraße hinauf und ins Dorf hineinfahre. An dem kleinen gepflasterten Dorfplatz gibt es noch immer eine Handvoll Geschäftchen mit ihren Erkerschaufenstern, dann komme ich an dem einzigen Pub vor Ort, einem Café und der winzigen Postfiliale vorbei.

Aber natürlich hat sich ganz viel verändert. Unsere Großeltern leben schon lange nicht mehr, wie auch unsere Eltern, und selbst wir sind mittlerweile erwachsen geworden. Josie, die Freiheitsliebende und Kreative von uns, ist Fotografin geworden und auf Weltreise gegangen. Und ich, die Vernünftige, habe geheiratet, bin Lehrerin geworden und nach London gezogen. Aber auch das hat sich nun schon wieder alles verändert.

Mein kleines Häuschen liegt am Ortsrand, in einer engen Gasse mit Kopfsteinpflaster, weshalb ich dankbar für den winzigen Fiat bin, der die Kurven gut meistert. Ich halte vor dem Haus und stelle den Motor aus. Es sieht heruntergekommener aus als beim letzten Mal, und in mir steigen Zweifel und Sorgen auf wie Sodbrennen. Schnell schlucke ich sie hinunter, denke daran, dass laut Naomi Aufregung und Angst eigentlich dasselbe sind. Mein Blick wandert zu den schäbigen Gardinen im Schlafzimmer hinauf. Ich bin nicht überzeugt. Bleibe im warmen Auto sitzen. Trotz der langen Fahrt bin ich noch nicht bereit, hineinzugehen.

Selbst mit Schlüssel muss ich dreimal fest gegen die Tür treten, bis sie endlich aufgeht und den Blick auf einen engen Flur freigibt, in dem sich Umzugskartons stapeln. Die Möbelpacker haben einfach alles abgeladen und sind wieder gefahren. Ich schalte das Licht ein, mache einen großen Schritt über die Werbeprospekte auf dem Boden hinweg und wickle meinen Mantel fester um mich. Das Thermometer im Auto hat minus zwei Grad angezeigt, und selbst hier drinnen kann ich noch meinen Atem sehen. Zitternd schließe ich die Eingangstür hinter mir.

Als ich ankündigte, London verlassen und aufs Land ziehen zu wollen, erntete ich ein paar ungläubige Blicke, die meisten Leute waren jedoch begeistert: »Oh! Du Glückliche! Entkommst dem ewigen Hamsterrad! Was für ein Abenteuer! Da kannst du bestimmt dein eigenes Gemüse anpflanzen!« Wer guckt schließlich nicht *Escape to the Country* und träumt von einer Rückkehr in die Natur und von Hochbeeten? Auch wenn es natürlich verlockender ist, von einem einfachen Leben zu träumen, wenn man es sich auf seinem Flachbildfernseher anschaut und sich dazu etwas von Deliveroo gönnt. Ein paar meiner Freunde nannten mich sogar mutig.

Für mich war es keine Wahl, sondern eine Notwendigkeit. Ich wollte keine alten Tomatensorten züchten, ich musste mein Leben retten. Das klingt jetzt natürlich ziemlich dramatisch, besonders, wenn man noch nie die unsägliche Verzweiflung von Liebeskummer erlebt hat, aber genauso fühlte es sich für mich an. In London drohte ich unterzugehen. Ich musste raus. Wollte vor allem wegrennen und verschwinden. Aber jetzt überwältigt mich die harte Realität. Das Ganze hier fühlt sich überhaupt nicht wie ein Abenteuer an, sondern ist einfach nur Furcht einflößend und verwirrend.

Eine Maus huscht über den Boden, ich springe zur Seite und schreie auf. Ich muss mich zusammenreißen. Es ist schon spät. Ich bin erschöpft. Ich sollte schnell ins Bett. Allerdings lehnt mein Bett in seinen Einzelteilen im Flur an der Wand. Also richte ich mich auf dem Sofa ein, das ich im Wohnzimmer finde, und decke mich mit meiner Daunenjacke zu. Es ist Winter, es gibt keine Heizung, das Haus ist eiskalt. Müde kuschle ich mich in die Kissen, liege allein in der Dunkelheit, lausche den ungewohnten Geräuschen im Haus und dem Wind im Kamin.

Das ist es also. Mein neues Leben.

Ich komme mir alles andere als mutig vor.

Doch dann fällt mir plötzlich etwas ein. Ich greife nach

meiner Handtasche, hole das Foto von Josie und mir hervor und halte es so, dass ich es im Mondschein, der durch das vorhanglose Fenster fällt, betrachten kann. Sobald ich ihr Gesicht sehe, das mich vom Foto aus angrinst, fühle ich mich besser, nicht mehr so allein. Ich stehe auf und stelle das Foto auf den leeren Kaminsims, dann lege ich mich zurück aufs Sofa, und zum ersten Mal seit Monaten falle ich sofort in einen tiefen Schlaf.

Stanley

An. Aus. An. Aus. An.

Stanley kniete am Fußende seines Bettes und schaute von seinem Dachbodenzimmer aus durch das Teleskop auf das Haus in der Ferne. Am anderen Ende des Friedhofs gingen die Lichter an und aus.

Fenster im Erdgeschoss: an. Dann aus. Fenster im Erdgeschoss auf der anderen Seite: an.

Er konnte immer noch nicht rechts und links auseinanderhalten. Die anderen aus seiner Klasse schon, nur er kam immer wieder durcheinander. Manche lachten ihn deswegen aus, aber Dad meinte, er solle sich nichts daraus machen. Er habe es auch erst gelernt, als er auf die weiterführende Schule gegangen sei, und da war Dad um einiges älter gewesen als er jetzt.

Sein Lehrer hatte ihm einen Tipp gegeben: »Rechts ist die Hand, mit der man schreibt«, aber da er mit der anderen schrieb, hatte ihn das Ganze nur noch mehr verwirrt.

Das ergab doch keinen Sinn, dachte Stanley, während er weiter durch sein neues Teleskop – ein Geschenk vom Weihnachtsmann – sah. Aber viele Dinge ergaben keinen Sinn, deshalb waren sie auch so Angst einflößend. Der Weihnachtsmann ergab keinen Sinn. Am Tag vor Weihnachten hatte Dad gesagt, der Weihnachtsmann werde in sein Zimmer kommen, während er schlafe, und Geschenke für ihn am Fußende seines Bettes zurücklassen, was ihm Angst gemacht hatte. Er wollte nicht, dass ein Fremder sein Zimmer betrat, während er schlief, ganz egal, wie unwirklich er auch sein mochte.

Fenster im ersten Stock: an. Fenster im Erdgeschoss: immer noch an = zwei Lichter an.

Als wollte das Haus ihm etwas erzählen. Ein Geheimcode aus Lichtzeichen. Er kletterte vorsichtig aus dem Bett, um sich nicht den Kopf an der tiefen Dachschräge zu stoßen, und bahnte sich einen Weg durch das Eisenbahnset, das auf dem gesamten Fußboden aufgebaut war. Er trug seinen besonderen Schlafanzug, und seine Füße waren nackt, weshalb er nicht auf irgendetwas treten wollte. Das würde ihn nämlich nicht nur an den Fußsohlen schmerzen, sondern auch die gesamte Ordnung durcheinanderbringen. Ordnung war wichtig. Alles hatte einen bestimmten Platz. Den richtigen. Wenn es nicht genau so war, konnte er nicht schlafen.

Einmal war Dad zu ihm gekommen, um ihm einen Gutenachtkuss zu geben, und hatte dabei einen Bahnübergang umgestoßen und zerbrochen, woraufhin er stundenlang wach gelegen und sich Sorgen gemacht hatte. Irgendwann hatte er aufstehen und seinen Dad bitten müssen, das Teil mit seinem Spezialkleber zu reparieren, aber er war wütend geworden. Er hatte gesagt, es sei mitten in der Nacht, und ihn zurück ins Bett geschickt. Stanley erinnerte sich daran, wie er geweint hatte. Dann hatte auch sein Vater angefangen zu weinen. Das war, kurz nachdem seine Mutter ein Stern geworden war. Aber letztendlich war sein Vater aufgestanden und hatte den Bahnübergang repariert, er musste sich also auch Sorgen gemacht haben.

Stanley wusste, dass er eigentlich schlafen sollte. Aber er konnte nicht. Monatelang war das Haus auf der anderen Seite des Friedhofs dunkel gewesen, doch dann plötzlich, vor ein paar Tagen, hatte er dort ein Licht gesehen. Seitdem beobachtete er die Lichter jede Nacht. Er nahm die Taschenlampe, die er hinter dem Haus des Bahnhofsvorstehers aufbewahrte, und kletterte zurück aufs Bett. Er richtete sie auf das Fenster, schaltete sie aus, dann ein. Dann wartete er hoffnungsvoll.

Dass Mummy jetzt ein Stern war, ergab auch keinen Sinn. Wie hatte sie nur einfach in den Himmel verschwinden können, als er eines Tages in der Schule gewesen war? Hieß das etwa, dass das jedem passieren konnte? Konnte Dad genauso verschwinden? Stanley wollte nicht, dass sein Vater auch ein Stern wurde. Er bekam Angst, als er darüber nachdachte, selbst jetzt mit seinem neuen Teleskop, also entschied er sich, nicht in die Sterne zu schauen, sondern stattdessen die Lichter zu beobachten.

Das Haus antwortete. Aus. Aus. An … Aus.

Als das ganze Haus dunkel blieb, legte Stanley die Taschenlampe beiseite und kuschelte sich unter seine Spiderman-Bettdecke. Jetzt, da das Haus auch schlafen gegangen war, hatte er nicht mehr solche Angst vor dem Einschlafen. Er schloss die Augen. Morgen wollte er die Lichter wieder zählen. Vielleicht versuchte das Haus, ihm eine Nachricht zu senden.

Vielleicht war sie ja von Mummy.

Für einen guten Zweck

»Wie läuft's?«

»Gut… wirklich gut…«

Samstag. Zwei Wochen später. Ich telefoniere mit Naomi.

»Siehst du! Ich habe es ja gesagt! Ach, wie gern würde ich auch London verlassen, die frische Luft und der ganze Platz. Ellie würde es bestimmt gefallen. Hast du schon viele ausgedehnte Spaziergänge gemacht?«

»Kann man so sagen…«

Den Einkaufswagen vor den unendlich langen Farbregalen im Baumarkt hin und her zu schieben ist zwar vermutlich nicht das, was sie bei Spaziergängen im Sinn hatte, aber ich möchte sie nicht enttäuschen.

»Du Glückliche, das klingt nach glänzenden Aussichten!«

Ich bleibe vor der Auswahl an matten Wandfarben stehen, die von flackernden Leuchtstoffröhren beleuchtet wird.

»Glänzend.«

Erst seitdem ich aufs Land gezogen bin, weiß ich, dass es in meinem Häuschen keinen Mobilfunkempfang gibt. Laut meinem Anbieter befinde ich mich hier in einem Funkloch. Übersetzt bedeutet das, ich muss in die letzte Ecke meines Gartens gehen und, während ich fast erfriere, wie eine verdammte Irre mit meinem Telefon herumwedeln, um wenigstens einen halben Balken zu bekommen. Zumindest so lange, wie ich noch auf den Internetanschluss warten muss.

Dann lieber Multitasking. Während Naomi mir den neuesten Klatsch und Tratsch aus der Schule erzählt, bestaune ich die gewaltige Menge an Pinseln. So viele verschiedene Größen, Arten und Preise. Ich fahre mit den Fingern über die Borsten eines Pinsels und frage mich, ob ich mich wohl eher für einen 50-mm-Kunststoffborsten-Flachpinsel oder für den abgeschrägten 75-mm-Fensterpinsel mit Holzgriff entscheiden soll. Da entdecke ich einen Bereich nur mit Farbrollen und bin vollkommen überwältigt. Dabei wollte ich doch nur das Schlafzimmer renovieren.

»Und? Hast du schon irgendwelche heißen Bauern kennengelernt?«, fragt sie, nachdem sie mir von irgendeinem Streit wegen ein paar Kaffeebechern im Lehrerzimmer erzählt hat. Kaffeebecher sind unter Lehrern hart umkämpft, und anscheinend wären die neue stellvertretende Schulleiterin und eine Aushilfskraft fast wegen eines Keep-Calm-and-Carry-On-Bechers aneinandergeraten.

»Äh, Moment. In welchem Catherine-Cookson-Roman lebst du denn?«

Naomi gluckst fröhlich. »Tja, man weiß ja nie.«

»Glaub mir, ich weiß sehr wohl. Und das ist wirklich das Letzte, wonach ich gerade suche.«

Ich werfe ein paar Pinsel und Farbrollen in den Einkaufswagen.

»So, jetzt muss ich langsam aufhören …«

»Ja, ich auch, Ellie muss gleich zum Fußball. Genieß dein Wochenende!«

»Das werde ich, du hoffentlich auch!«

Nachdem ich aufgelegt habe, stecke ich mein Telefon wieder ein und wende mich einem Eimer mit weißer Wandfarbe zu. Wenn Naomi bloß die Wahrheit kennen würde. Vorsichtig, um mir nicht den Rücken zu verrenken, gehe ich in die Hocke und fasse mit beiden Händen zu, dann hieve ich den Eimer laut ächzend in meinen Wagen.

Wenn ich ehrlich bin, habe ich seit meinem Umzug noch kein bisschen frische Luft geschnappt geschweige denn malerische Landschaften bestaunt. Stattdessen habe ich mottenzerfressene Teppichböden herausgerissen und zur Müllverbrennungsanlage gebracht. Es war eine schaurige Arbeit, wer weiß, wie lange der Teppich schon dort gelegen hat, aber es gab genug Mäusekot, Spinnen (tot und lebendig) und glitzernden Schneckenschleim, um *Ich bin ein Star – Holt mich hier raus* Konkurrenz zu machen.

Zugleich habe ich mir bei verschiedenen Baufirmen in der Gegend Kostenvoranschläge eingeholt und mich durch die dazugehörigen Papierberge, Pläne und Genehmigungen gelesen, um mit den Renovierungsarbeiten beginnen zu können. Ein Architekt hat Pläne gezeichnet, er möchte Wände einreißen, um einen offeneren Wohnraum zu gestalten, die Küche zu erweitern und ein Gäste-WC hinzuzufügen, außerdem soll ein Holzofen eingebaut werden. Die Zimmer im ersten Stock haben eine angenehme Größe, aber das winzige Badezimmer braucht dringend eine Veränderung.

Leider wird die ganze Angelegenheit deutlich teurer und komplizierter, als es diese Hochglanz-Wohnmagazine immer suggerieren. Ein denkmalgeschütztes, über dreihundert Jahre altes Haus zu kaufen, bringt so manche Tücken mit sich. Die feuchte Stelle in meinem Schlafzimmer hatte ich zum Glück bereits beseitigen lassen, bevor ich eingezogen bin. Zumindest habe ich anstelle des riesigen Schimmelpilzes nun glatten frischrosa Putz an der Wand, der darauf wartet, überstrichen zu werden. Nach allem, was ich bisher gelesen habe, ist es sehr wichtig, zumindest ein Zimmer im Haus so weit fertig zu haben, dass man darin leben kann, wenn die Umbaumaßnahmen beginnen.

In meiner Tasche suche ich den mehrseitigen Einkaufszettel und streiche Farbe aus. Die Liste wird immer länger, wie damals, als das Faxgerät im Lehrerzimmer irgendeinen Fehler hatte und Unmengen an Papier auswarf, das sich auf dem Boden wellte. Daran sieht man, wie alt ich bin. Heutzutage hat schließlich niemand mehr ein Fax, oder? Ich könnte wetten, dass Davids neue Freundin noch nie ein Faxgerät gesehen hat.

»Entschuldigung, wo sind denn hier die Fußabtreter?«

»Wie bitte?« Ich sehe von meiner Liste auf und bemerke, dass mich ein Mann eingehend mustert.

»Ich suche einen Fußabtreter.«

Wirklich, er sieht mich genau an.

»Äh … Ich arbeite nicht hier.«

»Oh, okay.«

Der Mann entfernt sich zügig, und ich merke, dass meine Wangen brennen. So ganz falsch war er bei mir nicht. Mein Mann ist mit einer Frau durchgebrannt, die jung genug ist, seine Tochter zu sein, und was habe ich gemacht?

Seine Bügelwäsche.

Trotzdem. Immerhin war ich es, die die Scheidung eingereicht hat. Sich wie ein Fußabtreter zu fühlen, ist eine Sache. Ein Opfer zu sein, eine ganz andere.

Mein Gesicht glüht, als ich mir einen Weg zur Kasse bahne. Es ist viel los, und die Schlange ist lang. Es war ein Fehler, am Wochenende hierherzukommen. Es geht nur langsam vorwärts. Wahrscheinlich war das Ganze hier ein Riesenfehler. Jetzt mal im Ernst, wenn ich schon mein Leben auf den Kopf stelle und versuche, ganz von vorn anzufangen, sollte ich da nicht lieber eine spirituelle Reise nach Bali oder so etwas machen? Oder in der sonnigen Toskana ein altes Bauernhaus renovieren und jede Menge gut aussehender Italiener kennenlernen? Das ist es doch, was geschiedene Frauen ab einem gewissen Alter in Filmen immer tun, oder etwa nicht?

Das hier ist jedoch kein Film, sondern ein Baumarkt.

Ich schnappe mir den Warentrenner und beginne, den Inhalt meines überquellenden Einkaufswagens auf das Band zu legen. Statt eines Bauernhauses in der sanften Hügellandschaft der Toskana habe ich mir eine feuchte, schimmelige Ruine in den Yorkshire Dales gekauft. Die ganzen tollen Selbsthilfebücher und Ratgeber, die ich mir zugelegt habe, empfehlen einen Neubeginn und neue Projekte. Hätte ich nicht einfach eine Sprache lernen oder anfangen können, Sauerteigbrot zu backen? In London kann man doch sicher auch etwas zur Miete finden. Ein allzu großes Risiko, meinem Ex über den Weg zu laufen, besteht schließlich nicht, da er jetzt am anderen Ende der Stadt lebt. Ich hätte einfach nur ein paar gemeinsame Freunde meiden müssen.

Wahrscheinlich wäre das noch nicht einmal nötig gewesen, da sie mich schon von ganz allein mieden. So ist das bei Scheidungen. Verheiratete befürchten, es könnte ansteckend sein wie die Masern. Wenn David und Liv sich trennen, wer ist dann wohl als Nächstes dran? Als David mich verließ, waren meine Freundinnen wirklich fantastisch und kümmerten sich um mich. Wir lästerten über David und tranken Wein. Nach einer Weile jedoch wurden die SMS, Whatsapp-Nachrichten und Anrufe immer weniger, bis sie schließlich ganz aufhörten. Wenn der erste Schock einmal überstanden ist, machen alle mit ihrem eigenen Leben weiter und nehmen an, dass man dasselbe tut.

Aber so ist es nicht: Entsetzen und Unglauben verschwinden nicht einfach über Nacht. Am schlimmsten ist jedoch, dass man niemanden enttäuschen oder belasten möchte, indem man zugibt, *immer noch nicht* darüber hinweg zu sein. Dass man letztes Wochenende nichts vorhatte, sondern es einfach nicht geschafft hat, sich anzuziehen. Dass die Zukunft, die so sicher schien, jetzt furchtbar Angst einflößend ist.

Also sagt man nichts. Löscht die ganzen Social-Media-Apps auf seinem Telefon. Kündigt seinen Job und zieht Hunderte Meilen weit weg, um ein neues Leben zu beginnen. Ich bin mitten in der Nacht mit Panikattacken aufgewacht, habe im Bett wach gelegen und geweint und meinen Geburtstag einzig und allein von Umzugskisten umgeben gefeiert. Aber eins ist sicher, ich bin nicht so weit gekommen, um jetzt aufzugeben.

»Das macht dann dreihundertfünfundsiebzig Pfund und achtzig Pence bitte.«

»Wie viel?« Ich merke, wie ich blass werde.

Wow! Es wäre sogar deutlich billiger geworden, sich auf Bali herumzutreiben. Ich krame meine Kreditkarte hervor. Dabei muss ich daran denken, dass ich schon längst ins Dorf gehen wollte, um einen Aushang im Zeitschriftenladen zu machen. Ich möchte schließlich Nachhilfestunden anbieten. Wenn es so weitergeht, werde ich mit meinen Ersparnissen nicht lange auskommen.

Wortlos dreht die Kassiererin das Kreditkartenlesegerät in meine Richtung und tippt mit ihren Fingernägeln auf dem Display herum. Sie hat unglaublich lange, leuchtend orange Fingernägel. Fast automatisch verberge ich meine von den Renovierungsarbeiten eingerissenen, unansehnlichen Nägel in der Handfläche.

Ich werfe einen Blick auf die Summe.

»Ja, in Ordnung«, sage ich und nicke, obwohl ich gar nichts sehen kann. Meine Lesebrille liegt zu Hause. Ich stecke meine Karte in das Gerät und gebe die Geheimzahl ein. Sie muss akzeptiert worden sein, da ein langer Kassenbon herauskommt.

»Vielen Dank für Ihren Einkauf.«

»Danke.« Ich lächle, aber die Kassiererin hat schon den nächsten Warentrenner entfernt und sich dem neuen Kunden zugewandt, einem alten Mann mit einer Hyazinthe im Topf.

Draußen hat es sich zugezogen, der Himmel ist grau und düster, und es ist kälter geworden. In London war es im Februar niemals so kalt. Hier dringt einem die Kälte bis in die Knochen. Ich setze mir meine Mütze auf, ziehe die Handschuhe an und schiebe den Einkaufswagen in Richtung Parkplatz. Ich bin zu einem Gewerbegebiet ein wenig außerhalb gefahren. Den Vertrag für den Mietwagen habe ich um ein paar Wochen verlängert, aber ich sollte ihn bald wieder abgeben, da er mich ein kleines Vermögen kostet.

»Eine kleine Spende bitte.«

Ich komme an einer jungen Frau mit einer Sammeldose vorbei. Die Frau trägt eine Warnweste mit irgendeinem Spruch darauf, den ich nicht weiter beachte …

»Tut mir leid, ich habe kein Wechselgeld.«

Die Standardantwort. Ich will einfach nur ins Auto und die Heizung hochdrehen.

»Selbst wenn es nur ein paar Münzen sind, Kleinvieh macht auch Mist.« Sie lächelt. Ihre Haare sind pink, und sie trägt einen silbernen Nasenring. Sie ist deutlich jünger, als ich zuerst angenommen hatte. Vermutlich erst im Teenager-Alter. Da fällt mir auf, dass sie gar keine Handschuhe anhat und die Ärmel ihres Sweatshirts nach unten zieht, um ihre Hände zu bedecken, die schon ganz rot und rau vor Kälte sind.

»Ich sammle für die Hunde im Tierheim.«

Jetzt schäme ich mich, bleibe stehen und krame in meiner Tasche. Da ist nichts, also hole ich mein Portemonnaie hervor.

»Haben Sie einen Hund?«

»Äh … nein.«

Mist. Ich habe nur einen Zwanziger.

»Haben Sie schon einmal darüber nachgedacht, sich einen anzuschaffen?«

»Nein, eigentlich nicht.« Ich schüttle den Kopf. »Ich bin nicht so der Hunde-Typ.«

»Das glaub ich nicht«, sagt sie, grinst und kräuselt die Nase.

Ich bin hin- und hergerissen. Gern würde ich etwas spenden, es geht schließlich um eine gute Sache, und sie scheint wirklich engagiert zu sein, sich bei dieser Kälte am Wochenende hier hinzustellen, aber eigentlich kann ich es mir nicht leisten, zwanzig Pfund wegzugeben.

»Wenn Sie es sich doch einmal anders überlegen, bei uns finden Sie viele wunderbare Hunde, die ein liebevolles Zuhause suchen.«

Sie hält mir ein Faltblatt hin. Darauf sind Fotos von Hunden, die mich aus ihren traurigen Augen flehend ansehen.

»Hier.« Ich ziehe den Zwanziger aus meinem Portemonnaie.

»Oh, Wahnsinn …« Sie strahlt über das ganze Gesicht, bis sie plötzlich die Stirn runzelt. »Entschuldigung … Ich habe kein Wechselgeld, das ist alles in der Sammeldose.«

»Ich möchte auch keins.«

»Das ist verrückt! *Unmöglich …*«, ruft sie, dann hält sie sich ihre eingefrorene Hand vor den Mund. »Wirklich, sind Sie sicher? Wow, vielen Dank!«

»Es ist ja für einen guten Zweck«, antworte ich lächelnd.

Schnell gehe ich mit meinem Einkaufswagen weiter, bevor ich meine Großzügigkeit bereuen kann. Da setzt plötzlich Eisregen ein, und ich ziehe mir meine Kapuze über den Kopf, bevor ich den Weg über den Parkplatz fortsetze.

»Hey!«, höre ich eine Stimme hinter mir. Als ich mich umdrehe, sehe ich, wie mir das Mädchen mit den pinken Haaren und der Sammeldose zuwinkt.

»Sehen Sie, ich hatte doch recht! Sie sind ganz sicher der Hunde-Typ!«

Valentin

Verflixt noch mal, er war fix und fertig.

Auf halbem Weg den Berg hinauf musste er anhalten, um zu Atem zu kommen. Wer auch immer behauptet hat, Alter sei nur eine Zahl, war sicher keine neunundsiebzig. Er streckte seine Hand aus, stützte sich an einer Steinmauer ab und spürte, wie sich sein Brustkorb heftig hob und senkte. Von der Bushaltestelle den Berg hinauf, das war eine ganz schöne Strecke, und mit jedem Tag kam sie ihm steiler vor. Die Luft gelangte nicht in seine Lunge. Als wären sie irgendwie geschrumpft. Auch seine Beine wollten nicht mehr wie früher. Er musste sich einen Augenblick setzen.

Valentin machte es sich auf der Mauer bequem, er hob den Hintern an, um seinen Mantel zu befreien, und zupfte dann den Saum zurecht. Es kam ihm vor, als wäre es erst gestern gewesen, dass er solche steilen Strecken mit dem Fahrrad genommen hatte, um Zeitungen auszutragen. Damals war er sie geradezu hinaufgeflogen, den Wind in den Mantelspitzen. Jetzt lag der Berg vor ihm wie der Mount Everest.

Er klopfte sich mit der Faust gegen die Brust. Das viele Rauchen über die Jahre hätte er besser gelassen. Was für ein Dummkopf er doch gewesen war. Hatte sich eingebildet, unbesiegbar zu sein. Damals hatten sie das wohl alle gedacht. Sogar Gisele.

Nachdem er sich einen Augenblick ausgeruht hatte, lief er weiter. Der Wind hatte ein wenig nachgelassen, und schon bald konnte er das vertraute Backsteingebäude sehen. Pflegeheim Clifton Court. Noch immer kam er sich vor wie in einem schlechten Traum. Sechs Monate pilgerte er nun schon täglich hierher, auch wenn es sich immer wieder wie das erste Mal anfühlte. Das Gefühl von Verlust war noch genauso brennend, und als er sich dem Gebäude näherte, brach eine ihm bereits vertraute Welle aus Trauer und Fassungslosigkeit über ihn herein. Wie hatte es bloß so weit kommen können?

Während er den gepflasterten Weg zum Eingang entlanglief, berührte er mit seinen Fingern leicht das Metallgeländer. Valentin sah auf den goldenen Ehering an seiner Hand. Bis dass der Tod euch scheidet. Das hatte der Pfarrer doch gesagt. Und jetzt waren sie hier, neunundfünfzig Jahre später. Der Tod hatte sie nicht geschieden. Sondern etwas anderes. Etwas, das auf so vielen Ebenen noch viel schlimmer war.

Als er den Eingang erreichte, öffnete er die Tür und betrat die hell erleuchtete Empfangshalle. Dort standen mehrere Töpfe mit Plastikpflanzen, und an den Wänden hingen ein paar nichtssagende Drucke. Beides ärgerte ihn. Sie hätten zumindest ein paar echte Pflanzen und schöne Bilder nehmen können. Solche Kleinigkeiten waren doch wichtig. Vielleicht nahm man an, dass die Bewohner es eh nicht bemerken würden.

Aber Gisele war es sofort aufgefallen. Es gehörte zu den ersten Dingen, die sie kommentiert hatte, als sie zum ersten Mal hier hereingekommen waren. Die Erinnerung daran, wie sie sich hinuntergebeugt hatte, um die federförmigen Blätter eines Farns zwischen den Fingern zu spüren, und ihr Gesichtsausdruck, als sie verstand, dass sie gar nicht echt waren, schmerzte ihn noch heute. Gisele hatte schon immer ein Herz für Pflanzen gehabt. Du bist mein grüner Daumen, hatte er oft zu ihr gesagt. Sie hatte auf ihrer kleinen Terrasse alles zum Wachsen gebracht. Blumenkästen mit leuchtend roten Geranien und vielfarbigen Blütenmeeren aus Hänge-

Petunien, Töpfe mit kletternder Klematis, duftendem Jasmin und Gartenhortensien.

Jetzt waren alle Blumenkästen und Töpfe leer.

»Guten Tag, Mr Crowther.«

Wie immer wurde er von der Dame an der Anmeldung begrüßt, die wie ein großer, bunter Papagei hinter der langen Theke saß. Sie hatte ihr breites Lächeln aufgesetzt und trug denselben seltsam matten Lippenstift wie immer. Selbst ohne seine Brille bemerkte er, dass ein bisschen davon auf ihre Schneidezähne abgefärbt hatte. Valentin nervte ihre aufgesetzte Fröhlichkeit. Hier gab es schließlich nichts, was einen fröhlich stimmen konnte.

»Morgen«, antwortete er schroff und nahm seine Mütze ab.

»Wie fühlen Sie sich heute?«, fuhr sie ebenso gut gelaunt fort.

Wütend. Er war so unglaublich wütend, weil alles so unfair war. Manchmal wusste er gar nicht, wohin mit seiner Wut.

»Normal«, antwortete er mit einem Achselzucken.

Er wusste, dass es nicht ihre Schuld war. Niemand trug die Schuld daran. Die Angestellten des Pflegeheims konnten nichts dafür. Sie waren immer so nett zu ihm. So liebevoll zu Gisele. Manche vergleichbaren Orte waren einfach nur furchtbar, darüber konnte man immer wieder in den Zeitungen lesen, alles Mögliche ging da vor sich, schreckliche Dinge, aber er konnte sich kein besseres Heim für seine Frau wünschen. Sie hatten Glück gehabt, wenn man denn dabei von Glück sprechen konnte.

»Ich heiße Valentin. Wie oft soll ich Ihnen das denn noch sagen?«

Er bereute es sofort. So ein alter Dummkopf, die Wut an anderen auszulassen, er musste sich besser unter Kontrolle haben. Was Gisele wohl dazu gesagt hätte?

»Ich weiß, entschuldigen Sie. Wir haben die Anweisung von oben bekommen, alle unsere Gäste mit ihrem richtigen Namen anzusprechen.«

»Dann sagen Sie ihnen eben, dass das mein richtiger Name *ist.*«

Sie verzog das Gesicht und nickte. Sie erinnerte ihn an seine Tochter Helen, als sie noch jünger gewesen war. Sie hatte manchmal genau denselben Gesichtsausdruck gehabt.

»Wie geht es meiner Frau heute?«

»Sie hat gerade gefrühstückt. Es wird Sie sicher freuen, dass sie zwei weich gekochte Eier *und* eine Scheibe Toast gegessen hat. Man sagte mir, sie hätte Soldaten daraus gemacht.«

Valentin spürte einen Kloß im Hals, als er sich daran erinnerte, wie seine Frau seiner Tochter, als sie noch klein gewesen war, Eier mit Toast zum Tunken gemacht hatte. Was er als Soldaten kannte, nannte Gisele *Mouilettes* – sie sprach mit ihrer Tochter häufig Französisch, ihre Muttersprache, sie tunkte die Toaststreifen in das flüssige Eigelb und ließ sie dann auf den Mund ihrer Tochter zumarschieren, begleitet von kindlichem Gelächter und dem Ruf nach: »Mehr *Mouilette*, Mummy!«

»Aye, sie hat schon immer die besten Soldaten gemacht«, sagte er, nickte und räusperte sich. Er durfte nicht traurig sein. Er durfte nicht zulassen, dass Gisele ihn traurig sah.

Die Angestellte strahlte ihn an. »Sie ist im Aufenthaltsraum und sieht fern. Gehen Sie ruhig zu ihr.«

Der Aufenthaltsraum lag hinter der doppelt verglasten Sicherheitstür am Ende des Ganges. Es war ein angenehm heller Raum mit großen Fenstern, einem Wintergarten und einem schönen Blick in den Garten. Selbst an einem trostlosen Februartag wie heute konnte man beides sehen, Himmel und Erde, was brauchte man mehr?

Valentin legte Mantel und Schal ab. Es war immer so heiß und stickig hier drin. Am Anfang hatte er darum gebeten, ein Fenster öffnen zu dürfen, ein wenig frische Luft hereinzulassen, aber ihm wurde gesagt, sie müssten geschlossen bleiben, und die Heizung war hochgedreht worden, angeblich, um die

Bewohner warm zu halten. Damit sie schön müde sind, hatte er gehässig vor sich hin gemurmelt.

Er hatte sich das hier nie für Gisele vorstellen können. Bevor es ihr schlecht ging, hatten sie darüber gesprochen. Steck mich bloß niemals in so ein Heim, hatte sie schaudernd gesagt, sobald irgendetwas über Pflegeheime im Fernsehen kam. Dort waren meist Räume voller alter Menschen zu sehen, die in ihren Sesseln wegnickten, die Köpfe zur Seite weggerutscht, die Münder weit geöffnet, und sie hatten sich das Ganze mit Grauen in den Augen angesehen.

Gib mir einfach eine Zyankalikapsel, und dann ist Schluss, hatte er dann immer gesagt. Und sie hatte gelacht, ihr typisches helles Lachen, und dann mit ihrem starken Akzent, der über die Jahre nicht abgenommen hatte, gesagt: »O Valentin. Du hast zu viele dieser Kriegsfilme gesehen. Wo soll ich denn bitte Zyankali herbekommen? Aus dem Supermarkt?«

Er sah sie sofort. Sie saß in einem Sessel am Fenster, starrte in den Garten hinaus, die Hände im Schoß gefaltet. Aus der Ferne wirkte sie wie immer. Beinahe kam es ihm so vor, als wäre er hier, um sie abzuholen und wieder nach Hause zu bringen. Als hätten die Ärzte sich getäuscht und es ginge ihr nun wieder gut. Als würde sie ihn, sobald sie ihn bemerkte, zurechtweisen, mit der Zunge schnalzen und dafür rügen, sie hiergelassen zu haben.

»Hallo, meine Liebste.«

Mit einem Lächeln auf dem Gesicht näherte er sich und setzte sich neben seine Frau. Es fiel ihm immer noch so unglaublich schwer, sich nicht einfach über sie beugen zu können, um sie mit einem Kuss auf die Wange zu begrüßen. Das hatte er sein ganzes Leben lang so gemacht, seit ihrem weit zurückliegenden ersten Date. Vor ein paar Monaten jedoch, als er sich angeschickt hatte, ihr einen Kuss zu geben, war sie vor ihm zurückgeschreckt und nervös geworden. Eine Ärztin hatte ihm daraufhin gesagt, er solle sich nicht aufregen oder es persönlich nehmen. Es komme häufig vor, dass Patienten innerlich aufgewühlt oder abweisend reagierten, wenn Verwandte versuchten, sie zu küssen.

»Stellen Sie sich vor, jemand Fremdes käme auf Sie zu und wollte Sie küssen«, hatte Dr. Kahn ihm erklärt.

»Aber ich bin kein Fremder, ich bin ihr Ehemann«, hatte er protestiert.

»Aber daran erinnert sie sich nicht immer«, war ihre Antwort gewesen.

Gisele wandte sich ihm zu, mit ihren leuchtend blauen Augen musterte sie sein Gesicht. Die Pflegekräfte hatten ihr einen ihrer Lieblingspullover, den kirschroten, angezogen und ihr ein wenig Make-up aufgetragen, genau wie sie es mochte, aber aus der Nähe war es, als hätte ihr Gesicht sein Strahlen verloren.

»Ich bin es, Valentin. Dein Valentin«, half er ihr.

Sie lächelte, aber er war sich nicht sicher, ob es nicht eher Höflichkeit war als Wiedererkennen.

»Ist heute Valentinstag?«

»Nein, noch nicht, Liebste.« Er schüttelte den Kopf. »Aber jeder Tag ist Valentinstag, wenn du mit mir verheiratet bist, das hast du doch früher immer gesagt, nicht wahr?«, scherzte er zaghaft und suchte dabei in ihrem Gesicht nach einem Aufflackern der Erinnerung.

Es hatte so unschuldig begonnen, er hatte angenommen, sie sei vergesslich geworden, etwas verwirrt vielleicht. »Sind wir das nicht alle? Das nennt man Altern«, beruhigte er sie, wenn sie mal wieder nicht wusste, wo sie ihre Brille hingelegt, oder sich auf dem Weg aus der Stadt nach Hause verlaufen hatte. Aber so war es nicht. Als sie die offizielle Diagnose Alzheimer bekam, legte er im Sprechzimmer der Ärztin den Arm um seine schluchzende Frau und sagte ihr, sie solle sich keine Sorgen machen. Sie hätte so viele Jahre auf ihn aufgepasst, nun sei er an der Reihe.

Am Anfang lief es noch gut. Sie fuhren sogar zusammen in den Urlaub nach Südfrankreich, mit dem Campingbus wie immer. Aber als die Krankheit immer weiter im Hirn seiner Frau wütete, kam es ihm vor, als müsste er zur Seite treten und dabei zuschauen, wie Diebe bei ihm zu Hause einbrachen und die wertvollsten Dinge mitnahmen, die er besaß. Sie stahlen ihren Humor, ihre verblüffende Fähigkeit, sich jedes Datum und jedes Rezept merken zu können, und ihre Freude am Gärtnern. Ihr Verhalten wurde immer unvorhersehbarer, sie stand mitten in der Nacht aus dem Bett auf, zog sich den Mantel an und wollte zum Supermarkt, wurde immer wütender und ungeduldiger, obwohl sie bis dato ihr ganzes Leben über so ruhig und warmherzig gewesen war.

Am schlimmsten war es jedoch, sie untröstlich weinen zu sehen, wenn ihr in den seltenen lichten Momenten bewusst wurde, was mit ihr geschah. Er versuchte, sie zu beruhigen, und scheiterte. Er hielt es so lange wie nur möglich aus, aber am Ende wurde es selbst mit der Hilfe von Pflegekräften zu viel.

»Acqua di Parma …«

»Wie bitte, Liebste?«

»Dein Parfum«, sagte sie und beugte sich zu ihm vor. »Ich habe es dir zu Weihnachten geschenkt.«

»Ja … ja, das hast du, Liebste.«

In diesen winzigen, wundervollen Augenblicken schien es ihm, als bekäme er seine Frau zurück, und Valentin wurde es ganz leicht ums Herz, und er streckte seine Hand nach ihrer aus. So, wie er es vor vielen Jahren getan hatte, als er sie zum ersten Mal gefragt hatte, ob sie mit ihm tanzen wolle, damals im Palais. Ihre jugendliche Haut hatte sich da noch fest und glatt angefühlt, jetzt war sie pauspapierdünn, aber es war immer noch dieselbe Hand wie die, die er damals gehalten hatte, als sie beim Jive über die Tanzfläche gewirbelt waren.

»Kommt Helen noch?«

Gisele sah ihm über die Schulter, den Blick erwartungsvoll auf die Tür gerichtet, als könnte ihre Tochter jeden Augenblick hereinkommen.

»Nein, sie ist bei deiner Schwester Agnès in Paris.«

Enttäuschung zeigte sich auf ihrem Gesicht, und sie murmelte etwas auf Französisch, das Valentin nicht verstand. In letzter Zeit sprach sie immer häufiger in ihrer Muttersprache. Als er sie kürzlich besucht hatte, wollte sie partout kein Englisch sprechen, und er musste das wenige Französisch auspacken, das er konnte.

»Sind wir in Paris?«, fragte sie schließlich auf Englisch.

»Nein, nur Helen.«

Sie wirkte aufgewühlt, als müsste sie diese Informationen erst einmal verarbeiten, dann fragte sie plötzlich: »Können wir jetzt nach Hause gehen?«

»Morgen vielleicht«, beruhigte er sie, streichelte mit seinem Daumen über ihre Hand. Er mochte es nicht, sie anzulügen, aber er hatte gelernt, dass er sie so am besten schonen konnte. Bei jedem Besuch fragte sie ihn danach, am Anfang hatte er noch versucht, es ihr zu erklären, die Wahrheit zu sagen, dass sie jetzt hier lebte, aber dann regte sie sich zu sehr auf.

Also hatte er angefangen zu lügen. Er belog seine eigene Frau.

»Ich habe dir etwas mitgebracht.« Um sie abzulenken, griff er in seine Einkaufstasche und zog eine Hyazinthe im Topf hervor, die er eben auf dem Weg erst gekauft hatte. Der Baumarkt im Gewerbegebiet hatte eine große Gartenabteilung, und der Bus setzte ihn genau davor ab, am Fuß des Berges. »Die riechst du doch so gern.«

»*Jacinthe …*«

Giseles Augen leuchteten.

»Aye«, sagte er, nickte und lächelte. »Ich weiß ja, wie gern du den Duft magst.«

Er hielt ihr den Topf hin, sie steckte die Nase zwischen die violetten Blütenblätter und atmete tief ein. Die Wirkung war unglaublich. Mit geschlossenen Augen sog sie den Duft ein und wurde sofort ganz ruhig.

»Wie mein Hochzeitsstrauß.« Sie sprach mit gedämpfter Stimme, als kämen die Erinnerungen nur vorsichtig aus ihr hervor und als hätte sie Angst, durch lauteres Sprechen könnten sie verscheucht werden. »*Jacinthe pourpre*... tiefviolett waren sie, zusammengebunden mit einem elfenbeinfarbenen Band. Nie zuvor habe ich so etwas Schönes gesehen...«

»Du warst das Schönste.« Valentin lächelte und nickte, bezaubert von seiner Frau. Diese kostbaren Momente, in denen sie sich erinnerte, wurden immer seltener. »Die schönste Braut, die ich je gesehen habe.«

Sie runzelte die Stirn und öffnete die Augen, dann wandte sie sich ihm zu.

»Kennen wir uns?«

Er kämpfte mit den Tränen.

»Ja, ich bin es, Liebste. Valentin, dein Ehemann.«

Mittlerweile hätte er darauf vorbereitet sein müssen. Sie wusste nicht, was sie sagte. Sie meinte es nicht so. Und dennoch zerbrach sein Herz jedes Mal ein wenig mehr.

Gisele sah ihn ausdruckslos an. Nichts. Ein ganzes Leben gemeinsam und nichts war davon übrig.

Er zog lautstark Luft durch die Nase hoch. »Lass uns gucken, ob wir sie in dein Zimmer bringen können, in Ordnung?« Er stand auf. Warum sollte er auch sitzen bleiben und sich selbst bemitleiden. Das half schließlich auch niemandem. »Ich frage mal die Krankenschwester, ob wir sie auf deinen Nachttisch stellen können. Wenn du dann ins Bett gehst, wird sie dich an deinen Hochzeitstag erinnern.«

Er lächelte fröhlich, aber sie hatte sich schon weggedreht und schaute aus dem Fenster. Dabei rieb sie sich nervös die Hände, verlor sich in einer Welt, zu der er keinen Zugang hatte. Valentin hielt die Hyazinthe in der Hand und betrachtete sie hilflos.

»Also, Liebste. Ich gehe dann jetzt, morgen komme ich wieder.«

Auf seinem Weg nach draußen ließ er den Tränen freien Lauf. Diesen Sommer war ihr sechzigster Hochzeitstag, und er konnte seiner Frau noch nicht einmal einen Abschiedskuss geben.

Online-Dating

Ich drehe den Wasserhahn auf und halte die Pinsel darunter, um die Borsten zu reinigen. Während ich sie mit den Fingern auseinanderfächere, wirbeln silbrige Farbfäden in den Abfluss des alten Metallspülbeckens.

Es ist Sonntagabend. Die ganze Woche habe ich damit zugebracht, das Schlafzimmer zu streichen. In London haben wir dafür Maler engagiert. Tomasz und Basek, ein Zwei-Mann-Unternehmen aus der Gegend, das Unmengen gezuckerten Tee trank und dazu laut dröhnende House-Musik hörte.

Bei Tomasz und Basek sah immer alles so einfach aus, aber der Eindruck täuschte. Bevor ich mich ans Streichen machen konnte, musste ich die ganzen Vorarbeiten erledigen, schmirgeln und Löcher füllen. Und die gibt es in einem dreihundert Jahre alten Haus wirklich zur Genüge. Natürlich habe ich vor dem Kauf ein Gutachten erstellen lassen, allerdings nur ein einfaches, um ein wenig Geld zu sparen.

»Es steht bereits so lange, es wird schon nicht umfallen«, hatte der Makler fröhlich verkündet.

Als ich die Pinsel ins Spülbecken sinken lasse und den Wasserhahn zudrehe, fällt mein Blick auf die Flasche Rotwein daneben. Ich schenke mir ein großes Glas ein, dann stelle ich die Flasche zurück, überlege es mir anders und nehme sie mit ins Wohnzimmer, zusammen mit einer Tafel meiner Lieblingsschokolade, Zartbitter. Man spricht wohl von Scheidungsdiät, aber nachdem der erste Schock über die Affäre meines

Mannes verdaut war, habe ich an Gewicht zugelegt. Das muss an dem ganzen Wohlfühlessen liegen. Auch wenn ich, ehrlich gesagt, keine Ahnung habe, warum es Wohlfühlessen genannt wird, in meinen Klamotten fühle ich mich zumindest jetzt alles andere als wohl.

Mit aufgeknöpfter Hose lasse ich mich aufs Sofa fallen. Ich habe mir mehrere von diesen Ölradiatoren zum Einstöpseln gekauft, aber es ist immer noch kühl. In dem Häuschen gibt es einen alten Kamin, aber es dauert eine Ewigkeit, das Feuer zu entfachen: mit gerollten Zeitungsseiten, vorsichtig geschichtetem Anzündholz und Holzscheiten. So viel Arbeit nur für mich allein kommt mir dann doch etwas übertrieben vor. Also greife ich nach einer Decke, kuschle mich darin ein und nehme einen großen Schluck Wein.

Es fühlt sich seltsam an, an einem Sonntagabend auf dem Sofa zu liegen und einen Malbec zu trinken. Früher habe ich mich da immer auf Montagmorgen und die gesamte Woche vorbereitet. Der Fernsehbildschirm flackert in der Ecke wie ein mitteilsamer Freund, der nie eine Verschnaufpause einlegt. Ich sehe gar nicht hin, er läuft nur im Hintergrund zur Gesellschaft. Als ich noch verheiratet war, habe ich mich oft nach ein wenig Ruhe und Frieden gesehnt. Mir ein bisschen mehr Zeit für mich gewünscht, ohne das Korrigieren von Hausaufgaben, das Bewältigen der Wäscheberge oder die Frage »Was gibt es zum Abendessen«, sobald ich zur Tür hereinkam.

Jetzt begrüßt mich niemand mehr. Wenn ich die Haustür hinter mir schließe, ist da keiner, mit dem ich mich unterhalten oder etwas teilen kann, weder Pizza noch Sofa und auch nicht die Gedanken über einen miesen Arbeitstag. Der viel zitierte Satz stimmt tatsächlich: Sei vorsichtig, was du dir wünschst – es könnte in Erfüllung gehen. Meine Gedanken verdüstern sich, also nehme ich meine Handtasche und schütte auf der Suche nach meinem Telefon den Inhalt aus. Immerhin war mittlerweile tatsächlich jemand da, um das Internet einzurichten, sodass ich jetzt zumindest WLAN habe: Ich sehne mich danach, eine freundliche Stimme zu hören. Beim Betrachten meiner WhatsApp-Kontaktliste halte ich kurz bei Josies Eintrag inne, zögere, wähle dann jedoch Naomis Nummer.

Die Mailbox schaltet sich ein, und ich bemühe mich, eine fröhlich und beschwingt klingende Nachricht zu hinterlassen. Erzähle, wie beschäftigt ich war, und von den Plänen für das Haus. Sie soll nicht merken, wie verloren und einsam ich mich fühle. Wie ich es tagsüber schaffe, mich abzulenken, abends jedoch von Angst und Verzweiflung eingeholt werde. Beim Auflegen nehme ich ein Faltblatt wahr, das aus meiner Handtasche gefallen ist. Es stammt von der jungen Frau auf dem Parkplatz. Ich sehe es mir genauer an, lese, was dort über die Hunde steht, die alle ein neues Zuhause suchen. Vielleicht hatte sie doch recht, vielleicht sollte ich mir wirklich einen Hund anschaffen. Dann hätte ich Gesellschaft und würde mich mehr bewegen, ein Zuhause habe ich schließlich anzubieten, auch wenn es ein wenig durchs Dach tropft.

Ganz unten steht eine Internetadresse, also rufe ich die Homepage über mein Telefon auf und scrolle geistesabwesend durch die vielen Fotos der Hunde, die alle ein neues Zuhause suchen, und lese die Beschreibungen dazu. Ein bisschen wie Online-Dating. *Gesellig, unkompliziert und energiegeladen. Liebt lange Spaziergänge auf dem Land und kuschelt gern vor dem Kamin auf dem Sofa.*

Treffer!

Na ja, bis auf das energiegeladen vielleicht. Das Wochenende mit Renovierungsarbeiten hat mich völlig erschöpft, und abgesehen von dem Marsch durch den Baumarkt habe ich auch noch keine längeren Spaziergänge gemacht. Mhm, gesellig war ich in letzter Zeit auch nicht gerade. Seit meinem Umzug wollte ich, ehrlich gesagt, eh lieber allein sein und habe deshalb kaum ein Wort mit jemandem gewechselt, aber es ist schließlich auch Winter, und ein Winterschlaf kommt mir gerade recht. Meinen direkten Nachbarn habe ich mich immerhin vorgestellt, die sind allerdings nur am Wochenende hier, da die meisten Häuschen in meiner Straße entweder Zweitwohnsitze oder Ferienhäuser zu sein scheinen.

Auf einer der Unterseiten unter der Rubrik *Dinge, über die man nachdenken sollte, bevor man sich einen Hund anschafft* findet sich eine ganz schön lange Checkliste: Einen Hund zu besitzen bedeutet, Verantwortung zu übernehmen, und dann gibt es da auch noch einen Abschnitt darüber, dass »Hunde feste Routinen brauchen«. Ich denke über mein momentanes Leben und das ganze Chaos darin nach, vielleicht sollte ich doch besser noch eine Weile warten.

Bitte, Dad. Können wir bitte einen Hund haben? Plötzlich höre ich Josies Stimme in meinem Kopf und werfe einen Blick zum Kaminsims hinüber, auf dem das Foto von uns beiden als Kinder steht. Nachdem unsere Mutter gestorben war, flehten wir unseren Vater an und baten ihn inständig, uns einen Hund zu erlauben, aber wir zogen zu oft um, und die wechselnden Hauseigentümer erlaubten es nicht. Erst als ich heiratete, ergab sich für mich die Möglichkeit, mir ein Haustier anzuschaffen, aber David war vehement dagegen. »Ich bin allergisch gegen Katzen, und Hunde bedeuten zu viel Verantwortung«, sagte er verächtlich.

Genau wie die Ehe, wie sich herausstellen sollte.

Gerade will ich die Homepage schließen, als mein Blick plötzlich auf einen Wurf Welpen fällt, die alle ein Zuhause suchen. Ihre winzigen Gesichter rühren mich, ich suche nach der Adresse, es ist gar nicht weit. Vielleicht sollte ich ihnen doch einen Besuch abstatten, gucken kostet schließlich nichts, oder?

Maya

»Zieh nicht so ein Gesicht.«

»Was meinst du?«

»Du weißt ganz genau, was ich meine. Nie lächelst du, immer siehst du mürrisch aus.«

»Das stimmt doch gar nicht!« Maya warf ihrem Stiefvater, der auf der anderen Seite der Kücheninsel stand, einen missmutigen Blick zu. »Wenn ich mit meinen Freunden zusammen bin, lächle ich die ganze Zeit.«

»Genau. Aber eben nicht, wenn du bei deiner Familie bist!« Er knallte seinen Becher auf die Arbeitsfläche, sodass der Tee auf seine Papiere spritzte. »Jetzt sieh nur, wozu du mich gebracht hast!«

»Dafür kann ich doch nichts!« Sie war empört, warum bitte schön war denn *immer* sie an allem schuld?

Sie hörten, wie die Eingangstür zufiel, eine Polizistin betrat den Raum, und beide verstummten sofort. Mit Blick auf die Szene verdunkelte sich ihre Miene.

»Mum, sag du es ihm!« Maya redete als Erste los. Erleichtert, dass ihre Mutter von der Arbeit zurück war, wandte sie sich nachdrücklich an sie. »Dad hört mir überhaupt nicht zu!«

Als Polizistin war es Neesha Sharmas Aufgabe, für Ruhe und Ordnung auf den Straßen zu sorgen, aber momentan war das auch zu Hause ständig vonnöten.

»Kann mir bitte jemand erklären, was hier eigentlich los

ist?« Sie seufzte vor Erschöpfung, ließ sich aufs Sofa fallen und streifte die Schuhe ab. Sie hatte gerade eine zehnstündige Schicht inklusive eines Verkehrsunfalls, einer verschwundenen Katze und eines fünfzehnjährigen Jungen, der bei einer Messerattacke verwundet worden war, hinter sich. Sie wünschte sich doch nur ein wenig Ruhe, wenn sie nach Hause kam. Stattdessen musste sie die Streitereien zwischen ihrem Mann und ihrer jugendlichen Tochter schlichten. Maya sah genau das in ihrem Gesicht und schämte sich, dass sie ihre Mutter in die Sache mit hineingezogen hatte.

»Es liegt an Maya, sie ist einfach so unvernünftig …«

»Simon, bitte …«, setzte ihre Mutter an, aber auch ihr wollte er nicht zuhören.

»Neesha, misch dich da nicht ein. Wenn du Maya nicht erlaubt hättest, die Schule ausfallen zu lassen, um an diesen albernen Demonstrationen teilzunehmen, wäre es gar nicht erst so weit gekommen …«

»Sie sind nicht albern!«, unterbrach Maya ihn wütend. »Black Lives Matter! Und Klimaschutz auch!« Er war genauso dämlich wie die Politiker.

»Da ist was dran, Simon …«

Maya warf ihrer Mutter einen dankbaren Blick zu.

»Na, das war ja klar, Neesha! Warum musst du dich bloß immer auf ihre Seite schlagen?«

Maya, die neben ihrer Mutter auf dem Sofa saß, wusste, dass er sich ausgeschlossen fühlte, aber das war ihr egal. Simon war nicht ihr richtiger Vater. Ihre Eltern hatten sich getrennt, als sie noch ein Baby war, und ihr Vater war in die USA gezogen und hatte dort eine neue Familie gegründet. Bis auf die jährlichen Geburtstagskarten bekam sie nicht viel von ihm mit, auch wenn sie ihren Halbgeschwistern auf Facebook folgte.

Als ihre Mutter erneut heiratete, durfte sie die Brautjungfer sein. Sie war damals sechs Jahre alt gewesen und erinnerte sich nicht mehr so genau daran, aber sie wusste noch, wie aufgeregt sie damals gewesen war, über das neue Kleid und den neuen Vater. Endlich waren sie eine richtige Familie, und sie mochten einander sehr. Sie hielten zusammen wie Pech und Schwefel, das sagte ihre Mutter damals immer. Doch jetzt wurde er ständig wütend und schrie herum.

»Simon, es reicht!«

Ihre Mutter jetzt auch. Sie wünschte, sie wäre immer noch bei Zac, wo sie den ganzen Nachmittag verbracht hatte, um den Unterricht zu schwänzen. Hätte sie doch bloß den Mund gehalten, wie Zac ihr geraten hatte. »Du musst das deinen Eltern nicht erzählen, du bist ja schon fast erwachsen. Es ist dein Leben, du kannst tun und lassen, was du willst.«

Zac konnte wirklich tun und lassen, was er wollte. Er war schließlich keine siebzehn mehr, lernte nicht für seinen Schulabschluss und wohnte auch nicht mehr bei seinen Eltern. Er war einundzwanzig, lebte in einem besetzten Haus, und wenn ihn jemand fragte, was er denn von Beruf sei, antwortete er: Aktivist. Sie war froh darüber, ihren Eltern nichts von Zac erzählt zu haben, sie würden ausrasten, wenn sie davon wüssten.

»Oh, dann wird es dich sicher sehr interessieren, dass unsere Tochter mir eben mitgeteilt hat, die Schule schmeißen zu wollen und stattdessen den Planeten zu retten …«

Ihre Mutter sah bestürzt aus. »Ach, Maya. Bis zu deinen Prüfungen im Sommer ist es doch nicht mehr lang, du darfst jetzt nicht aufgeben …«

Maya wollte ihre Mutter wirklich nicht enttäuschen, aber es kam in letzter Zeit häufiger vor.

»Aber was bringt mir der Abschluss, wenn der Planet zerstört wird?«

»Na ja, wenn ich mich dieser Sichtweise anschließe, muss ich mich genauso fragen, was es bringt, dass ich bei der Polizei bin. Soll ich auch meinen Job an den Nagel hängen?«

»Nein, natürlich nicht…«

»Und was ist daran anders als bei dir?«

»Ja, also…«, Maya fühlte sich wie so oft plötzlich niedergeschlagen. Warum geriet in ihr immer alles durcheinander, wenn sie versuchte, ihren Eltern zu erklären, wie sie sich fühlte? Als könnte sie einfach nicht die richtigen Worte herausbringen. Mit Zac hingegen musste sie nie etwas erklären. Er verstand sie einfach. »Es ist Zeitverschwendung. Die Noten, die ich für die Uni bräuchte, bekomme ich ja sowieso nicht…«

»Na, weil du nicht dafür lernst«, explodierte jetzt ihr Stiefvater. »Stattdessen hängst du ständig an diesem bescheuerten Telefon!«

»Das stimmt doch gar nicht«, schrie sie zurück. Maya ähnelte ihrem Stiefvater mehr, als sie zugeben wollte, beide waren hitzköpfig und gerieten schnell in Rage. »Und wieso geht es eigentlich nie darum, was ich wirklich will? Immer geht es nur darum, was du willst.«

»Weil ich dein Vater bin!«

»Nein, das bist du nicht. Zumindest nicht mein richtiger!«

Worte wie Ohrfeigen. Maya sah, wie er blass wurde.

»Ich bin der einzige, den du hast«, antwortete er. »Und du schmeißt nicht die Schule. Das ist mein letztes Wort.«

»Wir wollen doch nur, dass du deine Chancen im Leben bestmöglich nutzt, mein Schatz«, sagte da auch ihre Mutter flehend.

»Aber es ist doch mein Leben, nicht eures.«

Einen Moment herrschte Stille.

»Du wirst uns noch dankbar sein.«

Maya biss die Zähne zusammen, während sie ihre Eltern ansah. Aus und vorbei. Die Diskussion war zu Ende, und die Entscheidung gefällt. Sie hatte noch nicht einmal mitreden dürfen.

»Kann ich jetzt in mein Zimmer?«

Sie wartete nicht auf eine Antwort, verließ die Küche,

stampfte die Treppe hinauf und knallte ihre Zimmertür hinter sich zu. Dann warf sie sich aufs Bett und zog ihr Telefon hervor. Sie suchte in der Anrufliste.

»Zac?«

»Hey, Baby, was ist los?«

»Ich hasse meine Eltern.«

Rette mich

Endlich weiß ich, was die Leute mit Hundeglück meinen.

Zwei Tage später sitze ich auf dem Boden, und fünf quietschende Fellbündel mit wedelnden Schwänzen, rosa Schnauzen und seidig weichen Ohren krabbeln auf mir herum.

»Und? Was denken Sie?« Brenda sieht mich mit hochgezogenen Augenbrauen erwartungsvoll an. Sie arbeitet fest angestellt hier im Tierheim und hat mich begrüßt, als ich vorhin hereinkam. Anscheinend hilft das Mädchen vom Parkplatz nur an den Wochenenden ehrenamtlich aus.

Werde ich gerade zu meinem Klischee? Ich kann Naomi förmlich spotten hören, ob ich wohl in die Welpenjahre gekommen bin. Wer kennt nicht die Artikel aus den Frauenzeitschriften, die immer beim Friseur ausliegen? *Wie zerronnen, so gewonnen: Mein Mann hat mich verlassen, also habe ich mir einen Welpen angeschafft. Ich war noch nie glücklicher!*

Welpenjahre: Lernen Sie die Frauen mittleren Alters kennen, die ihre HET-Pflaster gegen Hundebabys eintauschen!

»O Mann, ich kann mich gar nicht entscheiden …«

»Vielleicht müssen Sie das auch nicht«, erwidert Brenda mit einem Lächeln. »Ich glaube, diese Kleine hat Sie bereits für sich auserkoren.«

Sie zeigt auf die goldene Flauschkugel, die tief und fest in meiner Armbeuge schläft.

»Sie haben wirklich Glück. Welpen sind sehr gefragt, aber diese Kleine ist noch nicht reserviert.«

Mein Herz schmilzt dahin. Wen kümmert es, ob ich in die Welpenjahre gekommen bin?

Brenda strahlt übers ganze Gesicht. »Wenn Sie mit ins Büro kommen, können wir gern ein Reservierungsformular ausfüllen ...«

Vorsichtig setze ich mein Prachtexemplar zurück zu den anderen Welpen, klopfe mir die Kleidung ab und folge Brenda an einer Reihe von Hundezwingern vorbei, aus denen kakofones Gebell ertönt, bis zu ihrem Büro. Dort setzt sie sich hinter ihren Schreibtisch und bietet mir einen Stuhl an.

»Vorsicht mit unserem Neuzugang«, sagt sie, als ich den Stuhl zurückziehe.

Da erst entdecke ich einen Korb auf dem Boden. Darin schläft ein zusammengerollter Hund, er ist schwarz, sieht ziemlich struppig aus und schnarcht. Das Fell um seine von Narben übersäte Schnauze herum wird bereits grau, und er ist so dünn, dass seine Rippen hervorstechen.

»Er ist gestern erst hier angekommen, aber er kann nicht allein in einen Zwinger, da fängt er sofort an zu heulen.«

»Er heult?«

»Ja, der alte Junge ist wohl nicht gern allein.«

Brenda sieht ihn teilnahmsvoll an.

»Außerdem ist es hier wärmer. Er hat Arthritis in einem seiner Hinterbeine. Sieht aus, als käme sie von einer alten Verletzung, die nie richtig behandelt wurde. Wirklich traurig, dadurch lahmt er nun.«

»O nein, der Arme.«

Ich beobachte, wie er im Schlaf leise bellt und jault, seine Vorderpfoten bewegen sich, als wollte er loslaufen.

»Wie heißt er?«

Sie tippt etwas in den Computer, sieht jedoch nicht auf. »Wir wissen es nicht.«

»Warum? Was ist mit dem Besitzer passiert?«

Sie dreht sich zu mir um, nimmt die Brille ab und sieht

mich an. »Das wissen wir leider auch nicht, er ist nicht gechippt und hatte auch kein Halsband. Er wurde draußen im Moor gefunden. Sieht aus, als hätte man ihn einfach fallen gelassen.«

»Einfach fallen lassen?«

»Ich fürchte schon.«

»Wie kann man denn seinen Hund einfach so zurücklassen?«, frage ich entsetzt.

Brenda zuckt mit den Schultern. »Er ist eine Art Lurcher, deshalb kann es gut sein, dass er früher, als er noch jünger war, zum Jagen eingesetzt wurde. Es kommt leider öfter vor, dass sie ausgesetzt werden, wenn sie älter sind und nicht mehr so gut jagen können. Manchmal haben sie auch noch schlimmere Schicksale …«

»Sie werden also einfach weggeworfen wie Müll?«

Brenda nickt und sieht resigniert aus. »Dieser hier scheint eine besonders empfindsame Seele zu sein. Er hat so eine fiese Behandlung sicher nicht verdient. Kein Tier verdient so etwas.«

Ich sehe zu dem namenlosen Hund hinunter. Sein Träumen hat ihn schließlich aufgeweckt, nun hebt er seine ergraute Schnauze und blickt mich aus schokoladenbraunen Augen an. Noch nie habe ich einen so traurig schauenden Hund gesehen. In London sind die Parks voll mit Hunden, die fröhlich mit den Schwänzen wedeln und ihr glänzendes, reinrassiges Fell zur Schau tragen.

»Wie konnte ihm bloß jemand so etwas antun?«, murmle ich vor mich hin.

Ich stehe auf, beuge mich zu ihm hinunter, um ihn zu streicheln, aber er dreht den Kopf zur Seite und starrt stur die Wand an.

»Er hat sich innerlich abgekapselt«, erklärt sie. »Kein Wunder.«

Langsam und zärtlich streichle ich über seinen Rücken,

spüre den Brustkorb unter dem Fell. Nicht mehr zu gebrauchen und von seinem Besitzer fallen gelassen. Ich weiß, wie sich das anfühlt.

»Du und ich«, flüstere ich und kraule ihm die Ohren.

»Die Wanderer, die ihn zu uns gebracht haben, meinten, er sei ganz verwirrt gewesen, als sie ihn fanden. Eine weitere Nacht dort draußen hätte er vermutlich nicht überlebt.«

»Zum Glück ist er nun in Sicherheit.«

»Ja.« Sie ist mit dem Tippen fertig und geht zum Drucker, dabei sieht sie mich traurig an. »Es wird sicher nicht einfach. Jemanden für einen älteren Hund mit Vorgeschichte zu finden, ist alles andere als leicht.«

Da spüre ich etwas Warmes und Feuchtes an meiner Hand, es ist der alte Hund, der sie sanft leckt.

»Wie auch immer. Könnten Sie sich bitte das Reservierungsformular ansehen und unterschreiben?« Sie reicht es mir.

»Ich denke, ich muss noch etwas daran ändern.«

»Habe ich einen Fehler gemacht?«

»Hier…« Ich zeige auf das Feld, in dem der Hund beschrieben wird, der ein neues Zuhause erhalten soll. »Könnten Sie Welpe durchstreichen und stattdessen Harry schreiben?«

»Harry?«

Mein Blick wandert nach unten zu dem Hund, der mich aus seinen schokoladenbraunen Augen ansieht.

»Ja, er braucht doch einen Namen.«

Phase 2

Bleib ruhig
(und geh spazieren)

Vertrauen

Es heißt: Aller guten Dinge sind drei. Das gilt sogar für spontane Entscheidungen. Die erste war das Kündigen meines Jobs, die zweite ein Häuschen mitten in den Yorkshire Dales zu kaufen. Und die dritte war nun wohl, Harry zu mir zu nehmen.

Nachdem ich die entsprechenden Formulare ausgefüllt und einen Hausbesuch hinter mich gebracht habe, vor dem mir tatsächlich wegen des Zustands meines Häuschens etwas mulmig war, da es momentan weder für einen Menschen noch für ein Tier besonders wohnlich ist, ruft Brenda an. Gute Neuigkeiten. Irgendwie habe ich wohl doch den Eindruck erweckt, eine gute Besitzerin für Harry sein zu können.

Deshalb bin ich nun, eine Woche nachdem ich mich in einen großen, struppigen Hund ohne Namen verguckt habe, wieder auf dem Weg zum Tierheim, um Harry abzuholen und ihn mit nach Hause zu nehmen. Ich bin aufgeregt und ängstlich zugleich. Da ich bisher weder einen Hund noch irgendein anderes Haustier mein Eigen nennen konnte, habe ich mich eingelesen, um besser einschätzen zu können, was mich insbesondere bei einem ausgesetzten Hund erwarten könnte. Außerdem habe ich in der Tierhandlung vor Ort ein halbes Vermögen ausgegeben. Ich hatte ja keine Ahnung, was man so alles benötigt. Gut vorbereitet zu sein, ist mir wichtig, weshalb ich einigermaßen zuversichtlich den Wagen am Tierheim abstelle und hineingehe.

Beim Ausfüllen der Formulare macht Brenda mich darauf aufmerksam, dass heute der vierzehnte Februar ist. Der Valentinstag interessiert mich normalerweise nicht besonders, aber heute halte ich das Datum für ein gutes Omen.

Unser Beziehungsstart ist allerdings eher holprig.

Harry weigert sich, ins Auto zu steigen. Nach einem scheinbar endlosen Kampf kann ich dann einen ersten Erfolg für mich verbuchen, eine halbe Meile weiter übergibt er sich jedoch auf die gesamte Rückbank. Als wir kurze Zeit später an einer roten Ampel halten müssen, verwandelt er sich urplötzlich von einem alten und sanftmütigen Hund in ein durchgedrehtes, laut bellendes und sich gegen das Fenster schmeißendes Etwas, und das alles nur, weil er eine Katze auf einer Mauer entdeckt hat. Endlich zu Hause angekommen, weigert er sich, das Auto wieder zu verlassen.

Als ich im strömenden Regen, klatschnass bis auf die Haut, versuche, ihn ins Haus zu lotsen, dämmert mir langsam, dass einen Hund aus dem Tierheim aufzunehmen, wirklich rein gar nichts mit den fröhlichen und herzerwärmenden Berichten aus den Fernsehshows zu tun hat. Mein neuer Freund und ich, wie wir voller Freude im Garten Ball spielen oder gemeinsam auf dem Sofa kuscheln – ein Bild der Innigkeit und Harmonie.

Erst als ich es irgendwann schaffe, Harry durch die Eingangstür zu schieben und sie hinter uns zu schließen, wird mir bewusst, wie naiv ich gewesen bin. Er kommt nicht zur Ruhe, läuft ängstlich und nervös auf und ab und jault ohne Unterlass. Schon das Zugucken ist nervenaufreibend, für Harry muss es umso schlimmer sein.

»Komm schon, mein Junge …« Mit gespielter Begeisterung klopfe ich auf sein neues Hundebett und wedle mit ein paar Leckerlis aus Bio-Hühnchen hin und her, um seine Aufmerksamkeit zu erregen. »Guck mal, Hühnerbrust, das beste Fleisch.«

Er riecht kaum daran und hinkt weiter und weiter im Kreis herum. Hilflos beobachte ich ihn dabei, es schlägt mir zunehmend auf die Seele. Nicht einen Happen hat er zu sich genommen, seitdem wir das Tierheim verlassen haben, und das ist mittlerweile einige Stunden her. Andererseits ist das nach dieser Fahrt auch nicht besonders verwunderlich. Bei dem Gedanken an seine Reiseübelkeit wird mir ganz anders. Armer Harry. Armer Fiat. Obwohl ich nach unserer Ankunft eine gefühlte Ewigkeit damit zugebracht habe, die Rückbank zu schrubben, und eine ganze Flasche des teuren Parfums darüber ausgekippt habe, das David mir alle Jahre wieder zu Weihnachten geschenkt hat, wird das Polster nie wieder dasselbe sein.

Das Parfum, von dem ich Kopfschmerzen bekomme, mochte ich übrigens eh noch nie, aber immerhin ist es jetzt doch noch zu etwas gut.

»Sollen wir vielleicht ein bisschen fernsehen?«

Verzweifelt greife ich nach der Fernbedienung. Irgendwann habe ich mal ein lustiges Video von einem Hund gesehen, der von einem der Tierfilme David Attenboroughs wie verzaubert war. Ich schalte den Fernseher ein und zappe durch die Programme.

»Love Island?«

Gerade läuft die neue Winterstaffel. Okay, es ist vielleicht nicht gerade David Attenborough, aber wild geht es da immerhin auch zu.

Harry, der gerade an den Sofabeinen schnüffelt, sieht plötzlich auf und bellt den Bildschirm an.

»Gefällt dir wohl nicht, was?« Ich zappe weiter. »Nachrichten?«

Harry heult auf.

Das kann ich wirklich sehr gut nachvollziehen. Mir geht es oft ähnlich, wenn ich die Nachrichten schaue. Schnell schalte ich weiter.

»Und wie wäre es mit einem Film?«

Als ich zu Netflix wechsle, muss ich an die gemeinsamen Filmabende am Wochenende mit David denken. Nach einer harten Arbeitswoche war das genau das Richtige: Essen bestellen, eine Flasche Wein aufmachen und uns zusammen aufs Sofa kuscheln… Tränen treten mir in die Augen, doch ich zwinkere sie wütend weg. Harry soll mich jetzt nicht weinen sehen.

Aber es ist zu spät. Er schaut mich an und fängt wieder an zu jaulen, und während die Musik des Vorspanns lauter wird, beginnt er erneut, rastlos im Kreis zu laufen. Verzweifelte Runden. Mittlerweile fällt mir nichts mehr ein, ich schaffe es nicht, ihn zu beruhigen. Er läuft einfach weiter, Runde um Runde.

Genau wie du, als David dich verlassen hat.

Plötzlich laufen die Gedanken rückwärts, ich muss an die Tränen, den Rotz und die Verzweiflung denken und zucke bei der Erinnerung daran zusammen. Wie bemitleidenswert. Jämmerlich, wenn man es genau nimmt. Aber damals war mir das egal. Kummer und Entsetzen verwandeln einen. Da hat der Stolz nichts zu melden. Wochenlang kam ich mir vor wie im Nebel. Lief auf und ab, mein Magen spielte verrückt, meine Gedanken drehten sich im Kreis. Fassungslosigkeit gerann zu Verzweiflung darüber, dass nun alles zwischen uns vorbei sein sollte und wir niemals wieder zusammenfinden würden.

Unglaublich. Harry hat sich hingelegt.

Erstaunt starre ich ihn an. Ich war so sehr in meinen Gedanken gefangen, dass ich gar nicht bemerkt habe, wie er auf dem Teppich Platz genommen hat. Schwerfällig formt er mit seinem großen schwarzen Körper eine Art Kreis, zieht die Beine unter sich und legt seine ergraute Schnauze auf seinem Schwanz ab. Wenige Augenblicke später höre ich, wie sein Atem langsamer wird und er zu schnarchen beginnt.

Ihn im Schlaf zu betrachten, ruft bei mir ein Gefühl der Erleichterung hervor. Ja, mehr noch, Hoffnung keimt in mir auf. Herauszufinden, dass mein Mann sich in jemand anders verliebt hatte, brach mir das Herz, viel schlimmer war jedoch der Vertrauensmissbrauch. Aber wenn dieser verängstigte, wehrlose Hund mir vertrauen kann, nach allem, was er erlebt hat, dann werde vielleicht auch ich eines Tages wieder Vertrauen in jemand setzen können.

Valentin

Er folgte jeden Morgen derselben Routine. Das ist das Erste, was einem alle erzählen, wenn man in Rente geht. Das soll wohl sehr wichtig sein.

»Sie sollten einer festen Routine folgen, Mr Crowther«, hatte der Hausarzt ihm geraten, als er wegen seiner Blasenprobleme zu ihm gegangen war, auch wenn er sich, ehrlich gesagt, nicht vorstellen konnte, was eine feste Routine daran ändern sollte, dass er pro Nacht ein halbes Dutzend Mal aufstehen musste, um aufs Klo zu gehen.

Andererseits wollte er natürlich kein Risiko eingehen. Den Gerüchten zufolge war es das, was Cyril aus Haus Nummer zweiundvierzig erledigt hatte. Der arme Kerl war gerade einmal sechs Monate im Ruhestand gewesen, als er eines Nachmittags in seinem Wohnzimmer plötzlich beim Cricketschauen einfach vornüberkippte. Wie jemand bei der Post erzählte, hatte er da noch immer seinen Schlafanzug getragen.

Valentin wachte täglich um kurz vor sieben auf. Nachdem er vierundsechzig Jahre um dieselbe Uhrzeit aufgestanden war, um zur Arbeit zu gehen, brauchte er sich keinen Wecker zu stellen. Dann zog er sich seinen Bademantel und seine Hausschuhe an, ging zuerst in die Küche und setzte Wasser auf. Er trank seinen Tee immer lose und aus der Kanne. Nicht so wie Helen, die sich einfach einen Teebeutel in den Becher warf.

»Ach, Dad, nur für mich allein ist das doch alles zu viel Aufwand mit Teekanne und dem ganzen Drumherum«, hatte sie gesagt, als sie in ihre erste Studentenbude gezogen war und sie ihr eine Teekanne als Einzugsgeschenk mitgebracht hatten.

Nur für mich allein.

Valentin starrte die Kanne an, während er einen Löffel losen Tees einfüllte, genau die richtige Menge für eine Person. Gisele war nicht bei ihm, um sich eine gemeinsame Kanne zu machen und zu fragen, ob sie heute eher in der Stimmung für einen Lapsang Souchong oder für einen Darjeeling war. Das Wasser brodelte, und der Wasserkocher schaltete sich von selbst aus. Valentin griff danach und goss das Wasser über die Teeblätter, dann setzte er den Deckel zurück auf die Kanne, damit sein Tee ein paar Minuten ziehen konnte.

Wer hätte das gedacht? Er trank guten Tee. Seine alten Kumpel aus der Armee würden sich das Maul zerreißen, wenn sie ihn so sehen könnten. Damals hatten sie Tetleys-Tee so stark getrunken, dass man damit den Lack von den Gewehrgriffen hätte ablösen können. Mit Gisele hatte sich sein Teegeschmack verändert. Durch sie hatte sich so vieles verändert.

Er zog den gestrickten Teewärmer über die Kanne, um sie warm zu halten, und stellte sie zusammen mit Tasse und Untertasse aus Porzellan auf den Tisch am Fenster. Der Tisch war ausziehbar, auch wenn er sich nicht daran erinnern konnte, wann er diese Funktion zuletzt genutzt hatte. Gisele mochte es sehr, Gäste zu bewirten, sie zauberte Suppen und Soufflés und herrlich duftende Eintöpfe, die sie mit einer frischen Tarte Tatin und gebackenem Camembert krönte. Er sah sie vor sich, wie sie dort am Ofen stand und das Orchester aus orangen Le-Creuset-Töpfen dirigierte, den Holzlöffel in der Hand, während die Speisen köchelten, dampften und unter dem Grill bräunten.

Sie waren nach Nettlewick gezogen, als Valentin in Rente gegangen war, raus aus der Stadt und aus ihrer Vorkriegsdoppelhaushälfte. Weg von der stark befahrenen Straße mit all den Abgasen und schweren Lastern, die ihre Bilder an den Wänden zittern ließen. Es war schon immer ihr Traum gewesen, auf dem Land zu leben, aber es schmerzte sie zugleich, das Haus zu verlassen, in dem ihre Tochter aufgewachsen war und in dem es vor Erinnerungen nur so wimmelte. Glücklicherweise lebten sie sich schnell in ihrem neuen Zuhause ein und fanden viele Freunde, die sie zum Grillen oder zum Abendessen einluden. Die Veränderung kam ihnen auf vielen Ebenen vor wie ein Neubeginn.

Eine halbe Ewigkeit war es nun schon her, dass sie zuletzt Besuch empfangen hatten. Lange bevor Gisele krank geworden war. Er hatte es immer wieder vorgeschlagen, sogar angeboten zu kochen, Herr, steh uns bei, aber sie hatte nur seine Hand getätschelt und gesagt: Vielleicht später. Aber das mit dem Später ist so eine Sache. Es kommt nie, oder? Stattdessen gleitet man immer gerade so daran vorbei, ohne es zu bemerken, und dann ist es plötzlich nicht mehr später, sondern zu spät.

Toast. Zwei Scheiben mit Butter und Marmelade.

Valentin steckte das Brot in den Toaster, stellte die Butterdose und das Marmeladenglas auf den Tisch. Sein Hausarzt hatte ihn wegen seines Cholesterinspiegels ermahnt, aber zu diesem leicht streichbaren Zeug zu wechseln, war für ihn keine Option.

»Nur über meine Leiche«, hatte er bei seinem letzten Termin zu seinem Arzt Mr McDermont gesagt.

»Das könnte durchaus passieren, wenn Sie nicht Ihre Ernährung umstellen«, hatte dieser erwidert und ihm ein Faltblatt über gesättigte Fettsäuren sowie eine Liste mit Lebensmitteln mitgegeben, die ihm guttun würden.

Nüsse und Kerne? Was glaubte er denn, wer er war? Ein verfluchter Spatz?

Ach, da fiel ihm ein, dass er ja noch die Futterspender für die Vögel auffüllen musste. Valentin griff nach dem Notizbuch, das er immer neben sich liegen hatte, um Listen für den Tag zu erstellen. Er schlug eine neue Seite auf und schrieb in seiner krakeligen Schrift:

Montag, 10. Februar
1. *Futterspender auffüllen*

Das Faltblatt wanderte in eine Schublade. Zusammen mit dem ganzen anderen Zeug, das er nicht lesen wollte. Unzählige Broschüren und Werbesendungen, um Dachrinne oder Abflüsse reinigen zu lassen. Rechnungen in braunen Umschlägen mit Fensterchen. Sie alle kamen in die tiefen Schubladen der Kommode im Flur. Wenn sie einmal voll wären, wollte er auf das Sideboard zurückgreifen.

Vor Giseles Erkrankung hatte er sich gewissenhaft um all diese Dinge gekümmert, jeden Morgen die Post geöffnet und alles fein säuberlich abgeheftet. Die Aufgabe eines Ehemanns. Jetzt wollte er all das einfach nur aus den Augen, aus dem Sinn haben. Wenn ihm das doch nur mit all den anderen Dingen, die er bereute oder für die er sich schämte, gelingen würde, den Erinnerungen, die ihn mitten in der Nacht aufweckten und sein Herz so laut schlagen ließen, dass er sich sorgte, es könnte ihm die Brust zerreißen. All die Wut, die immer noch in ihm tobte. Wenn er sie doch einfach in eine Schublade werfen und darin einsperren, sie einfach verschwinden lassen könnte.

Er schaltete das Radio ein.

Das ganze Nachdenken half schließlich auch niemandem. Nachdem er den Jazzsender gefunden hatte, betrachtete er die Bücher über Familiengeschichte und die militärischen Aufzeichnungen, die er aus der Bücherei ausgeliehen hatte. Seit Jahren arbeitete er an seinem Familienstammbaum, war aber bisher nicht sehr weit gekommen. Gisele hatte sich immer über ihn lustig gemacht. »Kannst du dir nicht ein etwas kurzweiligeres Hobby suchen?« »Das ist kein Hobby«, hatte er gegrummelt. »Das ist Ahnenforschung.« »Dann forsch doch lieber über etwas anderes«, hatte sie ihm nahegelegt.

Der Toast sprang hoch.

Er legte die Scheiben auf einen Teller und setzte sich an den Tisch. Er goss sich Tee ein, fügte ein wenig Milch hinzu, strich erst Butter und danach Marmelade auf das Brot. Er nutzte zwei unterschiedliche Messer, darauf hatte Gisele immer Wert gelegt. Ein Kloß machte sich in seinem Hals bemerkbar, und er schluckte ihn schnell mit ein wenig Tee hinunter. Er sah aus dem Fenster. Der ganze Tag lag vor ihm.

Er hatte sich auf den Ruhestand gefreut. Auf die gemeinsamen Unternehmungen mit Gisele, wenn er das Streichen und Tapezieren aufgegeben und seine Leiter endgültig beiseitegestellt hätte. Er wusste von vielen Bekannten aus dem Pub, wie sehr sie sich vor dieser Phase fürchteten. Sie zögerten sie so lange hinaus, wie sie nur konnten. »Was sollen wir denn dann den lieben langen Tag über machen?«, grummelten sie in ihr Bier und sorgten sich, die Tage unter der Fuchtel ihrer Ehefrauen verbringen zu müssen.

Nicht so Valentin. Jeden Morgen beim Frühstück schauten Gisele und er aus dem Fenster, guckten, was für ein Wetter war, und planten gemeinsam den Tag. Er fuhr gern spazieren. »Guck dir bloß diese Aussicht an, das muss Gottes Heimat sein«, staunte er, wenn sie in ihrem alten Campingbus loszogen, um die überwältigenden Täler und Flüsse der Dales zu bewundern. Gisele ging gern auf Pflanzenhöfen einkaufen: »Schau dir nur die Blüten dieser Berg-Waldrebe an«, rief sie fröhlich und voller Bewunderung aus.

Er liebte diese gemeinsamen Tagesausflüge. Sie suchten sich einen schönen Ort zum Mittagessen. Das Café an der Abtei war eins ihrer Lieblingsziele. Dort gab es köstliche hausgemachte Scones, und der Blick auf die Abteiruine war einfach einzigartig. Einmal war er allein dorthin gefahren, als Gisele schon nicht mehr bei ihm war, aber das war nicht dasselbe. Er saß in der Sonne und sah den Kindern dabei zu, wie sie im Fluss planschten.

Er mochte es, Kinder beim Spielen zu beobachten, darin lag so etwas Unschuldiges und Sorgloses. Eins der Kinder, ein kleines Mädchen, erinnerte ihn an Helen in dem Alter, und er erzählte ihr seinen liebsten Klopf-klopf-Witz – den mit dem Pinguin –, und sie lachte darüber, ein kicherndes Kinderlachen. Aber dann kam ihre Mutter angerannt und zog das kleine Mädchen weg. Machte eine richtige Szene. Kurz darauf verließ er das Café und ging nie wieder dorthin.

Valentin strich Butter auf seine zweite Toastscheibe und schaute aus dem Fenster des Bungalows. Niemand war zu sehen, nur Kühe grasten auf einer Wiese. Sein Haus war das letzte in der Straße, danach kam nur noch ein Spazierweg, den jedoch abgesehen von vereinzelten Wanderern selten jemand nutzte. Seit der Diagnose waren die Freundschaften immer weniger geworden. Letztes Jahr hatte Gisele einen der Nachbarn weiter unten angeschrien und des Diebstahls bezichtigt, sodass sogar die Polizei kommen musste.

Dann kam die Zeit, in der sie bei der Post darauf bestand, alle Einkäufe in Münzen zu begleichen, sie zählte sie einzeln ab, eine nach der anderen. Die Kunden in der Schlange wurden unruhig und begannen sich zu beschweren, weshalb er eilig versucht hatte, mit der Karte zu bezahlen, was wiederum Gisele wütend gemacht hatte. Alle hatten sie angestarrt. Irgendwann hörten sie dann ganz auf, aus dem Haus zu gehen, weil es einfacher war. Die meisten Leute im Dorf waren freundlich zu ihm gewesen, aber er hatte sich mehr und mehr in sich selbst zurückgezogen. Für Gisele zu sorgen, war harte Arbeit gewesen, viel schlimmer jedoch war sein Schuldgefühl, sich nicht ausreichend um sie gekümmert zu haben. Er blieb immer häufiger für sich. Während das Radio im Hintergrund spielte, hörte Valentin die gurgelnden und knackenden Geräusche der Heizkörper. Frieden und Ruhe, das war es, was sie an ihrem Bungalow am meisten zu schätzen gewusst hatten. »Hier kann man eine Nadel fallen hören«, hatte Gisele freudig ausgerufen. Valentin nahm ein Schlückchen Tee und schaute weiter aus dem Fenster. Jetzt fühlte es sich erdrückend an.

Mist.

Seine Hand war ausgerutscht, und er hatte sich etwas Tee über den Bademantel geschüttet. Er schnalzte missbilligend und griff nach seinem Notizblock.

2. *Bademantel waschen*

Er betrachte seine To-do-Liste. Schon zwei Dinge. Wenn er den Toast aufgegessen hätte, würde er am besten mit dem Befüllen der Futterspender für die Vögel beginnen.

Erste Schritte

Der nächste Morgen ist knackig kalt. Nachdem ich Harry gefüttert habe, lege ich ihm seine neue Leine an, und wir gehen nach draußen. Es ist Mitte Februar, und es bläst ein eiskalter Wind. Der Boden ist gefroren, aber die Sonne scheint, und ihre fröhliche Widerstandskraft heitert mich sofort auf.

Auch Harry wirkt munterer, obwohl er mich die halbe Nacht mit seinem Heulen wach gehalten hat. Sein Hundebett hatte ich in die Küche gestellt, aber irgendwann gab ich nach und ließ ihn mit nach oben, wodurch ich die »erste und wichtigste Regel: Grenzen zu setzen« missachtete, wie mir mein neu gekaufter Hunderatgeber bescheinigte. Aber morgens früh um drei waren mir die Regeln ziemlich egal. Ich wollte einfach nur schlafen.

Das war bestimmt nur die Nervosität der ersten Nacht. Sicherlich wird er sich bald an seine neue Schlafumgebung gewöhnen. Es dauert eben ein paar Tage, das ist alles.

»Stimmt doch, Harry, oder etwa nicht?«

Ich sehe zu ihm hinunter, wir stehen beide noch auf der Eingangsstufe, Harry schnüffelt erwartungsvoll. Er sieht zu mir auf, als ich ihn beim Namen nenne, und in mir kribbelt es vor Vorfreude. Es ist so weit. *Unser erster Spaziergang*. Was für ein Moment!

»Komm schon, mein Junge.«

In meiner Vorstellung, einen Hund aufzunehmen, hatte ich mir lange Wanderungen durch die Dales ausgemalt, Harry und ich beginnen aber besser mit einer kleinen Runde durch die Nachbarschaft. Ich schließe die Tür hinter mir ab und laufe langsam los, Harry humpelt neben mir her. Wir sind ein seltsames Paar. Harry wirkt ängstlich und unsicher in seiner neuen Umgebung, und ich halte mich nervös an der Leine fest. Alles ist ruhig. Auf der anderen Straßenseite läuft jemand mit einem Labrador vorbei und nickt mir zu. Ich erwidere den Gruß und komme mir vor wie eine Hochstaplerin. Als wäre ich eine von ihnen.

Meine Großeltern lebten in einem riesigen alten Bauernhaus direkt am Fluss, mein eigenes, viel kleineres Häuschen steht als letztes in einer Reihe traditioneller Steinhäuser am anderen Ende des Dorfes. Selbst im Winter ist es hier postkartenschön. Winzige Vorgärten, in denen bereits die ersten Schneeglöckchen ihre Köpfchen emporstrecken, sind von dem schmalen Pfad aus zu sehen, der am Friedhof entlangführt. Wir gehen auf den Eingang zu, doch Harry bleibt immer wieder stehen, um an Bäumen oder Zaunpfählen zu schnüffeln. Es geht nur sehr langsam voran.

Den Schildern auf dem Eingangstor zufolge sind Hunde an der Leine erlaubt, also laufen wir weiter. Nachdem ich mein erstes Unbehagen, direkt auf einen Friedhof zu schauen, abgelegt hatte, bin ich mittlerweile recht angetan von dem Blick aus meinem Schlafzimmerfenster. Sofern man denn von einem Friedhof angetan sein kann. Mir gefällt es, die Leute dabei zu beobachten, wie sie mit ihren Blumensträußen kommen und gehen. Manche sitzen ganz still und bedächtig auf Bänken, andere sind eifrig am Werk, reißen Unkraut aus und räumen auf, ausgestattet mit kleinen Spaten und neuen Gartenpflanzen.

Wir laufen eine kleine Runde an der Grundschule vorbei und zum Fluss hinunter, über die schmale Holzbrücke und an den grasbewachsenen Ufern entlang. Gerade weit genug für Harry, damit er sich die Füße vertreten kann, ohne sich zu sehr anzustrengen, und weit genug für mich, um zu verstehen, dass er keine Traktoren, Enten oder Kinder auf Rollern mag, die auf dem Gehweg auf ihn zurasen. Ich komme mir vor wie in einem Videospiel. Aus allen Richtungen schießen sie auf uns zu, und als wir es endlich geschafft haben, ihnen auszuweichen, ist nicht nur Harry, der ängstlich bellt, mit den Nerven am Ende.

Auf dem Rückweg entscheide ich mich für einen ruhigeren Weg durch die Felder. An diese patchworkartigen Muster erinnere ich mich noch von damals, als Josie und ich in unserer Kindheit zusammen daran entlangliefen. Mit aller Wucht steigen Erinnerungen in mir auf. Endlose Sommertage, heiß und stickig, Josie, die wie immer mutig und unerschrocken direkt in den Fluss springt, während ich im seichten Wasser plansche.

Vor uns liegt ein Gatter mit drei Balken, Flüstergatter haben wir es früher einmal an Weihnachten getauft, als kräftiger Wind durch die Löcher blies und es wie ein Flüstern klang. Ich schließe es vorsichtig hinter uns, bevor wir weiter an den Ackerflächen entlanglaufen, auf denen Großvater früher lustig geformte Karotten und riesige, geschmacklose Markkürbisse angebaut hat, die Großmutter mit Hackfleisch und Zwiebeln füllte und die niemand je essen wollte. Immer mehr wohlig warme Erinnerungen steigen in mir auf, während der kalte Wind weiter über das Hochmoor bläst. »Er weht die Spinnweben fort«, pflegten meine Großeltern immer zu sagen. Beseelt halte ich inne und blicke über das Tal, spüre, wie sich der Nebel der Lethargie der letzten Monate lüftet. Diese umwerfende Landschaft. Die Weite. Der endlose Himmel. London fühlte sich immer so beengend an, jetzt kann ich endlich atmen.

Ich nehme einen tiefen Zug der frischen Landluft.

Und muss beinahe würgen. *Verfluchte Scheiße. Was ist denn das für ein furchtbarer Gestank?*

Da nehme ich das Rumpeln eines Traktors auf einem Feld weiter unten wahr und sehe, wie der Landwirt Dünger ausbringt. Genau, er besprüht die Felder mit: Mist. Ich breche in Gelächter aus. Das wird mir eine Lehre sein, wenn ich noch einmal ins Schwärmen gerate. Auf dem Land ist es wunderschön, aber man sollte trotzdem nicht übertreiben. Ich bedecke meine Nase mit dem Schal und ziehe an Harrys Leine, um schnell weiterzukommen.

Erst zwanzig Minuten später erreichen wir das Ende des Fußwegs. So weit ist es eigentlich nicht, aber Harry legt alle Schnauze lang eine Pause ein, um an etwas zu schnüffeln. Einem Torpfosten. Der Trockensteinmauer. Dem Kuhfladen. Eins ist sicher, in Sachen Gerüche ist er alles andere als zartbesaitet.

Wählerischer ist er hingegen, wenn es um seine eigenen »Bedürfnisse« geht. Ich bin erleichtert, als er sich endlich für einen kleinen Grünstreifen vor einem Bungalow entscheidet. Als ich ein Kind war, gab es ihn dort noch nicht, er muss also noch vergleichsweise neu sein. Ich betrachte ihn von außen. Er wirkt recht unauffällig, abgesehen von den Unmengen an Terrakotta-Töpfen auf der kleinen Terrasse. In ganz unterschiedlichen Formen und Größen stehen sie überall auf den Fliesen verteilt, und das Bemerkenswerte daran ist, dass sie alle leer sind.

Ich starre sie an, frage mich, ob dort überhaupt jemand lebt, so nackt und vernachlässigt, wie das Ganze aussieht, als plötzlich die Eingangstür aufgeht und ein alter Mann in Bademantel und Hausschuhen auftaucht.

Zu spät, um wegzusehen.

Er wirkt verdutzt, als er mich entdeckt. Sicher hat er nicht damit gerechnet, dass plötzlich jemand vor seinem Haus steht und ihn anstarrt, während ein Hund vor seinem Grundstück einen Haufen macht. Es ist noch nicht einmal richtig hell.

»Morgen«, sage ich mit einem Lächeln auf den Lippen.

Einen kurzen Augenblick kommt es mir so vor, als wollte er mir keine Beachtung schenken, aber dann nickt er mir kurz zu. »Morgen.«

Er sieht mürrisch und gleichzeitig unangenehm berührt darüber aus, in Bademantel und Hausschuhen erwischt worden zu sein, und zieht sich den Gürtel enger.

»Ich warte nur auf meinen Hund.« Das Bedürfnis, mich zu erklären, überkommt mich, und ich zeige auf Harry.

»Hoffentlich machen Sie auch hinter ihm sauber«, erwidert er barsch.

»O ja, natürlich.«

»Ich bin letztens erst in einen Haufen getreten, was für eine Sauerei ...«

»Oje, das ist wirklich unangenehm.«

»Der Hund kann nichts dafür. Das liegt am Besitzer.« Er sieht mich anklagend an, und ich spüre, wie ich unter seinem durchdringenden Blick immer kleiner werde.

»Wirklich rücksichtslos«, stimme ich ihm zu, dann drehe ich mich zu Harry um, der etwas mit meinem Ex gemein hat: die endlos lange Zeit, die er braucht, um sein Geschäft zu verrichten.

»Verflixt, ihr müsst sicher Hunger haben ...«

Die Stimme des alten Mannes durchbricht meine Gedanken. Ich drehe mich wieder zu ihm um und beobachte, wie er ein Päckchen Vogelfutter aus seiner Bademanteltasche hervorholt. Während er mit sich selbst redet, öffnet er die Schachtel und dreht die Deckel der leeren Futterspender auf, die von mehreren Haken an der Terrasse herabhängen. Sie sind aus Plastikflaschen hergestellt.

»Haben Sie die selbst gemacht?«

Er hält beim Auffüllen der Körner inne und legt sich die Hand hinter das Ohr: »Wie bitte?«

»Die Futterspender«, wiederhole ich.

Er mustert mich, als wäre ich vollkommen durchgeknallt. »Aye, das nennt man Recycling.« Als er meinen Gesichtsausdruck bemerkt, fügt er hinzu: »Ihr jungen Leute glaubt wohl, ihr hättet das erfunden.«

Trotz seiner Griesgrämigkeit kann ich mir ein Lächeln nicht verkneifen.

Er wendet sich wieder den Futterspendern zu, und ich sehe nach Harry. Jetzt, da er endlich fertig ist, buddelt er Grasklumpen aus und versucht, sein Geschäft zu verdecken, also beeile ich mich, alles sauber zu machen, bevor sich der alte Mann beschweren kann.

»Hier kommen zwei Löcher rein, gucken Sie mal …« Ich sehe zu ihm auf und bemerke, dass er eine der Flaschen abgenommen und zu mir gebracht hat, er streckt sie mir über die niedrige Mauer, die den Vorgarten vom Weg trennt, entgegen. »… dann steckt man einen Stock hindurch. Auf jeder Seite sollte noch ein Stückchen überstehen, damit die Vögel sich daraufsetzen können.«

»Sieht wirklich super aus«, sage ich und lächle fasziniert.

»Dann muss man nur noch ein Futterloch mit der Schere hineinschneiden.« Er zeigt mit seinem Finger darauf. »Sie sollten jedoch aufpassen, dass keine scharfen Kanten entstehen, an denen die Vögel mit ihren Federn hängen bleiben können. Sie sollten so glatt wie möglich sein.«

»Und dann kommen die Vögel wirklich?«

»Oh, aye, jede Menge, ganz verschiedene Arten, besonders zu dieser Jahreszeit. Spatzen … Blaumeisen … Buchfinken … Kleiber, sogar eine Rotkehlchenfamilie kommt zu mir. Alle Vögel, die nicht woandershin fliegen, brauchen Futter, um den Winter hier zu überstehen …«

Noch während er spricht, zeigen sich bereits die ersten mutigen Exemplare, die sich an den gefüllten Futterspendern gütlich tun wollen, während andere zwitschernd und flügelschlagend auf den Schornsteinen und Telegrafenmasten der

Umgebung warten. Ich kann mich nicht daran erinnern, in London jemals so viele Vögel gesehen zu haben.

Plötzlich bemerkt auch Harry sie und bellt los.

»Und wer ist der alte Junge?«

»Harry.«

Ich versuche, ihn zu besänftigen, damit er dem alten Mann nicht die Vögel vertreibt.

»Entschuldigung…«, setze ich an und bemühe mich weiterhin erfolglos darum, Harry zu beruhigen. Trotz seines lahmen Beins reißt und zieht er an seiner Leine.

»Was ist mit seinem Bein?«

»Arthritis…«, bringe ich keuchend hervor, nur mit Mühe kann ich ihn zurückhalten. Er ist überraschend stark.

»Wir armen alten Kerle!«

Der alte Mann lächelt zum ersten Mal und beugt sich zu Harry hinunter.

»Oh! Seien Sie vorsichtig… er ist ein bisschen nervös.«

»Hallo, mein Guter, du hast ein krankes Bein, oder?«

Zu spät. Ohne meine Warnung zu beachten, hält er bereits die Hand über das niedrige Mäuerchen, und ich erstarre, Bilder davon, wie Harry zubeißt, und noch schlimmere Szenarien schießen mir durch den Kopf, doch unerwartet hört Harry auf zu bellen und nähert sich den Fingern, um daran zu schnüffeln.

»Gut, alter Junge, gut…«

Jetzt leckt er die Hand des alten Mannes und lässt sich von ihm über den Kopf streicheln und hinter den Ohren kraulen. Verblüfft betrachte ich die beiden. Und als ob das Ganze nicht so schon erstaunlich genug wäre, bemerke ich, wie Harry zum ersten Mal ein kleines bisschen mit dem Schwanz wedelt.

»Hatten Sie Angst, er könnte mich beißen?«

»Nein, natürlich nicht«, beteuere ich sofort, habe jedoch gleich ein schlechtes Gewissen.

»Gelbwurz.«

»Wie bitte?«

»Soll bei Arthritis Wunder wirken. Hilft gegen die Entzündung… da ist irgendwas drin, mir fällt grad der Name nicht ein, aber es ist wirklich ein starkes Zeug. Sogar besser als Ibuprofen bei Schmerzen und Versteifungen. Man kann es mit Honig zu sich nehmen oder als Gewürz für Nudeln…« Der alte Mann verstummt, als schämte er sich dafür, zu viel erzählt zu haben. »Meine Frau war immer an solchen natürlichen Heilmitteln interessiert.«

War. Er trägt noch einen Ehering. Vermutlich ist er verwitwet.

»Na ja, jetzt muss ich mich aber um die restlichen Futterspender kümmern, bevor ich hier draußen erfriere.«

Ächzend richtet er sich auf. Mir fallen sofort die weichen Umschläge an seiner Schlafanzughose mit Nadelstreifen auf – genau wie die von meinem Großvater früher. Wahrscheinlich ist er einfach nur ein netter, alter Mann.

»Vielen Dank für den Tipp«, sage ich lächelnd, und er nickt mir zu.

»Tschüss, Harry.«

Er winkt ihm nach, als wir weiterlaufen.

»Und denken Sie daran…«, ruft er mir noch hinterher und zeigt dabei auf den Beutel mit der Hundescheiße in meiner Hand. »Werfen Sie die Scheiße bloß nicht in meine Mülltonnen.«

He du,

weißt du, was? Ich habe jetzt einen Hund! Er heißt Harry und kommt aus dem Tierheim. Er ist ein großes, struppiges schwarzes Wesen mit einem kleinen weißen Fleck auf der Brust, der ein wenig wie ein Stern aussieht. Sein Schwanz ist lang und buschig, aber ich habe bisher erst einmal gesehen, wie er damit wedelt, weil er so nervös und ängstlich ist. Es war Liebe auf den ersten Blick. Er hat diese riesigen braunen Augen, und gestern Abend, als er mir seine warme, weiche Schnauze in den Schoß gelegt und mich angesehen hat, kam es mir vor, als könnte er verstehen, was es bedeutet, ein gebrochenes Herz zu haben.

Allerdings muss ich zugeben, dass die ersten Tage ein Albtraum waren. Ich habe mich echt gefragt, ob das alles nicht ein riesiger Fehler ist. In manchen Augenblicken, wenn ich den Tränen nah war, habe ich sogar daran gezweifelt, ein Hundemensch zu sein. Vielleicht bin ich einfach nicht die Richtige, um einen Hund aus dem Tierheim aufzunehmen. Wirklich wahr. Harry verteilt seine Haare überall, buddelt Löcher im Garten, zerstört das gesamte Hundespielzeug und heult, sobald er alleingelassen wird. Letzte Nacht hat er sein Hundebett zerkaut und so lange keine Ruhe gegeben, bis ich ihn in mein Bett geholt habe. Und den Geruch von Erbrochenem, als er sich auf unserer ersten gemeinsamen Fahrt auf den Rücksitz übergeben hat, bekomme ich nicht mehr aus dem Mietwagen.

Auf unserem Spaziergang trafen wir dann aber diesen alten Mann, und als wir wieder zu Hause ankamen, fiel mir auf, dass ich mit ihm mein erstes richtiges Gespräch geführt habe, seitdem ich hierher gezogen bin – und das lag ganz allein an Harry. Das hat mich zum Nachdenken gebracht. Vielleicht bin gar nicht ich es, die Harry rettet, sondern genau andersherum. Harry rettet mich.

X

Der Moment der Wahrheit

»Das Auto riecht seltsam.«

»Wirklich? Mir ist nichts aufgefallen.«

Einige Tage später fahre ich in die nächste Stadt zu der Zweigstelle des Mietwagenverleihers, um den Fiat zurückzubringen – und um zu lügen, dass sich die Balken biegen.

»Mhm ...«

Ajay guckt so misstrauisch wie ein Verkäufer, der schon alles gesehen, gehört und gerochen hat, wenn es um die ausufernden Ausflüchte seiner Kunden geht, die Dellen, Kratzer, fehlende Außenspiegel und Schlimmeres verbergen wollen. Er knöpft sich die Anzugjacke auf, schiebt sich die Brille auf den Nasenrücken und beugt sich noch weiter in den Wagen hinein.

Zitternd sehe ich ihm dabei zu, wie er einen tiefen Atemzug in der Nähe des Rücksitzes nimmt.

»Es riecht nach ...« Er hält inne, als fehle ihm das richtige Wort.

»*Angel* von Thierry Mugel«, helfe ich ihm lächelnd. Wie heißt es doch gleich? Lächle, und die Welt lacht mit dir.

Ajay scheint diese Redewendung jedoch nicht zu kennen und kommt mit übel gelauntem Gesichtsausdruck wieder zum Vorschein.

»Erbrochenem.«

»Oh.«

Es ist so qualvoll. Ich hätte von Anfang an die Wahrheit

sagen sollen, aber ich kann es mir wirklich nicht erlauben, meine Kaution zu verlieren.

Er wirft einen Blick auf das Klemmbrett mit meinen Unterlagen in seinen Händen. »Mrs Brooks …«

»Ms Brooks, aber nennen Sie mich doch einfach Liv.«

»Ms Brooks«, wiederholt er ernst, »haben Sie einen Hund in diesem Wagen transportiert?«

Es klingt eher nach einer Feststellung als nach einer Anklage.

Theatralisch fasse ich mir an die Brust. »Einen Hund? Nein, wie kommen Sie denn auf die Idee?«

Wie zum Beweis hält er einen Gummiknochen hoch und drückt darauf. Er quietscht laut.

Ich hatte mich schon gefragt, wo der wohl geblieben ist. Als ich zu Harry ins Tierheim gefahren bin, um ihn abzuholen, hatte ich ihn dabei, Harry würdigte ihn jedoch keines Blickes. Er muss zwischen die Sitze gerutscht sein.

»Wie Sie den Vertragsbedingungen entnehmen können, sind ohne vorherige Genehmigung und eine Zusatzgebühr Tiere in unseren Mietwagen nicht gestattet. Das Zuwiderhandeln kann nicht nur Ihre Versicherungspolice außer Kraft setzen, sondern darüber hinaus zu einer Reinigungsgebühr und dem Einbehalten der Kaution führen …«

»Das ist ein Geschenk für eine Freundin, die sich gerade einen neuen Hund zugelegt hat.«

Sie kennen dieses Gefühl, wenn man dabei ist, sein eigenes Grab zu schaufeln, und trotzdem weitermacht, oder?

»Dann sollte ich wohl meine Frage noch einmal neu formulieren.«

Den lustlosen Tonfall von Ajay kenne ich nur zu gut. Es ist derselbe, den ich immer für meine Schüler benutzt habe, wenn sie ihre Hausaufgaben nicht dabeihatten und sich dafür irgendwelche seltsamen und liebenswerten Entschuldigungen ausdachten.

»Hat sich der ›Hund Ihrer Freundin‹ auf dem Rücksitz dieses Wagens übergeben?«

Es klingt wie eine Frage, auf die wir beide die Antwort kennen.

Seufzend gebe ich mich geschlagen.

»Ajay, darf ich ehrlich zu Ihnen sein?«

Er sieht mich aufmerksam an. »Natürlich, Ms Brooks. Es würde uns eine Menge Zeit ersparen.«

»Sie haben recht, auf dem Rücksitz war ein Hund.«

Selbstbewusst, mit durchgedrückten Schultern steht er vor mir.

»Und ja, er hat sich auch übergeben.«

Sein Mund ist geöffnet, als wollte er reagieren.

»Aber wissen Sie, ich kann das erklären. Er heißt Harry. Er wurde von seinem Besitzer, der ihn nicht mehr wollte, einfach fallen gelassen, ein bisschen wie ich, ehrlich gesagt ...«

»Ms Brooks ...«

»Mein Mann hat mich verlassen«, platzt es aus mir heraus, bevor Ajay mich stoppen kann. »Wir haben uns gerade erst scheiden lassen, und dann bin ich hierhergezogen, um noch einmal von vorne zu beginnen, aber ich hatte nicht erwartet, dass ich mich so einsam und verloren fühlen würde ...« Ich spüre, wie mir die Tränen in die Augen steigen.

»Also habe ich einen Hund aus dem Tierheim bei mir aufgenommen, aber auf dem Weg nach Hause musste er sich übergeben, er konnte es nicht zurückhalten, das arme Ding war sicher ganz traumatisiert von allem, was man ihm angetan hat ...«

»Also, ich denke, das spielt hier keine Rolle ...«

»Aber für Harry schon!«, rufe ich unter Tränen.

»Sie haben vermutlich keine Ahnung, wie es sich anfühlt, wenn man zurückgewiesen und einem das Herz gebrochen wird. Und das von einem Menschen, den man liebt und mit dem man den Rest seines Lebens verbringen wollte. Einfach weggeworfen zu werden wie Müll, das ist unerträglich. Aber was wissen Sie schon? Wie alt sind Sie? Zwanzig?«

Ich tippe mit dem Finger auf sein Klemmbrett, woraufhin er zurückweicht.

»Sie können sich nicht vorstellen, was es bedeutet, in meinem Alter zu sein und sich vorzukommen, als sei man gerade zum alten Eisen geworfen worden. Wieder von vorn beginnen zu müssen ... Glauben Sie mir, es ist furchterregend!«

Ich höre, wie meine Stimme immer schriller wird. Es geht nicht mehr nur um Harry.

»Mein Leben ist ein absolutes Chaos. Meinen Mann, mein Zuhause und meine Arbeit, alles habe ich verloren. Ich bin deprimiert. Fühle mich alt. Kann nicht schlafen. Passe nicht mehr in meine Jeans. Und jetzt wollen auch Sie mich bestrafen, indem Sie sich wie ein kleiner, übereifriger Wichtigtuer aufspielen und mir meine Kaution klauen!«

Ich verstumme. Mein Herz klopft wie wild. Mit dem Ärmel wische ich die Tränen ab, die mir über das ganze Gesicht strömen, was ich allerdings erst jetzt bemerke.

Ajay sieht mich an, sein Gesichtsausdruck verrät nichts. Kein Zweifel, diese wütende, heulende, perimenopausale Frau auf dem Hof hat ihn zum Schweigen gebracht. Schlagartig ist mir mein Ausbruch unglaublich peinlich. Ich bin beschämt und reumütig. Es ist nicht seine Schuld. Was zum Teufel mache ich hier eigentlich? Einen armen Mietwagenverleiher anschreien und ihm mein Herz ausschütten? Er muss glauben, dass ich total verrückt geworden bin. *Ich glaube, dass ich total verrückt geworden bin.*

»Also, es tut mir leid ...«

»Meine Freundin hat mich vor zwei Wochen verlassen.«

Wir reden gleichzeitig los. Überrascht sehe ich ihn an.

»Glauben Sie mir, ich weiß, wie Sie sich fühlen.« Er zieht aus seiner Tasche eine kleine Packung mit Taschentüchern hervor und reicht sie mir. »Hier ...«

»Danke«, sage ich, nehme mir eins, trockne mir die Augen und schnäuze mich. »Das mit Ihrer Freundin … tut mir wirklich leid.«

»Ist schon in Ordnung. Später habe ich erfahren, dass sie hinter meinem Rücken mit einem meiner Kumpel ins Bett gestiegen ist.«

»Oje, das ist ja furchtbar.«

Er zuckt mit den Schultern. »War wohl kein besonders guter Kumpel.«

»Ja, das stimmt wohl.« Ich ziehe die Nase hoch und gebe ihm die Taschentücher zurück.

»Ach ja, und zu Ihrer Information: Ich bin neunundzwanzig.«

Ich laufe rot an. »O Gott, es tut mir so leid … und ich meinte auch gar nicht, was ich da eben gesagt habe, Sie wissen schon …« Ich lasse den Satz unvollendet.

»Sie meinen, dass ich ein kleiner, übereifriger Wichtigtuer bin, der sich nur aufspielt und Ihnen die Kaution klauen will?«

Er lächelt, was wiederum mich zum Lächeln bringt.

Er schließt die Tür des Fiats. »Okay, Liv. Ich denke, wir sind hier fertig. Kommen Sie doch bitte mit in mein Büro, um den Papierkram zu erledigen.«

Ajay lässt mich mit der Reinigungsgebühr davonkommen. Er ist wirklich ein netter Mensch und alles andere als ein übereifriger Wichtigtuer. Er schenkt mir sogar seine Taschentücher und lässt mich so viele Gratis-Pfefferminzbonbons einstecken, wie ich möchte.

Danach gehe ich zu dem Zeitschriftenladen in der Hauptstraße und mache einen Aushang für private Nachhilfestunden, dann in den Supermarkt, um einige wenige Dinge zu besorgen, die ich bei mir im Dorf nicht bekomme.

Wie immer schätze ich vollkommen falsch ein, was ich alles tragen kann. Im Einkaufswagen sieht es gut aus, nur ein paar Kleinigkeiten, aber sobald ich anfange, es in Taschen zu packen, ist es mindestens viermal so viel. Ohne Auto mache ich mich auf den Weg zur Bushaltestelle, schleppe die schweren Einkaufstaschen, als es plötzlich zu regnen beginnt. Hier regnet es oft. Als ich an der Haltestelle ankomme, bin ich nass bis auf die Haut.

Zum Glück gibt es einen Unterstand, allerdings ohne Seitenschutz, und der Regen weht eiskalt herein. Während ich mich unterstelle, blicke ich sehnsüchtig die Straße hinauf, warte, dass endlich ein Bus auftaucht. Jemand vom Handwerksbetrieb kommt gleich bei mir vorbei, um einen Kostenvoranschlag zu machen. Eigentlich waren sie ausgebucht, als ich anrief, aber dann ist irgendein Auftrag geplatzt, und nun könnten sie an meinem Häuschen arbeiten. Sie sollen wohl die besten der Gegend sein, deshalb möchte ich nicht zu spät kommen.

Ich warte.

Eine Viertelstunde später stehe ich mir noch immer die Beine in den Bauch, als plötzlich ein Lieferwagen langsamer wird. Ich mache einen Schritt zurück, um nicht von der riesigen Pfütze nass gespritzt zu werden, die sich neben dem Randstein gebildet hat. Das Fenster wird heruntergedreht, und der Fahrer lehnt sich über das Lenkrad.

»Sie verschwenden Ihre Zeit«, ruft er fröhlich.

»Wie bitte?«

»Der Bus nach Nettlewick kommt nur einmal am Tag, und Sie haben ihn verpasst.«

»Einmal am Tag?«

Das muss ein Witz sein, ich drehe mich zu dem Fahrplan hinter dem zerkratzten Plastik um. Er sagt tatsächlich die Wahrheit. Ich lasse sie einen Moment auf mich wirken, während mir der Regen immer weiter in die durchnässten Turnschuhe läuft. Wackle mit den Zehen. Sie patschen gegen den Stoff.

»Okay, danke. Nett, dass Sie mir Bescheid gesagt haben.«

Mit steif gefrorenen Fingern hole ich mein Telefon aus der Tasche. »Dann werde ich mal ein Uber rufen.«

Der Fahrer lacht. »Sie kommen wohl nicht aus der Gegend, was?«

Beim Öffnen der App, um ein Auto zu buchen, stelle ich fest … es gibt keins. Natürlich. Ich habe nicht daran gedacht, wo ich hier bin. Ich sehe von meinem Display hoch, der Lieferwagen steht immer noch mit laufendem Motor vor mir.

»Kommen Sie schon, ich nehme Sie mit«, bietet mir der Fahrer an. »Ich fahre eh in die Richtung.«

Der Gedanke, zu einem Fremden ins Auto zu steigen, lässt mich zögern. Aber es regnet in Strömen, mir ist kalt, ich bin müde, und die zehn Meilen mit meinen Einkäufen zu Fuß zurückzulegen, ist auch keine Option.

»Wenn es Ihnen wirklich keine Umstände bereitet, gern«, sage ich und öffne die Tür.

Das Armaturenbrett ist mit Müll bedeckt. Alte Kassenbons. Parktickets. Kaffeebecher. Schokoriegelverpackungen. Vom Beifahrersitz aus gleitet mein Blick über den Abfall hinweg, um den Fahrer besser betrachten zu können. Er ist ungefähr in meinem Alter, aber genau kann ich es nicht sagen. Zwischen seiner Mütze, die er bis über die Ohren gezogen hat, und seinem Bart sehe ich nur ein kleines Stück Gesicht. Um seine Augen herum zeichnen sich Lachfältchen ab, und seine Nase hat so einen Höcker, als wäre sie früher einmal gebrochen gewesen. Irgendwo habe ich mal gelesen, dass bei Männern Ohren und Nasen mit dem Alter wachsen, aber sie haben eine ganz angenehme Größe, das verrät mir also auch nichts.

»Ich wusste nicht, dass Regen vorhergesagt war«, sage ich, während wir aus der Stadt hinausfahren, die Scheibenwischer auf höchster Stufe.

»Das hier ist Yorkshire. Wussten Sie nicht, dass wir hier Schwimmhäute zwischen den Zehen haben?«

Er spricht mit starkem Dialekt und wirft mir einen Blick zu, sein Mund verzieht sich spöttisch. Die aufgekrempelten Ärmel seines karierten Flanellhemds lassen tätowierte Unterarme zum Vorschein kommen.

»Das würde mich wirklich nicht wundern«, erwidere ich mit einem Lächeln. »Ich glaube, seitdem ich hergezogen bin, hat es jeden Tag geregnet.«

»Keine Sorge, im Sommer bekommen wir wegen guter Führung ein paar trockene Wochen.«

Auch wenn ich klitschnass bin, muss ich doch lachen.

»Was führt Sie denn hierher? Vom guten Wetter mal abgesehen.«

Er blinkt rechts am Kreisverkehr, wir lassen die Stadt hinter uns und fahren aufs offene Land hinaus.

»Meine Großeltern haben in Nettlewick gelebt. In dem alten Steinhaus unterhalb der Burg ...«

Die Fenster beschlagen. Er kurbelt seins herunter, lässt frische Luft herein und beugt sich vor, um die Windschutzscheibe mit der Hand abzuwischen. Da fällt mir sein Ehering auf, instinktiv verstecke ich meine ringlosen Finger in meinem Schoß.

»Oh, das Haus kenne ich ...«

»Wirklich?«

»Ja, vor ein paar Jahren habe ich dort ein paar Arbeiten erledigt. Im Garten steht eine riesige Eiche.«

»Ja, genau das ist es. Meine Schwester und ich sind früher immer darauf geklettert!« Die unerwartete Erinnerung stimmt mich fröhlich. »In einem Sommer haben wir ein Baumhaus hinein gebaut, und mein Großvater hat uns eine Schaukel dafür gemacht.«

Der Fahrer sieht nicht mehr auf die Straße, sondern mich an, ich rutsche verlegen hin und her.

»Entschuldigen Sie, habe ich etwas Falsches gesagt?«

Er grinst über das ganze Gesicht. »Ich fasse es nicht. Livvie?«

Als er plötzlich meinen alten Spitznamen nennt, bin ich vollkommen durch den Wind.

»Erkennst du mich denn nicht?«

»Sollte ich?« Ich suche in seinem Gesicht nach irgendwelchen Erkennungszeichen, dann zeige ich abrupt auf die temporäre Ampelanlage vor uns. »Vorsicht …«

Er bremst scharf, und als wir stehen bleiben, nutzt er die Gelegenheit, seinen Körper zu mir zu drehen und mich eingehend zu mustern. »Du bist es wirklich!« Er blickt mich siegessicher an. »Ich fasse es nicht! Die kleine Livvie!«

O Gott. Es fällt mir wie Schuppen von den Augen.

»Ben Armstrong«, sage ich ausdruckslos und versuche, mir die Bestürzung nicht anmerken zu lassen.

»Ganz genau der bin ich«, sagt er mit einem nun noch breiteren Grinsen, und ich erstarre innerlich. Ich hatte ihn ganz vergessen oder, besser gesagt, ganz bewusst aus meiner Erinnerung getilgt. Und jetzt sitzt er da, direkt neben mir.

Hinter uns hupt jemand. Die Ampel steht auf Grün.

»He, jetzt aber mal langsam …«, schreit er und gestikuliert ungehobelt in Richtung des anderen Fahrers, bevor er den Gang einlegt und wieder losfährt.

»Wie ich sehe, ganz der Alte«, murmle ich vor mich hin, den Kopf zum Fenster gedreht. Hoffentlich hat er das nicht gehört.

»Was sagst du?«

»Ich habe gesagt, alles beim Alten …« Dabei zeige ich auf die Landschaft auf beiden Seiten des Lieferwagens. Täler und Felder, so weit das Auge reicht.

»Die Dales in ihrer ganzen Schönheit«, sagt er und nickt. »Wie lange ist das jetzt her? Dreißig Jahre bestimmt, seitdem du das letzte Mal hier warst, oder?«

»Ja, das dürfte ungefähr hinkommen.«

Josie und ich verbrachten die Sommerferien immer mit einer Reihe von Kindern aus der Gegend, wir spielten zusammen und schwammen im Fluss. Ben war ein paar Jahre älter als ich und ein ganz schöner Unruhestifter. Er trank zu viel und geriet in Schlägereien, der typische Bad Boy. Gut aussehend, kompromisslos, angstfrei. Und wahnsinnig sexy. Als Jugendliche war ich heimlich in ihn verliebt, aber er stand eher auf meine Schwester, prahlte vor ihr herum und buhlte um ihre Aufmerksamkeit. Ich glaube, das einzige Mal, dass er direkt mich ansprach, spottete er über meinen nicht vorhandenen Busen und meine Zahnspange.

»Toll, dich wiederzusehen. Nach so langer Zeit«, sagt er gerade und schüttelt dabei ungläubig den Kopf. Er erinnert sich nicht. Für ihn war es nicht wichtig, nur ein harmloser Spaß. Für mein dreizehnjähriges Ich war es vernichtend. »Wie läuft es bei dir?«

»Grad eher nass.« Ich schiebe mir eine tropfende Haarsträhne aus der Stirn.

Er lacht. »Wie geht es deiner Schwester, wie hieß sie noch gleich …«

»Josie.«

Er hat die ganze Zeit mit ihr geflirtet, und jetzt weiß er nicht einmal mehr ihren Namen? Ich bin an Josies Stelle verärgert.

»Josie, ach ja, stimmt«, sagt er lächelnd und nickt.

»Es geht ihr gut«, erwidere ich knapp. »Und dir? Wie ich sehe, hast du geheiratet.« Um das Thema zu wechseln, spreche ich das Erste aus, was mir in den Sinn kommt.

»Oh … ja.« Er schaut auf seinen Ehering, dann umfasst er das Lenkrad fester. »Vater bin ich mittlerweile auch.«

»Das ist toll.«

»Und was ist mit dir?«

»Nein. Keine Kinder.« Der Frage nach der Ehe weiche ich aus. Nicht, dass es mir wichtig wäre, was er denkt. Aber meinem jugendlichen Ich mit Zahnspange und Bustier ist es wichtig, und zuzugeben, dass ich Single und geschieden bin, kommt mir vor, als würde ich mir mein eigenes Scheitern eingestehen.

»Aber ich war oft von einunddreißig Dreizehnjährigen umgeben«, füge ich hinzu und sehe seinen verwirrten Gesichtsausdruck. »Ich bin Lehrerin. Na ja, war. Momentan gönne ich mir eine Pause.«

»Das wundert mich nicht. Du warst schließlich immer die Kluge. Nicht so wie ich. Schule habe ich gehasst. ›Er wird entweder im Gefängnis landen oder Millionär werden‹, stand einmal auf einer Beurteilung.«

»Du bist also Millionär?«

»Noch nicht«, sagt er lachend, und ich beschließe, ihn nicht nach der Alternative zu fragen.

Glücklicherweise klingelt da sein Telefon. Er entschuldigt sich und nimmt das Gespräch an. Ich höre, wie er über die Arbeit spricht, schweife mit den Gedanken ab und sehe zu, wie die Landschaft am Fenster vorbeirauscht. Als wir langsamer werden, um die Brücke ins Dorf zu überqueren, legt er auf.

»Und? Wie lange bleibst du? Wir sollten uns einmal richtig treffen, ich wohne direkt hinter dem *Crooked Billet*...«

»Ich bin, ehrlich gesagt, ziemlich beschäftigt...«, flunkere ich, bevor er einen Drink auf die guten alten Zeiten vorschlagen kann. Wir erreichen den Dorfplatz, und ich sage ihm, er könne anhalten. »Von hier aus kann ich laufen.«

»Bist du dir sicher?«

»Ja, es sind nur noch zwei Minuten.«

Er hält an und lässt mich aussteigen.

»Danke noch mal, dass du mich mitgenommen hast.«

»Tschüss...«

Erleichtert, den Wagen verlassen zu haben, knalle ich die Tür hinter mir zu und laufe zügig über das Kopfsteinpflaster. Ich möchte so viel Abstand wie möglich zwischen uns bringen. Es regnet immer noch, und so laufe ich mit gebeugtem Kopf weiter, als der Lieferwagen an mir vorbeirumpelt. Ben Armstrong. Ausgerechnet der muss mir über den Weg laufen. Aber irgendwann musste es ja passieren. Nettlewick ist klein.

Mit den schweren Einkaufstaschen in den Händen biege ich in den schmalen Weg ein, der am Friedhof entlangführt. Es ist nicht mehr weit, ich suche schon mal nach meinem Haustürschlüssel und denke an warme, trockene Kleidung und eine Tasse Tee, als ich den Lieferwagen bemerke, der vor meinem Haus parkt. Ich komme näher. Moment, das ist doch nicht etwa …

»Ben?«

Er steht direkt vor meiner Tür und drückt die nicht funktionstüchtige Klingel, während ich drinnen Harry wie verrückt bellen höre.

Als er seinen Namen hört, dreht er sich um, wir beide sehen uns erstaunt an.

»Livvie?«

»Was tust du hier?« Ich bleibe an meinem Gartentor stehen.

»Ich habe eine Verabredung mit dem neuen Besitzer, um ein paar Renovierungsarbeiten zu besprechen …«, setzt er an und runzelt die Stirn, als er den Schlüssel in meiner Hand entdeckt. »Warte mal, was machst *du* denn hier?«

Erst jetzt fällt mir das Logo auf der Seite seines Lieferwagens auf.

»Dir gehört also das Bauunternehmen Nettlewick?«

Genau in diesem Augenblick entscheidet sich meine Plastiktüte, zu reißen, und Klorollen, Baked-Beans-Dosen und das erdrückende Gefühl der Unvermeidlichkeit verteilen sich auf dem Boden. Das passende Ende zu diesem Tag.

Wut & Loslassen

Als ich die Affäre meines Mannes aufdeckte, rieten mir alle, die Wut rauszulassen. Naomi und andere Freundinnen, Selbsthilfebücher, sogar die Therapeutin, die ich eine Zeit lang sah, nachdem David mich verlassen hatte. Wut ist anscheinend ein heilsames Gefühl, ganz im Gegensatz zum Heulen auf der Toilette bei der Arbeit. Wut ist eine der Phasen, die jeder durchlaufen muss.

Meine Therapeutin war geradezu enttäuscht von meinem fehlenden Zorn. Dabei habe ich es echt versucht. Manchmal blitzte Wut in mir auf, besonders nachts unter Alkoholeinfluss, aber sosehr ich es auch versuchte, ich konnte dieses Gefühl einfach nicht festhalten. Es rann mir einfach durch meine trunkenen Finger, und ich fühlte mich schnell wieder traurig und verängstigt.

Aber seitdem Harry bei mir ist, verändert sich etwas. Die ersten Wochen hier bei mir war er sehr in sich gekehrt. Er wedelte kaum mit dem Schwanz, und wenn ich mich unerwartet bewegte, zuckte er zusammen. Zum ersten Mal war ich nicht mehr traurig und ängstlich, sondern wütend: wütend auf die Leute, die ihn so schlecht behandelt und wie Müll entsorgt hatten. Zornig. Empört. Entsetzt.

Dann begann die Wut, auf mich abzufärben.

Indem ich wütend darüber wurde, was ihm widerfahren war, begann ich, auch wütend darüber zu werden, was mir widerfahren war. Allerdings traf meine Wut die falschen Menschen. Den armen Ajay zum Beispiel. Und auch mich selbst. Also entschied ich letzte Nacht, eine E-Mail zu schreiben: *An David, den Mann, der mir das Herz gebrochen hat.* Eine zornige, schimpfende, einem Sandsack gleichende E-Mail, in die ich jeden Tropfen Wut und Enttäuschung hineinwarf. Lange, unzusammenhängende Sätze ohne Satzzeichen. Und das von mir. Einer Englischlehrerin. Bis ich gereinigt und ausgelaugt vor meiner Tastatur saß. Da war Mitternacht schon lange vorbei.

Dann drückte ich auf »Löschen«.

Alles weg. Und mit dem Entwurf war auch meine Wut verschwunden. Ich habe nämlich verstanden, dass es vielleicht eine Zeit über heilsam und befreiend sein kann, wütend zu sein, aber wenn ich meinen struppigen, schwarzen Hund beobachte, wie er an den wild wuchernden Brombeersträuchern, aus denen mein Garten besteht, schnuppert, ahne ich, dass Loslassen noch viel gesünder ist. Wer weiß, was Harry durchmachen musste, bevor er einfach im Moor ausgesetzt wurde, aber er ist weder wütend noch verbittert über das, was in der Vergangenheit geschehen ist. Es gehört der Vergangenheit an.

»Komm, Harry, Zeit fürs Abendessen …«

Ich stelle seinen Fressnapf auf den Küchenboden, öffne die alte Stalltür und rufe ihn aus dem Garten ins Haus. Er erkennt mittlerweile seinen Namen, und als er langsam auf mich zuhumpelt, wedelt er mit dem Schwanz. Kein starkes, aufgeregtes Wedeln, sondern ein leichtes, zaghaftes, als ertaste er gerade seinen Weg. Genau wie ich.

Ich muss lächeln. Von Harry kann ich sicher noch eine Menge lernen.

Der Junge

Nach dem unangenehmen Aufeinandertreffen mit Ben Armstrong ist mein erster Impuls, mir andere Handwerker zu suchen. Auch wenn es mir, bei genauerem Nachdenken, idiotisch vorkommt. Sein Betrieb hat mit Abstand die besten Bewertungen der gesamten Gegend, und jeder, den ich nach Referenzen frage, schwärmt geradezu von ihm.

Also entscheide ich mich letztendlich, den Groll meiner Kindheit abzulegen und wie geplant weiterzumachen. Nachdem ich die Verträge unterschrieben und zurückgeschickt habe, weise ich eine Anzahlung an und vereinbare ein Datum Anfang April, damit die »ungefähr sechs Monate dauernden Umbauarbeiten« beginnen können.

»Danke, Livvie. Ich kann es kaum erwarten, mit den Jungs bei dir anzufangen.«

»Wunderbar! Ich freue mich.«

Und dabei versuche ich, nicht darüber nachzudenken, wie es wohl sein wird, mit den Bauarbeitern das Haus zu teilen, also auch mit Ben Armstrong.

In der Zwischenzeit melde ich Harry beim Tierarzt im Ort an. Da wir uns hier in der Gegend von *Der Doktor und das liebe Vieh* befinden, stelle ich mir eine angenehme Begegnung mit einem attraktiven Arzt à la James Herriot vor und lege sogar ein wenig Make-up für den Termin auf. Wie so oft ist die Wirklichkeit leider ganz anders. Mr Jenkins, einer der Tierärzte der

Praxis, ist deutlich über sechzig und vollkommen kahl, abgesehen von buschigen Augenbrauen, die ihn wie eine Eule aussehen lassen.

Er ist jedoch ein sehr guter Tierarzt und untersucht Harry eingehend. Dessen Gesundheitszustand befindet er, abgesehen von der Arthritis, als sehr gut und rät zu Gelenkstärkungsmitteln und leichten Spaziergängen an der Leine. Außerdem ist er sehr freundlich und großzügig in Bezug auf die von Harry verursachten Schäden im Wartezimmer, weil er einen Mann mit einem kranken Frettchen auf dem Schoß angesprungen hat. Er meint, das sei bloß sein Jagdinstinkt und ich solle mir keine Sorgen über die umgestoßenen Vitrinen und zerbrochenen Stuhlbeine machen. Glücklicherweise war auch Fred, das Frettchen, gar nicht so übel zugerichtet und sein Besitzer sehr verständnisvoll.

Auf Anraten des Tierarztes machen wir also nun jeden Morgen denselben Spaziergang, und dabei nehme ich immer etwas Neues wahr. Die Art und Weise, wie das Licht gleich Pinselstrichen die Steindächer im Dorf einfärbt. Die Ruhe. Das leuchtend grüne Moos auf den Trockensteinmauern. Die Formen der Wolken (wer hätte gedacht, dass Wolken so wunderschön sein können? Bevor ich hierherzog, dachte ich, sie seien einfach nur fluffige graue Flecken). Den Rauchgeruch von verbranntem Holz. Das Dröhnen eines Traktors.

Etwas bleibt jedoch immer gleich. Der alte Mann. Er sitzt am Fenster, aber seit dem einen Mal habe ich nie wieder mit ihm gesprochen. Am Anfang habe ich ihm gewinkt und zugelächelt, aber er hat nie reagiert, also habe ich aufgegeben.

Nachmittags gehe ich eine andere Runde, eine Reihe von Schleichwegen entlang, die mich in eine Sackgasse führen, von der aus ich zu einer Grünfläche komme. Normalerweise begegnet uns nur selten jemand. Bei dem Wetter im Februar bleiben viele lieber zu Hause, aber an einem dieser Nachmittage sehe ich zum ersten Mal den kleinen Jungen.

Also, zuerst höre ich ihn. Ein entferntes, dumpfes Knallen, gefolgt von einem Quietschen, als wir von dem schmalen Pfad aus um die Ecke biegen und Harry stehen bleibt, um an einem Straßenschild zu schnüffeln.

Knall… quietsch… knall… quietsch.

Ein rhythmisches Geräusch. Ich höre genauer hin, versuche herauszubekommen, was es ist. Es klingt merkwürdig, und ich kann einfach nicht zuordnen, woher es kommt. Auch Harry stellt die Ohren auf. Wir laufen wieder los. Es klingt, als käme es von weiter vorn… als wir an ein paar Häusern vorbeikommen, wird das Geräusch lauter… dann sehe ich plötzlich einen Kopf. Er taucht hinter einem Gartenzaun auf und verschwindet sofort wieder. Ein Kopf mit dunkel gelockten Haaren und riesigen gelben Kopfhörern. Da ist er wieder, fliegt in die Luft hinauf. Wenige Sekunden, dann ist er wieder fort, aber lange genug, um zu erkennen, dass er zu einem kleinen Jungen gehört.

Er springt Trampolin. Jetzt kann ich das Gerät im Vorgarten einer Doppelhaushälfte mit Buntsteinputz auch sehen. Es nimmt fast den ganzen Platz auf dem kleinen Stück Wiese ein. Als wir am Gartentor stehen bleiben, bellt Harry das seltsame Objekt an, aber der Junge kann ihn nicht hören und springt einfach weiter. Mir fällt auf, dass er in den Himmel hinaufsieht, während er immer höher und höher springt. Als würde er am liebsten abheben.

Harry bellt lauter.

»Komm schon, mein Junge…«

Ich versuche, Harry weiterzuziehen, als der Junge plötzlich in unsere Richtung schaut. Sofort hört er auf zu springen und sieht uns an, das Gesicht vor Entsetzen erstarrt.

»Keine Sorge, er ist ganz lieb…«, sage ich schnell, um ihn zu beruhigen, auch wenn er mich gar nicht hören kann.

Harry weigert sich, weiterzugehen, obwohl ich kräftig an seiner Leine zerre.

Eine Weile starrt uns der Junge an, dann klettert er von seinem Trampolin und kommt vorsichtig über den Gartenweg auf das Tor zu. Er trägt seine Schuluniform, jedoch keinen Wintermantel, obwohl es bitterkalt ist. Und auch keine Socken oder Schuhe, wie mir auffällt, als er auf Zehenspitzen und mit hoch konzentriertem Gesichtsausdruck über die Steine auf uns zu trippelt.

Am Gartentor angekommen, nimmt er die Kopfhörer ab.

»Er hat sich bei dem Geräusch nur etwas erschreckt…«, versichere ich dem Jungen und zeige dabei auf Harry, der seine Schnauze durch die gebogenen Eisenverzierungen am Tor gesteckt hat. Er schnüffelt eingehend, als wollte er den kleinen Jungen einatmen.

»Vielleicht möchte er meinen Gehörschutz?«, fragt der Junge und hält ihn mir hin.

»Oh, danke. Das ist nett, aber ich denke eher nicht«, sage ich und lächle ihn an. »Jetzt ist sicher alles in Ordnung.«

»Ich trage ihn, weil mir Geräusche auch oft Angst machen.«

Mit ausreichend Sicherheitsabstand zum Gartentor mustert er Harry, die Stirn vor Konzentration gerunzelt.

»Geräusche können manchmal angsterregend sein«, sage ich und nicke zustimmend. »Aber es sind nur Geräusche.«

Er antwortet nicht. Ich bin mir nicht sicher, ob er mir überhaupt zuhört. Er ist vollkommen von Harry eingenommen, sein Gesichtsausdruck eine Mischung aus Furcht und Faszination.

»Möchtest du ihn streicheln?«

»Ich habe Angst vor Hunden.«

»Harry hatte auch Angst vor Menschen.«

Neugierig schaut er Harry an.

»Warum jetzt nicht mehr?«

»Manchmal hat er auch jetzt noch Angst, aber er versucht, tapfer zu sein.«

»Daddy sagt auch oft, dass ich manchmal tapferer sein muss.«

Mitfühlend nicke ich. »Ich auch.«

Er zögert, dann fasst er durch das Torgitter hindurch und berührt ganz sacht, nur mit den Fingerspitzen, Harrys Kopf. Geduldig lässt Harry sich streicheln, ohne zurückzuweichen. Als wüsste er instinktiv, dass der kleine Junge Angst hat.

»Er ist ganz weich.«

Da bemerke ich, wie klein seine Hand auf dem großen Kopf von Harry wirkt. Der Junge ist nicht älter als sieben oder acht. Harry versucht, ihn abzulecken, woraufhin der Junge plötzlich aufkreischt, seine Hand zurückzieht und einen Satz zurück macht.

»Er hat mich abgeleckt!«

Er wirkt unentschieden, ob ihn das freuen oder ängstigen sollte.

»Das macht er, weil er dich wirklich gernhat.«

Ich kraule Harry hinter den Ohren, um ihm zu zeigen, dass er das gut gemacht hat. Das gehört nämlich zu seinen Lieblingsdingen, das habe ich bereits gelernt.

»Stanley …«, höre ich eine weibliche Stimme aus dem Haus rufen. »… Essen ist fertig!«

Der kleine Junge schaut mich an, zieht eine laminierte Karte aus einer seiner Taschen und wirft einen Blick darauf. »Ich muss gehen. Guck, Nummer sieben ist dran …«

Er reicht mir die Karte, die einer Art To-do-Liste gleicht:

1. Von der Schule nach Hause kommen
2. Hände waschen
3. Schultasche/Brotdose auspacken
4. Zwischenmahlzeit essen
5. Hausaufgaben machen
6. Draußen spielen
7.

»Stanley!«, ruft die Frau, dieses Mal deutlich lauter.

Bevor ich zu Ende lesen kann, reißt er mir die Karte aus der Hand und läuft geschickt, jedem Riss ausweichend, auf Zehenspitzen über den Gartenweg zum Haus, verschwindet darin und schlägt die Tür hinter sich zu.

Die Jugendliche

Ich nippe an meinem Cappuccino und versuche, die letzten Milchschaumreste von den Seiten der Tasse zu kratzen. Er ist schon lange kalt. Immer wieder schaue ich auf die Uhr.

Sie sind schon fast zwanzig Minuten zu spät.

Es ist Freitagnachmittag, und ich warte in dem kleinen Café im Ort auf meine erste Nachhilfeschülerin, deren Eltern auf meinen Aushang reagiert haben. Draußen nieselt es, aber hier drinnen ist es schön warm und einladend, die Wände sind mit altmodischen Blümchentapeten bedeckt, und auf Regalbrettern steht eine Sammlung alter Teekannen. Ein Feuer knistert im Kamin, und in einer Ecke gibt es eine Kommode aus Kiefernholz, auf der unter Glaskuppeln selbst gemachte Kuchen ausgestellt sind, die schön buttrig aussehen und mit Creme gefüllt sind. Hier gibt es keine glutenfreien Brownies. Zwischen diesem Café und den trendigen Pendants in London mit ihren Schiefertafeln, Vintage-Lampen und modischen Baristas liegen Welten. Es gefällt mir hier.

Die Türklingel läutet, und ich sehe erwartungsvoll auf, aber anstelle einer Jugendlichen ist es nur wieder ein Wanderer.

»Möchten Sie noch einen Kaffee?«

Eine der beiden Frauen, die das Café führen, kommt in ihrer tomatenroten Schürze auf mich zu und balanciert dabei ein Tablett mit getoasteten Rosinenbrötchen in einer Hand. Viele Radler sind hier, die sich auf die Tour de Yorkshire vorbereiten, und sie hat alle Hände voll zu tun.

»Im Moment nicht … danke … vielleicht später.«

»Kein Problem, geben Sie mir einfach ein Zeichen …« Mit einem wohlwollenden Lächeln ist sie schon wieder auf und davon.

Unter dem Tisch rührt sich Harry. Im Café sind Hunde erlaubt, sodass ich ihn glücklicherweise mitbringen konnte, da er noch immer ungern allein bleibt. Seine Trennungsangst wird eher schlimmer als besser. Als ich gestern kurz bei der Post war, hat er ein weiteres seiner Quietschspielzeuge zerlegt. Er reißt sie in Fetzen, bis sie aufhören zu quietschen, und vergräbt sie dann im Garten. Ein bisschen wie in den schwedischen Krimiserien.

Ich schaue erneut auf die Uhr. Fünfundzwanzig Minuten. Nicht gerade der beste Start meiner glänzenden neuen Karriere als Nachhilfelehrerin. Auf dem Tisch piepst mein Telefon. Wahrscheinlich eine Nachricht von ihnen, um abzusagen. Hätte ich ihnen doch bloß mitgeteilt, dass ich eine Gebühr für kurzfristige Absagen nehme. Ich greife nach meinem Telefon, um zurückzuschreiben, und sehe, dass die Nachricht von Ajay stammt. Ich habe ihm wegen der Sache mit der Kaution Beine gemacht. Schon über einen Monat ist das Ganze jetzt her, und das Geld ist noch immer nicht zurück auf meinem Konto. Da ich über E-Mails nicht weitergekommen bin, habe ich ihm schließlich Nachrichten per Telefon geschrieben.

»Sind Sie Olivia Brooks?«

Die Stimme reißt mich aus meinen Gedanken, noch bevor ich die Nachricht lesen kann, sehe ich auf. Vor mir steht eine in einen beigen Kuschelmantel gekleidete Gestalt mit einer leuchtend gelben Pudelmütze auf dem Kopf. Das muss meine lang erwartete Schülerin sein.

»Hallo, ja«, antworte ich und mustere lächelnd die junge Frau vor mir. »Du musst Maya sein.«

Eigentlich hatte ich erwartet, dass sie mit ihren Eltern hier auftauchen würde, da diese sie mit dem Auto herbringen wollten, weil ihre Familie einige Meilen entfernt lebt, aber die Pläne haben sich wohl geändert.

Sie lächelt nicht und entschuldigt sich auch nicht dafür, zu spät zu sein. Stattdessen steckt sie mit undurchdringlichem Gesichtsausdruck die Hände tiefer in die Taschen.

»Schön, dich kennenzulernen. Bitte, setz dich doch ...«

Um sie nicht direkt auf dem falschen Fuß zu erwischen, entscheide ich, kein Wort darüber zu verlieren, dass sie mich hat warten lassen, und zeige auf den Stuhl mir gegenüber. Wortlos nimmt sie Platz, die Hände noch immer in den Taschen.

»Also, dann erzähl doch mal ... Deine Mutter hat mir schon am Telefon gesagt, dass du für die Abschlussprüfung lernst und vielleicht ein wenig Hilfe bei den Lektüretexten benötigen könntest. Gibt es denn etwas, womit du gern beginnen würdest?«

»Das ist doch reine Zeitverschwendung.«

»Oh ...«

»Ich brauche keine Nachhilfe.«

Sie sieht mich aufsässig über Salz- und Pfefferstreuer hinweg an, als wollte sie mich herausfordern.

»Das sehen deine Eltern vielleicht anders.«

Sie verzieht den Mund, sagt aber nichts. Ich schaue auf meine Notizen.

»Wenn ich es richtig sehe, lest ihr *Macbeth* und *Sturmhöhe* ...«

»Wenn Sie das sagen!«

Beim Unterrichten muss ich oft an die ersten Zeilen aus *Eine Geschichte aus zwei Städten* denken: »Es war die beste und die schlimmste Zeit.« Ich bin mir sicher, dass Charles Dickens beim Schreiben an Teenager gedacht haben muss. Sie können so wunderbar sein, aber, o Gott, sie können auch verdammt schrecklich sein.

»Und wie gefallen sie dir?«, insistiere ich.

»Ganz okay«, antwortet sie und geht mit einem Schulterzucken über zwei der wichtigsten Werke der Literaturgeschichte hinweg.

»Ich bin gerade erst aus London hergezogen, es ist wirklich aufregend, hier in Brontë-Country zu sein.« Ich versuche, sie mit meinem Enthusiasmus wachzurütteln. »Wir könnten das Pfarrhaus besuchen, in dem sie gelebt und geschrieben hat, um ihre Inspirationsquellen mit eigenen Augen zu sehen«, sage ich und lächle freundlich. »Würde dich das interessieren?«

»Nein, eher nicht.«

Der Trick bei Teenagern ist, es nicht persönlich zu nehmen.

»Was interessiert dich dann?«

Sie wendet den Blick ab, starrt lieber die Zuckerpäckchen auf dem Tisch an. Schließlich nimmt sie eins davon und beginnt, die Ecken abzureißen.

»Dinge, die wichtig sind.«

»Und das hier ist nicht wichtig?«

Sie schaut mich an, ihre dunklen Augen funkeln.

»Was haben Texte, die vor Hunderten von Jahren geschrieben wurden, damit zu tun, was heute passiert?«

»Also von meiner Warte aus betrachtet, würde ich sagen, dass universelle Themen wie Liebe und Tod, Freud und Leid auch heute noch ziemlich relevant sind.«

Meine Antwort scheint sie aus dem Gleichgewicht zu bringen. »Und wie sieht es mit dem Klimawandel aus?«, wirft sie mir den Ball zurück, nachdem sie ihre Stimme wiedergefunden hat. »Oder der Bedrohung unserer Umwelt, den Frauenrechten oder der Black-Lives-Matter-Bewegung?«

»Also bei Shakespeare geht es um die menschliche Natur und die Welt insgesamt. Vielleicht merkst du es nicht, aber seine Geschichten und Ideen formen und beeinflussen auch heute noch, wer wir sind…«

Als ich Maya anschaue, muss ich an mich als verwirrte Jugendliche denken, für die nichts einen Sinn ergab und die dann Sinn und Rettung in den Büchern fand, die sie aus der Bibliothek auslieh.

»Guck dir nur all die Redewendungen an, die wir heute benutzen. Weißt du, dass wir Shakespeare zitieren, wenn wir zum Beispiel *Gut gebrüllt, Löwe*; *Ende gut, alles gut* oder *Es ist nicht alles Gold, was glänzt* sagen?«, füge ich hinzu und lächle sie an.

Aber so schnell, wie ich ihre Aufmerksamkeit gewonnen habe, verliere ich sie auch wieder.

Mit gelangweilter Miene zieht sie ihr Telefon hervor und scrollt darauf herum.

»In Ordnung, ich denke, das funktioniert so nicht.« Ich schließe mein Notizbuch. »Du hast recht, es ist eine Verschwendung deiner und meiner Zeit sowie des Geldes deiner Eltern.«

»Habe ich ja gesagt«, murmelt sie vor sich hin und tritt mit ihren Turnschuhen gegen eins der Tischbeine.

»Ich würde dich bitten, das zu lassen. Meinem Hund gefällt das sicher nicht.«

Wie auf mein Stichwort bellt Harry unter dem Tisch kurz auf.

»Hund?«

Ihre Miene ist sogleich wie ausgewechselt, schnell rückt sie ihren Stuhl zurück und beugt sich unter den Tisch.

»Oh, wow. Was bist du nur für ein hübscher Junge …«

Sie lässt sich auf die Knie fallen und beginnt, Harry zu herzen.

»Er kann etwas nervös sein …«

»Keine Sorge, ich helfe ehrenamtlich im Tierheim, ich kenne mich mit den Schüchternen gut aus … Aber so schüchtern bist du gar nicht, oder?«, flüstert sie ihm liebevoll zu und lächelt.

Die Veränderung ist unglaublich.

»Moment …« Sie hält beim Kraulen von Harry inne und sieht mich an. »… Ich kenne diesen Hund.«

»Und ich kenne dich«, sage ich, als es mir plötzlich wie Schuppen von den Augen fällt. »Vom Baumarkt-Parkplatz. Du hast da Geld für das Tierheim gesammelt …«

»Ja, das muss ich gewesen sein.« Sie grinst stolz und strahlt übers ganze Gesicht.

»Du bist der Grund dafür, dass ich Harry zu mir geholt habe.«

»Wirklich?« Sie wirkt zufrieden, dann legt sie die Stirn in Falten, sodass ihre perfekten Augenbrauen fast zusammenstoßen. »Warten Sie, Sie sind doch nicht etwa die Frau, die gesagt hat, sie sei nicht so ein Hundetyp?«

»Genau die bin ich.«

»Was ist passiert?«

»Ich habe Harry gesehen und mich umentschieden.«

Stille.

»Vielleicht können wir es doch mit einer Nachhilfestunde probieren …« Sie zuckt mit den Schultern. »Mal gucken, wie es so läuft?«

»Okay«, erwidere ich und nicke, aber am liebsten würde ich vor Freude in die Luft springen.

»Wir gucken mal, wie es läuft.«

Nachricht

Ajay Mietwagenmann

Gute Neuigkeiten. Die Buchhaltung hat endlich reagiert, und die Kaution wurde heute Morgen rückerstattet, sie sollte also am Abend auf Ihrem Konto sein. Als Entschädigung für die Wartezeit wurden Ihnen weitere 25 Pfund gutgeschrieben. Gern möchte ich mich noch einmal für die daraus entstandenen Unannehmlichkeiten entschuldigen und hoffe, dass Sie mit dieser Lösung zufrieden sind. Außerdem, auf persönlicher Ebene, wollte ich fragen, ob Sie wohl Lust hätten, irgendwann mit einem kleinen, übereifrigen Wichtigtuer etwas trinken zu gehen.

Ajay x

Nur eine Zahl

»Du hast ein Date!«

Es ist Freitagabend, und ich sitze auf dem Sofa vor dem Kamin. Von einem regionalen Anbieter habe ich mir Holzscheite liefern lassen und mache mir nun jeden Abend die Mühe, ein Feuer anzuzünden. Für mich allein würde ich die Arbeit sicher nicht auf mich nehmen, aber ich weiß, dass Harry sich vor dem Feuer wohlfühlt. Außerdem muss ich zugeben, dass es in mir eine gewisse Zufriedenheit weckt, die das Einschalten des Gasfeuers in London nicht in mir ausgelöst hat.

»Sei nicht albern.«

»Was ist daran albern, ein Date zu haben?«

»Nur ein Drink, kein Date.«

Ich telefoniere mit Naomi und trinke dazu ein Glas Wein. Es ist noch nicht einmal achtzehn Uhr, aber irgendwo anders bestimmt, beruhige ich mich. Harry ist schon bettbereit. Freitagabende in London waren geschäftiger: Essen gehen, Drinks mit Freunden oder Theaterbesuche. Ein anderes Leben.

»Was ist der Unterschied?«, fragt Naomi mich.

»Ein Date findet zwischen zwei Leuten statt, bei denen die Chance besteht, dass sie eine Beziehung eingehen. Etwas trinken gehen kann man mit jedem.«

»Steht die Definition so im Wörterbuch?«

Ich mache es mir auf dem Sofa bequem, lege die Füße hoch, nehme einen großen Schluck Wein, der wie Mundwasser meine Zähne umspült. Warum bin ich bloß so durcheinander? Es ist doch nur eine Nachricht.

»Eigentlich nicht, aber …«

»Kein Aber!« Sie klingt siegessicher. »Außerdem könntet ihr beide ja sogar eine Beziehung miteinander eingehen.«

»Sei nicht albern!«

So langsam bereue ich, Naomi davon erzählt zu haben. Ich bin mir noch nicht einmal sicher, ob das Ganze nicht ein Witz ist.

»Ich habe dir doch erzählt, dass er noch nicht einmal dreißig ist. Hörst du mir denn gar nicht zu?«

»Doch. Na und?«

Im Hintergrund kann ich das geschäftige Treiben und das vertraute Geräusch der Stadt hören, die so viele Jahre über mein Zuhause war. Naomi ist vermutlich gerade im Bus auf der Rückfahrt von der Arbeit wie ich früher auch jeden Tag. Ich verspüre eine seltsame Mischung aus Heimweh und Nichtzugehörigkeit. Mein Blick wandert zu Harry hinüber, der zufrieden vor dem Kamin döst. Zumindest etwas mache ich richtig.

»Ich bin doppelt so alt wie er.«

»Nein, das bist du nicht, dann wärst du nämlich achtundfünfzig, dabei bist du erst fünfundvierzig.«

Seit wann bekommt die Zahl fünfundvierzig eigentlich den Zusatz *erst*? Na, das werde ich ihr mal durchgehen lassen.

»Trotzdem, er ist viel zu jung für mich.«

»Das scheint deinen Ex nicht weiter gestört zu haben.«

»Soll ich mich dadurch jetzt besser fühlen?«

»Entschuldige«, sagt sie zerknirscht, »das soll doch nur heißen, dass Altersunterschiede heutzutage niemanden mehr interessieren. Guck dir doch mal Madonna an.«

Ich sehe an mir hinunter: Ich mit einer Flasche Wein auf dem Sofa in einem Wohnzimmer, das aussieht wie ein Schlachtfeld: »Glaub mir, Madonna und mich verbindet nicht gerade viel.«

Als ich noch verheiratet war, spielte mein Alter eigentlich keine Rolle. Abgesehen von dem gelegentlichen Seufzen über neue Fältchen, war ich eigentlich froh darüber, nicht mehr zwanzig oder dreißig zu sein, hatte ich diese Phase doch als sehr angstbelastet empfunden. Ich war geradezu erleichtert, die ganze damit verbundene Unsicherheit hinter mir gelassen zu haben. Oh, wie naiv kann man sein. Jetzt, nach den Ereignissen des letzten Jahres, bin ich mir dessen sehr genau bewusst. Während der Trennungszeit kam ich mir vor wie in einem dieser Zeitraffer-Videos, zu Beginn noch blutjung, fühlt man sich am Ende wie ein Greis.

»Du weißt, was ich meine«, erwidert Naomi gerade. Sie klingt ein wenig frustriert, und ich schäme mich.

»Ja, das weiß ich. Und es tut mir leid, du versuchst, nett zu mir zu sein, und ich stänkere nur rum. Es ist nur, also, selbst wenn mich Ajay nach einem *Date* fragen würde …«, schon allein es auszusprechen, kommt mir ziemlich absurd vor, »… sollte ich besser nicht hingehen. Weder mit ihm noch mit jemand anderem. Und das liegt nicht daran, dass er zu jung ist oder ich zu alt bin, es hat einfach keinen Zweck. Zehn Jahre war ich verheiratet, und jetzt ist es vorbei. Ich möchte keine neue Beziehung. Das will ich alles nicht noch einmal durchmachen. Das war's. Ich bin damit fertig.«

Ich nehme einen beherzten Schluck Wein.

»Hat er dir denn gefallen?«

»Naomi!«, rufe ich. »Hast du mir denn gar nicht zugehört?«

»Liv, komm schon, du bist geschieden, aber doch nicht tot. Und du bist so lange noch nicht fertig damit, bis sie dich im Sarg hinunter in die Erde lassen …«, sie unterbricht sich. »Warte, ich muss hier aussteigen …«

Das Geräusch sich öffnender Türen ist zu hören, und Naomi, wie sie sich, begleitet von Entschuldigungen, einen Weg zwischen den anderen Fahrgästen hindurch zur Tür bahnt, dann Verkehrslärm und Regen auf dem nassen Asphalt, das Zischen der Bremsen und das Dröhnen des Motors, als der 72er-Bus losfährt.

»Liv, kann ich dich etwas fragen?«

»Nicht, wenn du eine Antwort erwartest.« Ich versuche mich an einem Witz auf meine Kosten. Wenn ich etwas gelernt habe, dann, dass, wenn alles auseinanderbricht, auch die eigenen Grundfesten der Urteilskraft ins Wanken geraten. Plötzlich wird einem klar, dass nichts mehr sicher ist.

»Warum hast du London verlassen und bist zweihundertfünfzig Meilen weit weggezogen?«

Mit dieser Frage habe ich wirklich nicht gerechnet.

»Du weißt, wieso!«

Ich denke an die ganzen Mittags- und anderen Pausen, die wir gemeinsam im letzten Jahr im Lehrerzimmer verbracht haben und in denen sie mich unterstützt hat.

»Sag es mir trotzdem noch mal«, insistiert sie, dabei höre ich ihre lauten Schritte auf dem Gehweg.

»Ich wollte vor allem davonlaufen«, sage ich einfach so. »Verschwinden. Alles hinter mir lassen und ein neues Leben beginnen.«

»Ganz genau.« Naomi klingt ein wenig außer Atem. »Dann sag mir mal bitte, welchen Sinn es ergibt, meilenweit wegzuziehen, wenn du dein altes Ich und all seine Ängste mitnimmst? Wenn du kein einziges Risiko eingehst und nichts Neues ausprobierst? Dann hättest du auch gleich hierbleiben können.«

Ich fühle mich ertappt.

»Du wirfst eine wunderbare Möglichkeit einfach weg, Liv. Wie viele Menschen bekommen denn die Chance, ihr gesamtes Leben hinter sich zu lassen und noch einmal von vorn anzufangen?«

»Aber das ist es ja gerade«, protestiere ich. »Ich wollte ja gar nicht von vorn anfangen, ich mochte mein altes Leben.«

»Das weiß ich doch.« Naomi klingt jetzt mitfühlender.

»Aber es bringt doch nichts, zurückzuschauen. Es gibt kein Zurück.«

Schweigen. Sie hat ja recht. Natürlich hat sie recht. Und trotzdem …

»Ich habe Angst«, höre ich mich selbst sagen.

»Es ist gut, Angst zu haben. Wenn du keine Angst hast, machst du es nicht richtig.«

»Was?«

»Leben.«

Am anderen Ende der Leitung herrscht Stille, ich betrachte die züngelnden Flammen im Kamin und lasse Naomis Worte auf mich wirken.

»Wir müssen das tun, was uns Angst macht. Was uns aus unserer Komfortzone holt. Erst dann merken wir, dass wir am Leben sind.«

»Ich hätte so gern dein Selbstvertrauen.«

»Ich habe genauso große Angst wie du. Weißt du noch, als ich mit Ellie schwanger war? Fast jede Nacht habe ich mir Horrorszenarien ausgemalt, konnte nicht schlafen, musste über die Zukunft nachdenken, darüber, eine alleinerziehende Mutter zu sein … Aber gleichzeitig wusste ich, dass ich keine Wahl hatte, weil die Alternative, niemals Mutter zu werden, für mich noch furchtbarer war.«

Ich erinnere mich an unsere vielen Gespräche damals, als sie die Entscheidung getroffen hatte und ihren Weg ging. Sie war so entschlossen, so mutig und offen, und trotzdem bekam ich manchmal einen flüchtigen Eindruck, wie viel Angst sie hatte.

»Mummy!«

Der Ruf eines Mädchens im Hintergrund.

»Du hast zu tun, bis bald. Grüße Ellie von mir …«

»Okay, aber ich lass dich damit nicht davonkommen. Du kannst nicht Tag und Nacht allein in deinem Häuschen sitzen.«

»Mach ich doch gar nicht. Harry leistet mir Gesellschaft.«

»Ein Hund hält dich nachts nicht warm.«

»Wenn du wüsstest!« Ich schaue zu dem schlafenden Harry hinüber und muss an unsere Abendroutine denken. »Ist ja auch egal. Ich wüsste eh nicht, was ich ihm antworten soll«, tue ich die ganze Idee ab. »Es ist schon so lange her, dass mich jemand zu einem Drink eingeladen hat. Da fehlt mir jegliche Übung.«

»Ach, das ist gar nicht schwer«, antwortet Naomi fröhlich. »Sag einfach Ja.«

Zurück in die Zukunft

Natürlich ging es mir nicht immer so.

Um die dreißig herum wollte ich unbedingt jemanden kennenlernen. Ich war nicht fertig damit. Ich fing grad erst an. Ich war Single, nachdem ich eine weitere kurzlebige Romanze mit dem nächsten Mann, der sich nicht zu einer ernsthaften Beziehung durchringen konnte, hinter mich gebracht hatte. Davon gab es in London jede Menge. Lustige, entspannte, irgendwie verwirrte Mittdreißiger, die noch nicht bereit waren und sich noch nicht festlegen wollten. Wie die meisten Frauen Anfang dreißig wurde ich es irgendwann leid, immer nur in den Pub zu gehen, und wollte mehr.

David versprach mir mehr. Geschieden und mit einem kleinen Sohn, wirkte er reifer, zielstrebiger und auch ernsthafter, was sein Verhalten mir gegenüber betraf. Wir hatten uns online kennengelernt, und als erstes Date führte er mich ins Theater aus, wir sahen uns ein Stück im West End an, danach ging es zum Abendessen in ein schickes Restaurant, wo er uns gekonnt durch die Weinkarte navigierte und mir Fragen über mich stellte. Nur Dates gewohnt, bei denen wir uns bei Bier und Chips oberflächlich unterhielten, kam mir das wie eine Offenbarung vor.

Und dort hörte es auch nicht auf. Am Valentinstag ließ er mir einen wunderschönen Strauß ins Lehrerzimmer schicken. An meinem Geburtstag waren es ein Fünfsternehotel in Wien und Eintrittskarten für die Oper. Den Sommer verbrachten wir in London wegen seines Arbeitspensums, jedoch in einem London, das ich bis dahin nicht kennengelernt hatte: Vernissagen in Galerien, Dachterrassen-Bars in privaten Klubs, Freiluftoper im Holland Park.

Ich war völlig hin und weg. David sah gut aus, war erfolgreich, und ich konnte es kaum glauben, dass er sich für eine einfache Aushilfslehrerin mit hennarot gefärbten Haaren und einem nicht annähernd abbezahlten Studienkredit interessierte. Wie sich herausstellte, war ich damit nicht allein.

Er stammte aus einer wohlhabenden Familie aus der gehobenen Mittelschicht, und sein Elternhaus war ein Landgut mit ausgedehnten Ländereien, das schon seit Generationen seiner Familie gehörte. Als er mich zum ersten Mal seinen Eltern vorstellte, umarmte ich seine Mutter, als sie mir anbot, meinen Mantel zu nehmen. Ich war so nervös und fand sie furchtbar nett.

Allerdings war das gar nicht seine Mutter, sondern die Hausangestellte Lydia. Tja, woher sollte ich das auch wissen? Nie zuvor war mir eine Hausangestellte begegnet. Ich wusste noch nicht einmal, dass es sie gab, wenn man von *Downton Abbey* einmal absieht.

Seine Mutter hingegen war höflich, jedoch reserviert und konnte ihre Vorbehalte mir gegenüber nicht verstecken. Davon ließ ich mich aber nicht abschrecken. Wir hatten nicht dieselbe Kinderstube erlebt, was war denn schon dabei? Wie heißt es so schön? Gegensätze ziehen sich an, und gegensätzlicher hätten wir kaum sein können. Ein Range Rover fahrender, Golf spielender Zahnarzt mit einer Praxis auf der Harley Street und eine Räucherstäbchen liebende, Disco-affine Gesamtschullehrerin im Besitz einer eigenen Oyster Card für den öffentlichen Nahverkehr.

Wir zogen einander geradezu magnetisch an.

»Ich könnte den ganzen Tag mit dir im Bett verbringen.«

»Was spricht dagegen?«

Ein Morgen kurz nachdem wir uns kennengelernt hatten. Meist übernachtete ich bei ihm, anstatt ihn mit in meine WG zu nehmen.

»Meine Schüler und deine Patienten?«

»Das hier ist wichtiger.«

»Sag das mal den armen Teufeln mit Zahnschmerzen.«

Er lachte. Davids Lachen war großartig. Er warf den Kopf zurück und lachte aus vollem Hals. Mir hat es immer schon gefallen, wenn Leute laut über etwas Lustiges im Fernsehen oder über einen Witz lachen. Ja, ich beneidete sogar diese ehrlichen, herzhaften Lacher, die wie aus dem Nichts kamen. Mein Sinn für Humor ist feiner, gehemmter. Ich lache eher innerlich, auch wenn mich David immer damit aufzog.

»Die sind selbst schuld. Sie sollten öfter Zahnseide benutzen.«

»Es gefällt mir, wenn du mir schmutzige Dinge erzählst«, erwiderte ich grinsend.

Er lachte, rollte sich auf mich und drückte mich in die Matratze.

»Hey!«, täuschte ich Protest vor. »Wir kommen beide noch zu spät.«

»Leg dich ruhig mit mir an …«

»Ich bin hier die Lehrerin, ich sollte doch ein Vorbild sein.«

»Weißt du, dass das eine meiner Jugendfantasien war?«

»Was? Zu spät zu kommen?«

»Mit einer Lehrerin zu schlafen.«

Wir tanzten mit den Worten vor und zurück, unsere Form des Vorspiels.

»Warst du nicht auf einem reinen Jungeninternat mit ausschließlich männlichen Lehrern?«

Er fasste meine Hände, verschränkte seine Finger mit meinen und presste sie gegen das Kissen.

»Habe ich dir denn nie von Miss Laurent, unserer Französischlehrerin, erzählt?«

»Non.«

Dann sagte er etwas auf Französisch zu mir, das ich nicht verstand, aber ich brauchte keine Übersetzung. Ich wusste, welche Gefühle er in mir weckte, und das reichte mir. Mir ging es wie Dorothy aus *Der Zauberer von Oz*, wenn ihre Welt bunt wird, und ich hätte nicht glücklicher sein können.

Jahre später verstand ich, was die meisten Ehefrauen irgendwann verstehen: dass die Männer, in die wir uns verlieben, keine Zauberer sind. Wenn wir erst einmal hinter den Vorhang sehen, entdecken wir menschliche Wesen, die genau dieselben Schwächen und Fehler haben wie alle anderen auch. Anfangs jedoch erfüllte er mich mit Ehrfurcht. Nichts schien ihn aus dem Gleichgewicht zu bringen. Er begegnete dem Leben, als wollte er es besitzen, anstatt vor ihm Angst zu haben. Nur ganz selten entschuldigte er sich, wohingegen ich ständig und zu allem Sorry sagte, selbst wenn mich ein anderer in der U Bahn anrempelte.

Er war immer im Wettstreitmodus, sogar beim Scrabble, und nutzte Zwei-Buchstaben-Wörter mit dreifachem Buchstabenwert, von denen ich als Englischlehrerin immer noch vermute, dass es sie gar nicht gibt.

Ich war ganz anders. Von wegen Regeln und Taktiken, meine Adrenalin-bedingten Hochs hatten mit Tanzflächen zu tun. Ich tanze für mein Leben gern, auch wenn ich, seitdem ich älter werde, nicht annähernd oft genug dazu komme. Diese Freiheit, wenn man alles und jeden um sich herum vergisst und sich nur dem Rhythmus der Musik hingibt, ist einfach einzigartig. Dabei ist es ganz egal, was für eine Musik gerade läuft. Salsa. Disco. Jazz. Big Band. Tanzen ist wie Achtsamkeit zu Musik.

David hasste es, zu tanzen.

»Och, jetzt komm schon.«

»Ich kann nicht. Ich habe zwei linke Füße.«

Wir waren bei einer Geburtstagsparty von Freunden. Sie hatten einen DJ und einen Barkeeper engagiert, der lustige lila Cocktails mixte, von denen ich schon drei intus hatte. Wir gingen seit ungefähr drei Monaten miteinander aus. Wenn auch wie im Rausch, waren wir noch unsicher, was die Gefühle des anderen betraf. Keiner von uns hatte bisher das L-Wort in den Mund genommen, aber ich wusste bereits, dass ich ihn liebte.

»Niemand hat zwei linke Füße. Das ist ein falsches Bild.«

»Glaub mir, ich schon.«

»Glaub mir, es wird Spaß machen.«

Lachend hakte ich mich bei ihm unter und zog ihn in Richtung Tanzfläche. Die Party war bereits in vollem Gange. Discolichter blitzten. Justin Timberlake begann zu singen.

»Es wird keinen Spaß machen, niemandem. Die Leute fliehen sofort von der Tanzfläche, das wäre nicht das erste Mal ... echt jetzt, das geht schneller als beim Ententanz.«

»Oh, ich liebe Ententanz!«

Grinsend begann ich, mit den Ellbogen zu flattern.

»Du bist verrückt.«

»Ich weiß.«

»Ich liebe dich, du Verrückte.«

Bumm. Einfach so.

Seine Worte schwebten einen Moment in der Luft, genau über uns, als ich zu ihm auf und in seine Augen sah. Bis zu jenem Augenblick hatte er immer so selbstsicher gewirkt, aber zum ersten Mal bemerkte ich ein wenig Unsicherheit in seinem Blick.

»Ich liebe dich auch.«

Ob ich dabei noch mit den Ellbogen flatterte, weiß ich nicht mehr. Oder während er mich an sich heranzog, um mich zu küssen. Aber ich werde niemals die überschwängliche Freude und das Glücksgefühl vergessen, das mich durchzuckte, als ich seinen Kuss erwiderte. Er schmeckte nach diesen lila Cocktails, Kanapees und nach Zukunft.

Wir schafften es an jenem Abend nicht bis auf die Tanzfläche.

Kein Date

Der März in den Yorkshire Dales verspricht längere Tage und besseres Wetter; bald werden die Uhren umgestellt, der Frühling ist in Sichtweite, und die Schafe bekommen ihre Lämmchen. Genau die richtige Zeit für einen Neubeginn. In vielerlei Hinsicht.

»Okay, hoffentlich klappt das jetzt.«

Am darauffolgenden Wochenende bin ich endlich so weit, habe die Videokamera behelfsmäßig aufgebaut und die App auf meinem Telefon installiert. Diese drastischen Maßnahmen sind leider notwendig. Seitdem Harry bei mir lebt, habe ich ihn nur selten allein gelassen, aus Sorge darüber, was er alles zerkauen könnte. Am Anfang waren es nur die Fußleisten in der Küche. Als ich jedoch vor ein paar Tagen nach Hause kam, fand ich etwas vor, was mir für immer als das Kissenmassaker in Erinnerung bleiben wird.

In der kurzen Zeit, die ich Milch kaufen war, hatte er es geschafft, alle Dekokissen auf meinem Bett zu zerfetzen, die Federn waren einfach überall. Mein Zuhause hatte sich in einen Tatort verwandelt. Anscheinend ist das Zerkauen ein klassisches Anzeichen für Trennungsangst. Da fühle ich mit. Nachdem David mich verlassen hatte, ging es mir genauso, nur dass ich anstelle von Fußleisten und Kissen den Inhalt des Kühlschranks vernichtete.

Da die Ratschläge der Hundetherapeuten nicht fruchteten, habe ich eine Hundekamera gekauft, die – wenn man den

Tausenden Bewertungen von verzweifelten Hundebesitzern Glauben schenken mag – ein Lebensretter ist. Mein Leben zu retten, ist mir, ehrlich gesagt, gar nicht so wichtig, aber das meiner Kissen schon. Jetzt kann ich nicht nur Harry über eine App auf meinem Telefon beobachten, sondern auch zu ihm sprechen, um ihn »zu beruhigen und zu bestärken«, wenn er aufgeregt sein sollte. Ein weiterer Pluspunkt der Kamera ist, dass man damit auch Diebe in flagranti erwischen kann – auch wenn mein Wohnzimmer, aus dem ich alles Wichtige entfernt habe, damit Harry während meines Treffens mit Ajay nichts ankaut, aussieht, als wäre ich bereits ausgeraubt worden.

»Hurra, es funktioniert!«

Freudestrahlend schaue ich auf mein Telefon und sehe mich auf dem Sofa sitzen, über das ich eine alte Decke gelegt habe. Im Radio habe ich den Klassiksender eingestellt, da Studien zufolge klassische Musik helfen kann, gestresste Tiere zu beruhigen. Gerade läuft Chopin.

Von seinem Platz neben dem Fernseher aus starrt Harry mich unentwegt an. Er wirkt alles andere als ruhig.

»Na gut, hier hast du etwas Feines, falls du Appetit bekommst…« Ich wedle mit einem Kauknochen. »Aber keine Sorge, ich bin bald zurück.«

Harry wirkt immer noch besorgt. Den Kopf gesenkt, die Ohren angelegt, sieht er mich mit ängstlichem Blick an. Ich kraule seine weichen, seidigen Ohren und versuche, ihn zu bestärken und mich selbst irgendwie auch. Ich zweifle an meiner Entscheidung, nicht allein daran, Harry sich selbst zu überlassen, sondern auch daran, Ajay zu treffen. Vor ein paar Stunden hätte ich ihm schon fast abgesagt, aber etwas in mir hielt mich zurück, wollte, dass ich es durchzog.

»Alles wird gut, das verspreche ich«, sage ich zu uns beiden.

Dann küsse ich Harry auf den Kopf und richte mich auf.

»Aber versuch bitte, nicht das Sofa zu zerkauen.«

Wir haben uns im *The Crooked Billet* verabredet, dem alten Dorf-Pub mit niedrigen Deckenbalken. Von außen mit Efeu bewachsen, bietet er einen weiten Blick über die Landschaft und ist nur zehn Minuten zu Fuß von meinem Haus entfernt, in flachen Schuhen und wenn man schnell geht, sogar nur fünf. Genau das tue ich, da ich nicht meinen dicken Wintermantel mitnehmen wollte und es abends noch ganz schön kühl ist.

Ajay wartet bereits. Ich entdecke ihn in dem Augenblick, als ich meinen Kopf durch die Tür stecke, die in den gefliesten Gastraum führt. Der Pub ist zum Glück bisher nicht dem für London typischen Gastro-Umbau anheimgefallen und hat sich seinen ganz eigenen Stil mit alten Hufeisen an den Wänden und einer Sammlung Kupferkessel bewahrt. Ajay sitzt in dem gemütlichen Nebenraum direkt am Kamin in einem alten Sessel, er liest etwas auf seinem Telefon und trinkt ein Glas Rotwein. Er strahlt Ruhe aus zwischen den lärmenden Stammgästen, die an der Bar ihr Bier trinken und dabei vertraut herumalbern.

Ich schüttle meine Haare in Form und gehe zu seinem Tisch. »Hi…«

Er sieht zu mir hoch und steht sofort auf. Er ist größer, als ich ihn in Erinnerung hatte, und trägt heute keine Brille.

»Da bist du ja.«

Er wirkt erleichtert und lächelt mir zu. Was für ein schönes Lächeln er doch hat! Daran kann ich mich noch erinnern. Ich wundere mich selbst über mich, warum ich gezögert habe, zuzusagen. Wovor hatte ich eigentlich Angst?

»Natürlich.« Ich tue überrascht, als hätte es nie auch nur den geringsten Zweifel an meinem Erscheinen hier gegeben. Dann ziehe ich die Jacke aus und hänge sie über die Lehne.

»Gut siehst du aus.«

»Danke. Du auch. Anders irgendwie«, füge ich hinzu, dann wird mir bewusst, wie das klingt, und ich wünschte, ich hätte nichts gesagt.

»Kontaktlinsen«, erklärt er und zeigt auf seine Augen.

Er trägt Jeans und Pullover. Im Anzug bei unserer ersten Begegnung war nicht so offensichtlich gewesen, dass er ins Fitnessstudio geht. Das schüchtert mich ein.

»Dein Oberteil gefällt mir.«

»Ach, das alte Ding.«

Ich tue sein Kompliment mit einer Geste ab, als hätte ich mir das Oberteil einfach schnell übergeworfen. Er muss schließlich nicht wissen, dass ich die letzten Tage damit zugebracht habe, meinen gesamten Kleiderschrank durchzuprobieren, um irgendein einigermaßen gut sitzendes Teil zu finden. Meine hübschen Kleider und guten Hosen sind alle zu eng. Seitdem ich nach Yorkshire gezogen bin, trage ich eigentlich nur meine alte Latzhose. Mein Respekt für Felicity Kendal in der Serie *The Good Life* wächst dadurch immens. Wie um Himmels willen hat sie es bloß geschafft, in so einem Teil sexy auszusehen?

Irgendwann habe ich aufgegeben und mir etwas in einer größeren Größe bestellt.

»Warte, ich helfe dir mit dem Stuhl…«

»Oh… danke…«

Ajay steht auf und rückt einen Stuhl für mich zurecht.

»Moment, ich muss kurz…«

Unerwartet streckt er die Hand nach mir aus, und ich zucke instinktiv zurück, da spüre ich bereits seine Finger an meinem Nacken.

»Du hast das Schildchen drangelassen.«

Vor Scham laufe ich rot an. »Oh… danke.«

»Ich habe jede Menge alte Kleidungsstücke mit Schildchen in meinem Kleiderschrank«, fügt er lächelnd hinzu, um mich zu beruhigen. »Also. Was möchtest du trinken?«

Dankbar erwidere ich sein Lächeln. »Das Gleiche wie du.«

Ajay geht an die Bar, um mir ein Glas Wein zu bestellen, und ich verschwinde kurz auf der Toilette, um zu kontrollieren, ob meine Haare noch gut liegen, und um auf meiner App zu gucken, ob Harry nicht gerade das gesamte Haus auseinandernimmt. Da Haare und Harry in bester Ordnung sind, gehe ich deutlich entspannter zurück und stelle fest, dass Ajay eine ganze Flasche geholt hat.

»Das kam mir einfacher vor. Und günstiger«, sagt er verlegen.

»Großartig«, sage ich lächelnd, als er mir ein Glas Wein einschenkt, verspüre jedoch zugleich ein wenig Angst. Jetzt kann ich nicht mehr nach einem Gläschen abhauen, falls mir danach sein sollte.

»Prost.« Wir stoßen an.

Ich muss mich wirklich zusammenreißen. Den Abend bei einer guten Flasche Wein mit einem attraktiven Mann zu verbringen, ist nun wahrlich nicht das Schlimmste auf der Welt.

»... und so bin ich dazu gekommen, Autos zu vermieten.«

Die letzten zwanzig Minuten haben wir uns gegenseitig ein wenig aus unserem Leben erzählt. Woher wir kommen, über unsere Vergangenheit und von unseren Familien. Nach meinem Ausraster bei der Autovermietung kennen wir ja bereits die Tiefpunkte unserer Beziehungsgeschichten, und niemand erwähnt meine Scheidung oder seine Trennung. Stattdessen rede ich viel über meine Kindheit hier in den Yorkshire Dales und erzähle ihm, wie seltsam und vertraut zugleich es doch ist, wieder hier zu sein. Er spricht über seine Angstanfälle, die ihn zum Entsetzen seiner Eltern dazu brachten, sein Jurastudium an den Nagel zu hängen, und davon, dass seine aktuelle Stelle nur vorübergehend ist, um herauszufinden, was er wirklich will.

»... zumindest bedeutet es deutlich weniger Stress, als zu verteidigen«, schließt er.

»So musst du dich nur mit Hundekotze herumschlagen«, füge ich hinzu. Er lacht.

»Hoffentlich war das nicht zu viel an Information für ein erstes Date.«

»Wer hat denn gesagt, das hier sei ein Date?«

»Autsch.«

»Entschuldige. Ich wollte nicht…«

Ich fühle mich schlecht und fummle an meinem Bierdeckel herum. Er sieht mich mit ernstem Gesichtsausdruck an.

»Wäre es denn so furchtbar, ein Date mit mir zu haben?«

»Nein, natürlich nicht, es ist nur… also, ich bin viel älter als du«, platzt es aus mir heraus.

»Du siehst nicht so aus.«

»Bist du dir sicher, dass du nicht vergessen hast, deine Kontaktlinsen einzusetzen?«, versuche ich mich an einem Scherz, aber dieses Mal lacht er nicht.

»Du solltest dich nicht selbst schlechtmachen. Du siehst toll aus.«

Von seiner Bemerkung geschmeichelt und gleichzeitig seltsam beschämt, starre ich mein Weinglas an.

»Weißt du, meine Nachricht an dich habe ich zweimal wieder gelöscht.«

Ich sehe zu ihm auf, seine Ehrlichkeit beeindruckt mich.

»Und warum hast du deine Meinung geändert?«

»Warum nicht?«, erwidert er einfach so.

Ich weiß nicht, was ich erwartet hatte, aber sicher nicht das.

»Warum hast du zugesagt?«, fragt er jetzt mich.

Ich sehe ihn über den Tisch hinweg an und bin erstaunt darüber, dass ich mich so sehr in die Sorge um unseren Altersunterschied hineingesteigert habe, dass ich gar nicht bemerkt habe, wie viel wir gemeinsam haben.

Bei dem Gedanken daran muss ich lächeln. »Warum nicht?«

Also beginnen wir von vorn. Dieses Mal fühlt es sich jedoch deutlich besser an. Irgendetwas zwischen uns ist in Bewegung geraten und hat zur Entspannung geführt, wie bei einem Einmachglas, das sich nicht öffnen lässt, und dann funktioniert es auf einmal fast wie von selbst. Ajay ist intelligent, redegewandt und erfrischend ehrlich. Und jetzt, da ich endlich aufgehört habe, mir zu viele Gedanken um alles zu machen, stelle ich fest, dass ich zum ersten Mal seit Monaten richtig Spaß habe. Wir bestellen eine zweite Flasche Wein.

»Und? Wie geht es Harry?«

»Du kannst dich an seinen Namen erinnern? Ich bin beeindruckt.«

»Ich kann mich meist gut an Namen erinnern, die mir auf Parkplätzen entgegengeschrien werden.«

Beschämt seufze ich auf und schlage mir die Hände vors Gesicht. Als ich mich wieder dahinter hervortraue, mustert er mich amüsiert.

»Möchtest du ihn sehen?« Ich ziehe mein Telefon hervor und setze mich so, dass er mein Display sehen kann, dann tippe ich auf die App. »Guck, hier kann ich kontrollieren, ob es ihm gut geht.«

Das WLAN ist nicht besonders gut, und es dauert eine Weile, bis die Verbindung hergestellt ist.

»Was? Du kannst ihn echt sehen?«

»Ja, das ist großartig. Eine Art Überwachungskamera. Als ich eben nach ihm geschaut habe, hat er tief und fest geschlafen …«

Plötzlich geht die Kamera an. Kein Harry weit und breit, der Platz auf dem Sofa, wo er eben noch zusammengerollt geschlafen hat, ist leer.

»Wo ist er denn? Ich kann ihn nicht sehen.« Ajay schaut auf das Display.

»Das ist ja seltsam. Warte, ich schalte den Ton ein.«

Plötzlich kommt ein Heulen aus meinem Telefon.

»Ui. Was ist das denn für ein Lärm?«

Meine Brust zieht sich zusammen. »O nein, das ist Harry.«

»Das ist echt ein Hundelaut?«

Ajay guckt mich ungläubig an. Das Heulen ist wirklich ziemlich laut. An der Bar fängt der Hund von einem Wanderer an zu bellen, wodurch ein paar der Stammgäste auf uns aufmerksam werden. Schnell wende ich mich wieder dem Display zu.

»Ist mit ihm alles in Ordnung?«

»Ich weiß nicht…«

Ich versuche, nicht in Panik zu geraten, starre auf das Telefon und bitte inständig, dass er endlich zurück ins Bild kommt, in meinem Kopf laufen die schlimmsten Horrorszenarien ab, Harry spielt in allen die Hauptrolle.

»Es ist bestimmt alles okay.«

»Ja, bestimmt. Ich würde ihn nur gern sehen, um mich davon überzeugen zu können…« Da plötzlich kommt Harry ins Bild. »Puh, ein Glück!« Freudig überreiche ich Ajay mein Telefon, damit er Harry kennenlernen kann.

Er legt die Stirn in Falten. »Was hat er da im Maul?«

»Wo?« Als ich das Display wieder zu mir drehe, sehe ich es auch. Harry hält irgendetwas zwischen den Zähnen und schleudert es wild hin und her, als wollte er es umbringen.

»O nein, das ist meine Handtasche.«

»Weißt du, ich habe mich schon immer gefragt«, setzt Ajay da an, »weshalb Frauen so viele Handtaschen besitzen.«

Aber jetzt ist wirklich nicht die Zeit, über das schwierige Verhältnis von Frauen und Handtaschen zu plaudern. Plötzlich sehe ich Harry aus der Nähe, direkt vor der Kamera. In seinen Zähnen meine *Gucci-Handtasche*.

»Harry, nein. Leg sie hin, sei ein guter Junge.«

Ich schalte die Sprachaktivierung ein, bemühe mich, Ruhe zu bewahren, und rede ihm mit einer hoffentlich beruhigenden und bestärkenden Stimme gut zu. Warum musste er aus allen meinen Handtaschen gerade diese wählen? Meine einzige Designer-Tasche. Sie war ein Geschenk zu meinem vierzigsten Geburtstag von meinem Ex. Eins kann man wohl sagen: Harry hat einen guten Geschmack.

»Harry, nein!«, rufe ich ernst. »Lass los.«

Er beachtet mich überhaupt nicht und beginnt, die Tasche im Zimmer umherzuschleudern. Sie klemmt zwischen seinen Zähnen, und der gesamte Inhalt verteilt sich über den Boden.

»Lass los! Harry! LOSLASSEN!«

Er lässt sie los. Was für eine Erleichterung! Dann macht er sich über sie her und beginnt auf ihr herumzukauen.

»Nein! Stopp! NEIN!«

»Alles in Ordnung?«, fragt plötzlich jemand.

Ich fahre hoch, merke, dass alle im Pub leise geworden sind und mich anstarren, Bier in den Händen, die Münder weit geöffnet.

»Äh ... es ist wegen Harry ...«, murmle ich, fühle mich schrecklich und drehe mich eilig weg. »Oh, hallo ...«

Vor mir steht Ben Armstrong. In seiner Arbeitskleidung, ein Bier in der Hand.

»Also, Harry, was ist denn das Problem?«

Bedrohlich macht er einen Schritt auf Ajay zu.

»Was gibt's?« Ajay springt auf, den Bizeps gespannt.

»Das ganze Geschrei und Gebrüll ist ...«

»Hey, Moment. Was macht ihr denn da?«, rufe ich. Die beiden beachten mich allerdings überhaupt nicht und bauen sich voreinander auf.

»Wirklich, das ist alles ein Missverständnis ...« Bilder von Ben als Teenager, in Faustkämpfe verwickelt, tauchen vor meinem inneren Auge auf, und ich male mir aus, was hier gleich alles passieren könnte, also versuche ich es erneut. »Bitte, ich kann alles erklären ...«

Aber Ben hört mir gar nicht zu. »Ist schon in Ordnung, Livvie. Ich kümmere mich darum ...«

Ajay schaut verdutzt zwischen Ben und mir hin und her. »Wartet mal. Ihr zwei *kennt* euch?«

»Ajay, das ist Ben – Ben, das ist Ajay«, sage ich.

Ben runzelt die Stirn. »Und wer, bitte schön, ist Harry?«

»Mein Hund.« Ich zeige auf den fürchterlichen Designer-

Taschen-Horrorfilm, der immer noch auf meinem Telefon läuft. »Da wir gerade dabei sind, ich sollte wohl besser gehen …«

Ich nehme meine Jacke vom Stuhl und flüchte erleichtert aus dem Pub, die beiden kommen jetzt sicher allein zurecht.

Der alte Mann

Er ist nicht am Fenster.

Früh am nächsten Morgen laufen Harry und ich unsere gewohnte Runde. In meinem Kopf hämmert es, und ich kämpfe gegen meinen Kater an. Nicht nur beim Gedanken an Rotwein wird mir ganz anders. Ajay hatte mir später am Abend noch geschrieben und gefragt, ob ich gut zu Hause angekommen sei. Ich schrieb ihm zurück, um mich zu entschuldigen und für den schönen Abend zu bedanken.

»Ich rufe dich an«, fügte ich noch hinzu. Aber das werde ich nicht. Der Abend gestern war schön, aber bei Tageslicht sehe ich klarer: Ich bin noch nicht bereit dafür, mich mit jemandem zu treffen. Selbst wenn es gar kein Date war. Ajay ist wirklich nett. Es wäre ungerecht, seine Zeit zu verschwenden. Es auf sich beruhen zu lassen, ist sicher das Beste.

Ich werfe einen Blick zu dem Bungalow des alten Mannes hinüber, an dem wir wie immer auf unserem Spaziergang vorbeikommen. Nur ein einziges Mal habe ich mit ihm gesprochen, aber immer schaue ich, ob ich ihn am Fenster entdecke. Das ist mir richtig zur Gewohnheit geworden. Heute jedoch wandert mein Blick ins Leere. Ich mache mir Sorgen.

Keiner da.

»Morgen.«

Eine laute Stimme schreckt mich auf, und als ich mich umdrehe, sehe ich, wie jemand aus der Garage auf mich zukommt. Es ist der alte Mann, dieses Mal jedoch ordentlich gekleidet in Flanellhemd und einer alten braunen Cordhose, die an den Knien bereits dünn wird. Eine Schiebermütze sitzt fest auf seinem Kopf.

»Oh, hallo.«

Es bleibt keine Zeit dafür, mich zu schämen, dass er mich beim Beobachten seines Hauses erwischt hat. Harry hat ihn ebenfalls entdeckt und hinkt zu ihm, sein langer, buschiger Schwanz wedelt freudig.

»Da freut sich aber jemand, Sie zu treffen«, sage ich zu dem alten Mann, der seine Einfahrt hinunter auf uns zukommt. Ich bin erstaunlicherweise sehr erleichtert darüber, ihn zu sehen.

»Hallo, mein Guter…«

Der Mann beugt sich hinunter, um Harry zu streicheln, der seinen ganzen Körper gegen die Beine des Mannes drückt und ihn dabei fast umwirft. Noch nie habe ich ihn so aufgeregt erlebt.

»Harry, vorsichtig«, ermahne ich ihn, aber der Mann winkt ab.

»Ach, geht schon«, sagt er schroff, wirkt jedoch gleichzeitig überaus erfreut, Harry zu sehen.

»Wir laufen jeden Tag an Ihrem Haus vorbei. Ich habe Ihnen auch lange gewinkt. Aber Sie scheinen es nicht bemerkt zu haben.«

»Nein, wohl nicht.« Er schüttelt den Kopf und streichelt dabei Harry weiter. »Und, wie geht es? Benimmst du dich, mein Junge?«

»Gestern Abend nicht gerade.« Ich lächle beschämt. »Er zerkaut gern Sachen, wenn ich ausgehe.«

Während er Harry hinter den Ohren krault, sagt er mit vorwurfsvoller Stimme: »Das geht doch nicht, mein Junge, so etwas darfst du nicht machen.«

»Es ist nicht seine Schuld. Er mag es einfach nicht, allein gelassen zu werden. Er leidet unter Trennungsangst.«

»Aye, ja, das Gefühl kenne ich.« Er nickt mitfühlend, und Harry leckt ihm vorsichtig die Hand. »Es ist nicht leicht, wenn man alleingelassen wird.«

Schlagartig wird mir bewusst, wie unsensibel das von mir war. Schnell suche ich nach etwas, das ich sagen kann. Da fällt mir auf, dass ein Stück Plastikflasche aus der Anoraktasche des alten Mannes hervorragt.

»Haben Sie einen neuen Futterspender gemacht?«, frage ich und zeige dabei auf seine Tasche.

Als würde er ihm gerade erst wieder einfallen, greift er danach und hält ihn mir hin.

»Der ist für Sie.«

»Für mich?«

»Aye. Den habe ich für Sie gemacht.«

Angespannt tritt er von einem Fuß auf den anderen. Er wirkt verschämt und unsicher, als würde er sein Handeln zutiefst bedauern.

»Oh, wow! Vielen herzlichen Dank.«

Diese Geste überrascht und berührt mich. Das hätte ich nun wirklich nicht erwartet. Ehrlich gesagt, hatte ich schon ein bisschen das Gefühl, als wollte er mir aus dem Weg gehen, da er nie auf mein Winken reagiert hatte.

»Wenn Sie ihn nicht möchten, dann ist das auch in Ordnung …«

»Nein, ich finde ihn wunderbar«, sage ich schnell, nehme den Futterspender entgegen, drehe ihn und betrachte eingehend die kleine Holzstange zum Landen und die Löcher. »Wo hänge ich ihn am besten hin, um die Vögel anzulocken?«

»Ach, wohin Sie wollen. An einen Ast, oder Sie schlagen irgendwo weiter oben einen Nagel ein … ich habe die Löcher extra klein gemacht, damit die Tauben nicht alles auffressen … ihre Schnäbel sind zu groß … versuchen Sie nur, den Spender von Katzen fernzuhalten …« Er wirft Harry einen Blick zu, der neugierig den Futterspender betrachtet, als erwarte er, etwas zu fressen. »Aber ich nehme an, dank ihm hier haben Sie mit Katzen keine Probleme.«

»Nein«, stimme ich zu, während ich daran denke, wie Harry sich mit seinem gesamten Gewicht gegen das Fenster des Mietwagens geschmissen hat, um die Katze zu erwischen.

»Füllen Sie ihn einfach bis zur Hälfte auf, lehnen Sie sich zurück, und lassen Sie die Vögel den Rest erledigen.«

»Das ist wirklich sehr nett von Ihnen, vielen Dank ...«

»Ach, dafür nicht.« Er wischt meinen Dank mit seiner Riesenpranke beiseite und betrachtet nervös seine Schuhe. »Also gut, ich mach dann mal weiter.« Er zuckt mit den Schultern und wendet sich zum Gehen.

»Ich heiße übrigens Liv.«

Er hält inne und sieht mich dann an. Mit den schweren Tränensäcken unter den Augen und den tiefen Falten zwischen seine Augenbrauen wirkt er müde.

»Liv? Was ist denn das für ein Name?«

Ich lächle. »Die Kurzform von Olivia.«

»Ach so, verstehe«, sagt er und nickt. »Valentin«, fügt er schroff hinzu.

»Schön, Sie kennenzulernen, Valentin.«

Aber er antwortet nicht. Ich komme mir ein wenig wie bestellt und nicht abgeholt vor. Da ich davon ausgehe, dass unser Gespräch beendet ist, sage ich Tschüss und wende mich zum Gehen.

»Sie können Harry natürlich jederzeit bei mir lassen, wenn Sie wollen«, ruft er plötzlich hinter mir her. Ich drehe mich zu ihm um, er steht noch immer in seiner Einfahrt.

»Wenn Sie ausgehen möchten, meine ich natürlich ... Überhaupt kein Problem. Ich würde mich über die Gesellschaft freuen.«

Er überrascht mich schon wieder, aber ich versuche, mir nichts anmerken zu lassen. »In Ordnung. Danke. Vielleicht komme ich auf Ihr Angebot zurück.«

»Machen Sie das.« Er nickt mir zu.

»Und danke noch mal für den Futterspender.«

Aber er ist schon wieder auf dem Weg zurück in die Garage. Ich sehe ihm dabei zu, wie er darin verschwindet, dann laufen wir los. Trotz des Katers fühle ich mich auf einmal ganz beschwingt. Auf dem gesamten Nachhauseweg drücke ich den Futterspender fest gegen meine Brust.

Phase 3

Hätte, hätte, Fahrradkette

Trümmerfeld

Es gibt viele Arten, um zu beschreiben, wie es sich anfühlt, in einem Albtraum gefangen zu sein. Verschiedene Adjektive, um Angst, Schrecken und Furcht auszudrücken. Im Kurs für kreatives Schreiben habe ich immer zu meinen Schülern gesagt, sie sollten sich das bleierne Gefühl in der Magengrube vorstellen. Wie sich vor Angst die Brust zusammenzieht. Panik einsetzt.

Anfang April lerne ich eine neue Form des Schreckens kennen.

Handwerker im Haus.

Bereits frühmorgens kamen sie an. Das Geräusch eines Lieferwagens, der samt lauter Musik vor dem Haus hielt, zerriss die morgendliche Ruhe und den Frieden der Yorkshire Dales. Ben kam als Erster ins Haus, Lächeln, fröhliches Geplänkel, gefolgt von zwei jungen Männern in Arbeitsoveralls, deren Namen ich nicht richtig verstand, da sie auf ihren Bacon-Brötchen herumkauten, wodurch sie sich gleich bei Harry beliebt machten. Was für ein Wachhund!

Ich versuchte, positiv zu bleiben. Neubeginn und so. Die Pläne waren genehmigt worden, und mein Häuschen würde fantastisch aussehen, wenn erst einmal die ganze Arbeit erledigt wäre. Also machte ich mich nützlich, kochte ihnen Tee und versuchte, mich nicht über die Spuren ihrer matschigen Schuhe im Wohnzimmer zu ärgern, die sie beim Hereinbringen und Überall-Verteilen ihrer Werkzeuge hinterließen. Und dann stellten sie auch noch das Radio auf volle Lautstärke. Ein bisschen nervös war ich schon, unterdrückte die Sorgen jedoch. Sogar, als Ben einen riesigen Vorschlaghammer auspackte. In London hatten die Leute schließlich alle naselang die Handwerker im Haus. In meiner alten Straße hatten ständig irgendwelche Müllcontainer herumgestanden, und Gerüste waren auf- und abgebaut worden. Es würde schon alles gut gehen.

Geht es aber nicht.

Es ist der reinste Albtraum.

Einige Stunden später: Ich verstecke mich mit Harry in meinem Schlafzimmer, das ich in Panikraum umgetauft habe. Nicht nur, weil es der einzige sichere Rückzugsort im ganzen Haus ist, zumindest etwas entfernt von dem ganzen Hämmern, Schlagen und Klopfen, sondern weil es der Raum ist, in dem ich meine Panik ausleben kann. Während mein Häuschen in seinen Grundfesten erzittert, frage ich mich, was ich da bloß angerichtet habe. So soll mein Leben die nächsten Monate aussehen?

Als ich viele Stunden später endlich den Mut zusammennehme, die Treppe hinunterzusteigen, fällt mir als Erstes die Staub- und Dreckschicht auf, die sich überall ausgebreitet hat. Zweitens ein riesiges Loch, sodass ich vom Flur aus in die Küche schauen kann.

»Äh, hallo …«

Laute Musik dudelt aus einem schlecht eingestellten Radio vor sich hin, und jemand singt schief dazu. Zögernd linse ich durch den Türrahmen und werde von einer Szene der Verwüstung und Zerstörung empfangen. Ich kann kaum fassen, dass das hier mal meine Küche gewesen sein soll. Sie ist nicht wiederzuerkennen. Ben bemerkt mich und unterbricht sich dabei, die Wand mit dem Vorschlaghammer zu bearbeiten.

»Alles in Ordnung?«

Er dreht das Radio leiser.

»Ja, alles gut.« Ich blicke in das klaffende Loch. »Wie ich sehe, seid ihr schon mitten bei der Arbeit. Läuft alles rund?«

»Ja, bombig«, erwidert er lächelnd und scheint sich der Treffsicherheit seines gewählten Adjektivs nicht bewusst zu sein. »Hoffentlich schaffen wir es bis heute Abend noch, die Wand hier einzureißen, dann können wir mit den Doppel-Ts beginnen.«

»Den Doppel-Ts?«

»Ja, den Doppel-T-Stahlträgern.«

»Ah, okay.«

Ein großes Stück Putz fällt von der Decke.

»Damit dein Haus nicht zusammenfällt.«

Entspannt greift er nach seinem Becher Tee.

»Gibt es vielleicht einen Keks zum Tee?«

»Oh, ja. Ich glaube, die sind in dem Schrank…«

Wie benommen halte ich inne, als ich bemerke, dass der Küchenschrank bereits von der Wand gerissen wurde und nun am Kühlschrank lehnt, die Tür steht im rechten Winkel zu dem zerbeulten Gehäuse.

»Oh, der wurde ja bereits abgenommen…«

»Jepp.« Ben nickt und trinkt zufrieden einen Schluck Tee.

»Und ein großes Stück der Wand ebenso«, füge ich hinzu und betrachte die zertrümmerten Kacheln, die auf einen Haufen geworfen wurden. Keine Ahnung, was ich erwartet habe, aber das kommt mir alles sehr brutal vor. Mir wird ganz anders vor Angst. Durch die Mauer dringt von außen Tageslicht herein.

»So ist das immer bei diesen alten Häusern. Bevor man anfängt, kann man nicht wissen, was einen erwartet. Wir hatten tief in den Dales mal ein Haus, da ist die ganze Rückseite zusammengebrochen, als wir ein Fenster rausgenommen haben«, sagt Ben amüsiert, als wäre die Geschichte lustig und nicht erschreckend, und ich merke, wie ich innerlich erstarre.

Genau wie äußerlich, schließlich sind hier unten Türen und Fenster sperrangelweit aufgerissen.

»Ach ja, das war echt was, Chef.«

Einer der Handwerker erscheint mit einer riesigen Werkzeugkiste, die er geradezu feierlich und laut scheppernd auf den steinernen Bodenfliesen abstellt.

»Es ist zusammengefallen wie ein Kartenhaus«, mischt sich der andere Handwerker vom Garten aus ein, wo er eine Selbstgedrehte in einem zertrampelten Blumenbeet raucht.

Mittlerweile weiß ich, dass die beiden Brüder sind und Darren und Paul heißen, wenngleich ich nicht sagen kann, wer von ihnen wer ist. Und wenn ich höre, wie sie sich die ganze Zeit über Anweisungen zurufen, scheinen sie auf die Namen *Hol mal* und *Bring mal* zu hören.

Ich beuge mich vor, öffne die Schranktür, suche nach den Schokokeksen und reiche sie Ben.

»Hoffentlich magst du zerbrochene Kekse.«

»Und wie«, sagt er grinsend, ohne meinen Sarkasmus zu bemerken.

Schnell gehe ich wieder die Treppe hinauf, um die aufsteigende Panik in meinem Panikraum auszuleben.

»Danke, Livvie. Und mach dir keine Sorgen. Das wird mit deinem Haus nicht passieren …«

Hinter mir höre ich die Küchentür zuschlagen und irgendetwas verdächtig klirren.

»Vertrau mir. Du bist in guten Händen.«

Zwei Wochen Vorlaufzeit

Einige Wochen später weckt mich das Geräusch einer eingehenden Whatsapp-Nachricht. Schlaftrunken nehme ich das Telefon vom Nachttisch. Naomi. Wir haben uns nicht mehr gesprochen, seitdem ich ihr von den Nachwirkungen der Verabredung mit Ajay erzählt habe. Das Leben ist uns wie so oft in die Quere gekommen. Zu meiner Überraschung hatte sie es bei unserem letzten Gespräch nicht darauf angelegt, mich davon zu überzeugen, ihn wiederzusehen, wofür ich ihr sehr dankbar war. Stattdessen hatten wir uns über Harry kaputtgelacht.

»Das Handtaschen-Massaker!«, hatte sie losgeprustet und mich gebeten, sofort aufzuhören, da sie sich sonst vor Lachen in die Hose machen müsse. Mit Naomi war es leicht, die lustigen Seiten der Dinge zu entdecken, als würde mir erst ihr Lachen erlauben, selbst zu lachen. Jetzt, im Rückblick, kam auch mir das Ganze ziemlich komisch vor. Furchterregend, aber komisch.

Mit verschwommenem Blick greife ich nach meiner Lesebrille.

Was machst du Ostern?

Zu viel Schokolade essen, warum?

Steht dein Angebot noch, dass wir dich besuchen kommen können?

Aber klar! Ich würde mich freuen, euch zu sehen.

Super! Ellie wird begeistert sein, sie sagt, sie würde gern Kühe sehen.

Das kann ich sicher arrangieren. ☺

Danke, Liv, du bist meine Heldin.
Kann es kaum erwarten, dich zu sehen und endlich mal länger zu quatschen.

Geht mir genauso. Ich freue mich!

Draußen ist es noch dunkel. Ich setze mich im Bett auf und schalte, ganz beseelt von diesem unerwarteten Ereignis, meine Nachttischlampe ein. Naomi und unsere täglichen Gespräche im Lehrerzimmer fehlen mir sehr, nicht nur, was die großen wichtigen Dinge betrifft, sondern auch die zufälligen kleinen, aus denen das Leben und auch Freundschaften bestehen. Es wird bestimmt schön, sie und Ellie hier zu haben.

»Unsere ersten Gäste. Wie gefällt dir das?«, frage ich Harry, der sich am Fußende des Bettes ausgestreckt hat und wie ein alter Pelzmantel aussieht. Er rührt sich nicht. Ich weiß, dass er mich absichtlich nicht beachtet. Er hat eine selektive Wahrnehmung. Das Rasseln seiner Leine oder das Rascheln einer Kekspackung kann er aus dem hintersten Winkel des Gartens hören, aber wenn er gerade etwas Verbotenes macht, wie etwa Löcher in meine Blumenbeete zu graben oder sich heimlich nachts in mein Bett zu stehlen, wird er plötzlich taub und tut, als könnte er mich nicht hören.

Was mich, wenn ich genauer darüber nachdenke, ebenfalls stark an meinen Ex erinnert.

»Na, übertreib es bloß nicht mit der Vorfreude«, spotte ich.

Ich bin wirklich aufgeregt und gehe in meinem Kopf schon

alle Orte durch, die wir zusammen hier in der Gegend erkunden können … bis mir schlagartig einfällt, dass ich ja auf einer Baustelle wohne und mit dem Gästezimmer noch nicht einmal angefangen wurde. Dort stapeln sich Kisten mit all dem Kram, der gerade nirgendwo Platz hat. Und dann noch mein avocadogrünes Gruselkabinett aka Badezimmer und die Tatsache, dass ich momentan keine Küche habe, sondern nur eine Art Notbehelf, bestehend aus Campingkocher, Wasserkocher und meinem Kühlschrank in einer Ecke des Wohnzimmers.

Panik überkommt mich, ich gucke in den Kalender auf meinem Telefon. Seitdem ich in Yorkshire lebe, habe ich Tage und Daten aus den Augen verloren. Ganz anders als in meinem alten Leben, das vom Kalender bestimmt wurde. Damals war mein Leben so voll, wenn etwas nicht »im Kalender stand«, dann geschah es auch nicht. Ein Wunder, dass ich nicht »verlassen werden« hineingeschrieben hatte.

Ich schaue auf das Datum. Mist. Ostern ist in weniger als zwei Wochen.

Der Schneemann

Über Nacht hat sich die Welt in eine Schneekugel verwandelt. Als ich aufwache, fallen immer noch dicke Flocken und bedecken den Friedhof mit einer weißen Schicht, die alles in gedämpfte Stille taucht.

Im Haus herrscht Ruhe. Die Handwerker arbeiten am Wochenende nicht, und ich bahne mir einen Weg durch Staub und Schutt, um den Wasserkocher einzuschalten. Die schmutzigen Becher stapeln sich im Spülbecken, der Abfluss ist von einem Berg alter Teebeutel verstopft, an manchen hängen sogar noch die Löffel. Ich muss an meine Reise nach Pompeji denken, einen Ort, an dem nach dem Vulkanausbruch die Zeit stillstand. Mein Häuschen ist natürlich keine römische Stadt, aber um etwas zu finden, muss man auch hier geradezu archäologische Ausgrabungsarbeit leisten.

Mit Gummihandschuhen ausgestattet, mache ich mich ans Werk, um so gut wie möglich aufzuräumen, dann gebe ich Harry etwas zu fressen und lasse ihn nach draußen. Ungeachtet seiner Arthritis spurtet Harry jeden Morgen, so schnell er kann, in den Garten, um seinen Erzfeind zu jagen, ein graues Eichhörnchen, das im Apfelbaum lebt und ihn allzu gern ärgert. Heute jedoch landet er erst einmal kopfüber in einem Schneeberg, bevor er mit weiß gepuderten Augenbrauen wiederauftaucht. Verwirrt sieht er mich an.

Ich kontrolliere derweil meinen Futterspender, der immer noch unberührt ist. Nach Valentins Anleitung befüllt, habe ich ihn an einen dicken Ast des Bergahorns gehängt, um den Vögeln vom Fenster aus zusehen zu können. Aber kein Vogel ist gekommen. Nicht einer. Besorgt hatte ich Valentin vor ein paar Tagen, als ich wie immer an seinem Bungalow vorbeikam, davon erzählt. Vielleicht hatte ich doch etwas falsch gemacht? Ihn an einen ungünstigen Ort gehängt? Vielleicht zu weit oben oder nicht hoch genug? Oder das falsche Vogelfutter gewählt?

Er sagte, ich solle mir keine Sorgen machen. »Nur die Ruhe. Das wird schon. Es braucht Zeit.«

Als es einige Stunden später aufhört zu schneien, trauen Harry und ich uns hinaus auf unseren Spaziergang. Das Dorf und die Landschaft drum herum haben sich in eine Winterwunderwelt verwandelt, mit weiß glitzernden Feldern, strahlendem Sonnenschein und einem makellosen blauen Himmel. Die frische Luft füllt unsere Lungen, und die Aussicht ist so klar, dass wir meilenweit sehen können. Wegen der Kälte dick eingepackt, laufen wir denselben Weg an den Feldern entlang wie immer, normalerweise grasen hier Kühe und Schafe. Die Landwirte müssen sie in den Stall geholt haben, denn heute sind überall Kinder auf Schlitten zu sehen, sie jauchzen vor Freude, und Gelächter durchbricht die kalte Luft.

Wir bleiben eine Weile stehen und schauen ihnen zu. Harry zieht an der Leine und bellt, wenn sie auf ihren bunten Plastiksitzen vorbeisausen, als wollte er mitmachen. Wer kann es ihm verdenken. Sie haben so viel Spaß. *Spaß.* Mein Gott, wie ich den vermisse! Das Konzept geht unter all den anderen praktischen Dingen ein wenig verloren, wenn man gerade versucht, sich ein neues Leben aufzubauen. Ich lasse Harry von der Leine und spiele mit ihm Fangen, werfe seinen Ball nicht besonders weit, um ihn nicht zu überfordern. Was ist schon wichtiger als Spaß?

Auf dem Nachhauseweg gehe ich kurz bei der Post vorbei, um ein Päckchen abzuholen. Der Paketbote hatte eine Karte hinterlegt, weil niemand zu Hause war. Das stimmt allerdings nicht, ich versteckte mich nämlich oben vor den Handwerkern, dabei muss ich sein Klopfen überhört haben. Was auch nicht gerade verwunderlich ist, wenn man bedenkt, dass ich bei dem ohrenbetäubenden Lärm der Handwerker kaum meine eigenen Gedanken wahrnehmen kann.

Sheila, die Postangestellte, ist so direkt und freundlich wie sonst auch. Seitdem ich umgezogen bin, musste ich schon ein paarmal Pakete bei ihr abholen, am Anfang haben wir uns nur kurz gegrüßt und ein paar Worte über das Wetter ausgetauscht, bis sie eines Tages mitbekam, wie ich Harry draußen anband.

»Hunde sind zwar verboten, aber für den alten Jungen mache ich eine Ausnahme. Es ist viel zu kalt, um ihn dort draußen frieren zu lassen. Wie heißt er denn?«

Seitdem kommt sie immer hinter ihrem Schalter hervor und macht ein großes Trara um Harry. Ihr Sohn ist anscheinend mit seiner Truppe in Kabul stationiert und liebt Hunde. »Warte nur, bis du meinen Peter kennenlernst«, sagt sie immer, als ob Harry ihr näherstünde, nur weil sie so ein Aufhebens um ihn macht.

Das gilt jedoch nicht nur für Sheila. Seitdem wir mit unseren Spaziergängen durch die Nachbarschaft begonnen haben, ist mir Harrys Wirkung auf andere Menschen aufgefallen. Als ich noch in London lebte, wäre ich vermutlich dafür verhaftet worden, ein Gespräch mit einem Fremden zu beginnen, aber hier halten mich die Leute an, um zu fragen, wie es ihm geht, oder auch nur, um mir zu winken oder mich zu grüßen. Wie zum Beispiel Nigel, der Fensterputzer, der kürzlich seine Leiter hinunterstieg, um mir von seiner künstlichen Hüfte zu erzählen und mir Hydrotherapie gegen Harrys Arthritis zu empfehlen, »das wirkt echt Wunder«. Oder der Straßenkehrer, der für den Friedhof zuständig ist und letztes Jahr seine Englische Bulldogge Dolly verloren hat, er strahlt immer über das ganze Gesicht, sobald er Harry sieht.

»Dolly hat auf einem Samtkissen geschlafen, eine echte Diva. Meine Frau hat ihr immer die besten Stücke vom Sonntagsbraten gegeben, und ich bekam das, was übrig blieb.«

Bald weiß ich alles über Dolly und seine Ehe, aber lustigerweise kennen wir noch nicht einmal gegenseitig unsere Namen.

Nachdem ich mein Paket abgeholt habe, kommen wir an dem Landwirt des Dorfes auf seinem Traktor vorbei, der die Straße räumt und streut, also gehen wir einen Umweg nach Hause. Beim Durchqueren des Wohngebiets auf der anderen Seite des Friedhofs bemerke ich ihn sofort im Vorgarten. Warm eingepackt in einem dicken Wintermantel, den gelben Gehörschutz auf den Ohren, baut er gerade einen Schneemann.

»Hallo, Stanley …«

Er unterbricht die Arbeit an seinem Schneemann und sieht mich misstrauisch an.

»Dein Schneemann gefällt mir.«

Da erst bemerkt er Harry, und sein Gesichtsausdruck heitert sich auf. Die Hände in den dicken Handschuhen noch voller Schnee, kommt er zum Gartentor, um uns zu begrüßen, vorsichtig darauf bedacht, nur in seine eigenen Fußstapfen zu treten. Er trägt Spiderman-Gummistiefel, fällt mir auf.

Harry wedelt mit dem Schwanz und streckt seine Schnauze durch das Tor.

»Mag Harry Schnee?«

»Ja, ich glaube schon. Er wäre am liebsten Schlitten gefahren.«

Beim Gedanken an die anderen Kinder werde ich traurig, weil Stanley hier ganz allein spielt.

»Und du wolltest nicht Schlitten fahren?«

Eifrig damit beschäftigt, Harry zu streicheln, schüttelt er nur den Kopf.

»Wo ist seine Nase?« Ich zeige auf den Schneemann.

»Wir haben keine Karotten.«

»Vielleicht kannst du stattdessen etwas anderes nehmen?«

Stanley zieht die Augenbrauen hoch. »Es muss eine Karotte sein.«

Mein Blick fällt auf Harry, der seinen Tennisball im Maul trägt. »Harry gibt dir sicher seinen Ball, wenn du möchtest.«

Stanley betrachtet ihn aufmerksam, ich kann sehen, wie er um eine Entscheidung ringt. In diesem Augenblick taucht seine Mutter in der Haustür auf.

»Oh, hallo …« Sie wirkt überrascht, als sie mich und Harry bemerkt.

»Er ist ganz lieb«, sage ich und zeige auf Harry, damit sie sich keine Sorgen macht. »Stanley hat uns nur seinen Schneemann gezeigt. Ich habe ihm einen grünen Tennisball als Nase angeboten. Mal was anderes.«

»Ich hatte ihm auch schon eine Pastinake vorgeschlagen, aber es muss eine Karotte sein.« Sie verdreht die Augen. »Sein Vater besorgt gerade welche.«

»Das ist vermutlich das Beste«, stimme ich zu, sehe Stanley an und lächle.

»Das ist Harry.« Stolz stellt er seiner Mutter seinen neuen Freund vor. »Er mag es, wenn man ihn hier kitzelt. Harry ist auch ängstlich«, sagt er dann noch schnell, und mir fällt auf, wie lebhaft er in Harrys Nähe ist.

»Stanley hätte auch gern einen Hund, aber das ist eine große Verantwortung. Momentan eine zu große«, sagt sie leise.

Sie wirkt abgespannt, ich nicke und stimme ihr zu, dann sehe ich zu Stanley hinüber, der ganz anders ist als noch vor fünf Minuten.

»Gut, du solltest jetzt besser reinkommen. Es gibt gleich Mittagessen. Denk an deine Liste«, sagt sie zu Stanley, dem die Enttäuschung anzusehen ist.

»Tschüss, Harry.«

»Tschüss, Stanley.«

Ich lächle und winke, als er seiner Mutter lustlos ins Haus folgt.

Erst als wir zu Hause ankommen, fällt mir auf, dass wir den Ball in Stanleys Garten vergessen haben. Also gehe ich am nächsten Tag dort vorbei, um ihn abzuholen. Stanley ist nirgendwo zu sehen, nur sein Schneemann, dessen Tennisballnase grün leuchtet.

Heathcliff

Der Schnee schmilzt und verschwindet genauso schnell, wie er gekommen ist. Einige Tage später bin ich mit Maya für unsere nächste Nachhilfesitzung im Brontë Parsonage Museum in Haworth verabredet. Da dort keine Hunde gestattet sind, komme ich auf Valentins nettes Angebot zurück und bringe Harry zu ihm, dann nehme ich den Bus nach Haworth.

Schon seit Jahren bin ich nicht mehr hier gewesen. Damals habe ich das Örtchen mit Josie und meinen Großeltern besucht. Während ich über das Kopfsteinpflaster der Hauptstraße laufe, kommen die Erinnerungen zurück. An meinen Großvater, der mich huckepack trägt, weil meine Beine müde waren; meine Großmutter, die uns ausschimpft, weil wir auf die moosbewachsenen Grabsteine auf dem Friedhof klettern; wie ich mein Gesicht gegen die Glasvitrinen presse, um die Miniaturbücher zu bewundern, die von den Brontë-Geschwistern in ihrer Kindheit hergestellt worden waren.

Josie und ich machten uns, als wir wieder zu Hause waren, sofort selbst sorgfältig ans Werk und füllten unsere Buchseiten mit erfundenen Geschichten in winziger Handschrift. Irgendwo habe ich diese Miniaturen noch. Vieles aus unserer Kindheit ging bei den ganzen Umzügen verloren oder wurde weggeworfen, aber die Bücher haben das alles überdauert. Es sind die ersten Geschichten, die ich je geschrieben habe, und sie alle gehen gut aus, Josies hingegen waren immer viel düsterer. Schon damals schienen unsere Wege vorgezeichnet.

»Du bist schon da.«

Maya wartet bereits oben am Berg auf mich. Sie sitzt auf einer der Steinstufen, die zu dem einstigen Pfarrhaus hinaufführen. Den Kapuzenpulli tief in die Stirn gezogen, tippt sie wütend auf ihrem Telefon herum.

»Ich wollte nicht wie letztes Mal zu spät kommen«, sagt sie grinsend und sieht zu mir auf.

Ich lächle und ruhe mich einen Moment lang gegen die Wand gelehnt aus, entsetzt darüber, dass ich nach dem Anstieg der Hauptstraße erst einmal Luft holen muss.

»So steil hatte ich das gar nicht mehr in Erinnerung.«

»Waren Sie schon mal hier?«

»Ja, als Kind. Und du?«

»Nein. Noch nie. Es gab einmal einen Schulausflug hierher, aber der war am selben Tag wie die Hochzeit meiner Mum mit Simon, meinem Stiefvater. Ich war Brautjungfer, also bin ich nicht mitgefahren.«

»Ach, da hattest du als Brautjungfer sicher viel mehr Spaß!«

»Mein Stiefvater ist ein Idiot.«

Okay. Gut.

»Sollen wir reingehen?«, schlage ich vor, ohne auf ihren Kommentar einzugehen, und zeige auf den Eingang.

Sie steht auf und setzt die Kapuze ab, ihre pinken Haare sind zu einem hohen Pferdeschwanz zusammengefasst, sie trägt riesige Kreolen-Ohrringe und hat anscheinend das gesamte Schminksortiment der Drogerie Boots aufgetragen.

»Heathcliff ist auch ein Idiot, finde ich«, fügt sie hinzu und wirft sich den Rucksack über die Schulter, dann folgt sie mir ins Museum.

Sich in dem Parsonage Museum umzusehen, ist wie eine Reise in die Vergangenheit. Im Wohnzimmer steht der Tisch, um den die Brontë-Schwestern herum liefen und dabei ihre Geschichten rezitierten. Die knarzende Holztreppe führt zu ihren Schlafzimmern hinauf, in denen Schaufensterpuppen die Kleider tragen, mit denen sie durch das windige Moor spazierten: lange Röcke mit Unterröcken, winzige Schuhe und Hauben.

»Wow«, entfährt es Maya beim Blick in die Glasvitrinen.

Auch ich bin ganz angetan, wenngleich ich heilfroh bin, dass seitdem Gummistiefel und Regenjacken erfunden wurden.

Wir laufen durch die Räume, und trotz meiner anfänglichen Zweifel bin ich angenehm überrascht von Mayas Begeisterung. Sie verbringt viel Zeit damit, sich über die unterschiedlichen Artefakte und Erinnerungsstücke zu beugen, und legt sogar ihr Telefon beiseite, um das Originalmanuskript von *Sturmhöhe* eingehend zu betrachten. Was bei einer Teenagerin geradezu an ein Wunder grenzt.

Bis wir schließlich durch den Museumsshop, in dem ich das übliche Geschirrtuch erstehe und Maya sich mehrere Postkarten und ein Lesezeichen aus Leder kauft, das Gebäude verlassen. Ich bin ganz beschwingt über ihren Kauf, verrät er mir doch, dass sie nicht nur auf ihrem Telefon liest.

»Das war echt cool, danke …«

»Schön, dass du es hilfreich fandest. Sollen wir zurück zur Bushaltestelle gehen?«

»Was ist Top Withens?« Maya zeigt auf einen Wanderweg.

»Ich glaube, das war die Inspirationsquelle für das Gehöft in *Sturmhöhe.*«

Sie schaut mich ungläubig an. »Sie meinen, es gibt den Ort wirklich?«

»Es ist wohl eher eine Ruine.«

»Können wir dorthin?«

»Jetzt?« Unser Museumsbesuch hat schon deutlich länger gedauert, als ich für unsere Nachhilfestunde eingeplant hatte. »Musst du denn heute Nachmittag gar nicht mehr zurück in die Schule?«

»Nein, ich habe frei.«

Ich sehe auf die Uhr, dann zurück zu dem Schild.

»Da steht sechs Meilen hin und zurück.«

»Und?«, fragt sie erwartungsvoll. »Es ist doch gerade erst Mittag, bis es dunkel wird, haben wir noch ewig Zeit.«

»Es sieht nach Regen aus …«

Ich zeige auf die dunklen Wolken und bemerke Mayas niedergeschlagenen Gesichtsausdruck. Ich bereue es sofort. Sie wünscht es sich so, diese Begeisterung möchte ich auf keinen Fall enttäuschen. Aber andererseits muss ich Harry abholen und wollte eigentlich den Nachmittag dafür nutzen, noch mehr Nachhilfeschüler zu finden. Ich sollte vernünftig sein und nach Hause fahren.

Statt den Fußspuren der Brontë-Schwestern zu folgen und das Gehöft zu sehen, das der Legende nach Emily bei ihrem berühmten Roman inspiriert hat. Echt jetzt, Liv?

»Okay, lass es uns machen.« Ich wende mich vom Moor ab und laufe in Richtung Dorf, ein bisschen Vernunft muss schließlich sein. »Aber zuerst brauchen wir einen Regenschirm.«

Nachdem ich Valentin angerufen habe, um sicherzugehen, dass es mit Harry gut läuft – »Oh, alles in bester Ordnung, wir verstehen uns wunderbar, keine Eile« –, und wir uns »zur Sicherheit« in einem der Souvenirläden mit einem riesigen Regenschirm ausgestattet haben, folgen wir den Schildern in Richtung »Brontë-Wasserfall«.

»Ich weiß wirklich nicht, warum Heathcliff als großer romantischer Held verstanden wird«, sagt Maya gerade, als wir auf einen holprigen Pfad einbiegen, der Richtung Moor führt.

»Düster, zerstörerisch, leidenschaftlich, was kann man daran nicht mögen?«, witzle ich und muss daran denken, wie er mir als Jugendliche gefallen hat.

»Aber er ist doch echt fertig.« Sie sieht mich an. »Stimmt doch.«

»Das sind Bad Boys immer.«

»Und das soll anziehend sein?«

Wir klettern über einen Zauntritt, der hinaus in die Moorlandschaft führt, ich drehe mich zu Maya um, die mich verständnislos anschaut. Sie scheint sich deutlich besser mit Jungen auszukennen als ich in ihrem Alter. Wie oft habe ich damals nachts wach gelegen und salzige Tränen wegen Idioten wie Ben Armstrong vergossen!

»Die Jungen in meinem Alter kamen mir früher fürchterlich unreif und langweilig vor, Heathcliff hingegen war so eine tragische, missverstandene Figur …« Ein kalter Windstoß lässt mich zittern, und ich ziehe meinen Schal fester um mich. »Ich wollte ihn retten … er sollte genauso geliebt werden, wie er Cathy liebte.«

»Sie wollten mit jemandem zusammen sein, der Leichen ausgräbt?«

»Tja, wenn du es so sagst.« Ich muss lachen und verziehe mein Gesicht, ein wenig peinlich ist mir mein Geständnis jetzt schon. »Das lag sicher an den Hormonen«, füge ich hinzu, was Maya mit einem vernichtenden Blick quittiert.

Wir laufen weiter, Maya ein paar Schritte voraus, während ich mich bemühe, auf dem matschigen Boden nicht auszurutschen, und wünschte, ich hätte mir festere Wanderschuhe angezogen. Neidisch schaue ich auf ihre Doc Martens und dann wieder auf meine lehmbedeckten Wildlederstiefel.

»Aber ich verstehe, was Sie über Jungen in meinem Alter gesagt haben«, stimmt sie mir zu. »Sie sind einfach nur dämlich und kindisch. Zac sagt immer, Mädchen sind viel reifer.«

»Wer ist Zac?«

»Mein Freund. Er ist einundzwanzig.«

»Oh, okay.«

»Meine Eltern wissen nichts von ihm«, fügt sie schnell hinzu.

»Sie fänden sicher, dass er einen schlechten Einfluss auf mich hat.«

»Und? Ist das so?«

»Nein. Aber sie würden ihn bestimmt dafür verantwortlich machen, dass ich nicht studieren will. Er hält das für Zeitverschwendung. Er sagt immer, man verändert nicht die Welt, indem man einen Abschluss in Englischer Literatur macht.«

»Und wie denkst *du* darüber?«

Meine Frage trifft sie sichtlich unerwartet.

»Genauso«, verteidigt sie sich. »Und Sie werden meine Meinung auch nicht ändern.«

»Das will ich auch gar nicht.«

Sie entspannt sich ein wenig und schaut mich zufrieden an. »Haben Sie einen Freund?«

Ich überlege, ihr zu sagen, dass sie das nichts angeht, komme mir dabei jedoch heuchlerisch vor, da ich sie schließlich gerade zu ihrem befragt habe.

»Nein.« Ich schüttle den Kopf. »Ich war lange verheiratet. Jetzt bin ich gerade geschieden.«

»Ich werde niemals heiraten. Das ist doch Zeitverschwendung. Am Ende lassen sich doch eh alle scheiden.«

»Na ja, nicht alle.«

Ich spüre einen Regentropfen und sehe in den bleiernen Himmel hinauf.

»Eine von zwei Ehen scheitert. Ich kenne die Statistik.«

Sie ist so kategorisch. Habe ich in Mayas Alter auch so schwarz-weiß gedacht? Seltsamerweise beneide ich sie irgendwie. Jetzt hat für mich alles so viele Grautöne.

»Niemand denkt beim Heiraten an Statistiken«, wende ich ein, während wir weiter auf den Wasserfall zulaufen. »Das ist eine Frage des Vertrauens.«

Die Erinnerung an Davids Antrag taucht vor meinem inneren Auge auf, und ich verspüre plötzlich einen Kloß im Hals.

»Außerdem kommt es mir unglaublich langweilig vor. Mum

und Simon verbringen ihre gesamte Zeit damit, darüber zu reden, was es zum Abendessen gibt, wer dran ist mit dem Ausräumen der Spülmaschine, oder sie gucken fern …«

Ihre Beobachtung ist so treffend und lustig, dass ich gleich wieder guter Dinge bin. »Vielleicht würden Heathcliff und Cathy auch nicht im Moor herumlaufen, sondern über den Abwasch streiten oder Netflix schauen, wenn Emily Brontë heute über sie schreiben würde«, sage ich amüsiert. »Ob es dann allerdings auch so ein Klassiker geworden wäre?«

Maya lacht, und ich hole die Museumsbroschüre hervor und lese ihr etwas daraus vor. »Die Brontë-Schwestern sind wohl häufig hier gewandert … das stürmische Wetter in Yorkshire hat auch Einzug in den Titel gefunden.«

»Gucken Sie mal den Stein an«, ruft sie da und klettert auf einen großen Felsen, der wie ein Sitz geformt ist.

»Das ist der Brontë-Stuhl«, lese ich weiter. »Die Legende besagt, dass sie hier einander Geschichten erzählten.« Ich halte inne und schaue ihn mir genauer an. »Echt faszinierend.«

»Cool«, sagt sie, zückt ihr Telefon und nimmt einfach so Platz und schießt ein Selfie.

Wir laufen weiter, ich lese immer wieder Teile aus der Broschüre vor, während Maya unendlich viele Fotos macht und diese, sobald sie Netz hat, auf Instagram postet. Gerade in dem Moment, als der Himmel sich über uns auftut, erreichen wir den Brontë-Wasserfall. Dankbar für den riesigen Schirm, drängen wir uns darunter aneinander, während wir vorsichtig, um nicht auszurutschen, die schmale Fußgängerbrücke überqueren. Natürlich ist das hier eine Touristenattraktion, die Schilder sind sogar auf Japanisch, aber heute sind wir ganz allein. Wer sonst wäre bescheuert genug, bei diesem Wetter hier herauszukommen?

Über uns wird der Himmel immer dunkler, ein Sturm zieht auf. Die wilde Moorlandschaft ist rau und windzerzaust, und trotz des Regenschirms sind wir bald von Kopf bis Fuß durchnässt.

»Das war ein Fehler«, sage ich. »Wir sollten umkehren.«

»Gucken Sie, dort!« Sie muss fast schreien, damit ich sie bei dem ganzen Wind hören kann. »Das muss es sein.«

Maya zeigt auf etwas vor uns, da sehe ich es auch. In der Ferne ist die dunkle Silhouette einer Ruine zu erkennen, unheimlich zeichnet sie sich am Horizont ab. Jetzt gibt es kein Zurück mehr.

Mit gesenktem Kopf stemmen wir uns gegen den Wind, wortlos und konzentriert laufen wir den Weg entlang, bis wir endlich die Überreste des Gehöfts erreichen, das einst über dem Moor thronte. Die Ruine ist den Elementen ausgesetzt, die Bäume sind von der Kraft des Windes ganz knorrig und verdreht.

»Als würde man von oben auf die Welt sehen.«

Meine Stimme versagt beim Blick auf die dramatische Szenerie des Tals, das vor mir liegt. So viel Kraft liegt darin, dass es sich beinahe übernatürlich anfühlt.

»Da ist eine Tafel.« Maya zeigt auf eine Steinplatte, die von der Brontë-Society dort aufgestellt wurde.

»Das Gehöft wurde mit dem Gutshof ›Wuthering Heights‹ der Earnshaw-Familie in dem Roman Sturmhöhe *von Emily Brontë in Verbindung gebracht. Die Gebäude wiesen selbst in intaktem Zustand jedoch keine besonderen Ähnlichkeiten zu den im Roman beschriebenen auf. An diesen Ort könnte sie jedoch gedacht haben, als sie die Zeilen über die Sturmhöhe verfasste.«*

Kurz mache ich mir Sorgen, dass Maya enttäuscht sein könnte, aber das ist unnötig.

»Jetzt verstehe ich. Also die Geschichte, meine ich. Warum sie das alles geschrieben hat. Es ist wirklich rau hier draußen, nicht wahr?« Sie wendet sich von der Tafel ab und schaut gebannt über das Moor.

»Sogar Heathcliff ergibt jetzt Sinn für mich – also zumindest ein bisschen«, fügt sie hinzu und sieht mich von der Seite an, ihre Mundwinkel zeigen nach oben.

Ich lächle zurück, und wir suchen uns einen Platz auf einer der Mauern. Dort bleiben wir eine Zeit lang sitzen, in Gedanken verloren, genießen die Aussicht, die Weite der Landschaft. Es war doch kein Fehler, hierherzukommen. Noch nicht einmal bei dem strömenden Regen, der Eiseskälte und dem Wind, der uns die Haare zerzaust. Der Besuch hier hat Maya so viel mehr beigebracht, als ich es je gekonnt hätte.

Und vielleicht hat sie recht, vielleicht ergibt Heathcliff nun einen Sinn. Vielleicht hat alles dort unter meiner Bettdecke, mit der Taschenlampe in meiner jugendlichen Hand, begonnen; mein Glaube daran, dass ich jemanden hätte retten können, den ich liebte, wenn ich nur noch mehr Einsatz gezeigt, noch stärker geliebt hätte.

Ich weiß nicht, wie lange wir dort sitzen, aber nach einer Weile fällt mir auf, dass es nicht mehr regnet, ich lasse den Regenschirm sinken und schaue zum Himmel hinauf. Es klart langsam auf, ich schließe die Augen und atme tief ein.

»Petrichor.«

»Was ist das?«

Als ich die Augen öffne, sieht mich Maya mit hochgezogenen Augenbrauen an.

»Der Geruch von Regen. Dieser besondere Duft von frischer Luft und feuchter Erde.«

Wortlos atmet Maya tief ein und wieder aus. »Alles riecht ganz rein.«

Wieder muss ich daran denken, wie ich als Kind mit meiner Schwester hierherkam, an all das, was seither zwischen uns passiert ist. Langsam wird mir bewusst, dass es nicht möglich ist, jemanden dadurch zu retten, dass man ihn liebt, oder eine Beziehung in Ordnung zu bringen, die gar nicht in Ordnung gebracht werden will. Und dabei rede ich nicht nur von meiner Ehe.

»Ja«, stimme ich ihr zu und denke dabei an Josie. »Genau.«

»Ich glaube, Petrichor wird mein neues Lieblingswort.«

Ich stehe auf und zeige auf die Sonnenstrahlen, die durch die Wolken am Horizont brechen.

»Komm«, sage ich. »Lass uns gehen.«

Valentin

»Los, alter Junge. Gleich kommen *The Archers* im Radio.«

Vierzehn Uhr. Valentin schaltete das Radio ein, stellte seine Tasse Tee beiseite und machte es sich auf dem Sofa bequem. Harry folgte ihm durch die Küche und blieb auf der Türschwelle stehen. Er sah ihn an und wartete. Valentin betrachtete ihn nachdenklich. Er hatte strikte Anweisungen bekommen, ihn nicht aufs Sofa zu lassen. Seine Besitzerin Olivia versuchte wohl gerade, ihm seine schlechten Angewohnheiten abzugewöhnen.

»Ich erzähle es niemandem, wenn du es nicht tust. Du kannst dich auf mich verlassen.«

Er klopfte auf das leere Kissen neben sich, sofort sprang Harry zum ihm hinauf und rollte sich neben ihm zusammen.

»Wir brauchen doch alle ein paar schlechte Angewohnheiten, oder etwa nicht?«, sagte er und kraulte Harry, der die Schnauze auf sein Knie gelegt hatte, dann schloss er die Augen und seufzte zufrieden.

Valentin wusste nicht mehr, wann er zuletzt sein Sofa geteilt hatte. Gisele und er hatten immer gemeinsam den Hörspielfolgen gelauscht, Seite an Seite, sich dazu eine Tasse Tee und eine Nascherei gegönnt, aber seitdem sie weg war, war er dabei immer allein gewesen. Im Radio erklang die vertraute Titelmusik, Valentin nippte an seinem Tee – einem klassischen Assam – und genoss das Wohlgefühl des warmen Körpers an seiner Seite.

»Hey, muss das sein?«, grummelte er und wedelte mit der Hand.

Selbst die Hundefürze, die bis zum Himmel stanken, konnten seiner Freude nichts anhaben.

*

Er hatte so getan, als sähe er sie nicht. Er war gern für sich allein. Freunde hatte er keine, das war auch besser so. Anfangs dachte er, sie würde wieder verschwinden, aber das tat sie nicht. Jeden Morgen lief sie an seinem Fenster vorbei und winkte. Tag für Tag bei Sonne und Regen. Und immer mit Harry.

Valentin vermisste es, einen Hund zu haben. Vor langer Zeit hatten Gisele und er Haggis, eine kleine West-Highland-White-Terrier-Hündin, zu sich genommen. Sie war überall mithingekommen, hatte zwischen den beiden vorne im Campingbus gesessen. Als sie im hohen Alter von sechzehn Jahren gestorben war, hatte Gisele so darunter gelitten, dass sie keinen neuen Hund mehr wollte. Jetzt war er zu alt, es war zu spät.

Aber dann hatte er Harry kennengelernt. Die Tage vergingen, und er hatte bemerkt, dass er sich immer mehr darauf freute, ihn vorbeihinken zu sehen. Er hatte beobachtet, wie er schnüffelte, die Nase im Wind glich dabei dem Pfeil einer Wetterfahne, und dann diese komische Art zu wackeln, wenn er sein Bein hob. Harry zuzusehen war zu Valentins Lieblingsbeschäftigung geworden, und er hatte immer häufiger den Drang verspürt, nach draußen zu gehen und ihm die Ohren zu kraulen.

Allerdings war das gar nicht so einfach. Er konnte schließlich nicht auf einmal anfangen, zu winken, nachdem er sie so lange ignoriert hatte. Sie hätte ihn sicher für verrückt erklärt. Da war ihm die Idee mit dem Futterspender gekommen. Es war eigentlich nur eine Ausrede, um Harry sehen zu können. Aber dann machte ihm die Arbeit daran mehr Spaß, als er sich eingestehen wollte. Früher hatte er oft Dinge für Gisele und auch für Helen angefertigt, kleine Geschenke zum Geburtstag oder zu Weihnachten. Ob er ihr wohl gefallen würde? Es war nur ein Futterspender, aber sie war aufrichtig erfreut gewesen, und die Freude hatte auf ihn abgefärbt.

»Sie gehen heute so beschwingt«, hatte Ruth, die Empfangsdame, angemerkt, als er danach Gisele besucht hatte. Er konnte es kaum erwarten, ihr von Harry und seinem Angebot, auf ihn aufzupassen, zu erzählen. Wie auch Helen, mit der er auf dem Nachhauseweg sprach. Auch wenn er sich, ehrlich gesagt, nicht sicher war, ob Harrys Besitzerin sein Angebot annehmen würde. Umso überraschter war er, als es am nächsten Tag an seiner Tür klopfte und sie ihn fragte, ob sie Harry eine Woche später ein paar Stunden bei ihm lassen könnte, während sie unterrichtete. Als er »Ja« sagte, hatte sie versucht, ihn zu umarmen. Das war ihm etwas unangenehm gewesen, so etwas mochte er nicht, aber froh war er dennoch. Als sie gegangen war, hatte er sein Notizbuch hervorgeholt und eine neue Seite aufgeschlagen.

Dienstag, 10. April
1. Auf Harry aufpassen

Das war seit Langem das Beste, was er hineingeschrieben hatte.

*

Es klopfte an der Tür. Er wachte davon auf. War er doch tatsächlich eingenickt!

»Hi, Valentin, ich bin es, Liv. Ich wollte Harry abholen.«

»Oh, ist es schon so spät?«

Sie lächelte über das ganze Gesicht, als er die Tür öffnete, und er verspürte den Druck, zurücklächeln zu müssen, innerlich wurde ihm jedoch angst und bange. Wie konnte die Zeit so schnell vergangen sein? Er hatte sich die ganze Woche darauf gefreut, und nun war es schon vorbei. Harry schlief tief und fest auf dem Sofa. Der Gedanke, er könnte aufwachen und ihn verlassen, beunruhigte ihn.

»Ich habe Kuchen mitgebracht, um mich zu bedanken …« Sie hielt ihm eine große, weiße Pappschachtel hin. »Keine Sorge, nicht selbst gemacht. Er ist aus der Bäckerei im Dorf. Schokoladenkuchen.«

Überrascht von ihrer Nettigkeit, stand er wie angewurzelt in der Tür.

»Oje, Sie mögen keinen Schokoladenkuchen. Hätte ich doch bloß einen Victoria Sponge genommen.«

Sie wirkte enttäuscht, und er fühlte sich schuldig.

»Victoria Sponge? Lieber als Schokolade? Niemals!« Schnell nahm er die Schachtel entgegen. »Kommen Sie, ich koche uns einen Tee …«

Er hatte die Einladung ausgesprochen, ohne darüber nachzudenken. Seitdem die Pfleger Gisele abgeholt hatten, war niemand mehr bei ihm gewesen. Aber jetzt war es zu spät.

»Oh, vielen Dank.«

Sie schloss die Tür hinter sich, und da tauchte Harry im Flur auf, schlug mit seinem buschigen Schwanz gegen die Beine der beiden.

»Hallo, hast du mich vermisst?«

Sie ging auf die Knie und küsste und knuddelte ihn.

»Eigentlich soll man beim ersten Mal ja nicht so einen Wirbel machen, aber ich kann einfach nicht anders.«

»Er auch nicht, wie es scheint.«

Valentin ließ die beiden allein und ging ins Wohnzimmer. Wenig später folgten sie ihm.

»Sieht aus, als hätte er sich hier sehr wohlgefühlt …«

Mist. Sie hatte das Sofa mit seiner Decke darauf entdeckt.

Er merkte, wie er errötete. Auch Kekskrümel waren zu sehen. Valentin hatte nämlich entdeckt, dass Harry seine Leidenschaft für Custard-Cream-Kekse teilte.

»Sein Hundebett war ihm nicht so wichtig.«

Wie zum Beweis sprang Harry zurück aufs Sofa und machte es sich gemütlich. Sie taten beide, als hätten sie es nicht bemerkt.

»Was für einen Tee kann ich Ihnen denn anbieten, Olivia?«

Er würde sie sicher nicht bei diesem albernen Spitznamen nennen, ihn rief schließlich auch niemand Val.

»Ach, was Sie dahaben. Danke.«

Valentin nahm den Kuchen mit in die Küche und machte sich daran, alles bereitzustellen. Er kochte Wasser, füllte Tee in die Kanne, suchte nach Tassen, Untertassen und Kuchentellern. Seine Hände zitterten. Es war lange her, dass er Gäste gehabt hatte, er war nervös. Hinten im Schrank entdeckte er eine Kuchenplatte. Schade, dass er keine frischen Blumen hatte, Gisele mochte es sehr, welche auf den Tisch zu stellen. Er musste sie auf seine Liste schreiben.

Als er mit dem Tablett aus der Küche kam, sah er, wie Olivia die Rückseite eines seiner Bibliotheksbücher las, die sich bei ihm stapelten.

»Ich arbeite an einem Familienstammbaum«, erklärte er ihr. »Also, ich versuche es.«

»Ahnenforschung ist wirklich faszinierend.« Sie blätterte in dem Buch, was ihn angenehm überraschte. »Ich mag die Sendung im Fernsehen, wie heißt sie doch gleich …«

»*Who Do You Think You Are?*«, antwortete Valentin ihr und stellte Teekanne und Kuchen auf den Tisch.

»Ja, genau die meine ich!« Sie sah ihn begeistert an. »Es ist wirklich spannend, wie sie da irgendwelche interessanten Geschichten über Vorfahren herausfinden, zum Beispiel, dass der Großvater von jemandem Straßenräuber war oder von Charles I. abstammte.« Sie legte das Buch zurück auf den Stapel und wandte sich ihm zu. »Und was haben Sie Spannendes herausgefunden? Sind Sie auch mit der Königsfamilie verwandt?«

Er lachte verlegen auf.

»Ehrlich gesagt, arbeite ich schon seit Jahren daran, bin aber noch nicht sehr weit gekommen.«

»Ach, echt?« Jetzt wirkte sie ein wenig enttäuscht. »Haben Sie einen dieser Tests gemacht?«

Valentin, der gerade die Platzdeckchen aus der Schublade holte, hielt abrupt inne. »Was meinen Sie?«

»Diese DNA-Tests, mit denen man seine Vorfahren zurückverfolgen kann.«

Valentin hatte schon einmal von der Bibliothekarin davon gehört, aber er zog den altmodischen Weg vor: Archive, Akten und Listen durchzusehen, in die Bibliothek zu gehen, Monat für Monat. Es war aufwendig und mit jeder Menge gründlicher Recherche verbunden. Eines Tages war ihm bewusst geworden, dass er eigentlich gar nicht erfolgreich sein wollte, weil er nicht wusste, was er danach hätte tun sollen.

»Zu teuer.« Er schüttelte ablehnend den Kopf und begann, den Tisch zu decken.

»Ich habe vor ein paar Jahren einen zu Weihnachten bekommen, vielleicht nicht gerade das romantischste Geschenk, das man sich vorstellen kann …« Sie unterbrach sich selbst und zuckte mit den Achseln. »Kann ich Ihnen helfen?«

»Nein, danke, geht schon.«

Er wollte, dass sie sich hinsetzte. Entspannte. Er selbst war es nicht.

»Ist das Ihre Frau?«

Er sah, wie sie ein Foto in einem kleinen silbernen Bilderrahmen auf der Kommode betrachtete, und nickte.

»Das ist Gisele mit unserer Tochter Helen, da war sie noch ein Baby. Wir haben einen Tagesausflug ans Meer gemacht, nach Whitby …«

»Schon seit ich *Dracula* gelesen habe, möchte ich unbedingt mal nach Whitby.«

»Vampire haben wir dort keine gesehen, nur Eimer und Sandschaufeln«, sagte er, und Olivia lächelte.

»Sie ist schön. Beide sind schön.«

»Aye.«

Seine Stimme klang schroff, als er sich wieder dem Tisch zuwandte und ihn zu Ende deckte. »Oh, Mist.« Eine Gabel war ihm auf den Boden gefallen. »Er ist zu klein... dieser Tisch.«

»Aber das ist doch so ein Ausziehtisch, oder? Kann ich Ihnen helfen...?«

»Nein, es geht schon...«

Aber bevor er zu Ende sprechen konnte, hatte sie sich bereits neben ihn gehockt, die zusätzlichen Platten ausgeklappt und entstaubte sie. Hilflos sah er ihr dabei zu, spürte, wie Panik in ihm aufstieg. Er wollte nicht, dass sie alles anfasste. Er wollte, dass alles blieb, wie es war.

»Sehen Sie, viel besser«, sagte sie lächelnd, als der Tisch fertig gedeckt war und sie sich hinsetzten. »Finden Sie nicht auch?«

Sehr zu seiner Überraschung stimmte er ihr zu. Er schenkte den Tee ein, und Liv bot an, den Kuchen zu schneiden, während Harry sich zu ihnen gesellte und unter dem Tisch auf Krümel wartete. Jetzt ging es ihm schon viel besser. Die Dinge waren nicht dafür gemacht, weggeklappt und nicht gebraucht zu werden, so viel stand fest. Das Gleiche galt auch für Menschen.

»Der schmeckt ja unglaublich. Was für eine Teesorte ist das?«

Sie wirkte beeindruckt, als Valentin es ihr erzählte.

»Ich trinke nur den ganz normalen aus dem Beutel«, gab sie zu und ließ sich ein riesiges Stück Kuchen schmecken. »Sie halten mich sicher für eine Banausin.«

Im Gegenteil, Valentin fand sie unglaublich faszinierend, wie sie seinen Bungalow und die Aussicht lobte und dabei einfach so erzählte, dass sie erst vor Kurzem aus London zugezogen sei. *Aus London*. Das musste man sich mal vorstellen. Valentin konnte es nicht. Er hatte einmal mit Gisele eine Busfahrt dorthin gemacht, um sich *Les Misérables* anzusehen, und das hatte ihm vollkommen gereicht. Zu viele Leute. Zu viel Lärm und zu viel Verkehr. Wie konnte man dort die Vögel singen hören?

»Kein Partner also?«, fragte er, und als er ihren Gesichtsausdruck bemerkte, fügte er schnell hinzu: »Oder eine Partnerin?« Er wollte ja schließlich nicht, dass sie *ihn* für einen Banausen hielt.

Sie musste lächeln, als hätte er etwas Lustiges gesagt. »Es gab einen Partner … jetzt gibt es nur noch mich.«

So ein angenehmes Lächeln. Herzlich und großzügig umspielte es ihre Augenwinkel. Auch wenn er nicht umhinkam zu bemerken, dass es niemals ganz dort ankam.

»Und Harry natürlich.«

Unter dem Tisch bewegte sich etwas, und Harrys Schnauze kam erwartungsvoll zum Vorschein. Sie mussten beide lachen.

»Was ist mit Ihnen?«

»Meiner Frau Gisele ging es nicht gut …« Er verstummte. »Jetzt gibt es hier auch nur noch mich.«

»Was ist mit Ihrer Tochter? Lebt sie in der Gegend?«

»Nein, in Paris«, antwortete er nach einer kurzen Pause.

»Die Glückliche.«

»Aye, die Glückliche.« Er nickte und spießte ein riesiges Stück Schokoladenkuchen auf seine Gabel. Er versuchte, es zu schlucken, aber es kam ihm trocken vor und blieb an dem Kloß in seinem Hals hängen. Da fiel ihm der Klang der Trompeten aus dem Radio auf. So beschäftigt, wie er gewesen war, hatte er gar nicht bemerkt, dass es immer noch lief.

»Entschuldigung, ich stelle das eben aus …« Er stand auf, und sein Stuhl kratzte über den Boden.

»Nein, bitte. Lassen Sie es ruhig an. Tommy Dorsey und sein Orchester.«

»Den kennen Sie?«

Valentin war wirklich überrascht. Es war eine bekannte Swing-Band aus den Vierzigerjahren. Junge Leute hörten so etwas sonst eher nicht. Sie bevorzugten laut dröhnende Musik, die ihm trotz ihrer Kopfhörer an die Ohren drang, wenn er im Bus zum Pflegeheim neben ihnen saß.

»Meine Großeltern mochten seine Band sehr.«

»Gisele und ich auch«, sagte er und nickte. »Wir hatten alle seine Platten. Wir gingen gern im Gemeindesaal zusammen tanzen, dort wurden seine Lieder gespielt und später auch Swing, Jive und Rock 'n' Roll… sie war eine begnadete Tänzerin, so leichtfüßig.«

»Sie vermissen sie sicher schrecklich.«

»Ja, das tue ich, obwohl ich sie immer noch jeden Tag im Pflegeheim besuchen kann.«

»Oh, Entschuldigung. Ich dachte, Sie wären…« Sie verstummte und sah zerknirscht aus, da dämmerte es Valentin plötzlich.

»Sie dachten, ich sei Witwer?«

»Es tut mir leid, ich wollte nicht…«

»Nay, keine Sorge«, beruhigte er sie. »Manchmal wünschte ich, ich wäre einer.«

Es platzte einfach so aus ihm heraus. Er hatte es eigentlich nicht aussprechen wollen, auch wenn er es oft dachte. Aber falls Olivia entsetzt war, so ließ sie es sich nicht anmerken.

»Ich weiß, wie verrückt das klingt, aber häufig erkennt mich meine Frau nicht einmal. Und was noch schlimmer ist, ich erkenne sie auch nicht wieder.« Zum ersten Mal sprach er seine Gedanken laut aus, und obwohl er sich dabei schuldig fühlte, brachte es ihm doch auch Erleichterung, sich einem anderen Menschen anzuvertrauen. »Sie leidet an Alzheimer. Es ist eine furchtbare Krankheit, die mir meine Frau gestohlen hat, und ich vermisse sie so sehr. Ich vermisse es, mit ihr alt zu werden.«

Wut, Trauer und Reue überkamen ihn mit voller Wucht, er wusste nicht, was er tun sollte. So lange schon hatte er alles in sich hineingefressen, die ganze Angst und Unsicherheit. Manchmal schnürte ihm die Ungerechtigkeit seiner Lage die Luft ab.

»Wir hatten so viele Pläne für meinen Ruhestand gemacht. Wir wollten reisen, uns gemeinsam die Welt ansehen …«

Seine Gedanken schweiften ab. Er hatte Gisele vor Augen, wie sie aufgeregt mit glänzenden Broschüren aus den Reisebüros nach Hause gekommen war. Er über die ausgefaltete Landkarte gebeugt, die den ganzen Tisch einnahm, denselben, an dem sie gerade saßen.

»Jetzt ist sie in einer Welt, die nur sie sehen kann.«

Er kratzte sich an der Wange und wischte sich dabei schnell ein paar Tränen weg.

»Entschuldigen Sie, ich weiß wirklich nicht, was in mich gefahren ist …«

Da schüttete er doch tatsächlich einer fremden Frau sein Herz aus, er war wirklich ein alberner alter Dummkopf. Was musste Olivia von ihm denken?

Aber falls sie etwas über ihn dachte, so sagte sie es nicht. Stattdessen tat sie etwas wirklich Bemerkenswertes. Sie stellte die Teetasse zurück auf die Untertasse und fasste nach seiner Hand. Und obwohl Valentins erster Impuls war, sie zurückzuziehen, ließ er diese gutherzige junge Frau, die er kaum kannte und die Schokoladenkuchen, Gespräche und Freundschaft in sein Haus gebracht hatte, gewähren. Sie hatte es geschafft, dass er sich ein paar Stunden lang wieder ganz normal gefühlt hatte.

»Manchmal fühle ich mich so verloren«, sagte er.

»Genau deshalb sind Harry und ich hier«, antwortete sie.

Da musste er lächeln, weil es wirklich eine schöne Sache

war, so etwas zu sagen, und da lächelte auch sie. Und dieses Mal, bemerkte Valentin, erreichte das Lächeln auch ihre Augen.

He du,

es ist spät, nach Mitternacht. Ich sollte das Licht ausschalten und ins Bett gehen, aber ich musste an dich denken und vom Sommer träumen. Hier zu sein, bringt so viele Erinnerungen an unsere Sommerferien zurück, an Eis am Stiel in Raketenform und ganze Tage, vom Morgengrauen bis zur Dämmerung, barfuß im Badeanzug. Dieses Gefühl der Sorglosigkeit.

Es ist echt schwer, sich diese Sorglosigkeit zu bewahren. Ich glaube, zum letzten Mal richtig sorglos gefühlt habe ich mich in dem Sommer, als ich acht Jahre alt wurde. Weißt du noch? Ein furchtbar heißes Jahr, in dem der Fluss fast austrocknete und das Teeröl auf den Telegrafenmasten schmolz. Wir knibbelten es mit unseren Fingernägeln ab, während wir auf die Melodie des Eiswagens warteten. Es war so heiß, dass Großmutter sich weigerte zu kochen, also gab es jeden Tag Sandwiches und Chips zum Abendessen und dazu Salatmayonnaise. Auch wenn wir uns damals viel gestritten haben, in dieser Hinsicht waren wir einer Meinung: Es war der Himmel auf Erden.

Großvater arbeitete damals noch in der Gemeindeverwaltung und kam jeden Tag Punkt siebzehn Uhr dreißig nach Hause. Ich wartete immer am Ende der Straße auf ihn, winkte ihm bereits aus der Ferne. Er fuhr einen jeansblauen Morris Minor mit cremefarbenen Radkappen und gestrickten Schonbezügen. Derselbe Wagen, mit dem ich später fahren lernte und in dem du deinen ersten Kuss bekommen solltest, aber zu jener Zeit gehörte er noch Großvater. Sein ganzer Stolz.

Ich kann mich noch genau daran erinnern, wie er ihn jeden Sonntag wusch, ihn einschäumte und mit einem riesigen Schwamm und einem Eimer Wasser in routinierten kreisförmigen Bewegungen abrieb, immer von hinten nach vorn. Uns kam die ganze Prozedur unendlich lang vor, und wir warteten sehnlichst darauf, dass er fertig wurde, da wir dann den Wagen mit dem Wasserschlauch abspritzen durften. Natürlich war das nur ein Vorwand, um selbst mit dem Wasserschlauch spielen zu können, bis von der Regierung wegen der

Wasserknappheit das Gartenschlauch-Verbot verhängt wurde. Du hast immer den Daumen auf den Schlauch gehalten, damit das Wasser zu allen Seiten spritzte – für die coolen Sachen warst schon immer du zuständig. Wenn ich lachend und schreiend im Wasser herumsprang, kam Großmutter herausgelaufen, um uns zu ermahnen, ja nicht die Fenster vollzuspritzen.

»Können Sie sich an eine Zeit erinnern, in der Sie sich wirklich glücklich und sorglos gefühlt haben?«

Die Therapeutin, zu der ich nach der Trennung von David gegangen bin, hat mir diese Frage gestellt. Ich wollte eigentlich mit ihr über David reden, aber letztendlich habe ich hauptsächlich über dich gesprochen. Erst dachte ich, dass es während eines der letzten Urlaube war oder bei einer meiner Geburtstagsfeiern oder sogar an meinem Hochzeitstag. Das soll doch schließlich der glücklichste Tag im Leben sein, oder? Aber nach langem Nachdenken wurde mir bewusst, dass ich mich bei keinem dieser schönen Anlässe sorglos gefühlt hatte.

Ich musste noch weiter zurück. Zurück zu jenen langen, dunstig verschwommenen Tagen der Hitze, an denen wir in der Auffahrt herumliefen und uns mit dem Wasserschlauch nass spritzten. Zurück zu dem unschuldigen Geschrei und Gelächter, dem Gefühl von eiskaltem Wasser auf warmer, sonnengebräunter Haut und zu diesem reinen, ungefilterten Nichts-in-der-Welt-macht-uns-Sorgen-Gefühl. Zurück zu dem Sommer, bevor Mum starb. Bevor zwei kleine Mädchen viel zu schnell groß werden mussten.

Okay, jetzt läutet die Kirchturmuhr, es ist schon ein Uhr. Ich logge mich jetzt aus.

X

PS: Ich hoffe, dir macht es nichts aus, wenn ich über die Vergangenheit rede, manchmal kommt es mir vor, als könntest du mich als Einzige verstehen.

Vater und Sohn

Es heißt, ein Menschenjahr wäre mit sieben Hundejahren gleichzusetzen. Was für Harry bedeutet, dass er schon seit über einem Jahr bei mir lebt. Lustigerweise fühlt es sich auch tatsächlich so an, da ich mir gar nicht mehr vorstellen kann, ohne ihn zu sein. Wir sind wie ein altes Ehepaar, nur dass keiner von uns eine Affäre mit seiner Yogalehrerin hat.

Eine andere Art, Zeit zu messen, habe ich auch noch kennengelernt: die der Handwerker. Seitdem Bens Unternehmen die Arbeit in meinem Häuschen aufgenommen hat, weiß ich, dass eine »Handwerkerwoche« so viel ist wie bei anderen ein ganzer Monat. Alles dauert immer deutlich länger als vereinbart. Ein bisschen wie ein »Bäckerdutzend«, nur dass man kein kostenfreies Brötchen bekommt, sondern zwei weitere Wochen des Wartens und noch mehr Kopfschmerzen. Ihre Fähigkeit, die Zeit auszudehnen, zeigt sich daran, wie lange sie schon bei mir im Haus arbeiten. Obwohl es gerade einmal drei Wochen sind, kommt es mir vor wie zehn Jahre.

Zum Glück wird es mit Handwerkern im Haus nie langweilig. *Hol mal* und *Bring mal* sind zwei echte Witzbolde, auch wenn die meisten ihrer Scherze besser nicht wiederholt werden sollten. Das ist aber auch gar nicht nötig, da die beiden sicher im ganzen Dorf zu hören sind, so laut, wie sie sich über den gesamten Garten hinweg zuschreien. Es tauchen auch ständig neue Gesichter auf: etwa der Elektriker Funke, der Klempner Flut oder der Gasmann Beanz.

Woher sie ihre interessanten und im Falle des Elektrikers eher beunruhigenden Namen haben, will ich lieber nicht so genau wissen. Stattdessen entwerfe ich eine Hausordnung, nachdem *Bring mal* die Toilette schon wieder unendlich lang in Beschlag genommen hat. Wir teilen uns schließlich gerade ein Haus, und da ich schon viel zu viele Horrorgeschichten von Leuten gehört habe, die sich mit ihren Handwerkern überworfen haben, will ich gewappnet sein. Hoffentlich helfen die folgenden Regeln, dass mir nichts dergleichen geschieht.

Hausordnung für Handwerker

1. Beim Radiohören auf die Lautstärke achten. Wenn die Fensterscheiben klappern, ist es vermutlich zu laut.
2. Beim Ergänzen des eben erwähnten Radioprogramms durch Gesangseinlagen bitte die Melodie halten.
3. Im Morgengrauen besser nicht die lautesten und schmutzigsten Arbeiten erledigen.
4. Daran denken, dass wir uns nach der Sache mit dem nicht gelieferten Miet-WC eine Toilette teilen. Die Wände sind dünn, daher wäre es mir lieber, wenn am Abend zuvor nicht zehn Pints Bier und Curry auf der Speisekarte gestanden hätten.
5. PS: Streichhölzer im Bad abzubrennen, hilft nicht.
6. Draußen bitte nicht den Schleim im Hals hochwürgen, Gase ablassen oder Kraftausdrücke verwenden, ohne durch einen Blick über den Zaun sicherzugehen, dass die Urlauber aus dem Ferienhäuschen nebenan nicht gerade bei einem Glas Wein im Garten entspannen.
7. Ein praktischer Hinweis: Auch wenn es auf den ersten Blick sinnvoll erscheint, die überschüssige Fugenmasse im Waschbecken oder der Toilette zu entsorgen, weiß ich vom Notdienst Dyno-Rod, dass es keine gute Idee ist.

8. Bitte die bereitgestellten Kehrbürsten nutzen und nicht alles mit dem Wasserschlauch in die Abflüsse spülen.
9. Teebeutel. Auch wenn ich wirklich die Fähigkeiten schätze, aus ihnen ein dem Walkie-Talkie-Tower ebenbürtiges Bauwerk im Spülbecken zu schaffen, würde ich doch einen Abfluss bevorzugen, durch den das Wasser ungehindert abfließen kann.

Danke!

Nach einem letzten Blick auf die Liste entscheide ich mich dann doch dagegen, sie ihnen auszuhändigen. Ich möchte mich ja gerade nicht mit ihnen überwerfen. Und dabei ist vermutlich die erste Regel, keine Hausordnung aufzustellen. Also kaufe ich ihnen lieber mehr Kekse.

Ich sehe zu Ben hinüber, der an einer halb eingefallenen Wand in einem Trümmerfeld lehnt, das einmal meine Küche gewesen ist, einen Becher Tee in der einen Hand und Schokoladenkekse in der anderen. Warum musste es bloß meine Küche sein, die er zerstört hat?

»Wie war der Spaziergang?«

Gerade bin ich mit Harry von unserer Runde zurückgekommen und streife die Schichten Regenkleidung ab. Wen wundert's, dass es schon wieder regnet. Ich bin ein wenig verwirrt. Die Wände des kleinen Flurs wurden eingerissen, weshalb man sofort mitten in der Baustelle steht, sobald man einen Schritt über die Türschwelle tut. Und Ben ist immer sofort da, er scheint eine Teepause nach der anderen zu machen.

»Nass«, grummle ich vor mich hin. Dabei versuche ich, Harry zu fassen zu bekommen, bevor er sich schütteln kann. Auch wenn das bei dem ganzen Chaos keinen großen Unterschied machen würde. »Wie ist der Tee?«

»Nass«, erwidert er, stellt den Becher ab und reicht mir ein Handtuch von dem Haken in der Ecke.

»Danke«, erwidere ich mit einem Lächeln und schäme mich ein wenig für meine miese Laune. Dann gehe ich in die Hocke und versuche, Harry trocken zu reiben.

»Ach ja, ich glaube, der hier gehört dir.« Ben zieht etwas aus seiner Tasche hervor. Einen grünen Tennisball, der allerdings mittlerweile matschbraun ist. »Also, wohl eher Harry.«

Ich runzle die Stirn. »Woher hast du ihn?«

»Der Schneemann brauchte ihn nicht mehr.« Er zieht die Augenbrauen hoch, und seine Mundwinkel zucken verräterisch. »Stanley meinte, Harry hätte ihn sicher gern zurück.«

Überrascht sehe ich ihn an. »Woher kennst du Stanley?«

»Ich bin sein Vater.«

»Stanley ist dein Sohn?«

»Ja, so ist das meistens.«

Ich werde rot.

»Stanley hat erzählt, es sei Harrys Ball, und irgendwann habe ich eins und eins zusammengezählt. Hat 'ne Weile gedauert. Weißt ja, ich bin nicht so klug wie du«, sagt er grinsend, während mir das alles ziemlich unangenehm ist.

»Wir gehen auf unseren Spaziergängen bei ihm vorbei … Ich wusste nicht, dass es dein Haus ist …«

»Nein, wie auch? Du wolltest dich ja schließlich nicht mit mir treffen, du erinnerst dich?«

Ich fühle mich ertappt und wechsle schnell das Thema.

»Er ist ein toller kleiner Junge.«

»Danke.« Er nickt voller Stolz. »Stanley ist vernarrt in Harry, er redet die ganze Zeit über ihn.«

»Die Gefühle werden erwidert. Harry mag ihn auch sehr. Sie waren von Anfang an ein Herz und eine Seele.«

Ben lächelt. »Stanley findet es einfacher, mit Tieren in Kontakt zu treten als mit Menschen. Wir haben auch darüber nachgedacht, uns einen Hund anzuschaffen, nachdem … also, na ja, es ist viel Arbeit, und ich bin den ganzen Tag unterwegs.«

»Er kann gern mit mir spazieren gehen, wenn er möchte. Sich mit uns verabreden.«

»Danke, aber Stanley verabredet sich nicht.«

»Noch nicht einmal mit seinen Freunden?«

Ben seufzt und betrachtet den Teebecher in seiner Hand. Er reibt sich die mit Staub und Dreck bedeckten Hände und poliert mit dem Daumen seinen Ehering, bis das Gold glänzt. »Tja, das ist der Knackpunkt. Er hat keine Freunde.«

Er verstummt. Ihm ist anzusehen, wie schwer ihm das Ganze fällt. Ich höre die anderen Handwerker klopfen und hämmern, sie bauen außen am Haus das Gerüst bis zum Dach auf, aber hier drinnen ist es ganz still.

»Die Kinder in der Schule finden ihn seltsam. Stanley ist anders, er hat seine ganz eigene Art. Schon als er geboren wurde, wussten wir, dass er nicht so ist wie die Kinder unserer Freunde, seine Entwicklung war verzögert, und er war von manchen Dingen zutiefst beeindruckt … Ich weiß noch, wie er stundenlang der Garagentür beim Öffnen und Schließen zuschauen konnte. Als wäre das die wichtigste Sache der Welt …«

Er unterbricht sich, und plötzlich sehe ich Ben in einem ganz anderen Licht. Unter seinen Tattoos, dem selbstbewussten Gehabe und den ganzen Scherzen verstecken sich Verletzlichkeit und Ernst: ein besorgter Vater, der seinen Sohn liebt.

»Es war fast eine Erleichterung, als schließlich ASS bei ihm diagnostiziert wurde, so nannten es die Ärzte …« Er sieht mich an. »Autismus-Spektrum-Störung«, erklärt er mir vorsorglich. Auch wenn es nicht nötig ist.

»Er hat mir seine Liste gezeigt«, sage ich, und Ben lächelt.

»Er mag Listen, damit fühlt er sich sicherer. Er braucht Routine. Er möchte, dass alles seine Ordnung hat …«

»Da bin ich ganz auf Stanleys Seite«, sage ich und verziehe mein Gesicht beim Anblick des Chaos in meiner Küche. Ben lacht, und ich bin froh darüber, seine Stimmung etwas aufgeheitert zu haben.

»Er ist so ein toller kleiner Junge und hat schon viel durchgemacht. Er ist halt eben anders, und Anderssein mögen die Kinder in seinem Alter nicht.«

»Wenn es irgendetwas gibt, das ich tun kann …«

»Danke.«

Ich zeige auf Harry, der den Ball in Beschlag genommen hat, jetzt begeistert darauf herumkaut und versucht, die grüne Flauschschicht abzunagen.

»Erzähl Stanley besser nicht, dass Harry die Nase von seinem Schneemann aufgefressen hat.«

»Versprochen«, sagt Ben lächelnd und zuckt mit den Schultern. »Ich mach dann jetzt mal besser weiter.«

»Ja, ich auch.« Ich greife nach dem Handtuch. »Eine Freundin von mir kommt mit ihrer Tochter aus London zu Besuch, sie verbringen das Wochenende bei mir. Ich muss noch so viel vorbereiten. Das Gästezimmer steht voll, und ich habe keine Ahnung, wo sie schlafen sollen …«

»Also da hätte ich eine Idee …«

»Wirklich?« Interessiert sehe ich ihn an.

Er zückt sein Telefon. »Warte mal, lass mich einen Anruf machen.«

Die Burg

»Oh, Liv, das ist ja traumhaft!«

Naomi und Ellie sind gerade angekommen. Sie stehen Hand in Hand auf einem sonnengefleckten Stück Rasen in meinem Garten und betrachten das mit bonbonbunten Wimpelketten und Lampions geschmückte, große weiße Glockenzelt unter dem riesigen Bergahorn, der beinahe über Nacht Blätter bekommen zu haben scheint.

Naomi dreht sich zu mir um, auf ihrem Gesicht zeigt sich eine Mischung aus Erstaunen und Begeisterung: »Wie hast du das bloß alles allein geschafft?«

»Ein bisschen Hilfe hatte ich schon«, gebe ich zu und freue mich über ihre Reaktion.

Ehrlich gesagt, hatte ich jede Menge Hilfe. Das Ganze war Bens Idee. Ein Freund von ihm vermietet Glockenzelte für Festivals in der Region. Anfangs war ich nicht gerade begeistert gewesen. Ein Zelt, bei dem Wetter? Aber Ben hatte mich überzeugt: Es regnete schließlich auch immer bei Festivals, die Zelte waren wasserfest, und außerdem war laut Wetterbericht für das Osterwochenende überraschend gutes Wetter vorhergesagt.

»Wo sollen deine Freunde denn sonst schlafen?«, hatte er mit hochgezogenen Augenbrauen gefragt und sich den ganzen Schrott angesehen, der sich im Gästezimmer stapelte. »In deinem schimmligen Badezimmer?«

Das Zelt war gestern eingetroffen, und Ben hatte sein Werkzeug niedergelegt und zusammen mit den anderen Handwerkern den ganzen Tag im Garten verbracht, um es aufzubauen. Zum Glück ist der Garten groß genug, um es weit entfernt von dem Betonmischer aufzustellen, der nicht so gut zur Festivalatmosphäre passt. Ben sollte recht behalten. Gegen Mittag hatte es aufgehört, zu nieseln, und wie von Zauberhand war die Sonne gleich einem schmerzlich vermissten Freund durch die düsteren grauen Wolken gebrochen und hatte alles in ihr Licht getaucht sowie meinen durchweichten Rasen getrocknet.

»Wie findest du es, Ellie?«

Die siebenjährige Ellie, normalerweise eine echte Quasselstrippe, ist seit ihrer Ankunft ungewohnt schüchtern und klammert sich an die Hand ihrer Mutter.

»Wie im Zirkus«, sagt sie und grinst fröhlich. Sie kann es nicht länger abwarten, lässt die Hand ihrer Mutter los und rennt quer durch den Garten. Wir laufen ihr hinterher, steigen über die Zeltleinen und klappen den Eingang auf. Von innen ist es deutlich beeindruckender als ein normales Zelt, es gibt einen echten Boden, gemusterte Teppiche, Kissen und Decken. Harry ist auch schon da, er hat es sich auf einem der Teppiche gemütlich gemacht.

Ellie strahlt bei seinem Anblick über das ganze Gesicht. Sie haben sich eben zum ersten Mal gesehen, Harry wild schwanzwedelnd, als könnte er nicht mehr aufhören, seitdem er entdeckt hat, wie schön es sich anfühlt. Auch Naomi strahlt und umarmt mich.

»Es ist unglaublich schön hier!«

»Wirklich? Ich war mir nicht sicher … so gern, wie du in der Stadt lebst …«

»Spinnst du? Der ganze Platz und die frische Luft! Die Aussicht während der Zugfahrt war einfach unbeschreiblich. Kein Wunder, dass sie es Gottes Heimat nennen.«

Ich platze fast vor Stolz. Dasselbe empfinde ich auch, wenn

ich bei meinen Spaziergängen mit Harry auf die Dales schaue, aber es fühlt sich noch einmal anders an, wenn jemand so über mein neues Zuhause spricht, es erfüllt mich mit Zufriedenheit.

»Guck dir nur den Garten an.« Sie ist schon wieder aus dem Zelt hinaus und läuft in ihren Birkenstocksandalen hin und her. »Ungefähr zwanzigmal so groß wie mein Londoner Gärtchen.«

»Und ungefähr zwanzigmal so zugewachsen«, gebe ich beim Blick auf den ungleichmäßigen Rasen und die wild wuchernden Pflanzen und Bäume etwas zerknirscht zu. Ich hatte mir beim Umzug vorgestellt, einen wunderschön gepflegten Garten anzulegen, aber ehrlich gesagt, überlebt noch nicht einmal eine Topfpflanze bei mir. »Ich habe keine Ahnung, wo ich hier anfangen soll.«

»Wenn du magst, helfe ich dir in den nächsten Tagen. Hier muss einfach nur ein bisschen aufgeräumt werden. Dort die Büsche mitsamt dem Dornengestrüpp müssen zurechtgeschnitten werden. Hier verstecken sich echte Blütenschätze … Sieh nur die ganzen Schlüsselblumen und die Krokusse unter dem Wildapfelbaum …« Sie zeigt aufgeregt in alle Richtungen, sodass die Armreifen an ihren Handgelenken klirren. »Das ist eine Kamelie … und dort Kletterrosen und Jasmin, du Glückliche, die werden wunderbar duften … und hier, das ist ein fantastisches Geißblatt …«

Verblüfft höre ich ihr zu, wie sie die Pflanzennamen herunterbetet, sie ist ein wandelndes Lexikon. Ich wusste schon, dass Naomi einen grünen Daumen hat, aber wie gut sie sich wirklich auskennt, war mir nicht klar gewesen.

»Bald brauchst du auch eine eigene Gartensendung wie Monty Don!«, rufe ich aus. Lachend zeigt sie auf den ziemlich heruntergekommenen Schuppen ganz hinten im Garten.

»Und was ist da drin?«

Wie unangenehm! »Ehrlich gesagt, keine Ahnung.«

»Du hast keine Ahnung?« Sie dreht sich mit ungläubigem Gesichtsausdruck zu mir um.

»Also, als ich eingezogen bin, habe ich mal kurz durchs Fenster gespäht, aber es sah einfach nach ziemlich viel altem Kram aus, Gartenwerkzeug und so. Und dann war da diese fette Spinne, du hättest sie sehen sollen …« Schon beim Gedanken daran muss ich mich schütteln. »Der Schuppen steht auf meiner To-do-Liste.«

Sie schiebt sich die Sonnenbrille in die Haare, stemmt die Hände in die schmalen Hüften und sagt: »Dann sollten wir mit deiner Liste loslegen, solange ich hier bin. Meinst du nicht?«

»So ein Quatsch, du bist doch hier der Gast«, protestiere ich, aber sie winkt nur ab.

»Die Ablenkung kommt mir gerade recht, dann muss ich nicht die ganze Zeit grübeln …« Sie wirft einen Blick zu Ellie hinüber, die draußen auf dem Rasen spielt. »Danny und ich hatten einen Riesenstreit«, sagt sie dann leise.

»Warum? Was ist los?« Die Sache macht mich nervös.

»Mummy, können wir jetzt zum Schloss?«, ruft Ellie und läuft auf uns zu.

Naomi sieht mich entschuldigend an. »Verzeih mir«, flüstert sie, »ich habe ihr erzählt, dass es ganz in der Nähe eine Art Schloss gibt, und sie hat den ganzen Weg über von nichts anderem gesprochen. Ich habe versucht, ihr zu erklären, dass es dort nicht aussieht wie in Arendelle …«

Plötzlich habe ich Bilder von meiner Schwester und mir vor Augen, wie wir als Kinder zwischen den Schutzwällen Verstecken spielen. Die Erinnerung trifft mich unvorbereitet.

»Die Eiskönigin – völlig unverfroren«, fügt sie hinzu, da sie meinen Gesichtsausdruck wohl als Unverständnis deutet.

»Kein Problem«, sage ich schnell. »Lass uns losgehen. Das wird sicher toll.«

Nachdem ich Valentin gefragt habe, ob ich Harry während unseres Ausflugs bei ihm lassen kann, fahre ich uns in meinem neuen Auto zu Raven Castle. Das Auto habe ich erst ein paar Tage zuvor gekauft, weil ich mehr und mehr Anfragen für Nachhilfestunden aus den Dörfern der Umgebung bekomme. Mittlerweile habe ich schon drei weitere Schülerinnen und Schüler, die sich alle auf die Prüfung für die weiterführende Schule vorbereiten. Da die öffentlichen Verkehrsmittel hier anders funktionieren als in London, brauche ich tatsächlich ein Auto, damit ich zu allen nach Hause fahren kann.

Allerdings trifft weder die Beschreibung »neu« noch die Bezeichnung »Auto« so richtig zu. Nach meiner Mietwagenerfahrung brauchte ich unbedingt ein Gefährt, in dem ich hoch genug sitzen kann, um über die Trockensteinmauern hinwegzusehen, und abwaschbare Sitzpolster sollte es auch haben. Meine ausgiebige Online-Suche brachte allerdings keine Ergebnisse, weshalb ich zu befürchten begann, niemals etwas Passendes und Bezahlbares zu finden.

Dann traf ich am Wochenende zufällig den hiesigen Landwirt. Ich war gerade dabei, Fotos von seiner Viehtränke zu schießen, einer rostigen alten Badewanne mit Füßen, um sie Ben zu zeigen, damit er eine Idee davon bekam, was ich mir für mein Badezimmer vorstellte, als er in einem alten Land Rover mit einem »Zu verkaufen«-Schild im Fenster an mir vorbeifuhr. Er hatte ihn wohl erst kurz zuvor für seine Frau erstanden, aber die wollte nichts davon wissen, da sie sich in »eins dieser neumodischen Elektroautos« verguckt hatte.

Den Preis, den er mir dafür nannte, konnte ich unmöglich ausschlagen. Seine Frau ist nun stolze Besitzerin eines roten Honda Jazz, und ich fahre in einem klapprigen olivgrünen Land Rover Defender die Landstraßen entlang. Naomi sitzt neben mir, und Ellie hat auf dem Rücksitz in ihrem blau glitzernden Elsa-Kleid Platz genommen, in der Hand einen Zauberstab mit winziger Schneekugel.

»Vielleicht brauche ich ihn zum Zaubern«, sagt sie ernst und zappelt dabei in ihrem Kindersitz herum, der im Schaufenster der Post zum Kauf angeboten worden war.

»Ich wünschte, auch wir Erwachsenen hätten Zauberstäbe«, vertraue ich ihr an, als wir gerade die Steinbogenbrücke aus dem achtzehnten Jahrhundert passieren. Innerlich hoffe ich eindringlich, dass uns bloß niemand entgegenkommt.

»Wir haben stattdessen iPhones«, merkt Naomi an.

»Da hält sich die Zauberkraft jedoch in Grenzen, oder?«

Während wir den Berg hinauffahren, zeigt sich immer mehr des weiten blauen Himmels, und die Sonne brennt durch die Windschutzscheibe. Ich kurble mein Fenster runter, um ein wenig frische Luft hereinzulassen.

»Ach, das würde ich so nicht sagen«, wirft Naomi ein. »Einer der Filter lässt mich zwanzig Jahre älter aussehen, wenn das keine verdammte Zauberei ist, was denn dann?«

»Mummy hat geflucht!«, sagt Ellie kichernd.

Wir lachen vergnügt, den warmen Wind in den Haaren, fahren wir der Sonne entgegen.

Oben auf dem Berg steht seit über tausend Jahren Raven Castle, die Burg sieht vielleicht nicht aus wie ein Disney-Schloss, aber die riesigen Türme und die Zugbrücke sind mindestens ebenso beeindruckend. Ellie wirkt auch alles andere als enttäuscht. Die Eintrittskarten in der Hand, beobachte ich sie staunend, sehe ihr nach, wie sie durch die Drehkreuze vorauseilt, genau wie Josie und ich damals. Als Kind konnte ich einfach nicht glauben, dass es echt war.

»Danny möchte, dass wir zusammenziehen«, sagt Naomi, während wir Ellie in den Innenhof im Tudorstil folgen, der noch genauso aussieht wie in meiner Erinnerung.

»Das ist ja großartig!« Ich reagiere wie jemand, der eine gute Nachricht bekommen hat, dann merke ich, dass etwas nicht stimmt. »Oder nicht?«

Sie seufzt, dann beißt sie sich auf die Lippe und zuckt mit den Schultern. »Ich weiß nicht.«

»Aber hast du nicht gesagt, du würdest dir wünschen, dass er sich mehr einbringt?«

»Ja, schon. Das habe ich, es ist nur…«

Normalerweise für ihre Schlagfertigkeit bekannt, gerät sie nun ins Stocken und vergräbt die Hände tief in den Taschen ihrer Latzhose, als könne sie die fehlenden Worte dort finden.

»Was hast du ihm geantwortet?«

»Dass ich mir nicht sicher bin, ich auch an Ellie denken muss und es alles ein großer Schritt ist… Er hat es natürlich in den falschen Hals bekommen und als Zurückweisung verstanden, und dann haben wir uns fürchterlich gestritten.«

Wir gehen die Steinstufen hinauf, die zu dem großen Festsaal führen. Über uns wölbt sich das Dach wie bei einer Kathedrale, die Köpfe im Nacken, schauen wir staunend nach oben.

»Mummy, guck mal!« Ellie zeigt auf zwei Museumsmitarbeiter, die Rüstungen tragen. Mehrere Kinder haben sich um sie herum versammelt, da sie irgendetwas aufzuführen scheinen. Auch wir bewegen uns auf die Gruppe zu.

»Und? Weist du ihn denn zurück?«, frage ich flüsternd.

»Nein!«, zischt sie mir zu.

Ellie, die ihre Aufregung kaum verbergen kann, bahnt sich einen Weg durch die Zuschauer. Wir bleiben bei den anderen Erwachsenen stehen und sehen den armen Leuten dabei zu, wie sie in ihren schweißtreibenden Verkleidungen eine Belagerungssituation nachstellen.

Wahrscheinlich habe ich nicht gerade überzeugt gewirkt, da Naomi sich kurze Zeit später zu mir herüberlehnt und mir mit schuldbewusster Miene beichtet: »Er hat gesagt, dass ich ihn nicht in mein Leben lassen würde. Vielleicht ist da sogar etwas dran. Aber ich mache doch einfach schon so unglaublich lange mein eigenes Ding. Erst nur für mich, jetzt auch noch für Ellie. Ich musste doch schließlich immer allein klarkommen, ohne auf die Hilfe anderer vertrauen zu können. Mein Leben allein meistern.«

»Aber jetzt bist du eben nicht mehr allein.«

»Ja, ich weiß. Aber mein Kopf weiß einfach nicht, wie das geht.«

Ich sehe meine tapfere, kluge Freundin an und bin wieder einmal erstaunt, wie schwierig Beziehungen sein können, wenn wir älter werden. Nicht nur die zu unseren Partnern, sondern auch die mit Freunden, Eltern und Geschwistern. Oder liegt es an uns, dass sie schwieriger werden? Daran, wie viele Erfahrungen wir über die Jahre hinweg sammeln? Wie bei alter Kleidung, die wir schon seit Ewigkeiten nicht mehr angezogen haben, sie jedoch weiterhin mit uns in schweren Koffern herumschleppen.

Der Partner, der einen sitzen gelassen hat; der Vater mit seiner Kritik; die anderen Kinder in der Schule und ihre Hänseleien; die Mutter, die nicht für einen da war. Die Gespenster der Vergangenheit. Erinnerungen. Traumata. Trigger. Diese Gefühle wiegen schwer, wir versuchen, sie wegzustecken, aus den Augen, aus dem Sinn, was jedoch nie richtig funktioniert. Wir tragen sie immer bei uns, wohin wir auch gehen und wen wir auch treffen. Könnten wir doch bloß diese Koffer voller Gefühle ausmisten wie unsere Kleiderschränke. All das loswerden, was nicht mehr zu uns passt. Platz schaffen für die ganzen aufregenden und neuen Erlebnisse der Zukunft.

»Danny liebt dich«, sage ich dann.

»Und ich liebe ihn«, antwortet sie und zuckt mit den Achseln. »Aber ich weiß einfach nicht, wie ich jemandem Platz in meinem Leben geben soll, ohne meinen eigenen Platz darin zu verlieren.«

»Sprich mit ihm.«

»Das habe ich schon versucht.«

»Versuch es weiter«, rate ich ihr. »Vielleicht wäre es bei David und mir anders verlaufen, wenn wir mehr miteinander geredet hätten, anstatt anzunehmen, wir wüssten, was der andere denkt…«

Sie sieht zerknirscht aus. »O Gott, es tut mir leid. Ich bin wirklich taktlos. Die ganze Zeit rede ich über Danny.«

»So ein Quatsch! Ich möchte doch, dass du mir davon erzählst. Auch wenn ich vielleicht nicht helfen kann…«

»Das tust du, indem du mir zuhörst.«

»Vermutlich ist es nicht gerade die beste Idee, eine geschiedene Frau nach Beziehungstipps zu fragen«, sage ich lächelnd und zucke mit den Schultern. »Aber ich habe verstanden, dass eine Beziehung nur mit jemandem möglich ist, der in dieser Beziehung sein möchte.«

Sie mustert mich, ihre dunklen Augen wirken ernst.

»Für mich hört es sich so an, als wollte Danny das wirklich mit eurer Beziehung.«

Naomi lächelt dankbar und sieht sich dann um. »Hier bist du also früher mit deiner Schwester oft gewesen?«

»Ja, genau.« Mein Blick schweift über die vertraute Umgebung. »Aber seit meiner Kindheit war ich nicht mehr hier, bis heute.«

»Sicher verbindest du viele Erinnerungen mit diesem Ort.«

Ich nicke. »Wir haben hier oft Verstecken gespielt. Josie und ich haben immer den Bus genommen und uns hier hereingeschlichen. Sie hatte immer die besten Verstecke, ist die Treppen hinunter, die eigentlich abgesperrt waren, und hat sich im Burgverlies versteckt. Ich konnte sie nie finden, weil ich zu viel Angst hatte. Einmal bin ich weinend umhergelaufen, weil ich dachte, sie für immer verloren zu haben…« Ich kann nicht weiterreden, mein Hals schnürt sich zu.

Naomi streichelt mir über den Arm. »Alles okay?«

»Ja.« Ich zwinge mich zu einem Lächeln. »Große Schwestern eben.«

»Da kann ich nichts zu sagen, bin schließlich Einzelkind.«

Sie zuckt mit den Achseln. »Und genau deshalb mache ich mir manchmal Sorgen um Ellie, weil sie eben nur mich hat.«

Ihr Gesicht wirkt ernst, und wir beide sehen zu Ellie hinüber, die sich der Kindergruppe angeschlossen hat.

»Vielleicht sollte ich mir allerdings eher Gedanken darüber machen, dass sie derart fasziniert von diesen Rittern in ihren glänzenden Rüstungen ist«, fügt sie reuevoll hinzu.

»Zerstör ihr nicht jetzt schon die Illusionen«, sage ich, und wir müssen beide lachen. Weil es manchmal das Einzige ist, was bleibt, wenn sich Probleme nicht lösen lassen.

Tapferkeit

Aus der Ferne verschmelzen sie fast mit der Landschaft wie auf einem Gemälde von John Constable. Ein alter Mann mit Schiebermütze, der mit einem Bier draußen vor dem Pub sitzt, ein Hund liegt auf den Pflastersteinen zu seinen Füßen und sonnt sich in der Abendsonne. Beim Weg die Hauptstraße hinauf, um Harry bei Valentin abzuholen, sehe ich diese Silhouette vor der goldenen Kulisse der Dales. Erst als ich näher komme, bemerke ich, dass dieses Bild der Zufriedenheit tatsächlich die beiden sind.

Ich bin ein wenig überrascht. Seitdem ich hierhergezogen bin, sehe ich Valentin zum ersten Mal im Dorf. Wenn er nicht gerade Gisele besucht, verlässt er eigentlich nie sein Haus.

»Schön, Sie hier zu sehen.«

Valentin guckt mich mit einem Blick an, als wäre er gerade bei etwas Verbotenem erwischt worden, während Harry den Kopf anhebt und ein paarmal träge mit dem Schwanz auf den Boden klopft.

»Es war so ein schöner Tag, da musste ich hier ein Päuschen einlegen. Eigentlich wollte ich nur mit Harry an die frische Luft, während Sie die Burg besucht haben.« Er sieht sich fragend um: »Wo sind Ihre Freunde?«

»Die beiden sind bereits zum Haus zurück, damit Elli sich ein wenig ausruhen kann. Sie ist erst sieben, da wird man schnell müde.« Ich nehme auf der anderen Seite des Tisches auf der Holzbank Platz.

»Geht uns das nicht allen so? Ich wollte meinen Beinen ein kleines Päuschen gönnen.«

»Ich wusste gar nicht, dass Sie gern ein Pint trinken gehen.« Lächelnd zeige ich auf sein halb leeres Glas. »Tee ist doch sonst eher Ihr Ding.«

»Das erste seit Jahren.« Er trinkt einen Schluck. »Allein zu trinken macht einfach keinen Spaß. Aber mit Harry ist es anders.«

Dann lächelt er, und wir beide betrachten den dösenden Harry zu unseren Füßen, ich bin froh, dass Valentin den Mut aufgebracht hat, sein Haus zu verlassen und in den Pub zu gehen.

»Hey, Valentin.«

Wir sehen beide zu dem breitschultrigen Mann mit seinem beeindruckenden Zwirbelbart auf. Von meinem furchtbaren Date mit Ajay erinnere ich mich, dass er der Pub-Besitzer ist.

»Ein schöner Tag heute.« Er beginnt, die Gläser in unserer Nähe einzusammeln. Das gute Wetter hat eine Horde Tagesausflügler mit sich gebracht, und es ist geschäftiger als sonst im Ort. »Hab dich schon lange nicht mehr gesehen.«

Valentin wirkt angespannt, er nickt und murmelt etwas vor sich hin.

»Wir haben dich an den Quizabenden vermisst.«

»Es gibt ein Quiz?«

Ich spitze die Ohren. Für ein gutes Pub-Quiz bin ich immer zu haben. Mit ein paar anderen Lehrkräften von meiner alten Schule hatten wir ein Team, und damit sind wir einmal pro Woche in einem Pub nahe der Schule angetreten. Es hat solchen Spaß gemacht. Einmal habe ich allerdings leider David mitgenommen, was für ein Fehler, ihm ging es immer nur ums Gewinnen – als ein anderes Team gewann, mussten sogar die Punkte neu ausgezählt werden. »Wann findet es statt?«

Der Pub-Besitzer zeigt auf ein Schild an der Tür.

»Jeden Sonntag, Punkt 19.30 Uhr«, sagt er mit seiner dunklen Baritonstimme. »Valentin und Gisele gehörten immer zu den besten Teams.«

Besorgt sehe ich Valentin von der Seite an, aber er nickt stolz. »Ja, das stimmt.«

Der Pub-Besitzer bleibt an unserem Tisch stehen, die Hände voller Gläser. »Es tut uns allen wirklich leid, dass es ihr nicht so gut geht.« Seine Stimme klingt schroff, aber ehrlich, und ich muss an meine Großeltern denken, die immer alles direkt zur Sprache brachten, wie es in Yorkshire üblich ist. »Denk bitte daran, ihr alles Gute von uns zu wünschen …«

»Aye, das werde ich.« Valentin nickt ihm kurz zu, aber ich merke, wie sehr ihn das berührt. Der Pub-Besitzer macht einen zufriedenen Eindruck.

Unglaublich, wie in einer Welt, in der die ganze Zeit gesprochen, getweetet, geliked und gepostet wird, ein kurzes Gespräch zwischen zwei Menschen so viel bedeuten kann.

»Und denk mal drüber nach. Über das Quiz.« Er bleibt kurz auf der Türschwelle des Pubs stehen. »Es wäre schön, dich zurückzubekommen.«

Nachdem er durch die Tür verschwunden ist, sehe ich zu Valentin hinüber.

»Wir sollten ein Team aufstellen.« Als ich das vorschlage, rechne ich fest damit, ihn überzeugen zu müssen. Umso überraschter bin ich, als er den Rest Bier austrinkt, das Glas zurück auf den Tisch stellt und sagt: »Aye, das sollten wir. Wen kennen Sie, der gut in Sportfragen ist?«

Die Ostertage verbringe ich mit Naomi und Ellie. Wir erkunden das Dorf, spielen Gesellschaftsspiele, gucken Filme und gehen häufig zu dem kleinen Loch in der Wand direkt neben dem Pub, durch das der Fish-and-Chips-Laden seine Waren verkauft.

»Es tut mir so leid, dass ich keine Küche habe«, entschuldige ich mich zum x-ten Mal, während wir das essiggetränkte

Zeitungspapier abwickeln und auf einem Stück in Sonnenlicht getauchter Wiese in meinem Garten von den Knien essen.

»Hör endlich auf, dich zu entschuldigen. Für Ellie ist das hier der Himmel auf Erden, oder etwa nicht?« Naomi guckt mich streng an, die mit Ketchup beschmierte Ellie nickt dazu und bekräftigt, dass Pommes ihr Lieblingsessen sind.

Wir unterhalten uns über Gott und die Welt, wie das bei langjährigen Freundinnen eben ist, nehmen Gesprächsfäden auf und lassen sie dann wieder fallen, als würden wir Kleiderstangen im Geschäft durchsehen. Wir breiten Themen wie Pullover aus, probieren manche an und drehen uns damit vor dem Spiegel hin und her: die Notwendigkeit eines neuen Haarschnitts, die neue Serie auf Netflix, irgendwelcher Klatsch und Tratsch von der Schule, der Zustand der Welt oder unseres Ausschnitts. Manche davon verwerfen wir direkt wieder, wie zum Beispiel meinen Ex, er ist der eine Pullover, der mir ganz sicher nicht steht.

An einem der Abende, als wir bereits mehrere Gläser Wein intus hatten, ließ sich Naomi nicht davon abbringen, mir einen neuen Mann suchen zu wollen, und schlug vor, auf »Partner-Shoppingtour« zu gehen. Also spielte ich mit, und wir durchsuchten verschiedene Dating-Apps, »nur um zu gucken«. Schließlich hatte ich auch David online kennengelernt. Jetzt, viele Jahre später, sahen nicht nur die Webseiten anders und die Männer älter aus, sondern auch ich. Selbst mit Naomis magischem Fotofilter. Das war gleichzeitig verstörend und lustig, wie fast alles in Kombination mit einer Flasche trockenem Weißen und der besten Freundin.

Auch mein Garten wird umgestaltet. Naomi kennt sich unglaublich gut aus und attackiert genussvoll die Dornenbüsche, während ich mich unter ihrem prüfenden Blick dem Unkraut widme, zusammen füllen wir Schubkarre um Schubkarre, bis uns der Rücken schmerzt und wir aufhören müssen. Tapfer hilft sie mir, auch den Schuppen aufzuräumen, der nicht nur so viele Spinnen beherbergt, dass ich beinahe an Arachnophobie sterbe, sondern sich auch als eine wahre Fundgrube für Schätze der Vergangenheit entpuppt.

Wir fördern mehrere staubige Schachteln mit original viktorianischen Fliesen zutage, rollenweise handbemalte Tapeten, behutsam in einer Truhe verstaut und in sehr gutem Zustand, ein halbes Dutzend wunderschöner alter Gemälde, antike Quecksilberglas-Spiegel und ein paar Art-déco-Lampen mit Kaleidoskop-Glasschirmen. Es ist ein Wunder, dass sie, nur in Sackleinen gewickelt, nicht zerbrochen sind.

»Sie müssen nur neu verkabelt werden und Glühlampen bekommen«, sagt Naomi. »Dann sind sie wieder wie neu.«

Es kribbelt in mir vor Aufregung. Bisher war ich von den ganzen Bauarbeiten völlig in Beschlag genommen, aber nun entdecke ich endlich ein Licht am Ende des Tunnels, und was für eins, bald schon werde ich die Zimmer mit Teppichen und Lampen ausstatten können, Bilder aufhängen und Farben auswählen.

»Mist, die hier ist kaputt«, sage ich und zeige auf den feinen Riss in einem der Lampenschirme.

»Da kommt das Licht rein«, sagt Naomi und grinst. »Durch die kleinen Unvollkommenheiten werden sie doch erst richtig interessant.«

Auch ich muss grinsen, da ich weiß, dass sie nicht nur über Lampen redet.

Durch die wärmeren Temperaturen hat auch der Frühling beinahe über Nacht Einzug gehalten und eine wahre Farbexplosion ausgelöst. Die Grünstreifen am Straßenrand und die Uferböschungen am Fluss werden von goldgelben Narzissen gesäumt, in den Wäldern zeigt sich wie von Zauberhand der blaue Teppich aus Hasenglöckchen, und auch das Dorf erwacht aus seinem winterlichen Dornröschenschlaf.

Mittlerweile werde ich von dem Morgenkonzert der Vögel

geweckt und stehe meist sehr früh auf. Als ich noch in London lebte, habe ich den Wechsel der Jahreszeiten eigentlich nur an den sich ändernden Kleidungsstücken in den Schaufenstern bemerkt, hier jedoch komme ich mir selbst wie ein Teil der Natur vor. Obwohl ich weniger schlafe, fühle ich mich viel energiegeladener als in den letzten Monaten. Nicht nur die Landschaft erwacht gerade zu neuem Leben.

Auch Harry spürt die Veränderung. Auf unseren Spaziergängen wirkt er viel schwungvoller und hält ein kleines bisschen länger durch, erschnuppert den Bärlauch und spitzt die Ohren beim flötenden Ruf der herabstoßenden Brachvögel, über die schon die Brontës geschrieben haben. Montag begleiten Naomi und Ellie Harry und mich auf unserer Runde zum Fluss. Später am Nachmittag wollen sie mit dem Zug zurück nach London fahren, und Naomi ist ganz versessen darauf, sich noch eine letzte Dosis Natur mit auf den Weg zu nehmen.

»Vermisst du es eigentlich? London, meine ich?«, fragt sie mich gerade, als wir den Weg an den Kuh- und Schafweiden entlanglaufen, damit Ellie noch ein paar Tiere sehen kann.

»Ich vermisse das grüne Curry mit Tofu von dem Thai-Restaurant um die Ecke«, gebe ich zu. »Und Daunt Books … meinen Lieblingsbuchladen in Marylebone, in den ich ganz oft nur kurz hineinspaziert bin und dann die Zeit komplett aus den Augen verloren habe.« Ich suche in meinem Kopf nach weiteren Erinnerungen. »Und in den Parks bin ich auch gern Fahrrad gefahren …«

»Fahrrad fahren könntest du hier doch auch.«

»Stimmt«, sage ich und nicke. »Aber hast du die Berge gesehen? Dafür braucht man Oberschenkel aus Stahl.«

Sie lacht.

»Du weiß ja, dass ich London für selbstverständlich hielt, die ganzen Restaurants, Bars, Cafés und Geschäfte, Last-Minute-Tickets fürs Theater oder Konzert, Sonntagabend um neun noch schnell eine Packung Milch kaufen gehen, jederzeit in ein

Taxi springen zu können, Sushi-Deliveroo.« Ich muss lachen. »Immer hat irgendetwas geöffnet. Ständig passiert etwas. Als ich hierherkam, war alles so ruhig, das hat mich richtig schockiert. Mitten im Winter hierherzuziehen, war sicher nicht die beste Idee. Alles war im Winterschlaf versunken.«

»Ja, ich erinnere mich aus meiner Kindheit in Schottland daran«, stimmt sie mir zu. »Im Winter war es einfach so kalt und dunkel...«, sie muss sich beim Gedanken daran kurz schütteln. »Aber gleichzeitig wunderschön.«

»Ja, genau das meine ich«, sage ich und nicke. »Dieses Leben hier hat mich dazu gezwungen, innezuhalten, nicht mehr so herumzuhetzen, zuzuhören und hinzusehen. Die Dinge wirklich wahrzunehmen. Dabei habe ich gemerkt, dass es auf dem Land viel lebendiger und anregender ist als in der Stadt. Guck dir nur die Landschaft an.« Ich zeige auf das weite Tal vor uns. »Es ist viel beeindruckender als jede Skyline in London.«

Eine Weile stehen wir nebeneinander und lassen den Blick auf uns wirken, bevor wir über den Zauntritt klettern und zu dem grasbedeckten Ufer schlendern. Hier wird der Fluss tiefer und breiter, und es gibt einen kleinen Steinstrand. Sofort läuft Ellie darauf zu, gefolgt von einem geradezu flink wirkenden Harry.

»Das ist wirklich ein wunderschöner Ort.«

»Josie und ich sind früher oft im Sommer hier geschwommen. Also, ehrlich gesagt, nur Josie, ich habe lieber geplanscht«, füge ich hinzu.

»Ihr wart eurer Zeit voraus. Wildes Baden ist grad total angesagt.«

»Wildes Baden, was soll das sein?«

»Guckst du gar nicht mehr auf Instagram?«, sagt sie lachend und zieht die Augenbrauen hoch.

»Ich habe doch alle meine Apps gelöscht. Damit ich nicht auf Davids Fotos mit seiner Neuen stoße.« Ich gehe in die Hocke und hebe einen Kiesel auf, fahre mit meinem Daumen an seinen Rundungen entlang. »Sie ist Yogalehrerin. Du weißt, was das heißt, oder? Das wäre geradezu Selbstverletzung.«

»Das wird Social-Media-Detox genannt.«

»Ich nenne es eher Überlebenstraining.«

»Selbstfürsorge«, korrigiert sie mich ernst. »Du praktizierst Selbstfürsorge.«

»Selbstfürsorge«, wiederhole ich und lasse den Kiesel über das Wasser hüpfen. Einmal, zweimal setzt er auf, bevor er untertaucht.

»Wildes Baden bedeutet einfach nur, an natürlichen Orten draußen zu schwimmen, also etwa in Flüssen, Seen, Meeren… Ich war ein paarmal mit Danny wild baden, es soll gut gegen Stress sein und den Stoffwechsel ankurbeln…« Plötzlich unterbricht sie sich und grinst über das ganze Gesicht. »Wir sollten es hier ausprobieren.«

»*Hier?* Aber es ist doch erst April, das Wasser ist sicher eiskalt.«

»Genau deshalb ist es so belebend.«

»Und wir haben auch keine Badesachen dabei.«

»Ein weiterer Grund, warum es wild genannt wird.« Sie zeigt ihr breitestes Lächeln.

»Was? Meinst du etwa… *nackt?*«

»Du kannst natürlich auch deine Unterwäsche anlassen, wenn dir das peinlich ist.«

»Das ist mir doch nicht peinlich«, kontere ich sofort, wenngleich ich nicht gerade begeistert über die Aussicht bin, meinen nackten Körper zu präsentieren. »Und wenn uns jemand sieht?«

»Hast du nicht selbst gesagt, das wäre ein verstecktes Plätzchen und es käme nie jemand hierher?« Sie legt ihren Rucksack ab, setzt sich ins Gras und beginnt, ihre Turnschuhe und Socken auszuziehen. »Komm schon.«

»Was? Jetzt sofort?« Ich sehe mich beunruhigt um.

»Warum nicht? Wenn nicht jetzt, wann dann?« Sie sieht zu

Ellie hinüber, die mit Harry auf dem schmalen Stück Steinstrand spielt.

»Was sagst du dazu, Ellie?«

Schon zieht Naomi sich aus und springt ins Wasser, gefolgt von ihrer ebenso wagemutigen Tochter. Harry begleitet dieses unerwartete Ereignis mit Gebell und folgt ihnen in den Fluss.

»Es ist gar nicht schlecht, wenn man einmal drin ist, wirklich erfrischend«, ruft Naomi über das Geräusch spritzenden Wassers, das Gelächter und Geschrei hinweg.

Ich ziehe mich aus, lasse jedoch die Unterwäsche an, dann stehe ich verzagt am Flussufer. Erinnerungen an meine Kindheit, an Josie, die sofort ins tiefe Wasser springt, an mein eigenes Planschen im sicheren, seichten Wasser kommen zurück. Ich weiß noch, wie ich immer gesagt habe, alles sei gut so, ich wolle gar nicht schwimmen, aber jetzt, im Rückblick, frage ich mich, ob ich nicht eher ängstlich als vernünftig war.

Schließlich ziehe ich mich doch nackt aus und springe ins kalte Nass.

Mein Atem stockt.

Es ist eiskalt.

»Da bist du ja!«, ruft Naomi, als ich keuchend und Wasser spritzend auf die beiden zuschwimme. »Ist es nicht wunderbar?«

Ich kann nicht antworten, meine Stimme versagt. Als ich jedoch mit ihnen plansche, stellt sich ein unglaubliches Gefühl ein. Mein Körper gewöhnt sich ganz schnell an die Temperatur, die Schockstarre löst sich, und plötzlich erfasst mich ein ungeahntes Hochgefühl. Es ist einfach großartig, in der freien Natur zu schwimmen, nur von blauem Himmel und grünen Feldern umgeben. Da wird mir schlagartig bewusst, wie sehr ich trotz des Umzugs noch immer in meinen alten Gefühlen feststecke, nicht in der Lage bin, Fortschritte zu machen.

»Juchhu!« Ich jauchze und lache. Dort mit Naomi, Ellie und Harry im Wasser, fühle ich mich plötzlich frei.

Nach einer guten Viertelstunde erinnert uns Naomi widerwillig daran, dass sie den Zug zurück nach London bekommen müssen. Die beiden schwimmen zum Ufer zurück, um sich abzutrocknen und wieder anzuziehen. Ich gönne mir noch ein paar Minuten flussaufwärts. Als ich gerade über die glitschigen Felsen nach draußen klettern will, sehe ich plötzlich jemanden auf uns zukommen.

»Habe ich also doch richtig gehört, dass da jemand ist.«

Flanellhemd und Jeans, es ist Ben. Was will der denn hier? Ich lasse mich zurück ins Wasser fallen.

»Oh, hallo.« Ich versuche, lässig zu winken, aber vermutlich sehe ich eher aus, als würde ich untergehen, da er schnell vom Weg ab in Richtung Ufer eilt.

»Livvie! Alles klar?«

»Ja, alles gut«, sage ich nervös und versuche, vollständig unter Wasser zu bleiben, während ich ihn innerlich anflehe, nicht näher zu kommen. »Ich bade wild.«

»Das sehe ich«, antwortet er und grinst breit.

Trotz des bitterkalten Wassers erröte ich. Bisher war mir noch nie aufgefallen, dass Brüste oben schwimmen. Das muss natürlicher Auftrieb sein.

»Das dort drüben ist mein Besuch aus London.«

Ich versuche, meine Brüste unten zu halten, indem ich die Arme verschränke, während ich gleichzeitig paddle wie ein Hund, kein einfaches Manöver. Dabei schwimme ich auf Naomi und Ellie zu, die mittlerweile fertig angezogen am Ufer stehen. Sie lächeln und begrüßen einander.

»Ben ist mein Handwerker. Er hat euer Zelt aufgebaut«, fahre ich mit meiner Vorstellung fort, als wäre ich auf einer Cocktailparty in Mayfair und nicht splitterfasernackt in einem eiskalten Fluss der Yorkshire Dales.

Nach den Dankesbekundungen entfacht sich ein angeregtes Gespräch über die Vor- und Nachteile von Glockenzelten und Jurten, was sicherlich wirklich sehr spannend wäre, wenn ich nicht schon seit einer halben Ewigkeit im Fluss verweilen müsste und meine Beine nicht mehr spüren könnte.

»Ich sollte dann wohl mal besser. Ich bin mit dem Landwirt verabredet, der einen Kostenvoranschlag für den Umbau eines Stalls von mir möchte.«

»Super!«

Meine Zähne klappern schon, und ich bin halsabwärts taub vor Kälte. Körperlich, meine ich, emotional bin ich nämlich komplett zerstört.

»Tschüss dann, bis morgen.« Er winkt. »Und gute Reise«, ruft er Naomi und Ellie zu, bevor er Harry noch einmal hinter den Ohren krault und sich dann durch die Felder entfernt.

Sobald er außer Hörweite ist, dreht sich Naomi mit großen Augen zu mir um.

»Du hast mir noch kein Wort über Bob, den Baumeister, erzählt!«, zischt sie mir zu.

»Ben«, korrigiere ich sie, erleichtert, nun endlich aus dem Fluss steigen zu können. Meine Beine sind unglaublich schwer, und Naomi hilft mir, als ich über das steinige Ufer stolpere.

»Jetzt verstehe ich so langsam, warum du London nicht vermisst. Glaubst du, ich wäre wirklich auf die ganze Sache mit der spektakulären Landschaft reingefallen«, prustet sie los, während ich mich auf meine Sachen stürze.

»Er ist verheiratet«, rufe ich, während ich mit tauben Fingern nach meiner Unterwäsche greife. »Und selbst wenn er das nicht wäre, hätte ich kein Interesse. Da kannst du dir sicher sein.«

In ihrem Hals gluckst es, und Naomi nickt auf diese verschmitzte und wissende Art – das bringt mich jedes Mal fast zur Weißglut. Schnell streife ich mir meine restlichen Klamotten über, nehme Harry an die Leine, und wir laufen zurück zu unserem Haus. Ein paar Minuten lang sagt niemand ein Wort, und ich genieße das Gefühl der in meine Gliedmaßen zurückkehrenden Wärme. Naomi ist direkt neben mir, Ellie rennt voraus. Ich kann ihren Blick von der Seite spüren, beachte ihn jedoch nicht, bis sie es irgendwann nicht mehr aushält und mich mit dem Ellbogen anstößt.

»Jetzt weiß ich zumindest, was du mit dem Ausblick meintest.«

Sie grinst mich mit ihrem breitesten Grinsen an, das mich schon im Lehrerzimmer immer geknackt hat, und wir beide brechen in Gelächter aus.

Phase 4

Halte durch

He du,

du wirst es mir nicht glauben. Ich war wild baden im Fluss! Ja, ich! Der Hasenfuß, der sich früher nie weiter als bis zu den Knöcheln hineingewagt hat. Du hattest die ganze Zeit über recht. Es war eiskalt, aber gleichzeitig so wunderbar. Ich wünschte mir, ich wäre schon vor Jahren so tapfer gewesen, aber besser spät als nie, jetzt werde ich das Neugewonnene nicht wieder loslassen. Ich weiß noch genau, was ich einmal über den Unterschied zwischen Tapferkeit und Mut gelesen habe: Mutig ist derjenige, der sich scheinbar angstfrei für etwas entscheidet, wohingegen tapfer zu sein bedeutet, etwas zu tun, obwohl man Angst davor hat. Daher weiß ich jetzt, dass Tapferkeit wie Schwimmen ist, wenn man nur genug übt, dann klappt es auch.

Aber es gibt noch etwas, das du mir nicht glauben wirst. Ben Armstrong ist mein Handwerker. Ja genau, der Ben Armstrong. Er hat sich sehr verändert. Mittlerweile ist er verheiratet und hat einen kleinen Sohn, Stanley. Er ist der Inhaber eines Handwerksbetriebs. Eines ganz schön erfolgreichen sogar. Er und seine Mitarbeiter renovieren gerade mein Häuschen, aber ich hatte wirklich keine Ahnung, was es bedeutet, Handwerker im Haus zu haben.

Die Renovierung läuft ganz gut, auch wenn wir ein paar der Pläne abändern mussten. Zuerst war ich enttäuscht, aber weißt du, was? Jetzt bin ich eigentlich richtig froh darüber. Mein Bekannter Valentin sagt immer, die Vergangenheit sollte nicht ausgelöscht werden. Also habe ich noch einmal genauer darüber nachgedacht, was ich als negativ empfunden habe, und versucht, das Positive darin zu entdecken. So konnte ich endlich aufhören, mich über die ganzen Unvollkommenheiten zu ärgern, und sie würdigen. Ein bisschen wie im Leben eigentlich.

Jetzt bräuchte ich allerdings jemanden, der einen kreativen Blick auf das Ganze wirft. Ich wünschte, du wärst hier, um mich zu beraten. Du bist so gut in solchen Dingen. Ich könnte zum Beispiel Hilfe bei der Farbwahl gebrauchen. Als ich eingezogen bin, war das ganze Haus so dunkel, dass ich überlegt hatte, alles einfach weiß zu strei-

chen. Aber jetzt habe ich es mir anders überlegt und hätte gern Farben, Muster und Stoffe.

Was hältst du von Nilpferdlila? Ist das nicht ein großartiger Name für eine Wandfarbe? Oder wie wäre es mit Nachtgrau für die Fußleisten?

Ich merke schon, ich schweife ab. Es wird noch Wochen dauern, bevor ich mir über solche Dinge Gedanken machen muss. Momentan lebe ich auf einer Baustelle. Aber du kennst mich ja. Ich plane gern frühzeitig ☺.

Du fehlst mir x

Schlafsituation

Er schnarcht. Und furzt. Und er tritt mich, wenn er träumt. Manchmal sogar ziemlich heftig. Ich habe sogar schon blaue Flecken davon. Er nimmt das ganze Bett ein, sodass ich an den Rand gedrängt werde. Die halbe Nacht dreht und wendet er sich, ich bekomme kaum ein Auge zu und fühle mich am nächsten Tag wie gerädert.

Fast wie in einer Ehe.

»Jetzt reicht es aber echt …«

Nach einer weiteren schlaflosen Nacht setze ich mich an meine Kissen gelehnt auf und sehe ihn streng an.

»Es muss etwas passieren.«

Alle vier Pfoten von sich gestreckt, liegt Harry quer über dem Bett, hebt kurz den Kopf und schaut mich verschlafen an, bevor er gähnt und einfach weiterschläft.

Nachdem ich Harry zu Valentin gebracht habe, fahre ich in die zehn Meilen entfernte Stadt, um ein neues Hundebett zu kaufen. Eins, das Harry hoffentlich zum Schlafen nutzen wird, anstatt es zu zerkauen. Wir leben mittlerweile schon ein paar Monate zusammen, langsam ist es an der Zeit, einige Dinge neu zu regeln und mich nicht mehr schuldig zu fühlen, wenn ich ihm etwas verbiete. Ich muss endlich durchgreifen und grundsätzliche Regeln festlegen, ansonsten werde ich wohl nie wieder richtig schlafen können.

Als ich in der Stadt ankomme, bemerke ich an den Menschenscharen, dass Markttag ist. Die Temperaturen sind im Mai deutlich gestiegen, und in der Haupteinkaufsstraße reiht sich ein Stand mit regionalen Waren an den nächsten. Hier werden handgeschnitzte Holzschalen, Wolldecken aus den Wollspinnereien der Gegend, Sojawachskerzen und köstlich duftende Seifen sowie wunderschöne Schaffellteppiche in allen Formen und Farben feilgeboten. Ich kaufe eins der Schaffelle für Harry. Sie sind so schön groß, warm und flauschig, das ist sicher eine perfekte Alternative. Viel schöner als ein Hundebett. Darauf schläft er bestimmt.

Da wir gerade beim Thema Schlafen sind, just als ich mich auf den Heimweg mache, komme ich an einem Bettengeschäft vorbei. Im Schaufenster erregt eins dieser beeindruckenden französischen Betten meine Aufmerksamkeit, ich möchte mich sofort hineinfallen lassen, in die aufgeschüttelten Kissen und makellos weiße Bettwäsche sinken. Da fällt mir mein eigenes Bett ein. Ich habe es mir schon mit meinem Ex-Mann geteilt. Wir haben es gekauft, als wir zusammenzogen, eins dieser riesigen schmiedeeisernen Dinger aus einem Antiquitätenladen, die ein halbes Vermögen kosten und eine Tonne wiegen. David hatte sich beim ersten Anblick in das Bett verliebt, aber mein Geschmack war es eigentlich nie. Außerdem ist die Matratze sicher zehn Jahre alt.

Allerdings hat sie eine lebenslange Garantie. Wenn man pragmatisch denkt, ist damit eigentlich alles in Ordnung. Ich wende mich ab. Andererseits war ich weder körperlich noch gefühlsmäßig jemals überzeugt davon. Also drehe ich mich wieder um, drücke die Tür auf und betrete das Geschäft. Harry ist nicht der Einzige, der ein neues Bett braucht.

Derek, der Verkäufer beziehungsweise »Schlafberater«, wie er sich selbst vorstellt, kommt sofort auf mich zu, und so bin ich die nächste halbe Stunde damit beschäftigt, Bettgestelle und Matratzen zu begutachten.

»Haben Sie schon einmal über eine Tempur-Matratze nachgedacht?«, fragt er gerade, als ich im Prinzessin-auf-der-Erbse-Stil die orthopädische als zu hart, die Taschenfederkern-Matratze als zu weich und die von Vispring als zu teuer befinde. »Sie sind sehr beliebt, möchten Sie vielleicht einmal probeliegen?«

Wenige Augenblicke später drehe ich mich unter seinem wachsamen Blick hin und her und bemühe mich, so zu tun, als würde ich schlafen. Der Versuch, einen privaten Moment in einem öffentlichen Ausstellungsraum zu simulieren, ist wirklich bizarr, besonders da ringsum weitere potenzielle Käufer auf Matratzen herumrollen. Eben habe ich schon ein Paar in Löffelchenstellung beobachtet.

»Schlafen Sie auf der Seite?«

Derek beobachtet mich, in der Hand ein Klemmbrett, auf dem er Häkchen macht.

»Mhm, manchmal.«

»Oder schlafen Sie besser auf dem Rücken?«

»Nein, auf dem Bauch«, murmle ich beim Umdrehen.

»Und Ihr Partner?«

Mit dem Gesicht nach unten wird mir plötzlich ganz anders, und das liegt nicht an der Matratze. Die letzten Monate habe ich damit zugebracht, mir ein neues Leben aufzubauen, mich daran zu gewöhnen, allein zu sein, und dann plötzlich der nächste Schlag ins Gesicht.

»Schläft er oder sie auf dem Bauch?«

»Ehrlich gesagt, schläft er meist am Fußende«, antworte ich und schlucke den Kloß in meinen Hals hinunter. Ich muss an Harry denken und lächle.

An der darauffolgenden Stille kann ich ablesen, dass meine Antwort Derek durcheinandergebracht hat. Vermutlich gibt es für Fußende kein Kästchen zum Abhaken.

»Okay, na gut. Vielleicht bleiben Sie noch einen Augenblick liegen, ich bin dann gleich wieder bei Ihnen.«

Ich drehe meinen Kopf zur Seite, neben mir schmiegt sich ein junges Pärchen liebevoll aneinander. Natürlich ist das weniger verwirrend. Da lässt sich sicher überall ganz einfach ein Häkchen machen.

Ich liege einfach so da, die Matratze ist wirklich bequem. Mit geschlossenen Augen strecke ich alle viere von mir. Ich stelle mir vor zu schlafen, während Harry neben mir auf seinem Schaffell schnarcht. Moment mal. Schnarcht da etwa tatsächlich jemand neben mir?

Als ich die Augen öffne, wartet eine Überraschung auf mich. Ajay steht neben meinem Bett und betrachtet mich amüsiert.

»Entschuldige, ich konnte nicht anders.«

»Was machst du hier?«

Als ich mich abrupt aufsetze, schießt mir das Blut in den Kopf.

Er reibt sich das Kinn, tut, als würde er nachdenken, und sagt dann: »Mhm, ein Bett kaufen?«

Na klar, was sonst, was für eine blöde Frage.

»Nein, das war geflunkert.« Er lächelt, und mir fällt nicht zum ersten Mal auf, was für ein schönes Lächeln er hat. »Ich habe dich durch das Fenster gesehen, als ich mir gerade etwas zum Mittagessen holen wollte. Ein echter Hingucker.«

Ich merke, wie ich rot werde. Was für eine seltsame Situation. Seit unserem desaströsen Date und meinem Versprechen, mich bei ihm zu melden, sind mehrere Monate vergangen.

»Also, weißt du, wegen der Sache mit den Drinks und meinem Anruf …«

Er hebt die Hand und schüttelt den Kopf.

»Du musst mir nichts erklären.«

Ich lächle ihn dankbar an, froh darüber, dass er die Sache so leichtnimmt.

»Danke«, sage ich, fühle mich jedoch schlecht. Hätte ich ihn doch besser zurückrufen sollen? Wie oft habe ich mich früher über Männer geärgert, die nicht anriefen?

Andererseits wüsste ich wirklich nicht, was ich hätte sagen sollen. Lügen wollte ich schließlich auch nicht. Ich bin angelogen worden, und das ist echt scheiße, wie Maya sagen würde, also blieb nur die Wahrheit übrig. Und die Wahrheit war, dass ich, nachdem ich meine Komplexe wegen des Altersunterschieds abgelegt hatte, nicht erwartet hätte, wie sehr er mir gefiel. Er war nicht nur interessant, sondern auch interessiert an mir und unheimlich gut aussehend, was mich einschüchterte. Ich hatte mich geschmeichelt und auch ein wenig peinlich berührt gefühlt, weil ich noch mit den Nachwehen meiner Scheidung beschäftigt war. Insgesamt lief ja alles seinen Weg, und es ging mir ganz gut. Immer wieder hatte ich mich jedoch bei dem Gedanken ertappt, wie es bloß dazu hatte kommen können. Wie konnte es sein, dass es alles, was ich gekannt hatte, nun nicht mehr gab und ich eine Singlefrau war, die wieder bei null beginnen musste?

Genau.

Unwiderstehlich, solch ein lockerflockiger Flirtanruf nach dem ersten Date, oder? Wünscht sich das nicht jeder? Ajay hätte bestimmt aufgelegt und wäre davongelaufen, ich konnte es ihm nicht einmal verdenken. Also hatte ich eine Entscheidung getroffen. Das alles war zu Furcht einflößend und verwirrend. Unsicherheiten mag ich überhaupt nicht, sie machen mir Angst. Und Ajay hatte eine ganze Reihe davon in mir geweckt.

»Und? Haben Sie sich entschieden?«

Der Verkäufer ist nach einem anderen Beratungsgespräch zurück.

»Ja, ich denke schon«, sage ich mit einem Nicken. Ajay sieht mich an.

»Also, dann lass ich dich mal weitermachen. Ich wollte nur kurz Hallo sagen.« Er nimmt die Hand aus der Hosentasche und winkt mir zu. »Tschüss.«

»Tschüss«, erwidere ich und hebe die Hand.

»Fantastisch. Wenn Sie mir dann bitte zur Kasse folgen würden. Dann können wir die Einzelheiten noch einmal durchgehen …«

Der Verkäufer plappert munter weiter, und ich folge ihm, bin jedoch überhaupt nicht bei der Sache. Ich hatte schließlich einmal Gewissheit, oder? Wir haben geheiratet und uns gegenseitig ein Versprechen gegeben, ich hatte einfach angenommen, dass es für immer galt. Ich sehe Ajay nach, der das Geschäft verlässt und die Straße hinunter verschwindet. Der einzige Haken ist, dass Liebe im Gegensatz zu Matratzen nicht mit einer lebenslangen Garantie versehen ist.

Stanley

»Komm schon, mein Junge, Zeit für die Schule.«

»Ich will da nicht hin.«

Freitagmorgen, Stanley saß am Rande seines Bettes und starrte auf seine neuen Schulschuhe. Die alten waren ihm zu klein geworden, und er hatte am Abend zuvor eine halbe Ewigkeit dafür gebraucht, die neuen zu schnüren. Er wollte, dass die Schnürsenkel gerade über den Schuh verliefen, was ziemlich schwierig war, da beide Enden gleich lang sein mussten, und das hatte er nicht geschafft. Er hatte es immer und immer wieder versucht, bis es endlich passte.

Verzwickt, so hatte seine Mutter es genannt. Stanley mochte das Wort. Viel lieber als die Wörter, die sein Vater benutzte. Sein Vater wurde ungeduldig, fluchte und fragte dann, was denn bitte schön an gekreuzten Schnürsenkeln falsch sei. Schnürsenkel wären doch schließlich immer gekreuzt.

Stanley wusste jedoch, dass das nicht stimmte. Er hatte mit seiner Mutter im Schuhgeschäft, als sie das letzte Paar gekauft hatten, gesehen, wie sie dort die Schuhe schnürten. Die Schnürsenkel verliefen ganz sicher gerade über den Schuh. Er wusste noch genau, wie die Verkäuferin sie durch die Löcher gefädelt hatte. Es hatte ihn fasziniert. Er hatte ihr aufmerksam dabei zugeschaut, sich alles eingeprägt. Zum Glück, da er dieses Mal nicht zu einem Geschäft gegangen war. Stattdessen hatten sie die Schuhe im Internet bestellt, aber als sie schwarz glänzend in ihrem Karton ankamen, waren sie nicht geschnürt gewesen, und es hatte auch keine nette Verkäuferin namens Fatima gegeben, um ihm das abzunehmen.

Also musste er es machen. Nachdem sein Vater ihn mit den über Kreuz geschnürten Schuhen ins Bett gebracht hatte, nahm er seine Taschenlampe hervor. Geduldig fädelte er immer und immer wieder die Schnürsenkel durch die Löcher, bis alles richtig war. Es war ihm wichtig, dass die neuen Schuhe aussahen wie das alte Paar. Sie mussten gleich sein. Alles musste immer gleich sein.

Selbst wenn es das nicht war.

»Ich muss zur Arbeit, auch wenn ich keine Lust habe«, sagte sein Vater gerade.

Stanley sah von seinen Schuhen auf. Sein Vater beobachtete ihn mit hochgezogenen Augenbrauen. Zwischen den Augenbrauen verlief eine tiefe Linie, die in letzter Zeit immer da war. Einmal, als sein Vater vor dem Fernseher eingeschlafen war, hatte Stanley sie mit dem Finger nachgezeichnet und war überrascht, dass es eine richtige Furche war. Seitdem rieb er sich häufiger die eigene Stirn zwischen den Augenbrauen und fragte sich, wann er so etwas bekommen würde.

»Warum willst du nicht zur Arbeit?«, fragte Stanley mit hochgezogenen Augenbrauen, in dem Versuch, seinen Vater zu imitieren.

»Manchmal möchte ich einfach nichts und niemandem begegnen.«

Jetzt setzte sich sein Vater neben ihn aufs Bett und strich ihm die Haare aus dem Gesicht. Seine Hände waren rau wie Schmirgelpapier. Er mochte es nicht, wenn jemand ihn anfasste, aber bei seinem Vater war es etwas anderes.

»Sieh mal, Stan. Es wird sicher einfacher werden, das verspreche ich dir.«

Stanley kaute auf dem Inneren seiner Lippe und starrte wieder auf seine Schuhe. Jetzt waren die Schnürsenkel ganz gerade. Er hatte sogar ein Lineal zu Hilfe genommen.

»Kann ich nicht lieber mit dir zur Arbeit gehen?«

»Ja, aber nicht heute.«

»Ich möchte Harry sehen.«

Er hatte es nicht glauben können, dass sein Vater an dem Haus arbeitete, in dem Harry lebte. Seitdem kannte er ein neues Wort: *Zufall.*

»Du siehst ihn bestimmt nach der Schule.«

Das stimmte. Jeden Tag nach der Schule kam Harry mit seiner Besitzerin vorbei, und er erwartete ihn dann bereits. Seine Besitzerin hielt das sicher auch für einen Zufall, aber Stanley wusste, dass das nicht stimmte. Was wiederum dazu führte, dass er sich nicht sicher war, ob er an Zufälle glauben sollte oder nicht. Er brauchte ein anderes Wort dafür. Konnte man einfach Wörter erfinden? Seine Lehrerin, Miss McCleary, wusste das bestimmt, aber das würde bedeuten, dass er zur Schule gehen musste, um sie danach zu fragen.

»Versprichst du es mir?«

Sein Vater sah ihn nachdenklich an. »Wenn du mir versprichst, in die Schule zu gehen, verspreche ich, mit ihm zu reden. Ich hebe eins seiner großen Ohren hoch und lasse ihn versprechen, dass er nach der Schule bei dir vorbeikommt.«

Stanley musste kichern. »Hunde können doch gar nicht sprechen.«

»Sagt wer?«

»Ich.«

Jetzt lächelte sein Vater. »Vielleicht nicht. Aber sie können zuhören, und das ist viel wichtiger.«

Er dachte eine Weile darüber nach, drehte und wendete den Gedanken in seinem Kopf, betrachtete ihn aus unterschiedlichen Winkeln. Das machte er oft mit neuen Ideen.

»Wie die Menschen im Himmel.«

Sein Vater atmete tief ein und ließ sich fünf Sekunden Zeit, bis er wieder ausatmete. Das wusste Stanley, weil er mitgezählt hatte. »Genau«, sagte er und nickte, dann sah er zu Stanleys Schuhen hinunter und pfiff anerkennend. »Du hast dir die Schuhe neu geschnürt! Super, du bist wirklich ein kluger Junge.«

Stanley platzte fast vor Stolz.

»Na los, die wollen gezeigt werden.«

»Okay«, erwiderte Stanley und stand von seinem Bett auf.

Schicht für Schicht

In meinem Gästezimmer laufen Oldies im Radio, ein vergeblicher Versuch, den Handwerkerlärm von unten auszublenden. Valentin steht auf der Leiter und arbeitet hart mit seinem Spachtel, während ich unten mit dem Dampf-Tapetenablöser bereitstehe.

Die Operation Raufasertapete ist in vollem Gange.

Es war Valentins Idee. Nach meinem Besuch in der Stadt, bei dem ich ein neues Bett erstanden hatte, ging ich zu ihm, um Harry abzuholen. Nebenbei erzählte ich ihm von meinem Plan, mein altes Bett ins Gästezimmer zu stellen.

»Das Problem ist, dass es gestrichen werden muss.«

»Warum haben Sie das denn nicht gleich gesagt?«, rief er, und man konnte förmlich sehen, wie seine Brust vor Stolz anschwoll. Als er mir einen Darjeeling einschenkte, wirkte er deutlich größer als zuvor. »Ich war über sechzig Jahre lang Maler und Lackierer. Immer ausgebucht, Monate im Voraus. Niemand konnte es mit Valentin Crowther aufnehmen. Meine Fußleisten hatten Kultstatus.«

Wie ein Rockstar, der aus dem Ruhestand zurückkehrt, war er gestern mit seiner Leiter bei mir aufgetaucht. Sie war »aus Aluminium und federleicht«, wie er mir sofort mitteilte, als er merkte, dass ich mir Sorgen um das Gewicht machte. Er ließ sich dann aber doch bei den Farbeimern und sonstigen Utensilien helfen, auch wenn er unaufhörlich murrte, als wir sie gemeinsam die enge Treppe hinauftrugen.

»Ich habe noch nie Hilfe benötigt.«

»Kann schon sein, aber jeder braucht irgendwann mal Hilfe.«

»Ich schaffe das schon.«

»Das ist ein Zehn-Liter-Eimer.«

»Und dann auch noch von einer Frau …«, keuchte er, schwer atmend.

»Ich wusste gar nicht, dass Sie nicht nur dickköpfig, sondern auch sexistisch sind.«

»Das ist nicht sexistisch, so gehört sich das einfach.«

»Und wann haben wir uns auf eine Zeitreise ins letzte Jahrhundert begeben?«

»Gisele hat nie etwas tragen müssen. Für die schweren Dinge war immer ich zuständig … Autsch. Verflucht …« Er muss eine Pause machen und hält sich am Geländer fest. »Ganz schön schwer.«

»Hab ich ja gesagt. Dafür werden zwei Leute gebraucht.«

Dabei fällt mir ein, dass nicht nur ein Zehn-Liter-Eimer Dulux-Farbe zu schwer für eine Person ist, da gibt es noch ganz viele andere Dinge im Leben. Gemeinsam schaffen wir es, jeder fasst an einer Seite an. Manchmal muss die Last auf verschiedene Schultern verteilt werden, das Schwierigste daran ist, das zu akzeptieren.

Die letzten zwei Tage haben wir die Raufasertapete bearbeitet. Sie zu entfernen, ist ein echter Albtraum. Das ganze Haus ist damit zugekleistert, und sie ist zu meiner Nemesis geworden. Aber sie muss runter, bevor Valentin mit seinen Pinseln zaubern kann. Wir haben unsere Methode. Er benutzt die Kante des Spachtels, um das Papier aufzuschlitzen, wodurch eine Art Diamantmuster auf den Wänden entsteht. Ich folge ihm mit dem Dampf-Tapetenablöser, halte ihn ein paar Sekunden lang auf diese Markierungen, damit der Dampf eindringen kann. Wir haben unten angefangen, da der Dampf nach oben strömt, und arbeiten uns langsam aufwärts.

Harte und schmutzige Arbeit. Jahrzehntealte Tapete, Raufaser und nikotingefleckte Farbe. Schicht um Schicht lösen wir sie langsam ab, bringen das Verborgene darunter zum Vorschein. Dabei unterhalten wir uns.

»Wie haben Gisele und Sie sich eigentlich kennengelernt?«, frage ich ihn gerade, den Tapetenablöser auf eine besonders hartnäckige Stelle gerichtet.

»Bei einer Tanzveranstaltung in der Mecca-Tanzhalle in Leeds«, informiert er mich von der Leiter aus. »Sie war mit ihrer Freundin Betty dort. Ich habe eine Ewigkeit gebraucht, um meinen Mut zusammenzunehmen. Und dann hat sie Nein gesagt.«

»Nein! Das hat sie nicht!«

Valentin nickt und schabt weiter an der Raufasertapete herum. Ein Konfettiregen aus Tapetenstückchen fällt herunter. »Dann habe ich Betty gefragt.«

»Valentin!« Ich sehe ihn entsetzt an.

»Taktik.« Er lacht und tippt sich an die Nase. »Nachdem sie mir beim Jive-Tanzen zugesehen hatte, konnte sie nicht mehr ablehnen.«

Lachend stelle ich den Tapetenablöser ab. »Oh, da ist ein gutes Stück«, sage ich und zeige dabei auf einen riesigen Fetzen Tapete, der sich von der Wand löst.

»Wusste ich es doch.«

Mit einer schnellen, professionellen Handbewegung lässt Valentin den Spachtel unter die Tapete gleiten und reißt ein großes Stück ab. Was für ein befriedigendes Gefühl! Weniger gut ist der Zustand der Wand darunter.

»Mein Ex-Mann hat lieber Golf gespielt, als zu tanzen.«

»Einen kleinen Ball in ein Loch schlagen?« Valentin schüttelt mitleidig den Kopf. »Wofür soll das gut sein?«

»Er würde vermutlich etwas Ähnliches übers Tanzen sagen.«

»Er weiß nicht, was er verpasst.« Valentin schiebt sich die Mütze zurück, reibt sich die Stirn und sieht zu mir herunter.

Sein Gesichtsausdruck wird sanft. »Und damit meine ich nicht nur das Tanzen.«

Ich übergehe sein Kompliment und wende mich wieder mit dem Tapetenablöser der Wand zu. Gestern hatte ich Valentin erzählt, dass ich geschieden bin. Keine weiteren Einzelheiten. Er brauchte keine. Valentin interessierte sich nicht für das Wie und Warum. »Das ist doch nur Hintergrundrauschen«, hatte er mit einem Kopfschütteln gesagt. »Ich bin hier, um die Sängerin zu hören.«

»Okay, das sollte reichen.« Ich schalte das Gerät aus.

»Einmal, als wir noch frisch verliebt waren, sind wir nach Paris zum Tanzen«, fährt er fort und kratzt dabei eine besonders eigensinnige Farbschicht ab. »Wir sind den ganzen Weg dorthin auf meinem Motorroller gefahren.«

Wow, das ist wirklich beeindruckend. Bilde ich mir das nur ein, oder war Dating damals wirklich so viel romantischer als heute? »Auf einem Motorroller?«

»Na ja, den Eurostar gab es damals noch nicht.«

Valentin legt den Spachtel beiseite, zieht eine Geldbörse aus seiner Hosentasche und nimmt ein kleines Schwarz-Weiß-Foto heraus. Er steigt ein paar Sprossen herunter und hält es mir hin. Darauf ist ein junges Paar auf einer Lambretta vor dem *Arc de Triomphe* zu sehen. Die Frau hat ein tailliertes Gingham-Kleid an, dazu ein unter dem Kinn geknotetes Kopftuch; der Mann trägt ein helles, bis zu den Ellbogen aufgekrempeltes Hemd, sein Gesicht ist von einer dichten, dunklen Haartolle halb verdeckt.

»Sind Sie beide das?«

Valentin nickt. »Das ist jetzt schon über sechzig Jahre her. Sie war damals achtzehn und ich neunzehn.«

Ich halte das Foto ins Licht, um es besser betrachten zu können. »Ihre Haare und Giseles Taille. So schmal!«

»Ich konnte sie wunderbar mit meiner rechten Hand umfassen, wenn wir zusammen Jive getanzt haben …« Er tänzelt ein wenig, und ich fasse instinktiv nach der schwankenden Leiter.

»Vorsicht!«, rufe ich, aber er wirkt unbesorgt.

»Ich weiß noch genau, wie wir in diese Kellerlokale gegangen sind, in denen Jazz und Bebop gespielt wurde, so etwas gab es hier nicht. Wir fühlten uns wie in einer anderen Welt... *Saint-Germain*...« Er grinst wegen seiner fürchterlichen Aussprache. »Gisele ist Französin, aber ich habe kein Wort verstanden. Das war auch gar nicht nötig, da niemand gesprochen hat. Wir alle tanzten und tanzten, bis wir völlig außer Atem waren und unsere Füße Blasen bekamen...«

Ich halte die Leiter fest und sehe zu Valentin auf. Einen Augenblick lang kommt er mir nicht wie ein neunundsiebzig Jahre alter Mann vor, der in meinem Gästezimmer Tapeten entfernt, sondern als wäre er wieder neunzehn und würde mit Gisele in den Pariser Klubs wild tanzen.

»Als wir aufbrachen, graute schon der Morgen. Die Sonne ging über Notre-Dame auf...«

Er dreht sich mit leuchtenden Augen zu mir um.

»Ein wunderschönes Foto.«

»Ich wünschte, ich hätte damals mehr Fotos gemacht. Heutzutage wird alles festgehalten. Die jungen Leute mit ihren Telefonen schießen eins nach dem anderen.«

»Das stimmt. Aber wie viele davon sehen sie sich wohl in sechzig Jahren wieder an?«

Ich gebe ihm das Foto zurück, das er eindringlich betrachtet.

»Ich hätte nie gedacht, dass sie mich heiraten würde. Wir lernten uns kennen, und kurz darauf musste ich zum Militär. Ich nahm an, sie würde sich in meiner Abwesenheit einen anderen suchen, mich vergessen...«

»Aber das hat sie nicht«, führe ich den Satz fort.

»Nein«, sagt Valentin, nickt und schiebt das Foto zurück in seine Geldbörse. »Zumindest damals nicht.«

Seine Gesichtszüge entgleisen, und mein Herz zieht sich

zusammen. Er ist so traurig und versucht doch, so tapfer zu sein. Er nimmt seinen Spachtel wieder in die Hand, und wir wenden uns erneut der Arbeit zu, als plötzlich im Radio *Shake Rattle and Roll* gespielt wird. Er pfeift leise vor sich hin.

»Sie sollten es mir beibringen.«

»Was? Malen und Lackieren?«

»Nein«, antworte ich lachend. »Jive zu tanzen.«

»Ach, das ist lange vorbei.«

»So ein Quatsch! So wie Sie die Leiter hoch- und runterklettern …«

Er schüttelt den Kopf. »Nay, ich bin nicht mehr so beweglich wie früher.«

Ich beachte seinen Einwand nicht weiter und drehe die Musik lauter. Bill Haley and the Comets erfüllen den Raum. »Wie geht es?«

Valentin zögert, aber die Musik tut ihr Übriges, und er legt seinen Spachtel beiseite und steigt von der Leiter.

»Ich habe Tanzen damals mit einem Stuhl gelernt.«

»Nein, oder?«

»Doch, genau so war es. Es gab zu wenige Frauen. Brian Hattersley und ich damals im Mecca, dieser legendären Tanzhalle, das werde ich nie vergessen …«

»Immerhin bin ich kein Stuhl«, erwidere ich, und Valentin lacht.

»Legen wir los. Ich bin allerdings ein wenig aus der Übung. Der Arm kommt hierhin, genau so, und dann einfach führen lassen.«

Er legt den Arm um mich und beginnt sich mit unerwartet leichtfüßigen Schritten hin und her zu bewegen. Harry beobachtet uns argwöhnisch, er hat sich in einer Ecke auf einem Stoß alter Staubdecken zusammengerollt.

Die Melodie ist wirklich ansteckend, ich bemühe mich, ihm zu folgen und dabei nicht über das Malervlies zu stolpern, das die Holzdielen bedeckt.

»Sehen Sie, es klappt.«

Wir machen einen gemeinsamen Schritt zur Seite. Wenn er sich zur Musik bewegt, ist Valentins Hüfte viel weniger steif.

»Und jetzt kommt das Damensolo mit Flirt«, sagt er, während er mich herumwirbelt. Ich lache, stolpere rückwärts, aber er fängt mich mit ungeahnter Kraft wieder auf. Zum ersten Mal sehe ich in ihm den Mann, der er früher einmal gewesen ist, bevor ihn Alter, Trauer und Schuldgefühle heimgesucht haben.

»Jetzt ist der Punkt, an dem ich Sie über die Schulter drehen sollte…«, witzelt er. Also zumindest hoffe ich, dass es ein Witz ist.

»Da sollten wir wohl besser einen Schlussstrich ziehen, Valentin«, platzt es aus mir heraus. Das Lied ist zu Ende, und ich bin ganz schön außer Atem. »Wir sind hier ja schließlich nicht bei *Strictly Come Dancing.*«

»Oh, das war Giseles und meine Lieblingssendung.«

Er wischt sich die Stirn mit einem Taschentuch ab und lehnt sich an die Leiter, um einen Augenblick zu verschnaufen.

»Meine auch«, gebe ich grinsend zu. »Aber mein Ex hat sich geweigert, sie mit mir zu gucken.«

»Grund genug, sich scheiden zu lassen«, sagt er lächelnd, und auch ich kann nicht anders.

»Vielleicht könnten wir es dieses Jahr ja zusammen anschauen?«, schlage ich vor.

Valentin nickt. »Das würde mir gefallen.«

Wir machen eine Mittagspause und erholen uns ein wenig, bevor Valentin zurück auf die Leiter steigt und ich den Tapetenablöser wieder zur Hand nehme. Die letzten Bahnen Raufaser lassen sich kinderleicht ablösen, und übrig bleiben bloße, nackte Wände – und ein Tag, der mir als einer der vergnüglichsten der letzten Jahre in Erinnerung bleiben wird.

Erst als ich später am Abend im Bett liege, wird mir

bewusst, dass die besten Tage selten die sind, die man sich rot im Kalender anstreicht. Sondern x-beliebige Tage wie dieser, an dem ich mit meinem neunundsiebzigjährigen Nachbarn die Raufasertapete von den Wänden gekratzt, Jive tanzen gelernt und er ein wenig losgelassen hat – zumindest für eine kurze Zeit. Ein Tag, an dem die Zukunft für uns beide etwas bereitzuhalten schien, auf das wir uns freuen konnten.

Reue

Jeder weiß, dass es Zeitverschwendung ist, Dinge zu bereuen. Das Lied *Non, je ne regrette rien* von Édith Piaf, einer Frau, die so manche persönliche Tragödie erlebt hat, zeigt genau das.

Leider bin ich jedoch nicht Édith Piaf und bereue eine ganze Menge.

Dass auch Bereuen zu den Phasen gehört, die nach einem großen Verlust durchlebt werden müssen, wird nur selten thematisiert. Und doch lauert da etwas am Ende einer jeden Beziehung: Es sind die Fragen, was hätte sein können, was gewesen wäre, wenn … Sie ziehen einen in diese ewigen Gedankenspiralen hinein und spielen das Wer-ist-schuld-Spiel mit einem.

Reue ist die unnütze Freundin von Liebeskummer. Sie treten immer zusammen auf wie ein Comedy-Duo, nur dass niemand über sie lachen kann. Ich am allerwenigsten.

Als meine Ehe scheiterte, hielt mich die Reue nachts vom Schlafen ab. Ich lag hellwach im Dunkeln und ging minutiös schon weit zurückliegende Gespräche durch, suchte nach Hinweisen und Zeichen, die ich übersehen haben musste. Stellte all meine Entscheidungen infrage und rieb mich an meinen Fehlern auf, machte mich im Nachhinein nieder und zweifelte an mir. Ich spielte das Wer-ist-schuld-Spiel und verlor jedes Mal. Es war geradezu ein nächtliches Ritual: Sobald ich die Augen schloss, begann die grauenhafte Autopsie meiner Verfehlungen.

Jetzt schlafe ich ein, sobald mein Kopf das Kissen berührt. Vielleicht liegt es an der frischen Luft und der ganzen Bewegung. Wenn ich nicht gerade mit Harry spazieren gehe, schiebe ich eine Schubkarre zwischen den neu angelegten Hochbeeten umher und entdecke dabei neben meinen Muskeln eine Freude an der Gartenarbeit, von der ich bisher nicht die leiseste Ahnung hatte. Vielleicht liegt es jedoch auch daran, dass es mitten in den Dales weder Straßenlaternen noch Alarmsirenen an den Autos oder Flugzeuge am Himmel über mir gibt, die mich wach halten könnten. In einer wolkenfreien Nacht glitzern die Sterne am weiten, dunklen Himmel, und es ist nichts zu hören als der Ruf der Eule, die auf dem Friedhof lebt.

Also von Harrys Schnarchen einmal abgesehen.

Im Gegensatz zu mir scheint Harry nichts zu bereuen, was ihn vom Schlafen abhält. Harry läuft, lahmt und bellt und drückt damit aus: *Lebe im Hier und Jetzt! Jeder Tag ist ein neuer Tag! Schau nicht zurück!* Harry schaut nie zurück (außer, es geht um ein Eichhörnchen). Er ist *carpe diem* in Hundegestalt, und dafür liebe ich ihn nur noch mehr. Er grübelt nicht über die Zeit nach, in der er sich auf die Rückbank meines Mietwagens übergeben hat, oder sorgt sich, ob ich wegen der zerkauten Gucci-Handtasche noch immer wütend auf ihn sein könnte. Draußen im Garten buddelt er ein Loch und hat dabei die beste Zeit seines Lebens.

Manchmal, wenn ich einen schlechten Tag habe, sehe ich ihn an und fühle mich von ihm inspiriert. Und gleichzeitig bin ich erstaunt, dass ich erst so alt werden musste und einen struppigen alten Hund brauchte, um Dinge zu lernen, die ich schon vor Jahren hätte lernen sollen. Ein Hund hat mir beigebracht, was es bedeutet, ein Mensch zu sein. Auch wenn die Narben, die er davongetragen hat, als er so schlecht behandelt und ausgesetzt wurde, vielleicht niemals vollständig verschwinden werden, lebt er dennoch nicht in der Vergangenheit, sondern in der Gegenwart. Ich habe keine Ahnung, wer Tiere als dumm abgestempelt hat, mir scheint oft, dass sie die Klügeren sind. Sie haben sich schon in Achtsamkeit geübt, lange bevor es zu einem Modewort wurde.

Also habe ich entschieden, von jetzt an zu versuchen, seinem Beispiel zu folgen und den Augenblick zu leben. Und endlich aufzuhören, mich mit den unzähligen »Was wäre wenn« und »Wenn ich doch nur« zu belasten.

Als Erstes werde ich deshalb Ajay anrufen.

Dorfdeppen

»Die mit Köpfchen?«

Missbilligendes Geseufze ist am Tisch zu vernehmen.

»Ich dachte, das wäre lustig«, protestiert Ajay, der gerade wieder mit einer Runde Getränke von der Bar zurückkommt.

»Zu abgedroschen«, entgegnet Maya verächtlich. »Wie wäre es mit Nettlewick – Das Supertalent?«

»Nur wenn ich wie Simon Cowell sein darf«, sagt Ajay lachend, während er Getränke und Chips-Tüten auf den Tisch legt und sich neben mich setzt.

»Du bekommst den goldenen Buzzer für das gewisse Etwas«, sagt er mit einem Augenzwinkern zu mir, und ich spüre, wie ich rot werde.

Während ich nach meinem Glas Cider greife, kommt mir plötzlich die Idee: »Wartet, wie wäre es mit ›Nicht so große Erwartungen‹?«

Ich jubiliere innerlich. Ein ziemlich guter Einfall, auch wenn er von mir stammt.

»Hä? Verstehe ich nicht.«

Maya verzieht das Gesicht und reißt eine Tüte Chips auf. Der Stecker in ihrer Nase glitzert.

»Charles Dickens!« Ich werfe ihr einen freundlichen, aber gleichzeitig mahnenden Blick zu. Sie sieht entsprechend zerknirscht drein, wie es sich für eine gute Schülerin gehört.

»Nein, zu literarisch.« Ajay schüttelt den Kopf und trinkt einen Schluck Wein.

Wegen seines Verrats ein wenig verstimmt, werfe ich ihm nur einen kurzen Blick zu und trinke meinen Cider.

Es wird still am Tisch.

Ein Team fürs Pub-Quiz zusammenzubekommen, war, seitdem der Besitzer des *The Crooked Billet Pubs* es an Ostern erwähnt hatte, mein Plan gewesen. Das musste einfach lustig werden und war darüber hinaus eine gute Gelegenheit, neue Leute kennenzulernen und aktiv am Dorfleben teilzunehmen. Außerdem hatte auch Valentin Blut geleckt. Jedes Mal, wenn ich an seinem Bungalow vorbeikam oder Harry zu ihm brachte, las er mir irgendwelche interessanten Daten oder Fakten aus einem seiner in Leder gebundenen Bände der *The British Encyclopedia* vor. Noch nie zuvor habe ich ihn derart enthusiastisch erlebt.

»Das haben Sie sicher nicht gewusst, oder?«, rief er jedes Mal, bevor er mir die Geschichte erzählte, wie Gisele und er nach ihrer Hochzeit jeden Monat etwas Geld zur Seite gelegt hatten, um sich Band für Band die illustrierte Ausgabe des Lexikons zu kaufen, bis sie mehrere Jahre später die vollständige Ausgabe ihr Eigen nennen konnten. »Alles, was man jemals wissen möchte, ist hier drin!«, sagte er jedes Mal stolz. Und ich antwortete »Wow«, sah beeindruckt aus und nahm mir vor, ihm niemals von Wikipedia oder Google zu erzählen.

Unser einziges Problem waren die fehlenden Teammitglieder. Auch wenn er normalerweise nicht gerade fürs Prahlen bekannt war, so warf Valentin seine Bescheidenheit über Bord und versicherte mir, dass er in Sachen Allgemeinwissen nicht zu schlagen sei. »Ein Vorteil beim Altwerden ist, dass man 'ne ganze Menge miterlebt. Politik und Geschichte … das ist alles hier drin«, fügte er hinzu und tippte sich mit dem Zeigefinger gegen die Schläfe. Valentin hat die größten Hände, die ich je gesehen habe. Wirklich schaufelgroß. Sie sollen wohl auch der Grund für seine Boxerfolge in jungen Jahren sein: »So gut war ich eigentlich gar nicht, ich konnte nur meine Gegner kaum verfehlen.«

Mein Spezialgebiet war natürlich die Literatur. Blieben also Musik und Sport übrig. Als ich Maya bei unserer nächsten Nachhilfesitzung davon erzählte, war sie sofort Feuer und Flamme, uns als Popkulturexpertin zu unterstützen. »Na klar mach ich mit! Auf jeden Fall!« Wir hatten große Fortschritte im Lernstoff erzielt, nun waren es nur noch ein paar Wochen bis zu den Prüfungen. Trotz des anfänglichen Widerwillens hatte sie hart gearbeitet, auch wenn sie weiterhin nicht studieren wollte. Das Quiz wäre eine willkommene Abwechslung für sie und darüber hinaus eine gute Gelegenheit, ihren Eltern für ein paar Stunden zu entfliehen. Da sie kürzlich ihren Führerschein gemacht hatte, war sie nicht einmal mehr auf den Fahrdienst ihrer Eltern angewiesen.

Ihre Mutter, die Polizistin Neesha Sharma, stellte mir am Telefon ein paar Fragen, um sicherzustellen, dass ihre Tochter mich nicht als Alibi nutzte, um auf eine illegale Raveparty oder etwas in der Art zu gehen. Ja, sie wollte wirklich ihren Abend damit verbringen, Cola light zu trinken und mit einer Gruppe alter Leute und einem an Blähungen leidenden Hund Quiz-Fragen zu beantworten. Zufrieden und beruhigt lieh sie daraufhin Maya ihren Mini.

Blieb also noch Sport übrig.

»Ich weiß, das ist nicht gerade ein typisches zweites Date«, so begann ich, Ajay, mit dem ich mich sowieso verabreden wollte, die Idee schmackhaft zu machen. Fest entschlossen, die Vergangenheit hinter mir zu lassen, hatte ich ihn ein paar Tage zuvor, nach unserer zufälligen Begegnung im Bettengeschäft, angerufen. Ich war ob seiner Reaktion fürchterlich nervös gewesen, aber hätte mir keine Sorgen zu machen brauchen.

»Na, wenn man bedenkt, dass es ja auch kein erstes Date war, geht das sicher in Ordnung«, sagte er, und ich wusste, dass er lächelte. »Heißt das, du willst mich nur treffen, weil ich mich so gut mit Sport auskenne und die Mannschaft nennen kann, die am häufigsten die Champions League gewonnen hat?«

»Das ist zwar nicht der einzige Grund«, sagte ich schmunzelnd, »aber auch einer.«

»Okay, super. Dann sehen wir uns Sonntag um neunzehn Uhr. Oh, und Liv…?«

»Ja?«

»Die Antwort ist: Real Madrid.«

Da waren wir also Sonntag um neunzehn Uhr. Mittlerweile ist es schon Viertel nach, da wir seit fünfzehn Minuten damit beschäftigt sind, einen Namen für unser Team zu finden. Nach einem lustigen Start, bei dem wir alle ganz selbstverständlich zum Du übergegangen sind, herrschen mittlerweile verletzter Stolz und Unentschlossenheit vor. Hoffentlich ist das kein schlechtes Omen.

»Wir sind die Dorfdeppen.«

Valentin, der bisher nur still in seiner Ecke gesessen und sein Bier geschlürft hat, mischt sich plötzlich ein.

»Wie bitte? Wer ist hier ein Depp?«, protestiert Ajay.

»Das soll der Name des Teams sein, Dummkopf. *Die Dorfdeppen.*«

»Ist natürlich ironisch gemeint.« Maya verdreht mit Blick auf Ajay die Augen.

Valentin zwinkert ihr zu. Sie grinst zurück und bietet ihm ihre Salt-and-Vinegar-Chips an. Ich beobachte sie von der anderen Seite des Tisches aus. Sie haben denselben trockenen Humor, da spielt auch der Altersunterschied keine Rolle mehr.

»Okay, sind alle damit einverstanden?«, frage ich. Nicken. Ich schreibe unseren Teamnamen auf ein Blatt Papier. »Also dann: Die Dorfdeppen.«

Die Frau des Pub-Besitzers, eine wild aussehende Person im Sex Pistols-T-Shirt, geht von Tisch zu Tisch und verkauft Lose. Wir kaufen mehrere, eher, um sie nicht zu verstimmen, als wegen der Preise. Der Pub ist zum Bersten gefüllt. An jedem Tisch sitzen mehrere Teams, selbst an der Bar ist alles besetzt.

Ein paar der Gesichter kenne ich: Postbote Garry, der netterweise klingelt und meine Post innen auf das Fensterbrett legt, damit Harry nicht die Umschläge zerfetzt; die beiden Frauen, die das Café im Ort führen und die mich immer an dem kleinen Tisch am Rand neben dem Kuchenbüfett sitzen lassen, um Maya Nachhilfe zu geben; der Landwirt mit seiner Frau, die mir jedes Mal dankbar von den sitzheizungsgewärmten Autositzen ihres Honda Jazz zulächelt. Und selbst Sheila von der Post ist da. Manchmal kann ich kaum glauben, dass ich hier immer heimischer werde.

»Sind jetzt alle bereit für die erste Frage?«, ruft der Pub-Besitzer, der mit seiner tiefen Baritonstimme kein Mikrofon benötigt. Vor seiner Hochzeit hat er wohl für eine der führenden Opernkompanien in Leeds gesungen, Gerüchten zufolge sogar zusammen mit dem berühmten Tenor Alfie Boe.

Das Geschnatter verstummt. Es herrscht eine Stimmung, als müssten jeden Augenblick die Lichter ausgehen und die Titelmusik zu *Wer wird Millionär* erklingen. Köpfe werden zusammengesteckt, und die Teams beraten sich mit nachdenklichen Gesichtern. Sollte das Ganze nicht lustig und heiter sein? Das Gegenteil ist der Fall.

Auf meinem Telefon geht eine WhatsApp ein. Ein kurzer Blick verrät mir, dass sie von Naomi ist.

»Telefone verboten!«, schnauzt mich der Pub-Besitzer an, sodass mir meins beinahe aus der Hand fällt. »Wenn ich es noch mal sehe, fliegst du raus.«

Ui. Schnell stecke ich es in die Tasche, ohne die Nachricht zu lesen, und sehe zu Maya hinüber, die mir einen erschrockenen Blick zuwirft. Da bemerke ich das leuchtende Display des Telefons in ihrer Hand.

»Ich habe doch nur was auf TikTok geguckt«, murmelt sie zur Entschuldigung, als sie die anklagenden Blicke der Dorfjury treffen. So schnell habe ich sie ihr Telefon noch nie wegstecken sehen.

Wie erwartet, glänzt Valentin in der Fragerunde zum Allgemeinwissen, während Ajay sich als Sportexperte beweist. Es gibt nicht gerade viele Fragen aus dem Bereich Literatur, dennoch bin ich froh, alle beantworten zu können. Es ist insgesamt ziemlich nervenaufreibend. Als Maya eine Geschichtsfrage korrekt beantwortet, hält Valentin sie an, leiser zu sprechen.

»Pst! Wir wollen schließlich nicht den anderen helfen!«, flüstert er und wirft einen Blick über die Schulter, um sicherzugehen, dass ihm niemand zuhört.

Als wir bei der Hälfte angekommen sind, fühlen wir uns alle etwas ausgelaugt und sind froh über das kostenlose Essen, das vom Pub bereitgestellt wird. Das Ganze ist eher wie eine Prüfung als wie das Vergnügen, das ich mir erhofft hatte.

»Entschuldige, das habe ich nicht kommen sehen …«, sage ich zu Ajay, während wir Yorkshire-Pudding und Soße serviert bekommen. »Ich dachte, es wäre etwas entspannter.«

»Ich find's cool«, erwidert er lächelnd und legt mir unter dem Tisch eine Hand aufs Knie.

Ich verspüre ein erwartungsvolles Kribbeln. Als mich Ajay vorher fragte, ob er bei mir übernachten könne, um sich ein Gläschen zu genehmigen und um nicht wieder mit dem Auto in die Stadt fahren zu müssen, hatte ich ihm klipp und klar gesagt, dass er mit dem Gästezimmer würde vorliebnehmen müssen.

»Der Nervenkitzel beim Konkurrenzkampf gefällt mir.«

»Ach ja? Auf so etwas stehst du also«, flirte ich unverhohlen zurück.

Mehrere Drinks später wissen wir beide, dass das Gästezimmer nicht gebraucht werden wird. Sagte ich bereits, dass ich fest entschlossen bin, die Vorsicht über Bord zu werfen und im Hier und Jetzt zu leben?

»Dann solltest du auf die dort drüben achtgeben«, unterbricht uns Valentin, der mit einer neuen Runde Getränke von der Bar zurückkehrt, und zeigt zu einem Tisch mit drei weiß gelockten Köpfen neben der Dartscheibe. »Das Dreigestirn.«

»Echt jetzt?« Ajay wirft neugierig einen Blick hinüber und reicht Valentin seinen Teller.

»Der Schein trügt«, sagt dieser ganz leise und nickt. »Gladys war im *The Yorkshire Standard* für die kryptischen Kreuzworträtsel zuständig, Janice war Richterin in der Region, und Evelyn ist pensionierte Lehrerin.«

Wir alle drehen uns genau in dem Augenblick zu ihnen um, als sie zu uns herübersehen. Wir nicken uns zu, heben andächtig die Gläser. Eine von ihnen trinkt ein Pint Guinness. Ich sehe, wie sie etwas zu ihren Freundinnen sagt, dann aufsteht und auf uns zukommt.

»Valentin! Schön, dich wieder hier beim Quiz zu sehen.«

»Erzähl keinen Quatsch, Evelyn.«

Sie lacht auf. »Stimmt, recht hast du. Ich zittere schon vor Angst«, sagt sie fröhlich grinsend. Ihre Augen glitzern. »Dieser Mann hier ist einer meiner Erzrivalen«, sagt sie in die Runde, bevor sie sich wieder Valentin in seinem Sessel zuwendet und leiser spricht.

»Ich will wirklich nicht aufdringlich sein, aber ich weiß, dass du meine Karten und Briefe bekommen hast, weil ich sie selbst eingeworfen habe…« Sie legt eine Hand auf die Armlehne seines Sessels und sieht ihn direkt an, kein Kopfschütteln von oben herab oder Plattitüden aus vorgetäuschtem Mitgefühl. »Und ich weiß auch, wie es sich anfühlt, zu stolz zu sein, um Hilfe anzunehmen. Mir ging es schließlich genauso, als Charlie krank geworden ist.«

Sie sehen einander an. Valentin nickt, sagt jedoch nichts. Das ist auch nicht nötig.

»Du weißt ja, wo du mich findest. Damit lass ich dich jetzt in Ruhe.« Sie scheint erleichtert darüber, ihre Nachricht losgeworden zu sein, dreht sich zu dem Rest von uns um und sagt mit gebieterischer Miene: »Möge der Bessere gewinnen.«

»Oder die Bessere«, platzt es aus mir heraus, was von ihr mit einem wohlwollenden Blick quittiert wird.

»Wow, ist das voll«, sagt Maya, die gerade wieder von draußen hereinkommt. Dort hat sie fernab der Adleraugen des Pub-Besitzers ihre Nachrichten gelesen.

»So viele Leute habe ich hier noch nie gesehen«, stimme ich ihr zu, während Evelyn sich einen Weg zurück zu ihrem Tisch bahnt.

»Tja, so viele Orte gibt es ja nicht mehr, um auszugehen. Seitdem der Gemeindesaal geschlossen ist, bleiben eigentlich nur Pub und Kirche übrig«, sagt Valentin und sieht mich an. Ich muss ihn demnächst mal ein wenig zu Evelyn befragen.

»Warum ist er geschlossen worden?«, fragt Ajay und greift nach dem Salz.

»Einsparungen. Laut Gemeindeverwaltung kostete der Saal zu viel, und so hat man ihn verfallen lassen. Mittlerweile müsste so einiges daran neu gemacht werden, besonders das Dach, nachdem letztes Jahr ein Sturm Teile davon weggefegt hat.«

»Genau wie bei meinem Häuschen«, sage ich seufzend.

»Man sollte es mit Crowdfunding probieren«, schlägt Maya vor.

Valentin runzelt die Stirn. »Und was soll das schon wieder sein?«

»Eine Art, im Internet Geld zu sammeln«, erkläre ich ihm. »Man bittet um einen kleinen Betrag, und im Idealfall spenden viele Leute.«

»Was denn für Leute?« Jetzt sieht Valentin wirklich verwirrt aus.

»Ganz unterschiedliche«, sagt Maya schulterzuckend. »Aus der Gegend, Freunde von Freunden, Fremde, Unternehmen. Menschen aus der ganzen Welt.«

»Willst du mir etwa sagen, dass ein Fremder vom anderen Ende der Welt Geld spenden würde, um das Dach von unserem Gemeindesaal zu reparieren?«

Maya nickt. »Wenn das Ganze viral geht, ja.«

»Nie im Leben.« Er schüttelt den Kopf.

»Das heißt, wenn viele Leute es sehen«, mischt sich Ajay ein, um Valentin zu helfen, der reagiert jedoch ungeduldig.

»Ich weiß schon, was viral heißt«, erwidert er und wendet sich seinem Yorkshire-Pudding zu. »Warum glaubst du wohl, lasse ich mich jedes Jahr gegen Grippe impfen?«

Das Dreigestirn gewinnt, gefolgt von den Quizionären. Wir werden respektable Dritte. Unser Preis ist eine Runde Freigetränke. Als ich sie gerade von der Bar hole, sehe ich Ben zur Tür hereinkommen. Er bemerkt mich nicht und läuft direkt zum anderen Ende der Bar. Dort bestellt er sich etwas zu trinken, und ich beobachte, wie er ein Gespräch mit der Frau hinter der Theke beginnt. Er wirkt sehr zugewandt. Manche würden es flirten nennen. Ich schaue weg und gehe zurück zu unserem Tisch. Das geht mich nichts an.

»Schön, dich hier zu sehen …«

Kurze Zeit später blicke ich auf und direkt in Bens Gesicht. Er lächelt und wirkt, als wäre das nicht sein erstes Bier heute.

»Ach, natürlich. Das Quiz. Ich hätte es wissen müssen, du warst ja immer schon so schlau.«

Er schwankt ein wenig, und seine Wangen glühen. Ein bisschen Bier schwappt über.

»Hi, Ben, wie geht es dir?« Er ist betrunken, und ich mache mir ein wenig Sorgen. »Ihr kennt euch, glaube ich, alle schon, oder? Ajay, Valentin, und das hier ist Maya, eine meiner Schülerinnen.«

Ajay nickt ihm zu, während Valentin ihn mit einem »Wie geht's« begrüßt und sie sich kurz über irgendwelche Maler- und Tapezierarbeiten austauschen. Maya, endlich wieder mit ihrem Telefon vereint, lächelt freundlich und scrollt dann weiter. Nur Gott weiß, wie viele Posts und Likes sie in der Stunde verpasst hat, in der sie es nicht benutzen durfte.

»Ich hätte fragen sollen, ob du auch Lust hast, bei unserem Team mitzumachen«, sage ich, ohne mir anmerken zu lassen, wie verlegen ich bin. Gleichzeitig frage ich mich, mit wem er hier ist. Oder ist er allein gekommen?

»Ach nein. Das ist nichts für mich.« Er schüttelt verächtlich den Kopf. Sein Kopf rollt dabei so seltsam zurück. »Streng dich bloß an. Sonst wirst du noch wie ich«, warnt er Maya und lacht, als er sein Pint zum Mund führt.

Sonst lacht niemand, verstohlene Blicke werden gewechselt. Auch Leute von der Bar schauen zu uns herüber. Hinter der Tischplatte eingekeilt, widerstehe ich dem Drang, aufzustehen, ein paar vertrauliche Worte mit ihm zu wechseln und sicherzugehen, dass alles in Ordnung ist. Wie schon gesagt, das geht mich nichts an. Wenn er an einem Sonntagabend ausgehen und sich betrinken will, ist das sein gutes Recht. Er ist mein Handwerker und nicht mein Ehemann. Ich muss an seine Frau denken. Vielleicht hatten die beiden ja Streit?

Mein Gott, ist das unangenehm!

»Du siehst beschäftigt aus. Dann lass ich euch wohl besser mal allein.« Endlich hat er verstanden und hebt sein Glas. »Bis morgen, Livvie.«

»Ja, bis morgen, Ben.«

Ich bin erleichtert und beobachte, wie er sich schwankend entfernt.

»Da wird aber morgen jemand Kopfschmerzen haben«, witzelt Ajay.

»Ja, du«, fahre ich ihn an und verspüre einen unerwarteten Beschützerinstinkt gegenüber Ben. Ajay sieht verletzt aus.

Jetzt ist mir mein Verhalten unangenehm. »Entschuldige, so meinte ich das nicht …« Ich fasse nach seiner Hand, und er verschränkt seine Finger in meinen, aber das Ganze lässt mich trotzdem nicht los.

»Es ist sicher nicht einfach für ihn«, murmelt Valentin. »Seine Frau hat hier hinter der Bar gearbeitet, vor …« Er unterbricht sich.

Ich drehe mich zu ihm um. »Wovor?«

Valentin sieht mich unter seinen grauen, struppigen Augenbrauen eindringlich an. »Vor dem Autounfall.«

»Oh, davon wusste ich gar nichts.« Ich werfe Ben einen Blick zu, der an der Bar sitzt. »Ist bei ihr alles in Ordnung?«

Ich wende mich wieder Valentin zu, aber beim Blick in sein Gesicht weiß ich bereits die Antwort.

»Bens Frau ist vor ein paar Jahren gestorben.«

Der Morgen danach

Ajay ist über Nacht geblieben. Nichts ist passiert, abgesehen von ein wenig Händchenhalten auf dem Weg nach Hause und ein bisschen Geknutsche vor meiner Haustür. Er schaffte es kaum die Treppe hinauf, bevor er noch vollständig angezogen auf meinem Bett einschlief. Das Resultat mehrerer Gläser Rotwein und ein paar Whiskeys zur Feier des dritten Platzes.

Als ich aus dem Badezimmer kam, wo ich mich ein wenig frisch gemacht und meine Nerven beruhigt hatte, lag er auf dem Bauch und schnarchte. Nach dem langen Vorgeplänkel hätte ich enttäuscht sein müssen, aber ehrlich gesagt, war ich erleichtert. Nicht weil ich ihn nicht attraktiv gefunden hätte oder weil es so lange her war, dass ich mit jemandem außer meinem Ex geschlafen hatte. Nein. Es war wegen Ben.

Die Nachricht von dem Tod seiner Frau hatte mich vollkommen durcheinandergebracht. Ich war entsetzt, fassungslos und verwirrt. Er trug doch einen Ehering, und ich hatte ganz selbstverständlich angenommen, dass die Frau, die ich bei Stanley getroffen hatte, dessen Mutter war. Bens Frau. Jetzt wusste ich nicht mehr, was ich denken sollte. Den ganzen Weg vom Pub zurück nach Hause, auf dem ich eigentlich mit Ajay hätte flirten sollen, dachte ich an Ben. Ich rief mir all unsere Gespräche ins Gedächtnis, versuchte, mich daran zu erinnern, worüber wir gesprochen hatten, was er gesagt hatte, was ich gesagt hatte. Ich suchte nach Hinweisen, fand jedoch keine.

Warum hatte ich nichts davon gewusst? Das fragte ich mich immer und immer wieder. Wie hätte ich davon wissen sollen? Das sagte ich mir immer wieder.

Schuldgefühle plagten mich. Ich musste daran denken, wie er mich bei unserer ersten Begegnung nach so langer Zeit mit seinem Lieferwagen mitgenommen hatte; an meine Bestürzung darüber, ihn wiederzusehen; an meine Vorurteile ihm und seinem Leben gegenüber. Woher stammten sie bloß? Von meinem verletzten Stolz als Teenie und seiner schwierigen Vergangenheit? Ich hatte ihn verurteilt und dabei so falschgelegen. Die ganze Zeit über hatte ich gedacht, seine vielen Witze und flapsigen Bemerkungen würden zeigen, dass er das Leben nicht ernst genug nahm. Dabei hätte sein Leben nicht ernsthafter sein können.

Lass es dir eine Lehre sein, Liv! Schließlich kann niemand ahnen, was im Leben anderer los ist, und doch hatte ich mir vorschnell eine Meinung gebildet. Ich schämte mich. Dann musste ich an Stanley denken, und mein Herz zog sich vor Schmerz zusammen.

Das waren sicher nicht die Gedanken, die ich mir auf dem Weg nach Hause mit einem gut aussehenden Mann an meiner Seite, der mich ganz eindeutig ins Bett bekommen wollte, hätte machen sollen. Schließlich hatte ich die letzten Tage in Vorfreude auf genau diese Möglichkeit verbracht. Ich hatte die teuren Duftkerzen herausgekramt, die ich für besondere Momente aufheben wollte, meine gemütliche, unvorteilhafte Unterwäsche gegen die Art von Dessous eingetauscht, die von Hand gewaschen werden müssen, und mich mit verschiedenen Körperpeelings und Cremes ernsthaft vorbereitet.

Wenn der Ehemann eine Affäre mit einer deutlich jüngeren Frau beginnt, heißt es nicht selten, zu Hause sei im Bett bestimmt nichts mehr los gewesen. Was nicht nur offensichtlich sexistisch, sondern auch häufig falsch ist. David und ich hatten ein gesundes Sexleben, wie auch immer sich das definieren lässt, tatsächlich war genau das sogar der Kitt, der uns zusammenhielt. Selbst wenn wir uns stritten und nicht besonders gut aufeinander zu sprechen waren, zogen wir uns gegenseitig an. Vielleicht wäre es sogar einfacher gewesen, wenn es anders gelaufen wäre? Wenn er nicht nach Sex gesucht hatte, wonach dann? Dadurch kam mir das Ganze weniger verständlich und gleichzeitig viel komplizierter vor.

Aber einfach sind solche Dinge vermutlich nie, oder?

Dass Ajay mich attraktiv fand, hatte mir Auftrieb gegeben. Mit der Scheidung war bei mir der Verlust der Libido einhergegangen, aber nun spürte ich, wie meine sexuelle Lust neu erwachte. Ganz im Gegensatz zu dem, was man immer in den Frauenzeitschriften zu lesen bekam, die für Frauen meines Alters gedacht waren. Erst kürzlich hatte ich auf der Suche nach Einrichtungsideen im Supermarkt ein paar Magazine durchgeblättert, die allesamt fast ausschließlich Artikel darüber brachten, wie man sein eigenes Sauerteigbrot backt oder was man bei einem Töpferkurs alles lernen kann.

Nicht ein Wort über Sex mit einem zehn Jahre jüngeren Mann, was doch eigentlich viel interessanter sein dürfte als die Frage, wie der Teig besonders gut aufgeht. Oder etwa nicht?

Aber vielleicht geht es ja nur mir so? Es war so lange her, dass ich dieses aufregende Gefühl der Vorfreude verspürt hatte, und ich kostete es richtig aus. Aber dann hörte ich von Bens Frau, und plötzlich war alles anders. Natürlich konnte Ajay davon nichts wissen, er flirtete weiter und machte mir Komplimente, während ich versuchte, so zu tun, als wäre alles wie immer. Später, als ich ihn in Ruhe schlafen ließ und mich mit Harry ins Gästezimmer verzog, musste ich daran denken, dass das jetzt nun wirklich nicht das war, was ich mir ausgemalt hatte. Und dann musste ich an Ben denken und daran, dass im Leben eben vieles anders läuft als erwartet.

Ich wache früh auf, werfe mir den Bademantel über und sehe nach Ajay. Er schläft tief und fest, also gehe ich nach unten, mache mir einen Tee und gebe Harry etwas zu fressen. Mittlerweile habe ich mich an das Leben auf einer Baustelle gewöhnt und bahne mir einen Weg durch das Chaos.

Die Sonne scheint durchs Fenster, ich öffne die Küchentür und lasse frische Luft herein. Der Tag wird schön. Ich sehe auf mein Telefon und beantworte Naomis Whatsapp-Nachricht von gestern Abend. Sie trommelt gerade ein paar Leute für ihre Geburtstagsparty zusammen.

Erst im Juli, aber immerhin ein runder.
Ich denke, ich sollte etwas organisieren, besonders, da ich dann vermutlich Single bin ☹.

Seitdem sie zurück in London ist, haben wir nicht mehr miteinander gesprochen. Klingt, als wäre es an der Zeit, da es mit Danny gerade wohl eher nicht so gut läuft.

Wofür du dich auch entscheidest,
ich bin dabei!

Für meine Antwort bekomme ich einen Daumen hoch und fange an, etwas über letzte Nacht zu tippen, als mir auffällt, dass es ein Gruppenchat ist. Zum Glück habe ich es noch rechtzeitig bemerkt. Nie wieder ohne Lesebrille.

Während ich darauf warte, dass das Wasser kocht, sehe ich nach dem Futterspender. Er ist noch immer unberührt. Und das seit Monaten, bald ist es Sommer. Auch wenn Valentin mich weiterhin zur Geduld mahnt, verliere ich langsam die Hoffnung, dass die Vögel ihn jemals finden werden.

»Gibt es genug Wasser für zwei?«

Ich drehe mich um. Ajay steht im gleißenden Sonnenlicht in meiner halb fertigen Küche. Er sieht zerzaust und auch ein wenig verwirrt aus, als er über die Bartstoppeln an seinem Kinn kratzt.

»Wie trinkst du deinen Tee?«

»Mit Milch, ohne Zucker.« Er lächelt verlegen.

»Gleich fertig.« Ich greife nach einem weiteren Becher.

»Also, wegen letzter Nacht«, setzt er an, aber ich lasse ihn nicht ausreden.

»Ist schon in Ordnung, mach dir keine Sorgen.« Da fällt mir auf, dass dieses Mal die Rollen vertauscht sind.

Er setzt sich auf einen Hocker, stützt den Kopf in die Hände und fährt sich mit den Fingern durch sein dichtes, dunkles Haar.

»Ich kann mich an nichts mehr erinnern.« Seine Stimme klingt gedämpft, und er wirkt ausgesprochen zerknirscht.

»Es gibt nichts zu erinnern.«

»Bin ich einfach nur eingepennt?« Er hebt den Kopf und sieht mich an.

»Sieht so aus.« Ich werfe Teebeutel in die Tassen und gieße das heiße Wasser auf.

»Hab ich geschnarcht?«

Ich kann es mir nicht verkneifen. »Ein wenig.«

Er stöhnt laut auf. »Dabei hatte ich doch einen genauen Plan, wie ich meine Verführungskünste einsetzen wollte …«

Ich hole die Milch aus dem Kühlschrank, und wir sehen einander lächelnd an.

»Der war sicher wundervoll.« Ich reiche ihm den Tee und lehne mich ihm gegenüber an die Arbeitsfläche. »Vielleicht solltest du beim nächsten Mal keine ganze Flasche Wein trinken.«

»Wird es ein nächstes Mal geben?«

Er sieht mich fragend an, aber wir kennen beide bereits die Antwort.

»Hör zu, es liegt nicht an dir …«, beginne ich.

»Das ist normalerweise mein Spruch«, unterbricht er mich mit einem reuevollen Lächeln.

Ich lache und stelle meinen Tee ab.

»Na, immerhin konnte ich dich zum Lachen bringen.«

»Ach, komm schon. Ich hatte einen schönen Abend gestern«, protestiere ich.

»Ich auch.«

»Es ist nur …«

»Ich weiß.« Er nickt. »Als würden wir uns gegenseitig verpassen, nicht wahr?«

»Ja, genau so ist es.«

Er stellt seinen Becher ab und streichelt den unter dem Hocker zusammengerollten Harry.

»Wir hören voneinander?«

»Ganz bestimmt«, sage ich und nicke.

»Für ein Pub-Quiz oder eine Bar Mizwa bin ich jederzeit zu haben.«

Ich lache, er steht auf und kommt zu mir, schlingt seine Arme um meine Taille und drückt mich an sich. Unglaublich, wie anders es sich anfühlt als gestern Abend auf der Türschwelle.

Da höre ich den Schlüssel im Schloss. Die Handwerker kommen. Als sich die Tür öffnet, lösen wir uns voneinander, aber Ben hat uns bereits gesehen.

»Morgen.«

»Morgen«, rufe ich fröhlich. Wie gern hätte ich diesen Moment vermieden. »Ajay wollte gerade gehen«, füge ich schnell hinzu, was ich sofort bereue. Warum fühlt es sich bloß so an, als müsste ich etwas erklären?

Ben trägt eine riesige Kiste und geht aus dem Weg, um Ajay durchzulassen. Sie tauschen einen schnellen Gruß aus, und ich folge Ajay nach draußen, wo ich fast in *Hol mich* und *Bring mich* hineinlaufe, die sehr überrascht zu sein scheinen, so früh am Morgen einen Mann aus meinem Haus kommen zu sehen. Ich versuche, die Blicke, die sie sich gegenseitig zuwerfen, nicht weiter zu beachten. Warum habe ich bloß das Gefühl, dass die Sache später lauthals im Garten diskutiert werden wird?

Draußen biete ich Ajay an, ihn zum Bahnhof zu bringen: »Wenn du ein paar Minuten wartest, zieh ich mir schnell etwas Richtiges an und hole den Autoschlüssel.« Aber er lehnt ab, sagt, dass ein Spaziergang seinem Kater sicher guttun werde, also winke ich ihm noch einmal zum Abschied, drehe mich um und gehe zurück zur Tür. Dabei lege ich mir genau zurecht, was ich zu Ben sagen möchte. Ich habe so viele Fragen, es gibt so viel zu sagen, aber ich weiß nicht, wo ich anfangen soll. Wie spricht man es am besten an, wenn man weiß, dass die Ehefrau des Gesprächspartners gestorben ist?

Sobald ich ins Haus komme, sehe ich Ben, der sich gerade mit den anderen über den Aga-Herd beugt.

»Livvie, hast du eine Minute? Kannst du dir mal kurz die Fliesenmuster für den Spritzschutz anschauen?«

»Ja, natürlich.«

Antwort auf meine Frage: Gar nicht.

Maya

Gerade waren sie aus dem Theater gekommen und liefen im Stadtzentrum Richtung Parkhaus, als es passierte. Liv, ihre Englischnachhilfelehrerin, hatte Karten für Macbeth organisiert, und sie unterhielten sich angeregt über die Vorführung. In wenigen Wochen waren die Prüfungen, und Macbeth war Teil des Lernstoffs.

»Ich dachte, es könnte sicher nicht schaden, sich das Ganze auf der Bühne anzusehen«, hatte Liv ganz begeistert erzählt. »Es wird momentan in Leeds gespielt, das ist ungefähr eine Stunde Fahrtzeit. Ich hole dich ab.«

Maya mochte Liv. Sie war cool. Viel cooler als ihre Eltern, obwohl sie ungefähr im selben Alter war. Außerdem hatte sie Harry zu sich geholt und interessierte sich für nachhaltige Mode, auch wenn sie immer diese fürchterlichen Fleece-Teile trug, darüber musste sie unbedingt mal mit ihr reden. Sie war auch eine gute Lehrerin. Sie schaffte es, den Stoff ansprechend und lustig zu gestalten, und ihre eigene Begeisterung färbte ab.

Bei Shakespeare gelang es ihr allerdings auch nicht, ihn interessanter zu machen. Seine Stücke waren so unglaublich langweilig. Die ganzen Monologe und fünffüßigen Jamben waren einfach nur schwer zu verstehen. Maya hasste es, seine Stücke durchzunehmen. Zac hatte recht, wenn er sie fragte, warum sie ihre Zeit damit verschwendete, etwas über tote alte weiße Männer zu lernen. Das hatte doch überhaupt keine Relevanz mehr für Dinge, die heute passierten. Andererseits waren ja auch heute alte weiße Männer überall auf der Welt an der Macht.

So etwas in der Art hatte Maya auch zu Liv gesagt, als sie im Theater saßen und darauf warteten, dass der Vorhang sich öffnete. Aber Liv hatte nur weise gelächelt, als würde sie ein Geheimnis kennen. Maya wäre gern bei Zac gewesen. Den ganzen Tag hatte sie noch nichts von ihm gehört, er war damit beschäftigt, die Webseite der Protestgruppe zu aktualisieren und die nächste Demo zu organisieren. Er hatte sie gebeten, ihm dabei zu helfen. Aber sie hatte ihm als Ausrede erzählt, sie müsse zu Hause bleiben und lernen. Es gefiel ihr nicht, ihn anzulügen, aber Zac meinte, Theater sei nur etwas für Möchtegernschauspieler und die Bourgeoisie. Allerdings sah die Frau neben ihr in Kapuzenpulli und Turnschuhen überhaupt nicht nach Möchtegernschauspielerin aus, sondern ganz normal. Wie eigentlich auch die meisten anderen im Publikum.

In der ersten Szene ging es um die Hexen. Maya versuchte, nicht die Augen zu verdrehen. Echt jetzt, sollten die etwa gruselig sein? Guckte hier denn niemand Netflix? Die ersten zwanzig Minuten kamen ihr vor wie eine Ewigkeit, und sie musste sich bemühen, nicht die ganze Zeit hin und her zu rutschen oder der Versuchung nachzugeben, auf ihr Telefon zu schauen, ob Zac sich gemeldet hatte. Aber dann passierte etwas Seltsames: Irgendwie vergaß sie, dass die Menschen auf der Bühne verkleidete Schauspieler waren, ihre Worte, die sie so oft in der Schule gelesen und nicht verstanden hatte, ergaben auf einmal Sinn, und die ganze Geschichte erwachte vor ihren Augen zum Leben.

Es war wirklich seltsam. Sie hatte damit gerechnet, sich die nächsten zwei Stunden zu Tode zu langweilen, stattdessen saß sie vollkommen gebannt ganz vorne an der Kante ihres Sitzes. Die Zeit flog an ihr vorbei. Es kam ihr vor, als wäre sie mittendrin. Einfach unglaublich.

Warum nur hatte ihr noch nie jemand gesagt, dass Shakespeares Stücke nicht zum Lesen gemacht waren? Sie mussten aufgeführt werden! Kein Wunder, dass sie keinen Zugang dazu bekommen hatte. Das Ganze auf der Bühne zu erleben, war wirklich bahnbrechend. Lady Macbeth war knallhart. Und die ganze Sache mit Macduff und dem Kaiserschnitt war einfach nur krank.

Maya konnte kaum fassen, wie falsch sie gelegen hatte, als sie dem Stück die Relevanz für die heutige Zeit abgesprochen hatte. Es ging darin um Korruption und Macht, um Menschen, die von Gier, Ehrgeiz, Neid und Rache motiviert wurden, und um die Schwächen der menschlichen Natur. Sie war vollkommen überwältigt. Echt, es war besser als alles, was sie bisher auf Netflix gesehen hatte. Das Ende, als sie mit dem abgetrennten Kopf Macbeths auf die Bühne kamen, war so schockierend und grausig, dass sie sich die Hände vor die Augen hatte halten müssen. Wer hätte das gedacht?

Na, wer wohl, Liv? Sie flüsterte ihr zu, als sie wieder hinschauen konnte.

Was Zac wohl dazu sagen würde? Maya hatte ihm nicht erzählt, dass sie ins Theater gehen würde, weil er immer so abfällig darüber sprach. Sie wollte sich nicht streiten, aber diese Erfahrung konnte sie auch nicht für sich behalten. Also rief sie ihn sofort an, als sie aus dem Theater kamen und durch die Stadt liefen. Auf der anderen Straßenseite gab es verschiedene Bars, die ziemlich laut waren, weshalb sie ihr Telefon dicht ans Ohr halten musste.

Da sah sie ihn. Direkt gegenüber. Er stand vor *The Brasserie*, die Arme um eine Frau geschlungen, die Zunge in ihrem Hals. Sie beobachtete, wie er sein Telefon aus der Tasche zog, aufs Display schaute und den Anruf ablehnte. Kurz darauf kam eine Nachricht.

»Arbeite heute lange. Melde mich, Süße. x«

Da sah sie in ihm endlich, was er wirklich war, und ihr junges, unerfahrenes Herz zerbrach.

Was ungesagt bleibt

Oft, wenn alles durcheinandergeraten ist, kann man sich nicht vorstellen, dass es irgendwann wieder besser wird. In diesem Chaos fühlt es sich an, als würde man auf der Stelle treten. Plötzlich ist nichts mehr sicher, und man fragt sich, ob sich das jemals wieder ändern wird.

Ironischerweise ist jedoch Veränderung das Einzige, was ganz sicher passiert; nichts bleibt, wie es ist. Anfangs sind die winzigen Anzeichen kaum wahrnehmbar, dann werden sie mit der Zeit, Tag für Tag, immer größer und deutlicher.

Bis man plötzlich in den Spiegel schaut und ganz erstaunt feststellt, dass die Extrakilos wieder verschwunden sind. Oder bei einem Blick auf den Kalender daran erinnert wird, dass heute ja der Ex Geburtstag hat. Erst da wird einem bewusst, wie lange man schon nicht mehr an ihn gedacht hat. Oder aber man wacht eines Tages auf und stellt unerwartet fest, dass wie durch Zauberhand das neue Zuhause langsam Gestalt annimmt.

Anfang Juni machen wir nach zwei von ständigen Rückschlägen geprägten Monaten endlich Fortschritte. Mein jahrelanges Mitfiebern mit den Teilnehmern von *Grand Designs – Der Weg zum Traumhaus* hatte mich zwar bereits auf schwindelerregende Kostensteigerungen vorbereitet. Aber nichts konnte mich vor den unzähligen unvorhergesehenen Widerständen bewahren, die sich mir in den Weg stellten.

Die Entdeckung von Holzwürmern oder aufsteigender Feuchtigkeit wurde noch durch die Bekanntschaft mit einer Familie von Zwergfledermäusen übertroffen, die sich im Speicher eingenistet hatte. Trotz Bens Beschwichtigungen, dass alles schon gut gehen werde, lag ich viele Nächte wach, machte mir über teure Gutachten, nötige Maßnahmen und speziell designte Fledermauskästen Sorgen. Gleichzeitig fragte ich mich, ob all diese Probleme und Verzögerungen jemals ein Ende nehmen würden.

Doch wir stellten uns einer Hürde nach der anderen, und langsam, aber sicher nahm alles Form an. Mittlerweile steht der Großteil der Haupterweiterung, und die alte Küche wurde herausgerissen, um einen großen offenen Raum zu schaffen. Bis alles fertig ist, wird es noch eine Weile dauern, die eine Wand ist momentan noch ganz offen, und überall liegen Kabel und Bauschutt auf dem Boden – aber das Häuschen ist jetzt immerhin lichtdurchflutet. Am besten ist jedoch, dass ich nun direkt in den Garten sehen kann, der ebenfalls langsam schön wird. Die viele Arbeit hat sich gelohnt.

Auch die Gästezimmerrenovierung ist dank Valentins Hilfe fast abgeschlossen. Letztendlich habe ich mich für ein wunderschönes helles Gelb entschieden, um das Morgenlicht einzufangen. Valentin hat die Zimmerseite mit dem Kaminvorsprung mit der handbemalten viktorianischen Tapete versehen, die ich im Gartenschuppen gefunden habe.

Und eins ist sicher: Seine Fähigkeiten sind wirklich herausragend. Noch nie ist mir jemand begegnet, der so gut mit Lot, Rollenmakulatur und Leim umgehen kann.

Trotzdem gibt es noch jede Menge zu tun. Ein schimmliges Badezimmer will erneuert, Böden verlegt, Wände verputzt und auch ein Kaminofen möchte noch installiert werden. Außerdem stehen noch unzählige andere Dinge auf meiner To-do-Liste. Aber manchmal, wenn ich in ein Zimmer komme und plötzlich sehe, wie die Abendsonne durchs Fenster fällt oder meine Finger über einen alten Eichenbalken fahren, der freigelegt und geölt wurde, merke ich, wie weit wir bereits gekommen sind. Das macht mich ganz kribbelig. Nicht nur das alte Haus hat sich in den letzten Monaten verändert, sondern auch seine Besitzerin.

»Also, ich habe die Baupläne noch mal durchgesehen und würde dir gern einen Vorschlag machen …«

Zwei Wochen nach dem Pub-Quiz stehe ich neben Ben in meinem Badezimmer. Es ist schon nach achtzehn Uhr, und die anderen Handwerker sind bereits nach Hause gegangen.

»Einen richtigen Dachausbau wirst du nicht machen können, weil das hier ein Denkmalschutzgebiet ist, deshalb dürfen wir die Dachkante nicht anheben. Aber es wäre trotzdem denkbar, unter dem Dachvorsprung ein drittes Schlafzimmer einzurichten …« Er leuchtet mit der Taschenlampe in die offene Dachluke hinein, wodurch ein staubiger Speicher zum Vorschein kommt, der dank der Fledermauskästen mittlerweile nicht mehr als Schlafplatz für eine ganze Fledermausfamilie dient. »Das wäre doch perfekt, wenn deine Freundin mit ihrer Tochter wieder zu Besuch käme. Viel besser als ein Zelt.«

»Ihnen hat das Zelt aber doch sehr gut gefallen.«

»Ja, natürlich. Aber wie sähe es zum Beispiel bei Regen aus? Und es regnet hier ziemlich viel, glaub mir.«

Das musste ich ihm gar nicht glauben, hatte ich es doch bereits mit eigenen Augen gesehen. Nicht ohne Grund gab es in Yorkshire so viele Wörter für Regen.

»Und wie sollen wir da hochkommen?« Ich werfe einen Blick zum Speicher hinauf.

»Das ist kein Problem, wir bauen einfach eine Treppe.«

»Aha, okay, das klingt nach einer guten Idee. Aber, warte mal, wo soll diese Treppe denn hin?«

»Tja, das ist der einzige Nachteil. Wir müssten die Ecke hier vom Badezimmer abzwacken, das dann natürlich ein wenig kleiner wäre.«

Er greift nach dem Bleistift, der immer hinter seinem Ohr klemmt, und zeichnet etwas in den Plan ein.

»Und wie soll dann die frei stehende Badewanne hineinpassen?«

Ich zeige auf das Badezimmer mit dem avocadogrünen Badezimmerinventar, den dunkelbraunen Fliesen und der Spritzputz-Decke. Geduldig habe ich es nun schon ein halbes Jahr damit ausgehalten, weil das Bad als Letztes auf der Liste der zu renovierenden Räume stand, aber so langsam würde ich doch gern etwas daran ändern. Da verzieht Ben so seltsam sein Gesicht. Und wenn ich irgendetwas in den letzten Monaten gelernt habe, dann, dass dieser Ausdruck nichts Gutes verheißt.

»Gar nicht.«

»Dann nicht.« Ich schüttle entschieden den Kopf. »Dann lieber das Zelt.«

»Du könntest eine schöne begehbare Dusche einbauen, das ist sowieso viel energieeffizienter«, versucht er, mir die Idee schmackhaft zu machen. Aber da bleibe ich standhaft.

»Du weißt doch, wie sehr ich mir eine gusseiserne, frei stehende Badewanne mit Klauenfüßen wünsche, Ben. Schon seit Monaten träume ich davon, ach, was sag ich, seit Jahren. Ich habe sogar eine auf meinem Pinterest-Moodboard«, füge ich im Spaß hinzu, aber er lacht nicht.

»Aber, du weißt auch, dass du dir keine leisten kannst, oder?« Er zieht eine Tabelle hervor. »Diese Badewannen sind echt richtig teuer. Also, wenn du ein aufgearbeitetes Original möchtest.«

Ich kann es überhaupt nicht leiden, wenn er mich an meine Finanzen erinnert.

»Das hier ist ein einfaches kleines Haus, kein Boutique-Hotel.«

Natürlich hat er recht. Die Preise sind absurd. Sogar die billigste Badewanne dieser Art, die ich bei eBay gefunden habe, liegt deutlich über meinem Budget. Auch wenn es mit den Nachhilfestunden immer besser läuft, sollte ich doch realistisch bleiben.

»Stanley liebt sein Zimmer auf dem Dachboden.« Er schaltet die Taschenlampe aus und schließt die Luke. »Und du könntest dort sogar eine Nasszelle haben, wenn du wolltest …«

»In Ordnung, du hast gewonnen«, gebe ich seufzend zu.

Zufrieden dreht sich Ben um, und mir wird bewusst, dass wir uns tatsächlich zum ersten Mal allein im Haus aufhalten. Da fallen mir die Worte ein, die ich mir zurechtgelegt habe, seitdem ich von dem Unfall seiner Frau erfahren habe. Ich möchte ihm sagen, wie sehr mir sein Verlust leidtut, dass ich für ihn und Stanley da bin, wenn er etwas braucht.

»Ben …«

Ich folge ihm die Treppe hinunter, um nicht die Chance verstreichen zu lassen.

»Ich wollte dir etwas sagen …«

Plötzlich bin ich furchtbar nervös.

»Sag jetzt bitte nicht, dass du doch noch andere Armaturen für die Kücheninsel ausgesucht hast.«

»Nein, es geht nicht um die Armaturen.«

Unsere Schritte hallen auf den nackten Steinstufen.

»Ich war, ehrlich gesagt, auch nicht ganz überzeugt von den Messingbeschlägen.«

»Mir gefallen sie …«

Am Ende der Treppe dreht er sich um.

»Ich habe mich gefragt, ob wir nicht lieber gebürsteten Edelstahl genommen hätten.«

»Nein, Ben …«

»Aber mach dir keine Sorgen, das können wir morgen noch ändern.«

Er greift nach der Tür.

»Ich weiß von deiner Frau …«, platzt es aus mir heraus.

Einen Augenblick lang scheinen meine Worte in der Luft zu schweben. Ich bereue sie sofort. So hatte ich das nicht eingeübt. Er steht mit dem Rücken zu mir, und ich bemerke seine Anspannung.

»Es tut mir wirklich leid, ich hatte keine Ahnung …«

Stille. Er sagt nichts, dreht sich nicht zu mir um. Stattdessen fasst er sich an die Stirn und dreht den Kopf Richtung Decke, als müsste er erst nachdenken, wie er darauf reagieren soll.

»Mist.« Er seufzt laut.

Meine Brust zieht sich zusammen, weil ich offensichtlich das Falsche gesagt habe. »O Gott. Entschuldige. Ich wollte nicht so unsensibel sein …«

Warum habe ich nicht den Mund gehalten? Musste ich mich wirklich in seine Trauer einmischen? Das geht mich doch gar nichts an. Ich muss es ihm erklären.

»Ich habe ewig darüber nachgedacht … ich wusste einfach nicht, wie ich es sagen sollte. Aber ich wollte auch nicht so tun, als wüsste ich von nichts.«

»Das hat mir gerade noch gefehlt …«

Erschrocken starre ich seinen Rücken an. Er hat sich noch nicht einmal umgedreht, vermutlich ist er so sauer, dass er mir nicht einmal in die Augen schauen kann. Ich fühle mich schrecklich. Jetzt habe ich alles nur noch schlimmer gemacht.

»Ich wollte nur, dass Stanley und du, dass ihr wisst …«

»Das muss von dem neuen Boiler kommen.«

Es dauert einen Moment, bis wir verstehen, dass wir die ganze Zeit aneinander vorbeireden.

»Wie bitte?«

»Das Leck.« Er dreht sich zu mir um und zeigt auf eine Stelle über ihm. Ich sehe nichts … doch da, ja, da kommt etwas durch die Decke, ein Wassertropfen. Er wischt ihn sich von der Stirn. »Es muss sich etwas gelöst haben oder gebrochen sein.«

»Gebrochen?« Mit meinen Gedanken noch immer woanders, trete ich näher, sehe, wie sich ein neuer Tropfen formt, immer dicker wird und schließlich fällt. Dann bildet sich sofort der nächste. Ich kenne mich mit Wasserleitungen überhaupt nicht aus, aber gebrochen klingt nicht gut. »Was machen wir denn jetzt?«

Es dauert nur einen kurzen Augenblick. Dann öffnet sich die Decke, und ein Schwall Wasser, gemischt mit Brocken aus Putz und Mörtel, ergießt sich über uns. Sofort sind wir nass bis auf die Haut.

Überall und doch unsichtbar

Von meinem Garten aus ist der Sonnenuntergang über den Dales zu sehen, orangerote Strahlen auf dem grenzenlosen Himmel und dunkellila Wolkenbänder. Ben und ich sitzen Seite an Seite in alten, gestreiften Liegestühlen, noch so ein Fund aus meinem Gartenschuppen, und sehen dabei zu, wie die Sonne langsam am Horizont verschwindet. Harry liegt ausgestreckt neben uns im Gras, völlig erschöpft von dem Aufruhr der letzten Stunden.

Nachdem die Decke über uns eingebrochen war, hatte Ben es geschafft, das Absperrventil zu schließen. So konnte sich immerhin der Boiler nicht wieder automatisch befüllen. Dann hatte er Klempner Flut gerufen, der gerade beschäftigt war, aber versprach, ganz früh am nächsten Morgen vorbeizukommen. Jetzt war es nicht mehr nötig, zu fragen, wie er wohl zu seinem Namen gekommen war. Allerdings hatte das Wasser bereits die Elektrik in Mitleidenschaft gezogen, weshalb wir, nachdem wir alles behelfsmäßig gesäubert und in Ordnung gebracht hatten, nun im Garten auf Bens Elektriker warteten.

»Es sollte nicht lange dauern, bis Funke hier ist«, sagt Ben gerade und sieht dabei auf die Uhr.

Bis auf die Unterwäsche ausgezogen, sind wir nun beide in Handtücher gewickelt. Unsere Kleider hängen an den Ästen des alten Bergahorns, damit sie bis zur Ankunft des Elektrikers noch ein wenig trocknen können. Zum Glück ist es schon fast Sommer, und die Abendluft ist mild.

Langsam wird es dunkel, was mir ganz recht ist, damit Ben nicht sieht, wenn ich rot werde. Die einzige Lichtquelle ist das bernsteinfarbene Leuchten der Solarlichterkette im Baum. Für Naomis Besuch aufgehängt, gefiel sie mir so gut, dass ich sie nicht wieder abgenommen habe.

»Ich weiß wirklich nicht, was ich ohne dich hätte machen sollen.«

Ben winkt ab.

»Ein kaputtes Absperrventil. Das kann mal passieren. Wenn es ausgetauscht und die Decke verputzt ist, wirst du nichts mehr sehen.«

»Danke.«

Er sagt nichts. Stille.

»Entschuldige. Ich habe dir gar nichts zu trinken angeboten«, fahre ich unbeholfen fort. »Ich habe Wein, und im Kühlschrank müsste auch noch Bier sein …«

»Nein, danke. Nach dem Abend letztens habe ich entschieden, keinen Alkohol mehr zu trinken. Stan braucht wirklich nicht auch noch einen Vater mit Alkoholproblem …« Er verstummt.

»Du weißt, dass du nicht hier warten musst, oder? Es ist schon spät. Du willst bestimmt nach Hause zu Stanley …«

»Er schläft sicher schon tief und fest.« Ben lässt seinen Blick in die Ferne schweifen.

»Wer passt auf ihn auf?«

»Holly«, antwortet er und verstummt dann. Seinen Gesichtsausdruck kann ich in der Dämmerung nicht erkennen. »Holly ist Stanleys Tante. Janets Schwester. Janet war meine Frau.«

Dann war das sicher Holly damals im Garten.

»Es tut mir leid«, sage ich. »Ich wusste nichts davon. Du trägst noch deinen Ehering …«

Er sagt nichts. Warum auch? Er muss mir nichts erklären.

»Nach Janets Tod habe ich lange gebraucht, ich konnte es einfach nicht verstehen.«

Er spricht so leise, dass ich mich anstrengen muss, um ihn zu verstehen.

»Wie konnte sie einfach so aus unserem Leben verschwinden?« Er verstummt. Auf diese Frage gibt es keine Antwort. »Ich habe mir immer vorgestellt, sie sei nur bei der Arbeit oder bei Freunden und ich würde eines Tages in die Küche kommen und sie wäre wieder da. Wie bei einem Sonnenuntergang«, sagt er und zeigt auf den Himmel. »Die Sonne hört ja auch nicht auf zu existieren, nur weil wir sie nicht sehen können …«

Wir schauen beide zu, wie das letzte Stück versinkt.

»Mittlerweile ist es anders. Es ist jetzt zwei Jahre her, und ich weiß, dass sie nicht zurückkommen wird. Manchmal rede ich mit ihr. Meist über Stanley, ich erzähle ihr, was bei ihm gerade los ist, oder frage sie um Rat. Janet wusste immer, was richtig für ihn war, während ich mich die ganze Zeit fühle, als würde ich ihm nie gerecht.«

Ich lausche gespannt, und mir fällt auf, wie er mit dem linken Daumen unwillkürlich über seinen Ehering streicht. Er bemerkt meinen Blick.

»Es gibt so viele unterschiedliche Meinungen dazu. Manche Leute sagen, man solle ihn rechts tragen oder an einer Kette um den Hals …« Verächtliches Schnauben. »Ich trage ihn nicht, weil ich mich noch verheiratet fühle. Ich trage ihn, weil er mich in den Momenten, in denen ich einfach nicht weiterweiß und das Gefühl habe, bei Stanley alles falsch zu machen, daran erinnert, dass einmal jemand da war, der an mich geglaubt hat.«

Dann dreht er sich ganz zu mir um, sein Blick sucht meinen.

»Klingt das verrückt?«

»Nein. Überhaupt nicht.«

Er seufzt erleichtert, dann beugt er sich vor und fährt sich mit den Händen durchs Haar. Zum ersten Mal hat er weder

Beanie noch Baseballcap auf, denke ich. Seine Haare sind genauso dunkel und gelockt wie die von Stanley.

»Das Schlimmste war, Stanley von ihrem Tod zu erzählen. Wie sollte ich ihm etwas begreiflich machen, das ich selbst nicht verstand? Wie sollte ich ihm erklären, dass man einfach in sein Auto steigen und nie wieder zurückkommen kann? Und niemand eine Schuld daran trägt. Sie hätte nur ein paar Minuten später losfahren müssen, dann wäre vielleicht alles anders gewesen; der Laster wäre bereits abgebogen gewesen, sie hätte nicht bremsen müssen, und das Auto wäre nicht auf der eisglatten Straße ins Schleudern geraten …«

Seine Stimme versagt, ich sehe, wie er sich mit den Handballen über die Augen wischt. Instinktiv möchte ich ihm tröstende Worte sagen, aber gleichzeitig weiß ich, dass es keine gibt.

»Er hat mich gefragt, ob sie jetzt mit Großvater im Himmel sei, die Idee muss er von seiner Großmutter haben. Da es ihn zu trösten schien, habe ich Ja gesagt. Aber mittlerweile weiß ich nicht mehr, ob das richtig war.« Er schüttelt den Kopf und schaut ins Leere. »Er spricht immer davon, dass sie ein Stern ist.«

»Du hast versucht, ihn zu schützen.«

»Aber ich kann ihn nicht ein Leben lang vor der Wahrheit schützen, oder?«

»Das musst du auch nicht.«

Er sieht mich an.

»Meine Mum starb, als meine Schwester und ich noch klein waren. Es war schrecklich, aber am schlimmsten war, dass Dad niemals mit uns darüber geredet hat. Es schmerzte ihn zu sehr. Nie wieder hat er sie erwähnt, und auch wir trauten uns nicht, weil er dann weinte und wir ihn nicht aufregen wollten. Wenn wir nicht unsere Großeltern gehabt hätten, wäre es gewesen, als hätte sie nie existiert …«

»Ich wusste damals gar nicht, dass du deine Mum verloren hattest.«

»Wir haben ja auch nie darüber gesprochen.« Ich zucke mit den Achseln. »Wir dachten, wir sollten das nicht. Stattdessen haben wir alle Gefühle in uns hineingefressen. Aber dadurch gehen sie nicht weg. Verlust und Trauer verschwinden nicht einfach so, sie suchen sich höchstens ein anderes Ventil, ob nun Alkohol, Drogen oder Depressionen…« Ich halte inne. »Jeder muss seinen Weg finden, damit umzugehen. Wir haben ganz unterschiedliche Wege gewählt.«

Ich sehe zu Ben hinüber, aber sein Gesicht liegt im Schatten, sodass ich seinen Ausdruck nicht erkennen kann.

»Solange du mit Stanley über sie redest, ihn Fragen stellen lässt, selbst wenn du keine Antwort darauf hast, ihm zeigst, dass es auch in Ordnung ist zu weinen, nicht weiterzuwissen, wird alles seinen Weg gehen. Es gibt kein Falsch oder Richtig. Du kannst es nur in dem Moment entscheiden.«

»Wie alles im Leben.«

»Ja, wie alles«, stimme ich ihm zu.

Als wir beide still und in Gedanken versunken so nebeneinandersitzen, kommt mir der Gedanke, dass es überall um uns herum Menschen mit gebrochenen Herzen gibt. Ich denke an Valentin, der Giseles Foto in der Tasche bei sich trägt, an Bens Ehering, an Stanley, der zu den Sternen hinaufschaut. Und ich muss auch an mich selbst als junges Mädchen denken, wie ich um meine Mutter weinte. Damals wusste ich noch nicht, dass mir Jahre später erneut das Herz gebrochen werden würde, weil ich jemanden verlor, den ich liebte. Plötzlich erkenne ich, dass es kein Zufall ist, dass mich auch die Scheidung so sehr mitgenommen hat, weil diese ganzen alten, nicht zugelassenen Gefühle des Verlustes wieder hochkamen, mit denen ich mich nie auseinandergesetzt hatte.

Wir sind überall und doch unsichtbar: der Barista, der den Kaffee bringt, die Kassiererin im Supermarkt, der Mann auf dem Platz neben einem im Bus. Wie sollen wir wissen, was sich in ihren Leben abspielt? Vielleicht wurde jemand vom Partner betrogen und hat es gerade herausgefunden, vielleicht hat gerade jemand eine Fehlgeburt erlitten, oder jemandem wurde gekündigt. Oder jemand hat kurz zuvor das Krankenhaus verlassen, nachdem ein geliebter Mensch gestorben ist. Menschen, deren Welt aus den Fugen geraten ist und die trotzdem tapfer weitermachen.

Ich verstehe langsam immer besser, dass wir nicht allein sind, auch wenn wir uns manchmal so fühlen. Es gibt mehr als sieben Milliarden Menschen auf diesem Planeten, und gebrochene Herzen sind, genau wie die Liebe auch, universell. Und auch wenn jeder seinen eigenen Weg finden muss, gibt es um uns herum so viele andere Menschen, die sich durch diese unterschiedlichen Phasen der Trauer und des Verlustes bewegen. Jeder Weg ist anders und irgendwie doch gleich.

Wenn wir unsere Hände nach ihnen ausstrecken – an eine Tür klopfen oder ans Telefon gehen; einem alten, einsamen Mann am Fenster zuwinken oder mit einem kleinen Jungen sprechen, der sich zu sehr fürchtet, um hinter dem Gartentor hervorzukommen –, dann werden sich unsere Fingerspitzen berühren, und eine neue Verbindung entsteht. Ich verstehe es immer besser: Nur gemeinsam können wir die Last des Lebens schultern, wie auch den Eimer Farbe, der für eine Person zu schwer war, den Valentin und ich zusammen jedoch die Treppe hochtragen konnten.

»Sag mal, ist Scheidung einfacher?«

Bens Stimme durchbricht meine Gedanken, und ich sehe ihn an.

»Ich kann mich nicht daran erinnern, dir erzählt zu haben, dass ich geschieden bin.«

»Das musstest du auch nicht. Wir leben schließlich in einem Dorf. ›Weißt du denn nicht, dass sie aus London kommt *und* geschieden ist?‹« Sein Dialekt klingt plötzlich deutlich breiter als sonst. »›Den Gerüchten nach hat sie auch einen jugendlichen Liebhaber.‹«

»Nein, das hast du nicht gehört!«, rufe ich entsetzt aus.

Er lacht über mein erschrockenes Gesicht. »Stimmt, das mit dem Liebhaber war ein Witz. Also, nehme ich an …« Er wirft mir einen Blick zu.

»Ajay ist nicht mein Liebhaber, wir sind nur Freunde.«

Er zieht eine Augenbraue hoch.

»Wirklich!«, rufe ich. »Es ist nicht so, wie es aussieht.«

»Hohes Gericht!«, fügt er hinzu, und ich muss lachen.

»Und die Sache mit der Scheidung. Na ja, einfacher. Mein Mann ist nicht tot, das ist wohl wahr.« Ich zucke mit den Achseln. »Andererseits hat dich deine Frau nicht verlassen, weil sie dich nicht mehr geliebt hat.«

Ben wirkt etwas unvorbereitet auf diese Antwort.

»Entschuldige, das war vermutlich ziemlich unsensibel, oder?«

Er schüttelt den Kopf. »Nein, die Wahrheit.«

Nach einer kurzen Pause fahre ich fort:

»Es kommt mir seltsam vor, über mein gebrochenes Herz zu reden, jetzt, da ich weiß, was du alles durchmachen musstest.«

»So ein Quatsch! Das ist doch kein Wettbewerb. Es gibt keine Goldmedaille für gebrochene Herzen. Allerdings bekomme ich stattdessen jede Menge Tupperdosen.«

»Tupperdosen?«

»Bergeweise. Wenn man Witwer ist, kochen einem die Frauen aus dem Ort gern etwas zu essen, dann bringen sie es in Tupperdosen vorbei oder stellen es vor die Tür. Meine Tiefkühltruhe ist immer noch voll davon.«

Ich kann mir ein Lachen nicht verkneifen. »Entschuldige, darüber sollte ich wohl nicht lachen.«

»Was denn sonst?« Er zuckt mit den Schultern und lächelt mich mit seinem unverwechselbaren Lächeln an. Bei dringenden und meiner Meinung nach unbedingt sofort zu lösenden Problemen auf der Baustelle hat mich dieses Lächeln wahnsinnig gemacht. Jetzt hingegen beruhigt es mich.

»Tja, für mich hat nach der Scheidung niemand gekocht«, erwidere ich. »Aber meine Freundinnen haben jede Menge Weißwein vorbeigebracht.«

»Das klingt nicht *so* schlecht.«

»Ach, ich hätte nichts gegen ein paar Tupperdosen einzuwenden gehabt.«

»Du kannst ein paar von meinen bekommen, die Schränke quellen über.«

»Haben sie passende Deckel?«

»Das ist ein anderes Thema.«

Die Stimmung ist nun etwas leichter, und wir sitzen einen Augenblick einfach nur da, genießen das Gefühl, uns einander öffnen und uns entblößen zu können – metaphorisch gemeint natürlich. Wir kennen uns schon seit über dreißig Jahren, auch wenn es sich so anfühlt, als würden wir einander jetzt erst richtig kennenlernen.

Obwohl es schon nach zehn ist, liegt noch ein Leuchten über den Dales. Glühwürmchen tanzen um uns herum, die Luft duftet nach Jasmin und Geißblatt. Trotz des Chaos vor ein paar Stunden strahlt der laue Abend ein Gefühl von Geborgenheit aus. Ich bin mit mir selbst im Einklang, dabei hatte ich ganz vergessen, wie sich das anfühlt.

»Oh, wow! Guck mal dort. Die Fledermäuse.«

Ben zeigt zum Himmel, und jetzt sehe ich sie auch, wie sie in Dutzenden durch die Dämmerung flattern.

»Wahnsinn, wie schön sie sind!«, erwidere ich, während wir beide staunend den Nachthimmel betrachten.

»Das sollten sie auch sein. Sie haben dich schließlich acht Riesen gekostet«, antwortet er. Wie seltsam das Leben doch manchmal ist, gerade kommt es einem noch vor wie die reinste Katastrophe und im nächsten Augenblick wie ein glücklicher

Zufall. Es ist schön, hier draußen mit Ben zu sitzen, und ich wünschte mir, der Abend würde nie zu Ende gehen.

Da klingelt es.

»Das wird der Elektriker sein«, sagt Ben, und ich bin plötzlich ganz schön enttäuscht. »Wir sollten uns wohl besser anziehen, was? Es soll doch niemand auf falsche Gedanken kommen.«

Wir stehen auf und versuchen, nicht die Handtücher fallen zu lassen, während wir unsere feuchten Kleider von den Ästen pflücken.

»Nein«, stimme ich ihm zu. »Das wollen wir natürlich nicht.«

Phase 5

Unverhofft kommt oft

Glück gehabt!

»Jaisalmer war der Hammer!«

»Wo ist das?«

Ich werfe einen Blick über seine Schulter und sehe das Foto eines unglaublichen Sonnenuntergangs auf seinem iPhone. »In Rajasthan in Indien. Wir sind auf Kamelen in die Wüste geritten und haben nachts in Zelten geschlafen. Wie auf einer Safari. Aber zum Glück nicht mit alten Leuten in kurzen Hosen und mit Ferngläsern«, fügt er grinsend hinzu.

»Hey«, protestiere ich und klopfe ihm in gespielter Entrüstung auf die Schulter. »Dein Dad und ich waren damals bei der Safari in Südafrika nicht alt.«

»Das ist sicher eine Frage der Perspektive.« Grinsend legt er sein Telefon weg, nimmt stattdessen Gabel und Messer und wendet sich seinem typischen English Breakfast zu. »Auf jeden Fall hat Dad eine kurze Hose und ein Fernglas getragen. Ich kenne die Fotos … und zwar unzählige«, sagt er und verdreht die Augen.

»O ja«, stimme ich ihm zu. »Er hat ganz schöne viele geknipst.«

»Ich glaube, so ungefähr nach dem millionsten Gnu habe ich auch den letzten Funken Interesse verloren.« Er pikt mit der Gabel eine Scheibe Speck auf und seufzt zufrieden. »Mein Gott, habe ich einen Hunger! Das sieht wirklich köstlich aus.«

Wills Besuch Anfang Juli kam vollkommen unerwartet. Ein paar Tage zuvor hatte ich eine E-Mail meines Stiefsohns bekommen, in der er fragte, ob er ein paar Tage bei mir bleiben könne. Er war über ein Jahr auf Reisen gewesen, und abgesehen von ein paar Whatsapp-Nachrichten, hatte ich schon seit Monaten nichts mehr von ihm gehört.

Aber jetzt saß er an meinem Küchentisch und zeigte mir Fotos von seiner Reise, nicht ohne mir zu versichern, was für ein Idiot sein Vater doch sei.

»Nenn ihn nicht Idiot.«

»Warum nicht, wenn er doch einer ist.«

»Weil er dein Dad ist.«

»Warum willst du ihn bloß immer in Schutz nehmen? Ich bin schon groß und kann sehen, wie idiotisch er sich verhält.«

Das stimmte. Mit seinen 1,80 m, den Schultern eines Ruderers und seinem struppigen Bart bestand überhaupt kein Zweifel daran, dass er erwachsen geworden war. Trotzdem würde er für mich immer der schüchterne Zehnjährige bleiben, der sich beim Fernsehen manchmal noch den Daumen in den Mund steckte.

Daran sollte ich ihn aber besser nicht erinnern.

»Hast du denn mit ihm gesprochen?«, frage ich und bereue es sofort. Seit der Scheidung hatten David und ich keinen Kontakt mehr miteinander gehabt. Es gab schließlich auch nichts mehr zu sagen, und gleichzeitig war so viel ungesagt geblieben. Trotzdem. Es war besser so. Schnee von gestern. Klare Zäsur und all das.

»Kurz.« Er tunkt seinen Toast in das weiche Eigelb und verzieht genüsslich das Gesicht. Er erinnert mich so sehr an David, unglaublich, wie ähnlich sich die beiden manchmal sind.

»Weiß er, dass du hier bist?«

»Nein. Und das muss er auch nicht.«

Er legt sein Messer beiseite und greift nach dem Kaffeebecher. Zum Glück ist Wochenende, und wir haben das Haus für uns allein, mittlerweile ist es auch gar nicht mehr so eine fürchterliche Baustelle wie noch bei Naomis Besuch. Im Erdgeschoss sind wir nun in der »Endphase«, wie Ben immer wieder betont, das scheint der Handwerkerspruch für »wird es jemals fertig werden?« zu sein. Aber selbst ich erkenne mittlerweile deutliche Fortschritte. Ich habe jetzt tatsächlich eine richtige Küche – und zwar in meiner Küche, keine improvisierte mehr im Wohnzimmer. Sie ist aus Eiche und extra angefertigt und sieht wirklich sehr schön aus.

»Stört es dich, dass ich hier bin?«

»Nein, überhaupt nicht.« Ich reiche ihm noch mehr Toast. Er hat vielleicht ein wenig an Gewicht verloren auf seiner Reise, aber sein Appetit ist noch derselbe. »Es ist schön, dich hier zu haben.«

Er lächelt. »Hast du auch Marmite?«

Ich verziehe das Gesicht. »Keine Ahnung, wie du dieses Zeug essen kannst.«

»Und ich verstehe nicht, warum du es nicht magst«, antwortet er.

Wie oft haben wir dieses Gespräch wohl schon geführt? Ich lächle und gehe zum Schrank, um ein großes, ungeöffnetes Glas herauszuholen.

»Das habe ich natürlich sofort gekauft, als du deinen Besuch angekündigt hast.« Ich stelle es vor ihn auf den Tisch.

Das Erste, was die Leute sagen, wenn man ihnen erzählt, dass man sich scheiden lässt, ist: »Das tut mir leid.« Sofort gefolgt von: »Habt ihr Kinder?« Wenn man die Frage verneint, erzählen sie einem, wie glücklich man sich schätzen kann. Weil natürlich eine Scheidung, wenn Kinder involviert sind, noch ein ganz anderes Level an Problemen und Kummer mit sich bringt.

Was die Leute dabei allerdings nicht bedenken, ist, dass ich mich alles andere als glücklich schätzte. Sogar eher unglücklich, und das nicht, weil David und ich keine gemeinsamen Kinder hatten, über diese Entscheidung war ich froh, sondern wegen Will. Familien können ganz unterschiedliche Ausformungen haben. Ich habe Will zwar vielleicht nicht geboren und bin auch nicht seine »richtige Mutter«, wie viele Familienmitglieder gern hervorgehoben haben, aber meine Liebe für ihn war dennoch genauso echt. Als meine Ehe zerbrach, hatte ich furchtbare Angst, ich könnte Will vielleicht nie wiedersehen. Da ich nicht mehr Davids Frau war, war ich auch nicht mehr seine Stiefmutter. Rechtlich gesehen, spielte ich für ihn eigentlich überhaupt keine Rolle mehr.

Ich war nun nicht mehr Teil seiner Familie, aber hieß das automatisch auch, dass ich nicht mehr Teil seines Lebens sein durfte? Letzten Sommer, nachdem ich von David sitzen gelassen worden war, hatte ich Wills Abschlussfeier verpasst, ich wurde nicht dazu eingeladen. Unangemessen, hieß es. Natürlich verstand ich das, aber tief in mir regte sich die Sorge, dass ich den Rest seines Lebens verpassen könnte. Die Zukunft dieses klugen, lustigen und sensiblen Jungen, für den ich unzählige Male Nudeln mit Pesto gekocht, *Harry Potter* im Lichtschein seiner Dinosaurierlampe vorgelesen und den ich bei Eiseskälte von der Seitenlinie aus beim Fußball angefeuert hatte und der nun erwachsen geworden war. Er brauchte mich nicht mehr, um seine aufgeschürften Knie zu verarzten oder ihn bei seinem ersten Liebeskummer zu trösten, nachdem Sienna Jackson seine Einladung zum Abschlussball ausgeschlagen hatte. David zu verlieren, war eine Sache, aber Will gleich mit, eine ganz andere.

Niemand gibt einem einen Leitfaden an die Hand, was es bedeutet, Stief-Elternteil zu sein. Für mich war es wundervoll und herausfordernd zugleich. Die Bezeichnung Stiefmutter hat mir nie zugesagt, da schwingt das Böse schließlich sofort mit, aber als Wills und meine Bindung immer enger wurde, war mir das Label irgendwann vollkommen egal. Es war harte

Arbeit, bei den Besuchszeiten an jedem zweiten Wochenende und in den Ferien einen gemeinsamen Weg zu finden. Langsam, aber sicher bauten wir jedoch eine Vertrauensbasis auf, ein Band, das auch unabhängig von seinem Vater existierte. Die Scheidung setzte dieses Band unnötig aufs Spiel.

Wills Besuch hat diese Sorgen jedoch zerstreut. Unsere Beziehung ist noch intakt, vielleicht sogar stärker als je zuvor. Wir sind füreinander Familie. Das stand nie auf dem Spiel. Ein Stück Papier wird das nicht ändern. Dadurch ist mir ironischerweise erst klar geworden, dass die Leute doch recht hatten, wenn auch anders, als sie es meinten. Ich kann mich glücklich schätzen.

»Da hat noch jemand Hunger.«

»Beachte ihn nicht.«

Harry ist auf Beute aus. Er sitzt schon den ganzen Morgen wie festgeklebt neben dem Tischbein. Nachdem er die letzten sechs Monate mit jemandem zusammengelebt hat, der nur vegetarisch kocht, ist er jetzt sichtlich glücklich, dass Will und mit ihm Speck im Haus ist.

»Du solltest ihn nicht am Tisch füttern«, rate ich Will, als ich entdecke, dass er ihm etwas von seinem Teller zusteckt.

»Ich wusste gar nicht, dass du dich für Hunde interessierst«, sagt er und zieht schnell die Hand zurück, damit sich der gierige Harry nicht auch über seine Finger hermacht.

»Ich auch nicht«, erwidere ich lächelnd.

»Wusstest du, dass Mum sich eine weitere Katze angeschafft hat? Ich glaube, es sind jetzt fünf.«

»Nein, das wusste ich nicht.« David war bereits geschieden, als wir uns kennenlernten, meine Beziehung zu seiner Ex-Frau war höflich, wenn auch oberflächlich.

»Ich habe ihr gesagt, sie würde sich langsam in eine dieser verrückten Katzenfrauen verwandeln. Da hat sie sich für das Kompliment bedankt.«

Ich muss lachen.

»Sie lässt dich übrigens grüßen.«

Ich hatte Schadenfreude erwartet und bin überraschenderweise gerührt.

»Bestell ihr auch Grüße von mir.« Ich nehme Will den leer gegessenen Teller ab und stelle ihn in die Spüle.

»So, was möchtest du jetzt machen?«

»Ich hatte an ein kleines Nickerchen gedacht.« Er gähnt, streckt die braun gebrannten Arme über dem Kopf aus, an seinen Handgelenken die Freundschaftsbändchen eines erfahrenen Backpackers. »Jetlag nervt.«

»Dein Zimmer ist fertig.«

»Danke.« Er schiebt den Stuhl zurück und steht auf. »Schön hast du es hier.«

Sein Kompliment freut mich. Will ist nämlich nicht gerade dafür bekannt, besonders aufmerksam zu sein, wenn ich an all die Teller mit langsam verrottendem Essen denke, die ich früher in seinem Zimmer gefunden habe.

»Gut, dass ich hier habe ausbauen lassen, sonst würdest du sicher mit dem Kopf gegen die Balken stoßen.«

»Es sieht wirklich super aus.« Er schaut sich um und nickt anerkennend. »Dein Stil gefällt mir. Ganz anders als in dem alten Haus.«

»Ja, da hast du sicher recht.«

Mein Blick wandert über die offenen Regale mit den Stapeln nicht zusammenpassenden Geschirrs, ein Teil davon stammt noch von meinen Großeltern, über die gerahmten Fotografien von Josie und mir und ein paar Fundstücke vom Flohmarkt. Alle dicht beieinander, wie auch die Bücher in meinem Regal aus Eichenholz, das Ben für mich gebaut hat und das die gesamte Wand einnimmt. Ich mag es, alles um mich herum zu haben, in Reichweite. Das tröstet mich, es ist wie eine Erweiterung meiner selbst.

»Dein Dad mochte es, wenn alles gut verstaut ist.«

»Aus den Augen, aus dem Sinn. Genau wie seine Gefühle, was?«

Wir sehen einander an, es ist nicht nur das Haus, das anders ist. Ich bin es auch. Ich möchte nicht mehr, dass alles versteckt wird, egal, ob in Schränken oder im Herzen. Alles soll offen zugänglich sein. Ich möchte, dass das Ungesagte gesagt wird.

Will stellt sich zu mir an den AGA-Herd, es hat Wochen gedauert, ihn zu säubern, und ich habe ihn in leuchtendem Rot neu emaillieren lassen. Es war das einzige Stück, das wir von der alten Küche retten konnten, und ich bin so froh darüber, es ist das Herzstück des gesamten Hauses. Will umarmt mich und kommt mir dabei so groß vor. Er muss noch ein ganzes Stück gewachsen sein, seitdem er auf Reisen gegangen ist. Entweder das, oder ich schrumpfe.

Als wir uns voneinander lösen, zeigt er auf seinen Rucksack. »Ach ja, meinst du, ich könnte eine Maschine Wäsche bei dir waschen?«

Ich verdrehe die Augen. Als Student kam er ständig von der Uni mit seinen dreckigen Wäschesäcken nach Hause, was hat mich das genervt!

»Was für ein Glück, dass ich gerade meine neue Waschmaschine angeschlossen bekommen habe.«

»Fantastisch.«

Er beginnt, seinen dreckigen Rucksackinhalt auf dem Boden auszubreiten. Ich hätte niemals gedacht, wie glücklich es mich machen könnte, dass sich nichts geändert hat.

Eine helfende Hand

Nach dem Gespräch mit Ben im Garten war ich etwas besorgt, Stanley wiederzusehen. Bens Worte lasteten schwer auf mir, und ich hatte Angst vor meinen eigenen Gefühlen. Ständig musste ich an Janet, Stanleys Mutter, denken, was schmerzliche Erinnerungen aus meiner Kindheit mit sich brachte. Als ich am Abend darauf das Licht in Stanleys Dachfenster entdeckte, konnte ich das Schluchzen und die Tränen nicht zurückhalten. Sie galten sowohl dem kleinen Jungen, der seine Mutter verloren hatte, als auch den zwei kleinen Mädchen, denen die ihre genommen worden war.

Zum Glück hatte Harry keine derartigen Bedenken und verhielt sich genau wie immer, steckte die Schnauze durch das Gartentor und wedelte mit dem Schwanz, als Stanley herausgerannt kam, um uns zu begrüßen. Also folgte ich seinem Beispiel.

Stanley und Harry sind mittlerweile unzertrennlich. Stanley weiß, wann wir bei ihm vorbeilaufen, und ist immer zur Stelle, um Harry zu begrüßen. Erst kürzlich hat er seinen Besuch sogar auf seiner laminierten Liste ergänzt. »Guck mal, Harry«, rief er stolz aus und zeigte sie mir über das Gartentor hinweg. »Jetzt ist es kein Zufall mehr, weil es auf der Liste steht.«

Aber nicht nur ihre Freundschaft hat sich gefestigt. Auch wenn Ben und ich nie wieder unser Gespräch im Garten erwähnt haben, hat sich etwas in unserer Beziehung verändert. Dadurch, dass wir uns gegenseitig unsere Verletzlichkeit offenbarten, haben wir Zugang zum Backstage-Bereich des jeweils anderen erlangt. So kommt es mir zumindest vor. Ich habe das gebrochene Herz hinter der fröhlichen Fassade gesehen, und auch den erdrückenden Kummer, der einen Weg an die Oberfläche sucht.

Selbst wenn wir viel häufiger über die noch anstehenden Installationsarbeiten und die Elektrik (ich erinnere mich noch sehr genau an eine niemals enden wollende Diskussion über die Vor- und Nachteile von Fußbodenheizungen im Gegensatz zu gusseisernen Öfen) als über Gefühle sprechen, findet sich nun auch anderes in unseren Gesprächen. Wichtigeres.

Zum Beispiel, dass Stanley nicht glücklich in seiner Schule ist. Ben weiß das schon eine ganze Weile, aber langsam öffnet er sich mir gegenüber. Erst kürzlich hat er mir davon erzählt, dass Stanley sich auf der Toilette eingeschlossen und sich geweigert hat, wieder herauszukommen. »Das war während des Sportunterrichts, die verschiedenen Spiele und der Lärm haben ihn überwältigt.« Aber auch das Treffen mit der Lehrerin, um das störende Verhalten seines Sohnes zu diskutieren, sei »nicht gut gelaufen«, wie er zugibt. »Ich habe die Nerven verloren, dann hat sie mich als Störenfried bezeichnet und mir gesagt, jetzt wisse sie, wo Stanley das herhabe.«

Das Ganze kulminiert jedoch erst eine Woche später, als wir in meinem neu gestalteten und deutlich kleineren Badezimmer stehen und uns über begehbare Duschen unterhalten. Ben ist mit Wasserwaage und Maßband ausgestattet, während ich mich durch einen von Bens Aktenordnern mit Broschüren arbeite und dabei versuche, mich für eine Dusche in minimalistischem, zeitlosem Design zu begeistern. Die Idee eines dritten Schlafzimmers auf dem Dachboden ist wirklich gut, aber …

»Bist du dir sicher, dass wir keinen Platz für eine Badewanne haben? Noch nicht einmal für eine kleine?«

»Höchstens, wenn sie die Größe eines Eimers hat.«

»Haha, sehr witzig.«

Ich wende mich wieder den Broschüren zu, aber er muss meine Enttäuschung bemerkt haben, da er kurze Zeit später hinzufügt: »Duschen ist sowieso viel hygienischer. Wer möchte schon in seinem eigenen Dreck sitzen?«

»Sprich besser nur für dich, ich bin nicht so schmutzig.«

Ein Faltblatt fällt heraus.

»Was ist das denn?« Ich hebe es auf und sehe mir die glänzenden Fotos von lächelnden Kindern auf der Vorderseite an: *Privatschule Alderley: Eine glänzende Zukunft.*

»Oh, das muss aus Versehen dazwischengeraten sein.«

»Willst du Stanley auf eine andere Schule schicken?«

»Ich ziehe nur Alternativen in Betracht.«

Ich sehe mir das bunt bebilderte Faltblatt genauer an und überfliege schnell die Informationen zum Unterricht und zur Betreuung von Kindern mit Autismus.

»Wolltest du ihn nicht auf einer Regelschule lassen?«

Ben legt die Wasserwaage beiseite und dreht sich zu mir um. Wir hatten schon einmal darüber gesprochen. Trotz Stanleys Problemen wollte Ben ihn so normal wie möglich aufwachsen lassen, und das bedeutete seiner Einschätzung nach, auf der Grundschule im Ort zu bleiben.

»Ja, das wollte ich, aber ich bin mir nicht mehr sicher, ob das die richtige Lösung ist. Er hat schon wieder Ärger gehabt.«

»Was für Ärger denn?«

»Ach, dasselbe wie immer.« Ben zuckt resigniert mit den Schultern. »Seine Lehrerin scheint zu denken, dass ich Ausreden für Stanleys Verhalten erfinde. Dabei tut er sich einfach nur sehr schwer in bestimmten Situationen, in Gruppen zum Beispiel. Es fällt ihm einfach schwerer als anderen.«

»Das tut mir leid.«

Ben sieht mich dankbar an.

»Ich will seine Lehrerin sicher nicht entschuldigen, aber es ist auch manchmal schwer für die Lehrkräfte«, sage ich betrübt. »Es gibt so viel Druck heutzutage, sie werden ständig begutachtet und müssen Vorgaben erfüllen, dabei sind die Voraussetzungen dafür alles andere als ideal. Es ist wirklich schwer, die Bedürfnisse von jedem einzelnen Kind zu befriedigen, wenn man einunddreißig davon in einer Klasse sitzen hat.«

»Ja, ich weiß, dass es für niemanden leicht ist.«

Ich sehe mir noch einmal das Faltblatt an, die Schule wirkt wirklich ansprechend.

»Stan ist eben mein kleiner Junge«, fährt er fort. »Er ist doch gerade einmal sieben Jahre alt, so klug, lustig und sensibel. Oft denke ich, dass ich ihn genauso im Stich lasse wie seine Schule.«

»Sei nicht albern, natürlich lässt du ihn nicht…«

»Doch, das tue ich«, unterbricht er mich. »Ich möchte, dass sein Anderssein als Bereicherung verstanden wird, nicht als Problem. Er soll glücklich, zufrieden und selbstbestimmt aufwachsen. Ich möchte nicht, dass er durchs Netz fällt und zurückbleibt. Das war Janet sehr wichtig. Sie wollte, dass Stan ein tolles Leben führt. Weil er so ein tolles Kind ist.«

Bens Stolz ist ebenso greifbar wie sein Frust.

»Lass mich dir helfen!«

Er legt die Stirn in Falten. »Wie?«

Ich zeige auf das Faltblatt in meiner Hand. »Das ist nicht die einzige Option für Stanley, ganz bestimmt nicht. Es gibt mehr als eine Grundschule hier in der Gegend. Und mit der passenden Ausstattung und der richtigen Unterstützung von Lehrkräften, die Kinder wie Stanley verstehen, kann alles ganz anders sein.« Ben wirkt müde, ich merke, dass er genauso überfordert ist wie ich nach meinem Umzug. »Aber dafür musst du wissen, worauf du Anspruch hast, und verstehen, wie das System funktioniert.«

Ich gebe ihm das Faltblatt zurück. »Und hier komme ich ins Spiel.«

Valentin

»Ich muss Ihnen leider mitteilen, dass wir uns ein wenig Sorgen um den Gesundheitszustand Ihrer Frau machen.«

Valentin saß Mr Richards gegenüber, er gehörte zum Führungspersonal des Pflegeheims. Man hatte ihn kurzfristig zu einem Gesprächstermin mit Mr Richards und der Teamleiterin, die für Gisele zuständig war, gebeten.

»Sie hat in letzter Zeit den Appetit verloren«, fuhr er mit ernstem Gesichtsausdruck fort.

»Gisele war in Sachen Essen immer schon sehr wählerisch.«

»Sie hat eine ganze Menge Gewicht verloren, meine Mitarbeiter machen sich Sorgen«, sagte nun die Teamleiterin und sah dabei in ihre Notizen.

Valentin war unwohl in seiner Haut, er fühlte sich überrumpelt.

»Ich meine das jetzt wirklich nicht persönlich. Aber meine Frau ist Französin, sie findet das Essen hier sehr einfach.«

Merde war, ehrlich gesagt, die Bezeichnung, die Gisele dafür gewählt hatte, aber so genau musste er es sicher nicht weitergeben.

Mr Richards bebte hinter seinem mit Familienfotos bestückten Schreibtisch.

»Wir haben vielleicht keinen Sternekoch hier, Mr Crowther, aber unsere Cateringkräfte sind hoch qualifiziert und bereiten Mahlzeiten zu, die speziell auf die Bedürfnisse unserer Bewohnerinnen und Bewohner abgestimmt sind.«

Speziell auf die Bedürfnisse unserer Bewohnerinnen und Bewohner abgestimmt sind.

Valentin hatte plötzlich das Bild von *Le Rosbif* vor Augen, das Gisele jeden Sonntag gezaubert hatte. Von außen schön knusprig, innen zart und pink, dazu gab es Gratin dauphinois und Sauce béarnaise. Das Sonntagsessen, das er gerade erst in Giseles Zimmer gesehen hatte, konnte selbst beim besten Willen nicht einmal annähernd ihren kulinarischen Ansprüchen gerecht werden.

»Und sie mag es auch überhaupt nicht, wenn sie ein Lätzchen umgelegt bekommt.«

Bei seiner Ankunft war Valentin von dem Anblick seiner Frau mit Lätzchen ziemlich aufgebracht gewesen, sie war doch kein Baby. Gisele trug Seidenschals aus Paris, keine Plastiklätzchen.

»Wir unternehmen alles in unserer Macht Stehende, um die Würde unserer Bewohnerinnen und Bewohner zu wahren, jedoch dürfen wir dabei nicht die Praktikabilität außer Acht lassen.« Die Teamleiterin wirkte freundlich, aber bestimmt.

»Die Arbeit ist nicht immer leicht, wie Sie sich sicher vorstellen können«, fügte Mr Richards noch hinzu und sah ihn direkt an.

Jetzt fühlte Valentin sich schuldig. Er hatte schließlich selbst erlebt, was es bedeutete, Gisele zu versorgen. Das ständige Verschütten und später auch das Einnässen. Das An- und Ausziehen. Er hatte es nicht allein geschafft. Deshalb war sie hier.

Er merkte, wie ihm die Tränen in die Augen stiegen, ihn zu verraten drohten, und blinzelte hastig. Er wünschte sich, Helen, ihre Tochter, wäre hier. Sie war so klug und blieb in Situationen wie diesen unglaublich ruhig, die Leute respektierten sie. Sie wusste immer die richtigen Worte.

»Ich weiß, dass Sie Ihr Bestes geben.«

»Alles, was wir tun, geschieht selbstverständlich im Interesse

Ihrer Frau, Mr Crowther«, sagte die ihm zugewandte Teamleiterin sehr freundlich, und Mr Richards nickte dazu.

Als würde die Luft aus einem Ballon gelassen, fühlte Valentin, wie er in sich zusammensank. Er wollte gar nicht wütend werden oder sich streiten. Mr Richards war kein unangenehmer Mensch. Jung, ungefähr Mitte vierzig, mit Frau und Kindern, wie unschwer an den vielen Fotos in Silberrahmen abzulesen war. Seine Frau bereitete ihm vermutlich das Abendessen zu, wenn er nach Hause kam, wusch und bügelte seine Hemden, gab ihm einen Gutenachtkuss, nachdem sie miteinander geschlafen hatten.

Oder vielleicht lebten sie ja auch in einer dieser modernen Ehen, in der er selbst seine Hemden bügelte und das Abendessen für die Familie kochte. Wie auch immer, er hatte sicher keine Ahnung von all den schrecklichen Dingen, die vielleicht noch vor ihm lagen. Während seine Frau den wohlverdienten Skiurlaub buchte und er sich Gedanken darüber machte, wie er seine Rentenzahlungen erhöhen konnte, hatte er keine Vorstellung davon, dass seine Frau vielleicht irgendwann keine Erinnerungen mehr an diesen Urlaub haben könnte. Oder er. Dass sie, wenn er ihr die Fotos ihrer Kinder im Silberrahmen zeigte, lächeln und nicken würde, um dann zu fragen, wer das denn da auf den Fotos sei. Dass er seinen Ruhestand allein verbringen würde.

Vielleicht hatte er aber auch Glück, und ihm geschah nichts dergleichen. Valentin wünschte es ihm. Das hatte nicht einmal sein schlimmster Feind verdient. Und Mr Richards war nicht einmal sein Feind. Er hatte nur keine Ahnung. Ganz egal, wie viele Urkunden an seinen Wänden hingen, um zu zeigen, wie erfahren und qualifiziert er in Sachen Demenzpflege war. Niemand konnte sich das vorstellen, solange es nicht einem geliebten Menschen widerfahren war.

»Gisele hat mir heute gesagt, dass sie gern ans Meer fahren würde.«

»Ans Meer?« Mr Richards sah ihn stirnrunzelnd an.

Valentin merkte, dass er langsam die Geduld verlor.

»Mr Crowther, ich hatte wirklich gehofft, dass unser heutiges Gespräch dazu dienen könnte, die aktuelle Situation zu besprechen. Der Empfehlung des Arztes zufolge wäre es gut, wenn wir Ihre Frau zu einem Bluttest bringen könnten.«

Worte. Er benutzte so viele davon. Valentin war noch nie ein Mann der Worte gewesen, er hatte die Schule mit fünfzehn Jahren verlassen, hatte Dinge erledigt und einfach weitergemacht. Was gab es da noch zu besprechen? Seine Frau litt an einer Krankheit, die kein Bluttest der Welt würde heilen können. Aber irgendwie hatte sie in dem Nebel, der in ihrem Kopf herrschte, das Licht der Erinnerung an einen Ausflug nach Whitby, zusammen mit ihrer Tochter vor über fünfzig Jahren, erblickt. Das Gefühl von Sand zwischen den Zehen. Den salzigen Geruch des Meeres. Den Gesang der Wellen. Darüber zu reden, hatte sie mit neuem Leben erfüllt, und er wollte sie festhalten, bevor sie ihm wieder entglitt.

Denn natürlich entglitt sie ihm. Das war Valentin bewusst. Er war schließlich kein Idiot. Mr Richards und diese Teamleiterin mussten ihn nicht zu einem Gespräch einbestellen, um ihn daran zu erinnern. Sie brauchte keinen Bluttest. Sie verschwand vor seinen Augen, nicht nur geistig, sondern auch körperlich.

»Wenn es Ihnen nichts ausmacht, würde ich sie gern vorher nach Whitby bringen.«

Die Art, wie sich die Brust von Mr Richards unter seinem perfekt gebügelten Hemd wölbte, verriet nur zu genau, dass es ihm sehr wohl etwas ausmachte.

»Nur für einen Tag«, fügte Valentin hinzu, in der Hoffnung, ihn dadurch zu beschwichtigen.

»Ich fürchte, wir raten von Tagesausflügen innerhalb des ersten halben Jahres ab, weil sie die Tagesroutine zu sehr durcheinanderbringen …«

»Aber Sie können mich nicht davon abhalten.«

Valentin sah, wie die beiden Blicke austauschten. Bisher hatte die Rolle der Teamleiterin eher im Unterstützen, Papierascheln und Notizenmachen bestanden. Jetzt jedoch, zumindest legte das der ihr zugeworfene Blick nahe, war es ihre Aufgabe, ihn vor diesem streitsüchtigen alten Mann zu bewahren.

»Nein, natürlich nicht, Mr Crowther«, sagte sie mit einem breiten Lächeln. »Wir sind nicht hier, um Familien davon abzuhalten, ihre Lieben zu sehen.«

Valentin merkte, wie er sich entspannte. Er hatte es gar nicht so sagen wollen, ihm ging das alles hier viel zu sehr an die Nieren, und er war frustriert.

»Wie wäre es, wenn ich uns allen erst mal eine schöne Tasse Tee machen würde? Dann können wir besser über alles reden, vielleicht ja sogar bereits einen Termin für später im Jahr festlegen?« Unter dem deutlich wohlwollenderen Blick von Mr Richards stand sie auf. »Wie trinken Sie denn Ihren Tee? Mit Milch? Oder Zucker?«

Er spürte Enttäuschung, die jedoch schnell Entschlossenheit wich.

»Nein, lieber nicht. Danke.« Valentin stand auf und nahm die Mütze ab. »Ich habe schon viel zu viel Ihrer kostbaren Zeit in Anspruch genommen.«

Er wandte sich dankbar lächelnd zum Gehen. Denn dankbar war er, letzten Endes waren sie alle echte Heilige. Sie passten auf Gisele auf, kümmerten sich um sie und auch um all die anderen geliebten Menschen. Er hatte mit eigenen Augen gesehen, wie freundlich und geduldig die Pflegekräfte waren, er war ihnen allen etwas schuldig.

Aber er würde sich trotzdem nicht davon abhalten lassen, seine Frau an die Küste zu bringen, damit sie das Meer sehen konnte.

»Die Wettervorhersage hat für Montag Sonne angekündigt. Wir sehen uns dann.«

He du,

ich wünschte, du wärst hier!

Ich schicke dir Post aus Whitby. Von einem Tagesausflug mit meinem Freund Valentin, seiner Frau Gisele, Maya, der ich Nachhilfe gegeben habe, ach ja, und Will hat sich uns auch angeschlossen. Habe ich dir schon erzählt, dass er für ein paar Tage zu Besuch ist? Na ja, egal. Wir sind alle am Morgen zusammen hergefahren, in Valentins altem Campingbus (Glücklicherweise hat Harry seine Reiseübelkeit abgelegt!). Wir haben eine schönere Strecke mit Aussicht genommen, aber ehrlich gesagt, glaube ich, dass wir uns einfach nur verfahren haben. Irgendwann sind wir dann aber doch am Meer angekommen. Du kannst dir gar nicht vorstellen, wie aufgeregt Gisele war. Und Harry erst!

Ich glaube, er war noch nie zuvor am Meer, zumindest ist er am Strand ziemlich durchgedreht, hat die Wellen angebellt und versucht, sie zu fangen. Er hat uns alle zum Lachen gebracht, sogar Gisele, was ziemlich viel bedeutet, weil es ihr in letzter Zeit nicht sehr gut ging. Valentin sagt, er habe sie zum ersten Mal seit langer Zeit wieder lachen sehen. Mir tut es gut, Zeit mit Will zu verbringen. Warte ab, bis du ihn wiedersiehst, er ist so groß geworden. Maya und er verstehen sich wirklich prächtig – vielleicht wird daraus ja sogar ein Urlaubsflirt?

Ach, wie schön es wäre, noch einmal so jung zu sein … es kommt mir unheimlich weit weg vor. Als wäre ich mittlerweile ein anderer Mensch. Das erinnert mich an Ben. Du weißt ja, dass ich ihn in letzter Zeit oft gesehen habe. Nein, nicht so. Er arbeitet am Haus, und wir haben uns richtig kennengelernt. Es ist schon verrückt, wie falsch man jemanden einschätzen kann. Er ist überhaupt nicht mehr wie früher. Aber das gilt vermutlich für uns alle, oder etwa nicht?

Hier zu sein, erinnert mich auch daran, wie wir vor langer Zeit einmal ans Meer gefahren sind. Du hattest so ein Gummiboot aufgetrieben, und ich sorgte mich die ganze Zeit, du könntest darauf wegschwimmen. Weißt du noch, wie du eine Kordel daran befestigt hast und ich die ganze Zeit am Ufer stand, um dich festzuhalten, damit du nicht einfach verschwindest? Manchmal kommt es mir auch heute noch so vor, als würde ich dort stehen, ein Stück Kordel in der Hand.

Du weißt, dass ich dich niemals loslassen werde, oder?

X

See You later, Alligator

Auf meinem Strandtuch schreibe ich die E-Mail zu Ende, dann mache ich Fotos von der Postkarte mit einem Gruß darauf und verschicke sie per E-Mail. Willkommen im einundzwanzigsten Jahrhundert. So kommt sie viel schneller an, und eine Briefmarke wird auch nicht benötigt.

Noch nicht einmal eine Adresse.

Ich atme die salzige Luft ein, richte mich auf und schaue aufs Meer. Beobachte die schaumigen Kämme der Wellen, die langsam anrollen und sich überschlagen, das Licht glitzert auf der Wasseroberfläche, die sich bis zum Horizont erstreckt. Ein perfekter Sommertag. Blauer Himmel. Strahlende Sonne. Warmer Windhauch.

Über meine sonnengebräunte Schulter hinweg sehe ich Maya und Will gemeinsam im Sand sitzen. Sie haben sich vor ein paar Tagen kennengelernt, als Maya unter dem Vorwand zu mir kam, ein paar Materialien zurückzubringen, da sie ihre Prüfungen hinter sich gebracht hatte, auch wenn sie wohl eher über die Trennung von Zac reden und mal wieder ihren Eltern entkommen wollte. Sie bestanden darauf, dass Maya studieren sollte. Maya hingegen war weiterhin davon überzeugt, genau das nicht zu wollen.

Die Arme. Sie hatte wirklich gute Miene zu bösem Spiel gemacht, aber ich weiß, wie sehr sie die ganze Sache mit Zac aus der Bahn geworfen hat. Als ich sie an jenem Abend nach dem Theater nach Hause fuhr, hatte sie sich geweigert, zu weinen und erklärt, ohne ihn sowieso viel besser dran zu sein. Dennoch war er ihre erste große Liebe, und wir wissen alle, wie intensiv sich das anfühlt, selbst wenn sie nicht erwidert wird. Wie bei mir damals mit Ben. Über dreißig Jahre ist das nun her, und ich kann mich noch genau an meine jugendlichen Gefühle erinnern.

Aber letzten Endes sprach Maya bei diesem Besuch gar nicht über Zac, sondern redete, was sage ich, flirtete mit Will, der nach einer vier Tage dauernden Schlafsession aufgewacht war und nur mit Flipflops und einem Sarong bekleidet in meiner Küche herumhing. Er hatte sich kurzerhand dazu entschieden, doch noch einige Wochen länger zu bleiben, was mich richtig glücklich machte. Jetzt liegt er dort, braun gebrannt, muskulös, als wäre er gerade erst *Love Island* entsprungen, und in seinen bunten Surfer-Shorts, die er aus Thailand mitgebracht hat. Die Kopfhörer in den Ohren, sucht er etwas auf seinem Telefon und unterhält sich dabei mit Maya. Wie oft habe ich ihn damit aufgezogen, dass er sich immer nur auf eine Sache konzentrieren konnte, und jetzt auf einmal: *Multitasking.* Wer hätte das gedacht?

Maya sitzt im Schneidersitz neben ihm, ihrerseits riesige Kopfhörer auf den Ohren, frisch mit Sonnencreme eingeschmiert, in einem Oversized-T-Shirt, und sucht zeitgleich etwas auf ihrem Telefon. Immer wieder zeigen sie sich gegenseitig ihre Displays und lachen. Sie reichen eine Selbstgedrehte hin und her, die ganz schön verräterisch riecht. Ich stelle keine Fragen, freue mich einfach, dass sie beide so glücklich wirken. Wer bin ich schon? Eine langweilige alte Tante, deren Urlaubsflirts so lange zurückliegen, dass es damals weder Smartphones noch Spotify gab.

Wie war das bloß in Valentins und Giseles Jugend, frage ich mich und sehe zu ihnen hinüber. Sie sitzen Seite an Seite auf ihren Liegestühlen und teilen sich eine Thermoskanne Tee. *Lapsang Souchong.* Hinter ihnen steht eine Reihe bunt gestrichener Strandhütten. Wenn man die beiden so anschaut, könnte man glauben, sie wären ein ganz normales altes Ehepaar, das sorglos den Tagesausflug ans Meer genießt. Ich mache ein Foto von ihnen mit meinem Telefon. Halte einen Moment fest, in dem sie genau das sind.

»Lust auf einen kleinen Ausflug zum Vampirejagen?«

So hatte Valentin die ganze Sache ein paar Tage zuvor eingeleitet, nachdem er seinen Campingbus aus der Garage geholt hatte. Ihm war unser Gespräch im Gedächtnis geblieben. Schon immer hatte ich die berühmte Küstenstadt Whitby besuchen wollen, was für eine Gelegenheit! Da bald die Sommerferien beginnen würden, standen gerade nicht so viele Nachhilfestunden an, und ich hatte genügend freie Zeit.

Und wer wusste schon, wie lange noch? Ich hatte es nicht vermisst, vor einer Klasse zu stehen, das Gehalt hingegen schon. Wenn ich ehrlich zu mir war, sollte ich vermutlich besser wieder zu einer Vollzeitstelle als Lehrerin zurückkehren, auch wenn ich mich bisher noch nicht zu einer Bewerbung hatte durchringen können.

Außerdem wäre es natürlich eine wunderbare Gelegenheit, endlich Gisele kennenzulernen. So viel hatte ich mittlerweile von ihr gehört, aber Valentin wollte nicht, dass ich sie im Pflegeheim sah. »Sie würde das nicht wollen«, hatte er gesagt, als ich ihm angeboten hatte, ihn bei einem seiner täglichen Besuche zu begleiten. »Sie ist so eine stolze Frau. Der erste Eindruck zählt, hat sie immer gesagt.«

Ehrlich gesagt, brauchte Valentin auch einfach jemanden, der ein wenig mithelfen konnte. Niemals hätte er es zugegeben, aber es kostete ihn einiges an Mühe. Gisele hatte zwar ihren Gehstock, war jedoch trotzdem ein wenig unsicher zu Fuß, weshalb es auf jeden Fall einfacher war, wenn ihr jemand in den Campingbus und wieder heraus helfen konnte. Dann kamen noch weitere Hände hinzu.

»Je mehr, desto besser«, hatte Valentin auf meine Frage, ob Will und Maya auch mitkommen könnten, geantwortet.

Gisele wirkte zerbrechlicher, als ich sie mir vorgestellt hatte, mit ihren zarten Fußgelenken und ihren leuchtenden Augen, die die Farbe von Hyazinthen hatten. Ihr schicker, dunkelblauer Hosenanzug war makellos, dazu trug sie einen passenden Seidenschal, perfekt um den Hals geschlungen – wie schaffen Französinnen das nur? Der Sonnenhut mit breiter Krempe dazu erklärte, warum sie so eine wunderbare Haut hatte.

Gisele sprach recht viel Französisch, was ich trotz meines Schulfranzösischs nur sehr schwer verstand. Sie wirkte begeistert darüber, mich zu sehen, nahm mich in den Arm und gab mir Küsschen auf beide Wangen, noch mehr freute sie sich jedoch über Harry, auf den sie sofort reagierte, ihn streichelte und kraulte, obwohl er ihre dunkelblauen Hosenbeine mit seinen Haaren übersäte. Maya und Will winkten ihr hinten aus dem Campingbus zu, der erstaunlich geräumig war. Er hatte lange in der Garage gestanden, aber Valentin hatte ihn gewaschen und die Teppiche gesaugt, während ich die Vorhänge aufgebügelt hatte.

»Es ist gut, mal wieder eine Runde damit zu drehen«, sagte Valentin, während wir den Bus auf Vordermann brachten. »Ihm neues Leben einzuhauchen.«

Ich stimmte ihm zu und nickte, aber wir beide wussten, dass wir nicht nur dem Campingbus neues Leben einhauchen wollten.

»Ahhh, ich fass es nicht!«

Maya kreischt auf und weckt damit Harry, der neben mir liegt. Er springt auf und beginnt sofort, eine unsichtbare Gefahr anzubellen.

»Was ist los?«, frage ich, während ich ihn beruhige.

Sie kommt schnell zu mir herüber und hält mir ihr Telefon vors Gesicht.

»Nichts Schlimmes. Guck mal!«

Ich werfe einen Blick auf ihr Display, aber wegen der Sonne kann ich nichts erkennen.

»Was steht denn da?«

Und meine Lesebrille sollte ich wohl auch besser aufsetzen.

»Das ist die Crowdfunding-Seite, die ich wegen des Gemeindesaals aufgesetzt habe«, fährt sie aufgeregt fort. »Es sind schon die ersten Spenden eingegangen.«

»Du hast tatsächlich eine Crowdfunding-Seite erstellt?« Ich sehe sie erstaunt an. »Das wusste ich ja gar nicht.«

»Ich dachte, ich behalte das besser erst einmal für mich, falls kein Geld dadurch zusammenkommen sollte…« Sie unterbricht sich grinsend. »Aber guck mal, wir haben schon siebenhundertfünfzig Pfund gesammelt.«

»Hat da gerade jemand siebenhundertfünfzig Pfund gesagt?«, meldet sich eine Stimme aus dem Liegestuhl zu Wort. Valentins Gehör scheint sich schlagartig verbessert zu haben.

»Wer hat denn Geld gespendet?«, frage ich.

Maya liest die Namen laut vor. Ein paar Leute aus dem Ort erkenne ich wieder.

»Also ich nicht.« Valentin schüttelt den Kopf.

»Nicht was?«

Gisele hat einen deutlichen französischen Akzent. Ich sehe, wie sie sich Valentin zuwendet. Sie wirkt besorgt.

»Wir sammeln Geld, Liebste, für den Gemeindesaal, damit wir wieder tanzen gehen können.«

»Tanzen?« Ihr Gesicht hellt sich auf.

»Aye, erinnerst du dich? Wie früher?«

Aber jetzt schaut sie schon wieder ängstlich, ihre Hände im Schoß verschränkt, reibt sie sich aufgeregt mit den Fingern über die Fingerknöchel. Ich stehe von meinem Handtuch auf und gehe zu den beiden hinüber. Sobald sie mich sieht, lächelt sie und streckt mir die Hände entgegen.

»Helen. *Mon bébe*…«

Ich sehe den Schmerz auf Valentins Gesicht, als seine Frau mich mit ihrer Tochter verwechselt, aber ich lächle zurück und lasse mich von ihr drücken. Menschen, die an Demenz leiden, zu korrigieren regt sie nur auf und verwirrt sie, habe ich kürzlich gelesen.

»Ist es nicht ein schöner Tag?«, sage ich, als wir uns wieder voneinander lösen, auch wenn sie ihre Finger in meinen verschränkt und mich nicht loslässt. Ich drücke ihre Hand und lächle Valentin beruhigend an. Er erwidert mein Lächeln dankbar.

»Jour parfait«, sagt sie da. »Ich war schon einmal mit meiner Tochter und meinem Mann hier, müssen Sie wissen.«

»Das klingt gut.«

»Sie war noch ein Baby, krabbelte durch den Sand …« Sie wirft mir einen Blick zu, als könnte sie mich nicht richtig zuordnen, und kurz mache ich mir Sorgen, sie verwirrt zu haben, aber bereits Sekunden später ist ihr Kopf schon wieder woanders. »Mein Mann hätte Ihnen sicher gut gefallen. Wir sind ins Mecca zum Tanzen gegangen. Sie hätten uns mal auf der Tanzfläche sehen sollen …«

Sie lässt meine Hand los und klopft mit den Fingern eine unbekannte Melodie auf die Armlehne des Liegestuhls.

»Möchtest du sie einmal ausprobieren?«, fragt Maya, die jetzt zu uns herüberkommt und dabei die riesigen Kopfhörer abnimmt, die sie um den Hals trägt. Sie reicht sie Gisele. »Damit kann man Musik hören.«

»Danke, aber das ist nicht nötig …«

Valentin antwortet für seine Frau. Aber Maya lässt sich nicht so leicht abwimmeln.

»Zu welcher Musik habt ihr denn immer getanzt? Ich habe Spotify.«

»Hä?« Er sieht sie irritiert an.

»Bill Haley and the Comets«, sage ich rasch bei dem Gedanken daran, wie Valentin mir das Jive-Tanzen beigebracht hat.

»Okay, warte…« Sie tippt gewandt auf ihrem Telefon herum. »Wie wäre es mit *See You Later, Alligator*?«

»Oh, das haben wir immer sehr gemocht, nicht wahr, Gisele?« Valentin wendet sich seiner Frau zu.

Keine Antwort. Als wäre sie an einem anderen Ort, an dem sie uns nicht hören kann. Valentins betroffener Gesichtsausdruck zerreißt mir das Herz. Wunder wie im Film gibt es leider doch nicht. Das hier ist das echte Leben. Dann jedoch geschieht etwas Bemerkenswertes. Maya hockt sich neben Gisele in den Sand, hält ihr die Kopfhörer ans Ohr, und als die ersten Töne des Liedes erklingen, reagiert sie sofort. Sie reißt die Augen auf, und ihr ganzes Gesicht strahlt, als sie sich im Takt der Musik zu bewegen beginnt.

»Seht ihr, sie erinnert sich«, sagt Maya grinsend, während ich fasziniert zuschaue.

»Natürlich tut sie das.« Auch Valentin wirkt gerührt.

»Ich habe eine Idee…« Maya ruft zu Will hinüber: »Hey, leih mir mal kurz deine Kopfhörer.«

Es dauert nicht lang, bis die beiden Geräte synchronisiert sind, jetzt tragen Gisele und Valentin beide Kopfhörer, als das Lied erneut beginnt. Dieses Mal streckt Valentin die Hand aus, wie schon so viele Male zuvor in der Mecca-Tanzhalle in Leeds mit gerade einmal neunzehn Jahren. Und Gisele nimmt seine Hand, genau wie mit siebzehn, und sie tanzen zusammen barfuß im Sand.

Zwei Menschen, vereint in einer glücklichen Erinnerung, um sie herum das Geräusch der sich brechenden Wellen. Ein Wunder vielleicht nicht, aber wenn das kein magischer Augenblick ist, dann weiß ich auch nicht.

Leergelaufen

Später verlassen wir den Strand und essen Fish & Chips an der Promenade.

»Ich wusste es ja. Mit deinem Appetit ist alles in Ordnung, ein bisschen Meeresluft hat gefehlt«, sagt Valentin fröhlich und gibt Salz und Essig auf die Pommes seiner Frau. »Nicht wahr, Liebste?«

Er kann niemanden täuschen, am wenigsten sich selbst. Wir alle sehen genau, dass Gisele nur wenige Happen schafft, aber Valentin scheint entschlossen, sich davon nicht unterkriegen zu lassen. Der gemeinsame Tanz war ein unerwartetes Geschenk, diesen Tag lässt er sich nicht verderben.

Die beiden bleiben auf einer Bank mit Meerblick sitzen, während wir anderen zur Abtei von Whitby laufen, Harry folgt uns auf den Fersen. Der Weg mit einem unglaublichen Ausblick aufs Meer führt an gotischen Ruinen entlang. Wen wundert es da, dass Bram Stoker seinen berühmten Roman hier hat spielen lassen? Mehr Atmosphäre geht kaum.

Es macht Spaß, mit Maya und Will unterwegs zu sein. Die beiden scheint es auch nicht groß zu stören, mich als drittes Rad am Wagen dabeizuhaben. Sie unterhalten sich über Bands, deren Namen ich noch nie gehört habe, Wills Backpacker-Kapriolen, von denen ich lieber nie etwas gehört hätte, und nebenbei auch immer wieder über Sommerfestivals und ihre Zukunftspläne.

»Ich hab sie bestimmt verbockt.«

Maya macht sich immer noch Sorgen über ihre Prüfungen.

»Bestimmt nicht!«, sage ich, während wir stehen bleiben, um die Aussicht zu genießen. »Und außerdem wolltest du doch eh nicht studieren, oder? Dann spielen die Noten sowieso keine so große Rolle.«

»Warum willst du denn nicht studieren?« Will sieht sie fragend an. »Das waren die besten drei Jahre meines Lebens.«

»Weil ich keine drei Jahre Party machen will«, witzelt Maya. »Sondern die Welt verändern.«

»Ach ja?« Er sieht sie interessiert an. »Und was willst du da genau machen?«

»Protestieren und demonstrieren.«

»Und du glaubst, dadurch wird sich etwas ändern?«

»Frag doch Greta Thunberg.«

»Sie ist vermutlich zu beschäftigt damit, mit den Staatschefs der Welt zu reden.« Er grinst, und ich merke, wie sich Maya entspannt. »Ich sage ja nicht, dass Demonstrationen überhaupt keine Auswirkungen haben. Aber ich halte es für einfacher, die Welt von innen heraus zu verändern, als von außen zu protestieren. Deshalb habe ich Jura studiert, ich werde Anwalt für Umweltrecht.«

»Wirklich?« Maya wirkt mit einem Mal sehr interessiert. Eine solche Möglichkeit war ihr nie in den Sinn gekommen, und man sieht ihr an, wie sehr sie diese Idee beschäftigt.

»Ja, als Nächstes mache ich ein bezahltes Praktikum bei einer der großen Organisationen, die sich mit Renaturierung und Klimawandel beschäftigen. Im September fange ich dort an.«

Und einfach so, ohne sich dessen überhaupt bewusst zu sein, schafft Will etwas, das nörgelnde Eltern oder private Nachhilfelehrerinnen niemals erreichen könnten: Maya ändert ihre Meinung.

*

Später am Nachmittag machen wir uns wieder auf den Weg nach Hause, ganz erfüllt vom Geruch nach Meer, Fish & Chips und der wärmenden Sonne. Die Fahrt dauert zwei Stunden, wir vertreiben uns die Zeit damit, die Fotos des Tages anzuschauen und noch einmal die lustigsten Augenblicke Revue passieren zu lassen, miteinander zu reden und zu lachen wie alte Freunde.

Nur Gisele ist sehr still. Ich sehe sie an, sie sitzt auf dem Beifahrersitz neben Valentin. Das Fenster ist heruntergekurbelt, und sie schaut auf die vorbeifliegende Landschaft. Was sie wohl gerade denkt? Ich frage mich, ob sie sich noch an frühere Tagesausflüge erinnert – oder gar an den heutigen. Da fällt mir etwas ein, das immer so leicht dahingesagt wird: Lebe im Hier und Jetzt. Seitdem Harry bei mir ist, klappt es immer besser, aber der Tag mit Valentin und Gisele hat mir noch einmal schmerzlich vor Augen geführt, wie wichtig es wirklich ist.

Wir müssen auf direktem Weg zurück, und Valentin hat sich bereit erklärt, mir die Routenplanung zu überlassen. Gerade eine Stunde sind wir unterwegs, als der Campingbus auf einmal zu stottern und zu ächzen beginnt.

»Ist alles in Ordnung?«, frage ich alarmiert.

»Aye, das passt schon«, beruhigt mich Valentin.

Ein paar Minuten fahren wir so weiter, und schon glaube ich, dass ich mir alles nur eingebildet habe, doch dann verlieren wir an Geschwindigkeit, gefolgt von weiteren Störgeräuschen, bis plötzlich der Motor ausgeht und wir uns gerade noch in eine Haltebucht retten können, bevor der Campingbus liegen bleibt.

»Ist es der Motor?« Will streckt sich, um die Warnleuchten auf dem Armaturenbrett besser erkennen zu können. Da der Bus schon alt ist, gibt es allerdings nur ein paar Knöpfe.

Valentin versucht zu starten. Nichts passiert.

»Geht es nicht mehr weiter?« Maya sieht von ihrem Telefon auf.

Ich lege den Finger auf den Mund und zeige auf Gisele, die einen besorgten Eindruck macht.

»Ich möchte nach Hause«, sagt sie jetzt. »Kann ich jetzt nach Hause?«

»Natürlich, Liebste, ich muss nur schnell Roxy wieder zum Laufen bringen«, versucht Valentin, sie zu beruhigen.

»Kann ich irgendwie helfen?«, frage ich betont fröhlich.

»Tja, es kommt drauf an …« Valentin schiebt seine Mütze zurück und kratzt sich an der Stirn.

»Worauf?« Will rutscht einen Sitz weiter nach vorn. »Ich kenne mich ein wenig mit Motoren aus, ich kann gern einen Blick unter die Haube werfen.«

»Da wirst du nicht viel finden.«

»Woher weißt du das, ohne geguckt zu haben?«

»Wir haben einfach kein Benzin mehr im Tank.« Er zeigt auf die Anzeige. »Ich habe ganz vergessen, aufzutanken.«

Einen Moment herrscht Stille.

»Ich habe es sogar auf meine Liste geschrieben«, fährt er fort. »Wie konnte ich das bloß vergessen? Das muss an der ganzen Aufregung gelegen haben.«

»Bist du Mitglied im Automobilclub?«, fragt Maya.

Valentins Gesichtsausdruck nach zu urteilen, ist er keins. Er sieht ziemlich zerknirscht aus.

»Keine Sorge, ich aber«, sage ich schnell, hole mein Telefon heraus und wähle die Nummer. Warteschleife.

»Ich möchte nach Hause«, wiederholt Gisele, sie wirkt sichtlich gestresst.

»Das haben wir gleich.«

Als ich endlich durchkomme, sind sie sehr beschäftigt. Das gute Wetter hat viele Menschen auf die Straße gebracht, was auch zu vielen liegen gebliebenen Autos geführt hat. Die momentane Wartezeit, bis jemand zu uns kommen kann, beträgt mindestens eine Stunde. Ich teile den anderen die Nachricht mit.

»Bitte, ich habe Angst.«

»Du bist in Sicherheit, Liebste. Versprochen.«

Die Sorge auf Valentins Gesicht, während er vergeblich versucht, Gisele zu beruhigen, ist nicht zu übersehen. Maya und Will sagen ermutigende Worte, aber nichts scheint zu wirken. Stattdessen wird Gisele immer aufgeregter, und auch in mir steigt langsam Panik auf. Wie sollen wir sie bloß beruhigen, bis die Leute vom Automobilclub kommen? Es muss doch irgendetwas geben. Mein Blick fällt auf Harry. Er hatte sich zum Schlafen unter dem Rücksitz zusammengerollt, aber jetzt ist er aufgewacht und bahnt sich zwischen den Sitzen hindurch einen Weg zu Gisele, legt seine Schnauze in ihren Schoß. Geistesabwesend beginnt sie, seinen weichen Kopf zu streicheln, ihre Finger kraulen sein Fell wie von allein, sie wirkt schon deutlich ruhiger. Eine unglaubliche Veränderung.

Nachdem ich unseren Standort durchgegeben habe, lege ich auf und sehe Valentin an. Er erwidert erleichtert meinen Blick.

Seine Lippen formen ein »Danke«.

»Dank nicht mir.« Ich zeige auf Gisele, die sich mit geschlossenen Augen und einem friedlichen Lächeln auf den Lippen entspannt zurückgelehnt hat. »Sondern Harry.«

Stanley

Rote Autos: 14.

Blaue Autos: 10.

Weiße Autos: 6 und ein Lieferwagen, aber der zählte eigentlich nicht.

Stanley zählte alle Autos, die ihnen auf dem Weg begegneten. Er mochte es zu zählen, dadurch waren die Dinge geordneter und übersichtlicher. Wie wenn Tante Holly ihn in sein Zimmer zum Aufräumen schickte. Nur war das hier nicht sein Zimmer, sondern die Welt draußen. Er fühlte sich dadurch auch sicherer, weil er sonst manchmal Angst beim Autofahren bekam. Heute müsste er keine Angst haben, hatte sein Vater gesagt, weil Liv und Harry sie begleiten würden.

Zuerst hatte er Autos in allen Farben zählen wollen, aber es waren einfach zu viele auf der Straße unterwegs. Also hatte er sich auf rote, weiße und blaue Autos beschränkt, weil das die Farben des Union Jack waren, der Fahne des Vereinigten Königreichs.

Als sie ankamen, wurden sie draußen von einer Frau begrüßt. Sie hatte stark gelocktes Haar und lächelte viel, während sie Dads Hand schüttelte. Sie fragte ihn, wie die Anfahrt gewesen sei, also erzählte Stanley ihr von den roten, weißen und blauen Autos und dem Union Jack.

»Die amerikanische Fahne wird Sternenbanner genannt, da sind Sterne und Streifen drauf«, fügte er hinzu.

Sie schien ziemlich beeindruckt zu sein, dass er so viel über

Fahnen wusste und sogar ihre Namen kannte. Also erzählte er ihr, dass seine Klasse diese Woche etwas über Fahnen gelernt hatte.

»Magst du deine Schule, Stanley?«

»Manche Dinge daran ja.«

Das stimmte auch. Es gab ein paar Dinge, die er wirklich gern mochte. Zum Beispiel, wenn er für den Geschichtsunterricht aus Pappmaschee und Farben einen Luftschutzbunker aus dem Zweiten Weltkrieg herstellen konnte. Oder wenn er lesen und Geschichten erfinden durfte. Am besten gefiel es ihm jedoch, neue Wörter zu lernen. Andere Dinge mochte er allerdings überhaupt nicht, und darüber wollte er auch nicht reden, weil ihn das nur nervös machen würde.

Glücklicherweise fragte die Frau mit den Locken nicht nach den Dingen, die er nicht mochte. Sie wollte stattdessen wissen, ob sie Lust hätten, einen Rundgang durch die Schule zu machen, aber eigentlich war das keine richtige Frage. Stanley hatte bemerkt, dass Erwachsene das ständig taten: Sie stellten Fragen, die eigentlich gar keine waren. Aber egal, dieses Mal machte es ihm nichts aus, weil sie sehr nett war und ihnen jede Menge zeigte, zum Beispiel die große, helle Aula, an deren Wänden ganz viele Bilder aus dem Kunstunterricht hingen. Oder die Kiste, die es in jedem Klassenraum gab, wenn man mal traurig, wütend oder sauer war.

Sie nannte sie die Beruhigungskiste und ließ Stanley damit spielen. Das gefiel ihm. In seinem Kopf machte er eine Liste von den Dingen, die darin waren: Knetmasse, biegbare Pfeifenreiniger, Fühlsäckchen, ein Massageball und kleine Deckchen so weich wie das Schnuffeltuch, das er immer noch zu Hause unter seinem Kopfkissen aufbewahrte. Seinem Dad schien die Kiste auch zu gefallen, da er die ganze Zeit lächelte, während Stanley damit spielte. Liv hatte Harry im Wagen gelassen, da Hunde in der Schule nicht erlaubt waren. Sie stellte eine Frage nach der anderen. Er hörte, wie sie über »Unterstützung« und

»adäquate Förderung« sprach sowie darüber, ihn in einem »allgemeinen Bildungsumfeld« zu halten. Stanley wusste nicht, was das alles bedeutete, aber er hoffte, dass es Harry gut ging.

Auf dem Weg nach Hause fragte ihn sein Dad, ob er gern auf diese Schule gehen würde. Stanley wusste es nicht. Er mochte keine neuen Sachen. Aber sein Dad sagte, Harry sei auch neu gewesen, und jetzt würde er Harry sehr gern mögen. Was ein wirklich gutes Argument war, das Stanley zum Grübeln brachte. Also sagte er, er werde darüber nachdenken, und schaute aus dem Fenster. Dieses Mal zählte er:

Rote Autos: 8

Blaue Autos: 18

Weiße Autos: 4

Wodurch die blauen Autos insgesamt gewonnen hatten: Es waren 28. Das gefiel Stanley, schließlich war Blau seine Lieblingsfarbe.

Ein runder Geburtstag

An einem Samstagmorgen, zwei Wochen nach dem Ausflug ans Meer, nehme ich den Zug nach London, um Naomis großen Tag zu feiern. Ich werde das ganze Wochenende fortbleiben. Eigentlich ist es nur eine Nacht, aber immerhin. Ein ganzes Wochenende in der Stadt! Zurück an dem Ort, den ich über zwanzig Jahre mein Zuhause genannt habe. Es fühlt sich gleichzeitig seltsam und aufregend an, und in die Vorfreude mischen sich noch eine ganze Reihe anderer komplizierter Gefühle. Aber ich möchte sie nicht näher analysieren, also verstaue ich sie zusammen mit meiner Unterwäsche und der Kulturtasche.

Valentin passt netterweise auf Harry auf. Er will viele Spaziergänge mit ihm machen, was ja auch sein Arzt verordnet hat, aber ich habe die leise Ahnung, dass einige davon im Pub enden werden.

»Tja, Spazierengehen macht durstig«, verteidigt sich Valentin, als ich meine Bedenken äußere. »Und der Arzt hat mir gesagt, ich müsse in meinem Alter unbedingt darauf achten, genügend Flüssigkeit zu mir zu nehmen.«

»Meinte er damit auch Bier?«, frage ich nach, aber Valentin tut so, als würde er mich nicht hören.

Da Valentins Campingbus noch immer in der Werkstatt ist – wie sich herausstellte, hatte es doch nicht nur an dem fehlenden Benzin gelegen, dass wir auf dem Weg zurück vom Meer liegen geblieben waren –, bringt Ben mich netterweise zum

Bahnhof. In letzter Zeit ist er häufig guter Dinge und nicht so abgelenkt. Seit dem Schulbesuch letzte Woche scheinen sich viele seiner Sorgen in Luft aufgelöst zu haben. Von der Schule wusste ich durch Evelyn, die ich beim Pub-Quiz kennengelernt hatte. Laut Valentin war sie selbst einmal Schuldirektorin, also ging ich bei einem meiner Spaziergänge an ihrem Haus vorbei, um sie um Rat zu bitten. Begeistert davon, helfen zu können, hatte sie sich mit einer früheren Kollegin in Verbindung gesetzt, die mittlerweile Direktorin an einer Regelschule im Nachbarort war. Diese Schule ist darauf spezialisiert, Kinder mit besonderen Bedürfnissen wie Stanley zu unterstützen.

Da der Kennenlern-Besuch der Schule ein voller Erfolg gewesen war, warten sie jetzt darauf zu erfahren, ob im nächsten Schuljahr ein Platz für ihn frei werden würde. Momentan sind alle Plätze belegt.

Der Regionalzug ist ziemlich voll. Als wir den Bahnhof verlassen haben, finde ich jedoch noch einen freien Sitz. Ich muss daran denken, wie ich hier mitten im Winter ankam, mein Leben ein einziges Chaos. Waren wirklich erst sechs Monate vergangen, seitdem ich in diesem dunklen, winzigen Schlafzimmer gestanden hatte, das zu meinem neuen Zuhause werden sollte, und auf die tiefschwarze Dunkelheit des Friedhofs geschaut hatte? Wie einsam und allein ich mich damals noch gefühlt hatte, von der Angst getrieben, einen Fehler zu begehen. Fast schon verzweifelt hatte ich mich danach gesehnt, mich zugehörig zu fühlen.

Eine Nachricht von Maya geht ein. Sie wünscht mir eine gute Reise und sendet eine Reihe zufällig gewählter Emojis mit. Dafür bekommt sie einen lächelnden Smiley von mir zurück. Heute bin ich ganz erfüllt von dem Gefühl der Zugehörigkeit. Auch wenn ich es manchmal selbst noch nicht glauben kann.

Ich lehne meinen Kopf ans Fenster und schaue hinaus.

Vorbei ist die Zeit der Baumgerippe und der tief hängenden, dunklen Wolken, die mich bei meiner Ankunft hier begrüßt haben. Auf der langsamen Fahrt durch die hügelige Landschaft, in der einzelne Schafe wie kleine weiße Punkte leuchten und die von Trockensteinmauern durchkreuzt wird, sauge ich all das in mich auf. Der Sommer leuchtet in sattem Grün. So strahlend und lebendig, wie die Landschaft der Dales sich gerade präsentiert, kommt mir der trostlose Winter unvorstellbar weit weg vor.

Die Schornsteine der Textilfabriken kündigen die Ankunft in Leeds an, dort steige ich in einen eleganten, modernen Zug nach London um. Was für eine Symbolkraft! Die Geschwindigkeit erhöht sich, und mit ihr verwischen die Farben. Felder und Landschaft machen Platz für Zersiedelung. Wir halten an Bahnhöfen, die immer voller werden, wie auch der Zug. Menschen in Anzügen und mit Smartphones in den Händen sind nun allgegenwärtig. Kaum auf ihrem Platz, fangen sie auch schon an, auf ihre Telefone zu starren – falls sie das denn überhaupt unterbrochen haben. Niemand schaut auf. Niemand schaut jemals auf. Wie konnte mir das bisher entgehen?

Endhaltestelle ist Kings Cross. Die Reisestrecke beträgt etwas über zweihundert Meilen, aber ich steige in einer anderen Welt aus. Im Bahnhof drängen sich massenhaft Menschen, eilen hin und her, alle darauf bedacht, schnellstmöglich woanders zu sein. Das Leben fühlt sich an, als hätte es auf einmal an Fahrt aufgenommen. Ich sehe mich um, zum ersten Mal seit Monaten entdecke ich kein einziges mir bekanntes Gesicht.

Die U-Bahn ist brechend voll, ich stehe die gesamte Fahrt bis zu Naomi. Sie lebt in einer Eigentumswohnung im Erdgeschoss eines Gebäudes, das früher einmal zur Kommunalverwaltung gehörte. Das Haus hat eine unscheinbare rote Backsteinfassade und einen Vorhof, der augenscheinlich nur zum Abstellen der Mülltonnen dient. Sobald man jedoch durch die

Wohnungstür tritt, erwartet einen ein kurioses Sammelsurium aus goldenen Ananaslampen, Frida-Kahlo-Kissen und Drucken der Sechzigerjahre. Naomis Stil ist unerhört einzigartig, genau wie sie selbst.

»Du bist da! Du bist wirklich da!«

Nachdem sie mich so laut kreischend vor Freude umarmt hat, dass sicher der ein oder andere Nachbar aufgeschreckt worden ist, führt sie mich an Tapeten mit tropischen Palmen vorbei in den Garten, wo bereits irgendetwas Alkoholisches in einem Krug auf uns wartet.

»Natürlich bin ich da, du hast mich doch eingeladen.«

»Ich weiß, aber …« Als sie den Kopf bewegt, flattern ihre Federohrringe hin und her. »Ich war mir nicht sicher, ob du es wirklich schaffen würdest.«

»Deine Party lasse ich mir doch nicht entgehen!« Müde von der Reise, lasse ich mich auf einen der Stühle in Regenbogenfarben fallen. Sie sind echt bequem, obwohl sie aus Stahl und Plastiksträngen hergestellt sind.

»Sie heißen Acapulco-Stühle, ist das nicht ein fantastischer Name?«, fragt mich Naomi, während sie mir einen Drink eingießt.

»Erinnert mich an dieses Lied von Barry Manilow.«

»Das heißt doch *Copacabana*«, sagt sie lachend und reicht mir einen bunten Cocktail.

»Erdkunde war noch nie meine Stärke«, erwidere ich grinsend und nippe an dem Getränk. »Mhm, lecker.«

Wie zu erwarten haben es die Cocktails von Naomi ganz schön in sich. Ich werde mich zügeln müssen.

»Wo ist Ellie?«

»Sie übernachtet bei einer Freundin, damit ihre Mutter Paaarty machen kann«, jubelt sie und wiegt sich dabei in den Hüften. Unwillkürlich frage ich mich, wie viele Cocktails sie schon intus hat.

»Und, wie fühlst du dich an deinem Geburtstag?«

»Schon seltsam irgendwie«, gibt sie zu und lässt sich auf den Stuhl mir gegenüber sinken. »Echt verrückt. Ich weiß noch genau, wie meine Mutter fünfzig wurde. Damals war ich gerade sechzehn und hab mich mit Malibu-Ananas-Longdrinks betrunken. Sie kam mir so alt vor.«

»Ach, das waren noch andere Zeiten. Fünfzig ist das neue dreißig.«

»Versuch, das mal einem Dreißigjährigen zu erzählen«, sagt sie. Ich muss lachen.

»Sie hat bestimmt keine Cowboystiefel getragen, nehme ich an.« Ich zeige auf ihre. »Sind die neu?«

»Die habe ich mir zum Geburtstag geschenkt. Ich wollte schon immer Cowboystiefel mit Engelsflügeln darauf haben.«

»Die kannst auch wirklich nur du tragen!«

»Heißt das, sie gefallen dir nicht?«

»Nein, ich finde sie super. Wirklich fantastisch. Ich habe mir gerade ein Paar Crocs gekauft«, sage ich mit einem Grinsen.

Naomi schaut mich entsetzt an: »Nein, das hast du nicht!«

»Sie sind einfach so praktisch«, gebe ich zu und spüre ihren prüfenden Blick.

»Mode ist niemals praktisch«, antwortet sie so ernst, als wollte sie mir eine universelle Wahrheit anvertrauen.

Vermutlich hat sie sogar recht. Aber ehrlich gesagt, war ich noch nie besonders stylish, noch nicht einmal in meiner Jugend. Ganz verabschiedet habe ich mich von dem Thema Mode allerdings erst in dem Augenblick, als ich auf eine Baustelle gezogen bin und mir einen Hund zugelegt habe. Und das auch noch auf dem Land, in einer Gegend, in der es selbst im Sommer viel regnet.

»Keine Sorge. Als du erwähnt hast, dass deine Party in einer angesagten Bar in Soho steigt, habe ich beschlossen, mich ein wenig aufzubrezeln. Maya hat mein Outfit ausgesucht …«

»Ist Maya nicht siebzehn?«

»Fast achtzehn, wie sie gern betont.«

»Bitte sag jetzt nicht, sie hat dir zu abgeschnittenen Shorts und bauchfreiem Top geraten.«

Sie verzieht entsetzt das Gesicht, und ich muss lachen.

»Wie ich gern zu meinen Handwerkern sage: Es ist ein Umbau, kein Neubau.«

»Ach, wie geht es denn Bob, dem Baumeister?« Sie schaut auf und zerkaut dabei die Eiswürfel aus ihrem Glas.

Ich verdrehe die Augen. »Es geht ihm gut. Er ist fast fertig. Verwitwet«, füge ich noch hinzu. Als würde ich schnell etwas ins Regal stellen, nur um es aus dem Weg zu haben.

Fast verschluckt sie sich an ihren Eiswürfeln.

»Er ist verwitwet?«

Ich nicke.

»Also ist er nicht verheiratet?«

Ich ahne, wo das Ganze hinführen wird.

»Tja, das sagt verwitwet wohl.« Ihre fehlende Sensibilität irritiert mich.

»Hat er nicht auch einen kleinen Sohn?«

»Ja, Stanley. Er ist sieben.«

»Genauso alt wie Ellie.«

Und einfach so sind die Gedanken an potenzielle Partner plötzlich wie weggeblasen. Naomi wirkt auf einmal ganz nüchtern. Jetzt ist sie nicht mehr das Geburtstagskind in Partylaune oder die beste Freundin, die mich verkuppeln möchte. Sie ist eine Mutter, die sich ihrer größten Angst gegenübersieht. Ihr Gesicht spricht Bände, und es tut mir leid, dass ich sie so aus der Bahn geworfen habe.

»Es ist schon vor ein paar Jahren passiert, es war eine harte Zeit, aber ich glaube, dass sie mittlerweile damit zurechtkommen.«

»Unvorstellbar.« Sie schüttelt den Kopf. »Zum Glück haben sie einander. Verstehen sie sich gut?«

»Ja, sehr gut.« Ich weiß, was sie gerade denkt, und wünschte, ich hätte es nicht erwähnt. »Es tut mir leid, ich wollte dir nicht die Partystimmung verderben …«

»Jetzt sei nicht albern.« Sie winkt ab. »Auch das gehört zum Leben dazu. Es gibt Höhen und Tiefen.« Sie zwingt sich, zu lächeln. »Die Leute fragen, wie ich mich dabei fühle, fünfzig zu werden. Ich habe unheimliches Glück, so fühlt es sich an. Altern ist ein Privileg.«

»Darauf trinke ich.« Als ich mein Glas erhebe, muss ich an meine eigene Mutter denken. Sie ist nur vierunddreißig geworden. Weit entfernt von fünfzig. »Was steht heute Abend an?«, wechsle ich das Thema.

»Danny hat gesagt, wir sollen um 19.30 Uhr in der Bar sein.«

Jetzt bin ich an der Reihe, erstaunt zu gucken.

»Danny?«

Sie nickt, versucht, sich nicht anmerken zu lassen, wie zufrieden sie damit ist. »Wir sind wieder zusammen. Wir reden sogar übers Zusammenziehen.«

»Naomi! Das ist ja wunderbar!«, rufe ich und sehe sie dann fragend an. »Und wann hattest du vor, mir das mitzuteilen?«

»Ich wollte mir erst selbst ganz sicher sein. Wir haben in den letzten Wochen sehr viel miteinander geredet …« Sie unterbricht sich. »Dank dir!«

»Na ja, das war kein bahnbrechender Rat.«

»Nein und doch.« Sie zuckt mit den Schultern. »Es ist so einfach, sich vorzustellen, was beim anderen im Kopf vor sich geht, wenn man immer nur alles mit sich selbst ausmacht, obwohl man am besten das Gespräch mit dem anderen suchen sollte. Als wir einmal angefangen hatten, sagten wir beide Dinge, die der andere niemals gedacht hätte.«

»Wie zum Beispiel?«

»Zum Beispiel, dass ich all die Jahre über angenommen habe, die Männer wären die Bindungsunfähigen, die sich nicht festlegen wollten.« Sie sieht an ihrem Sommerkleid hinab und entfernt eine unsichtbare Fluse. »Aber eigentlich war die ganze Zeit über ich diejenige.«

Sie sieht mich an.

»Glaubst du das wirklich?«

»Ja«, sagt sie erst leise und dann noch mal bestimmter: »Ja, das glaube ich. Sobald ich ehrlich zu Danny und auch zu mir selbst war, kam es mir vor, als würden alle meine Ängste von mir abfallen. Als hätten sie auf einmal ihre ganze Kraft verloren.«

Wir sehen einander an. Ängste sind wirklich etwas Seltsames, oder? Wir fürchten uns so sehr vor ihnen, dass wir uns nicht mit ihnen auseinandersetzen; aber eigentlich ist es gerade dieses Lauern im Verborgenen, das sie so Angst einflößend macht. Wie Monster in Horrorfilmen: Sobald sie entlarvt werden, sind sie gar nicht mehr so fürchterlich.

»Irgendwann wurde mir klar, dass ich diejenige war, die sich nicht festlegen wollte. Verrückt, findest du nicht?«

Ich ziehe eine Augenbraue hoch: »Und das hast du jetzt erst gemerkt?«

Sie grinst, lehnt ihren Kopf zurück und schaut zum wolkenlosen Himmel hinauf. »Ich hatte Angst, in eine Falle zu tappen. Einen Fehler zu machen. Jemanden zu brauchen. Angst, jemanden zu nah an mich heranzulassen, aus Furcht, fallen gelassen zu werden.« Sie atmet einmal tief ein und wieder aus. »Das Herz gebrochen zu bekommen.«

»Selbst das würdest du überleben, sieh nur mich an.«

»Du hast es nicht nur überlebt, sondern bist danach geradezu aufgeblüht.« Sie sieht mich über den Tisch hinweg an. »Du bist meine Superheldin.«

»Oh, da wäre ich mir nicht so sicher.« Peinlich berührt lache ich auf.

»Ich aber schon. Ich weiß noch genau, dass du am Boden zerstört warst, als David dich verließ. Und ängstlich und tapfer zugleich an dem Tag, als du alles zusammengepackt und

London verlassen hast. Superhelden retten Menschen, du hast dich selbst gerettet. Das ist ziemlich heldinnenhaft.«

Ich zucke mit den Achseln. »Das machen doch viele Leute durch. Ich bin da überhaupt nichts Besonderes.«

»Nur weil das, was geschehen ist, nichts Außergewöhnliches war, heißt das nicht, dass du nicht außergewöhnlich sein kannst.«

Wir wachsen in dem Glauben auf, viele Freunde zu brauchen, aber je älter ich werde, desto sicherer bin ich mir, dass die wenigen, auf die es ankommt, viel wichtiger sind. Bei Naomi konnte ich immer diejenige sein, die ich war. Sie ist nicht ein einziges Mal sauer oder ungeduldig geworden, weil ich mich nicht so schnell an die neue Situation gewöhnt habe, wie es andere von mir erwarteten. Und trotzdem hat sie nie zugelassen, dass ich mich zu sehr in meinem Schmerz einniste.

»Wenn ich dir jetzt sagen würde, wie lieb ich dich habe, würden wir dann in diesen weinerlichen, trunkenen Ich-liebe-die-ganze-Welt-Modus abdriften?«, frage ich und grinse.

»Vermutlich. Aber heute ist mein Geburtstag. Da darf ich mich betrinken, weinerlich werden und dir sagen, wie lieb ich dich habe.«

»Und was ist meine Entschuldigung?«

Sie lacht. »Du wirst ein Outfit tragen, das eine Siebzehnjährige ausgesucht hat.«

Überraschung

Es gibt vieles, was polarisiert: Politik. Religion. Marmite. Aber noch etwas anderes teilt die Menschen in zwei Lager: *Überraschungen.* Entweder man liebt sie, oder man hasst sie. Ich gehöre definitiv zur zweiten Gruppe. Ehrlich gesagt, würde ich sogar so weit gehen zu behaupten, dass ich Angst vor ihnen habe. Wenn Leute sagen: »Ach, komm schon. Wer mag denn keine Überraschungen?«, möchte ich am liebsten aufschreien, dass Überraschungen schon von ihrem Wesen her nie eine gute Idee sind.

Überraschungen bedeuten, unvorbereitet zu sein, die Kontrolle zu verlieren und dem Druck ausgesetzt zu sein, angemessen reagieren zu müssen. Dabei soll man dann am besten noch begeistert und beeindruckt wirken anstatt benommen und vollkommen überrumpelt, wie es der Situation angemessen wäre.

Das liegt an der Öffentlichkeit des Ganzen: Selbstverständlich möchte derjenige, der die Überraschung macht, auch die Reaktion darauf sehen.

Eine Überraschung ist es, nach einer Massage, die man sich selbst zum Geburtstag geschenkt hat, nach Hause zu kommen und von einer schreienden Menschenmenge, die freudig hinter dem Sofa hervorspringt, begrüßt zu werden. Eine gammlige Jogginghose, fettige Haare und die Abdrücke der Massageliege im Gesicht inklusive. Das ist mir einmal passiert, und ich habe mich fürchterlich geschämt.

Eine Überraschung ist es auch, eine kleine rote Samtschachtel ganz hinten in einer Schublade zu entdecken.

Naomi gehört auf jeden Fall in die erste Gruppe, sie liebt Überraschungen. Als wir gerade mit einem Uber quer durch die Stadt zu ihrer Party fahren, gesteht sie mir sogar, ein wenig enttäuscht darüber gewesen zu sein, dass Danny die Party nicht vor ihr geheim gehalten hat.

»Ich bin ihm natürlich dankbar, dass er alles organisiert«, fügt sie schnell hinzu. »Es ist wirklich süß von ihm, sogar seine Band wird spielen.«

»Wow, das ist doch super!« Ich bin plötzlich ganz freudig erregt, nicht nur wegen Naomi, sondern auch wegen mir. Wann habe ich mich zuletzt so darauf gefreut, abends auszugehen? Es hat verdammt lange gedauert, den Verlust meines alten Lebens zu verwinden und wieder guter Dinge zu sein, aber heute Abend kommt es mir so vor, als hätte ich einen kritischen Punkt überschritten und könnte endlich nach vorne schauen.

»Danny ist sowieso unheimlich schlecht darin, etwas für sich zu behalten, ich hätte es also vermutlich eh schon geahnt«, sagt sie grinsend. Dann lehnt sie sich zum offenen Fenster hinüber, durch das die Abendluft hereinströmt, während wir durch den Hyde Park sausen.

Die Party findet in einem privaten Veranstaltungsraum über einer Bar in Soho statt. Da der Drummer aus Dannys Band mit dem Inhaber befreundet ist, müssen sie dort keine Raummiete bezahlen. Um allerdings dorthin zu gelangen, gilt es zuerst, die Lounge-Bar im Erdgeschoss zu durchqueren, die so unsagbar hip ist, dass ich mich fühle, als wäre ich hundert. Außerdem ist es dort dermaßen laut, dass meine Ohren noch schmerzen, als ich die enge Treppe in den ersten Stock hinaufklettere.

Wir sind die Ersten. Der riesige leere Raum ist das genaue

Gegenteil von der Bar unten. Bloße, ausgetretene Holzdielen, gewölbte Decken und große Schiebefenster, die weit geöffnet sind und den Blick auf hübsche Gässchen mit Kopfsteinpflaster freigeben. In einer Ecke gibt es eine kleine Theke, und am Ende des Saals ist eine behelfsmäßige Bühne aufgebaut.

Danny ist gerade damit beschäftigt, die letzten Kleinigkeiten zu organisieren, und kommt auf uns zu, sobald wir den Raum betreten. Ich beobachte, wie er Naomi drückt und küsst, während sie lachend versucht zu protestieren. Ich mag Danny sehr. Wenn man ihn nicht kennt, könnte man annehmen, er sei einfach ein alternder Musiker aus Newcastle, zu alt, um noch ein Baseballcap zu tragen und Bass in einer Band zu spielen, die niemals einen großen Hit landen wird. David hat immer gesagt, er solle endlich erwachsen werden und sich seinem Alter entsprechend verhalten. Was jetzt ziemlich ironisch klingt, wenn ich genauer darüber nachdenke.

Aber der Schein trügt, unter der Lederjacke und seinem entspannten Auftreten steckt ein Mensch, der seit zwanzig Jahren trocken ist und grundsolide lebt. Darüber hinaus ist er so eine Art Computergenie, erst kürzlich hat er ein paar Apps an eine Software-Firma aus den USA verkauft und damit ein kleines Vermögen gemacht. Dadurch kann er sich eins dieser Wahnsinnshäuser leisten, die man normalerweise nur auf dem Cover des *Architectural Digest* findet. Aber am allerwichtigsten ist sowieso, dass er Naomi vergöttert.

»Wow, Liv! Du siehst toll aus!«, begrüßt er mich. Obwohl er schon so lange in London lebt, hat er sich seinen starken Geordie-Dialekt bewahrt. »Das Landleben bekommt dir sehr gut. Tolles Kleid!«

»Ist sie nicht der Hammer?«, fragt Naomi.

»Und was für einer, Babe.« Er grinst, ich lache und werde rot, da natürlich Naomi diejenige ist, die in ihrem roten Satin-Jumpsuit und den atemberaubenden High Heels hammermäßig aussieht.

Aber zum ersten Mal winke ich nicht ab, mache Witzchen oder versuche, mit einem »Was das alte Teil« von den Komplimenten abzulenken, da ich mich heute tatsächlich zum ersten Mal seit Langem richtig attraktiv finde. Zumindest deutlich attraktiver als in den letzten Jahren.

Und alles dank Maya. Ehrlich gesagt, war ich bei dem Gedanken, dass sie mich umstylen wollte, ein wenig nervös geworden. Ich hatte Sorge, sie würde mir etwas Schrilles, Buntes oder einfach etwas nicht zu mir Passendes heraussuchen, in dem ich mich gar nicht wie ich selbst fühlte. Stattdessen war sie jedoch die Kleider in meinem Kleiderschrank durchgegangen und hatte ein altes Wickelkleid von Diana von Fürstenberg hervorgezogen, das ich schon seit Jahren besaß. Ein Traum aus smaragdgrüner Seide mit angeschnittenen Ärmeln, das an den richtigen Stellen der Figur schmeichelt und durch einen in den Stoff eingearbeiteten Silberfaden elegant glitzert. Wegen des großen Ausschnitts trage ich es nie, da ich immer alles mit einer Sicherheitsnadel feststecken muss.

Maya sah mich ungläubig an. »Du hast einen so tollen Busen. Warum willst du den verstecken?«, hatte sie mich genervt gefragt und die Hände in die Hüften gestemmt. »Wenn ich so ein großartiges Dekolleté hätte, würde ich es zeigen!« Als ich vorschlug, eine Strickjacke anstelle der Sicherheitsnadel zu nehmen, hatten sich unsere Rollen vertauscht, und sie hatte mir lehrerhaft mit ernstem Blick gesagt: »Wenn du das Kleid tragen willst, dann so, wie es gedacht ist, Liv.«

Unnötig, zu erwähnen, dass ich die Strickjacke zu Hause ließ und die Sicherheitsnadeln wegwarf. Sie hat ja so recht, es sieht einfach viel besser aus. Offenbar hatte ich nur den Blick von jemand anderem benötigt, um zu erkennen, wer ich eigentlich war.

Die Party ist schnell in vollem Gange, immer mehr Gäste strömen herein. Naomi stellt mich einer Menge neuer Leute vor, außerdem haben wir natürlich auch gemeinsame Freunde und ehemalige Kolleginnen. Es wird viel gedrückt, geküsst, geplaudert. Der Gedanke, zurück in London zu sein und alle wiederzusehen, hatte mich ganz schön nervös gemacht. Als ich plötzlich ohne bekannte Gesichter um mich herum dastehe, werde ich sofort unsicher: ich allein in einer Gruppe fremder Menschen, die sich angeregt unterhalten. Aber letztendlich gibt mir mein sehenswerter Ausschnitt das nötige bisschen Selbstvertrauen. Vielleicht hätte ich Maya schon längst um Hilfe bitten sollen. Wer hätte gedacht, dass ein wenig Brust zu zeigen, viel mehr bewirken kann als ein tapferer Gesichtsausdruck?

Und ja, ich hatte schon ein paar Drinks, das hilft vielleicht auch. Aber ich kann nicht weiter darüber nachdenken, da die Band zu spielen beginnt. Naomi und ich treffen uns auf der Tanzfläche, grinsend philosophieren wir darüber, warum wir eigentlich viel zu selten tanzen gehen. Da drängt sich plötzlich Mr Bishop – bekannt als »nennt mich doch Alan«, ein Erdkundelehrer von meiner ehemaligen Schule – zwischen uns. Wenn ich nicht ganz danebenliege, versucht er doch tatsächlich, mit mir zu flirten. Er erzählt mir lang und breit, wie er den höchsten Berg im Lake District erklommen hat, während er mir interessiert aufs Dekolleté starrt.

Das Eintreffen der Geburtstagstorte rettet mich, alle singen Happy Birthday, Naomi pustet die Kerzen aus, und mir ist auf angenehme Art ganz gefühlsduselig zumute. Meine Freundin liegt mir sehr am Herzen, genau wie unsere Freundschaft. Was haben wir nicht schon alles miteinander erlebt! Schlagartig wird mir bewusst, dass ich mein neues Leben aber ebenso gern mag. Und in dem Augenblick, als ich denke, dass es eigentlich gar nicht besser werden kann, geht Danny auf die Knie, zieht einen Ring hervor und fragt Naomi, ob sie ihn heiraten möchte. Und sie sagt: Ja, natürlich, verrückter Idiot, und alle beginnen zu jubeln und zu klatschen.

Auch ich kann mich vor Freude kaum halten. Anscheinend mag ich Überraschungen doch – zumindest wenn sie für andere Leute sind.

»Naomi!«, kreische ich und drücke sie an mich, als ich es endlich geschafft habe, mir einen Weg durch die ganzen Gratulanten zu bahnen. »Das ist der Wahnsinn! Was für wunderbare Neuigkeiten!«

»Wirklich?«

»Ja, wirklich!«

Wir umarmen einander, beide mit Tränen in den Augen. Wir haben wirklich ziemlich viel getrunken. Ich werfe einen Blick zur Bar hinüber, wo Danny in Hochstimmung die Glückwünsche seiner Bandmitglieder entgegennimmt, und drehe mich wieder zu Naomi um. Sie wirkt ängstlich.

»Was ist los?«, frage ich besorgt. »Willst du gar nicht heiraten?«

Ich sagte ja bereits, dass Überraschungen ganz schön furchterregend sein können, weil so viel Druck auf einem lastet, richtig zu reagieren: zu sagen »Ich will«, wenn man gar nicht will.

»Doch, natürlich. Ich liebe ihn. Ellie liebt ihn auch.«

Erleichterung überkommt mich.

»Ich habe mir nur Sorgen um dich gemacht.«

»Um *mich?*«

»Stört es dich nicht, wenn ich heirate?«

»Wie bitte? Du meinst, weil ich geschieden bin?«, pruste ich los, dann merke ich, dass sie es ernst meint. »Nein, natürlich nicht, sei nicht albern. Ich freue mich riesig für dich.«

Aber sie guckt weiterhin verstört. »Du tust jetzt aber nicht nur so, als würdest du dich für mich freuen, oder? So wie ich damals, wenn bei der Arbeit die nächste Kollegin ihre Schwangerschaft verkündet hat. Auch wenn ich mich für sie gefreut habe, bin ich innerlich fast gestorben.« Sie blickt mich aus ihren dunklen Augen an.

»Ich freue mich wirklich sehr!«, wiederhole ich. »Ehrlich.«

»Danke.« Sie nimmt meine Hand und drückt sie fest. »Und ich verspreche, keinen Junggesellinnenabschied zu feiern.«

»Wenn das mal keine gute Nachricht ist«, sage ich, und wir müssen beide lachen. Die nächsten Minuten verbringen wir damit, ihren Ring zu bestaunen, Art déco und einfach wunderschön. Wer hätte gedacht, dass Danny so ein Traditionalist ist?

Vor weniger als einem halben Jahr wäre ich fast in Trauer und Schmerz versunken. Ich fürchtete, mein Herz wäre so geschunden und verletzt, dass es nie wieder heilen könnte. Doch wenn ich Naomi und Danny so ansehe, merke ich, dass mein Herz vielleicht immer noch ein wenig lädiert und an den Rändern ein bisschen ausgefranst ist, es jedoch noch immer sehr gut funktioniert. Ich glaube noch an die Liebe. Was mich unerhört glücklich macht.

Die Toiletten befinden sich im Erdgeschoss. Also verlasse ich Naomi und gehe die enge Treppe hinunter, vorsichtig, um mit meinen hohen Absätzen nicht zu stolpern. Das letzte halbe Jahr habe ich in Turnschuhen und Gummistiefeln verbracht, seit einigen Wochen trage ich sogar überwiegend Crocs, weshalb ich erschreckenderweise ziemlich aus der Übung bin. Stolz darauf, es ohne Zwischenfälle hinuntergeschafft zu haben, bahne ich mir einen Weg durch die Lounge-Bar. Eine andere Welt erwartet mich hier unten: gedimmtes Licht. Teure Cocktails. Ultramodische Pärchen. Niemand über dreißig.

Da sehe ich sie.

Nur wenige Schritte entfernt, an der Bar. Eine schlanke Blondine im Minikleid. Ein distinguierter Herr mit dunklen Haaren, den Arm um ihre Taille gelegt. Er flüstert ihr etwas ins Ohr. Sie lacht und wirft ihr Haar zurück. Ich bemerke den riesigen Diamanten an ihrem Finger. Sehe zu, wie er sich umdreht, weil er sich beobachtet fühlt. Bemerke seinen Gesichtsausdruck, als er mich entdeckt.

Das alles dauert nur wenige Sekunden.

»Liv?«

Ich befinde mich im freien Fall.

»Hallo, David.«

Vor achtzehn Monaten

In Beziehungen gibt es eine Grundregel: *Herumschnüffeln verboten.*

Wer sucht, der findet auch. Und zwar meist etwas, das man lieber nicht entdeckt hätte.

Allerdings habe ich gar nicht herumgeschnüffelt.

Ich war auf der Suche nach etwas so Extravagantem wie einer fehlenden Socke, als ich ganz hinten in einer Schublade etwas fand. Ein kleines rotes Samtschächtelchen. In Davids Sockenschublade. Ganz hinten. Unter mehreren Paaren zusammengerollter Sportsocken.

Versteckt.

Es war der Tag nach dem Valentinstag. Am späten Abend. Wir waren gerade von einem Wochenende in Devon zurück. Die Unterkunft hatten wir auf einer dieser glamourösen Glamping-Webseiten gefunden. Ein Baumhaus mit allem, was dazugehört, in einem malerischen Ort an der Küste. Das Ganze hätte so romantisch werden können: Kuscheln am Lagerfeuer, die weit entfernten Sternkonstellationen am klaren Nachthimmel betrachten und dazu die Flasche Champagner trinken, die ich heimlich in den Kofferraum geschmuggelt hatte.

Sogar Champagnerflöten hatte ich in meine Unterwäsche eingewickelt mitgebracht, da ich kurz zuvor in dem Artikel eines französischen Experten gelesen hatte, der Geschmack aus Plastikgläsern sei einfach nicht vergleichbar (*quelle horreur*).

Das Material beeinflusste irgendwie die Bläschen. Und meine Bläschen sollten perfekt sein.

Alles sollte perfekt sein.

Die letzten Monate hatten wir beide unheimlich viel zu tun gehabt. Ich wegen der Beförderung zur Fachvorsitzenden, David, weil sein Partner in den Ruhestand gegangen war, er dessen Patienten übernommen hatte und nun alles umstrukturieren musste. Da wir beide so viele Überstunden gemacht hatten, er bis spätabends, ich schon früh am Morgen, waren wir uns kaum begegnet. Wir hatten fast nur noch über WhatsApp miteinander kommuniziert und uns in den meisten Fällen gegenseitig irgendwelche Erinnerungslisten geschickt.

Der Kurzurlaub war die Chance, einander wieder näherzukommen, Zeit miteinander zu verbringen und gemeinsam Spaß zu haben. Was allerdings nicht so richtig klappen wollte. Das miese Wetter tat sein Übriges. Wir waren beide müde. Aber das Baumhaus war wirklich toll, wir aßen leckeres Essen und tauschten zum Valentinstag Karten und Geschenke aus. David bekam von mir einen wunderschönen silbernen Art-déco-Cocktail-Shaker, den ich auf einem Antiquitätenmarkt gefunden hatte und von dem ich mir sicher war, dass er ihm gefallen würde. Auch er hatte sich mächtig ins Zeug gelegt und ein Vermögen für die Erstausgabe eines meiner Lieblingsromane ausgegeben.

Und doch … Auch wenn ich es nicht genau festmachen konnte, irgendetwas war nicht in Ordnung. Vielleicht ein bisschen wie bei den Champagnerbläschen.

Als ich die Samtschachtel fand, stand David unter der Dusche. Ich konnte das Wasser rauschen hören. Da er nie das Fenster öffnete, war das Bad sicher voller Dampf. Ich war kurz irritiert, dann schloss ich die Schublade. Noch nie hatte ich die Art Frau sein wollen, die in den Sachen ihres Mannes herumstöbert. Was hat man von einer Beziehung, wenn man dem anderen nicht traut?

Ich konzentrierte mich darauf, einen Stapel T-Shirts einzuordnen, Jeans, Unterwäsche, ein paar Hemden auf Kleiderbügel zu hängen, dann machte ich die Schranktür zu und wandte mich zum Gehen. Wir wollten Pizza bestellen. Alles war fertig. Nur diese eine Socke lag noch auf dem Bett. Reizte mich. Ich zog die Schublade noch einmal auf und suchte darin herum. Die andere Socke musste doch irgendwo sein …

Aha. Gefunden. Triumphierend legte ich sie zusammen und zögerte. Meine Hand näherte sich der kleinen Samtschachtel. Plötzlich erinnerte ich mich daran, wie Naomi einmal von jemandem, mit dem sie ausging, Ohrringe geschenkt bekommen hatte. Die besten Geschenke kommen in kleinen Verpackungen, so hatte sie es damals kommentiert. Es musste einfach Schmuck sein. Aber ich hatte doch gerade etwas von David zum Valentinstag bekommen.

Mein Herz klopfte. Als ich die Schachtel hochhob und den Deckel öffnete, sah ich den charakteristischen Schriftzug einer bekannten Schmuckmarke. David ließ sich nicht lumpen. Darin lag ein Goldarmreif. Mit klopfendem Herzen drehte ich ihn in meiner Hand. David hatte ihn gravieren lassen. Die Buchstaben verschwammen vor meinen Augen, und die Wände schienen auf mich einzustürzen. Ich hatte immer geglaubt, es könnte nichts Schlimmeres geben, als herauszufinden, dass der Mensch, den man liebt, einen nicht mehr liebt. Falsch. Herauszufinden, dass dieser Mensch eine andere liebt, ist noch viel schlimmer.

Also tat ich, was jede Frau tut, deren Welt zusammenbricht: Ich durchsuchte sein Telefon und fand die Nachrichten.

Gute Miene …

Danke für die fantastische Party.

War sie gut, ja? Ich kann mich an nichts erinnern. Warum habe ich bloß so viel getrunken?

Weil du heiraten wirst!!!

Ach ja, haha. Hab dich lieb. Schreib mir, wenn du zu Hause ankommst.

Werde ich machen. Hab dich auch lieb xx

Sonntag nehme ich den Zug von Kings Cross zurück nach Yorkshire. Als wir endlich losfahren, bin ich erleichtert. So zu tun, als wäre alles in Ordnung, ist einfach nur anstrengend. Endlich muss ich nicht mehr gute Miene zum bösen Spiel machen und bin mit meinen Gedanken allein. Ich stecke mir AirPods in die Ohren und schaue aus dem Fenster, gehe den gestrigen Abend noch einmal durch.

Naomi hatte ich nichts von der Begegnung mit David erzählt. Schließlich wollte ich ihr nicht die Party versauen. Ihr Geburtstag und noch dazu ein unerwarteter Heiratsantrag – das galt es zu feiern und nicht über meinen Ex und seine neue Verlobte zu reden. *Neue Verlobte*. Die Nachricht hatte mich völlig unvorbereitet getroffen, aber irgendwie hatte ich es doch geschafft, mir nichts anmerken zu lassen.

»Liv, das ist Hannah.«

»Hallo. Schön, dich kennenzulernen.«

»Hi, wie gehts?«

Ich hatte genickt, keine Luft mehr bekommen. Irgendetwas über die laute Musik gemurmelt, an das ich mich nicht mehr genau erinnere. Dabei hatte ich versucht, nicht so seltsam rüberzukommen, wie ich mich fühlte. In echt war sie noch viel hübscher. Und jünger als ich. Ich hasste mich dafür, dass mir das etwas ausmachte.

»Wie ich sehe, sind Glückwünsche angebracht.«

Irgendetwas musste ich schließlich dazu sagen.

»Oh, ja …«

David hatte sich sichtlich unwohl gefühlt. Unter anderen Umständen hätte ich es vermutlich lustig gefunden, ihn sich so winden zu sehen.

»Danke …«

Sie betrachtete ihren Finger, als müsste sie sich vergewissern, dass der Verlobungsring noch an Ort und Stelle war. Er sah ganz anders aus als der, den ich damals bekommen hatte. Größer. Glitzernder. Fast wäre mir etwas Fieses über die Lippen gekommen, aber mein Stolz verbot es mir. Da fiel mir auf, dass sie den Goldarmreif aus Davids Schublade trug.

»Gut siehst du aus.«

Ich wich zurück. Wie oft hatte ich ihn das zu irgendwelchen Bekannten von seinen Rotary-Club-Dinnern sagen hören. Mit seiner Förmlichkeit hatte ich ihn gern aufgezogen. Aber diese Intimität gab es jetzt nicht mehr zwischen uns. Die ganze Begegnung fühlte sich unwirklich an.

»Danke. Du auch.«

Ihre Yoga-Arme waren unglaublich. Plötzlich bereute ich

mein Outfit. Den Ausschnitt. Ich fühlte mich alles andere als toll. Von wegen Hammer. Alt und lächerlich kam ich mir vor.

»Schön, euch zu sehen, ich werde dann mal besser… Es gibt bestimmt eine Schlange…«, sagte ich und zeigte dabei in Richtung der Damentoilette.

Sie lächelte und sagte etwas, das ich wegen der lauten Musik nicht richtig verstand. Aber mir fiel ihr Akzent auf und dass sie nervös war. Erst da verstand ich, dass sie vermutlich gedacht hatte, ich würde sie hassen. Sie tat mir unerwarteterweise plötzlich leid. Ich hasste sie nicht, nein, eigentlich fühlte ich in Bezug auf sie nicht viel.

Also, abgesehen davon, dass ich gern Arme wie sie gehabt hätte.

Eigentlich war es nie um sie gegangen. Als ich David ansah, kam es mir ganz kurz so vor, als würde alles um uns herum verblassen. Und mit der vollen Bar und ihren Hintergrundgeräuschen verschwanden auch Trauer, Verlust, Schmerz und Wut.

»Tschüss, Liv.«

»Tschüss.«

Es ging nur um uns.

Meine Haltung bewahrte ich gerade lang genug, um die Damentoilette zu finden und mich in einer der Kabinen einzuschließen. Dort brach ich in Tränen aus. Keine Ahnung, wie lange ich so dasaß, vollkommen durcheinander und von meinen Gefühlen überrascht, die ich schon vor Monaten überwunden geglaubt hatte. Aber irgendwann wurde mir klar, dass ich mich wieder fangen musste. Ich war schließlich auf einer Geburtstagsparty, hatte die Verlobung meiner besten Freundin zu feiern. Ich konnte nicht einfach die ganze Nacht hier sitzen bleiben, schluchzen, mir mit Toilettenpapier die Nase putzen und mich selbst bemitleiden.

Also spritzte ich mir kaltes Wasser ins Gesicht, trug frisches

Make-up auf und wappnete mich dafür, wieder nach draußen zu gehen. Aber David war nicht mehr da, die beiden mussten die Bar verlassen haben. Also ging ich wieder nach oben und tat, als wäre nichts geschehen. Was war denn auch geschehen? Ich war nur zufällig meinem Ex-Mann und seiner neuen Freundin begegnet. Ich korrigiere mich: seiner Verlobten. Und? So ist das nun einmal. Er hatte sich weiterentwickelt. Ich hatte mich weiterentwickelt. Oder etwa nicht?

Das war es, was mich umgehauen hatte. Ich hatte angenommen, darüber hinweg zu sein. Die ganzen Phasen der Trauer und des Verlustes, über die man in den Selbsthilfebüchern liest, hatte ich hinter mich gebracht, mich hindurchmanövriert, gearbeitet, gequält. Schock, Unglauben, Wut, Ernüchterung, Angst, Hoffnungslosigkeit: das ganze Trauer-Durcheinander. All das hatte ich durchgemacht, um schließlich auf der anderen Seite wiederaufzutauchen.

Beim Einschlafen denke ich nicht mehr als Letztes an David und auch nicht als Erstes beim Aufwachen. Ehrlich gesagt, habe ich schon lange überhaupt nicht mehr an ihn gedacht. Mittlerweile können Tage, ja sogar Wochen vergehen, ohne dass ich einen Gedanken an unsere Ehe verschwende. Und wenn doch, dann sind es flüchtige Momente, winzige Erinnerungen an mein altes Leben, die kurz aufblitzen und ganz schnell wieder verblassen.

Aber jetzt kommt es mir so vor, als stünde ich erneut am Anfang. Diese Erkenntnis bringt mich vollkommen durcheinander, macht mir Angst. Warum bin ich bloß so aufgebracht? Wir sind doch geschieden, was kümmert es mich da, dass er wieder heiraten will? Warum ist es mir nicht egal? Heißt das etwa, dass ich doch noch nicht darüber hinweg bin? Vermisse ich ihn vielleicht sogar?

Liebe ich ihn noch?

Am Bahnhof nehme ich mir ein Taxi. Ben hatte mir zwar angeboten, mich abzuholen, aber da es Stanleys Zubettgehzeit war, hatte ich abgelehnt. Ich käme schon klar. Klarkommen. Das Wort sollte besser mit einem Warnhinweis versehen werden. Während ich Ben schrieb, fragte ich mich, wie viele Menschen wohl von sich behaupteten, klarzukommen, auch wenn es überhaupt nicht stimmte. Hinzu kam, dass ich einfach noch nicht so weit war, auf Fragen zu meinem Ausflug nach London und der Party zu antworten, ich konnte einfach keine gute Miene mehr machen.

Ich lasse mich vom Taxifahrer zu Valentin bringen, um Harry abzuholen. Wenn ich ein Gesicht jetzt sehen möchte, dann seins. Aber als ich an die Tür klopfe, macht niemand auf. Da fällt mir ein, dass sonntagabends das Pub-Quiz stattfindet. Sicher sind die beiden dort. Valentin sitzt mit dem Dreigestirn zusammen. Als Harry meine Stimme hört, kommt er unter dem Tisch hervorgeschossen, sodass die Gläser umfallen und sich seine Leine um mehrere Füße wickelt. Was für eine Begrüßung! Und das auch noch in der Kryptogramm-Runde, für die es Bonuspunkte gibt.

Sie laden mich ein, mich dazuzugesellen, aber ich möchte so schnell wie möglich nach Hause. Nachdem ich aufgewischt und mich beim Quizmaster entschuldigt habe, verabschiede ich mich. In meinem Häuschen werde ich von vollkommener Dunkelheit begrüßt. Ich schalte das Licht im Flur ein, lasse die Tasche auf den Boden fallen, nehme Harry die Leine ab, gebe ihm etwas Wasser in seinen Napf, schalte den Wasserkocher ein und verwöhne Harry mit einem Snack und einer Streicheleinheit.

Müdigkeit überkommt mich. Mein neuer Kaminofen ist endlich installiert, und ich überlege kurz, ob ich ein Feuer machen und ein wenig fernsehen soll, aber mir fehlt für beides die Energie. Lust habe ich auch keine. Ich kann es noch gar nicht glauben, wieder hier zu sein. Düstere Gefühle lauern in den Schatten auf mich, ich schaue auf die Uhr. Halb neun. Zu früh, um ins Bett zu gehen?

Das Wasser kocht, aber ich beachte es nicht und lasse den Teebeutel ungenutzt in der Tasse zurück, dann schalte ich das Licht aus und gehe nach oben. Harry folgt mir, sein weicher Körper streift meine Beine, als ich ins Badezimmer gehe. Auf dem Boden liegend, wartet er auf mich. Seine Anwesenheit beruhigt mich. Die begehbare Dusche ist auch endlich fertig. Ben hatte recht, sie sieht toll aus. Die Fliesen und Armaturen, zu denen er mir geraten hat, sind elegant und stylish zugleich. Und erst der große Regenduschkopf!

Und dennoch würde ich mir jetzt am liebsten ein heißes Bad einlaufen lassen. Mich darin einweichen. Ich stehe nackt im Bad, will gerade die Dusche einschalten, da fällt mir plötzlich auf, dass ich meinen Bademantel vergessen habe. Als ich ihn holen will, sehe ich sie. Sie steht in der einen, bisher ungenutzten Ecke meines Schlafzimmers, das Mondlicht scheint durch das Fenster und fällt auf ihre gusseisernen Rundungen: eine frei stehende Badewanne. Genau, wie ich sie mir immer gewünscht habe.

Was zum …?

Ich bleibe wie angewurzelt im Türrahmen stehen, bevor ich ein Stückchen Papier entdecke, das an der Seite der Wanne klebt. Barfuß laufe ich durch den Raum und nehme es ab.

Stanley hat einen Platz an der Schule bekommen. Das hier ist ein kleiner Dank von uns beiden. Der Landwirt hat sie mir gegeben. Keine Sorge, sie wurde gesäubert und neu emailliert. Jetzt kannst du dich darin einweichen, bis die Kühe nach Hause kommen. Ben x

Ich starre auf die Nachricht und dann ungläubig zurück auf die Badewanne. Das kann nicht sein. Sie ist nicht wiederzuerkennen. Als ich die Worte erneut lese, begreife ich allmählich, dass es dieselbe alte rostige Badewanne ist, die der Landwirt als Tränke für seine Kühe genutzt hat. Irgendwie hat Ben es geschafft, sie zu bergen, zu verwandeln und jetzt am Wochenende in meiner Abwesenheit anzuschließen. Er hat sogar eine Flasche mit Schaumbad dazugestellt.

Mit Tränen in den Augen sehe ich sie an. Meine Gefühle fahren Achterbahn. Ich drehe einen der Wasserhähne auf und beobachte begeistert, wie heißes Wasser herausschießt, dann setze ich den Stöpsel ein und gebe Badeschaum hinzu. Harry taucht in der Tür auf und schnüffelt neugierig. Manchmal zieht man erst das große Los, wenn man es am wenigsten erwartet. Die düsteren Gedanken und Gefühle, die mich den ganzen Weg von London hierher begleitet haben, sind auf einmal wie weggeblasen. Vielleicht sollte ich meine Meinung zu Überraschungen doch noch einmal überdenken.

Phase Sechs

Liebe deine Fehler

Landwirtschaftsmesse

»Ich hätte zuerst ihr eine geklebt und dann ihm.«

»Das hättest du nicht.«

»Stimmt, du hast recht…« Sie nickt. »Ich hätte sicher bei ihm angefangen.«

Am folgenden Samstag bin ich mit Maya bei der Landwirtschaftsmesse der Yorkshire Dales verabredet. Sie findet jedes Jahr im Sommer statt und zieht Besucher aus der gesamten Region an. Zur Feier des Tages hat das Wetter sich mächtig ins Zeug gelegt: ein makelloser blauer Himmel, achtundzwanzig Grad, absolut windstill. Das kommt hier äußerst selten vor, und die Leute strömen herbei, um die verschiedenen Wettbewerbe, Vorstellungen und Attraktionen nicht zu verpassen.

Es gibt so viel zu sehen, aber da wir uns schon länger nicht mehr getroffen haben, ist Maya hauptsächlich daran interessiert, wie es in London und besonders bei der Party war.

»Ich habe ihnen gratuliert.«

Maya starrt mich entgeistert an. »Das hast du nicht getan.«

Während wir uns einen Weg an einem der Festzelte vorbei bahnen, zucke ich beschämt mit den Schultern. »Das schien mir am vernünftigsten.«

Im Nachhinein bereue ich es schon ein wenig, so erwachsen und meinem Alter angemessen gehandelt zu haben. Auch wenn es gut klingt, seinen Stolz und seine Haltung zu bewahren, wäre Mayas Reaktion sicherlich deutlich befreiender gewesen.

»Das ist doch einfach nur Scheiße.« Mit der Spitze ihrer Doc Martens tritt sie gegen einen Erdklumpen.

»So kann man es sicherlich sagen …«, stimme ich ihr zu. Wir sind an einem Stand stehen geblieben, an dem Regenkleidung und Gummistiefel verkauft werden.

Gibt es eine treffendere Bezeichnung? In den letzten Wochen habe ich die Ereignisse ein ums andere Mal vor meinem inneren Auge Revue passieren lassen. Das Wiedersehen mit David. Die Begegnung mit der Frau, wegen der er mich verlassen hat. Die Erkenntnis, dass er sich erneut verlobt hat, und nicht zuletzt meine körperliche Reaktion auf das Ganze. Ich habe mich immer wieder gefragt, was das alles zu bedeuten hat. Was ich fühlen sollte. Was die angebrachteste Reaktion gewesen wäre. Die gesündeste. Auf der Damentoilette in Tränen auszubrechen und danach in eine tiefe Krise zu stürzen, ist es definitiv nicht.

»Ich hätte wirklich nicht gedacht, dass eine Landwirtschaftsmesse dein Ding ist«, sage ich, während wir den Stand hinter uns lassen und auf die Ausstellung mit antiken Traktoren zuschlendern. Als Maya mich morgens fragte, was meine Pläne seien, hatte ich ihr von den Tickets für die Messe geschrieben und war mehr als überrascht gewesen, dass sie mitkommen wollte.

»Ist sie auch nicht.« Sie verzieht ihr Gesicht, als über den Lautsprecher die in Kürze startende Schäferhundprüfung angekündigt wird. »Aber ich wollte es dir gern persönlich erzählen.«

»Moment … Was für ein Datum haben wir denn heute?« Ich war so in meine eigenen Themen versunken gewesen, dass ich doch tatsächlich die Zeit aus den Augen verloren hatte. »Du kannst doch nicht jetzt schon deine Prüfungsergebnisse haben …«

»Nein, die bekomme ich erst in ein paar Wochen …« Sie zieht eine Grimasse und hält mir ihr Smartphone vor die Nase. »Aber guck mal.«

Ich schaue auf das Display, kann aber kaum etwas erkennen, da ich wie so oft keine Brille trage. »Was sehe ich da gerade?«

»Die Gesamtsumme.«

»Wovon?«

Sie seufzt genervt. »Natürlich von der Crowdfunding-Seite. Für den Gemeindesaal. Wir haben unser Ziel erreicht!«

Ich blinzle erneut. Warte, das kann doch nicht sein.

»Vierzigtausend Pfund?«

Sie grinst. »Ist das nicht cool?«

»Maya, das ist einfach fantastisch!«

»Redet ihr schon wieder über mich?«

Wir drehen uns um, und Ben grinst uns an. Neben ihm steht Stanley, mit einem Eis in der Hand und einem Gehörschutz auf den Ohren, dennoch wirkt er ein wenig verängstigt. Als er Harry entdeckt, der unsere Umgebung nach heruntergefallenen Essensresten absucht, leuchtet sein Gesicht auf.

»Hi, Ben, hallo, Stanley.«

Harry springt an Stanley hoch und wirft ihn dabei fast um. Er lacht begeistert, während die beiden sich stürmisch begrüßen.

»Wie geht's?«, wende ich mich an Ben.

»Gut! Ich bin gerade dem Landwirt begegnet, er hat mich nach deiner Badewanne gefragt.«

»Hast du ihm erzählt, er habe eine Frau furchtbar glücklich gemacht?«

Ben reibt sich das Kinn. »Da seine Frau dabei war, habe ich mir das lieber verkniffen.«

Bei seinem Gesichtsausdruck muss ich lachen. Wie oft ich mich in den letzten Wochen wohl überschwänglich bei Ben bedankt habe? Doch all meine Versuche, ihn zumindest dazu zu überreden, die Kosten für die Montage und neue Beschichtung sowie die benötigten Anschlussstücke und Vorrichtungen selbst zu übernehmen, blieben ungehört. Das war alles sicher nicht billig, aber er will nichts davon wissen. »So ein Quatsch! Ich bin es, der zu danken hat. Wenn du nicht gewesen wärst, würde Stan jetzt nicht in die neue Schule gehen. Endlich kann ich wieder ruhig schlafen, weil ich weiß, dass ich ihn nicht im Stich lasse.«

»Noch mal zu der Sache mit der Crowdfunding-Seite«, unterbricht Maya uns ein wenig ungehalten.

»Oh, natürlich.« Ich werfe ihr einen entschuldigenden Blick zu. »Maya hat Spenden gesammelt, um das Dach des Gemeindesaals reparieren zu lassen. Es ist wirklich beeindruckend, wie viel Geld dabei zusammengekommen ist«, erkläre ich Ben schnell.

»Ach ja, das hat irgendwer auf Facebook geteilt. Ich habe einen Zehner beigesteuert.«

»Echt? Vielen Dank!«

»Gern geschehen. Der Gemeindesaal war früher das Herzstück des Dorfes. Wir haben dort Partys und Hochzeiten gefeiert, es gab Konzerte, Theateraufführungen und noch vieles mehr. Es war ein riesiger Verlust, als er schließen musste. Als wäre etwas im Ort zerbrochen.«

»Jetzt können wir endlich die ganzen nötigen Reparaturen machen lassen«, sagt Maya.

»Das ist echt toll. Eine super Aktion.« Er sieht wirklich beeindruckt aus. »Dann braucht ihr sicher einen guten Handwerker, oder?«

»Kennst du jemanden?«, ziehe ich ihn auf.

»Jetzt, da du fragst. Ich habe tatsächlich von einem sehr guten Betrieb gehört«, nimmt er den Faden auf. »Soviel ich weiß, werden sie nächste Woche mit einem Projekt fertig. Die momentane Auftraggeberin kann sicher eine Empfehlung ausstellen.«

»Ihr werdet schon nächste Woche fertig?« Ich bin so überrascht, dass ich aus der Rolle falle. »Hattet ihr nicht Ende des Monats gesagt?«

»Gute Nachrichten, was? Wir haben in den letzten Wochen echt einiges geschafft, deshalb gehe ich davon aus, dass wir dir ab Freitag nicht mehr auf die Nerven gehen werden.«

»Wow! Schon so bald.«

»Ich wusste, dass du dich freuen würdest.«

»Ja, das sind echt großartige Neuigkeiten.«

Natürlich finde ich das gut. Fantastisch. Ich kann es kaum erwarten, mein Haus fertig zu haben. Aber es fühlt sich auch ein klitzekleines bisschen seltsam an, Ben nicht mehr ständig um mich zu haben.

»Daddy, kann ich ein Eis haben?«

Stanley hört auf, mit Harry herumzutollen, und zieht seinen Vater an der Hand.

»Wie bitte? Noch eins?«

»Harry hat fast alles aufgefressen.«

Wir alle sehen Harry an. Er kann nichts zu seiner Verteidigung vorbringen, außerdem sind die Streusel um seine Schnauze herum ziemlich verräterisch.

»In Ordnung, aber erzähl es nicht Tante Holly.« Ben zwinkert Stanley zu, der verschwörerisch grinst. »Tja, also dann. Bis später, ihr zwei…« Er lächelt wohlwollend, greift nach Stanleys Hand und verschwindet mit ihm in der Menge.

»Ich muss auch los.«

Ich drehe mich zu Maya um, die gerade wild auf ihrem Telefon herumtippt.

»Was hast du vor?«

»Meine Eltern haben ein paar Freunde zum Grillen eingeladen. Willst du auch mitkommen? Sie würden sich sicher freuen.«

»Das ist lieb, danke. Aber ich bin mit Valentin im Wettbewerbszelt verabredet.«

»Okay, alles klar. Du bist auf jeden Fall herzlich willkommen. Ich muss jetzt nach Hause, um Mum noch ein wenig zu helfen. Simon gefällt sich zwar als Chefkoch, aber ehrlich gesagt, übernimmt er nur das Grillen. Das muss er dann natürlich auch jedem auf die Nase binden«, fügt sie hinzu und verdreht die Augen. Aber es wirkt dieses Mal eher liebevoll als wütend.

»Klingt, als würde es gerade ganz gut laufen.«

»Ja, das stimmt. Dank dir.«

»Ach, das glaube ich nicht.«

»Ich glaube es für dich mit. Ohne dich hätte ich nicht die geringste Ahnung, worum es in *Sturmhöhe* oder *Macbeth* geht.« Sie schüttelt den Kopf und sieht aus, als schämte sie sich für sich selbst. »Du hast das alles für mich lebendig werden lassen, durch unseren Ausflug ins Moor und das Theaterstück. Das war richtig cool«, sagt sie und schürzt dann verächtlich die Lippen. »Sonst wäre ich vielleicht immer noch mit Zac, dem Idioten, zusammen.«

Maya ist bewundernswert. Sie hat die ganze Sache mit der Trennung wirklich gut verkraftet, obwohl das alles so kurz vor ihren Prüfungen passiert ist. Außerdem gefällt es mir, wie brutal ehrlich Teenager sein können, wenn sie einmal über jemanden hinweg sind.

»Durch dich habe ich mich auch dafür entschieden, mich für ein Jurastudium zu bewerben.«

»Bist du dir sicher, dass das nicht eher Wills Einfluss war?«, frage ich. Maya errötet.

»Nein, ich treffe meine Entscheidungen selbst.« Energisch schüttelt sie den Kopf. »Er hat mir nur ein paar Möglichkeiten aufgezeigt. Vorher hatte ich ein Jurastudium gar nicht auf dem Schirm. Vermutlich bekomme ich eh keinen Platz, dafür braucht man schließlich die besten Noten …«, fügt sie hinzu, aber ich winke nur ab.

»Okay, alles klar. Du kommst also nicht mehr mit, um Valentin zu sehen? Er bewertet gerade Kuchen.«

»Unmengen an Victoria Sponge anschauen?« Sie verzieht das Gesicht. »Nein, danke, eher nicht. Grüß ihn von mir.«

»Du hast mein vollstes Verständnis«, sage ich lächelnd. »Ach ja, Maya. Ich weiß nicht, ob du noch Kontakt zu Will hast, aber falls ja … also, es wäre wirklich nett, wenn du ihm gegenüber nicht erwähnen würdest, dass ich zufällig seinen Vater getroffen habe.«

»Natürlich.« Sie nickt und wendet sich zum Gehen, dann setzt sie noch einmal an: »Weißt du, die ganze Sache mit deinem Ex-Mann tut mir echt leid. Aber ehrlich gesagt, bin ich froh, dass er mit einer anderen Frau abgehauen ist, sonst hätte ich dich wahrscheinlich nie kennengelernt.«

»Danke, Maya.« Ich lächle sie an, ganz gerührt von ihrer unverblümten Art. »Ich bin auch froh.«

»Außerdem hört es sich an, als wäre er ein echter Idiot, der dich überhaupt nicht verdient hat.« Sie grinst, und dann beobachte ich, wie sie mit ihrem bauchfreien Top, den Doc Martens und ihren pinken, ananasförmig hochgesteckten Haaren in der Menge verschwindet.

*

Valentin treffe ich in einem großen, weißen Zelt, in dem die Kuchen- und Blumenwettbewerbe stattfinden und das von seiner Form her selbst an ein Baiserhäubchen erinnert. Als ich ihm von dem gespendeten Geld erzähle, kann er es kaum glauben.

»Echt der Wahnsinn«, ruft er laut aus, was unter den Jurymitgliedern, die gerade über zu weiche Böden parlieren, zu einigem Unmut führt.

Eilig entfernen wir uns von den ausgestellten Kuchen und gehen hinüber zu den Blumen.

»Gisele hat in einem Jahr den zweiten Preis für ihre Dahlien gewonnen«, erzählt er mir, während wir dabei zusehen, wie der Gewinner der Kategorie *Romantische Rosen* seine Auszeichnung entgegennimmt.

»Echt? Toll!«

»Aye, sie war wirklich begeistert. Bis sie herausfand, dass sie die Einzige in ihrer Kategorie war.«

Wir sehen einander an und brechen dann in Gelächter aus.

»Sie hat den Jurymitgliedern jede Menge Namen verpasst. Zum Glück konnten sie kein Französisch.« Er blinzelt heftig. »Alle dachten, sie sei eine elegante französische Dame, aber sie hatte auch ihre resoluten Seiten. So eine gute Seele!«

Seine Trauer trifft mich mit voller Wucht, und plötzlich schäme ich mich dafür, wie durcheinander ich wegen des Wochenendes war. Natürlich weiß ich, dass Liebeskummer kein Wettbewerb ist, ganz anders als bei Kuchen oder Blumen gibt es weder Gewinner noch Verlierer, keinen ersten oder zweiten Preis.

»Hier, ich habe etwas für dich.« Ich ziehe eine kleine, in Geschenkpapier gehüllte Schachtel aus meiner Tasche und reiche sie ihm.

»Für mich?« Er sieht mich überrascht an. »Aber ich habe doch gar nicht Geburtstag.«

»Nur eine Kleinigkeit. Als Dankeschön, weil du dich um Harry gekümmert hast, während ich in London war.«

»Nay, das ist doch wirklich nicht nötig …«

Schnell winke ich ab. »Willst du es denn gar nicht aufmachen?«

Er nimmt die kleine Schachtel, reißt das Geschenkpapier auf und hält einen DNA-Test in den Händen. Sein Gesichtsausdruck ist unlesbar.

»Ich dachte, er könnte dir bei der Ahnenforschung helfen«, sage ich. »Keine Sorge, ich kümmere mich natürlich um den Online-Zugang.«

»Das kann ich nicht annehmen.«

»Jetzt sei nicht albern.«

»Diese Dinger kosten doch einen Haufen Geld …«

»Du kannst es mir ja zurückzahlen, falls du herausfindest,

dass du mit der Königsfamilie verwandt bist«, scherze ich. Da ziert er sich nicht weiter, sondern lacht mit mir.

»Danke, Liebes.«

»Ich habe zu danken.«

Er greift nach meiner Hand und drückt sie fest, einen Augenblick bleiben wir so nebeneinander stehen, bis …

»Wo ist Harry?«

»Ich dachte, du hättest ihn an der Leine.«

»Nein, ich dachte, du.«

In mir schrillen alle Alarmglocken, und ich habe plötzlich furchtbare Angst, Harry verloren zu haben. Dann höre ich schon die panisch klingende Lautsprecherdurchsage. »Könnte der Besitzer der riesigen, haarigen Töle, die sich gerade über die preisgekrönten Victoria Sponges hermacht, bitte unverzüglich zur Besucherinformation kommen? Ich wiederhole: *unverzüglich.*«

Der Teebeutel

»Frauen sind wie Teebeutel, erst wenn es darauf ankommt, zeigt sich, wie stark sie sind.«

Manche Leute schreiben dieses Zitat Eleanor Roosevelt zu, andere halten es für ein irisches Sprichwort, mir ist es, ehrlich gesagt, ziemlich egal, von wem es stammt. Viel wichtiger ist doch, dass ich nach so vielen Unwägbarkeiten und Zweifeln, Höhen und Tiefen, Schritten nach vorn und doppelt so vielen rutschigen Schritten zurück Ende August endlich anfange, mich ein bisschen wie dieser Teebeutel zu fühlen. Stärker. Kräftiger. Als würde ich nun endlich alles in den Griff bekommen. Dabei hatte ich doch eigentlich immer schon alles im Griff, wenn ich genauer darüber nachdenke. Aber erst jetzt werde ich mir dessen bewusst.

Da wir gerade beim Thema Teebeutel sind, die Berge davon in meiner Spüle und die verfärbten Becher werde ich sicher nicht vermissen. Das alles wird bald ein Ende haben, da am Montag die Handwerker ein letztes Mal vorbeischauen werden, bevor mein kleines Häuschen endlich fertig ist.

Unglaublich. Lange dachte ich, dieser Augenblick würde niemals kommen. Doch nun spulen sich vor meinem inneren Auge Szenen wie bei einem Marathon ab: Athleten, die über die Ziellinie laufen, dankbar auf die Knie sinken, während sie mit Champagner besprüht und von den Mengen bejubelt werden.

Okay, Champagner hatte ich jetzt nicht gerade erwartet, aber vielleicht ein Glas Prosecco und ein High Five. Irgendeine Art von Festlichkeit, um anzuerkennen, was alles erreicht wurde und was für tolle Arbeit sie geleistet hatten. Ben, Funke, Flut, *Bring mal* und *Hol mal*. Die gesamte schmutzige, mich manchmal zur Raserei bringende und dennoch wundervolle Bande.

In der Realität stellt sich das Ganze allerdings als Antiklimax heraus. Ben und seine Leute räumen das Werkzeug zusammen, laden den Betonmischer hinten in den Lieferwagen und verschwinden mit einem einfachen Gruß. Sogar der Müllcontainer, der schon fast zum Straßenbild gehörte, ist weg. Und dann sind wir plötzlich allein: Harry, ich und absolute Stille.

Was für ein seltsames Gefühl. Eigentlich hätte ich mich, nachdem ich so lange auf einer Baustelle gelebt hatte, doch freuen können, weder das Radiogedudel noch das unmelodische Pfeifen dazu hören zu müssen, keine Putzbrocken mehr in meinen Bran Flakes, matschige Schuhabdrücke auf meinem frisch abgeschliffenen Holzboden oder Mörtel in der Toilette zu finden. Ich hatte erwartet, in Hochstimmung zu sein.

Allerdings kommt mir jetzt alles ein bisschen zu leise vor. Und obwohl ich mir das niemals hätte ausmalen können, auch ein bisschen zu ordentlich. Das Häuschen ist jedoch wunderschön geworden. Kaum zu glauben, dass es noch dasselbe ist wie an jenem bitterkalten, furchtbar dunklen Tag im Dezember letzten Jahres, als ich es zum ersten Mal betreten habe. Die offene Küche im Erdgeschoss ist lichtdurchflutet. Riesige Glasfalttüren zeigen auf den Garten hinaus, der mittlerweile in seiner ganzen Pracht blüht und gedeiht. Wenn die Sonne scheint, lassen sich die Türen weit öffnen, und, was noch besser ist, bei Regen kommt man sich trotzdem vor wie mitten in der Natur. Beim Blick nach oben sehe ich das Blätterdach des großen Bergahorns.

Während der hintere Teil des Hauses nun offen und lichtdurchflutet gestaltet ist, wurde das traditionelle Wohnzimmer erhalten. Dort habe ich nach meiner Ankunft so viele Abende mit Harry verbracht, und wir haben uns gegenseitig kennengelernt. Der antike Holzofen passt perfekt zu der jahrhundertealten Kaminecke; so kann ich ein echtes Feuer machen, jedoch deutlich weniger schmutzig und viel energieeffizienter. Mit den Wänden in Edelsteintönen, den Lampen und einem bunten Webteppich, den ich in einem Geschäft in der Stadt gekauft habe, werden wir es hier im Winter schön gemütlich haben.

Dank Valentins Malerkünsten ist das Gästezimmer oben nicht wiederzuerkennen, und der neu gewonnene Raum im Dachboden ist ein bisschen gewagter und macht einfach Spaß. Ben hatte recht. Es passt perfekt. Auch das avocadogrüne Badezimmer gibt es nur noch in meiner Erinnerung, in meinem Schlafzimmer steht eine wunderschöne gusseiserne Klauenfußbadewanne, fast wie aus einem dieser Hochglanzeinrichtungsmagazine; meine ist jedoch noch besser, weil sie von einem Feld gerettet wurde. Jedes Mal, wenn ich ein Bad nehme, werde ich daran erinnert, dass Dinge nicht ihren Wert verlieren, nur weil sie schmutzig sind oder auseinanderzufallen drohen. Durch Liebe und Einsatz ist Verwandlung möglich.

Am meisten mag ich jedoch, dass es trotz der ganzen Neuerungen immer noch das alte Häuschen ist. Seine Geschichte steckt in den alten Balken, den Fliesen und dem Kamin. Dasselbe Haus mit seiner Geschichte, seiner Struktur, den vielen Einzelheiten, die es so einzigartig machen. Und gleichzeitig ist es noch viel besser geworden.

Ein bisschen wie ich auch.

Nach allem, was ich durchgemacht habe, kommt es mir vor, als wäre ich entblättert worden und würde nun in neuem Glanz erstrahlen.

Jetzt, da das Haus fertig ist, kann endlich ganz normaler Alltag einkehren. Beim Aufwachen am nächsten Morgen frage ich mich allerdings, was denn eigentlich ganz normal ist. Nachdem ich Harry gefüttert und in den Garten gelassen habe, damit er seiner morgendlichen Routine nachgehen und das Eichhörnchen jagen kann, stehe ich in meiner nigelnagelneuen und blitzsauberen Küche und sehe durch die geöffneten Falttüren nach draußen.

Es ist noch früh am Morgen, aber in der Luft liegt bereits der Duft von frischem Heu. Mein Blick schweift über die Felder, und ich sehe den Landwirt in der Ferne, höre das leise Geräusch des Mähdreschers, der langsam im Morgenlicht hin- und herfährt. Meine Gedanken schweifen ab.

Seitdem ich hierhergezogen bin, stand für mich die Hausrenovierung im Vordergrund, doch seit Ben und seine Handwerker weg sind, hat sich eine Lücke aufgetan. Eine Leerstelle. Ich brauche ein neues Projekt.

Ich wende mich vom Garten ab, schalte den Wasserkocher ein und öffne meinen Laptop, der auf der Arbeitsfläche steht. Auf dem Bildschirm sind noch verschiedene halb ausgefüllte Bewerbungsformulare für einen neuen Posten als Lehrerin in Vollzeit geöffnet. Gute Positionen an tollen Schulen, und auch das Gehalt ist nicht zu verachten … trotzdem merke ich, dass ich keine besondere Leidenschaft beim Gedanken daran verspüre.

Mir gefällt mein Beruf, aber ich habe mittlerweile schon so viele Jahre unterrichtet, dass ich nun einfach nicht mehr zurück ins Klassenzimmer möchte. Zu gern würde ich etwas ganz anderes, Neues anfangen, auch wenn ich noch nicht genau weiß, was das sein könnte. Mein Leben hat sich so verändert und ich mich gleich mit, nur die Rechnungen wollen leider weiterhin bezahlt werden.

Meine Gedanken werden vom Klingeln des Telefons unterbrochen. Es ist noch nicht einmal acht, wie mir der Blick auf die Wanduhr verrät. Wer um alles in der Welt kann das bloß sein? Mein Telefon zeigt Evelyns Namen an.

Ich nehme ab.

»Olivia?«

Evelyn gehört zu den Menschen, die überrascht, ja beinahe ein wenig verärgert klingen, wenn man ans Telefon geht, obwohl sie ja die Nummer gewählt haben.

»Oh, hallo, Evelyn. Ist alles in Ordnung?«

»Es geht um den Gemeindesaal und das eingeworbene Geld.«

»Ist das nicht fantastisch?«

»Wunderbar«, sagt sie, bevor sie schnell weiterredet: »Als Vorsitzende des Gemeinderates bin ich für die Renovierungsarbeiten zuständig. Die Gemeinde hat sich bereit erklärt, das Projekt zu unterstützen. Aber ich werde Hilfe dabei benötigen, dem Ort neues Leben einzuhauchen und ein Programm mit Aktivitäten auf die Beine zu stellen. Deshalb rufe ich dich an.«

»Mich?«

Das Wasser kocht, ich greife nach der Teedose und entdecke einen benutzten Teebeutel direkt dahinter. Ben ist vielleicht weg, aber eben doch noch nicht ganz. Ich muss lächeln.

»Ja, ich rufe an, um dir einen Job anzubieten.«

Ein Geständnis

»Es ist nur ein Teilzeitjob, und die Bezahlung ist miserabel.«

»Und? Was hast du ihr gesagt?«

»Natürlich, dass ich mich freuen würde.« Ich fahre auf einen der freien Parkplätze, schalte den Motor aus und schaue zu Valentin auf dem Beifahrersitz hinüber. »Niemals würde ich mich trauen, ihr zu widersprechen. Evelyn ist Furcht einflößend.«

Ein paar Tage sind seit dem Anruf vergangen, ich hatte Valentin angeboten, ihn zum Pflegeheim zu bringen, da es so sehr schüttete. Eigentlich nahm er immer den Bus, aber heute war ihr Hochzeitstag, und er hatte Gisele einen Futterspender gemacht, um ihn zum Vögelbeobachten von außen vor ihr Fenster zu hängen.

Auf der Fahrt hatte ich ihm von dem Gespräch mit Evelyn erzählt. Auch wenn es stimmt, dass ich tatsächlich ein wenig Angst vor ihr habe, war ich geradezu beglückt, auf diese Weise der Dorfgemeinschaft etwas zurückgeben zu können. Mein altes, verantwortungsvolles Ich hätte dieses Angebot sicher abgelehnt, das Gehalt war auch wirklich miserabel, es gab keinen Altersvorsorgeplan, und mit meiner bisherigen Karriere hatte das Ganze auch nichts zu tun. Das neue Ich hingegen zog viel daraus, die Ungewissheit anzunehmen, sodass ich nicht weiter überlegen musste und ihr Angebot akzeptierte.

In den letzten sechs Monaten habe ich zudem realisiert, dass ich mit deutlich weniger Geld auskommen kann als früher. Als ich noch in London lebte, habe ich mir keine Gedanken darüber gemacht, ob ich mir den ein oder anderen Kaffee zum Mitnehmen gönnte, den leckeren Brunch am Wochenende oder das teure Abendessen am Freitagabend. Ständig habe ich Tickets für irgendwelche Vorstellungen gebucht, die ich unbedingt sehen wollte, war shoppen, kaufte Zeug, das ich nicht brauchte; meine Kreditkartenrechnung war jeden Monat hoch.

Jetzt verbringe ich meine Zeit damit, mit Harry spazieren zu gehen, mich mit Valentin zu unterhalten, mit Stanley zu lachen. Ich trage alte Klamotten, schminke mich nicht mehr und verbringe den Großteil meiner Zeit zu Hause oder im Garten. Kaum zu glauben, aber mittlerweile baue ich sogar mein eigenes Gemüse an, reihenweise Mangold, Spinat, Karotten und rote Beete habe ich ausgesät. Auch ein paar beeindruckende Tomatenpflanzen sonnen sich unter meinem Küchenfenster. Bei dem Gedanken daran, wie manche Leute Kommentare über alte Tomatensorten gemacht haben, als ich aufs Land gezogen bin, muss ich mittlerweile grinsen.

Mein Leben ist vielleicht deutlich kleiner geworden, aber gleichzeitig auch so viel größer.

»Sie kann sehr fordernd sein, das ist wohl wahr«, sagt Valentin und schnallt sich ab. »Sie hat mich fürs Anstreichen eingespannt.«

»Echt?«

Wir steigen beide aus dem Land Rover aus, und ich klappe den Sitz nach vorn, um Harry rauszulassen. Ich möchte nicht, dass er mit seiner Arthritis hinten rausspringt, obwohl es ihm deutlich besser geht, seitdem wir auf Valentins Rat hin mit dem Gelbwurz begonnen haben.

»Sie hat es allerdings Freiwilligendienst genannt.« Er zieht eine Augenbraue hoch.

»Am Telefon hat sie erwähnt, sie wolle eine ganze Truppe von Freiwilligen zusammenbekommen.«

»Truppe ist das richtige Wort. Das klingt für mich nach verfluchtem Militärdienst«, grummelt er und knallt die Tür des Land Rovers zu. Ich sehe ihn über die Motorhaube des Wagens hinweg an und bemerke, wie er verlegen lächelt. »Ist natürlich nur ein Witz. Ich bin schließlich froh, dabei mithelfen zu können, den Ort wieder nutzbar zu machen. Als der Gemeindesaal dichtgemacht wurde, war das für viele Leute ein ziemlicher Schock.«

»Sie hat gesagt, die Arbeiten hätten bereits begonnen.«

Valentin nickt.

»Evelyn hat Charlie sehr lange gepflegt; seitdem macht sie den Eindruck, als müsste sie die ganze verlorene Zeit aufholen.«

Der Sommerregen lässt nach, und wir laufen gemeinsam über den Parkplatz, Valentin trägt sein Geschenk in einer Tüte. Harry trottet neben uns her. Ich muss wieder an das Telefongespräch denken. Anscheinend hatte der Gemeinderat Kostenvoranschläge von verschiedenen Handwerksbetrieben eingeholt, aber niemand war überrascht, dass Ben aus diesem Wettbewerb als Gewinner hervorging. Er bot nicht nur das beste Preis-Leistungs-Verhältnis an, seine Firma hatte auch den besten Ruf, und wie Evelyn sagte, sei es außerdem »ein Gemeinschaftsprojekt, und Ben und Stanley sind nun einmal Teil unserer Gemeinschaft«.

»Wie war Charlie denn so?«

»Schüchtern und ruhig, aber sie hat es immer geschafft, Evelyn um den Finger zu wickeln.«

»Sie?«

»Charlie war Evelyns Frau. Sie waren über vierzig Jahre ein Paar und haben geheiratet, sobald es möglich war. Den Hochzeitsempfang haben sie im Gemeindesaal gefeiert.« Er hält inne, als wir die Eingangstür des Pflegeheims erreichen. »Wie gesagt, es war für viele Menschen ein besonderer Ort.«

Er sieht mir in die Augen, und ich nicke. Es geht nicht

darum, das Dach eines Gemeindesaals zu reparieren, sondern das Herz einer Gemeinschaft.

»Also, ich werde nicht lange weg sein.« Valentin richtet sich auf, als müsste er sich selbst Mut machen. »Gisele wird in letzter Zeit schnell müde.«

Wir sehen einander an. Die Ergebnisse des letzten Bluttests waren uneindeutig, aber seit ein paar Wochen verbringt sie immer mehr Zeit im Bett. Ich möchte ihn umarmen, aber Valentin ist nicht für Umarmungen gemacht, er steht seltsam starr da, die Hände hängen an seinen Seiten nach unten.

Ich umarme ihn trotzdem.

»Lass dir so viel Zeit, wie du magst.«

*

Während Valentin bei Gisele ist, gehen Harry und ich auf dem Gelände spazieren. Natürlich habe ich vorher telefonisch nachgefragt, ob es in Ordnung wäre, da ja Hunde an vielen Orten nicht erlaubt sind. Aber im Gegenteil, die diensthabende Pflegeleitung war sehr herzlich. »Natürlich! Wenn er zutraulich ist und die ganze Zeit über an der Leine bleibt, gern. Unsere Bewohnerinnen und Bewohner mögen Tiere sehr, besonders Hunde. Wir haben festgestellt, dass ihre Anwesenheit für an Demenz erkrankte Menschen viele positive Effekte bringt.« Das überrascht mich jetzt natürlich nicht, Harry hat schließlich so viel Gutes in mein Leben gebracht, warum sollte es bei den Menschen im Pflegeheim anders sein?

Mittlerweile hat der Regen ganz aufgehört, die Sonne scheint, und es wird sofort wärmer; ein heißer Tag war ja auch eigentlich angekündigt gewesen. Alles wirkt wie frisch gewaschen und erstrahlt in wunderschönen Farben. Das Gras schillert leuchtend grün, die Rosenbüsche füllen die Luft mit ihrem feuchten, süßen Duft. Das Gelände ist wirklich beeindruckend. Es gibt Blumenbeete, Wasserelemente und einen

Sinnesgarten. Langsam trauen sich auch die Heimbewohner wieder nach draußen, manche zur Gartenarbeit, andere, um sich mit ihren Verwandten oder Bekannten auf eine Bank zu setzen, wieder andere, um ein paar Schritte mit dem Pflegepersonal zu gehen.

Alle freuen sich sehr über Harry, er wird gestreichelt und gekrault. Das gefällt ihm natürlich, er wedelt aufgeregt mit dem Schwanz, der auch die Beine mancher Bewohner streift. Als wüsste er genau, wann er stürmischer oder ruhiger sein muss, legt er den Kopf in den Schoß einer alten Dame, die aufhört, ihren Teddy zu herzen, um ihn sanft hinter den Ohren zu kraulen. Nach einer Weile lasse ich mich auf einer freien Bank nieder und warte auf Valentin, halte mein Gesicht in die Sonne und schließe die Augen, Harry neben mir.

*

Valentin wirkt beherrscht, als er wiederkommt. Jegliche Aufregung oder Vorfreude darüber, Gisele ihr Geschenk zu überreichen, ist verpufft. Ich versuche, ihn auf der Rückfahrt in ein Gespräch zu verwickeln.

»Hat ihr das Geschenk gefallen?«

»Das kann man momentan nur schwer sagen.«

»Bestimmt mochte sie es. So ein schönes Geschenk zum Hochzeitstag. Der wievielte ist es denn?«

»Der sechzigste.«

»Sechzig! Wahnsinn, das ist ja wirklich toll! Warum hast du mir das nicht erzählt?«

»Was gibt es da groß zu erzählen?«

»Na ja, das ist doch ein toller Erfolg!«

»Nicht, wenn man jemanden liebt.«

Er wartet einen Augenblick, dann schaut er aus dem Fenster. Aus dem Augenwinkel sehe ich, dass er an seinem Ehering dreht.

»Nennt man das nicht diamantene Hochzeit?«

»Ja? Vielleicht hätte ich ihr dann besser Diamanten kaufen sollen?«

»Glaub mir, Diamanten werden völlig überbewertet«, antworte ich ihm und muss an den riesigen Stein am Ringfinger der Verlobten meines Ex-Mannes denken. »Ich würde mich deutlich mehr über einen selbst gemachten Futterspender freuen.«

Ich werfe ihm einen Blick zu, lächle, aber er starrt weiter aus dem Fenster, also lasse ich ihn in Ruhe. Stattdessen schalte ich das Radio ein, aber es knackt und rauscht, weigert sich, einen Sender zu finden. Also schalte ich es doch wieder aus, und wir verbringen den Rest der Fahrt schweigend, jeder in seine Gedanken vertieft.

Ich lasse Valentin an seinem Bungalow aussteigen. Eigentlich hatte ich vorgehabt, direkt nach Hause zu fahren, weil ich noch einiges erledigen muss, aber da ich mir Sorgen um ihn mache, lade ich mich auf eine Tasse Tee zu ihm ein. Als er in die Küche geht, um Wasser zu kochen, entdecke ich ein paar Glückwunschkarten anlässlich des Hochzeitstags auf seinem Kaminsims. Eine ist von Evelyn, eine andere von dem Pub-Besitzer, und dann gibt es noch welche von Leuten, die ich nicht kenne, vermutlich von Bekannten oder Freunden aus der Zeit, als sie noch in der Stadt lebten. Aber eine fehlt offensichtlich.

Als Valentin mit dem Tee aus der Küche kommt, setzen wir uns an den Tisch am Fenster. Im Bungalow ist nichts außer dem leisen Ticken der Uhr auf dem Kamin zu hören. Ein Sonnenstrahl, in dem winzige Staubflocken tanzen, scheint durchs Fenster herein. Stille.

»Helen ist nicht in Paris, oder?«

Pause. Valentins Gesicht ist wie versteinert, aber ich bemerke eine Veränderung. Als würden wir gerade eine Linie überschreiten, von der es kein Zurück mehr gibt.

»Nein, ist sie nicht.«

Seine Schultern kippen nach vorn, und er lässt den Kopf hängen. Als er endlich aufsieht, lese ich in seinem Blick, was ich schon länger vermutet habe.

»Helen ist tot.«

Valentin

Er hatte niemals jemanden anlügen wollen.

Nicht Olivia. Nicht das Pflegeheimpersonal. Und ganz sicher auch nicht Gisele.

Aber er hatte einfach keine Wahl gehabt. Er ertrug es nicht, sie so aufgebracht zu erleben. Sie weinen zu sehen, wenn sie nach ihrer Tochter fragte und er ihr die Wahrheit sagen musste. Immer und immer wieder. Weil sie es vergaß. Jedes Mal, wenn er es ihr erklärte, war es, als würde sie die Neuigkeiten zum ersten Mal hören. Es heißt, die Zeit heilt alle Wunden, aber das stimmt nicht, wenn man sich nicht daran erinnern kann, ob etwas heute oder vor dreißig Jahren passiert ist. Für Gisele waren der Schock und die Trauer noch genauso roh und frisch wie an jenem Morgen, als die Polizei an die Tür geklopft hatte.

Irgendwann hatte er es einfach nicht mehr ertragen. Er konnte ihr nicht jedes Mal dabei zusehen, wie sie zusammenbrach, nachdem er ihr auf ihre Frage, wann ihre Tochter zu Besuch käme, immer wieder aufs Neue sagen musste, was passiert war. Also erfand er eine Geschichte, erzählte seiner Frau, Helen besuche ihre Schwester Agnès in Paris. Er ließ Helen das Leben führen, das ihr verwehrt geblieben war, schmückte es mit Lachen, Rotwein und jungen Männern aus, die mit ihr tanzen gingen. Er erfand das Vergnügen hinzu, elegante französische Mode, Straßencafés, Spaziergänge an der Seine, all das, was sie hätte erleben sollen. Er erzählte Gisele, wie glücklich sie war. Wie sehr Helen sie liebte. Dass sie bald zu Besuch kommen werde.

So oft hatte er diese Geschichten mittlerweile erzählt, dass er sie fast selbst glaubte.

Natürlich war das nicht die Wahrheit. Helen war nie zum Tanzen in Jazzclubs gewesen oder von irgendeinem dahergelaufenen Franzosen herumgewirbelt worden, was ihm sicher auch nicht zugesagt hätte, da seine Tochter schließlich etwas ganz Besonderes war. Stattdessen hatte sie, als sie bereits zum Studium fortgezogen war, einen Asthmaanfall gehabt. Das war nicht ungewöhnlich, sie kannte es schon. Bereits als Kind hatte sie unter Asthma gelitten und immer ein Asthmaspray bei sich führen müssen. In jener Nacht hatte sie jedoch woanders übernachtet. Als sie nachts aufwachte und keine Luft bekam, griff sie in ihre Handtasche und stellte fest, dass sie ihr Asthmaspray zu Hause vergessen hatte. Der Notarzt kam zu spät. Helen wurde gerade einmal neunzehn Jahre alt.

Lange Zeit dachte Valentin, sie würden diesen Verlust nie verwinden. Helen war ihr einziges Kind. Sie hatten eigentlich immer zwei Kinder bekommen wollen, aber als es nicht passierte, grämten sie sich nicht. Wie in dem Spruch: »Man lebt nur einmal, aber wenn man es richtig macht, ist einmal genug.« Sie war so ein liebes Kind gewesen, das nie Ärger machte, immer freundlich und fröhlich war. Sie war das Licht in ihrem Leben, bis zu ihrem Tod.

Ein Kind zu verlieren, ist ein furchtbares Erlebnis, so etwas darf einfach nicht sein. Aber sie hatten auch Glück. Solche Ereignisse können Paare entzweien, Gisele und ihn hatte dieser Verlust noch näher zusammengebracht. Helens Abwesenheit erinnerte sie daran, wie kurz das Leben ist, und sie versuchten, das Beste aus der ihnen verbleibenden Zeit herauszuholen. Aus diesem Grund hatten sie sich auch dazu entschieden, sobald er in den Ruhestand gegangen war, sich ihren Traum zu erfüllen und in die Dales zu ziehen. Helens Asche hatten sie mitgenommen.

Das hier sollte ihr letztes Haus sein. Als sie einzogen, wussten sie beide, dass sie bleiben würden, also fragten sie den Pfarrer, ob sie Helen im Gedenkgarten auf dem Friedhof beisetzen durften. Dann könnten sie alle irgendwann wieder beisammen sein, ein Gedanke, der sie beruhigte. Abgesehen davon, war der Gedenkgarten ein wunderschöner Ort im hinteren Teil des Friedhofs nahe der Mauer. Eine große Eiche spendete dort ihren Schatten, und die Rosenbüsche dufteten. Grabsteine gab es in diesem Teil nicht, stattdessen hatten sie ihren Namen auf einer Bank verewigt.

Valentin ging gern dorthin, setzte sich auf die Bank und sprach mit Helen. Meist stattete er ihr einen Besuch ab, nachdem er bei Gisele gewesen war, erzählte ihr, wie es ihrer Mutter ging, oder von den Vögeln, seinem Kampf mit der verfluchten Nachbarskatze, manchmal auch irgendetwas, das er im Radio gehört hatte. Zu Hause wartete ja niemand auf ihn, mit dem er sich hätte unterhalten können. In den letzten Jahren hatte er sich nur ihr anvertrauen können.

Aber dann waren Olivia und Harry in sein Leben getreten, und alles hatte sich verändert.

Valentin sprach nicht weiter und sah Olivia an, die ihm gegenüber am Tisch saß. Sie hatte kein einziges Wort gesagt. Ihm einfach nur zugehört. Er wartete auf eine Reaktion von ihr.

»Es tut mir leid«, sagte sie schließlich.

»Ist schon in Ordnung, Liebes. Es ist lange her. Ich sollte mich entschuldigen. Einfach die Wahrheit zu verschweigen ...«

»Nein, bitte, es gibt keinen Grund, dich zu entschuldigen. Du bist ein herzensguter Mensch und hast etwas sehr Nettes getan. Helen konnte sich wirklich glücklich schätzen, dich als Vater zu haben.«

Bis dahin hatte Valentin es irgendwie durchgehalten. Mit

den Jahren hatte er gelernt, seinen Schmerz von sich abzuspalten. Als würde er die Geschichte eines anderen erzählen. Aber jetzt füllten sich seine Augen mit Tränen, gegen die er vergeblich anzukämpfen versuchte.

»Ich alberner Dummkopf«, schimpfte er und sog scharf die Luft ein.

Olivia fasste nach seiner Hand und hielt sie ganz fest.

»Alberner Dummkopf«, wiederholte sie, und er lächelte.

»Woher wusstest du es?«, fragte er einen Augenblick später. »Von der Sache mit Helen, meine ich. Weil ich keine Karte von ihr bekommen habe? Ich habe gesehen, wie du die Karten auf dem Kaminsims betrachtet hast ...«

»Es war dein Regenschirm«, erwiderte sie.

»Mein Regenschirm?« Verwirrt schaute er zu seinem Regenschirm hinüber, der vor dem Heizkörper im Abstellraum trocknete.

»Letztes Jahr im Dezember ...«, begann sie zu erklären, »... war ich aus London gekommen, um mir hier Häuser anzuschauen. Dann bekam ich das gezeigt, in dem ich heute wohne. Es war einfach nur furchtbar, genau wie mein Leben damals. Ich wusste nicht, was ich tun sollte. Beinahe hätte ich alles abgeblasen, es kam mir alles vor wie ein riesiger Fehler, und ich wollte schon den nächsten Zug zurück nach London nehmen ...«

Sie machte eine Pause und schüttelte den Kopf. »Aber dann habe ich aus dem Schlafzimmerfenster geschaut, und da tauchte plötzlich ein leuchtend pinkes Etwas in der Dunkelheit vor mir auf ... ein gepunkteter Regenschirm. Er wirkte so kraftvoll und tapfer, so fröhlich in der Hoffnungslosigkeit des Winters. Ein Leuchtfeuer zwischen all den Grabsteinen ... es war wie ein Zeichen. Wo Trauer ist, ist auch Freude.«

Jetzt sah sie ihn an und lächelte.

»Dann habe ich ein Angebot für das Haus gemacht und den Regenschirm wieder vergessen, bis ich ihn, nachdem ich eingezogen war, wiedersah. Oft habe ich ihn auf dem Friedhof bemerkt … wenn die Bäume keine Blätter tragen, hat man aus der ersten Etage einen sehr guten Blick darauf«, fügte sie erklärend hinzu, als könnte sie seine Gedanken lesen.

Das war Valentin als Erstes aufgefallen, als er zum Streichen bei ihr gewesen war. Sie wohnte genau gegenüber. Er hatte einen ziemlichen Schreck bekommen. Von ihrem Schlafzimmerfenster hatte er hinausgeschaut, aber die riesigen Eichen hatten seinen Blick versperrt.

»Irgendwann habe ich dann entdeckt, dass du der Regenschirmbesitzer bist …«

Sie sah ihn genau an.

»Du kamst bei jedem Wetter. Wenn die Sonne schien, konnte ich dich auf der Bank im Gedenkgarten sitzen sehen. Deshalb hatte ich angenommen, du seist verwitwet.«

Er rutschte unangenehm berührt hin und her. »Ich hätte es erzählen sollen. Erklären.«

»Warum? Es ging mich doch gar nichts an«, winkte sie ab, um seine Schuldgefühle zu vertreiben. »Ich war einfach nur ein wenig verwirrt, als du mir von Gisele erzählt hast. Aber ich wollte nichts sagen, wollte nicht, dass du denken könntest, ich hätte dich ausspioniert.« Sie verzog das Gesicht. »Was wäre das denn auch für ein Verhalten?«

Sie sah ehrlich entsetzt aus, sodass er schmunzeln musste, und auch sie lächelte.

»Ich habe nach einem Grabstein gesucht, aber konnte keinen finden«, fuhr sie fort. »Dann habe ich eines Tages die Plakette an der Bank bemerkt, auf der du immer sitzt. Gesehen, dass sie Helen gewidmet ist …«

Ihre Stimme erstarb, und ihre Augen wurden feucht.

»Schon länger hatte ich mich gefragt, warum Helen nie anrief oder zu Besuch kam, warum du nie von ihrem Leben erzählt hast … ich nahm sogar an, sie könnte wie meine Schwester …«

Bei der Erwähnung ihrer Schwester entglitten ihr die

Gesichtszüge, und sie sprach nicht weiter. Zu gern hätte er etwas gesagt, aber ihm fiel nichts Passendes ein, und dann war der Moment auch schon wieder vorbei.

»Ich wollte mit dir über sie sprechen, darüber, was geschehen ist, aber ich hatte zu viel Angst. Weißt du, mein Dad konnte nie über den Tod meiner Mutter reden, es hat ihn zu sehr aufgewühlt, ich wollte dich nicht aufregen... und als du dann sagtest, sie sei in Paris, und Gisele am Strand dachte, ich wäre Helen...« Sie zuckte mit den Schultern. »Da habe ich es wohl irgendwie verstanden.«

Liv sprach nicht weiter, und auch Valentin saß einfach nur da, ließ das Gesagte auf sich wirken.

»Als wir hierherzogen, sprachen wir nicht viel über unsere Vergangenheit, über das, was geschehen war«, sagte er schließlich. »Es war kein Geheimnis, dass wir unsere Tochter verloren hatten, aber wir verspürten auch nicht den Drang, es jedem zu erzählen. Als du mich fragtest, ob sie in der Nähe wohne, schaffte ich es nicht, die Wahrheit auszusprechen, und ehrlich gesagt, wollte ich es auch gar nicht.«

So lange hatte er alles mit sich selbst ausgemacht, aber Liv brachte ihn dazu, sich zu offenbaren.

»Das war früher Helens Regenschirm. Sie fand ihn immer so fröhlich, dass sie sich sogar auf Regen freute. So war sie einfach, sie sah immer das Gute in allem.«

Liv lächelte. »Ich werde ihr immer dankbar dafür sein. Wenn ich den Regenschirm an jenem Tag nicht gesehen hätte...«

Sie hielt seinem Blick stand. Valentin fühlte sich nach einer langen Phase der Unsichtbarkeit durch sie wieder gesehen. »Ich wollte heute Nachmittag noch auf den Friedhof...« Er unterbrach sich, unsicher. Er hatte sich so sehr daran gewöhnt, alles allein zu schultern.

»Hättest du gern Begleitung? Ich könnte mir wirklich mal die Füße vertreten, und auch Harry freut sich sicher über einen Spaziergang.«

Noch immer strahlte die Sonne am Himmel.

»Ja, das würde mir gefallen«, sagte er und spürte ihre Wärme. »Sehr sogar.«

WhatsApp mit Maya

hab die ergebnisse! dreimal bestnote!!!!!!!

OMG!!!

(Ha! Ich habe gelernt, wie man mit Teenagern kommuniziert. Nach sechs Monaten Nachhilfe mit Maya hat sie mir auch ein paar Dinge beigebracht.)

uni hat wirklich geklappt! jura in man ❤

Das ist ja wunderbar!

ohne dich hätte ich das nie geschafft!!!

Quatsch! Du hast hart gearbeitet.

☺
ach ja, liv

Ja?

ich liebe den verfluchten heathcliff.

Nacherfüllen

Ben habe ich, seitdem die Arbeiten am Haus abgeschlossen sind, kaum gesehen. Er hat mit der Renovierung des Gemeindesaals alle Hände voll zu tun. Obwohl ich auch in das Projekt involviert bin, laufen wir uns nicht über den Weg, da ich das meiste von meiner Küche aus organisiere. An dem wunderschönen alten Bauerntisch, nach dem ich lange gesucht habe und von dem ich mir vorgestellt hatte, Familie und Freunde würden irgendwann darum herum Platz nehmen. Jetzt ist er unter allerlei Papierkram verschwunden.

Mein neuer Job hat diese Woche offiziell angefangen, und ich habe eine Umfrage gemacht, um herauszufinden, was die Menschen hier möchten und brauchen. Von der Idee, Theaterstücke oder Filme aufzuführen, über Kinderbetreuungsangebote nach der Schule, Kreativkurse, Gesprächsrunden und Zumba war so ziemlich alles dabei. Zumba lag Evelyn besonders am Herzen.

»Hast du das schon einmal ausprobiert? Es macht Riesenspaß und ist gut für die Knochen.«

Als ich verneinte, insistierte sie: »Oh, das solltest du unbedingt versuchen! Es war bei den älteren Damen immer sehr beliebt. Wir hatten einen fantastischen Kursleiter. Ronaldo aus Kolumbien. Vielleicht könnten wir ihn ja sogar wieder dafür gewinnen?«

Ich versicherte ihr, es zu versuchen, auch wenn ich mich fragte, ob es nicht vielleicht eher an Ronaldo aus Kolumbien als am Zumba gelegen hatte, dass der Kurs so gut angekommen war.

Seit ein paar Tagen läuft jedoch eine meiner Küchenschubladen nicht mehr so geschmeidig, und auch an einer der Fußleisten hat sich ein kleiner Spalt geöffnet. Dann hat letzte Nacht auch noch der Lichtschalter im Bad seinen Geist aufgegeben, also schreibe ich Ben. Er antwortet mir, er werde am nächsten Tag für ein paar Stunden zum Nacherfüllen vorbeikommen.

Nacherfüllen, aha. Noch nie gehört.

Ich tue so, als wüsste ich, was er meint, gucke aber doch lieber noch einmal kurz im Internet nach: Feststellen von durch fehlerhafte Arbeitsleistung verursachten Mängeln, die es nachzubessern gilt.

Was mich zu der Erkenntnis bringt, dass ich einen Großteil meines Erwachsenenlebens mit dem Nacherfüllen meiner selbst verbracht habe.

»Und? Wie läuft's?«

Gegen Mittag am nächsten Tag steht also Ben vor meiner Tür, seine riesige Werkzeugtasche über die Schulter geworfen. Ich hatte ihn erst nach seinem Arbeitstag erwartet und wollte mich eigentlich noch aus meiner Homeoffice-Kluft herausschälen und etwas Ansehnlicheres anziehen: Vorbei sind die Tage in eleganten Anzügen, wie ich sie in meiner Zeit als Lehrerin getragen habe. In einem formlosen T-Shirt, ohne BH, und einer alten, abgeschnittenen Wohlfühljeans, die vermutlich das unvorteilhafteste Kleidungsstück ist, das ich besitze, stehe ich vor ihm.

»Gut.« Ich lächle verlegen, dann fällt mir ein, dass ich noch nicht einmal meine Zähne geputzt habe. »Oh, hallo, Stanley ...«

Er taucht mit ernstem Gesichtsausdruck hinter seinem Vater auf.

»Wo ist Harry?«

»Schön, dich zu sehen«, sage ich lächelnd und wechsle einen Blick mit Ben.

»Stört es dich? Gerade sind Schulferien, und es ist etwas schwierig mit der Betreuung …«

»Nein, natürlich nicht«, sage ich schnell, winke die beiden herein und schließe die Tür. Dabei werfe ich einen Blick in den Spiegel und zupfe an meinen Haaren herum. Es ist zwar nur Ben, aber trotzdem würde ich lieber nicht aussehen wie eine Pusteblume. »Harry ist leider gerade nicht da.«

»Ist er zum Schwimmen?«, fragt Stanley.

»Schwimmen?«

Wir gehen in die Küche, Ben legt seine Werkzeugtasche ab, und Stanley klettert auf einen Barhocker.

»Wir sind unterwegs an ein paar von Stanleys ehemaligen Klassenkameraden vorbeigekommen, die auf dem Weg zum Fluss waren«, erklärt Ben und sieht von der Begutachtung der Schublade auf. Seine Miene verrät mir, dass Stanley nicht dazu eingeladen wurde.

»Nein, er geht eine Runde mit Valentin, sollte aber bald zurück sein.«

Stanley hört auf, sich auf dem Barhocker zu drehen. Er wirkt enttäuscht.

»Weißt du, als ich das letzte Mal im Fluss schwimmen war, war das Wasser eiskalt«, vertraue ich ihm an und verziehe das Gesicht.

»Vielleicht ist es mit Badesachen wärmer?« Ben hebt eine Augenbraue, und ich merke, wie mir beim Gedanken daran, dass er mich beim Nacktbaden überrascht hat, das Blut in die Wangen schießt.

»Okay, wer möchte einen Käsetoast?«

Ich stecke den Kopf tief in den Kühlschrank, konzentriere mich voll und ganz auf das große Stück Cheddar und das Vollkornbrot.

Es werden mehr Brote als gedacht, da nicht nur kurze Zeit später Valentin und Harry auftauchen, sondern auch Maya plötzlich mit einem Strauß Blumen vor der Tür steht, um sich für meine Hilfe bei den Klausurvorbereitungen zu bedanken. Zum ersten Mal, seit die Handwerker weg sind, versammeln sich Menschen in meiner neuen Küche, und als ich schnell die Papiere vom Tisch gegen die Blumen in einer Vase eintausche, kommt es mir fast vor wie eine spontane Einweihungsparty.

Auch wenn es Tee anstelle von Prosecco gibt und die Gastgeberin nicht schick gekleidet ist, sondern das Erstbeste übergeworfen hat, was sie morgens zerknittert auf dem Fußboden finden konnte. Immerhin habe ich es geschafft, mich kurz nach oben zu stehlen und mir einen BH anzuziehen.

»Danke, Liebes.«

Gerade habe ich Valentin, der im Liegestuhl im Garten sitzt, einen Toast gebracht. Es ist Spätsommer, und die Pflanzen beginnen bereits zu welken. Stanley hat es sich mit Harry auf dem ausgeblichenen Gras neben ihm gemütlich gemacht und hört Valentin zu, der ihm etwas über Vögel erzählt. Stanley betrachtet ihn fasziniert.

»Keiner von ihnen hat bisher meinen Futterspender besucht«, murmle ich und sehe zu dem unberührten Objekt hinüber, das unschuldig an einem Ast baumelt.

»Das werden sie schon noch …«

»Aber er hängt schon seit Monaten dort.« Alles andere als überzeugt, reiche ich ihm einen Becher Tetleys-Tee.

»Vielleicht haben sie Angst davor«, wirft Stanley ein. »Neues kann Angst einflößend sein.«

»Wenn sie bereit sind, werden sie kommen. Warte nur ab«, versichert Valentin erneut, der seinen Becher an die Lippen hebt und dann innehält.

»Entschuldige, ist er zu stark?«, frage ich, ich weiß schließlich, wie wichtig Tee für Valentin ist. Schlimm genug, dass ich nur Becher habe, ich erzähle ihm besser nicht, dass es kein loser Tee ist.

Das muss ich auch gar nicht.

»Es schwimmt etwas darin.«

Oje. Der Teebeutel, ich habe ganz vergessen, ihn herauszunehmen. »O nein, ich war abgelenkt… Warte, ich hole einen Löffel…«

Aber schon hat Valentin ihn mit den Fingern herausgefischt. »Kein Problem. Ein echtes Tee-Erlebnis.«

Er verzieht keine Miene, als er seinen ersten Schluck nimmt.

Ich bringe den verräterischen Teebeutel zurück in die Küche, wo Maya gerade dabei ist, sich einen neuen Käsetoast in der Pfanne zuzubereiten.

»Ist das okay? Ich verhungere.«

»Klar, greif zu…« Ich schaue ihr dabei zu, wie sie dort in ihrem bauchfreien Top am Ofen steht und sich ihren dritten Käsetoast zubereitet. Dann räume ich ein wenig auf, vier Erwachsene, ein Kind und ein Hund machen ganz schön Unordnung. »Es ist sicher ein wahnsinnig tolles Gefühl, zum Studium nach Manchester zu gehen, oder?«

Sie zuckt gleichgültig mit den Schultern: »Den Eltern gefällt's.« Sie sieht mich von der Seite an. Ich merke, wie sehr sie die ganze Sache freut, auch wenn sie versucht, cool zu wirken.

»Hast du es Will schon erzählt?«

Sie nickt. »Er hat sich mitgefreut.«

»Ihr beide seid also…« Ich halte inne, weil sie die Augen verdreht.

»Wir sind Freunde. Das ist alles.«

Jetzt bin ich an der Reihe, die Augen zu verdrehen. »Okay, wie du meinst.«

»Ist der für mich?«

Ben kommt aus dem Badezimmer, wo er den Lichtschalter repariert hat, und schnüffelt wie ein Laufhund.

»Ich dachte, du würdest am Gemeindesaal arbeiten«, sagt Maya und stellt sich vor die Pfanne, auf die er schnurstracks zugeht.

»Das tue ich auch.«

»Ben ist gekommen, um seine Pflichten nachzuerfüllen«, erkläre ich.

Maya sieht mich so komisch an, und erst da merke ich, wie doppeldeutig das Ganze klingt.

Auch Ben grinst amüsiert.

Zum zweiten Mal an diesem Tag bemerke ich, wie ich rot anlaufe, und werfe Maya einen Blick zu, aber sie sieht mich nur mit ihren großen, unschuldigen Augen an und reicht Ben das fertige Brot.

»Hier, für dich. Ich bin doch nicht mehr so hungrig.« Sie lächelt gelassen, greift nach ihrer Cola light und geht zu Valentin und Stanley hinaus in den Garten.

Ich bleibe allein mit Ben zurück und bin unerwartet nervös.

»Endlich allein«, witzelt er, und ich spüre, wie ich mich entspanne.

»Ja, ganz schön trubelig, oder? Dass alle mich zur selben Zeit besuchen, konnte ich ja nicht ahnen ...«

Ich nehme einen Schwamm und beginne, die Oberflächen abzuwischen, während Ben sich um die Küchenschublade kümmert. Aus dem Garten klingt Lachen herein, ich kann Valentin mit Maya und Stanley sehen. Valentin erzählt eine Geschichte und gestikuliert dabei wild. Ich muss daran denken, wie ich ihn zum ersten Mal am Fenster seines Bungalows sitzen sah. Dieser einsame alte Mann hat nichts mehr mit dem heutigen Valentin gemein, und auch Stanley hat sich sehr verändert.

Ich beobachte, wie er kichert, sein sommersprossiges Gesicht wirkt so freudig im Vergleich zu dem verängstigten Jungen, der sich bei unserer ersten Begegnung nicht hinter dem Gartentor hervortraute. Während Maya, die so wütend war und sich unverstanden vorkam, jetzt entspannt dort draußen im Gras liegt, lacht, zuhört und dabei auch noch Nachrichten schreibt, wie immer alles gleichzeitig. Wie macht sie das bloß?

Und dann ist da natürlich noch Harry mittendrin, sein Fell glänzt, und er hechelt unter der heißen Septembersonne, sucht sich jedoch kein Schattenplätzchen; seine rosa Zunge hängt ihm aus dem Maul, seine wachen Augen halten ständig Ausschau nach dem Eichhörnchen, die Ohren aufmerksam aufgestellt und bereit, gekrault zu werden. Wer hätte gedacht, dass das alte, verängstigte Fellbündel, das ich zum ersten Mal im Tierheim sah, das Leben so vieler Menschen und meins ganz besonders verändern würde?

Die Melodie aus dem Radio lenkt mich ab, ich sehe zu Ben hinüber. Es ist wirklich schön, ihn wieder hier zu haben, zu sehen, wie er mit seinem Schraubendreher gut gelaunt durchs Haus läuft. Selbst sein unermüdliches Pfeifen zur Radiomusik gefällt mir, auch wenn er einen anderen Sender eingestellt und meine Klassik verworfen hat.

»Ich wusste gar nicht, dass du auf Klassik stehst.«

»Tu ich auch nicht, das läuft wegen Harry.«

Sobald ich die Worte ausgesprochen habe, bereue ich es. Ben mustert mich amüsiert.

»Harry hört klassische Musik?«

»Sie beruhigt ihn eben«, bringe ich zu meiner Verteidigung hervor.

»Willst du mich auf den Arm nehmen?«

»Es ist wissenschaftlich belegt, dass Hunde dadurch ruhiger sind, wenn man sie zum Beispiel kurz allein lassen muss. Es gibt ganze Studien dazu …«

»Interessant«, sagt er und nickt. Ein Punkt für mich. »Hat Harry auch klassische Musik gehört, als du im Pub dein Date angeschrien hast?«

Er grinst mich an.

»Das war kein Date«, protestiere ich. »Also, zumindest nicht an jenem Abend, aber egal … ich habe ihn nicht angeschrien, sondern Harry, ich wollte ihn beruhigen …«

Ben hört auf zu arbeiten, verschränkt die Arme und sieht mich an die Arbeitsplatte gelehnt mit krampfhaft ernstem Gesichtsausdruck an.

»Und ja. Er hat an jenem Abend klassische Musik gehört. Chopin, um genau zu sein«, füge ich ein wenig hochmütig hinzu.

Stille. Ich breche in Gelächter aus. Das klingt doch alles ziemlich lächerlich, wenn man es laut ausspricht.

Da traut sich auch Ben endlich, aus vollem Hals zu lachen. Einen Augenblick lang stehen wir einfach nur so da in meiner neuen Küche, einander zugewandt, und lachen. Ich sehe in seine Augen, sein vertrautes Gesicht. Es tut so gut, endlich wieder richtig zu lachen, die Art von Lachen, dass es fast wehtut in mir drin. Ben ist seit der Scheidung der erste Mann, mit dem ich wieder lachen kann. Eigentlich schon seit lange vor der Scheidung. Dann hören wir beide plötzlich auf, und es entsteht so eine Pause, in der zwar niemand spricht, aber dennoch eine Menge gesagt wird.

»Wir haben uns nie auf diesen Drink getroffen.«

Ben fasst sich zuerst.

»Nein, das stimmt.«

Ich höre Stimmen von draußen und habe auf einmal das Gefühl, dass wir unterbrochen werden könnten und der Moment vorbei ist, wenn wir ihn nicht schnell zu packen bekommen.

»Ich habe diesen Freitagabend Zeit«, sage ich. »Falls du Interesse hast …«

Er hält meinem Blick stand und sieht geradezu amüsiert aus, als er antwortet: »Livvie, hast du so lange gebraucht, um zu bemerken, dass ich Interesse habe?«

He du,

ich glaube, ich stecke in Schwierigkeiten. Ich gehe mit Ben zum Abendessen aus. Ja. Ich weiß, was du jetzt denkst. Genauso ging es mir auch. Aber er ist echt ein anderer geworden. Und ich bin auch eine andere. Nicht mehr die Dreizehnjährige, die sich in den Bad Boy verliebt hat, der ihr das Herz brechen wird.

Und trotzdem habe ich Angst. Was ist, wenn meine Gefühle, obwohl alles jetzt eigentlich ganz anders ist, noch immer dieselben sind?

X

Mit der Tür ins Haus fallen

Freitagnachmittag ist mir wegen des Abendessens mit Ben ganz flau im Magen. Ich versuche, mir nicht zu sehr den Kopf darüber zu zerbrechen. Im Hier und Jetzt zu leben. Mich einfach treiben zu lassen. Spaß zu haben.

Wer's glaubt… Ich kann über nichts anderes mehr nachdenken.

Mich vom Lauf der Dinge überraschen zu lassen, gehörte noch nie zu meinen Stärken. Also habe ich mir bereits unzählige Szenarien ausgemalt, wie der Abend sich entwickeln könnte. Wie der Abend sich entwickeln sollte. Es geht um Ben. Meinen Handwerker. Meine Jugendliebe. Meine erste unerwiderte Liebe. Meinen verwitweten Nachbarn. Alles in allem: Es ist kompliziert. Sehr kompliziert.

Irgendwann nehme ich mir vor, die Sache nicht noch weiter auseinanderzudividieren, und schenke mir lieber ein Glas Wein ein. Kein besonders großes Glas, natürlich nicht. Ich möchte schließlich nur meine Nerven beruhigen und nicht schon völlig betrunken sein, bevor der Abend überhaupt beginnt. Dann gehe ich mit dem Glas nach oben, um mich fertig zu machen. Ben hat in einem ziemlich eleganten Landhotel zehn Meilen von hier einen Tisch reserviert. Es ist wohl für seine französische Küche berühmt. Endlich eine Gelegenheit, mich richtig schick machen zu können, und obwohl ich so nervös bin, freue ich mich schon sehr. Maya hat angeboten, sowohl auf Stanley als auch auf Harry aufzupassen, weshalb

Ben mich um neunzehn Uhr abholen kommt und wir dann noch schnell Harry bei ihm vorbeibringen, bevor es losgeht. Ich werfe einen Blick auf die Uhr. Anderthalb Stunden. Genügend Zeit. Noch.

Als ich unter der Dusche stehe, bellt plötzlich Harry, weil es an der Tür klopft. Das kann doch unmöglich schon Ben sein. Ich beachte das Klopfen nicht weiter und wasche mir gründlich den Conditioner aus den Haaren, aber Harry hört nicht auf zu bellen. Jetzt klingelt auch noch mein Telefon. Langsam mache ich mir doch ein wenig Sorgen. Irgendjemand versucht verzweifelt, mich zu erreichen. Schnell springe ich aus der Dusche, werfe mir den Bademantel über und eile die Treppen hinunter. Worum auch immer es geht, es scheint dringend zu sein.

»Moment, ich komme schon …«

Während ich rufe, greife ich nach Harrys Halsband und reiße die Tür auf. Vielleicht ist es ja wirklich Ben? Hat Maya ihm abgesagt? Oder ist es Valentin mit schlechten Nachrichten über Giseles Gesundheitszustand?

»Hallo, Liv.«

Es ist David.

Sprachlos starre ich ihn an. Er ist nun wirklich der Letzte, den ich vor meiner Tür erwartet hätte.

»Was, um Himmels willen, machst du hier?«, frage ich, als ich endlich meine Sprache wiederfinde.

»Will hat mir deine Adresse gegeben. Allerdings nicht ganz freiwillig …«

Angespannt tritt er von einem Fuß auf den anderen und stellt seinen Kragen hoch. Da erst fällt mir auf, dass es regnet.

Was für eine unwirkliche Situation.

»Willst du mich nicht hereinbitten?«

»Warum sollte ich das tun?«

»Ich bin gerade sieben Stunden hierhergefahren.«

»Man braucht von London nur fünfeinhalb.«

»Die Wegbeschreibung war falsch.«

»Du meinst, du hast dich verfahren.«

Hinter ihm steht ein silberglänzender Porsche.

»Hast du ein neues Auto?«

»Ja, gefällt es dir?«

»Ein Sportwagen und eine Blondine als Verlobte«, sage ich nicht ohne Sarkasmus in der Stimme. »Hast du dir auch ein Tattoo stechen lassen?«

Ich weiß. Mein Benehmen ist total unreif, aber sein Verhalten ist schließlich das reinste Klischee, oder etwa nicht? Da kommt mir Michelle Obamas berühmter Satz in den Kopf: Wenn die anderen sich nicht benehmen, halten wir Anstand und Stil besonders hoch. Ein kraftvolles Gefühl. Allerdings habe ich mich hier in meinem Bademantel, ein Handtuch um den Kopf gewickelt, mit meinem Ex vor der Tür noch nie weniger wie Michelle Obama gefühlt.

»Wie ich hörte, hast du dir einen Hund angeschafft …«

Er übergeht meinen Kommentar und zeigt auf Harry, der wie wild versucht, an Davids Schritt zu schnüffeln.

»David, was willst du hier?«

Nachdem der erste Schock über diese erneute Begegnung verflogen ist, überwiegt Verärgerung. Wie kann er es wagen, einfach uneingeladen hier aufzutauchen? Nach allem, was er getan hat?

»Ich muss mit dir reden!«

»Findest du nicht, dass es dafür ein bisschen zu spät ist?«

Er glaubt, sich alles erlauben zu können. Diese für Privatschulabsolventen aus der gehobenen Mittelschicht typische Anspruchshaltung bringt mich zur Raserei.

»Bitte, Liv …«

Er sieht mich flehend an, und trotz allem regt sich da etwas in mir. Was mich nur noch wütender werden lässt.

»Verflucht noch mal, David. Es ist mir scheißegal, was du zu sagen hast. Ich habe zu tun«, fahre ich ihn an. »Ich gehe heute Abend aus, meine Haare sind nass, ich muss mich noch anziehen. Also dann …« Ich schicke mich an, die Tür zu schließen. »Tschüss.«

»Hannah und ich haben uns getrennt.«

Die Hand auf der Türklinke erstarre ich.

»Ach ja? Und was hat das mit mir zu tun? Wir sind geschieden.« Ich versuche, meine Stimme so fest wie möglich klingen zu lassen.

Er antwortet nicht, steht einfach so vor mir im Regen. Betrachtet seine Fußspitzen.

»Das ist es ja«, sagt er dann und seufzt laut. »Das hat alles nur mit dir zu tun.«

Als er mir dann in die Augen blickt, werde ich plötzlich ganz schwach. Meine Entschlossenheit gerät gefährlich ins Wanken. In meinem Kopf überschlagen sich die Gedanken, warnen mich: Lass ihn nicht herein. Lass ihn nicht zurückkommen.

»Ich bin schon klitschnass.«

Neugierde. Abschließen. Unsere Geschichte. Eine Möglichkeit, Freunde zu sein. Wie auch immer man es nennen will.

»Du hast fünf Minuten.«

Ich öffne die Tür.

*

Dann schenke ich ihm ein Glas Wein ein, nur ein kleines, er muss schließlich noch zurück nach London fahren – das mache ich ihm sofort klar –, und wir setzen uns an meinen Küchentisch. Ich in meinem flauschigen blauen Bademantel, er durchweicht und zerzaust. Die Situation fühlt sich gleichzeitig seltsam und unheimlich vertraut an. David und ich. Wir sitzen uns am Küchentisch gegenüber. Mein Gott, wie viele Jahre haben wir genau das getan? Nur der Tisch ist jetzt ein anderer.

»Ich war ein echter Idiot, Liv.«

David redet. Im letzten Jahr habe ich so viele Gespräche in meinem Kopf durchgespielt, immer und immer wieder eingeübt, was ich zu ihm sagen würde. Jetzt jedoch hat sich plötzlich alles, was ich ihm an den Kopf werfen wollte, in Luft aufgelöst.

»Ja, das stimmt.«

»Es tut mir so leid, ich habe einen schrecklichen Fehler gemacht. Keine Ahnung, was ich mir dabei gedacht habe.«

»Du hast gesagt, du würdest sie lieben«, erinnere ich ihn. »Und dass du mich nicht mehr lieben würdest.«

Als ich die Worte ausspreche, die mir noch vor ein paar Monaten das Herz gebrochen haben, komme ich mir seltsam unbeteiligt vor. Sie haben die Kraft eingebüßt, mich verletzen zu können. Aber das gilt nicht für David. Er sieht mich gequält an.

»Du musst mich dafür hassen. Ich hasse mich.«

Ich betrachte ihn über den Tisch hinweg. Er war immer so charmant und selbstsicher, doch jetzt macht er trotz seiner schicken Klamotten einen ziemlich traurigen Eindruck. In mir regt sich sogar Mitgefühl für ihn, was mich überrascht.

»Du hast dich wirklich wie ein Arschloch benommen, aber ich hasse dich nicht.« Langsam schüttle ich den Kopf. »Ich habe es versucht, aber nicht geschafft ...«, sage ich schulterzuckend. »Nur die ganzen Lügen, die habe ich wirklich gehasst.«

»Es tut mir leid ...«

»Das muss es nicht«, unterbreche ich ihn. »Du hast mir damit sogar einen Gefallen getan.«

»Ja?« Er sieht mich verwirrt an. »Wie denn das?«

Ich schaue auf meine Hände hinunter, strecke die Finger auf der glatten Oberfläche des Tisches aus, spüre das Alter und die Kraft des Holzes. »Weil ich dachte, ich wäre glücklich, wir wären glücklich. Als du dann sagtest, du würdest mich verlassen, weil du eine andere Frau kennengelernt hättest, war ich einfach nur entsetzt. Am Boden zerstört. Ich hatte es einfach nicht kommen sehen …«

Als ich den Blick hebe, bemerke ich, dass er mich genau beobachtet. Ich habe seine volle Aufmerksamkeit. Da fällt mir auf, dass ich mich nicht erinnern kann, wann das zum letzten Mal der Fall war.

»Da habe ich mich gefragt, was ich wohl sonst noch alles verpasst hatte. Was mir nicht aufgefallen war. Und als ich anfing, darauf zu achten, fielen mir ganz viele Dinge auf …«

»Was zum Beispiel?« Er sieht mich fragend an, wodurch sich eine vertraute Falte zwischen seinen Augenbrauen bildet. Dann greift er nach dem Weinglas, er wirkt so nervös, dass ich ihn kaum wiedererkenne.

»Dinge eben, die ich gern verändern wollte, die ich in mich hineingefressen und nie aufgearbeitet habe, die nicht richtig liefen.« Meine Gedanken springen von der Vergangenheit ins Hier und Jetzt. »Ich habe viel Neues entdeckt, Freunde gefunden, einen anderen Beruf, ungeahnte Möglichkeiten … Es gefällt mir, hier auf dem Land zu leben, London vermisse ich nicht, und ich habe gern einen Hund …«

Ich werfe einen Blick zu Harry hinüber. Er liegt zusammengerollt auf seinem Teppich, ein Auge geöffnet, beobachtet er uns misstrauisch, hält Wache. Sein Anblick gibt mir Kraft.

»Ich bin widerstandsfähiger, vielseitiger und mutiger geworden … lebe mehr den Moment und habe wieder Spaß am Leben gefunden … bin Teil einer Gemeinschaft, die ich lieb gewonnen habe. Mein Leben jetzt gefällt mir einfach viel besser und ich selbst mir auch …«

Bisher habe ich so viel Zeit damit verbracht, mein Leben neu zu gestalten, dass mir gar nicht richtig aufgefallen ist, wie weit ich schon gekommen bin, wie sehr auch ich mich bereits verändert habe. Aber durch diese Erinnerung an mein altes Leben mitsamt seinen Dynamiken drängen nun all die Gefühle an die Oberfläche, sprudeln aus mir heraus.

»Ich habe mich immer vor einem solchen Worst-Case-Szenario gefürchtet. Aber als es dann eintrat, weißt du, was da passiert ist?« Ein Gefühl des Triumphs ergreift mich beim Blick auf David. »Ich habe mich weder verkrochen, noch bin ich untergegangen, auch wenn ich mich eine ganze Weile lang so gefühlt habe…«

David ist die Scham anzusehen, er öffnet den Mund, aber ich hebe die Hand. Jetzt rede ich. Es gibt noch so vieles, was ich sagen möchte. Laut aussprechen will. Damit er es hört. Und ich auch. Jedoch wird es keine dieser gut einstudierten Reden sein, in denen sich alles wieder nur um ihn dreht, darum, welches Gefühl er mir gegeben hat. Dieses Mal geht es nur um mich.

»Wie du weißt, habe ich immer schon versucht, alles in Ordnung zu bringen, alles richtig zu machen, alles zu glätten. Nicht nur zwischen uns beiden, auch bei der Arbeit, bei unseren Freunden, bei Josie… Wenn ich für etwas verantwortlich war, gab es kein Scheitern. Frag Liv, sie wird sich schon darum kümmern…« Ich unterbreche mich, lache kurz schuldbewusst auf. »Erst jetzt habe ich verstanden, dass ich immer nur mich selbst heilen wollte. Wie stolz ich darauf war, eine Perfektionistin zu sein, dabei waren meist Ängste meine Antriebskraft, ich wollte auf keinen Fall die Kontrolle verlieren, musste Sicherheit in eine immerzu unsichere Welt bringen…«

Ich spüre einen Kloß im Hals und schlucke ihn schnell hinunter.

»Ich musste mich selbst schützen, damit meine Welt nicht noch einmal aus den Fugen geriet wie nach dem Tod meiner Mutter…«

Ich sehe mich im Raum um, kann kaum glauben, wie sehr sich alles verändert hat, seitdem ich hier eingezogen bin. Wie unsäglich allein und verängstigt habe ich mich in meiner ersten Nacht hier auf dem Sofa gefühlt.

»Jetzt habe ich keine Angst mehr. Ich bin mir sicher, dass dieses Gefühl, mein Leben sei vorüber, nicht zurückkommen wird, egal, was auch geschieht. Das Ganze hat mir nämlich gezeigt, dass ich eine Stärke besitze, von der ich zuvor nichts wusste…«

Ich unterbreche mich, mein Herz rast. Wie absurd es ist, dass ich in meinem Bademantel und mit einem Handtuch auf dem Kopf eine derart kraftvolle Rede halte, nehme ich durchaus wahr. Aber daran zeigt sich höchstens, wie sehr ich mir das schuldig bin.

»Ich habe mich verändert, und das kann mir niemand mehr nehmen. Es gibt kein Zurück.«

David starrt mich an. Er hat mir zugehört, ohne mich zu unterbrechen, jetzt seufzt er und betrachtet seine Hände. Sein Weinglas ist schon leer.

»Aber ich wollte doch nie, dass du dich änderst«, sagt er dann mit gedämpfter Stimme.

Einen winzigen Augenblick muss ich an unser erstes Date im Restaurant denken, das nun schon so viele Jahre zurückliegt, an die Hoffnung und die Erwartungen. Fast werde ich von dieser bittersüßen Welle aus Sehnsucht nach der Vergangenheit umgeworfen.

»Es ging doch dabei nie um dich, Liv.«

»Genau. Aber jetzt schon.«

Er sieht zu mir auf, und ich merke, dass er es endlich verstanden hat.

Aus fünf Minuten werden fünfundvierzig. Ich setze Teewasser auf, und er erzählt mir, wie ihn Hannah, kurz nachdem wir uns in dem Club getroffen haben, beschuldigt hat, noch immer nicht über mich hinweg zu sein. Was er dann auch nicht abstreiten konnte. Also lösten sie die Verlobung, und er zog am nächsten Tag aus. Und obwohl mein altes Ich sich diesen Augenblick erträumt hat, empfindet das neue keine

Genugtuung. Wenn überhaupt, bin ich nur ein wenig traurig, wie leichtfertig er alles verspielt hat.

»Sie wollte ständig ausgehen in irgendwelche Clubs, in denen es so laut ist, dass man sein eigenes Wort kaum versteht«, erzählt er und nimmt einen Schluck Tee.

»Ums Sprechen geht es in Clubs ja auch nicht, David. Sondern ums Tanzen.«

»Du weißt ja, wie ungern ich tanze.«

Ich lächle nur. Ein echtes Lächeln. Die Situation wird immer absurder. Ich sitze hier, rede mit David über unsere Scheidung und lächle. Es fühlt sich total komisch an und gleichzeitig auch wieder nicht. Ergibt das einen Sinn? Ergibt überhaupt noch irgendetwas einen Sinn?

Vielleicht lächle ich ja, weil ich ihm dankbar dafür bin, dass er alles zerstört hat, damit ich mir etwas Besseres aufbauen konnte. Jetzt, wenn ich ihn so sehe, wird mir klar, dass ich in ihm immer nach Antworten gesucht habe, warum so vieles schiefgelaufen ist, die er mir natürlich nie geben konnte. Die ganze Zeit habe ich mich wegen etwas fertiggemacht, bei dem es eigentlich nie um mich ging.

Vielleicht lächle ich auch, weil zwei Menschen, deren Leben so eng miteinander verwoben sind, nicht umhinkommen, gemeinsame Momente der Vertrautheit und des Trostes zu empfinden. Selbst dann, wenn Schmerz, Wut und Liebeskummer die verbindenden Fäden gekappt haben. Er ist kein Fremder mehr. Sondern David. Mein Ex-Mann. Mit dem ich einen großen Teil meiner Vergangenheit verbracht habe und der immer zu meinem Leben gehören wird. Auch wenn er nicht meine Zukunft ist.

Und ich ihn nicht mehr liebe.

»Dein Haus ist hübsch. Schön bunt.« Er schaut sich die offene Küche an, sein Blick bleibt an meinem leuchtend roten Smeg-Kühlschrank hängen.

»Danke.«

»Es ist ganz anders als das alte Haus.«

»Ich wollte etwas anderes.«

Sein Blick wandert zu mir zurück. Da gibt es nichts zwischen den Zeilen zu lesen.

»Ich sollte jetzt wohl besser gehen.« Er schiebt den Stuhl zurück und steht auf. »Danke für Wein und Tee. Und fürs Zuhören. Ich weiß, dass ich das nicht verdient habe.«

Ich nicke und stehe ebenfalls auf.

»Grüß Will von mir.«

»Du weißt ja, dass er mich hasst.«

»Er hasst dich nicht, er ist dein Sohn. Er liebt dich. Er denkt eben nur, dass du ein Idiot bist, das ist alles.«

»Damit hat er wohl nicht ganz unrecht.«

Er lächelt mir dankbar zu, ich folge ihm zur Tür. Dort stehen wir auf der Türschwelle, tauschen ein paar Belanglosigkeiten wie »Gute Reise« und »Pass auf dich auf« aus. Ich muss daran denken, wie sehr ich geweint habe, als er beim letzten Mal gegangen ist, und mir fällt das Atmen schwer. Wie gern würde ich jetzt zurück in die Vergangenheit, um diese schluchzende Frau zu umarmen und ihr zu sagen, dass es wieder besser wird, ihr Leben nicht zu Ende ist, im Gegenteil. Auf vielen Ebenen fängt es gerade erst an.

»Tschüss, David.«

»Tschüss, Liv.«

Dann schließe ich die Tür. Er ist weg.

Stanley

Normalerweise war Tante Holly seine Babysitterin, aber heute Abend hatte sie bereits etwas vor, also kam Maya. Er mochte Maya. Sie war lustig. Sie bestellte Pizza, und er konnte sich den Belag aussuchen. Er hasste Pilze und liebte Ananas. Aber nur, wenn der Käse nicht oben auf der Ananas geschmolzen war. Dann konnte er sie nicht essen. Einmal, als er mit seiner Mutter im Café gewesen war, hatte die Kellnerin sich über ihn lustig gemacht und ihn wählerisch genannt. »Er mag, was er mag«, hatte seine Mutter daraufhin verärgert geantwortet.

Er mag, was er mag. Stanley gefiel das. Ihm gefiel der Rhythmus des Satzes, den er ein ums andere Mal wiederholte. Es klang irgendwie ordentlich. Das war gut. *Er mag, was er mag.* Er erzählte Maya davon, als sie die Pizza bestellte, und sie lachte und wiederholte es auch.

Sie aßen die Pizza vor dem Fernseher. Er gab Harry seinen ganzen Rand. Harry mochte Pizzaränder. Maya ließ ihn sogar mit ihrem Smartphone spielen. Dad ließ ihn das fast nie tun, seitdem er einmal ein Spiel heruntergeladen hatte, das umsonst sein sollte. Das war es aber gar nicht, also hatte Dad irgendwo angerufen und ziemlich viel herumgeschrien. Zum Glück gab es auf Mayas Telefon viele gute Spiele, sodass sie niemanden anschreien musste.

Stanley konnte mittlerweile die Uhr lesen. Als ihm auffiel, dass sie acht Uhr anzeigte, sagte er Maya, es wäre Zeit für ihn, ins Bett zu gehen, und dass er bis sechzig zählen musste, wenn er sich die Zähne putzte. Maya sagte, dreißig würde heute Abend auch reichen, aber er zeigte ihr die Liste, darauf stand sechzig, also sagte sie okay und zählte mit ihm. Er zeigte ihr auch sein Teleskop und erzählte ihr, dass Mummy ein Stern war.

Maya sagte, das sei cool, was er verwirrend fand. Aber dann erklärte sie ihm, dass cool nicht immer kalt meinte, sondern manchmal auch richtig gut. Dann sagte sie, wenn Mummy ein Stern wäre, könnte sie genauso gut ein Regenbogen, eine Schneeflocke oder ein Sonnenstrahl sein, der morgens durch die Lücke im Vorhang wie ein Lichtschwert auf seine Bettdecke scheint. Das fand er *richtig* cool.

Aber das Beste am ganzen Abend war Harry. Stanley hatte Angst vor der Dunkelheit, und manchmal, wenn er ins Bett gehen musste, bekam er so ein seltsames, unangenehmes Gefühl im Bauch. Deshalb erklärte er Maya, sein Nachtlicht müsse eingeschaltet bleiben. Sie sagte, er solle sich keine Sorgen machen, sie sei unten und werde fernsehen. Wenn etwas wäre, solle er einfach rufen. Noch besser war jedoch, dass sie Harry in seinem Zimmer schlafen ließ, auch wenn er nicht in sein Bett durfte.

Sobald sie gegangen war, sprang Harry ans Fußende des Bettes und legte sich auf seine Füße wie eine schwere, haarige Decke. Stanley wusste, dass Harry bei ihm war, um ihn zu beschützen. Deshalb hatte er auch keine Angst und kein ungutes Gefühl im Bauch. Er lag in seinem Bett, schloss die Augen und dachte an Mummy, die ein Lichtschwert war, und daran, dass er genau acht Stücke Ananas auf seiner Pizza gehabt hatte. Das machte ihn glücklich.

Stanley hoffte, dass sein Dad noch einmal einen Anzug anziehen und mit Liv ausgehen würde.

Ein Tisch für zwei

Das Langley Arms ist eins dieser wunderschönen Landhotels mit glänzendem Chintz, Holzvertäfelungen und großen Standuhren, die leise läuten, wenn man den Raum betritt, als würde man in eine andere Zeit reisen. Das gedimmte Licht und das leise Gemurmel der vertraulichen Gespräche verleihen dem Restaurant seine Gemütlichkeit. Ganz anders als unser Dorf-Pub mit seinen gesalzenen Erdnüssen und den Pints Ale.

»Wow, das ist aber wirklich edel«, flüstere ich Ben über den Tisch hinweg zu, nachdem der Kellner uns die Tageskarte erklärt und uns darüber informiert hat, wir könnten nun in Ruhe auswählen.

»Ich dachte, du wärst solche Restaurants gewöhnt, so lange, wie du in London gelebt hast«, sagt Ben und fummelt an seinem Kragen herum.

Er ist frisch rasiert und trägt ein schickes Sakko zu einem gebügelten Hemd. Als er mich in seinem Lieferwagen abholte, war mein lustig gemeinter Kommentar darüber, wie sehr er sich herausgeputzt hatte, mit einem, er habe sich eben ins Zeug legen wollen, quittiert worden. In Wirklichkeit dachte ich jedoch nur daran, wie gut er aussah. Ohne seine Arbeitskleidung und frisch rasiert wirkte er ganz anders als sonst. Als ich ihm zur Begrüßung ein Küsschen auf die Wange drückte, nahm ich einen Hauch seines Aftershaves wahr, und etwas zwischen uns geriet in Bewegung. Auf einmal fühlte sich alles anders an.

Oder hatte nur ich mich verändert?

»Du hast wirklich einen vollkommen falschen Eindruck von mir«, protestiere ich, während ich die Serviette auf meinem Schoß ausbreite. Sie ist aus schwerem, gestärktem Leinen und so makellos weiß, dass ich nicht umhinkomme, mich zu fragen, wie sie hier bloß die Flecken entfernen. »Mein Leben dort war nicht gerade glamourös. Die meiste Zeit habe ich auf dem Sofa mit dem Korrigieren von Hausaufgaben verbracht.«

Ben lacht, er wirkt merklich entspannter. Er hat dieses Restaurant wohl nur für mich ausgesucht und wäre selbst in unserem Dorf-Pub genauso zufrieden, wenn nicht sogar deutlich glücklicher gewesen. Ich, ehrlich gesagt, auch, aber das sollte ich ihm wohl besser nicht auf die Nase binden.

Er wendet sich der Speisekarte zu. »Was ist *pomme purée?*«, fragt er leise.

»Ich glaube, Kartoffelbrei.«

»Und was soll daran besonders sein? Das kann ja sogar ich.« Er guckt mich triumphierend an, und ich muss lachen. »Aber meiner hat sicher mehr Stücke«, gibt er dann zu.

»Das ist doch etwas Gutes. Meine Großmutter hat immer gesagt, daran sieht man, dass er selbst gemacht ist.«

»Eine kluge Frau, deine Großmutter.« Er nickt anerkennend, und ich muss lachen. Keine Ahnung, was in uns gefahren ist. Obwohl keiner von uns beiden etwas trinkt, bin ich total aufgekratzt. Da wir uns der Blicke der anderen Gäste bewusst sind, verstecken wir uns hinter unseren Karten, während wir versuchen, uns zu beruhigen.

»Das Hühnchen klingt gut.«

»O ja«, stimme ich ihm zu, »kannst du auch Parmesanschnee zubereiten?« So steht es in der Beschreibung, ich werfe ihm über die in Leder gebundene Trennwand hinweg einen Blick zu und ziehe die Augenbrauen hoch.

Natürlich müssen wir beide schon wieder lachen, und erst

als der Kellner kommt, um unsere Bestellung aufzunehmen, schaffen wir es, das Kichern zu unterdrücken. Allerdings fühle ich mich ein wenig schuldig, weil ich mir mit der makellosen Serviette die Lachtränen von den Augen getupft habe. Jetzt hat sie Eyeliner-Flecken.

Wir nehmen beide Hühnchen mit Parmesanschnee. Ben trinkt nichts, also bestelle ich Sprudelwasser, auch wenn er mich zu Wein überreden will.

»Bitte, nimm doch ein Glas«, insistiert er. »Ich fahre.«

»Ist echt in Ordnung, wirklich«, sage ich und gebe dem Kellner die Weinkarte zurück.

»Oder vielleicht einen Gin Tonic?«

»Möchtest du mich betrunken machen?«

Er hört auf, mich zu beschwatzen, und sieht mich verlegen an.

»Ich möchte nur, dass du einen schönen Abend hast.«

»Das habe ich.«

Er mustert mich aufmerksam, als wollte er herausfinden, ob ich die Wahrheit sage. Dann lehnt er sich zufrieden zurück.

»Du siehst gut aus.«

»Danke.« Fast automatisch fasse ich mir ins Haar, versuche, es zu bändigen. »Ich hatte keine Zeit, die Haare zu föhnen.«

»Ich mag es so. Die Locken stehen dir gut.«

»So ein Glück«, erwidere ich lächelnd. »Ich wollte es eigentlich glatt föhnen, aber dann ist mir etwas dazwischengekommen.«

»Fuhr dieses Etwas den Porsche, den ich vor deinem Haus gesehen habe?«

Ich seufze auf. »Du hast Davids Auto gesehen?«

»Ich war ein bisschen früh dran, und zu übersehen war er nun nicht gerade. So viele Sportwagen gibt es ja nicht in der Gegend, eigentlich fast nur Traktoren und Land Rover …« Er sieht mich mit einem spitzbübischen Lächeln an. »Ich kenne da allerdings einen weißen Lieferwagen, der von null auf hundert in nur fünf Minuten beschleunigen kann, wenn der Wind richtig steht.«

Sein Gesichtsausdruck bringt mich zum Lachen. Auch wenn ich mich kurz frage, wie David wohl darüber denken würde, dass ich mit einem weißen Handwerkerwagen zum Abendessen abgeholt wurde. Da muss ich noch mehr lachen.

»Das war also dein Ex-Mann?«, fragt er. »Verstehe.«

»Er kam völlig unerwartet vorbei.«

»Trennungen treffen Männer erst später.«

»Aber er hat sich doch für eine Affäre und gegen unsere Ehe entschieden.«

»Und jetzt, da du darüber hinweg bist, versteht er plötzlich, was er alles verloren hat.« Ben zuckt mit den Schultern. »Glaub mir, Männer sind Idioten.«

»Du kommst mir nicht gerade wie ein Idiot vor.«

»Ich bin mittlerweile geheilt. Weißt du denn nicht mehr, wie ich als Teenager drauf war?« Er grinst und greift in den Brotkorb.

»Teenager dürfen Idioten sein, ihr Gehirn ist noch nicht voll entwickelt.«

»Ich glaube, meins war es nicht, bis ich Stanley bekam.«

Ich nehme mir ein Stück Brot. Es sieht nicht nur köstlich aus. Besonders mit einer dicken Schicht Butter von diesem kleinen Silbertellerchen schmeckt es vorzüglich.

»Warum hat es denn so lange gedauert? Also, die Sache mit der Gehirnentwicklung, meine ich«, frage ich zwischen zwei Bissen.

»Ein Teil von mir wollte einfach nicht erwachsen werden. Aber als Vater musste ich es dann. Das ist alles.« Er sieht mich mit ernstem Gesicht an. »Ich wollte, dass Stanley die Art Vater hat, die ich mir immer gewünscht habe.«

Pause. Ich bin versucht, seinen Kommentar einfach wegzuwischen wie die Krümel auf dem Tisch. So habe ich das früher oft gemacht, wenn ein Gespräch schwierig wurde. Aber mit Ben möchte ich das nicht, auch nicht, wenn es sich um schmerzhafte Themen handelt.

»Wie war er denn?«

»Wenn ich das wüsste!« Er schüttelt den Kopf. »Ich habe ihn nie kennengelernt. Ich weiß noch nicht einmal, ob Mum wusste, wer er war…«, sagt er einfach so, als wäre es nicht von Bedeutung, aber er kann mich nicht täuschen. »Mum hatte kein besonderes Glück mit Männern. Manche haben sie sogar geschlagen und mich auch, also musste ich mich abhärten. In der Zeit hatte ich ständig Ärger mit der Polizei, ich fing an zu trinken und war in die ein oder andere Schlägerei verwickelt… Irgendwann bin ich dann einfach von zu Hause abgehauen.«

Ich höre ihm zu. Versuche, mir sein Leben damals vorzustellen. Auch meine Kindheit war kein Zuckerschlecken, aber ich wurde immer geliebt und fühlte mich geborgen.

»Sie starb, kurz bevor Stanley geboren wurde. Damals hatten wir uns schon wieder einander angenähert. Sie war keine schlechte Mutter. Sie traf nur schlechte Entscheidungen.« Er zuckt mit den Schultern. »Aber ich habe mir selbst das Versprechen gegeben, dass ich Stanley ein anderer Vater sein möchte…«

»Ihr habt eine tolle Beziehung zueinander.«

»Danke. Er ist ein wunderbares Kind. Ich habe wirklich Glück.«

»Er auch«, sage ich. Ben lächelt mich dankbar an.

Der Kellner bringt das Essen an unseren Tisch. Danach dreht sich unser Gespräch um das Hühnchen, das zwar nur eine winzige Portion, aber unglaublich köstlich ist. Auch wenn sich der Parmesanschnee einfach nur als fein geriebener Parmesan entpuppt. Ein gefundenes Fressen, um uns jede Menge neuer Namen für weitere Zutaten auszudenken, etwa Petersilienfrost, Tomatenregen oder Semmelbröselniesel.

»Der ist nicht schlecht«, sagt Ben grinsend und hebt sein Glas Wasser, um mir zuzuprosten.

»Nicht wahr?« Unsere Gläser klirren aneinander, aber sein Blick irritiert mich.

»Was ist los?«, frage ich. »Habe ich irgendwo Essensreste im Gesicht?« Schnell greife ich nach meiner Serviette.

»Nein«, antwortet er und schüttelt den Kopf. »Da ist nichts.«

»Ah… dann muss da auf jeden Fall etwas sein.«

Als er lächelt, zeigen sich um seine Augen Lachfältchen. »Ich musste an uns als Teenager denken. Wer hätte damals geahnt, dass wir heute hier sitzen?«

»Ich nicht!«

»Also, das ist jetzt aber nicht so nett.« Er wirkt gekränkt.

»Nein, so meinte ich das nicht…« Ich muss an früher denken. Ich weiß noch immer genau, wie minderwertig ich mich in seiner Nähe gefühlt habe. »Weißt du eigentlich, wie toll ich dich fand?«, wage ich mich vor.

»Du fandest mich toll?« Er sieht mich ungläubig an, als würde er sich für mein Geständnis schämen.

»Aber du warst so fies zu mir.«

»Du hast mir auch gefallen.«

»Wie bitte?«

Das ist nun wirklich das Letzte, was ich erwartet hätte. Er muss mich mit Josie verwechseln.

»Nein, dir gefiel meine Schwester Josie. Du hast ständig mit ihr geflirtet.«

»Ich wollte deine Aufmerksamkeit gewinnen. Du hast mich eingeschüchtert.«

»Eingeschüchtert?«

Ist vielleicht doch etwas anderes als Wasser in seinem Glas?

»Du hattest eine ganz besondere Ausstrahlung, warst so hübsch und klug, ganz im Gegensatz zu mir.« Er sieht mich fragend an. »Wusstest du das denn nicht?«

»Nein. Ich hatte nicht die leiseste Ahnung.«

Sein Gesichtsausdruck ist schwer zu deuten, er hält meinem Blick stand.

»Du warst es schon immer«, sagt er leise.

Seine Worte schweben zwischen uns in der Luft. Wir beide sitzen einen Augenblick lang da und werden uns darüber bewusst, wie falsch wir lagen.

»Warum hast du mir das nicht gesagt?«, frage ich schließlich.

Er zuckt mit den Schultern und lächelt. »Ich war halt ein Idiot.«

Maya

»Mist, gleich ist mein Akku leer, und ich habe kein Aufladekabel dabei.«

»Nee, oder?«

»Doch.«

Maya liegt auf dem Sofa und spricht seit einer Stunde über Facetime mit Will. Zuvor hatte sie mit anderen Freunden gechattet, Neuigkeiten auf ihren Social-Media-Kanälen gelesen und die Facebook-Seite des Tierheims aktualisiert.

»Ich hab keine 5 Prozent mehr.«

»Mit 5 Prozent kann man noch alles Mögliche anstellen«, sagte er grinsend, ja, fast flirtend.

»Haha.« Sie verdrehte die Augen.

Maya gab sich die größte Mühe, cool zu wirken, aber Will ließ sie alles andere als kalt. Sie versuchte, die Kameraeinstellung möglichst schmeichelhaft zu wählen. Das Deckenlicht war ausgeschaltet, und nur ein paar kleine Lämpchen und eine Kerze sorgten für stimmungsvolle Beleuchtung. Ihr Gesicht gefiel ihr aber immer noch nicht.

»Hör auf, die Kamera zu bewegen, sonst bricht es gleich ab …«

»Entschuldige, mein Arm schläft schon ein.«

Zu gern hätte sie ausgeprägte Wangenknochen.

»Ja, ich bin auch müde.« Will gähnte laut. »Ich war erst nach drei zu Hause.«

Maya verspürte einen Anflug von Unsicherheit, was sie sich

jedoch auf keinen Fall anmerken lassen wollte. »Klingt, als wäre es eine gute Party gewesen.«

Will verzog das Gesicht. »War schon okay. Aber mit dir wäre es viel besser gewesen.«

Sie sahen einander an, ihr wurde ganz warm.

»Ich sollte besser auflegen. Morgen muss ich ganz früh raus, ich helfe zum letzten Mal im Tierheim. Nach dem Wochenende geht es an die Uni.«

»Echt jetzt?«

»Jepp.«

Will lächelte breit, schüttelte den Kopf und ließ seine Haare ins Bild fallen. Als Maya ihm von dem Jura-Studienplatz in Manchester erzählt hatte, hatte er sich unheimlich für sie gefreut und ihr Tipps fürs Studium gegeben. Sie beobachtete, wie er unter seinem Pony zu ihr hochblickte, und fragte sich, ob er wusste, wie sexy er dabei aussah. Vermutlich schon. Aber das war ihr egal.

»Okay, jetzt nur noch 1 Prozent.«

»Tschüss, 1 Prozent.«

»Lass uns morgen telefonieren …«

Ihr Telefon verabschiedete sich, als sie gerade Tschüss sagen wollte. Sie sah auf die Uhr. Liv und Ben hatten geplant, spätestens um Mitternacht zurück zu sein. Maya gähnte, griff nach der Fernbedienung und zappte durch ein paar Kanäle. Nirgendwo lief etwas Interessantes. Sie war müde. Vielleicht sollte sie sich ein wenig ausruhen, ihre Lider waren schon ganz schwer, also schloss sie die Augen.

Sticky-Toffee-Pudding

Die Nachtischkarte ist beeindruckend. Jede Menge verführerisch klingender Kuchen und Puddings, komplizierte Blätterteigkreationen und exotische Zutaten. Und trotzdem lacht mich nichts davon an.

»Wie wäre es mit einer Käseplatte und Crackern«, schlägt Ben vor. »Wetten, dass sie hier echt tollen Stinkekäse haben?«

»Mhm.« Ich lächle höflich. Normalerweise bin ich immer für einen guten Käse zu haben, aber heute Abend ist nichts normal. »Sorbet?«, erwidere ich.

Ben sieht mich an, sagt aber nichts dazu. Das muss er auch nicht. Sein Blick spricht Bände: Wer um Himmels willen bestellt denn Sorbet als Nachtisch? Und dann auch noch für sieben Pfund fünfzig pro Kugel? Selbst wenn es sich dabei um Pistaziensorbet handelt.

Wir gucken beide noch einmal in die Karte. Es ist wirklich eine besondere Auswahl.

»Weißt du, was ich jetzt am liebsten hätte …«, platzt es da aus mir heraus. »Nein, vergiss es.«

»Was?«

Ich zögere, sehe mich vorsichtshalber um, ob mich jemand hören kann, dann lehne ich mich über den Tisch und flüstere ihm zu: »Den Sticky-Toffee-Pudding aus dem Pub.«

»Mit ganz viel Vanillecustard«, fügt er hinzu. Sein Gesicht leuchtet.

Wir sehen einander an, denken an diese süße, klebrige

Köstlichkeit und lassen dann die Nachtischkarte Nachtischkarte sein. Jetzt, da der Gedanke einmal ausgesprochen ist, gibt es kein Zurück.

»Wenn wir uns sofort auf den Weg machen, kommen wir noch rechtzeitig zur letzten Bestellrunde an.«

Zehn Minuten später sitzen wir im Lieferwagen und fahren zurück nach Nettlewick. Ben am Steuer, ich auf dem Beifahrersitz, wir kommen uns vor wie auf der Flucht, im Bonny-and-Clyde-Stil entkommen wir Maître D, der tatsächlich versucht hat, uns noch von den *Mille-feuille* zu überzeugen, und ein wenig eingeschnappt war, als wir uns dagegen entschieden.

»Regel des Tages: Ich werde niemals einen Nachtisch essen, den ich nicht aussprechen kann«, sage ich gerade, als wir mit Fernlicht die kurvige Landstraße entlangbrausen.

»Was bitte soll denn dieses verfluchte *Mille-feuille* überhaupt sein?«, fragt Ben auf eine Art, die vermutlich kein Franzose bisher vernommen hat, woraufhin ich laut lospruste.

Ich nehme mein Telefon aus der Tasche. »Ich höre nur mal kurz, ob bei Maya alles okay ist…«

»Du meinst wohl bei Harry«, sagt er grinsend, und ich lächle zurück. »Du liebst diesen Hund, oder?«

»Er ist nicht nur ein Hund, er ist mein Stück vom Glück.«

»Hey!«, ruft er, betont beleidigt. »Und was bin ich?«

»Nein, so meine ich das nicht.« Ich schüttle den Kopf. »Ich rede von vorher, als alles auseinanderbrach und sich mein Leben so hoffnungslos anfühlte.« Ich verstumme bei dem Gedanken daran. »Es braucht dieses eine Stück vom Glück, damit sich alles ändert und das Leben wieder lebenswert ist. Ein Glück kommt eben selten allein. Weißt du, was ich meine?«

»Ja.« Er nickt, für einen kurzen Moment sehen wir einander an.

»Es kann alles Mögliche sein.« Ich zucke mit den Schultern, denke an die E-Mail, die ich an Josie geschrieben habe und in der ich versucht habe, ihr genau das zu erklären. »Irgendeine beiläufige nette Geste, etwas, das sich auf den ersten Blick ganz unbedeutend anfühlt. Das Lächeln eines fremden Menschen, ein Lied im Radio oder ein wunderschöner Sonnenuntergang… oder der Barista, der dir ein Herzchen auf deinen Kaffee zaubert…« Ich denke lächelnd darüber nach, wie manchmal bereits etwas ganz Kleines den Tag verändern kann.

»Es kann jedoch auch etwas viel Größeres sein«, rede ich weiter. »Wie der Anruf einer Ärztin, die dir Entwarnung gibt, die Zusage zu einem neuen Job oder die Umarmung von jemandem, den du liebst…« Ich muss an Valentin und Gisele denken, wie sie sich am Strand umarmt haben. »Ein Stück vom Glück, das den Lauf des Tages verändert…«

Ben hört mir aufmerksam zu.

»Für mich war dieses Stück vom Glück Harry. Er kam in mein Leben, als ich mich gerade so verloren fühlte. Morgens war er der Grund, aufzustehen, aus dem Haus zu gehen, und dadurch habe ich Valentin, Maya und Stanley kennengelernt… Ich bin so dankbar dafür. Er war da, als ich ganz nötig ein Stück vom Glück brauchte.«

Ich breche ab, jetzt ist mir das alles irgendwie unangenehm.

»Klingt, als wäre ich verrückt, oder?«

»Nein, überhaupt nicht.«

Ben löst seinen Blick kurz von der Straße, um mich anzusehen.

»Als Janet starb, hatte ich viele dieser dunklen Tage. Manchmal wollte ich gar nicht weitermachen. Wenn Stanley nicht gewesen wäre…« Die Stimme versagt ihm. »Er ist mein Stück vom Glück.«

Ich nicke, dann schweigen wir beide und blicken auf die Straße.

»Ich hätte da allerdings mal eine Frage…«

Ich drehe mich zu ihm um, er lächelt.

»Kann man auch mehr als *ein* Stück vom Glück haben?«

»Flirtest du gerade mit mir?«, frage ich, um ihn aufzuziehen. Er lacht, und die Stimmung wird merklich leichter, während draußen die in Dunkelheit gehüllten Dales an uns vorbeifliegen.

»Ja, das ist das Beste daran«, sage ich schließlich und nicke. »Sobald man ein Stück vom Glück gefunden hat, findet man plötzlich immer mehr, es ist wie eine Kettenreaktion …« Ich muss an die ganzen wunderbaren Dinge denken, die mir widerfahren sind, seitdem ich Harry zu mir geholt habe. Dann fällt mir ein, dass ich ja einen Anruf machen wollte, und schaue auf mein Telefon. »Keine Verbindung möglich.«

»Keine Sorge, ich habe ihr eben geschrieben, als du auf der Toilette warst. Da hat sie geantwortet, alles sei in bester Ordnung. Außerdem sind wir ja bald da.«

»Ein Nachtisch mit zwei Löffeln?«, schlage ich vor.

Er sieht mich entsetzt an. »Halt, das meinst du nicht ernst, oder?«

Lachend stecke ich mein Telefon zurück in die Tasche. Ich verspüre dieses warme, kribbelnde Gefühl, ganz egal, was in der Vergangenheit war, gerade ist die Welt in Ordnung. Dann sehe ich Ben an, der das Lenkrad fest umfasst hält, und muss daran denken, wie er mich bei unserem ersten Zusammentreffen vor ein paar Monaten nach Hause gefahren hat. Ich werfe einen Blick auf die ganzen Kassenbons und das restliche Chaos in seinem Auto. Er hat sich sichtlich bemüht, aufzuräumen, Einwegbecher und Schokoriegelverpackungen sind verschwunden. Aber obwohl mich die Unordnung beim ersten Mal gestört hat, verspüre ich jetzt seltsamerweise Zuneigung dafür.

Mir gefällt, dass Ben solche Dinge nicht so wichtig sind. Er hat mit seinem Sohn und seiner Arbeit wirklich anderes zu tun, als sich darum zu scheren, was für einen Eindruck er nach außen abgibt. Darauf kommt es nämlich nicht an. Viele Jahre über war alles um mich herum immer hübsch und ordentlich, ich hatte ein schönes Haus, eine glückliche Ehe, einen guten Job. Von Chaos weit und breit keine Spur. In der Ablage meines Lebens gab es weder unangebrachte Gefühle noch Dramen oder sonstige emotionalen Ausbrüche.

Oh, wie habe ich mich geirrt!

Ben legt mir eine Hand aufs Knie und lässt sie dort. Ich lege meine Hand obenauf und verschränke meine Finger mit seinen. Keiner von uns sagt etwas. Es ist nicht nötig. In meinem Kopf formt sich ein Bild von uns, von dem weißen Lieferwagen, der durch die Landschaft braust. Ein kleiner, weißer Punkt in der Dunkelheit. Es ist kühl heute Nacht, die Heizung läuft, die Wärme hüllt uns ein, ich kann mich nicht erinnern, wann ich das letzte Mal so glücklich gewesen bin.

»Was ist das?«

Plötzlich sehe ich Lichter im Rückspiegel, nur Sekunden später setzt die Sirene hinter uns ein.

»Sieht aus wie Polizei«, sagt Ben beim Blick in den Rückspiegel. »Es muss einen Unfall gegeben haben.«

Er nimmt die Hand von meinem Knie, hält das Lenkrad fest und fährt an die Seite, um sie vorzulassen.

Ein Polizeiwagen rast mit kreischender Sirene an uns vorbei. Ich bin sofort alarmiert.

»Hoffentlich ist niemandem etwas passiert«, murmle ich, plötzlich ganz ernst. »Wo sie wohl hinfahren?«

»Sieht aus, als wollten sie nach Nettlewick ...« Bens Stimme wird von weiteren Sirenen übertönt. »Mist.«

Dieses Mal sind es Feuerwehrwagen. Gleich zwei davon.

Als sie an uns vorbei sind, ist die Stimmung im Auto plötzlich angespannt. Ben überprüft, ob die Straße frei ist, und fährt dann wieder auf, seine Handknöchel sind ganz weiß. Er beschleunigt. Angst macht sich in meinem Magen breit.

»Es ist bestimmt alles in Ordnung. Vielleicht nur falscher Alarm ...«

Aber gerade als ich es sage, kommen wir im Dorf an. Überall Feuerwehrwagen und Polizeiautos, blinkende Lichter ...

»Ein Feuer! Irgendwo brennt es!«

Die Panik in Bens Stimme geht mir bis ins Mark, mein Herz rast.

»Nein. Das kann doch nicht …«

Ich versuche, etwas zu erkennen. Furcht und Angst drücken mir den Hals zu. Wo brennt es?

Wo brennt es?

Ich rieche den Rauch, bevor ich ihn sehe, Rauchschwaden steigen gen Himmel. Meine schlimmsten Ängste werden wahr, als ich erkenne, welches Haus in Flammen steht.

»Nein, bitte nicht. Nein …«

Neesha Sharma

Der Anruf ging bei der Wache ein, als sie gerade ihren Dienst beendet hatte und sich auf den Heimweg machen wollte. Er kam aus der Leitstelle des Feuerrettungsdienstes. Eine Mrs Iris Shackleton aus dem Dorf Nettlewick hatte den Notruf gewählt, um ein Feuer in ihrem Nachbarhaus zu melden. Nettlewick war zehn Meilen entfernt, eine Dorfgemeinde im nördlichsten Teil des Bezirks. Sie waren nicht die zuständige Polizeidienststelle, aber ihre Hilfe wurde zusätzlich angefordert. Es handelte sich wohl um ein sehr schlimmes Feuer.

Neesha Sharma überlegte, die Sache ihren Kollegen zu übergeben. Ihre Schicht war lang gewesen, und sie freute sich auf ein leckeres Take-away und ein heißes Bad. Aber es war ihr Job. Sie hatte eine Pflicht zu erfüllen. Eines Tages könnte auch ihre Familie in Not geraten und auf Hilfe angewiesen sein. Erst als sie im Streifenwagen saß, erinnerte sie sich daran, dass Maya ihr gesagt hatte, sie sei heute zum Babysitten in Nettlewick. Sie rief sie sofort an, landete aber nur auf der Mailbox. Maya schaltete nie ihr Telefon aus. Neesha Sharma wurde angst und bange.

Als sie ankam, stand das gesamte Erdgeschoss des Reihenhauses in Flammen. Zwei Löschfahrzeuge waren im Einsatz, ein Notarztwagen und eine weitere Streife warteten. Brände in Wohnhäusern waren furchterregend, sie konnten unvorhersehbar und unkontrollierbar sein, und oft ging alles sehr schnell. Sie übte ihren Beruf nun seit über zwanzig Jahren aus, aber solche Brände setzten ihr immer noch zu. Besonders, wenn Kinder beteiligt waren. Ein Zuhause ist der Ort, an dem man sich sicher fühlt. Es beschützt einen und die Menschen, die man liebt. Niemand geht mit dem Gedanken ins Bett, am nächsten Morgen nicht mehr aufzuwachen.

Aber sie hatte Glück. Maya war lebendig davongekommen, und als ihre Tochter sie sah, kam sie zu ihr gerannt und brach in ihren Armen schluchzend zusammen. Sie war wie von Sinnen. Der kleine Junge war noch immer im Haus. Sie hatte es nicht geschafft, ihn dort rauszuholen, das Feuer hatte ihr den Weg abgeschnitten. Sie sagte es immer und immer wieder. Redete von den Flammen und dem Rauch. Dem dichten schwarzen Rauch. Sie hatte keine Luft mehr bekommen. Dann war sie rausgerannt, hatte geschrien, jemand müsse die Feuerwehr verständigen.

Sie versuchte, ihre Tochter zu beruhigen. Sie hatte genau das Richtige getan. Es war nicht ihre Schuld. Aber Maya sagte, sie hätte eine Kerze angezündet und sei dann eingeschlafen. Es war schwer, sie durch das Schluchzen hindurch zu verstehen, also tat Neesha Sharma das, wozu sie ausgebildet worden war. Mit fester, ruhiger Stimme sagte sie, dass die Feuerwehrleute den Jungen retten würden. Sie erklärte, dass sie besondere Atemschutzgeräte hätten und einen sicheren Weg aus dem Haus finden würden.

Aber dann entdeckte sie eine verzweifelte Figur, die sie sofort als den Vater identifizierte. Ihm war anzusehen, welche Qualen er gerade durchstand, und als Mutter fühlte sie mit ihm mit. Er war aus einem Lieferwagen gesprungen und hatte versucht, ins Haus zu laufen. Immer und immer wieder rief er den Namen seines Sohnes, während die Feuerwehrleute versuchten, ihn zurückzuhalten. Er konnte nicht ins Haus. Das war viel zu gefährlich. Er würde die Flammen und den Rauch nicht überleben.

Eine Frau war bei ihm. Sie versuchte, ihn zu beruhigen,

und rief dabei nach Harry. Neesha Sharma wusste nicht, wer das war. Die Einsatzkräfte hatten nur von einem Jungen gesprochen, der noch im Haus war. Da erzählte Maya ihr, dass auch ein Hund im Haus gewesen sei. Er habe ihr das Leben gerettet. Ein Hund aus dem Tierheim, für das sie arbeitete, er hatte sie mit seinem Gebell aufgeweckt und auf das Feuer aufmerksam gemacht. Wenn er nicht gewesen wäre, wer weiß…

Neesha Sharma sah zu dem Paar hinüber, das sich nun gegenseitig festhielt, während die Einsatzkräfte eine Leiter am Haus aufstellten, um zu dem Fenster im Dachgeschoss zu gelangen. Sie spürte, wie ihr der Atem stockte, als sie ein Fenster einschlugen und hindurchkletterten. Die Wartezeit kam ihr vor wie eine Ewigkeit, bis endlich jemand mit dem kleinen Jungen im Arm wiederauftauchte.

Sie sah, wie die Notärzte mit einer Trage zu ihnen eilten. Beobachtete, wie der Vater vor Erleichterung auf die Knie sank. Verspürte das Hochgefühl, Sekunden später abgelöst von Schmerz, da der zweite Feuerwehrmann mit dem leblosen Körper eines Hundes im Arm am Fenster auftauchte.

Harry

Nach dem ganzen Durcheinander, als endlich das Feuer unter Kontrolle war und die Notärzte alle untersucht hatten, kam die Polizistin zu mir, um mit mir zu reden. Sie stellte sich mir als Neesha Sharma vor, und erst später erfuhr ich, dass sie Mayas Mutter war. Wir haben zwar schon häufig Nachrichten ausgetauscht oder am Telefon miteinander gesprochen, aber begegnet waren wir uns bisher nicht.

»Ich weiß gar nicht, wie ich Ihnen danken soll. Ihr Hund hat meiner Tochter das Leben gerettet.«

»Danken Sie nicht mir, danken Sie Harry.«

Er liegt in eine Decke gehüllt hinten im Streifenwagen, und ich halte ihn fest. Den Einsatzkräften zufolge hat er nicht nur Mayas Leben gerettet, sondern auch Stanleys. Während des Feuers hatte er ihn nicht alleingelassen und durch sein Winseln die Feuerwehrmänner zu dem Jungen geleitet. Sie hatten die beiden dicht aneinandergekuschelt unter dem Bett entdeckt. Stanley war sofort ins Krankenhaus gebracht worden, auch wenn er auf den ersten Blick keine Verletzungen aufwies. Die Notärzte waren sehr zuversichtlich, dass er mit einem Schreck davonkommen würde. Unterdessen versorgten die Feuerwehrleute Harry in dem verzweifelten Versuch, sein Leben zu retten, mit Sauerstoff.

Neesha Sharma beugt sich zu ihm hinunter und streichelt ihm über den weichen Kopf.

»Er ist ein Held«, sagt sie, und wir sehen einander an. Ich

atme den Geruch von Rauch, Feuer und Tapferkeit ein, der seinem Fell entströmt.

»Harry, der Held«, murmle ich. Dabei frage ich mich, wie man ein anderes Lebewesen so sehr lieben kann. Als er, immer noch geschwächt durch den ganzen eingeatmeten Rauch, leicht mit dem Schwanz wedelt, überkommt mich eine Welle der Dankbarkeit und Erleichterung.

Phase 7

Das Beste kommt noch

He du,

entschuldige, dass ich so lange nicht geschrieben habe. Die letzten Wochen waren einfach verrückt. Seit meiner E-Mail über das Feuer ist so viel passiert. Erst jetzt komme ich dazu, mich in Ruhe hinzusetzen und dir zu schreiben.

Nachdem Stanley aus dem Krankenhaus entlassen wurde, ist er mit Ben zu seiner Tante Holly gezogen. Dort werden sie bleiben, bis ihr Haus renoviert ist. Zum Glück sieht der Brandschaden deutlich schlimmer aus, als er tatsächlich ist. Das meiste kommt vom Rauch, aber es wird jede Menge Arbeit, alles wieder sauber zu bekommen und die ganzen Möbel auszutauschen. Glücklicherweise springt die Versicherung ein.

Aber wie Ben sagt, das ist alles nicht so wichtig und kann ersetzt werden. Wichtig ist, dass alle in Sicherheit gebracht werden konnten und Stanley sich wieder ganz erholt hat. Er konnte sogar schon in die neue Schule gehen. Ich glaube, Ben hat sich Sorgen gemacht, er könnte zu traumatisiert sein, um dort anzufangen. Stanley mag schließlich keine Veränderungen. Sie machen ihm Angst. Aber als er von der lokalen Zeitung interviewt wurde, hat er gesagt, Harrys Mut habe auf ihn abgefärbt.

Der Artikel wurde mit einem Foto von Stanley und Harry auf der Titelseite gedruckt. Die Überschrift war: HARRY, DER HELD. Unglaublich, oder? Erst wurde er wie ein Stück Müll entsorgt und ausgesetzt, und jetzt zum Helden ernannt. Ich wusste ja schon immer, dass er etwas ganz Besonderes ist. Ich mag gar nicht darüber nachdenken, dass ich ihn bei dem Feuer beinahe verloren hätte … Mein Leben ohne ihn kann ich mir nicht mehr vorstellen. Maya sagt, ich hätte ihn gerettet und dafür hätte er jetzt uns gerettet.

Als Nächstes wurde die Geschichte von überregionalen Zeitungen aufgegriffen. Es ist, als könnte die Welt gar nicht genug von Harry bekommen. Maya hat ihm eine Facebook-Seite und auch ein eigenes Profil auf Instagram eingerichtet, und er hat schon Tausende Follower. Sie hat sogar ein Hashtag erfunden #seiwieharry. Der ist wohl auf Twitter ein ziemlicher Hit. Ich schreibe »wohl«, weil ich das alles Maya überlassen habe. Sie hat mir erzählt, dass das Ganze eine fantastische Werbung für das Tierheim ist und seitdem schon jede Menge Spenden eingegangen sind. Außerdem haben sich Sponsoren für Hundefutter gefunden sowie jede Menge Interessenten, die Hunde bei sich aufnehmen wollen. Im Tierheim sind jetzt natürlich alle ganz aus dem Häuschen. Ist das nicht toll? Ich freue mich so sehr.

Ich wünschte, du könntest Maya kennenlernen. Sie erinnert mich sehr an dich, als du in ihrem Alter warst. Sie ist so unerschrocken und willensstark ☺. Schon bald beginnt ihr Studium. Ich bin froh, dass sie dann etwas Neues hat, worauf sie sich konzentrieren kann. Die ganze Sache mit dem Feuer hat sie ziemlich aus der Bahn geworfen, weshalb sie sich auch einen Therapeuten gesucht hat. Sie fühlt sich wegen des Brandes schuldig, auch wenn ich ihr immer wieder sage, dass es ein Unfall war und niemand etwas dafür kann. Wichtig ist doch nur, dass sie es geschafft hat, Hilfe zu holen, und alle dem Feuer entkommen sind.

Aber sie glaubt, dass Ben sie dafür verantwortlich macht und deshalb keine ihrer Nachrichten beantwortet hat. Ich weiß leider nicht, ob das stimmt. Ben und ich haben seit dem Feuer kaum miteinander gesprochen. In jener Nacht ist so viel passiert, erst die fürchterliche Angst, dann die Erleichterung, wir waren so dankbar, dass alle am Leben sind. Das ist das Einzige, was zählt.

Ich habe ihn hinterher bisher nur einmal gesehen. Das war wegen des Interviews, er war sehr stolz auf seinen Sohn und wollte ihn gleichzeitig beschützen. Am liebsten hätte er ihn in Watte gepackt und von allem ferngehalten, aber gleichzeitig wusste er, dass es nicht gut für ihn gewesen wäre. »Stan hat es sich sehr gewünscht, deshalb will ich ihm nicht im Weg stehen. Nicht er hat Angst, sondern ich«, waren seine Worte.

Ich wollte mit ihm über alles reden, das Feuer und alles, was davor geschehen war, aber es waren zu viele Leute um uns herum. Es ist so seltsam. Wir waren uns an diesem Abend so nah gekommen, jetzt sind wir weiter voneinander entfernt denn je. Ich habe keine Ahnung, wie ich das ändern soll. Kann ich überhaupt irgendetwas tun?

Entschuldige, ich weiß gar nicht, warum ich dir das alles schreibe. Vermutlich könnte ich den Rat meiner großen Schwester gerade ganz gut gebrauchen.

Aber egal. Das Beste habe ich mir für den Schluss aufgehoben. Du glaubst nicht, was sonst noch passiert ist. Gestern habe ich eine E-Mail von einem Fernsehproduzenten aus Hollywood bekommen, der uns zu einer großen Talkshow eingeladen hat! Harry und mich. Ist das nicht total verrückt? Die Sache hat sich verselbstständigt, und jetzt will die ganze Welt Harry kennenlernen. Sie haben gesagt, wir könnten es auch über eine Liveschalte machen, damit Harry nicht fliegen muss. Schon nächste Woche ist es so weit, vielleicht siehst du es ja? Auch wenn ich nicht weiß, ob du da, wo du gerade bist, fernsiehst.

Wo bist du, Josie?

Ich weiß, dass du mir gesagt hast, du bräuchtest Zeit für dich und ich solle dich nicht kontaktieren, aber mittlerweile sind zwei Jahre vergangen, und ich habe nicht die geringste Ahnung, wo du bist und wie es dir geht. Manchmal mache ich mir sogar Sorgen, du könntest nicht mehr am Leben sein. Dann wieder hoffe ich, dass dem nicht so ist, stelle mir vor, dass du irgendwo angekommen bist und es dir gut geht. Ich weiß nicht, ob du meine E-Mails überhaupt liest, aber ich werde nicht aufhören, dir zu schreiben. Ich werde niemals aufhören, zu hoffen, dass du dich eines Tages wieder bei mir meldest.

Okay, jetzt ist die E-Mail sehr lang geworden. Ich höre besser auf.

Ich liebe dich.

X

Ein Fest des Lebens

»Ich glaube, ich habe dich noch nie ohne deine Schiebermütze gesehen. Wirklich sehr elegant.«

»Gisele mochte es, wenn ich diesen Anzug trug. Sie fand, ich sähe darin aus wie Cary Grant.«

»Cary Grant sah großartig aus.«

»Ich habe ihr dann immer geantwortet: ›Ich sehe kein bisschen aus wie Cary Grant, mein Dummkopf …‹«

»Brauchst du ein Taschentuch?«

»Nay, geht schon.«

»Ich habe welche …«

»Sieh mich an. Na, wer ist hier wohl der Dummkopf?«

»Hier, bitte …«

»Danke, Liebes.«

»In Ordnung, Cary Grant. Bist du so weit?«

»Ich bin bereit.«

Gisele war ein paar Tage nach dem Brand gestorben. Ich erholte mich noch von der Aufregung, als der Anruf kam. Valentin war bei ihr gewesen, hatte ihre Hand gehalten. Er sagte, sie sei friedlich eingeschlafen. Es kam nicht ganz unerwartet. Sie hatte sich kurz vorher eine Lungenentzündung eingefangen und war ins nächste Krankenhaus verlegt worden – dennoch weinten wir uns die Augen aus, als ich ihn im Krankenhaus abholte. Er saß auf einem Plastikstuhl, eine Tüte mit ihren Sachen in der Hand.

Die Beerdigung sollte zwei Wochen später stattfinden, und ich hatte ihm bei der Organisation geholfen. Es gibt so viel zu tun, wenn jemand stirbt. Ich musste an die Beerdigung meines Vaters denken; Josie hatte die ganze Zeit geweint, weshalb ich alle Entscheidungen allein treffen musste. Bevor die Trauerarbeit beginnen kann und die eigenen Gefühle im Vordergrund stehen, macht man Tee für Bestatter, lässt sich Broschüren mit Särgen zeigen und wird gefragt, ob es lieber der günstige Weidensarg oder der um ein Vielfaches teurere Eichensarg sein soll. Und falls Letzteres der Fall ist, welche Art von Griffen man dazu wünscht? Erdbestattung oder Feuerbestattung? Und wie sieht es mit einem Termin beim Pfarrer vor Ort aus, wurde der bereits für den Trauergottesdienst angefragt?

Valentin wollte die Trauerfeier bescheiden halten. Gisele hätte es nicht gefallen, viel Aufhebens darum zu machen. Nur ein paar ihrer Lieblingslieder und schöne Blumen, um die Kirche zu dekorieren. Sie liebte Blumen. Rosa und Violett mochte sie am meisten, also rief ich den Floristen aus Nettlewick an. Dann hängte ich eine kurze Notiz mit dem Termin im Postamt aus. Eine Sache lag Valentin besonders am Herzen: »Bitte nenn es nicht Bestattung. Es soll ein Fest des Lebens werden.«

Er erwartete nicht viele Leute. Die Ankündigung gehörte einfach dazu, wenn jemand starb. Die beiden waren eins dieser Paare gewesen, die man immer gemeinsam antrifft. Heutzutage würde man vielleicht sagen, sie hätten sich zu sehr voneinander abhängig gemacht, aber eigentlich waren sie sich nur selbst genug, glücklich miteinander und brauchten niemanden sonst. Valentin erzählte von den Ausflügen im Campingbus, wenn einer von ihnen plötzlich ein Lied anstimmte und der andere sofort in die Melodie einstieg, eine Gegenstimme improvisierte oder ein Riff hinzufügte. Sie harmonisierten miteinander, nicht nur in der Musik, sondern auch im Leben.

Es ist einer dieser unerhört warmen Septembertage. Wenn der Sommer sich noch einmal aufschwingt und noch nicht dem Herbst das Feld überlassen möchte. Blauer Himmel und Sonnenschein nehmen uns in Empfang, als wir aus Valentins Bungalow treten und den schmalen Weg den Berg hinunter ins Dorf nehmen, um Giseles Leben zu feiern.

Harry ist bei uns. Der Pfarrer hat uns erlaubt, ihn zum Gottesdienst mitzubringen. Als wir über das Kopfsteinpflaster auf den Kircheneingang zugehen, bittet mich Valentin, Harrys Leine halten zu dürfen. Er muss seine Hände beschäftigten, die schon den ganzen Morgen flattern wie ein eingesperrter Vogel. Noch nie habe ich ihn so nervös erlebt. Ich hake mich bei ihm unter.

»Ist bei dir alles in Ordnung?«

Einen Augenblick herrscht Stille, ich kann seinen Gesichtsausdruck nicht deuten.

»Ich habe gerade gedacht, dass nun keine Familie mehr übrig ist. Jetzt bin ich ganz allein.«

Er sagt es so geradeheraus, dass es mir fast das Herz zerbricht.

»Du hast doch mich und Harry«, erwidere ich mit fester Stimme. »Wir sind deine Familie.«

Er schafft es, zu lächeln, aber seine rot umrandeten Augen verraten ihn. Ich halte ihn noch fester. Heute wirkt er deutlich zerbrechlicher als sonst.

»Hinterher können wir noch in den Pub gehen, nur wir drei, und ein Glas auf Gisele trinken«, füge ich hinzu.

Er sieht dankbar aus. »Das wäre schön.«

Ich hoffe sehr, dass ein paar Leute kommen werden. Evelyn hat mir versprochen, da zu sein, und auch Ben hat mir auf meine Nachricht geantwortet, dass er kommen wird. Auch wenn es sich albern anhört, ist mir sofort aufgefallen, dass er kein x unter seinen Text gesetzt hat. Leider ist Agnès, Giseles Schwester aus Paris, in keiner guten Verfassung, sodass sie die Reise nicht antreten kann, aber ihr Sohn will versuchen, dabeizusein. Außerdem haben sich entfernte Verwandte aus Leeds angekündigt und auch ein paar Pflegekräfte aus dem Heim. Jeder einzelne Mensch, der da ist, um Gisele die letzte Ehre zu erweisen, wird Valentin viel bedeuten. Er tut zwar so, als wäre ihm das alles egal, aber ich weiß, dass das nicht stimmt.

Der Pfarrer wartet bereits auf uns. Er lächelt uns freundlich zu und geht uns zur Begrüßung ein Stück entgegen. Auch wenn ich mich noch nie als besonders religiös verstanden habe, bin ich heute froh über seine beruhigende Anwesenheit.

»Ein wunderschöner Tag, um das Leben Ihrer Frau Gisele zu feiern«, sagt er und schüttelt Valentins Hand.

»Ja, danke.«

»Was für ein Glück wir heute mit dem Wetter haben, so konnten wir noch ein paar zusätzliche Stühle auf dem Rasen aufstellen.«

»Wie bitte?« Valentin sieht ihn verwirrt an.

»Für alle, die draußen stehen. Ich befürchte, dass drinnen schon alle Plätze besetzt sind.«

»Entschuldigen Sie. Aber ich weiß wirklich nicht, wovon Sie sprechen.«

Der Pfarrer betrachtet ihn nachdenklich macht einen Schritt zur Seite und dreht sich mit geöffneten Armen um. »Das ganze Dorf ist gekommen, um Ihrer Frau die letzte Ehre zu erweisen.«

Da erst sehen wir sie. Die vielen Menschen, die sich um den Säuleneingang der Kirche versammelt haben, den mit Steinfliesen ausgelegten Pfad säumen und sich bis auf die Straße hinaus verteilen. Einen Moment lang stehen wir staunend da. Wir reagieren nicht, schauen nur und lassen den Anblick auf uns wirken. Meine Blicke wandern zwischen den Menschen, den vertrauten Gesichtern, hin und her: der Besitzer des *Crooked Billet Pubs* mit seiner Frau und seinen Angestellten; die beiden Café-Besitzerinnen, elegant gekleidet, ohne die gestreiften Schürzen; Sheila von der Post und Gary, der Briefträger. Dort ist auch Evelyn mit ihrem Dreigestirn und mehrere andere Leute, die ich von den Pub-Quiz-Abenden wiedererkenne. Und Maya. Maya ist auch gekommen. Mit geröteten Augen steht sie weit entfernt von Ben, der Valentin respektvoll zunickt, meinem Blick jedoch ausweicht. Ich habe ihm häufiger Nachrichten geschrieben, um zu erfahren, wie es Stanley und ihm geht, auch wenn er diese stets beantwortet hat, scheinen sich seine Gefühle mir gegenüber verändert zu haben.

Mein Hals schnürt sich zu, ich wende den Blick ab, sehe die ehrenamtlichen Kräfte, die bei der Renovierung des Gemeindesaals helfen und denen Valentin gezeigt hat, worauf es beim Malern und Lackieren ankommt. Der Landwirt mit seiner Frau ist auch gekommen; dazu etliche andere Leute aus der Gegend, die ich schon öfter vor dem Pub habe sitzen sehen; Hundebesitzer, deren Gesichter ich mir nicht so eingeprägt habe wie die ihrer Hunde, die jetzt beim Anblick von Harry mit den Schwänzen wedeln. Er antwortet ebenso aufgeregt und zieht an der Leine, die ich nun von Valentin übernehme, der mich mit erstauntem Gesichtsausdruck ansieht.

»Sind sie alle wegen Gisele gekommen?«

Seine Stimme zittert, ich drücke seinen Arm und lächle.

»Ja. Sie sind alle wegen Gisele gekommen.«

Auch wenn das die Wahrheit ist, steckt noch viel mehr dahinter. Sie sind alle wegen Valentin gekommen, um ihn zu unterstützen. Um ihm zu zeigen, dass er nicht allein ist. Er war und ist Teil der Gemeinschaft, auch wenn Valentin erst durch Harry wieder angefangen hat, das Leben nicht nur durch die Fensterscheibe zu betrachten, sondern daran teilzunehmen. Als er nun zögerlich den Weg entlanggeht, der zu der kleinen Kirche aus dem zwölften Jahrhundert führt, wo er von seiner Frau, mit der er sechzig Jahre verheiratet war,

Abschied nimmt, wird er von der Kraft des gesamten Dorfes gestützt.

Ich gehe neben ihm her, seinen Arm untergehakt. Jemanden zu verlieren, den man liebt, ist brutal. Keine gut gemeinten Worte oder Phrasen werden das jemals ändern, und dennoch können sie sich anfühlen wie eine Umarmung. Lächeln aus Freundschaft und Solidarität, wohlwollendes und respektvolles Nicken, eine beruhigende Hand auf der Schulter, ein verständnisvoller Blick. Geteilte Trauer. Und es ist überhaupt nicht wichtig, ob Valentin jede einzelne Person hier kennt. Wichtig ist, dass sie alle gekommen sind. Sie sind gekommen, weil manche Last im Leben nur gemeinsam geschultert werden kann.

Drinnen werden wir von Duft und Anblick der Blumen begrüßt. Dunkelvioletter Rittersporn und Lisianthus, leuchtend rosa Kosmeen und Bauernhortensien mit lila Rändern in Marmeladengläsern zieren die Fensterbänke. Die Floristen aus dem Ort haben die Kirchenbänke an den Enden mit herzförmigen Ballons geschmückt, was Valentin ein Lächeln entlockt. Während der Pfarrer den Gottesdienst beginnt und wir Kirchenlieder anstimmen, hören wir von draußen das Echo der singenden Dorfgemeinschaft. Ich fühle mich geborgen und als Teil von etwas Größerem.

Trotz des traurigen Anlasses ist die Stimmung erbaulich. Da Valentin der Gedanke, öffentlich zu sprechen, Unbehagen verursacht, gehe ich nach vorn zum Rednerpult, um in Valentins Namen ein paar Worte zu sagen. Ich falte meinen Zettel mit einem Gedicht von Khalil Gibran wieder zusammen, obwohl darin in wunderschönen Worten die tiefsten Gefühle ausgedrückt werden.

Dennoch scheint es mir dem Anlass nicht angemessen, nicht persönlich genug.

Es handelt sich dabei um einen berühmten philosophischen Text, aber letzten Endes hat er überhaupt nichts mit diesen beiden Menschen zu tun, die ich das Glück hatte kennenzulernen. Auch wenn meine eigenen Worte niemals so eloquent sein werden, kommen sie doch von Herzen.

Also entscheide ich mich spontan um und schildere der versammelten Kirchengemeinde, wie Valentin sich in Gisele verguckt und sie zum Tanz aufgefordert hat. Ich erzähle von ihrer Reise nach Paris, dem Motorroller, den durchtanzten Nächten in rauchigen Jazz-Clubs, den Blasen an den Füßen. Dann von Giseles Tarte Tatin und davon, wie sie den zweiten Preis bei der Gartenmesse für ihre Dahlien gewonnen hat. Für Valentin war jedoch der Hauptgewinn, dass Gisele seinen Heiratsantrag angenommen hat, das vergesse ich natürlich nicht zu erwähnen.

Dann rede ich über ihre Tochter Helen, die so sehr geliebt wurde. Und erwähne auch den Tag, an dem wir alle zusammen nach Whitby gefahren sind, Eis essen waren und Gisele und Valentin zusammen am Strand zum Geräusch der Wellen und der Musik von Bill Hailey getanzt haben. Ich erkläre, dass der heutige Tag kein Abschied ist, weil die Menschen in unseren Gedanken und Erinnerungen weiterleben, sondern eher ein *See You Later Alligator*. Um dann damit zu schließen, dass der Sarg ein kleines Vermögen gekostet hat und dass es wirklich niemanden interessiert, welcher Art die Griffe daran sind – das Einzige, was wirklich zählt, ist schließlich die Liebe, die uns umgibt.

Nach dem Gottesdienst gehen wir alle in den Pub und stehen in den Lichtsprenkeln der Sonne. Ein ganzes Dorf ist gekommen, um ein gebrochenes Herz zu heilen. Wir alle heben unsere Gläser.

»Auf Gisele!«

Und auf Valentin.

Ein neues Kapitel aufschlagen

Anfang Oktober hat der Gemeindesaal endlich ein neues Dach und neue Fenster. Dank der harten Arbeit von Ben und seinen Handwerkern, die rund um die Uhr geschuftet haben, damit alles wasserdicht ist, bevor das Wetter schlechter wird. Es ist Herbst geworden. Auf meinen täglichen Spaziergängen mit Harry fällt mir neben den sich langsam verfärbenden Blättern der Bäume immer häufiger die Kälte am Morgen auf, die mich nach einem Pullover greifen lässt, bevor ich das Haus verlasse.

Als ich heute von einer Anhöhe aus über das hügelige Tal blickte, das monatelang saftig grün geleuchtet hatte, entdeckte ich ein buntes Potpourri aus Farbtönen, das die Landschaft verändert. Rostbrauner Adlerfarn leuchtet im Sonnenlicht neben tiefroten Beeren und goldgelbem Herbstlaub. An einem klaren Tag wie heute sieht es einfach atemberaubend aus, jedoch bringt die neue Jahreszeit auch feuchteres Wetter und starke Windböen mit sich. Manchmal auch Schlimmeres.

»Vor zwei Jahren hat es fürchterlich gestürmt. Der Fluss trat über die Ufer, und sogar mein Schornstein ist heruntergekommen«, erzählt mir Evelyn gerade. Sie hat es sich an meinem Küchentisch gemütlich gemacht, trinkt eine Tasse Kamillentee und genießt sichtlich meine Aufmerksamkeit.

»Gerade war der Schornstein noch da, dann lag er auf der Straße. Gladys aus Haus Nummer drei holte gerade die Einkäufe aus dem Kofferraum, um ein Haar hätte es sie erwischt!« Sie reißt die Arme hoch und verschüttet dabei ein wenig Tee auf ihrer Weste im Hahnentrittmuster, was sie mit einem verärgerten Räuspern kommentiert.

»Wow! Das klingt wirklich übel.« Ich reiche ihr ein Stück Küchenrolle.

»Das war es.« Sie nickt, stellt die Tasse ab und tupft an den Flecken herum. »Das war ein Lärm, dass die Wände wackeln.«

»Also zurück zu den geplanten Veranstaltungen …«, erinnere ich sie sanft an den eigentlichen Grund unseres Treffens. »Zu den ständigen Kursangeboten habe ich viele Ideen der Leute aus dem Dorf eingeholt …«

»Zumba«, unterbricht Evelyn mich entschieden. »Aber das steht ja bereits auf der Liste.«

»Natürlich. Es wird dich sicher freuen, dass ich einen Kurs für Montag buchen konnte«, sage ich mit Blick in meine Unterlagen.

»Mit Ronaldo?«

»Mit Ronaldo.«

Evelyn wirkt zufrieden.

»Außerdem haben wir bereits eine ganze Reihe an Aktivitäten für Kinder, dazu Theaterkurse, Kreatives Schreiben, Yoga, einen Buchclub, Filmnächte, Gastredner.« Ich gehe meine Liste durch.

Die ganzen Termine zu koordinieren, war eine ziemliche Herausforderung, selbst für jemanden wie mich, der gern organisiert und seine Bücher nach Farben sortiert hat. Die Bedürfnisse der Dorfgemeinschaft waren sehr unterschiedlich, auch wenn sich alle riesig über die Wiedereröffnung freuten.

»Für jede und jeden ist etwas dabei«, schließe ich meine Aufzählung. »Außerdem habe ich noch ganz viele andere Ideen gesammelt, was wir als monatliches Zusatzprogramm und jährliche Veranstaltungen hinzubuchen können. Wir können so viel machen, zum Beispiel Konzerte oder ein Musikfestival …«

Ich öffne meinen Laptop und stelle den Bildschirm so ein, dass sie gut sehen kann. Dann beginne ich enthusiastisch, ihr meine ausgefeilte PowerPoint-Präsentation vorzuführen. Von Naomi habe ich Dannys Nummer bekommen, um schon einmal vorzufühlen, wie man Bands bucht und welche verschiedenen Veranstaltungsräume für ein Festival vonnöten wären.

»Es gibt nahezu unendliche Möglichkeiten. Das ist so ein toller Raum, und wir könnten sogar das angrenzende Feld dazumieten. Mit dem Landwirt habe ich bereits gesprochen, und er hat keine Einwände … wirklich, uns sind da keine Grenzen gesetzt …«

Aufgeregt halte ich inne. Beim Gedanken an Naomis Kommentar, ich sei doch noch nie auf einem Musikfestival gewesen, muss ich schmunzeln.

»Das gilt allerdings nicht für unser Budget«, wirft Evelyn nun ein.

Ich sehe von meinem Laptop auf.

»Es tut mir leid. Ich kann mir vorstellen, wie sich das jetzt anfühlt, aber wir müssen vernünftig bleiben.«

Ernüchterung überfällt mich. Natürlich weiß ich, dass sie es nicht böse meint und nur die Finanzen im Blick hat, aber trotzdem.

»Und was ist mit der Eröffnung? Wir müssen doch etwas Besonderes machen, um den Neubeginn zu symbolisieren.«

»Ja, natürlich.« Sie nickt, und ich kann sehen, wie es in ihrem Kopf rattert. »Ich habe eine Idee!« Sie klatscht zufrieden in die Hände. »Wie wäre es mit einer Tombola?«

»Einer Tombola?«

»Ja genau. Die waren in meiner Zeit als Schulleiterin immer ein echter Hit.«

Ich mag Evelyn. Wirklich. Aber so langsam bekomme ich das Gefühl, dass wir nicht im selben Boot sitzen.

»Ich hatte schon an etwas mehr als Geschenkgutscheine und Fresskörbe gedacht.«

»Wie zum Beispiel?«

Ein wenig von oben herab frage ich mich, ob das wohl so ein Lehrerding ist. Dieses entweder mein Weg oder kein Weg. In Lehrerkonferenzen mit Mr Godfrey, unserem Schulleiter, lautete die Antwort auf jeden Vorschlag, der von seinen Plänen abwich, immer: »Nein, aber …«

Dieses Mal bin ich jedoch fest entschlossen, mich nicht von meinem Plan abbringen zu lassen.

»Also, ich dachte an einen Tanz.«

»Einen Tanz?«

»Ja, wie früher in den Fünfzigern. Damals war das doch total angesagt, alle gingen dorthin. Valentin hat mir so viele Geschichten darüber erzählt, was für einen Spaß sie dort hatten. Ich glaube, das ist genau das, was alle gebrauchen könnten, oder? Ein bisschen Spaß! Jetzt mal ehrlich, wer tanzt denn nicht gern?«

Während ich das sage, muss ich kurz an meinen Ex-Mann denken, was mich jedoch nur noch mehr anspornt.

»Ich dachte, wir könnten vielleicht eine Band anheuern. Deshalb habe ich mich ein wenig umgehört und tatsächlich eine sechsköpfige Band gefunden, die sowohl Swing als auch Rock 'n' Roll spielt … Wir könnten vielleicht auch einen kleinen Tanzwettbewerb machen, um zu sehen, welches Paar am besten tanzt, so eine Art *Strictly Come Dancing* …«

»Jetzt aber mal langsam …«, bremst Evelyn mich.

»Aber warum denn?«, frage ich frustriert.

»Weil unser Budget jetzt schon fast ausgereizt ist«, antwortet sie.

»Wir könnten Eintrittsgeld verlangen«, schlage ich vor.

»Aber die ganze Idee mit dem Gemeindesaal war doch, dass alle daran teilnehmen können, unabhängig von ihrer finanziellen Situation.«

Das ist natürlich auch wieder wahr. Ein wichtiger Punkt, der mir den Wind aus den Segeln nimmt.

»Natürlich. Du hast ja recht«, sage ich. »Ich verstehe, dass du einfach nur vernünftig handeln willst, Evelyn …«

Sie setzt sich reichlich zufrieden über ihre eigene Rechtschaffenheit auf ihrem Stuhl zurecht.

»Und es ist gut, vernünftig zu sein«, fahre ich fort. »Allerdings habe ich es wirklich satt, vernünftig zu sein.« Langsam komme ich in Fahrt. »Vernünftig ist es, frühzeitig am Bahnhof anzukommen, um nie einen Zug zu verpassen. Vernünftig sind auch gebügelte Hemden, bequeme Schuhe und Ersparnisse für schlechtere Zeiten. Auch katerloses Aufstehen und Hosen, die nicht aufgeknöpft werden müssen, gehören in die Vernunft-Kategorie, genauso wie im Schatten verbrachte Tage am Strand. Aber das Leben ist eben nicht vernünftig, Evelyn …«

Es geht um mehr als nur den Tanz.

»Im Leben muss es eben auch Spontaneität, Spaß, Fehler und falsche Entscheidungen geben können. Dazu gehören auch Blasen an den Füßen, Sonnenbrand sowie das Extra-Stück Pizza. Und verrückte, unglaubliche Abende, an denen man eine Flasche Wein trinkt oder vielleicht sogar zwei und dann noch ein paar Absacker!«

Ich gerate außer Atem und höre auf zu reden, weiß nicht genau, wo das alles hinführen soll. Evelyn, überrascht von diesem Ausbruch, mustert mich verblüfft.

»Ich kann deinen Frust verstehen, Olivia«, sagt sie genauso diplomatisch wie immer. »Glaub mir, ich habe auch keinen Stock im Arsch.« Dieser Nachsatz versöhnt mich ein wenig. »Auch ich tanze gern. *Strictly* war eine von Charlies und meinen Lieblingssendungen. Und ich gucke es auch immer noch gern. Harry Judds Wiener Walzer wird so schnell niemand vergessen.«

Einen Augenblick schweigen wir.

»Aber wir haben einfach nicht die Mittel dazu.«

»Vielleicht können wir die Gemeindeverwaltung um weitere Fördergelder bitten?«

Während ich den Vorschlag mache, kenne ich bereits die Antwort.

»Bei den Kürzungen momentan können wir froh sein, dass wir überhaupt etwas bekommen.« Evelyn seufzt und lehnt sich auf ihrem Stuhl zurück. »Ich denke, wir sollten für das dankbar sein, was wir haben.«

»Ja, vermutlich.«

»Weißt du, was? Du erinnerst mich sehr an mich selbst, als ich jünger war«, sagt sie, steht auf, sucht ihre Sachen zusammen, und ich bin mir nicht sicher, ob das als Kompliment gemeint ist. »Es ist wichtig zu wissen, wann genug ist. Du solltest stolz darauf sein, was wir alles erreicht haben.«

Ich nicke. »Das bin ich. Es ist nur ...«

Sie lächelt und winkt mir zu. »Bleib ruhig sitzen, ich kenne den Weg.«

Nachdem sie gegangen ist, starre ich noch eine Weile auf meinen Laptop und denke über andere Lösungen nach. Aber mir will einfach nichts einfallen. Evelyn hat recht. Ich schließe den Laptop und schaue zu Harry hinüber, der gerade von einem ausgiebigen Schläfchen aufgewacht ist und mich erwartungsvoll ansieht. Mein Blick wandert zur Wanduhr über dem Bücherregal: sechs Uhr, Zeit für sein Abendessen. Nach seinem Magen könnte man die Uhr stellen. Da sehe ich es. Es liegt quer über den anderen Büchern im Regal: Es ist die Erstausgabe, die David mir zu unserem letzten gemeinsamen Valentinstag geschenkt hat.

Ich schiebe den Stuhl zurück, gehe zum Regal und nehme sie in die Hand, blättere vorsichtig darin. Dieses Buch hatte ich mir so sehr gewünscht, immer schon. Es ist eins meiner absoluten Lieblingsbücher, die Sprache ist einfach so außergewöhnlich, und dennoch habe ich noch kein einziges Mal hineingeschaut, seit ich es bekommen habe. Zu viele schmerzhafte Erinnerungen.

Harry gähnt, streckt sich und wedelt mit dem Schwanz. Ich kraule ihm den Kopf, lege das Buch zur Seite und gebe ihm sein Fressen. Seit der Sache mit dem Brand bekommt er die teuren Sardinen zu seinem Trockenfutter. Die in Olivenöl.

Während sich Harry über sein Abendessen hermacht, nehme ich mein Telefon vom Tisch und suche mir im Internet die Nummer von einem Antiquariat heraus, das mir an Ostern in der Nähe der Burg aufgefallen ist. Das Buch hat sicher ein Vermögen gekostet. David hat sich bei Geschenken schließlich nie lumpen lassen. Der Gedanke daran, diese schmerzlichen Erinnerungen in etwas Gutes zu verwandeln, erfüllt mich mit Vorfreude.

»Hallo, spreche ich mit *Harrisons seltene Bücher?* Hallo, ja. Ich hätte da eine Frage. Ich besitze eine Erstausgabe, die ich gern verkaufen würde …«

Valentin

»Ein Tanz im Gemeindesaal?«

Valentin hielt beim Löchergraben inne und wandte sich ihr zu.

»Ja. Ich habe schon die Band gebucht. Sie sind eine Art Tributeband und spielen die ganzen Bill-Haley-Lieder und auch ein bisschen Swing. Für jeden Geschmack ist etwas dabei.« Ihre Worte sprudelten nur so aus ihr hervor. »Sie heißen Shake, Rattle and Roll.«

Olivia kniete neben ihm auf der Terrasse und formte mit ihren großen gelben Gartenhandschuhen Jazzhände.

»Der Name ist doch genial, oder?« Sie grinste. »Alle, die mögen, können sich verkleiden, und es wird auch eine Bar geben, die Bier und Cocktails verkauft. Das wird ein Vergnügen! Übrigens warst du es, der mich auf die Idee gebracht hat. Mit den ganzen Geschichten über Gisele und dich.«

»Zum Donnerlüttchen!«

Er legte die Schaufel beiseite, schüttelte den Kopf und starrte auf die Steinfliesen. Sein Lächeln verblasste, er war regelrecht verstört.

»Ist das gut oder schlecht?«

»Es ist wunderbar«, versicherte er ihr, aber sie glaubte ihm offensichtlich nicht, sondern schlug sich mit dem Riesenhandschuh gegen die Stirn.

»O Gott. Es tut mir leid. Ich war gerade total unsensibel, oder?«

»So ein Quatsch!« Er winkte ab. »Es ist nur … ich habe niemanden, mit dem ich zum Tanz gehen kann.«

Es platzte einfach so aus ihm heraus, auch wenn er es sofort bereute. Olivia hatte ihm so aufgeregt davon erzählt, und jetzt hatte er es ihr verdorben.

»Also, ich hätte Zeit. Auch wenn das natürlich nur ein schwacher Trost ist …« Sie lächelte zögerlich, fast schon entschuldigend. »Ich bin natürlich nicht besonders gut. Beim letzten Mal, als du mir Jive beibringen wolltest, bin ich sogar fast umgefallen.«

Er sah Olivia an, aber konnte Gisele hören, die ihn für sein Selbstmitleid tadelte. »Sitz nicht hier rum, sondern tu etwas«, wären ihre Worte gewesen, woraufhin er nur gegrummelt und geschimpft hätte. Er wäre verärgert darüber gewesen, sich nicht in seinem Unwohlsein suhlen zu dürfen, in der Ungerechtigkeit aufzugehen, während er gleichzeitig voller Dankbarkeit für ihre Liebe war. An sie zu denken, machte ihn traurig und glücklich zugleich. Er vermisste sie, verflucht noch mal, so unglaublich doll vermisste er sie, aber die traurige Wahrheit war, dass er sie bereits die letzten Jahre vermisst hatte. Schon oft hatte er sich bereits als Witwer gefühlt, bevor er es offiziell war.

»Dann sollten wir schleunigst anfangen zu üben«, antwortete er und sah, wie Olivias Gesicht sich aufheiterte. Eher glücklich als traurig, entschied er.

Sie hatten den Vormittag in dem großen Gartencenter am Rande der Stadt damit zugebracht, Erde und Blumenzwiebeln zu kaufen. Es war eine spontane Eingebung gewesen. Als Valentin morgens aufgewacht war, war er in seinen Bademantel geschlüpft, hatte den Vorhang zurückgezogen und auf die kleine Terrasse vor seinem Haus hinausgeschaut wie jeden Tag. Dann hatte er eine Entscheidung getroffen. Endlich. Es war an der Zeit. Schon viel zu lange waren die Blumenkästen und -töpfe leer geblieben. Es gab keine Ausreden mehr. Giseles

Beerdigung lag bereits drei Wochen zurück, er vermisste sie, aber musste sich nun endlich um die Zukunft kümmern.

Ganz abgesehen davon, dass sie ihn beim traurigen Anblick ihrer geliebten Terrasse sicher zu Hackfleisch verarbeitet hätte.

Als Olivia mit Harry vorbeigekommen war, hatte er seinen Plan erwähnt, und sie hatte ihm netterweise angeboten, ihn mit dem Wagen zum Gartencenter zu fahren. Er konnte schließlich schlecht die schweren Säcke mit Erde im Bus transportieren, und sein Campingbus war laut Mechaniker nicht mehr zu retten.

»Sie sollten ihn verschrotten lassen.«

»Schrott!« Valentin war entsetzt und verletzt gewesen. »Verfluchter Mist! Mein Campingbus ist doch kein Schrott. Was soll daran schon kaputt sein?«

»Nichts, von der Lichtmaschine einmal abgesehen. Außerdem braucht er eine neue Kupplung, und der Boden ist fast durchgerostet«, hatte der Mechaniker geantwortet.

»Können Sie das denn nicht reparieren? Die Kosten sind mir egal. Er hat einen hohen ideellen Wert für mich.«

Daraufhin hatte sich der Mechaniker kleinlaut bei ihm entschuldigt und versichert, er werde sehen, was er machen könne. Mehrere Stunden später hatte er ihn wieder angerufen und ihm einen Kostenvoranschlag präsentiert, woraufhin Valentin gesagt hatte, der ideelle Wert sei zwar hoch, aber das wäre nun wirklich absurd. Danach hatte er gefragt, wie viel er für den Bus beim Schrotthändler noch bekommen würde.

Wie sich herausstellte, waren es zweihundert Pfund in bar, Geld, das er dazu nutzen wollte, die Terrasse neu zu beleben. Auch wenn er sich überhaupt nicht mit Gartenarbeit auskannte. Die ganzen Jahre über hatte er Gisele zugesehen, ohne dass etwas davon bei ihm hängen geblieben wäre. So war es ihm auch mit der Waschmaschine ergangen. Aber er hatte es gelernt – auch wenn er sein Lehrgeld in eingelaufenen Pullovern und verfärbten Hemden hatte bezahlen müssen (woher sollte er schließlich wissen, dass man nach Farben sortierte?) –, und mittlerweile war er ein Profi.

Neue Pullover zu kaufen, war ganz schön teuer gewesen, also sollte er seine Fehler besser nicht wiederholen. Olivia half ihm, wo sie konnte, aber auch sie war keine Expertin und redete die ganze Zeit von Monty Dons großen Ideen für kleine Gärten. Zum Glück gab es in dem Gartencenter einen sehr netten Angestellten, der ihm alles über Blumenzwiebeln erklärte, woraufhin er eine große Auswahl erstand: Narzissen, Krokusse, Hyazinthen, Allium und Tulpen in allen Farben. Manche waren sogar gestreift oder gekräuselt.

»Ich hätte dir auch das Geld leihen können, um den Campingbus zu reparieren«, sagte Olivia, während sie noch mehr Erde holte. Harry hatte es sich vor den Säcken mit torffreiem Gärtner-Kompost bequem gemacht und sonnte sich in der schwachen Oktobersonne, die durch die Zweige der Bäume fiel. Verärgert hob er den Kopf, als sie ihm die Rückenlehne streitig machte.

»Selbst nachdem ich die Band bezahlt habe, bleibt mir noch ein wenig Geld übrig, außerdem habe ich ganz viele meiner Klamotten auf eBay verkauft. Vieles davon war Vintage-Designermode, die ich in London gekauft habe, aber mein Leben hat sich so sehr verändert, dass ich sie bestimmt nie wieder tragen werde. Geschweige denn, überhaupt reinpassen«, fuhr sie fort und verdrehte dabei die Augen.

»Das ist wirklich nett von dir, aber nicht nötig.« Er schüttelte den Kopf. »Dieser Teil meines Lebens ist vorbei.«

»Ach, sag doch nicht so etwas.« Sie wirkte bestürzt.

»Ist schon in Ordnung, Liebes. So ist das eben. Wir hatten wunderschöne Erlebnisse mit diesem Campingbus, die ich niemals vergessen werde, aber das Leben verändert sich, und so müssen auch wir uns verändern.« Er zeigte auf die Blumenzwiebeln. »Ein Blick in die Zukunft, oder?«

Sie sahen einander an.

»Das betrifft nicht nur mich«, fügte er hinzu.

»Ich weiß.« Sie zuckte mit den Schultern, wich seinem Blick aus und öffnete ein Päckchen Mini-Narzissen. Die Blumenzwiebeln, die in ihre Hand kullerten, sahen aus wie kleine silberne Perlen.

»Und wie kommt es, dass du den Tanz mit einem alten Dummkopf wie mir besuchen willst?«, fragte er weiter. »Gibt es denn keinen netten Kerl, der mit dir hingehen könnte?«

»Ich habe doch schon einen«, erwiderte sie schlagfertig und zwinkerte ihm zu.

»Du weißt, wovon ich rede. Was ist denn mit deinem Handwerker passiert? Ben schien doch sehr an dir interessiert, als wir letztens alle bei dir waren.«

Sie wirkte verlegen. »Er ist sehr beschäftigt. Die Sache mit dem Brand, die ganzen dadurch entstandenen Schäden, dann die Arbeit, die wir beide haben… Na ja, egal, er ist nur ein Freund.« Sie griff nach der Harke und begann emsig, die Erde zu bearbeiten. Es war offensichtlich, dass sie nicht weiter darüber reden wollte. »So, das war die letzte Zwiebel. Wie wäre es mit einer Tasse Tee?«

Wie alle im Dorf war Valentin schockiert gewesen, als er von dem Brand gehört hatte. Zum Glück waren alle dem Feuer entkommen, den Rest konnte die Versicherung erledigen. Das hatte er zumindest gedacht. Er sah, wie Olivia aufstand und sich die Erde von den Knien abklopfte, und bemerkte ihren zerstreuten Blick, bevor sie spürte, dass er sie ansah, und ein breites Lächeln aufsetzte. Jetzt war er sich da nicht mehr so sicher.

»Nur, wenn ich ihn zubereiten darf«, sagte er und richtete sich mühsam auf. Er war so steif geworden, dass er sich tatsächlich fragte, ob er einmal diese Yogakurse ausprobieren sollte, die Olivia im Gemeindesaal organisiert hatte. Er musste schließlich in Form sein zum Tanzen. »Nicht dieses Zeug aus den Teebeuteln.«

Im Bungalow war es wohlig warm. Nachdem sie der Kälte draußen entkommen waren, ging er in die Küche und begann, Tee zuzubereiten. Olivia kam hinzu, nahm das Tablett vom Küchenschrank und holte Tassen und Unterteller heraus. Sie war größer als er, brauchte das kleine Treppchen nicht und wusste genau, wo alles stand. Als sie die Löffel aus der Schublade holte, durchströmte ihn ein angenehmes Gefühl geselliger Vertrautheit.

Sie legte die Löffel gerade auf die Untertassen, als plötzlich ein seltsames zirpendes Geräusch erklang. Es hörte sich an wie eine Grille.

»Was ist das?«

»Ach, nur mein Telefon. Das bedeutet, dass eine neue E-Mail eingegangen ist.«

»Nichts für mich.« Er sah ihr dabei zu, wie sie das Ding aus ihrer Tasche zog. »Wir sollten dir wirklich ein Smartphone besorgen, Valentin. Es würde dir bestimmt gefallen.«

»Ich habe doch schon ein Mobiltelefon.«

»Das immer ausgeschaltet ist. Außerdem ist es ungefähr hundert Jahre alt.«

Er griff nach einer Dose mit losem Tee. Diese ganzen neuartigen Spielereien interessierten ihn nicht. Die Obsession dafür war ihm vollkommen unbegreiflich. Sie waren gerade erst zwei Minuten alt, schon brauchte man wieder ein brandneues. »Upgrade«, hatte der Verkäufer in dem Telefonladen es genannt, als er dorthin gegangen war, um einen neuen Akku zu besorgen, nur um zu erfahren, dass sie für sein Modell nicht mehr hergestellt wurden. Abzocke konnte man es allerdings auch nennen. Tee hingegen gab es schon seit Tausenden von Jahren, und die Zubereitung war immer noch dieselbe.

»Guck mal, die E-Mail ist von der Ahnenforschungswebseite. Es sind die Ergebnisse von deinem DNA-Test.«

»Den hatte ich schon ganz vergessen.« Valentin griff bereits nach der Dose mit dem Orange Pekoe, entschied sich jedoch sogleich um. Heute war ein Tag für Lapsang Souchong mit seinem rauchigen Geschmack, der ihn an Kiefernholz erinnerte und nach Herbst duftete.

»Gute Neuigkeiten. Der Augenblick, auf den Sie gewartet haben, ist gekommen! Klicken Sie auf den Link, um Ihre Ergebnisse und Treffer einzusehen.« Olivia las den Text der E-Mail vor, während das Wasser kochte und der Wasserkocher sich automatisch ausschaltete.

»Treffer, was denn für Treffer?«

»Ach, sie finden immer irgendwelche entfernten Cousins oder Cousinen.« Olivia tippte auf ihrem Telefon herum. »Aber man kann nie wissen, vielleicht hilft es dir wirklich mit dem Stammbaum.«

»Tja, ehrlich gesagt, habe ich mich gefragt, ob das Ganze jetzt noch Sinn ergibt… Jetzt, da Gisele und Helen beide nicht mehr bei uns sind…«

Sie sah zu ihm auf, das Gesicht voller Mitgefühl.

»Muss denn alles einen Sinn ergeben«, fragte sie und zuckte mit den Schultern. »Kannst du es denn nicht einfach nur machen, weil du Freude daran hast? Wie tanzen. Oder Vögel beobachten. Oder Züge anschauen…«

»Nay, so schlimm ist es nun auch wieder nicht«, grummelte er, und sie lachte, während er das heiße Wasser in die Kanne goss und zwei Löffel Tee hinzugab.

»Ist ja auch egal. Ahnenforschung ist sicher alles andere als sinnlos. Ich finde es total spannend, etwas über unsere Vorfahren herauszufinden. Zu fragen, wie alles zusammenhängt. Faszinierend.«

»Na, dann sag schon, bin ich mit der Königsfamilie verwandt?«

Er nahm das Tablett und brachte es ins Wohnzimmer. Harry hatte es sich bereits auf einer Decke auf dem Sofa gemütlich gemacht und schlief im Sonnenlicht, das durch das Fenster hereinfiel. Olivia tat, als bemerkte sie es nicht.

»Warte, ich logge mich ein … Ich muss mich nur an deinen Nutzernamen erinnern.«

»Nutzernamen. Wofür braucht man den denn?«

»Das ist eine Alternative, wenn man aus Sicherheitsgründen nicht den eigenen Namen angeben möchte.«

»Verflucht noch mal, ist das alles kompliziert.«

Er setzte sich und goss den Tee ein, während sie auf ihr Telefon starrte.

»Hier steht: Herkunft: 30 Prozent britisch, 35 Prozent schottisch, 20 Prozent irisch …«

»Das wird mütterlicherseits sein.«

»Und sogar 5 Prozent Iberische Halbinsel.«

»Wo soll das sein?«

»Spanien.«

»Also, die Spanische Armada unterlag der Englischen Flotte«, sagt er, nickt und reicht ihr die Milch.

»Oh, und Treffer hast du auch …«

»Habe ich es nicht gesagt? Ich gehöre zum niederen Landadel. Herzog Valentin aus Nord-Yorkshire«, scherzte er und nahm einen Schluck Tee. Olivia lachte nicht.

»Also, da kann etwas nicht stimmen.« Ihre Stirn lag in tiefen Falten. »Das muss ein Fehler sein.«

»Warum? Was ist los?«

»Hier steht, du hättest einen neunundneunzigprozentigen Treffer.«

Jetzt sah er verwirrt aus. »Was bedeutet das?«

»Warte, da ist ein Miniaturbild … Nein, das ist doch nicht möglich.« Sie hielt ihm ihr Telefon hin, damit er es sehen konnte, aber er schüttelte den Kopf.

»Das ist alles verschwommen. Ich brauche meine Brille.«

Es entstand eine Pause, und er bemerkte, dass sie ihn seltsam ansah.

»Hier steht Eltern/Kind …«

»Wie bitte?«

»Du hast ein Kind.«

Stille. Als hätte jemand plötzlich die Luft aus dem Zimmer gesaugt. Er spürte, wie ihm die Tasse aus der Hand rutschte, das Porzellan zerbrach, als es auf dem Tisch aufschlug, der Tee landete auf dem Teppich.

»Oje ...«

»Ist schon in Ordnung, keine Sorge. Ich hole einen Lappen.« Olivia sprang auf.

»Was habe ich getan? So ein Chaos ...« Er versuchte, die Porzellanscherben aufzusammeln, aber schnitt sich dabei.

»O nein, du blutest ja.« Sie griff nach einer Serviette und fasste nach seiner Hand.

»Es tut mir leid.«

»Ach, das macht doch nichts. Keine Sorge ...«

»Nein, du verstehst nicht ...«

Sie sah zu ihm auf, hielt seine Hände fest in ihren, verhinderte, dass er umkippte, als eine Welle der Scham über ihn hereinbrach.

»Ich hatte eine Affäre.«

WhatsApp mit Naomi

Wie sieht es mit Dannys und deinem Jive aus?

Ist das eine Sexfrage?

Nein! Ich habe einen Tanz im Gemeindesaal organisiert, als große Eröffnungsveranstaltung. Habt ihr Lust, zu kommen?

Ja

Ich habe eine Band gebucht, und eine Bar wird es auch geben.

Ich habe doch schon Ja gesagt.

Super! Und diesmal müsst ihr auch nicht im Zelt schlafen.

Das Zelt war doch toll.

Nicht im Dezember.

Brr. Da hast du recht. Wie heißt die Band?

Shake, Rattle and Roll

Das klingt nach Sexleben über 50.

Ha!

Jetzt aber ernsthaft, bist du dir sicher, dass das kein Sexding ist?

Versöhnung

Die Eröffnungsveranstaltung des Gemeindesaals rückt immer näher, die nächsten Wochen sind durch die Vorbereitungen bestimmt, damit alles rechtzeitig fertig wird. Der November fliegt geradezu an mir vorbei. Die Bonfire Night am fünften November und das dazugehörige Feuerwerk kommen und gehen. Ich bleibe mit Harry zu Hause, da er sich vor den Feuerwerkskörpern fürchtet; allerdings bin ich froh über die Ausrede. Nach dem Brand in Bens Haus hatte ich Sorge, dass zu viele schmerzliche Erinnerungen dadurch geweckt werden könnten.

Die Tage werden immer kürzer, und wenn ich aufwache, liegt alles ringsum in wunderschönem Morgennebel. Die Bäume werfen ihre Blätter ab, während wir Menschen uns in immer dickere Lagen aus Handschuhen, Schals und Pullovern hüllen. Ich harke das Laub im Garten zu großen Haufen zusammen und ernte die letzten Gemüsesorten. Die Nacktschnecken haben die Bohnen gefressen, aber ich habe so viele Karotten und Rote Beete, dass ich mich dabei erwische, nachzulesen, wie man Chutney einmacht. Ich und Chutney einmachen. Wer hätte das gedacht?

Wenn es dunkel wird, bin ich dankbar für meinen Holzofen, vor dem ich mit Harry die Abende auf dem Sofa verbringe. So viel zu meiner Kein-Hund-auf-dem-Sofa-Regel. Wenn man es genau nimmt, liegt er auch gar nicht auf dem Sofa, ich habe schließlich eine Decke darüber ausgebreitet …

Den Großteil meines Lebens sitze ich allerdings an meinem Küchentisch, an dem ich endlose Listen schreibe, die immer länger werden. Sobald ich eine Sache ausgestrichen habe, steht schon mindestens eine neue darauf. Ich bin froh darüber, so beschäftigt zu sein, damit ich nicht die ganze Zeit über Ben nachdenken kann. Er hat aufgehört, meine Nachrichten zu beantworten, woraufhin ich auch meine irgendwann eingestellt habe.

Ich bestelle einen Caterer, lasse Poster drucken und vervollständige den Veranstaltungskalender, zwischendurch fahre ich kurz in die Stadt, um mir ein Kleid für den Tanz zu kaufen. Dort ist die Einkaufsstraße schon weihnachtlich geschmückt, und auch die Menschen scheinen bereits in der Stimmung für Weihnachtsbesorgungen zu sein. Um den Massen zu entkommen, konzentriere ich mich auf die ruhigeren Seitenstraßen und die engen viktorianischen Gässchen, in denen es eine gute Auswahl an kleineren Geschäften gibt, die Vintage-Kleidung und Schmuck verkaufen.

Dort laufe ich auch zufällig Ajay über den Weg. Wir lächeln einander zu und begrüßen uns. Er hat über den Brand in der Zeitung gelesen und fragt mich, wie es mir geht. Gut, antworte ich und will wissen, wie es ihm so ergangen ist. Er hat sich endlich dazu aufgerafft, das zu tun, was er wirklich möchte: Ein Personal Trainer steht vor mir. Wir lachen über irgendetwas, woran ich mich nicht mehr erinnern kann. Ich erzähle ihm, dass ich auf der Suche nach einem Kleid für den Tanz bin, und lade ihn dazu ein. Er antwortet, er sei gerade auf der Suche nach einem Geschenk für seine Freundin, die ich dann gleich mit einlade. Ist das seltsam? Ich weiß es nicht. Es fühlt sich nicht seltsam an.

Wir umarmen uns zum Abschied, dann gehen wir getrennter Wege. Unsere Leben sind wie Zugstrecken, die einander kurz kreuzen und sich dann wieder voneinander entfernen. Ich muss an Valentin denken. Hat er sich so in Bezug auf seine

Affäre gefühlt? Ein kurzes Zusammentreffen, sich kreuzende Leben, die sich dann wieder voneinander entfernten? Ohne zu wissen, dass daraus ein Kind entstanden ist.

Wie vorhergesagt, ist der Dezember von eisigen Temperaturen und jeder Menge Niederschlag geprägt. Es regnet tagelang, sodass wir sogar unsere morgendlichen Spaziergänge ausfallen lassen, weil sie Harrys Arthritis nicht guttun. Eines Morgens, als ich die Sturzbäche betrachte, die an meinen Fensterscheiben hinunterlaufen, entdecke ich plötzlich den vertrauten pink-weiß gepunkteten Regenschirm, der über den Friedhof hüpft. Valentin. Ich frage mich, wie es ihm geht. Das Ergebnis des DNA-Tests war ein ziemlicher Schock für ihn, dabei sollte er ihn doch eigentlich auf eine nette Art und Weise bei seinem Hobby unterstützen. Das damit verbundene Gefühlschaos hat jedoch sein ganzes Leben ins Wanken gebracht.

In letzter Zeit haben wir uns gar nicht so oft gesehen. Er hatte mit den ganzen Freiwilligen, die alle damit beschäftigt waren, den Gemeindesaal fertig zu streichen, alle Hände voll zu tun. Aber ehrlich gesagt, glaube ich, dass wir beide die Konsequenzen unseres Handelns ausblenden wollten. Er hat ein Kind gezeugt, ohne es zu wissen, und ich habe es herausgefunden, ohne es zu wollen. Wie ein Flaschengeist, der seiner Flasche entkommen ist, kam ein Geheimnis ans Tageslicht, mit dem Valentin nun umgehen muss.

*

»Du hattest eine Affäre?«

Ich muss an unser Gespräch in seinem Wohnzimmer vor ein paar Wochen zurückdenken. Die Erinnerung an meine Fassungslosigkeit ist noch ganz frisch. Er war blass geworden, beinahe grau, als er versuchte, mir alles zu erklären.

»Es war kurz nach Helens Geburt. Gisele war nicht sie

selbst. Heutzutage gibt es einen Begriff dafür, damals aber nicht. Sie hat nur noch auf ihrem Bett gesessen und geweint«, erzählte er mit leiser Stimme. »Sie hatte kein Interesse an dem Baby oder an mir und auch an nichts anderem. Ich wusste nicht weiter. Schließlich musste ich arbeiten, um das Geld für die Miete und alles drum herum zu verdienen. Am Anfang hatte ich Verständnis, aber irgendwann verlor ich die Geduld …«

Er schluckte und sah mich mit schulderfüllten Augen an.

»Ich wurde immer frustrierter, sagte ihr, sie solle sich endlich zusammenreißen, sie habe schließlich eine Tochter, um die sie sich kümmern müsse …«

»Das war sicher auch für dich keine leichte Situation«, nahm ich ihn in Schutz, aber er ließ es nicht zu.

»Es gibt keine Entschuldigung für das, was ich getan habe.« Er schüttelte den Kopf, seine Stimme versagte fast. »Aber damit nicht genug, als die Bindung zwischen Helen und ihr endlich enger wurde, war ich auch nicht glücklich, sondern fühlte mich zurückgesetzt. Es kam mir vor, als würde ich gar nicht existieren, da wurde ich eifersüchtig. Eifersüchtig auf meine eigene Tochter. Was bin ich bloß für ein Mensch?«

Valentins Gesicht war schmerzverzerrt, ich wollte ihm so gern gut zureden, aber ich wusste nicht, wie.

»Und dann war da diese Frau, für die ich ein paar Zimmer strich. Sie lebte am anderen Ende der Stadt … Sie war so aufmerksam. Schmeichelte mir, nehme ich an. Ich war schwach und dumm und …« Er sprach nicht weiter, traute sich nicht, mir in die Augen zu sehen. »Das Ganze ging nur wenige Wochen, wenn überhaupt. Eines Abends, als ich nach Hause kam, saß Gisele da und schaukelte Helen, die tief und fest schlief, die beiden sahen so perfekt aus. *Sie waren perfekt.* Und mir wurde schlagartig bewusst, dass ich gerade alles, was ich mir je gewünscht hatte, aufs Spiel setzte.«

Er senkte schamerfüllt den Kopf, während ich versuchte,

die Gefühle einzuordnen, die seine Geschichte in mir hervorriefen.

»Damals habe ich mir geschworen, sie nie wieder als gegeben anzusehen, nie wieder etwas Derartiges zu tun, ich habe es Gott geschworen und nie mein Wort gebrochen. Die Frau habe ich nicht wiedergesehen.«

Er bat mich, ihm zu glauben. Ich glaubte ihm. Und wusste auch, dass es ihm leidtat. Trotzdem wollte es mir nicht aus dem Kopf, dass er Gisele betrogen hatte, so wie David mich betrogen hatte, sein Geständnis kam mir fast wie Verrat vor.

»Als Helen viele Jahre später starb, glaubte ich, schuld daran zu sein. Als würde ich dafür bestraft werden, was ich getan hatte. Ich bin kein religiöser Mensch, und doch glaubte ich, dafür bezahlen zu müssen, untreu und eifersüchtig gewesen zu sein.«

»Aber das ist doch Quatsch …«

»Ja? Ist es das?« Sein Gesicht war schmerzerfüllt, und obwohl ich mich selbst verletzt fühlte, spürte ich das Bedürfnis, ihn zu beschützen.

»Kein Gott, der es wert ist, dass man an ihn glaubt, wird so richten«, sagte ich mit Nachdruck. Und war mir bewusst, dass auch ich es nicht tun würde.

»Aber ich habe etwas Falsches getan. Ich habe Gisele verraten und war auf meine eigene Tochter eifersüchtig …«

»Sie hatte einen Asthmaanfall«, sagte ich mit fester Stimme. »Sie hatte ihr Asthmaspray nicht dabei. Das hat nichts mit dir zu tun. Es war ein Unfall. Es ist nicht deine Schuld.«

»Aber wenn ich meine Frau nicht betrogen hätte …«

»Was dann? Hätte Helen kein Asthma gehabt oder nicht ihr Spray vergessen?« Ich sah ihn mit ernstem Gesicht an. »Du weißt, dass das nicht stimmt, oder? Du hast deine Tochter geliebt, und sie hat dich geliebt. Du darfst dich nicht verantwortlich dafür machen. Es war ein tragischer Unfall, nicht mehr und nicht weniger. Du darfst nicht glauben, dass du die Schuld daran trägst.« Ich hörte, wie meine Stimme lauter wurde, dringlicher.

»Warum?«

»Weil ich dann genauso die Schuld dafür trage, was mit Josie passiert ist«, platzte es aus mir heraus.

Er starrte mich verdutzt an.

Nach einer kurzen Pause fragte er: »Was ist mit deiner Schwester?«

Ich zögerte, schluckte. »Das ist es ja. Ich weiß es nicht. Sie ist vor zwei Jahren verschwunden. Sie könnte tot sein.«

Zum ersten Mal sprach ich die Worte laut aus. Wie sehr habe ich mich immer davor gefürchtet, die Ängste könnten wahr werden, wenn ich sie nur ausspräche. Gleichzeitig fühlte ich mich plötzlich befreit, das Gewicht der Angst lastete nicht mehr ganz so schwer auf mir.

»Sie ist verschwunden? Das hast du nie erzählt.« Valentin sah mich besorgt an. »Aber warum solltest du dafür verantwortlich sein?«

Wie oft hatte ich mir diese Frage schon selbst gestellt!

»Weil es meine Aufgabe war, mich um sie zu kümmern«, erklärte ich. »Bevor meine Mutter starb, wollte sie immer, dass ich ein braves Mädchen war: ›Pass auf deine Schwester auf, sie ist nicht so stark wie du …‹« Erinnerungen an damals stürmten auf mich ein. »Meine Schwester ist die Ältere von uns beiden, aber sie war schon immer zerbrechlicher. Auch wenn man es ihr nicht angesehen hat.«

Ich starrte auf meine Hände, verschränkte sie in meinem Schoß.

»Sie war immer so kreativ und geistreich. Alle Jungen wollten mit ihr zusammen sein, alle Mädchen wollten so sein wie sie. Aber wenn sie zum Beispiel auf Klassenfahrt fuhr, hatte sie so schlimmes Heimweh, dass mein Vater sie nach Hause holen musste. Wenn wir bei meinen Großeltern waren, teilten wir uns ein Zimmer, und sie weinte jeden Abend … Dann kroch ich zu ihr unter die Decke und kuschelte mich an sie, bis sie eingeschlafen war …«

Ich verharrte einen Augenblick in der Erinnerung an ihren warmen Körper neben meinem. »Ich weiß auch nicht, warum ich dir das alles erzähle, es ist nicht wichtig …«

Aber Valentin schüttelte den Kopf. »Doch, natürlich«, ermunterte er mich. »Sehr wichtig sogar. Erinnerungen sind immer wichtig. Sie sind das, was uns ausmacht …« Er blinzelte, und ich wusste, dass er an Gisele und Helen dachte. »Erzähl mir mehr von ihr.«

Es gab so viel zu sagen. Wo sollte ich bloß anfangen?

»Josie war schon immer wie das Licht, entweder an oder aus«, begann ich, meine Schwester zu beschreiben in dem Versuch, ihr Wesen einzufangen. »Wenn sie wieder eine ihrer Ideen hatte, dann war sie auf einmal ganz aufgedreht, es war schön, mit ihr aufzuwachsen …«, sagte ich lächelnd. »Aber sie ging ständig über ihre Grenzen, wurde von diesen düsteren Stimmungen heimgesucht, in denen ich gar nicht zu ihr durchdrang.«

Die Erinnerungen schmerzten. »Als wir klein waren, verstanden wir noch nicht, was es bedeutete, psychisch krank zu sein. Niemand sprach damals darüber. Es dauerte Jahre, bis sie endlich die Diagnose bipolare Störung bekam.«

Ich warf Valentin einen Blick zu, er sah besorgt aus.

»Sie bekam ein Stipendium an der Kunsthochschule, um Fotografie zu studieren, aber dort lernte sie die falschen Leute kennen, begann zu trinken und Drogen zu nehmen … Eine Zeit lang befürchteten wir, sie verloren zu haben. Aber dann bekam sie die richtigen Medikamente verschrieben, erhielt eine wichtige Auszeichnung und zog nach New York.« Ich musste beim Gedanken an ihre Aufregung lächeln. »Dad und ich waren so stolz auf sie, das hatte sie sich so sehr gewünscht, aber gleichzeitig machten wir uns Sorgen … Amerika schien ihr gutzutun. Alles hier war für Josie immer zu klein gewesen, wie Kleidung, die nicht passt. Es begrenzte sie, engte sie ein. Dort blühte sie auf, fand Freunde, hatte Partner, schien glücklich zu sein.«

Ich verstummte, spürte die vertrauten Schuldgefühle. War sie wirklich glücklich gewesen, oder hatte ich, frisch verheiratet und glücklich verliebt, das nur auf sie übertragen?

»Nachdem Dad gestorben war, drohte alles zu zerbrechen. Sie hörte auf, ihre Medikamente zu nehmen, und trank auch wieder. Sie lieh sich Geld. Ich half ihr mit der Miete, was wiederum zu Streit zwischen David und mir führte. Er fand, sie sei nun wirklich alt genug, um auf sich selbst aufzupassen, ihr Leben in die Hand zu nehmen. Er wollte nicht, dass wir ständig für sie einspringen mussten … und wahrscheinlich hatte er ja sogar recht damit. Ich habe ihr das alles erst ermöglicht.«

So viele Male hatte ich das in Gedanken schon durchgespielt, mir die Kette der darauf folgenden Ereignisse vorgestellt.

»Als sie also wieder um Geld bat, sagte ich Nein. Ich bot ihr stattdessen an, zu ihr zu fliegen, mit ihren Ärzten zu reden, damit sie die richtige Behandlung bekäme, aber sie antwortete, sie wolle mein Mitleid nicht. Wir haben uns fürchterlich gestritten, dann hat sie aufgelegt. Vielleicht war sie betrunken, auf Drogen oder beides. Eine Woche später bekam ich die Nachricht von ihrem Vermieter, dass sie ausgezogen sei, ohne die Miete zu bezahlen. Niemand wusste, wohin. Sie antwortete nicht auf Nachrichten oder E-Mails … Und nach einer Weile war auch ihr Telefon ausgeschaltet.«

Bei der Erinnerung an jene Zeit wurde mir ganz anders.

»Ich versuchte, ihre Freunde zu kontaktieren, ihren Ex-Freund, aber niemand hatte von ihr gehört. Ich gab sogar eine Vermisstenanzeige auf, aber die Polizei interessierte sich nicht weiter dafür, sie sei schließlich eine erwachsene Frau und könne sich um sich selbst kümmern …«

Ich schüttelte den Kopf, spürte die Tränen gegen meine Lider drücken.

»Ich glaube allerdings nicht, dass sie das kann. Ich schreibe ihr immer noch E-Mails, obwohl sie nie antwortet, erzähle, was ich gerade so mache, wo ich bin. Das bringt mich ihr näher, lässt mich denken, dass ich sie nicht aufgegeben habe …« Ich verstummte, merkte, wie dumm das alles klingen musste.

Valentin hatte die ganze Zeit über kein einziges Wort gesagt, sondern einfach nur zugehört. Dann legte er seine bandagierte Hand auf meine.

»Manchmal ist es einfacher, verschwunden zu sein, als gefunden zu werden.«

Als ich den Kopf hob, sah er mich mit festem Blick an.

»So habe ich mich gefühlt, als du mir damals am Fenster gewinkt hast. Nachdem Gisele ins Pflegeheim gekommen war, wollte ich nichts und niemanden sehen. Ich wollte verschwinden. Aber dann kamst du mit Harry vorbei und hast dir durch deine Hartnäckigkeit und deine verfluchte Fröhlichkeit einen Weg zu mir gebahnt.«

Er lächelte, woraufhin auch ich lächeln musste. Dann zog er die Augenbrauen hoch.

»Wolltest du nicht auch schon mal verschwinden?«

»Ja«, sagte ich, daran denkend, wie ich mich gefühlt hatte, als meine Ehe zerbrochen war und ich aus London geflohen war. »Ja. Das wollte ich.«

»Siehst du. Mach dir keine Sorgen. Sie wird sich melden, wenn sie bereit dazu ist. Das ist genauso wie mit dem Futterspender, den ich für dich gemacht habe.«

»Du meinst den, der bisher noch von keinem Vogel genutzt wurde?«, sagte ich ein wenig enttäuscht, aber er verzog keine Miene.

»Hab Geduld. Sie werden kommen.«

*

Unten in der Küche schaltet sich der Wasserkocher automatisch aus, und ich fülle das Wasser in eine kleine Thermoskanne aus Edelstahl. Als die Teebeutel bedeckt sind, nehme ich meinen Mantel vom Stuhl und greife auch noch schnell nach der Packung Mince Pies, die ich in der Stadt gekauft habe. Natürlich hätte ich besser selbst welche backen sollen, aber mein Mürbeteig wird niemals an den von Marks & Spencers heranreichen. Ich gebe ein wenig Milch in die Thermoskanne und nehme die Teebeutel heraus. Die Lektion habe ich gelernt.

Valentin hatte mir noch erzählt, er habe erst Jahre später herausgefunden, dass Gisele von der Affäre gewusst, sich jedoch entschieden hätte, kein Wort darüber zu verlieren. Daraufhin hatte er sie gefragt, warum sie bei ihm geblieben sei und sich entschlossen habe, ihm wieder zu vertrauen und zu verzeihen. Ihre Antwort war ganz einfach: Sie liebe ihn nun einmal und wisse, dass auch er sie liebe. Liebe sei das Risiko wert. Seitdem wächst in mir der Gedanke, dass es einem selbst am schwersten fällt, sich zu vergeben.

Daraufhin erzählte ich ihm, wie meine Ehe zu Ende gegangen war. Valentin hatte mich nie danach gefragt, aber es wäre mir verlogen vorgekommen, es ihm vorzuenthalten, nachdem er so ehrlich zu mir gewesen war. Als ich Davids Affäre erwähnte, sah er mich aufgewühlt an und fragte, ob er mich enttäuscht habe. Ich verneinte und erzählte ihm stattdessen, was Josie einmal zu mir gesagt hatte: Ein und dieselbe Geschichte wird von jedem anders empfunden. Man muss versuchen, die zu leben, die zu einem passt.

Valentin sitzt auf Helens Bank, die nun um eine Widmung für Gisele erweitert wurde. Während Harry ihn schwanzwedelnd begrüßt, nehme ich neben ihm Platz. Wie einfach ist doch das Leben für Harry, und wie kompliziert machen wir Menschen es uns.

»Es ist kalt, ich dachte, vielleicht möchtest du einen Tee?« Ich drehe die Thermoskanne auf und schenke ihm eine Tasse ein. »Keine Sorge, den Teebeutel habe ich rausgenommen«, füge ich noch hinzu, reiche ihm den Tee und einen Mince Pie.

»Danke, Liebes.« Er lächelt und hält seinen Regenschirm über uns beide, während ich den kleinen Deckel für mich fülle und es mir neben ihm bequem mache. Mein Blick wandert über den Friedhof, während die Dämmerung hereinbricht.

»Wissen sie bereits von mir?«

Er muss nicht erklären, dass er von dem Kind spricht, dessen Vater er sein soll. Wir beide haben an nichts anderes gedacht.

»Könnte sein, ja.« Ich atme tief ein und aus, gehe noch einmal die Gedanken durch, die ich mir in den letzten Tagen zurechtgelegt habe. »Aber es ist mindestens genauso wahrscheinlich, dass sie ihr Konto schon länger nicht genutzt haben. Vor ein paar Jahren war das ein ziemlich beliebtes Weihnachtsgeschenk. David und ich haben auch welche gemacht, auch wenn keine besonderen Überraschungen dabei herauskamen … Mein Ex hätte zu gern dem Adel angehört.«

Ich versuche mich an einem Witz, aber wir wissen beide, wie ernst alles ist.

»Viele Leute nutzen ihr Konto sicher gar nicht mehr. Außerdem müssten sie auch erst einmal herausfinden, wer du bist.«

»Aber ich habe doch das Foto gesehen.«

»Ja, das stimmt. Aber ich habe weder eins von dir hochgeladen noch deinen richtigen Namen angegeben …«

»Ich schäme mich nicht für sie.« Er unterbricht mich, er wirkt entschlossen.

»Nein, ich weiß.«

»Ich will auch auf keinen Fall versuchen, die Vergangenheit zu vergessen. Wenn Giseles Krankheit mich eins gelehrt hat, dann das.« Er zeigt auf den kleinen Gedenkgarten, in dem

Giseles Asche verstreut wurde. »Deshalb bin ich heute hier. Ich bin es ihr schuldig, dass sie zuerst davon erfährt… Ich möchte ihnen sagen, wer ich bin.«

Ich höre ihm zu.

»Aber gleichzeitig möchte ich keine Probleme machen. Vielleicht wollen sie nach all den Jahren gar nichts von mir wissen. Deshalb habe ich mich gefragt…«

Er beendet den Satz nicht. Einen Augenblick lässt er ihn unvollendet, dann sieht er mich an.

»Könntest du vielleicht?«

Wie bei so vielen entscheidenden Momenten im Leben folgt kein Trommelwirbel. Valentins Worte verlieren sich in der Dunkelheit, während wir auf der Bank sitzen bleiben und uns den heißen Tee und das süße Gebäck schmecken lassen. In Gedanken vertieft, was die Zukunft bringen mag, lauschen wir dem Tröpfeln des Regens auf dem pink-weiß gepunkteten Schirm.

Die große Eröffnung

»Das sieht hier ja fantastisch aus! Nicht wiederzuerkennen.«

Naomi läuft durch die Zimmer meines Hauses, überschüttet mich mit Komplimenten und hebt jedes noch so kleine Detail hervor. »Der alte französische Kronleuchter in der Küche ist einfach der Hammer. Sind das die Bilder, die wir damals im Schuppen gefunden haben? Oh, wow! Ich kann nicht glauben, dass das derselbe Garten sein soll!« Ihre Begeisterung ist genau das, was man von einer guten Freundin hören möchte, egal, ob es dabei um einen neuen Haarschnitt, ein Kleid oder eine Hausrenovierung geht. Oder um alles zusammen, wie in meinem Fall.

»Danny, guck mal, die gusseiserne Badewanne von Liv musst du gesehen haben«, ruft sie aufgeregt und läuft ins Gästezimmer. Dort hält ihr Verlobter gerade noch ein kleines Nickerchen, bevor es endlich losgeht. »Sie hat sie auf einem Feld gefunden. Sie wurde als Wassertrog für Kühe benutzt! Du findest sie sicher toll!«

»Babe, musst du wirklich so laut und überschwänglich sein?«, höre ich ihn grummeln, bevor er kurze Zeit später pflichtbewusst im Türrahmen des Schlafzimmers auftaucht.

Heute Nacht findet der Tanz zur Wiedereröffnung des Gemeindesaals statt, und sie sind extra dafür aus London angereist. Ellie ist auch dabei, und im Nachhinein muss ich Ben wirklich recht geben: Den Speicher auszubauen, war genau die richtige Idee. Ellie war ganz hin und weg von dem Bett unter der Schräge, die ich mit Lichterketten geschmückt hatte. Sie ist sofort mit Harry in ihr Zimmer verschwunden. Beim letzten Mal, als ich nach den beiden sah, spielte sie gerade Hundefriseur mit ihm, und er ließ sich geduldig das Fell bürsten und in Zöpfe teilen.

»Vielleicht sollten wir hier heiraten«, sagt Danny gerade. Er ist zum ersten Mal in den Yorkshire Dales und hat im Dorf mit seiner Lederjacke, der Bandana und der Sonnenbrille ziemliches Aufsehen erregt. Eine Sonnenbrille im Dezember. Sheila von der Post dachte bestimmt, er sei Bono. »Wir könnten ein Feld mieten, ein paar Jurten aufstellen, ein Musikfestival organisieren …«

»Aha, und mich nennst du überschwänglich?«, sagt Naomi lachend. »Ich weiß nicht, ob ich mir meine Eltern in einer Jurte vorstellen kann.«

»Sie freuen sich sicher sehr über die Verlobung«, sage ich.

»Darüber, dass ich endlich unter die Haube komme und anständig werde?« Naomi verdreht die Augen und seufzt. »Aber was soll's, wenn es sie und ihre Kirchengruppe glücklich macht …«

»Müssen wir dann wirklich anständig werden?«, fragt Danny und legt ihr den Arm um die Taille. Sie lächelt.

Es macht mich froh, Naomi so glücklich zu sehen, sie hat schwierige Phasen mit ihren Eltern durchgemacht, auch wenn ich mir vorstellen kann, dass Danny für sie nicht gerade der Traumschwiegersohn ist.

»Nein, du hast recht. Das hier ist wirklich ein unglaublicher Ort«, sagt er nun voller Bewunderung und sieht zu mir herüber. »Respekt, Liv.« Mit seiner freien Hand gibt er mir einen Faustcheck.

»Danke.« Ich kichere verlegen.

»Und ich meine nicht nur Haus und Garten, wenn ich sage, nicht wiederzuerkennen«, fügt Naomi noch hinzu. »Weißt du noch, wie ich dir Größeres und Besseres vorhergesagt habe?«

Ich muss an damals denken, an mich vor meinem alten Haus in London. Es kam mir vor, als sei mein Leben vorbei. Auch wenn es mittlerweile weit weg ist, sind die inneren Bilder noch sehr präsent.

»Siehst du, ich habe immer recht«, sagt sie zu Danny.

»Ja, das hat sie.« Ich nicke, und er stöhnt gespielt auf, was uns alle zum Lachen bringt.

Niemand sagt einem, dass die dunkelsten Momente einen nach dem Licht suchen lassen. Das habe ich getan. Und ich habe es gefunden.

Wir machen uns für den Tanz zurecht, von Wolken aus Haarspray umgeben und gut gelaunt, treten wir in die Nacht hinaus, die uns feierlich empfängt. Die Luft ist so klirrend kalt, dass der Atem fast gefriert. Das Dorf hat sich bereits weihnachtlich herausgeputzt. Ein großer Weihnachtsbaum glitzert auf dem Dorfplatz, und warme weiße Lichterketten sind über die Hauptstraße gespannt, die ins Dorf hineinführt.

Die ersten Klänge der Band, die sich gerade einspielt, sind bereits zu hören, und der Gemeindesaal ist hell erleuchtet. Heute Morgen wurde noch ein Plakat mit der Aufschrift »Große Eröffnungsfeier«, das die Kinder der hiesigen Grundschule gestaltet haben, am Gebäude aufgehängt. Auch die große Eiche vor dem Saal wurde mit Girlanden und Lampions geschmückt. Es sieht einfach zauberhaft aus.

»Wie der *Wunderweltenbaum* von Enid Blyton«, flüstert Ellie aufgeregt, als wir das Kopfsteinpflaster überqueren. Anstelle meiner Gummistiefel trage ich heute Riemchenpumps und muss höllisch aufpassen, nicht mit den dünnen Absätzen stecken zu bleiben.

»Da hast du recht«, sagt Naomi. »Wohin er uns wohl bringen wird?«

»Zurück in die Fünfziger«, sagt Danny und streicht sich dabei über seine vom Zuckerwasser hart gewordene Tolle.

Danny hat sich in einen echten Teddy Boy verwandelt, komplett mit Anzugjacke und enger Hose. Naomi neben ihm strahlt in ihrem stark taillierten, kanarienvogelgelben Abendkleid mit ausgestelltem Rock und Petticoat. Wie zwei exotische Vögel schnattern und gurren sie in der Dunkelheit, während sie Ellie an den Händen zwischen sich halten und Engelchen flieg mit ihr spielen.

Ich habe mich von einem alten Foto meiner Mutter inspirieren lassen, auf dem sie aussieht wie Audrey Hepburn. Die Haare trage ich zu einer Banane hochgesteckt und dazu knallroten Lippenstift, schwarzen Eyeliner und Perlenohrstecker. In einem der kleinen Vintage-Läden in der Stadt habe ich einen original Fünfzigerjahre-Swing-Mantel gefunden, den ich mit einem schwarzen Satinkleid kombiniere. Die Ladenbesitzerin hatte mir erzählt, dass sie »Wackel-Kleider« genannt würden, weil sich durch den Bleistiftrock das Laufen verändere.

Deshalb hatte ich mir ein wenig Sorgen gemacht, ob es sich wohl gut darin tanzen ließe, aber sie versicherte mir, genau dafür sei der Schlitz hinten gedacht.

Außerdem sah es fantastisch aus und fühlte sich unglaublich an, nachdem in meinem Leben bisher so oft der praktische Aspekt im Vordergrund stand. Harrys Lebensweisheiten habe ich mittlerweile verinnerlicht und genieße den Augenblick viel mehr. Wie das Tanzen sich in dem Kleid anfühlte, sollte ich auch bald herausfinden, da ich beim Betreten des Vorraums als erste Person überhaupt Valentin entdeckte.

»Du bist aber früh dran.«

»Ich wollte meine Verabredung nicht warten lassen«, sagt er und strahlt mich an. Er nimmt meinen Mantel und gibt ihn einem der freiwilligen Helfer an der Garderobe. »Du siehst großartig aus.«

»Danke, du auch. Der Anzug gefällt mir. Sehr schick. Vintage?«

»Aye, genau wie sein Besitzer«, erwidert er lachend und hält mir den Ellbogen hin.

Dankbar lächle ich ihn an. Er weiß, wie nervös ich heute Abend bin. Ich hake mich ein, und wir betreten den Saal.

Es ist noch früh, aber es sind schon einige Leute da, die sich an den Rändern der Tanzfläche unterhalten. Um die Tanzfläche herum ist ein Kreis aus Stühlen aufgebaut, genau wie früher in den traditionellen Tanzsälen. Eine kleine Pop-up-Bar bietet Bier, Babycham-Birnensekt und Kirschwein der Marke Cherry B in kleinen Fläschchen an, der wohl der letzte Schrei in den Fünfzigerjahren war. Zumindest, wenn man einigen der älteren Dorfbewohner Glauben schenkt, die begeistert bei der Suche danach halfen, als sie von dem Tanz erfuhren. Margaret, die in einer der neu gebauten altersgerechten Wohnungen wohnt, hat sogar mehrere Flaschen Advocaat gestiftet und bereitet daraus Snowball-Cocktails zu.

»Es ist toll geworden!«

»Ja, nicht wahr?«

»Was für eine Veränderung!«

Als wir über die Tanzfläche laufen, bekomme ich Bruchstücke von Gesprächen mit, die Leute schauen mich an, grüßen mit Kopfnicken oder Lächeln, winken oder kommen zu mir, um mir zu dieser schönen Veranstaltung und der Wiedereröffnung des Gemeindesaals zu gratulieren. Eine echte Teamleistung, zu der wir uns alle gegenseitig gratulieren müssen.

»Evelyn, du siehst großartig aus!«

Sie steht an der Bar, ich gehe zu ihr hinüber, gebe ihr ein Küsschen auf die Wange und bekomme beinahe ihre Federboa in den Mund. Sie scheint die Ankündigung verpasst zu haben und ist im Stil der wilden Zwanziger gekleidet.

»So viel besser als eine Tombola«, sagt sie und nippt an ihrem Birnensekt.

Aus den Lautsprechern dröhnt Musik, während wir auf die Band warten. Schlagzeug, Kontrabass und das zum Saal gehörige Klavier, das neu gestimmt und mit Rollen versehen wurde und nun vor dem silbernen Vorhang steht. Der war wohl zuletzt für eine *Der Zauberer von Oz*-Produktion genutzt und danach eingelagert worden, aber jetzt erstrahlt er in neuem Glanz. Alles natürlich dank Evelyns Recycling- und Nachhaltigkeitsprogramm.

Langsam füllt sich der Saal mit Stimmengewirr, Lachen und Fröhlichkeit, und in mir macht sich ein Gefühl von Zufriedenheit breit. Allmählich fügt sich alles zusammen, wie auch die gesamte Dorfgemeinschaft. Als ich vor weniger als einem Jahr herzog, kam mir dieses kleine Dorf wie ein Ort voller Fremder vor – mittlerweile sind sie zu Freunden geworden.

Etwas anderes spüre ich auch: Zugehörigkeit. Wie oft habe ich in meinem Leben den Ort gewechselt? Auch wenn ich gern in London gewohnt und mich dort sehr wohlgefühlt habe, so verstehe ich erst jetzt, was die Leute meinen, wenn sie über das Gefühl sprechen, nach Hause zu kommen.

Was allerdings nicht bedeutet, dass ich weniger nervös wäre. Vom heutigen Abend hängt so viel ab. Ich möchte nicht, dass irgendetwas schiefgeht. Als Valentin mir einen Kirschwein holt, betrachte ich die winzigen Lichtpunkte, die von der Discokugel über meinem Kopf ausgehen und den ganzen Raum erfüllen. Was wäre schon ein Tanz ohne Discokugel?

»Die Band fängt gleich an«, sagt Valentin, als er mit den Getränken in der Hand zurückkehrt. Da sehe ich auch schon, wie sie auf die Bühne kommen. Sie tragen alle dieselben roten Jacketts und haben die Haare mit Brylcreem zurückgekämmt. Sie nehmen ihre Plätze ein. Aufgeregt stürze ich meinen Cherry B hinunter, spüre die elektrisierende Mischung aus Alkohol und Vorfreude.

»Meinst du, wir haben genug geübt?«

Vor ein paar Tagen hatten wir uns getroffen, um die Schritte noch einmal durchzugehen und zu üben. Trotzdem war ich ganz hibbelig.

»Das werden wir bald herausfinden.«

Als die ersten Töne erklingen, nimmt er meine Hand.

»Los geht's.«

Quick Stepp. Blues. Jive. Swing.

Oh, wow, ich hätte nicht gedacht, dass es so viel Spaß machen könnte. Die Band ist fantastisch. Was sage ich, grandios! Sobald ihre Musik erklingt, sind Nervosität und Sorgen wie weggeblasen, während Valentin mich herumwirbelt, dreht und nach hinten lehnt. Die Frau aus dem Laden hatte recht: In einem Bleistiftrock lässt es sich ausgezeichnet tanzen. Die Tanzfläche füllt sich schnell. Bald fällt mir auf, dass meine Generation und die Jüngeren die Tänze kaum kennen.

Weißhaarige Dorfbewohner, die ich mit Einkaufswägelchen im Dorf oder Gehhilfen am Fluss gesehen habe, hüpfen, kicken und drehen ihre Partner mit überraschender Energie und beeindruckenden Schrittkombinationen, die es mit allem, was ich je bei Strictly gesehen habe, aufnehmen könnten.

Adrenalingesteuert und wie im Rausch tanzen wir auf ein Lied nach dem anderen, und wer hätte das gedacht, ich stolpere nicht ein einziges Mal. 1–2–3 & 4–5 & 6, während die Band eine flotte Melodie nach der anderen aufspielt, heben wir die Knie und kreisen die Hüften, wobei ich angestrengt versuche, im Rhythmus zu bleiben. Rück, vor, Wechselschritt, Wechselschritt. Bald bin ich ziemlich erschöpft, ganz im Gegensatz zu Valentin, der schon seit Wochen mit einem Stuhl in der Garage trainiert hat. Der Mensch ist eben ein Gewohnheitstier.

Völlig außer Atem entschuldige ich mich, ich muss ein kurzes Päuschen einlegen. Aber um Valentin brauche ich mir keine Sorgen zu machen. Ich sitze noch nicht, da ist er bereits von einer ganzen Schar Witwen aus dem Dorf umgeben; ältere, lebhafte Damen, von denen viele gern allein und selbstständig leben, ohne für andere kochen und sauber machen zu müssen, die aber für den Abend gern einen Tanzpartner an ihrer Seite hätten.

Bei seiner Tanztechnik steht er natürlich hoch im Kurs. Ich sehe ihm dabei zu, wie er Lindy Hop tanzt, und kann selbst kaum glauben, wie er sich verändert hat, nicht zuletzt in Bezug auf seine Fitness. Ich weiß, wie sehr er Gisele vermisst – eigentlich hätte er heute Abend mit ihr tanzen sollen –, aber zu sehen, wie er von allen wertgeschätzt wird, macht mich froh. Ich hatte schon mehrere Anfragen, ob er nicht ein paar Malerkurse geben könnte, woraufhin er meinte, dafür bräuchte er aber ein neues Notizbuch. Das habe ich zwar nicht ganz verstanden, aber er wirkte sehr zufrieden dabei.

Zuerst entdecke ich ihr pinkes Haar in der Menge.

»Hi, Maya, toll, dass du es geschafft hast!«

»Yeah. Die Vorlesungen sind zu Ende. Ich hätte es um nichts in der Welt verpassen wollen.«

Sie hat die Haare zu einem hohen Pferdeschwanz gebunden, trägt einen ausgestellten Rock und Turnschuhe. Sie sieht aus wie Sandy aus *Grease*, bis auf die Haarfarbe.

»Also wenn du damals nicht die Aktion mit dem Crowdfunding gestartet hättest …«

»Ach, das war doch nicht der Rede wert«, winkt sie schnell ab. »Meine Eltern kommen später auch noch, wenn meine Mutter mit ihrer Schicht fertig ist …«

»Super! Auch wenn du dann vielleicht mit deinem Dad tanzen musst«, warne ich sie.

»Niemals!« Sie zieht eine entsetzte Grimasse und lacht.

»Tja, es gibt nicht allzu viele Männer hier. Die Frauen sind eindeutig in der Überzahl.«

»Ich habe mir meinen Tanzpartner mitgebracht.«

»Ja?«

Erst da entdecke ich Will, der aussieht wie ein blonder Danny Zuko.

»Was tust du hier? Warum hast du denn nichts gesagt?«

»Ich wollte dich überraschen.«

Ich springe auf und umarme ihn. Jetzt ist es amtlich: Ich mag Überraschungen doch. Was gibt es Schöneres als eine gelungene Überraschung?

»Wo schläfst du denn? Meine Gästezimmer sind schon voll, aber das Sofa kannst du gern haben …«

»Danke, aber ich habe schon etwas«, sagt er und legt dann den Arm um Maya, sie kichert – wie süß die beiden doch zusammen sind.

Wir gehen an die Bar, um ein paar Getränke zu organisieren, was Will zum Anlass nimmt, sich bei mir dafür zu entschuldigen, seinem Vater meine Adresse gegeben zu haben. Ich versichere ihm, dass es gar nicht so schlimm gewesen sei, schließlich konnte ich mir einiges von der Seele reden. Auch die beiden haben sich wieder vertragen, erzählt Will mir, und sie wollen sogar an Weihnachten ein paar Tage eine Vater-Sohn-Tour machen. Skifahren? Nein, die Malediven. Die Reise hatte David wohl eigentlich mit seiner Verlobten als Hochzeitsreise gebucht und konnte sie nicht mehr stornieren.

»Wir schlafen zusammen in der Hochzeitssuite«, sagt Will und lacht. Da muss auch ich lachen, es ist doch wirklich eine zu komische Vorstellung – David und Will mit einem aus Blütenblättern geformten Herz auf dem Bett.

Da wir gerade beim Thema Ex-Partner sind, Ajay wird wohl nicht mehr aufkreuzen. So ein richtiger Ex ist er zwar eher nicht, aber na ja. Er hat mir eine Nachricht geschrieben, um mir für die Einladung zu danken, aber da seine neue Freundin wohl sehr eifersüchtig ist, wollte er keinen Mord auf der Tanzfläche riskieren. Haha, sehr lustig, antwortete ich. Postwendend kam zurück, nur ich würde den Witz verstehen, und genau das wäre der Grund, warum er nicht kommen könnte.

Das Leben ist manchmal schon seltsam.

Bei wem es funkt und bei wem nicht. Wer nur ein Freund ist und bei wem es um mehr geht. Die Chemie muss stimmen, sagt man, aber ist es nicht viel mehr als das? Ein magischer Moment, wenn es bei beiden klick macht. Ein echtes Phänomen. Manche erleben es nie. Andere haben einmal das Glück, wieder andere sogar öfter.

Ob es dann anhält, ist allerdings eine ganz andere Frage. Davids und meine Beziehung hat die Zeit nicht überdauert, aber ich trauere meiner Ehe nicht mehr nach. Es fühlt sich nicht mehr an wie Scheitern. Nur weil etwas nicht für immer hält, ist es nicht weniger wert. Eine Beziehung sollte nicht an der Zeit und daran, wie sie endet, gemessen werden. Unsere Beziehung war eine Zeit lang großartig, fantastisch, wunderbar, bis sie es dann eben nicht mehr war. Und vielleicht ist Leben ja genau das?

Und manche Beziehungen beginnen vielleicht nicht einmal. Sie sind nur ein Funke, und wenn man ihn nicht schnell genug einfängt, verglimmt er wieder. Vielleicht ist Ben und mir genau das passiert?

Wo ist er?

Je länger der Abend dauert, desto häufiger blicke ich zerstreut Richtung Eingang, warte darauf, dass Ben endlich auftaucht. Ich weiß, dass er mir aus dem Weg geht. Aber für heute Abend hatte ich mir eine Chance auf Versöhnung erhofft, eine Möglichkeit, über alles zu reden und Missverständnisse aus der Welt zu räumen. Damit wir zumindest Freunde sein können. Aber je später es wird, desto mehr Zweifel kommen in mir auf. Bis ich mich irgendwann panisch frage: Was ist, wenn er gar nicht kommt? Die Enttäuschung trifft mich so unerwartet, dass ich erst jetzt begreife, wie sehr ich mich auf ihn gefreut hatte.

Als ich schon fast aufgegeben habe, ist er plötzlich da. Ich tanze gerade mit Valentin, da sehe ich ihn. Er muss sich nicht umdrehen, ich erkenne seine breiten Schultern, seine natürliche Lässigkeit. Ich bin so erleichtert, dass ich aus dem Takt gerate. Valentin fängt mich auf, wirbelt mich herum, ich lache, und wir tanzen weiter. Aber ich kann mich nicht konzentrieren, kann nichts anderes mehr denken als: Ben ist hier. Ich möchte so gern mit ihm reden, auch wenn ich nicht weiß, wo ich beginnen soll.

Als plötzlich die Musik langsamer wird, verstehe ich schlagartig, dass mir die Zeit davongerannt ist. Es ist zu spät. Der Abend ist vorüber. Zeit für den letzten Tanz. Valentin entschuldigt sich und geht zur Toilette, ich bleibe an der Seite sitzen und komme mir vor wie ein Mauerblümchen. Ich suche nach Ben, kann ihn aber nirgendwo entdecken. Er muss bereits nach Hause gegangen sein. Dieses kleine bisschen Hoffnung, an dem ich mich den ganzen Abend festgehalten habe, zerplatzt in mir, ich reibe mir die Fußballen und sehe Naomi und Danny beim Bluestanzen zu. Ellie schläft tief und fest in Dannys Armen zwischen den beiden. Maya und Will tanzen eng umschlungen, ohne in die Richtung von Mayas Eltern zu schauen, die sich ganz in der Nähe auch auf die Tanzfläche gewagt haben.

Mein Blick wandert weiter über die vielen unterschiedlichen Paare: Evelyn ragt über dem Pfarrer auf, der seinen Kopf an ihre Schulter gelegt hat, die Federboa um seinen Hals geschlungen; der Landwirt, den ich zum ersten Mal ohne Schlamm verschmierte Gummistiefel sehe, mit seiner Frau; Sheila von der Post, so winzig und glücklich darüber, mit ihrem Sohn, dem Soldaten, zu tanzen, der über Weihnachten Heimaturlaub hat; die beiden Café-Besitzerinnen, nun wieder in den gestreiften Schürzen, weil sie Pie & Mash ausgegeben haben. Die ganzen vertrauten Gesichter. Bis auf eins.

»Darf ich um den letzten Tanz bitten?«

Da steht er vor mir.

Der letzte Tanz

Ben wirkt nervös, als er mir die Hand hinhält.

Da sind wir schon zu zweit.

»Ja.«

Beim Aufstehen greife ich nach seiner Hand, und er führt mich auf die Tanzfläche. Das kommt mir alles so fürchterlich förmlich vor. Wir beide herausgeputzt, als kämen wir aus einer anderen Zeit mit anderen Regeln. Er legt mir den Arm um die Taille.

»Du siehst gut aus.«

»Du auch.«

»Wie geht es Stanley?«

»Gut, danke. Er ist bei seiner Tante Holly. Hier wäre es zu laut für ihn.«

Plötzlich sind unsere Körper dicht aneinandergepresst.

»Und was ist mit Harry? Ganz schön berühmt geworden …«

»Er ist zu Hause. Auch für ihn ist es zu laut. Hoffentlich kaut die Berühmtheit mir nicht das halbe Haus an.«

Er lacht höflich, nur langsam tasten wir uns vor. Wollen wir als Nächstes über das Wetter reden? Ich muss ihm etwas sagen, und zwar jetzt, sonst verliere ich noch die Nerven.

»Weißt du, es gibt da etwas, das ich dir sagen will …«

»Ich muss dir etwas sagen …«

Wir reden beide gleichzeitig drauflos, dann halten wir lächelnd inne.

»Du zuerst«, sage ich schnell, versuche zu greifen, was immer es auch ist, bevor es mir entwischt. Ich weiß, dass sich alles ändern wird, wenn ich zuerst rede.

»Entschuldige, ich bin nicht so gut mit Worten.« Er sucht meinen Blick. »Ich schulde dir eine Erklärung.«

»Wofür?«

»Dafür, warum ich dir aus dem Weg gegangen bin. Warum ich mich bei der Beerdigung nicht verabschiedet habe, warum ich deine Nachrichten nicht beantwortet habe. Und auch dafür, warum ich mich Maya gegenüber so fürchterlich benommen habe …«

Er hat seine Jacke ausgezogen, und ich spüre deutlich seine breiten Schultern unter dem weißen Hemd.

»Es war nicht Mayas Schuld. Sie ist noch ein Kind. Es war ein Unfall.«

»Ich weiß, und ich habe mich auch heute Abend bei ihr entschuldigt. Ich war schließlich auch mal ein Teenager, ein ziemlich idiotischer noch dazu …« Er sucht in meinen Augen nach Bestätigung, knüpft an unser Gespräch im Restaurant an, als wollte er sichergehen, dass ich es nicht vergessen habe.

Das habe ich nicht. Nicht eine einzige Sekunde davon, wie gern würde ich ihm das sagen.

Er drückt mich eng an sich, unsere Körper wiegen sich gemeinsam zu der langsamen, romantischen Ballade. Ich spüre den Druck seiner Fingerkuppen auf meinem Rücken, sie führen mich. Ein sicheres Gefühl. Es ist schön, sich sicher zu fühlen.

»Ich wünschte, ich hätte niemals vorgeschlagen, dass wir ausgehen. Dann wäre das alles nicht passiert.«

»Sag das nicht.« Er sieht mich aufgebracht an.

»Aber es stimmt doch.«

»Nein, das tut es nicht.«

Er wirft den Kopf zurück, Schmerz und Niedergeschlagenheit sind ihm ins Gesicht geschrieben. »Wahr ist, dass ich einen wundervollen Abend hatte, den ich kein bisschen bereue, nicht eine Sekunde davon. Wahr ist aber auch, dass ich Angst bekommen habe. Ich dachte, ich hätte Stan verloren, genau wie ich Janet verloren habe …«

Diese Ernsthaftigkeit ist ganz ungewöhnlich für Ben, so kenne ich ihn gar nicht.

»Und genauso habe ich Angst, dich zu verlieren …« Stille. Sein Blick sucht meinen. »Ich habe Angst, jemanden zu lieben, den ich verlieren könnte.«

Ich höre ihm zu, halte die Luft an, damit mein Atem seine Worte nicht vertreibt.

Was für ein unbeschreibliches Gefühl, das hätte ich nie zu träumen gewagt. Er spricht genau das aus, was ich fühle.

»Ich dachte, du wärst nicht gut mit Worten?«, sage ich schließlich.

Er lächelt. Sein schönes Lächeln, das bis zu den Augen hinaufreicht, um die herum sich feine Fältchen bilden. Mir ist ganz warm, und ich fühle mich berauscht von so viel Liebe – und zu vielen Fläschchen Cherry B.

»Ich habe dich vermisst.«

»Ich dich auch.«

Wir lächeln uns an, und alles, was zwischen uns gestanden hat, ist auf einmal wie weggeblasen. Es gibt nur noch uns beide. Auf der Tanzfläche. Im Gemeindesaal. Irgendwo in den Yorkshire Dales. Die Musik spielt, winzige, magische Lichtpunkte von der Discokugel wirbeln um uns herum, ich schlinge meine Arme um seinen Hals und lege meinen Kopf an seine Brust, atme seinen Duft tief ein, während er mich festhält. So könnte es immer bleiben.

»Warte mal … ich habe gar nicht gefragt, was du mir eigentlich sagen wolltest.«

Seine Stimme murmelt ganz leise an meinem Ohr, und wir lösen uns ein Stück voneinander. Da entdecke ich Valentin auf der gegenüberliegenden Seite des Raums. Er steht am Rande der Tanzfläche und sieht zu uns herüber. Sein Gesichtsausdruck sagt mir, dass es an der Zeit ist.

Weil es im Leben eben nicht nur ums perfekte Timing geht.

»Ben …« Ich höre auf zu tanzen.

»Ja?«

»Können wir irgendwo hingehen, wo es ruhiger ist? Es geht um deinen Vater.«

Liebste Schwester,

ich wusste noch nie, womit ich anfangen soll. Du warst immer die Organisiertere von uns beiden. Fang einfach beim Anfang an, hat Großvater das nicht immer gesagt? Aber ich weiß doch gar nicht, wo der Anfang ist. Wenn ich es versuche, wird alles nur noch verworrener.

Also versuche ich es besser nicht und erzähle einfach vom Jetzt. Hier. Von dem Balkon einer alten Hacienda mit Blick auf einen Garten, in dem die schönsten Bougainvilleas wachsen, von der kleinen Stadt im Nordwesten Mexikos. Hier sitze ich und lasse mir Kaffee und Eier zum Frühstück schmecken. Hier kann man die besten Eier essen. Am liebsten mag ich sie mit frischen Tortillas und Salsa verde, dabei gucke ich den Geckos zu, die sich auf den alten Mauern aus Lehmziegeln sonnen.

Ich habe deine E-Mails gelesen. Aber ich wusste nicht, wie ich darauf antworten sollte. Es gibt so viel zu sagen, und es kam mir alles so schwierig vor. Es tut mir leid. Ich habe dich im Stich gelassen. Ich hätte mich bei dir melden sollen, aber je länger ich weg war, desto schwieriger wurde es. Ich war nicht wütend auf dich. Ich war nie wütend auf dich, nur auf mich selbst. Weil ich nichts auf die Reihe bekommen und immer alles versaut habe. Als Dad starb, hat mich das zerrissen, und ich habe viele Menschen verletzt. Auch dich habe ich verletzt. Es kam mir für alle am einfachsten vor, zu verschwinden.

Kennst du das Gefühl?

Ich hatte keinen Plan. Du kennst mich ja. Ich wollte nur weg, aus meinem Leben aussteigen. Also habe ich ein paar Sachen und meine Kamera in einen Rucksack gepackt und bin gereist. Wenn ich kein Geld mehr hatte, bin ich per Anhalter weiter, habe irgendwas gearbeitet, ein bisschen gekellnert. Es gab immer etwas, das ich tun konnte. Dann war ich eine Zeit lang in Südamerika, bin herumgekommen, habe Fotos gemacht. Ich hatte gar nicht vor, nicht zurückzukommen, aber mit jedem Tag, den ich weg war, wurde es leichter, wegzubleiben.

Ich war mit einer Gruppe von Leuten in Patagonien wandern, als ich ein Paar kennenlernte, das ein Hotel besaß. Sie bemerkten meine Kamera und fragten, ob sie die Bilder sehen könnten. Dann wollten sie welche kaufen, um sie in den Hotelzimmern aufzuhängen. Irgendwann stellte sich heraus, dass sie eine ganze Kette von Boutique-Hotels besaßen, mit mehreren Tausend Zimmern, über die ganze Welt verteilt. Und das mache ich jetzt. Ich fotografiere für sie, meistens Natur und Wildtiere und natürlich, weil einfach jeder sie mag, Sonnenuntergänge.

Eins ihrer Hotels ist diese wunderschöne Hacienda hier in Mexiko. Über Weihnachten und die Feiertage bleibe ich hier. Es gefällt mir hier. Ich nehme auch schon länger wieder meine Medikamente, und es geht mir damit so viel besser. Therapien habe ich auch jede Menge gemacht. Aber am besten bekommt es mir, wie ich mittlerweile weiß, mitten in der Natur zu sein, ich ganz allein mit meiner Kamera.

Ich habe niemals aufgehört, an dich zu denken. Wo ich auch war, du warst bei mir. So war das immer schon. Nur deshalb konnte ich mich in einem alten Burgverlies verstecken oder in einem alten Schlauchboot aufs Meer hinausschwimmen und nach New York ziehen. Weil ich immer wusste, dass du da bist, um auf mich aufzupassen. Ich war nie die Mutige. Das warst immer du.

Oh, wie habe ich dich vermisst, Liv! Es fehlt mir, dein Gesicht zu sehen. Deine Stimme zu hören. Und letzte Woche lief ich gerade durch die Hotellobby, da hörte ich sie plötzlich, deine Stimme. Auf einmal warst du da. Im Fernsehen. Meine kleine Schwester und ihr Hund Harry. Stell dir vor, was Großmutter und Großvater gesagt hätten! Unsere Liv im Fernsehen!

Da wusste ich, dass ich schreiben musste. Ich hoffe, du kannst mir verzeihen. Ich wollte anrufen, habe es aber einfach nicht fertiggebracht. Ich bin auch bei WhatsApp, wenn du mich anrufen möchtest, meine Nummer steht ganz unten. Oder du kommst nach Mexiko, wenn dir nach Urlaub zumute ist. Es gibt genug Platz, und das Wetter ist schön um diese Jahreszeit. Sie machen hier die besten Margaritas, auch wenn ich nicht mehr trinke. Trink du eine für mich mit.

Es gibt vieles, was wir einander erzählen müssen.

Ich liebe dich, kleine Schwester.

Josie

Stanley

Heute im Kunstunterricht bat Miss Hattersley, seine Lehrerin, die Klasse darum, ein Bild von etwas zu malen, das sie glücklich macht. Sie konnten Wasserfarben oder Filzstifte dafür nehmen oder etwas aus Zeitschriften ausschneiden und eine Collage daraus basteln, ganz wie sie wollten. Da es die letzte Woche vor den Weihnachtsferien war, sollten sie ihrer Fantasie freien Lauf lassen.

Also malte er sein Trampolin, Harry, Dad, Tante Holly und den Feuerwehrmann, der ihn gerettet hatte, und das große, leuchtend rote Feuerwehrauto, in das er sich hatte setzen dürfen, als er zur Feuerwache gefahren war, um sich zu bedanken. Dafür, dass der Feuerwehrmann während des Brandes mit ihm aus dem Fenster geklettert war. Als Maya von der Uni nach Hause kam und ihn besuchte, erzählte er ihr, dass es echt cool gewesen sei. Außerdem hatten die Feuerwehrleute auch Harry gerettet. Harry hatte ihm gezeigt, was es bedeutet, tapfer zu sein, weshalb er nun auch nicht mehr dieses seltsame Gefühl im Bauch spürte. Das machte ihn sehr glücklich.

Stanley malte gern, auch wenn ihm Menschen nicht so richtig gut gelingen wollten. Tiere konnte er besser malen. Er malte auch Liv, aber ihr Kopf wurde ziemlich schief. Sie brachte ihnen Schokoladenkuchen, als sie wieder in ihr Haus ziehen konnten, und Dad sah ziemlich glücklich darüber aus, sie zu sehen. Er nahm einen Filzstift für den Mund von Liv, weil sie, als sie bei ihnen angekommen war, roten Lippenstift getragen hatte, aber irgendwie musste er abgegangen sein, denn als sie ging, war da kein Lippenstift mehr. Dabei hatte sie gar keinen Kuchen gegessen.

Stanley mochte es, bei Tante Holly zu wohnen, aber noch besser gefiel ihm sein neues Zimmer. Es gab jetzt ganz viel Neues. Eine neue Bettdecke. Ein neues Eisenbahnset. Ein neues Fernglas. Eine neue Schule. Neue Freunde. Sogar einen neuen Großvater. Und das machte ihn glücklich. Das war das Problem, es gab so viele Dinge, die ihn glücklich machten, dass sie gar nicht alle ins Bild passten. Das Blatt Papier war einfach nicht groß genug. Das machte ihn nervös.

Überforderte ihn. Das war das Wort, das Miss Hattersley immer benutzte. Aber sie sagte, das sei okay, weil wir manchmal im Leben einfach damit überfordert wären, uns selbst und alles, was wir fühlen, auszudrücken. Sie sagte auch, dass es ganz viele Künstler gebe, die Kunst machten, die Symbolismus hieß. Und dass sie Gefühle malten, keine Dinge. Also gab sie ihm ein neues Blatt Papier und sagte, statt alles zu malen, sollte er sich nur eine Sache aussuchen, die für ihn Glücklichsein symbolisierte.

Also malte Stanley eine Pizza. Weil Pizza jeden glücklich macht.

Valentin

Er zog den Vorhang zurück. Obwohl es noch so früh war, konnte man schon sehen, dass der Tag schön werden würde. Die Sonne schien, und der Schnee glitzerte. Er zog seinen Bademantel an, ging in die Küche, setzte Wasser auf und schaltete das Radio ein. Genau wie jeden Morgen. Er nahm einen Stift und griff nach dem Notizheft, um seine tägliche Liste zu erstellen. Als er die nächste Seite aufschlug, lächelte er.

Montag, 18. Dezember

1. Enkel von der Schule abholen
2. Liv gute Reise wünschen

Der Rest des Lebens

»Ich dachte, du wärst nur zwei Wochen weg.«

»Ja, das stimmt.«

»Wie kannst du denn für zwei Wochen Mexiko so viel Zeug mitnehmen?« Ben zieht eine Grimasse, während er meinen Koffer die Treppe hinunterträgt. »Der wiegt ja eine Tonne.«

»Ich konnte mich nicht entscheiden.«

»Also hast du einfach alles mitgenommen?«, fragt er grinsend, und ich lächle verlegen.

»Warte, lass mich dir helfen.« Ich versuche, den Griff zu fassen zu bekommen, da fällt mir seine linke Hand auf. Kein Ehering mehr. Er sieht mich an, ich schaue zurück. Kein Wort. Keine Aufregung. Nur stille Übereinkunft.

»Ich hab ihn«, sagt er.

Ich glaube, es war ein griechischer Philosoph, der einmal gesagt hat, Veränderung sei die einzige Konstante. Veränderungen mochte ich nie besonders. Sie beunruhigten mich. Ja, sie machten mir sogar Angst. Wegen der ganzen Veränderungen in meiner Kindheit fürchtete ich sie. Es galt, ihnen zu widerstehen. Eine Zeit lang schaffte ich es ganz gut, immer in meiner Komfortzone zu bleiben. Dann endete eines Tages unerwartet meine Ehe, mein Leben zerbrach, und ich hatte keine Wahl mehr. Es ging um Leben und Tod.

Aber ich wollte nicht sterben. Noch nicht zumindest. So Furcht einflößend, unerträglich und hart es manchmal auch war, begann ich, dadurch endlich zu verstehen, dass das Leben dort anfängt, wo die Komfortzone aufhört. Veränderung anzunehmen heißt, das Leben anzunehmen. Dann können so viele wunderbare Dinge geschehen. Und falls ich trotzdem noch nach einem Beweis dafür gesucht haben sollte, muss ich mir nur die Erlebnisse der letzten Woche ins Gedächtnis rufen.

Seit dem Tanz hat sich so viel verändert. Nach dem ersten Schock, dass Valentin Bens Vater ist, haben die beiden viel Zeit mit Reden verbracht. Es gibt ja auch viel aufzuarbeiten. Ein ganzes Leben muss nachgeholt werden. Aber zum Glück waren Valentins Sorgen unbegründet. Ben hat ihn nicht zurückgewiesen, ganz im Gegenteil. Es ging nicht um Anschuldigungen, Scham oder Fehler, sondern um die Akzeptanz und das Anerkennen der glücklichen Fügung, dass sie sich nach so vielen Jahren endlich gefunden haben. Vielleicht ist es ja irgendwie auch eine Art Geschenk, das die Trauer mit sich bringt. Sie beide haben erlebt, was Verlust bedeutet, und konnten sich deshalb umso mehr darauf einlassen, was es alles zu gewinnen gab.

Und dann die E-Mail meiner Schwester. Sie wartete in meinem Posteingang am Morgen nach dem Tanz auf mich. Als ich sie las, musste ich vor Erleichterung und Freude laut schluchzen, dann rief ich sie sofort an. Und weckte sie mitten in der Nacht, so dringend hatte ich mit ihr sprechen wollen, dass ich noch nicht einmal den Zeitunterschied bedacht hatte. Aber das war unwichtig. Alles war unwichtig. Wir knüpften dort an, wo wir aufgehört hatten. Wir redeten stundenlang miteinander, und als ich irgendwann auflegte, buchte ich mir sofort ein Flugticket nach Mexiko.

»Okay, dann sollten wir uns wohl besser verabschieden …«

Ich gehe in die Küche, wo ich Stanley vermute, stattdessen ist die Schiebetür weit geöffnet, und er ist draußen im Garten mit Valentin. In Handschuhen und Schal hält Stanley sich sein

Fernglas vor die Augen, und Valentin zeigt ihm etwas. Ich gehe zu den beiden nach draußen.

»Seid ihr denn von allen guten Geistern verlassen?«, setze ich tadelnd an, aber Valentin dreht sich zu mir um und legt einen Finger auf die Lippen.

»Pssst.«

Ich runzle die Stirn, dann folge ich seinem Blick. Zu meinem Futterspender, ganz oben im Bergahorn. Da ist ein Vogel.

»Es ist ein Rotkehlchen«, flüstert er, sein Gesicht leuchtet. »Kannst du seine rote Brust erkennen?«

Ich sehe genauer hin.

»Brauchst du mein Fernglas?«

Stanley hält es mir hin.

»Danke, Stan«, sage ich, nicke und halte es mir vor die Augen. Am Anfang ist alles unscharf, aber ich drehe daran herum, und dann sehe ich es plötzlich ganz nah vor mir, seinen winzigen Schnabel, die glänzenden Augen, das Rot seiner Brust. Hungrig pickt es am Futterspender, sieht sich dabei um, als wollte es sichergehen, dass niemand es entdeckt hat.

»Siehst du? Ich habe dir ja gesagt, dass sie kommen würden. Du musstest dich nur gedulden. Vögel haben Angst vor neuen Sachen. Sie brauchen eine Weile, bis sie ihren Mut zusammengenommen haben. Wenn der erste sich traut, ist das Schwierigste geschafft, jetzt werden auch die anderen folgen …«

Ich nehme das Fernglas herunter und sehe Valentin an. Er lächelt.

»Es hat eine Weile gedauert, aber es hat sich gelohnt, darauf zu warten.«

Wir lächeln einander an und wissen, dass nicht nur die Vögel gemeint sind.

Ich reiche Stanley sein Fernglas, gebe ihm zum Abschied die Hand und umarme Valentin, der sich zum ersten Mal nicht der Umarmung entzieht.

»Wo ist Ben?«

»Er bringt meinen Koffer ins Auto. Habt ihr Harry gesehen?«

Als hätte er nur auf das Stichwort gewartet, kommt Harry bellend aus der Küche gerannt. Er hat das Eichhörnchen entdeckt. Ich weiß nicht, ob es an dem von Valentin empfohlenen Gelbwurz liegt oder am häufigen wilden Baden, das wie eine Hydrotherapie gewirkt hat, aber seine Arthritis ist auf jeden Fall deutlich besser geworden.

»Jagt er etwa immer noch dieses verfluchte Eichhörnchen?«, fragt Valentin. »Er wird es nie bekommen.«

»Ich weiß.« Lächelnd denke ich über das Leben nach. »Ich glaube, das will er auch gar nicht. Dann wäre der Spaß schließlich vorbei.«

Ben wartet draußen mit laufendem Motor, um den Land Rover ein wenig vorzuheizen. Da sein Lieferwagen voll bepackt ist, nehmen wir lieber mein Auto.

»Hast du deinen Reisepass?«

»Jepp.« Ich nicke, dann sehe ich zu, wie die Sonne hinter den Bäumen auf dem Friedhof langsam untergeht, während Harry sich an mein Bein drückt. »Können wir noch den Weg zu den Feldern entlanglaufen und uns den Sonnenuntergang ansehen? Wir haben doch noch Zeit, oder?«

Ben sieht auf die Uhr. Für jemanden, der noch nie besonders auf die Zeit geachtet hat, nimmt er seinen Job, mich zu meinem Flieger nach Mexiko-Stadt zu bringen, ziemlich ernst. Zufrieden nickt er.

»Einen Sonnenuntergang kann ich mir doch nicht entgehen lassen«, sagt er grinsend.

Er stellt den Motor wieder aus und klettert aus dem Land Rover, während ich Harry anleine. Dann nimmt Ben meine Hand, und wir laufen durch das Dorf mit seiner glitzernden Weihnachtsbeleuchtung, an den Läden und der biergetränkten Wärme des Pubs vorbei, dessen Fenster mit Lametta geschmückt sind, bis ganz zum Ende des Weges, dahin, wo er auf die offenen Felder trifft und man über die steinernen Dächer und den Holzrauch aus den Kaminen bis in die Dales blicken kann. Bald ist Wintersonnenwende, und das Licht verschwindet schnell, wodurch es auch immer kälter wird. Ben zieht mich näher an sich heran. Wir laufen noch höher hinauf. Unser Gespräch baut sich auf und stürzt dann wieder herab, wie Stare in der Dämmerung, keiner von uns traut sich an die wichtigen Dinge heran.

»Letztendlich machen wir alle dieselben Phasen durch, auch wenn die Reise für jeden anders ist…«, schließe ich gerade einen Gedanken, mein Atem formt sich zu kleinen Wölkchen. Ich habe ihm gerade von der Kübler-Ross-Theorie erzählt, aber seinem verwirrten Blick nach zu urteilen, wohl nicht sehr verständlich. »Entschuldige, ich erkläre das vermutlich nicht besonders gut«, sage ich und lache.

Er sieht mich nachdenklich an. »Warte mal, wie viele Phasen gibt es?«

»Sieben.«

»Und was kommt nach Phase sieben?«

Ich zucke mit den Schultern. »Da fängt der Rest des Lebens an.«

Es gab eine Zeit, in der ich mir keine Zukunft vorstellen konnte. Ich glaubte nicht daran, eine zu haben. Also hörte ich auf, danach Ausschau zu halten, und konzentrierte mich darauf, einen Schritt vor den anderen zu setzen. Als Harry zu mir kam, war er der Grund, dass ich morgens aufstand.

Aber seit dem Morgen, an dem ich zum ersten Mal seine Leine an dem Halsband befestigt habe und erste, tastende Schritte in dieses neue Leben hineingewagt habe, hat sich so vieles verändert. Ich habe Freundschaft gefunden, wo ich sie niemals erwartet hätte, und ein Zugehörigkeitsgefühl entwickelt, das sich anfühlt, als würde ich nach Hause kommen. Außerdem habe ich so viel gelernt: über Glauben, Vertrauen,

Geduld und Widerstandskraft, darüber, im Hier und Jetzt zu leben und Spaß zu haben, und auch über das kleine Wunder eines neuen Tages und die Verheißungen eines Spaziergangs.

Aber ganz besonders darüber, dass ein alter, struppiger Hund mit dem tapfersten, größten Herzen dabei helfen kann, mein zerbrochenes Herz zu heilen, indem er mir gezeigt hat, dass ich nicht allein bin.

Als wir oben auf dem Hügel ankommen, ruhen wir uns an die Trockensteinmauer gelehnt aus. Die Dales breiten sich unter uns aus. Ben küsst mich, mit kalter Nase, aber warmen Lippen. Sein Kuss ist sanft, behutsam und genau richtig. Und ich muss daran denken, wie es nur ein Stück vom Glück brauchte, um alles zu verändern. Und jetzt ist mein Leben voll des Glücks.

»Und? Wie sieht der Rest deines Lebens aus?«

Er schaut mich an, sein Blick sucht den meinen.

»So.« Ich lächle. »Genau so.«

Eine Art Nachwort

Ich habe so oft Menschen mit ihren Hunden reden hören, im Pub oder bei Spaziergängen im Park, und dachte immer, sie wären ein wenig seltsam. Aber dann kam Harry in mein Leben, und ich lernte das Geheimnis kennen: Mit Tieren kann man unglaublich gut reden. Besonders mit Hunden. Nicht nur, weil sie wunderbar zuhören, anstatt gute Ratschläge zu geben, sondern weil man sich ihnen einfach anvertrauen kann.

Ich kann Harry alles erzählen, ohne dass er mich verurteilt oder kritisiert. Außerdem muss ich mir keine Sorgen darüber machen, dass er mich albern oder bemitleidenswert findet. Egal, was ich sage, ich weiß, dass er mich immer lieben wird, weil Hundeliebe bedingungslos ist. Ja, mehr noch, ich habe mich noch nie jemandem so geöffnet, wie ich es bei Harry tue. Es ist wie eine Art Therapie. Auf unseren täglichen Spaziergängen, zu Hause auf dem Sofa oder mitten in der Nacht, wenn ich nicht schlafen kann, rede ich mit ihm.

Und damit bin ich nicht allein.

Oft höre ich Valentin auf dem Sofa mit ihm sprechen, wenn ich in der Küche Tee koche und er denkt, dass ich nichts mitbekomme. Letztens hat auch Stanley mir erzählt, dass er Harry all seine Geheimnisse anvertraut, weil er weiß, dass sie bei ihm sicher verwahrt sind. Stanley sagt auch, dass mit Harry zu sprechen ihm hilft, seine Gefühle zu formulieren. Also, er hat nicht formulieren gesagt, sondern seine Lehrerin. Sie war es auch, die mich gefragt hat, ob ich schon einmal darüber nachgedacht hätte, Harry als Therapiehund auszubilden, was mir auch das Pflegeheim von Gisele nahegelegt hatte, da er so gut bei den Bewohnerinnen und Bewohnern ankam.

Aber um ehrlich zu sein, bin ich mir nicht sicher, ob das nicht zu viel für ihn wäre: Er ist schließlich kein Welpe mehr. Stanley findet, dass er sicher das Zeug dazu hätte, schließlich sei Harry ein Held. Als Beweis wollte er eine Liste mit all den Dingen erstellen, die er uns beigebracht hat. Seien sie auch noch so klein. Und hier ist sie. Was wir von Harry gelernt haben:

1. Lebe im Hier und Jetzt.
2. Sei tapfer.
3. Hege keinen Groll, und sei nicht eingeschnappt.
4. Spiele jeden Tag.
5. Es gibt wenige Dinge im Leben, die noch besser sind als ein sonniger Platz auf dem Sofa: in der Natur zu sein oder sich vor einem echten Feuer aneinanderzukuscheln.
6. Trinke viel Wasser!
7. Sei loyal und verlässlich.
8. Aufgeben ist der einzig sichere Weg zu scheitern (er hat das Eichhörnchen noch nicht gefangen, aber versucht es immer wieder).
9. Liebe bedingungslos.
10. Das Aussehen spielt keine Rolle, ebenso wenig wie das Alter (Harry guckt nie in den Spiegel und hat nicht die leiseste Ahnung, wie alt er ist).
11. Taten sagen mehr als Worte.
12. Sei begeisterungsfähig.
13. Beurteile niemals andere nach ihrem Geschlecht, ihrer Herkunft, ihrem Alter, ihrem IQ oder der Art, wie sie ihre Schuhe schnüren (Stanley hat auf den Zusatz mit den Schuhen bestanden). Wir sind alle nur Menschen.
14. Habe Vertrauen.

15. Übe dich in Geduld (niemand ist geduldiger als Harry, wenn er um Essensreste bettelt).
16. Traue dich etwas!
17. Freude lässt sich überall finden. Etwa in einem alten, stinkenden Tennisball, einer Matschepfütze oder bei einem Spaziergang im Regen.
18. Sei offen für Abenteuer.
19. Gehe mehr spazieren.
20. Zu viel Schlaf gibt es nicht.
21. Begegne jedem als Freund. Für Harry gibt es keine Fremden, sondern nur Freunde, die man noch nicht kennengelernt hat.

Und wie Stanley immer sagt: Wenn es auf der Liste steht, muss es wahr sein.